A MENINA SEM QUALIDADES

CB131687

JULI ZEH

A MENINA SEM QUALIDADES

Tradução de
MARCELO BACKES

EDITORA RECORD
RIO DE JANEIRO • SÃO PAULO
2009

CIP-BRASIL. CATALOGAÇÃO-NA-FONTE
SINDICATO NACIONAL DOS EDITORES DE LIVROS, RJ

Z49m Zeh, Juli, 1974-
A menina sem qualidades / Juli Zeh; tradução Marcelo Backes.
– Rio de Janeiro: Record, 2009.

Tradução de: Spieltrieb
ISBN 978-85-01-07915-2

1. Amizade – Ficção. 2. Bem e mal – Ficção. 3. Romance alemão. I. Backes, Marcelo. II. Título.

08-5548 CDD: 833
CDU: 821.112.2-3

O tradutor agradece pela bolsa do Programa de Artistas do DAAD, entregue pela Academia Europeia de Tradutores, em Straelen, onde trabalhou dois meses na tradução do presente romance.

Revisado segundo o Novo Acordo Ortográfico da Língua Portuguesa

Título original alemão:
SPIELTRIEB

Copyright © 2004 by Juli Zeh

A tradução desta obra foi subsidiada pelo Instituto Goethe, financiado pelo Ministério das Relações Exteriores da Alemanha.

Todos os direitos reservados. Proibida a reprodução, no todo ou em parte, através de quaisquer meios.

Direitos exclusivos de publicação em língua portuguesa somente para o Brasil adquiridos pela
EDITORA RECORD LTDA.
Rua Argentina 171 – Rio de Janeiro, RJ – 20921-380 – Tel.: 2585-2000
que se reserva a propriedade literária desta tradução

Impresso no Brasil

ISBN 978-85-01-07915-2

PEDIDOS PELO REEMBOLSO POSTAL
Caixa Postal 23.052 – Rio de Janeiro, RJ – 20922-970

CÓPIA NÃO AUTORIZADA É CRIME
ABDR
ASSOCIAÇÃO BRASILEIRA DE DIREITOS REPROGRÁFICOS
RESPEITE O DIREITO AUTORAL
EDITORA AFILIADA

Para David

Summus Ius, Summa Iniuria

SUMÁRIO

Exórdio. Se isso tudo for apenas um jogo, nós estamos perdidos

E que tal se os bisnetos dos niilistas já tivessem saído há tempo das empoeiradas lojas de artigos religiosos que chamamos de nossas visões de mundo? Se tivessem deixado os depósitos já meio vazios dos valores e das transcendências, do útil e do necessário, do genuíno e do correto, a fim de retornar às trilhas de caça, na selva, lá onde não podemos vê-los mais, muito menos alcançá-los? Que tal se para eles Bíblia, Constituição e Código Penal não tivessem mais validade na condição de manual e livro de regras para um jogo coletivo? Se eles entendessem política, amor e economia simplesmente como competição? Se "o bom" para eles fosse nada mais do que eficiência máxima sob mínimo risco de perda e "o mau", ao contrário, nada mais do que um resultado subótimo? Se não entendêssemos mais suas razões, porque elas já não existem?

Donde haveríamos de tirar então o direito de julgar, de condenar, e, sobretudo — a quem? O perdedor do jogo — ou o vencedor? O juiz teria então de se tornar árbitro. A cada tentativa de aplicar o aprendido e traduzir lei em justiça, ele se tornaria culpado do último pecado mortal que ainda restou: a hipocrisia.

Tudo isso eu escrevi na justificativa de um veredicto. Ele foi confiado à repartição competente, foi entregue protocolarmente às partes envolvidas. Agora poderei usar as férias no tribunal a fim de ordenar meus pensamentos. Poderei anotar os fatos não na forma resumida exigida por um veredicto, mas assim como eles verdadeiramente terão sucedido.

Mas se eu me decidir a falar de acontecimentos nos quais não cheguei a tomar parte pessoalmente, cujos protagonistas eu mal conheço e sobre os quais apenas tenho de saber algo por razões profissionais, não posso me furtar à pergunta sobre quem é que irá contar a história. Um eu, o espírito do mundo, a justiça, o "nós" múltiplo de autores fantasistas e suas figuras, que é aquele que mais consegue se aproximar da realidade do contar? Nenhum deles me agrada. Qualquer um seria tão isento de naturalidade como a réplica a uma pergunta que simplesmente não pode ser respondida. Quem é, ao final das contas, "eu"? Quem é "nós"? Esse problema ocupa a humanidade há milhares de anos. Um computador que quisesse solucioná-lo se veria obrigado a elaborar uma equação que iria em direção ao infinito. Quem és tu? significa para ele: Quantas aplicações ocorrem no presente segundo em teu interior?... Se ele respondesse à pergunta com um número X, a ação da resposta apenas acrescentaria mais um processo à soma, de modo que ela teria de ser: X mais um, e sua resposta seria falsa. Caso ele reconhecesse o problema e tentasse, corrigindo a si mesmo, dizer: X mais um, a soma já seria X mais dois, e assim por diante, e o computador sofreria uma pane, naufragando diante do oito horizontal, incapaz de dizer quem ele mesmo é. O homem se diferencia do computador pela capacidade de ser desleixado, por seu dom de saltar por cima de um problema quando reconhece intuitivamente que teria de se haver com o infinito. Enquanto o computador sofre uma pane, o homem simplesmente balança a cabeça, ri ou chora, e segue adiante em seu caminho. Mais um problema que a gente soluciona da maneira mais limpa ao esquecer dele. Deixo em aberto quem eu sou. Peço compreensão e me desculpo por eventuais transtornos.

Pelo menos as condições do tempo correspondem às expectativas. Para essa época do ano não está nem demasiado morno nem demasiado frio, o que no mês de agosto, nesta cidade, só pode significar uma coisa: os dias são quentes e úmidos. O paizinho Reno expele suas secreções fluviáteis por todos os poros, e a enseada de Colônia-Bonn as recolhe e as cozinha numa musse densa que pesa sobre casas, tetos de automóveis, costas e pensamentos. O que não daríamos por um ventinho, um hausto fresco, que subisse pelo Reno, vindo do norte, trazendo alívio, uma noção do mar! Mas nada virá. A musse do ar enche os pulmões e as cabeças das pessoas como se fosse areia úmida. Refresco, só a garoa o trará, algum dia, em setembro, quando eu tiver de voltar ao meu posto a fim de experimentar se depois do último veredicto ainda poderá haver outros.

Minha sala de trabalho no primeiro andar dá direto para a rua. Em uma marcha de trinta minutos eu poderia alcançar o passeio asfaltado junto ao

Reno, a fim de fazer minha própria pessoa sentir a inferioridade de um simples pedestre diante dos ciclistas, praticantes de cooper, esqueitistas e donos de cães. Eu poderia olhar acima, para as residências abandonadas dos embaixadores, que por sua vez olham com suas janelas vazias, abaixo, sobre o rio. Eu poderia visitar o palacete Kahn, que imita, brincalhão, um castelo francês, ou contornar a área de um dos numerosos internatos de Bonn, cujo terreno, todo ele ocupado por construções do tempo dos fundadores e guarnecido com um parque, chega quase até a água. Eu poderia visitar esses lugares diariamente, sem esforço, e ainda assim não haveria nada a ser visto. Em vez disso, olho pela janela.

Prédio e rua são separados por um jardim espaçoso, cujas grades de ferro forjado estão totalmente cobertas pelo rododendro, que estica suas folhas carnosas como dedos de prisioneiros através das barras a fim de tocar, suplicante, os ombros dos passantes. Por sobre as pontas da cerca de grades, olho a faixa da rua e espero que algo talvez escape à ordem, derrape de lado, abandone a direção de seu trajeto, rode. Um caminhão pesado, freado abruptamente, por exemplo, que em seguida lograsse parar apenas de corpo enviesado, uma das rodas sobre o meio-fio, perto de um poste de iluminação, como se quisesse levantar a pata traseira, enquanto uma nuvem negra de pedestres se ajunta como moscas diante de seu focinho. Algo estaria deitado, informe e imóvel, sobre o asfalto. Uma pilha de casacos velhos, talvez, que já não tivessem cabido mais no contêiner de coleta para roupas usadas? Mesmo sem um olhar cuidadoso, eu saberia de tudo. O aproximar-se das sirenes de salvamento transformaria o acidente em um problema técnico. Com pontos rápidos, a luz azul e piscante da ambulância costuraria o buraco na ordem, aberto pelo falecimento não planejado de um semelhante; um buraco sobre o qual a multidão de gente a correr se curvaria, a fim de lançar um olhar aterrorizado para o caos que jazesse lá embaixo. A multidão seria afastada. As portas traseiras da ambulância bateriam, se fechando. O dia daria um solavanco, um gemido, e voltaria a se pôr em movimento. Um ser humano estaria faltando, para sempre. Talvez um de meus acusados. Talvez minha testemunha. Um de meus três quase absolvidos. Mas tenho certeza que nenhum deles se encontra na cidade, nem mesmo no país. Entre uma instância e outra, todo mundo gosta de fazer um passeio.

A promotoria interpôs recurso. Minha sentença subirá a instâncias superiores. Esse caso teria de chegar ao supremo tribunal de Karlsruhe. Ele contém em si a intimação de reconhecer oficialmente o fracasso da lei, porque a dignidade humana assim o exige. Acima do supremo tribunal, dizemos nós, os juristas, existe apenas o céu azul.

E o céu azul se tornou o papelão colorido de uma coleção de jogos. Se isso tudo for apenas um jogo, nós estamos perdidos. Se não — mais do que nunca.

De princesinhas e marionetes e da possibilidade de alcançar respeito com algumas poucas palavras

Ada era menina ainda e não era bonita. No instante que o holofote desta narrativa imerge em luz ela tinha 14 anos, era loura e de constituição robusta. Sua boca era larga, os pulsos fortes. Sobre o nariz se espalhava um tapete furado de sardas que sabia, a uma iluminação adequada, levar ao público um punhado de mentiras inocentes acerca de flores selvagens colhidas ao ar livre e brincadeiras infantis na relva alta. Na verdade, Ada parecia mais velha do que era. Seu busto já se mostrava bastante desenvolvido.

No verão de 2002 ela foi matriculada na 10ª série do Ginásio Ernst Bloch, em Bonn, depois de — por um motivo que em pouco será revelado no âmbito de um flashback musical — ter sido obrigada a deixar sua velha escola. No Ernst Bloch ela chamou bem pouco a atenção no princípio.

Em todas as séries a partir da 7ª, havia meninas suaves como a seda e o veludo, cujo nascimento foi acompanhado por música aumentando de leve assim como o sistema operacional Windows é acompanhado pela sua abertura de saudação ao ser ligado. Elas vieram ao mundo como princesas em miniatura, alcançavam já nas classes inferiores o primeiro e apotrado estágio da perfeição e cresciam regularmente até se tornarem a mulher que um dia estavam destinadas a ser. Seu desenvolvimento acontecia de modo experiente e sem falhas, como se elas já tivessem superado muitas vezes antes a tarefa de envelhecer. Aquelas profissionais da puberdade já à primeira vista se diferenciavam das diletantes. Elas tinham os cabelos cuidados e longos até os ombros, típicos das mulheres adultas, usavam suas calças apertadas e de cintura baixa, o cinto largo e a camiseta curta com um desleixo bem-temperado, fazendo pele lisa de menina e lábios grossos de menina se transformarem em pele de moça e lábios de moça, sem que espinhas, erupções de suor ou caprichos do crescimento perturbassem a harmonia de suas figuras em qualquer época. A aura de asseio e nariz empinado que as envolvia não se deixava impressionar nem por pancadas de chuva nem pelo calor úmido do verão. Tudo adornava as princesinhas, cabelos molhados, narizes vermelhos e até mesmo a camada de pó que se estendia sobre todos os corpos nas aulas de educação física, quando saltavam na velha caixa de areia.

Uma vez que estavam acostumadas a ganhar tudo de graça, aquelas humanas filhotas de rena eram desprovidas de ambição. Colegas masculinos se esforçavam por conquistar a atenção delas, também aqueles aos quais uma namorada com vida interior teria se adequado melhor. Algumas praticavam esportes leves ou liam literatura leve. Suas notas escolares eram medianas; como matérias preferidas elas mencionavam alemão ou educação artística ou biologia, sem conseguir esclarecer o que lhes agradava nas mesmas. Quando chegavam às classes superiores, elas já estavam no ápice da vida. Elas eram donas do maior carisma, recebiam as mais altas confirmações e viviam, dia após dia, uma espécie de bem-estar descolorido, para não dizer, simplesmente, felicidade. Depois da prova de conclusão dos estudos secundários, as coisas começariam a descer vagarosamente morro abaixo. Felizmente a curva de voltagem de suas histórias pessoais lhes era indiferente. Talvez elas intuíssem algo. Talvez viesse daquela intuição o hausto melancólico que emprestava a seus movimentos graciosos algo de lerdo, à lerdice algo de trágico e à tragédia uma graça especial.

Com essa descrição estão enumeradas todas as características que não colavam em Ada. Ela era o contrário de uma princesinha, na medida em que princesinhas têm algum contrário. Desde que Ada, aos 12 anos, havia sido tomada pela ideia de que a busca de sentido nada mais era do que um produto residual da capacidade de pensar do ser humano, ela passara a ser tida como altamente dotada e difícil de ser educada. Quando o novo professor responsável por sua série a instigara a se apresentar aos outros alunos, ela mencionara seu prenome e não soubera mais o que dizer. Ele pedira que ela dissesse algumas frases sobre sua pessoa, um depoimento qualquer, que tivesse alguma validade para ela, e não compreendera a gargalhada que ela dera.

A troca de colégio significara um golpe de sorte para ela, disse Ada por fim, ela havia ficado contente com o Ernst Bloch. Naquele tempo, seus pais não teriam permitido que ela entrasse em uma escola privada tão cara.

Ela sabia dizer "naquele tempo" de um jeito que soava como se estivesse tratando de épocas muito, muito distantes.

— E o que — perguntou uma princesinha de cachos em espiral — há de especial no Ernst Bloch?

— A mim me parecia que este lugar era destinado a pessoas realmente inteligentes, realmente deterioradas, realmente categorizadas.

Alguns lançaram gritos de aprovação, outros fizeram caretas. As princesinhas se recostaram às cadeiras e puxaram, com ambas as mãos, os longos cabelos de trás das costas para a frente, a fim de em seguida lançá-los sobre o espaldar. Ada de fato se alegrara com o Ernst Bloch. O colégio se encontrava em mãos privadas e concedia também àquelas criaturas perdidas, que lutavam teimosamente contra a participação na rodinha de café chamada "infância feliz", uma última oportunidade para concluir os estudos escolares. Pressuposto o fato de que os pais pudessem pagar.

"A mim me parecia que." Depois disso Ada falou muito pouco no ano de 2002. Durante as aulas ela jamais pedia a palavra. Quando era chamada, não começava suas frases com "Na minha opinião" ou "Eu acho que". Dizia: "Isso é absurdo." Ou: "Existe apenas uma possibilidade de leitura para esse trecho." Ou: "É insignificante quem sabia o que e em que medida o sabia."

Esse estilo, ela também o mantinha diante de Höfi. O professor Höfi havia alcançado a fama de cão sanguinário, capaz de sentir o cheiro da burrice a 100 metros de distância e mesmo contra o vento, para em seguida persegui-la impiedosamente. Por misantropia, havia se decidido contra uma carreira na academia a fim de seguir dando aulas na escola. Sua simpatia aumentava de maneira proporcional ao cociente de inteligência de quem estava diante dele. Como todos os corpos em órbita livre no universo, também ele possuía um núcleo quente, líquido, que no entanto sabia proteger fazendo uso de todos os meios de que a razão dispunha. Höfi defendia a opinião empiricamente comprovada de que mesmo a nata endurece quando batida por tempo suficiente. As princesinhas o odiavam. Ele jamais as contemplava sem torcer ironicamente o lábio inferior.

Desde o princípio do novo ano escolar seu indolente olhar de raios X lhe mostrava, a cada aula de história na turma 10 B, um novo filhote de cuco, sentado teimosamente em um ninho irrequieto de passarinhos das mais diversas cores e tamanhos. Certo dia, em setembro, lá fora caía uma garoa fina, ele postou sua figura quasimodamente corcunda em frente a Ada, que se sentava no canto traseiro direito das mesas arranjadas em U, pegou uma caneta e dirigiu-a como uma faca à ponta do nariz dela.

Ele sabia valorizar a força de opinião, anunciou Höfi, mas em tudo na vida havia pelo menos duas perspectivas possíveis, das quais nenhuma podia reivindicar validade absoluta. Que ela escrevesse isso atrás das orelhas com aquela caneta e voltasse a abrir a boca apenas quando tivesse enfim compreendido o que ele queria dizer. Fim do comunicado.

Ada pegou a caneta de sua mãe e a colocou exatamente na posição em que havia estado, entre o caderno e o livro. E nisso retribuiu o olhar de Höfi, fixamente, mas sem fixar os olhos dele, e sim aquele pequeno ponto em sua testa, que depois da passagem fácil de uma bala de pistola prometia uma morte imediata e segura.

— O senhor é casado?

— Claro — disse Höfi, enquanto o silêncio no recinto alcançava proporções totalitárias.

— E o senhor ama sua esposa?

— Claro. E muito.

— O senhor alguma vez já pensou que poderia odiar essa mulher do mesmo jeito?

— Não.

Ada baixou os olhos da testa de Höfi para as pontas cicatrizadas de seus próprios dedos. Na aula, ela passava o tempo todo levantando a pele das unhas e puxando as cutículas arregaçadas até o meio dos dedos.

— Se é assim — disse ela em voz baixa —, pare com essa conversa de dois pontos de vista possíveis para todas as coisas.

Höfi abriu a boca voltando a fechá-la logo em seguida. Ele assentiu como se tivesse obtido uma informação no fundo secundária, mas indispensável e esperada já há muito tempo, e prosseguiu com sua aula. Vinte e quatro horas mais tarde todos os 742 alunos do Ernst Bloch sabiam que uma entre eles havia sido dona da última palavra em uma disputa com Höfi. Dizia-se que Höfi pela primeira vez em sua longa atividade de tirânico professor de história encontrara um oponente à sua altura.

Ada sabia ler e escrever desde os 4 anos de idade; ela aprendera sozinha, com a ajuda de uma tabela de letras e imagens. Com 5 anos, os dedos da mão direita alcançavam com facilidade a orelha esquerda quando Ada deitava o braço sobre a cabeça. Por isso ela entrou na escola mais cedo, recebendo desde logo o cargo vitalício de mais nova entre os seus. Na 3ª série, um garoto de mais idade expressou a opinião de que uma criança como Ada não poderia chefiar uma turma do pátio da escola, e em consequência disso sofreu um leve esmagamento dos rins devido ao chute de um pé envolvido por botas. Ada havia parado em cima de sua mochila de couro quadrada, a fim de acertá-lo nas costas. Durante as semanas seguintes, ela passou as manhãs em um quarto de vidro anexo à sala de aulas, onde resolvia as tarefas de cada uma das matérias em poucos minutos para logo em seguida desenhar peixes das profundezas do oceano, palidamente coloridos, em meio à água negra, muitos e muitos milhares de metros abaixo do nível do mar.

O Ernst Bloch alimentava tantos repetentes com aulas e uma última chance, que Ada teria de visitar os corredores das classes intermediárias mais inferiores para ter uma conversa com colegas de sua idade. E uma vez que até mesmo os alunos das classes mais elevadas lhe pareciam infantis, ela não sentia a mínima necessidade disso. Ela também não pôde encontrar amigos entre os colegas de sua própria série.

Os recreios, ela os passava no pátio dos fumantes, onde, em pé, enrolava seus cigarros com a precisão de uma artista. Ela ficava às margens de um grupo sempre igual de alunos de diferentes séries, parada a meio passo do círculo, cuidando para ficar longe dos olhos dos guardas, oculta atrás de grossos casacos forrados e ouvindo as conversas. A cada vez que ela tragava no cigarro, fixava os olhos sob as pálpebras baixas na brasa que consumia o papel. Na maior parte das vezes usava, para acompanhar sua calça jeans lavada, cujas barras desfiadas a pisões eram arrastadas pelo calçamento atrás dos calcanhares, uma jaqueta do mesmo material, mas de tonalidade mais escura, coisa que configurava um verdadeiro crime estético. Cabeça e seios, que eram um tanto grandes demais para o corpo robusto mas pouco desenvolvido de Ada, haviam lhe proporcionado, junto ao fato de ela quase nunca falar, o apelido de "Marionete". Quase ninguém conhecia o seu verdadeiro nome, mas todos sabiam que ela havia desafiado e imposto limites a Höfi com algumas poucas palavras. Deixavam-na em paz. De quando em vez ela se metia abruptamente na conversa. Que importa se Amelie quis ou não? Se alguém de fato quisesse o porão das bicicletas para fazer uma festa, ele com certeza o conseguiria. Mas é claro que Schröder será reeleito.

Ela estava cagando e andando para o que quer que fosse. A personalidade da nova aluna não poderia ser caracterizada em palavras mais precisas. Nessa expressão estavam embutidos reconhecimento e pouca simpatia. Ninguém sabia ao certo. As princesinhas de todas as séries se mantinham distantes dela, e mudavam tanto de lugar no pátio dos fumantes até que nenhuma delas tivesse Ada às costas. Exatamente como em seu antigo colégio, Ada estava parada, envolta por uma multidão de gente que não lhe interessava o mínimo que fosse, e sentia com precisão que tudo continuava a ser como era antes. Tinha sido ingenuidade esperar algo diferente.

Pensar significa progredir. Ernst Bloch e o Princípio Esperança

Pouco depois do recomeço de Ada aconteceu a festa dos 100 anos do Ernst Bloch. No salão de atos, com suas abóbadas altas, encontravam-se quase 1.000 pessoas, entre alunos, professores, empregados do internato, mantenedores do colégio, membros e ex-membros da associação de benfeitores. A luz da poderosa roseta de vidro sobre o portal de entrada caía diagonalmente entre os muros catedrálicos, cobria costas e ombros de manchas cheias de reflexos coloridos e envolvia a assembleia em uma aura de culto e última ceia. Todos estavam sentados, tossicando, uns ao lado dos outros, como a comunidade em uma missa. Aquele que dera o nome à escola um dia havia dito: "A falsificação se diferencia do original pelo fato de parecer mais genuína."

Uma porçãozinha das classes mais inferiores tocava no quarteto, o coro da escola jazzificava uma canção arrojada de aniversário, dois alunos da 13ª série encenavam Beckett numa interpretação livre. Depois disso, o professor mais jovem a serviço da escola teve a honra de ser obrigado a fazer o discurso das festividades. Alto e magro, ele veio para a frente, até o estrado, envolvido em fino preto-terno, como se fosse um confirmando. Encolheu o pescoço a fim de não parecer tão gigantesco atrás do púlpito, sorriu para os alunos que, cercados por professores, se encontravam nas filas de cadeiras intermediárias como ovelhas entre cães de pastoreio, e com as duas mãos afastou os cabelos que lhe cobriam o rosto.

Ada estava sentada nas impopulares filas dianteiras, que sempre eram ocupadas por retardatários e individualistas, não cochichava com ninguém e olhava em linha reta de baixo para cima, em direção ao orador. Nele, ela reconheceu uma das primeiras pessoas que havia encontrado nos corredores do Ernst Bloch. Antes mesmo das férias de verão, imediatamente após sua conversa de apresentação na sala dos diretores, aquele homem havia vindo ao encontro dela acompanhado de Höfi na ponte de plexiglas, que unia a construção antiga e a nova e era chamada de "Túnel de ar" pelos alunos. Sua mãe havia tentado fazer gracinhas com ele, e Ada sentira vergonha. Ela se lembrava como ele se apresentara:

— Smutek, alemão e educação física. — Ele falava com um leve sotaque, que ela não conseguiu identificar.

O discurso de Smutek fora escrito em hexâmetros e resumia 100 anos de história escolar em 20 minutos. Os rebentos da família fundadora, netos e bisnetos do velho Wolfram Fundator, estavam sentados na primeira fila e apresentavam ao público o sorriso de pais carregados de orgulho. Eles descendiam de uma família de industriais, que acumulara um patrimônio tão grande com a fabricação de açúcar, que o velho Wolfram, no ano de 1902, pôde realizar um sonho de criança e fundar uma escola que ele mesmo gostaria de ter frequentado. Smutek agradeceu ao superpai, há tempo falecido, por esta ideia, chamou os descendentes de "docinhos de mel", porque a expressão se adequava à métrica do verso, e colheu gargalhadas prolongadas das filas traseiras.

Depois de alguns ex-estudantes terem providenciado uma fama duvidosa durante os tempos do nazismo, aconteceu, alguns anos depois do fim da Segunda Guerra, a mudança do nome do Ginásio Fundator. Aquele que lhe dera o novo nome, foi o que se disse, teria estado presente na solenidade de inauguração com o lema "Pensar significa transgredir"; mas disso não havia nenhuma prova. O Ernst Bloch recebeu a legitimação estatal, mas continuou em mãos privadas. A sucessão da dinastia Fundator até agora não havia sido interrompida. O bisneto em exercício era um filho tardio, tinha apenas 46 anos de idade e, na opinião da maior parte dos envolvidos, era demasiado jovem para qualquer tipo de decisão. Desde que ele chegara ao cargo, falava-se do tempo dos fundadores com uma melancolia nostálgica como se fosse de algo que há muito já havia passado.

As estrofes seguintes foram dedicadas ao diretor Singsaal, que se despedia da escola. Assim como muitos dos jovens professores, Smutek devia sua contratação a ele. Com amor e consideração, ele falou das enormes orelhas de abano de Singsaal, com a ajuda das quais este parecia pairar sempre sobre o universo das coisas. Alguns alunos mais velhos bateram palmas espontaneamente em ovação, Singsaal sorriu, comovido, e na margem oeste do salão de atos vigorou um silêncio teimoso no acampamento do novo diretor. O novo diretor se chamava Teuter, havia sido colega de aula do jovem Fundator, era pequeno como um jóquei e abençoado com a voz do sapo Caco, dos Muppets. Desde sua eleição para diretor, haviam sido abertas trincheiras profundas, ocupadas por franco-atiradores na sala do professorado. Atrás de Teuter se dispunha uma bancada de pedagogos que achava Singsaal simpático, mas considerava seu estilo de liderar demasiado frouxo. Era preciso apenas abrir os jornais para saber que em colégios alemães havia roubos, extorsões, estupros e torturas. Os amigos de Teuter queriam agir contra os sintomas de desgaste entre o que podia ser considerado comportamento cotidiano e o que deveria ser considerado crime. Levar um aluno a sério significava também não acreditar cegamente na inocência da criança. Relações inter-humanas viviam de seu caráter normativo, que fazer... Isso talvez não soasse bem, mas correspondia à verdade, e nisso ninguém, e sobretudo pessoas como Smutek e Singsaal, poderia mudar alguma coisa.

Ada não conseguiu suportar Teuter já à primeira vista. Seu aspecto era o de alguém que odiava o mundo a fim de poder amar a si mesmo, e Ada considerava tanto o ódio imenso quanto o amor grandioso um sinal de burrice.

No caminho até o púlpito, os dois homens se encontraram e se deram as mãos. No ato, o alfinete da gravata de Smutek se encontrava à altura dos olhos de Teuter: uma peça de latão laqueada em cores douradas com o lema e o emblema da escola. Pensar significa transgredir.

A época da transgressão, disse Teuter já sobre o estrado, de certa forma já havia passado. Naturalmente todo ser humano inteligente tinha de sondar sempre de novo as fronteiras de sua capacidade intelectual e, se possível, excedê-las. Aliás, "exceder" era também o dogma digno de cumprimentos de uma comunidade disposta a produzir. No interior de um Estado livre e humanitário, no entanto, o conceito da transgressão passava a ter um significado diferente. Na verdade um significado negativo. Felizmente! Pois, poderia haver algo mais belo do que a vida em um Estado que a gente pode amar e admirar em vez de ter de lutar contra ele? Enquanto regras forem desejáveis, sua transgressão é indesejável. Por isso Teuter preferia a expressão progredir, que ele fazia questão de compreender como uma interpretação adequada aos novos tempos de "transgredir". Pensar significa progredir. Não confundir com "agredir".

— Não, claro, pensar jamais pode significar agredir — disse ele atrás do púlpito —, não quando se está em sala de aula!

Na ala oeste do salão de atos foram ouvidos risos.

Também a mãe de Ada rira quando Teuter, durante a conversa de apresentação, concluíra o mesmo discurso com a mesma piada franzina. "Espirituoso!", ela havia exclamado, "isso é muito espirituoso!", e Ada não logrou nem mesmo ficar brava com ela por causa disso. Ereta como no poste dos martírios, a mãe estivera sentada na cadeira dos visitantes ao lado da mesa de escritório de Teuter, e alisava com os dedos seu negro e tingido penteado de Cleópatra a cada dois minutos. Seu pé direito pairava no ar, cruzado sobre a outra perna, e palpitava seguindo o ritmo rápido das batidas de seu coração. Ada sabia que ela teria preferido chorar a rir... Chorar de alívio pelo fato de Teuter ter tratado os delitos de sua filha com a sobriedade clínica de um homem acostumado a coisas piores. A voz de sapo usou luvas de borracha e implantou as atrocidades de Ada em um contexto abstratamente sociológico, no qual elas poderiam ser consideradas bem-acondicionadas, quase adquiriam sentido e sobretudo jamais voltariam a se repetir. Com o otimismo profissional de um médico, Teuter falava das maravilhas do sistema democrático, no qual todos eles viviam e ao qual os jovens deveriam ser acostumados como os animais são acostumados às condições de uma pequena e confortável reserva natural. Por que nos últimos tempos se multiplicavam os tumultos dos hóspedes da mansa reserva contra seus guardas ou colegas de espécie, Teuter não sabia dizer, e também não queria falar muito a respeito, enquanto o Ernst Bloch era poupado de tais sobressaltos. Singsaal, que antes das férias de verão ainda ocupava oficialmente seu cargo, estava sentado à mesa, sorrira bondosamente e perguntara a Ada quais eram suas matérias preferidas. A mãe buscava incessantemente o olhar de Teuter, uma vez que este, pelo menos na medida em que ela havia compreendido as coisas, era o homem do momento futuro. Quando ele começou a testar os conhecimentos escolares de Ada, e esta não parava de fixar os olhos vidrados entre as sobrancelhas dele e falar em voz lenta como se estivesse conversando com um demente, a mãe teria lhe dado um chute na canela com seu sapato de salto, se a escrivaninha de Singsaal, do tempo dos fundadores, há tempo não tivesse sido trocada por um modelo de metal e vidro, que não oferecia nenhuma proteção à vista alheia. A mãe baixou os olhos para o chão, onde cabos de computador se enrolavam em um ninho de cobras sob a mesa.

No mesmo tom indiferente, Ada respondia uma pergunta após a outra, sem se permitir o mínimo erro. A cada nova resposta, o mau humor de Teuter crescia. Ele tinha orgulho de seus conhecimentos gerais, e fez a mãe calar com um gesto de mão autoritário quando esta observou em tom de desculpas que Ada sempre tirara as melhoras notas em todas as matérias. Singsaal esboçou um rosto preocupado. Apenas quando Teuter passou das ciências naturais e da literatura à religião, e Ada declarou jamais ter lido a Bíblia e por isso não ser capaz de dar nenhuma declaração sobre o que Davi e Golias tinham a ver com as estruturas internacionais de conflito atualmente em vigor, todos suspiraram aliviados a um só tempo. A mãe sabia que Ada estivera ocupada, desde a infância, a ler todos os livros existentes em casa. Havia três grandes estantes, que pertenciam a três pessoas diferentes: a primeira, ao falecido pai de Ada; a segunda, ao pai adotivo, que abandonara a família há dois anos; e a terceira à mãe. A Bíblia ficava na primeira estante, embaixo, à direita. Ada a lera exatamente como havia lido todo o resto.

Teuter finalizou a conversa com uma suave e breve conferência sobre a duradoura validade da Bíblia na condição de fundamento da cultura euro-ocidental, de sua importância para qualquer discurso filosófico, sim, até mesmo para as teses de fundo ateísta, que ainda assim logravam se estabelecer apenas sobre uma negação da função divina, trocou um breve olhar com Singsaal depois disso e proclamou Ada cordialmente bem-vinda ao Ernst Bloch. O princípio esperança, concluiu ele, valia naquela escola mais do que em qualquer outro lugar.

No túnel de ar eles haviam encontrado Smutek e Höfi. O primeiro vestia calças curtas, tênis de corrida e uma borda de sal, resultante do suor seco, sobre o lábio superior; o segundo caminhava encurvado, com as mãos cruzadas às costas, e quase desaparecia em seu terno de veludo verde-oliva.

— Nova aluna? — perguntara Smutek; ao que a mãe olhara, coquete, para o teto, dizendo:

— Meu caro senhor, tão nova assim eu também não sou mais.

Todos riram forçadamente, deram-se as mãos; Smutek, alemão e educação física, e prosseguiram em seus caminhos diferentes.

— Não, claro, o princípio esperança — falou Teuter ao microfone — vale hoje, assim como valia há cem anos, mais nesta escola do que em qualquer outro lugar.

O aplauso o jogou de volta a seu lugar como os vagalhões carregam um navio de volta ao porto. Uma vez que ele estava sentado exatamente diante de Ada, seus olhares se encontraram sem querer. Na noite daquele dia, Ada fez um dos raros registros em seu diário, que se chamava "À Selma":

"Nenhum filósofo escreveria um livro volumoso se não soubesse de antemão de que maneira haveria de ser citado mais tarde. Quando o homem foi proibido de vislumbrar o futuro, apenas se queria o melhor para ele. Uma vez que eu posso olhar para a frente através do presente como através de um fina rede de mosquitos, não farei nada importante durante a minha vida inteira."

Smutek se recorda de um punhado de recordações

Para Smutek o ano escolar não havia começado nada mal. Ainda que a perspectiva de passar de imediato a trabalhar sob o comando de um homem que os alunos chamavam alternadamente de "Atentado", "Toitiço", "Teutão" e "Teta" não contribuísse para melhorar seu humor, que no final das férias de verão como de costume era por assim dizer miserável. Mas Smutek se sentia feliz e sabia enumerar os motivos para tanto. Sua silfídica e caprichosa esposa desistira de sua resistência obstinada em voltar algum dia a penetrar em solo, mar ou espaço aéreo polonês, e o acompanharia à Masúria para quatro semanas de férias durante o verão.

Pouco depois de ter sido contratado pelo Ernst Bloch, Smutek comprara uma casinha, toda de madeira e próxima à água, em algum lugar entre Olsztyn e Ostróda. E, desde então, havia viajado sozinho, ano após ano, até lá, a fim de passar o tempo nadando, lendo, reformando a casa e pensando em sua esposa, cheio de saudades. Incansável, ele se dedicara à construção de um pequeno palácio, sem saber se a soleira do mesmo seria algum dia ultrapassada pelo pé de sua rainha. Ele conhecia pássaros, que durante uma primavera inteira, com toda sua força e sua arte, construíam ninhos arredondados ao lado dos quais passavam a pousar, cheios de angústia, enquanto gordas adoradas se esfalfavam ali dentro, batendo as asas e dando bicadas nos trançados sensíveis, até que tudo estivesse arruinado e despedaçado. Quando o ninho estava destruído, o construtor era abandonado imediatamente. Se o ninho resistia, ele era contemplado com uma chance.

O calor subia ao rosto de Smutek quando pensava nesses pássaros. No caso dele, a coisa havia sido ainda pior... Sua adorada nem sequer condescendera em fazer uma avaliação. Em vez disso, destilara sobre ele seu sarcasmo corrosivo. Ele não se importava, então, em veranear num país que havia assassinado o pai dela e pisoteado os parentes dele com os pés? Em um país que o havia, a ele, Smutek, jogado na prisão quando tinha apenas 18 anos, para depois escorraçá-lo? És um cabeça oca tão grande, Smutek, a ponto de poder esquecer tudo isso? Ou tens alguma preferência especial em colocar tua espreguiçadeira sobre os túmulos de familiares?

Ele desistira de esclarecer a ela que uma única frase havia salvo sua amizade com a pátria de ambos; uma frase, que seu pai dissera do alto da escada, quando Smutek, ainda jovem, havia sido tirado de sua cama por uniformizados certa noite.

"Não te preocupes com isso, filho! Todo bom polonês um dia vai para a cadeia, porque na luta pela pátria ele é trancafiado pela própria pátria."

E isso que Smutek nem sequer lutara, mas sim acabara de começar um curso totalmente apolítico, física e matemática. Lá fora, o mês de janeiro mantinha a cidade de Cracóvia amordaçada, árvores de Natal que haviam sido jogadas fora congelavam no chão. E a prisão não era aquecida.

Smutek não havia esquecido nada; pelo contrário, possuía a memória de um elefante e se lembrava de todos os detalhes. Ele ainda sabia como, meio ano mais tarde, estivera parado nas ruas infinitamente largas de Berlim ocidental, e como aquelas ruas, depois de uma vida no emaranhado das ruelas de Cracóvia, depois de seis meses encarcerado e mais 48 horas na carroçaria estreita de uma perua, pareceram a ele leitos secos de rios em uma paisagem gigantesca em concreto armado. Por muito tempo ele ficara em pé onde estava, e se admirara com o tamanho ínfimo do corpo dos passantes, que flanavam ao lado dele, desatentos, não lhe dando mais atenção do que às árvores da alameda. Exatamente como às árvores, ele podia olhar de cima para as cabeças deles. Havia imaginado que os alemães eram maiores. Pela última vez, havia visto alguns deles quando criança; eles faziam férias em um camping da Masúria, não muito longe do lugar em que hoje ficava sua casinha, e eles eram gigantescos. Como todas as outras crianças, Smutek tivera medo dos alemães, de sua força, de sua brutalidade e de sua "inteligência", da qual às vezes se falava durante o jantar, e que ele ademais considerava uma arma especialmente moderna e perigosa. Quando ele estivera sem querer em pé diante daqueles dois exemplares esplendorosos, caíra em um susto paralisante e se encolhera no meio do capim, enquanto os alemães acima dele se elevavam como torres em direção ao céu. Eles tentaram puxar conversa com ele, falando um pouco de polonês, que ele não foi capaz de compreender em seu pânico, e enfiaram doces em seu punho fortemente cerrado. Mal eles haviam desaparecido, ele correu gritando para a barraca dos pais. *Mama! Tata! Niemcy dali mi cukier!* Os alemães me deram doces!

Talvez ele já naquele momento tivesse começado a crescer, antevendo sua deportação iminente à República Federal da Alemanha. Mal chegara à prisão, Smutek crescera de uma hora para a outra, como se quisesse atravessar o teto da cela em busca da liberdade. Depois de três meses, as articulações dos pés e das mãos deixavam para trás o uniforme de prisioneiro, e o tecido se esticava sobre o peito e as coxas. Smutek dividia seu cotidiano no xadrez em conjuntos de exercícios compostos de apoios, abdominais e flexões de joelhos em porções digeríveis, e logo já pertencia aos presos que jamais se incomodavam com companheiros de cela. Ele superou o metro e noventa, e só parou de crescer quando voltaram a tirá-lo da cela. Smutek ainda hoje tinha de rir quando pensava em como estivera parado no Kurfürstendamm e se admirara com o fato de os alemães não terem 3 metros de altura.

Berlim estava quente como um forno, e Smutek percorreu a cidade durante dias, como se tivesse a esperança de em algum lugar dar de cara com um botão para regular a temperatura. No porto norte de Spandau, ele fez o requerimento pedindo asilo político e esperando que ele fosse negado, ainda que não soubesse o que significava voltar como um bumerangue para as mãos daqueles que o haviam expulsado. Naquele ano, contudo, a Alemanha registrava um nível singularmente baixo no número de refugiados políticos oriundos do bloco oriental, de modo que não teve nenhum problema em conseguir um pequeno asilo, recebido por Smutek no dia 21 de julho, pouco depois da visita espetacular do papa à Polônia e um dia antes da suspensão do estado de sítio. Enquanto isso, sua família esperava em Cracóvia, com uma impaciência dia a dia maior, que ele fosse libertado da prisão militar. Smutek, que não queria colocá-los em perigo através de uma tentativa de contato de Berlim ocidental, compreendeu demasiado tarde que seu silêncio esperto representava a pior ameaça. Por fim, o pai de Smutek, que sempre desejara um filho combativo, ficou sabendo que seu filho havia sido preso junto com um ativista qualquer da Solidarność devido a uma trágica semelhança de nomes, e que já não se encontrava mais na prisão. O simples pensamento em tal engano revelava toda a extensão terrível da farsa divina que um homem era obrigado a tolerar durante a vida. O pai de Smutek era católico praticante. Ele ficou doente.

A fim de conseguir se virar com a perda de toda a vida que levara até o momento, Smutek decidira, na época, se tornar um homem diferente. Ele renegou as ciências naturais e passou a se interessar por educação física e germanística. Para uma delas, ele não precisava de língua nenhuma; para a outra, ela lhe faltava de modo tão absoluto que ele acreditava poder tentar o curso naturalmente. A primeira coisa que ele tinha de aprender era o que significava a palavra "tolerância". Ele se tornou hóspede fiel do setor de estrangeiros da universidade. Num dia de expediente qualquer, descobriu por lá uma menina que, pelas roupas e pelo jeito de olhar à volta furtivamente, ele logo reconheceu como sendo uma compatriota. Quando ele lhe dirigiu a palavra em polonês, ela se assustou como alguém que é pego de surpresa mas que já há semanas espera pelo momento de ser descoberto.

Entusiasmado por demais para dar atenção às mãos dela a fazer gestos defensivos, Smutek pediu que ela acionasse seu alemão fluente a fim de ajudá-lo a ser compreendido. E assim ficou sabendo da bela boca da moça que sua condição naquele país não lhe dava direito nem de trabalhar, nem de estudar em uma universidade, ou mesmo de buscar qualquer outra formação. Que lhe restava então? *Czekać*, esperar, disse sua futura esposa. Esperar, pensou Smutek, era uma atividade tão inexistente quanto ficar ou morar, e de resto ele não sabia pelo que esperar. Deram-lhe o direito de ficar. Se ele poderia visitar alguns seminários na condição de ouvinte convidado? Isso deveria ser esclarecido com o professor do seminário desejado. Smutek tomou, subjugado pela felicidade, sua futura esposa pelas mãos: *Slyszysz*, escuta, eu posso ir à universidade. Na época ele tinha 18 e ela 20 anos.

Os dois eram de Cracóvia, e isso era, na situação de Smutek, suficiente para acreditar no poder da providência. Ele era asilado, ela era exilada, coisa que no princípio lhe pareceu quase a mesma coisa, ao passo em que anos mais tarde compreenderia que entre essas duas espécies havia uma diferença abismal, que os separaria para sempre um do outro. A Sra. Smutek *in spe* odiava a República Popular. Ela parecia uma Carmem de pele branca e tinha sangue quente nas veias. Os demônios em Varsóvia haviam jogado seu velho pai no calabouço para servir de ração a um inverno polonês, e assim ele se acabara aos poucos em sua cela. Ele havia sido membro do sindicato e dera de herança à filha seu ódio impiedoso "ao cadáver russo da Polônia", um ódio que esta acabara aperfeiçoando. Quando ela ficou sabendo da passagem de Smutek pela prisão, o negro em seus olhos brilhou como se tivesse se iluminado de repente. O entusiasmo dela com sua detenção no princípio o deixou assustado como se fosse um relampejar súbito de loucura em um ser humano de resto completamente saudável. No decorrer do tempo, ele se acostumou com isso, e voltou a reconhecer parcelas dessa atitude nas feições das mais diferentes pessoas quando ficavam sabendo de sua detenção, até que ao final a Grande Virada apagara os fronts e fizera com que a ideia de que cada uma das vítimas dos bolcheviques era necessariamente um amigo dos ocidentais de pensamento livre e justo empalidecesse aos poucos.

Já naquela época, a futura esposa de Smutek falava em, depois de concluir a faculdade de filosofia, se mudar para bem mais longe em direção ao oeste. Durante as horas de aula no instituto polonês, com as quais conseguia seu sustento, ela formulava as palavras de sua língua-mãe com clareza e lentidão, como se não quisesse sujar dentes e lábios nos sons que proferia, e tratava a gramática com a cautela capenga de um protetor do Meio Ambiente removendo e destruindo lixo perigoso. Os alunos aprendiam em tempo recorde com ela. Smutek, que não podia pagar um curso de línguas no Instituto Goethe, participava e tentava entender suas aulas de polonês em sentido inverso. Na parte da tarde, ela continuava adestrando-o com severidade militar, e depois de pouco menos de um ano eles falavam alemão um com o outro.

Naturalmente, a Sra. Smutek não era boba o suficiente a ponto de acreditar que as pessoas no oeste eram melhores do que no leste. Ela partia, muito antes, do pressuposto de que a disposição de bom e de mau no globo terrestre dependia apenas do plano de distribuição do destino, com o que ela não queria dizer que tudo dependia do acaso, mas sim que Deus era mais complicado do que uma repartição governamental. A queda do muro, ela a passou estoicamente em seu quarto, sobre o trabalho de conclusão do curso, enquanto Smutek cambaleava com os outros carnavalescos pelas ruas e dava vivas ao resultado de um acordo político que ele não compreendia. Quando o demônio político acordava dentro dela no decorrer de uma discussão, ela chamava o conceito "revolução pacífica" de oximoro, e principiava a falar que sem sacrifícios de sangue a parcela infectada de uma população não poderia ser trocada, razão pela qual não passava de uma piada ridícula chamar a mesma e velha Alemanha comunista de "novos Estados" de repente. Ela queria ir para a Alemanha ocidental, a fim de colocar a maior distância possível entre si e o "bloco oriental — blefe oriental", e quando ela se declarou pronta a ficar em Berlim com Smutek até que este tivesse terminado seus estudos, ele soube com certeza que ela o amava. Uma vez que ele corria o risco de ser deportado com a mudança política, ela se casou com ele, e com seu trabalho financiou a licenciatura dele.

Eles encontraram a capital da República *on the road*: enquanto a capital se mudava de Bonn para Berlim, Smutek e a mulher se movimentavam em direção contrária na cabine de um caminhão de transportadora. O velho Singsaal não queria admitir que um professor polonês de alemão não poderia ser contratado apenas pelo fato de ser polonês, e por esse motivo privilegiou Smutek entre todos os outros concorrentes. A glória estampada no rosto de sua mulher aliviou a dor que Smutek sentiu na despedida. Enquanto Berlim havia se tornado para ele uma segunda pátria, uma cidade que lhe ensinara tudo que ele acreditava precisar em vida, a Sra. Smutek via em Berlim um Cérbero do bloco oriental, enquanto Bonn, comparada a ela, era o delicado coração daquele reino que a atraía há 15 anos e agora findava de mansinho. O reino se chamava "Ocidente" e estava vivendo sua extinção em favor de um Wolpertinger geográfico sem limites, em cujo ventre as nações da Europa seriam digeridas até virarem mingau. A Sra. Smutek esperava, com todas as suas forças, que uma parcela do espírito ocidental lograsse sobreviver no templo de conservação da antiga capital, pelo menos por alguns anos, esquecida e protegida atrás da linha horizontal de brinquedo junto ao Reno, que todo mundo conhecia tão bem das notícias diárias.

Smutek não se arrependeu de sua decisão. Ainda que tenha deixado em Berlim um grande círculo de amigos e uma carreira semiprofissional de jogador de basquete para trás, ele ao mesmo tempo adorava a esposa e queria levá-la para um lugar em que ela poderia ser feliz. Ele jamais esqueceria o que ela fizera por ele e o fato de ela jamais ter chegado à ideia de abandoná-lo em favor de outro quando ele estava no apogeu de seus sonhos e esperanças. Assim como Branca de Neve, ela era toda feita em preto, branco e vermelho, e os olhares dos homens disparavam como arpões em sua direção assim que ela saía pela porta de casa. E ela jamais havia olhado para outro.

A briga em torno da casinha na Masúria havia sido o primeiro conflito na longa vida em comum no qual Smutek não quisera ceder. No decorrer de todas as discussões, eles acabavam sempre no mesmo ponto em que Smutek gritava em polonês: "A lei marcial há vinte anos não se encontra mais em vigência, o general Jaruzelski se tornou pai na Távola Redonda, e tua República Popular há tempo é uma democracia!"

A isso a Sra. Smutek costumava dar uma gargalhada, na qual distendia sua grande boca sem nenhum prurido, e Smutek viajava sozinho à Polônia. Ele chegava infeliz à Masúria, cuidava infeliz de sua casa, que ficava cada vez mais bonita, e todas as vezes voltava mais cedo do que planejara à Alemanha.

Naquele ano havia sido diferente. A Sra. Smutek rira, distendera sua boca e inclusive apontara o dedo em riste para ele. Mas quando ele carregava o bagageiro de seu Volvo com uma sacola de viagem e algumas latas de verniz de assoalho à base de essência de limão, ela de repente estava parada ao lado dele. Sem dizer palavra, Smutek afastou as latas de esmalte para o lado e colocou a pequena mala dela em cima de sua sacola. Durante a longa viagem, eles não falaram um com o outro. A Sra. Smutek ficou o tempo inteiro olhando pela janela, para os campos não cultivados, casas não rebocadas e beiras de estrada desfiguradas pelo lixo, e Smutek se envergonhava de tudo que ela via, como se fosse ele e simplesmente ele o culpado pela situação de sua pátria. Ele não conseguia parar de pensar na fêmea de passarinho, que destrói com seu bico e suas asas um ninho esférico construído com tanta arte. Quando deixou o carro correr em ponto morto até o terreno inclinado em que ficava a casa, fazendo-o parar sob algumas árvores frutíferas de copa maciça, ele suava em bicas apesar da temperatura fresca do anoitecer.

A Sra. Smutek caminhou em volta da casa, meteu as botas através do capim alto, passou a mão em persianas fechadas, bateu de leve com as mãos contra a madeira das paredes e cheirou o cano da chuva coberto de musgo. Quando ela voltou a estar ao lado dele, apontou o braço estendido para a construção, que se encontrava de cócoras no capim alto, com as portas e as janelas trancadas.

— *Otwórz oczy, maly domku* — ela disse. — *Jesteśmy.*

Abra os olhos, pequena casinha, nós estamos aqui. Falada por ela, a frase parecia o primeiro verso de uma poesia.

As quatro semanas seguintes foram de céu claro e azul. A Sra. Smutek andava de pés descalços, vestia calças jeans cortadas e tomava banho mais de uma vez por dia no lago. Seu alvo corpo de Branca de Neve ficou coberto por uma tonalidade de cor creme, e os lisos cabelos negros cresceram ainda mais rápido do que de costume. Smutek pescava e assava os peixes na grelha. Catorze dias mais tarde, ela pedia que fizessem excursões pelos arredores e Smutek a levava, prestativo, por todos os lugares. De quando em vez, eles falavam polonês, e a língua lhes oferecia muito mais espaço para piadas, dava mais lugar a risos, do que o alemão jamais havia sido capaz de lhes proporcionar. No fim das férias, eles haviam combinado que voltariam no outono. Cobertos pelas imagens especulares de copas coloridas de árvores, os lagos da Masúria eram quase ainda mais belos.

Smutek deixou sua moradia, encontrou seu carro esperando fielmente à beira da estrada e foi até o trabalho com a sensação segura de ser um homem feliz. Esses momentos existem. Eles não são menos enganadores do que fases de infundada melancolia.

Sobre o consumo de livros

Desde que aprendeu a ler, Ada lia muitos livros. Ler não era para ela nem trabalho nem hobby, não dava conta de nenhum interesse especial. Ler era uma condição na qual o tempo passava, porque não sabia fazer outra coisa, enquanto o intelecto de Ada era colocado em conserva no alimento, de modo que a cobiça agitada desse mesmo intelecto passava do consumo ao aproveitamento de forma constante e homogênea. Nos intervalos, era dado ao ânimo suspirar, e por algumas horas colocar os pés sobre a mesa como um maquinista esgotado, que tivera de operar incessantemente uma perigosa aparelhagem de alto rendimento. Ada lia como se empurravam troncos em uma serraria. E, uma vez que as toras mais grossas e duras demoravam mais a ser consumidas, ela preferia sobretudo a literatura do penúltimo século e tudo aquilo que havia sido escrito antes da Segunda Guerra Mundial. As obras novas, ela as considerava manobras de desvio das grandes questões, elas eram leves e doces, mais ou menos como pipocas, que deviam ser consumidas enquanto a cabeça se ocupava com outras coisas. Isso valia sobretudo para os livros de autores alemães, mas não para Arno Schmidt, em honra do qual Ada de tempos em tempos vislumbrava uma metáfora lunar, registrando-a em seu diário raramente usado. À Selma: A lua, empapada como um borrão de purê de batatas, passado no pão do céu por mão de criança. A lua, um pão árabe assado irregularmente. Uma lua do tipo que ninguém percebe, uma manada de nuvens passando a acenar diante dela.

A Primeira Guerra Mundial, Ada a imaginava como um sobretudo negro, que havia sido jogado por quatro anos sobre o continente e em cuja sombra havia sucedido o indizível. Quando ele foi levantado novamente, deixara o mundo envolto em caos e revolução. A Segunda Guerra Mundial, contudo, era um abismo, no qual a torrente da história caíra imperturbável de alturas memoráveis em vez de se estrangular e se espalhar nas planícies do passado recente, a fim de em seguida carregar suavemente a arca de Noé do presente em direção ao oceano do futuro. Do lado de cá do abismo, o leito seco de um rio corria para a areia, até que aqui e ali a água saísse do chão, primeiro uma vertente apenas, depois um rio que por fim, bem fortificado e canalizado, já continha água suficiente para permitir que 80 milhões de democratas em canoas de um e dois passageiros remassem rio abaixo. Era bonito caminhar subindo o rio, se estabelecer às margens secas do abismo e jogar um anzol comprido às águas. Os peixes que Ada pescava das massas que caíam vis-à-vis eram poderosos e bizarros como seres pré-históricos. Eles eram de Dostoiévski, Balzac ou Thomas Mann.

Nas classes inferiores, Ada tivera uma amiga a quem contava tudo o que lia. A amiga se chamava Selma, frequentava a série paralela e vinha da Bósnia-Herzegovina, da qual ela se lembrava apenas nas categorias de musse de ameixas e brilho do sol. Ela vivia na Alemanha desde que a guerra transformara sua pátria de cheiro estival em um inferno de sangue. Selma tinha um cão, com o qual ela e Ada passeavam todas as tardes pelas florestas do Kottenforst, na maior parte das vezes seguindo a trilha de um grupo de renas ou de um bando de javalis, até que o cão, por volta do anoitecer, as levava para casa, coberto de pequenos galhos e folhas pelo corpo inteiro. Enquanto elas caminhavam, era Ada quem falava e Selma quem ouvia. Ela se interessava por tudo, por todo o tipo de histórias que Ada contava. Uma reprodução falada e incompleta dos *Buddenbrooks*, com muitos buracos na sequência lógica, era exatamente tão valiosa quanto toda uma séria de ninharias amorosas da *Comédia humana*, um stacatto das novelas de Stefan Zweig ou algumas alusões acerca da essência do espaço e do tempo.

Quando uma das numerosas obrigações familiares de Selma as impedia de se encontrarem, Ada escrevia cartas, que em pouco tempo se transformaram num diário que se chamava "À Selma". Resumos literários eram seguidos de reportagens acerca do mundo das ideias e sentimentos. Ada informava que jamais havia encontrado no mundo algo mais belo do que Selma, que as árvores da floresta se voltavam para vê-la passar, que todo o Kottenforst se curvava diante dela, que os pássaros mudavam seu canto para ela e que Ada tinha orgulho e era feliz em poder ocupar por alguns momentos a paisagem espiritual de Selma com suas histórias. Em alguns anos, previa o diário de Ada, haveria outros que conseguiriam exprimir de modo mais jeitoso a admiração que sentiram do que a floresta, os pássaros e do que ela mesma. Mas até ali ela queria Selma só para si. Isso a amiga garantiu a Ada por escrito em uma das páginas em branco do diário, e permitiu que de então em diante ela deitasse o braço em volta dela e a beijasse na boca nas excursões que faziam e no banheiro do colégio.

Nos papéis de Ada podia ser constatado que ela contara a Selma ao todo mais de trezentos livros, novelas e contos, antes do rompimento. Quando mãe e padrasto anunciaram férias de verão nas montanhas, Ada pediu se não podia ficar com Selma, a quem chamou de "sua mulher". Pouco mais tarde, ela se encontrava no terraço de uma cabana, contemplava as costas rochosas dos gigantes a sua volta, que se levantavam demasiado próximo dela, lia livros e ouvia a música de uma fita cassete, que havia gravado no rádio do carro de seu padrasto. Quando a música chegava ao fim, Ada voltava a fita e a escutava mais uma vez. Impossível de descrever o que aquela música desencadeava dentro dela. Ela concedia o fundo musical ao desespero de Ada, à saudade que sentia de Selma e à pressão represada de incontáveis histórias não contadas, que sucumbiam ao esquecimento, e ao fazê-lo batiam a sua volta e gritavam sem parar.

A música tinha um refrão que Ada, por ainda não dominar muito bem o inglês, compreendia como "*Sir Don Camisi, to me*". Alguns versos adiante aparecia a expressão "*I love you*". Suas cartas a Selma, que o padrasto uma vez por semana levava ao correio do lugarejo, pediam que Ada não fosse esquecida, imploravam cuidados com o diário que havia ficado sob a custódia de Selma, resumiam em poucas frases algumas histórias lidas há pouco e contavam de todas as coisas que o silêncio dos gigantes montanhosos em volta dela lhe haviam sussurrado. Elas eram assinadas por "Don Camisi". Era esse o nome da solidão.

Quando Ada voltou, os pais de Selma haviam encontrado o diário e interceptado todas as cartas. Era o fim de todos os passeios na floresta. Selma não respondia aos bilhetes que Ada enfiava em seus bolsos no pátio da escola. A luta de Ada por Selma terminou abruptamente quando a família da amiga foi deportada e voltou para um lugar na Bósnia, cujo nome Ada não conseguiu guardar. Anos mais tarde, ela o descobriu nos papéis de uma exposição oral para a aula de história: Višegrad. Lá ficava a ponte sobre o Drina, que trazia uma velha inscrição: "Corre Drina, corre e conta". Três vezes Ada proferiu a sentença e três vezes sentiu necessidade de chorar sem saber se de dor ou de alegria. Conforme o costume do acaso, Don Camisi foi fulminado pela realidade na mesma semana. A versão remix de uma banda dos anos 1980 chegou ao mercado: *Words don't come easy to me.*

Uma nova Selma não aparecera e ninguém mais que estaria disposto a ouvir. Ada havia aprendido a ler histórias sem precisar contá-las adiante. No diário, ela continuou escrevendo, mas não chegava a mais do que algumas linhas por semana.

Para que o curso de seus processos mentais não fosse perturbado, Ada na maior parte das vezes se trancava no banheiro. No caminho até lá, ela ficava parada diante das três estantes da sala. Do acervo de seu progenitor precocemente falecido, ela pegava um dos calhamaços que constituíam, em essência, seu espólio. Seu padrasto, a quem Ada apenas chamava de "General de brigada" desde sua última promoção, havia deixado a moradia da família sem levar seus livros consigo; de sua estante, Ada escolhia uma obra qualquer sobre pesquisa do tempo, astronomia, filosofia ou o sobre a *realpolitik* bismarckiana. Por fim, ela buscava uma ou duas obras em capa colorida e de papel de alto brilho da coleção de livros recém-adquiridos. Essa pilha, ela a carregava rapidamente e de mansinho pelo assoalho antigo e pela escada de caracol até o andar superior da casa de dois andares, onde ficava o banheiro.

Depois da saída do general de brigada, havia principiado a transformação de Ada em um funil, para dentro do qual podia ser proferida qualquer preocupação, sem que uma única gota se perdesse pelas bordas ou voltasse a aparecer algum dia. Para dentro desse funil jorravam todas as erupções faladas da mãe, sempre que ela se mostrava capaz de se apossar dele. É que no caráter de Ada havia aparecido toda uma série de semelhanças inconvenientes com o general que se mandara, e, uma vez que os dois não eram parentes, essas mudanças tinham de ser creditadas a uma década de influência e deviam ter sido transferidas à filha por um caminho psíquico, assim como os sintomas de uma doença indutiva. Agir contra um tal desdobramento de forma palavrosa cristalizou-se na condição de núcleo das residuais preocupações maternas, depois que as demais tarefas de formação haviam sido suspensas sucessivas vezes desde o desaparecimento do segundo marido. A mãe empreendeu todas as suas forças para lutar contra o general dentro de sua própria filha, e não era fácil escapar disso. A porta do quarto de Ada não significava nenhuma fronteira natural. Nenhuma das portas da casa tinha chave, e assim bastava bater de leve para conseguir entrada segundo as regras da cortesia. Todas as tentativas de se defender contra a deposição da alma em um contêiner eram avaliadas como uma nova erupção da infecção padrasta e faziam com que o processo de descarregamento passasse sem nenhum corte a uma guerra ofensiva para o bem da própria Ada.

Em um dia feliz, ela descobrira que o banheiro representava uma cancela fortificada à condição de baluarte pelas leis da esfera privada. Ada passou a estender sistematicamente suas idas à privada, até enfim desaparecer, completamente equipada, por várias horas atrás da porta trancada, colocando a calefação no nível máximo e se deitando na banheira seca ou se sentando sobre a tampa do toalete para ler. De quando em vez, a mãe aparecia no 2º andar, batia à porta e perguntava quanto tempo ela ainda demoraria. Ainda um bocado, respondia Ada de dentro, era melhor que ela fosse usar o banheiro de hóspedes, lá embaixo. E uma vez que a mãe não considerava a beleza feminina um presente, mas sim uma obrigação, ela fazia questão de saudar o fato de uma mocinha passar metade do dia diante do espelho, e o fato de sobretudo a áspera Ada passar a dedicar de repente tanta atenção aos cuidados com o corpo. Por um momento, ela ficava parada, indecisa, diante da porta; em seguida os passos de seus saltos altos desciam a escada de caracol e se perdiam nas distâncias espelhadas do 1º andar.

Desde então, Ada era perseguida sobretudo à mesa por cruzadas verbais, e sua cota de leitura cresceu para três ou até mesmo quatro livros semanais. Antes de aparecer na vida de Ada alguém que soubesse ocupar melhor a serraria que existia em sua cabeça do que um livro jamais lograra alcançar, antes que esse encontro a obrigasse a sair do mundo da literatura para o assim chamado mundo real e antes de tudo mudar completamente, ainda teria de passar um ano, no qual aconteceram muitas coisas que tocaram Ada apenas de leve.

Acompanhe-me ao escritório, por favor. Ada odeia a burrice

Naquele ano letivo Smutek não tivera nenhuma matéria a dar, mas em compensação um ano inteiro para se preparar mentalmente e na prática para o primeiro curso de extensão de sua carreira. Pouco antes de sua aposentadoria, Singsaal havia lhe atribuído o curso de alemão daquela que agora era a 10ª série e dado sua decisão a conhecer a todo o colegiado de professores e sobretudo a Teuter. Smutek teria gostado de beijar seu anel para mostrar o quanto estava feliz. No Ernst Bloch, o modelo estendido de cursos de extensão da assim chamada Etapa de Estudos de Mainz já havia sido encaminhado em tempos em que ela estava longe de ter recebido o nome, de modo que as associações de turmas se dissolviam já a partir da 11ª série, deixando que seus alunos estudassem suas matérias prioritárias. Para Smutek isso significava: a partir do ano seguinte, seis horas por semana com um grupo de alunos de 16 anos, exposições orais, discussões, escrita criativa, excursões, a tradicional viagem de orientação na primeira metade do ano da 11ª série e por fim a preparação conjunta para as provas de conclusão do ensino secundário.

Três anos significavam muito tempo. Eles iriam se conhecer, talvez até mesmo se tornar amigos de alguma maneira. Alguns por certo não o suportariam, mas todos por fim aprenderiam a ver nele o que ele era: um ser humano, um ser humano da categoria dos professores, mas ainda assim um ser humano. Smutek sofria por ter de ser sempre apenas uma função, uma função que era adulada ou enganada, assediada, abusada ou subornada. Ele queria contato humano. Não considerava seus alunos burros, e não se sentia muito adiantado em relação a eles, pouco no que dizia respeito à idade, bem pouco em inteligência, um bom tanto em experiência. Ainda que soubesse que, com seus 37 anos, para eles ele se levantava como uma árvore ancestral em meio ao prado, cujos capins e flores jamais passavam de determinada idade segundo os princípios do surgimento e do sumiço; ainda que uma 10ª série continuasse sendo sempre uma 10ª série e nem envelhecia nem de resto mudava substancialmente, enquanto Smutek era carregado ano a ano pela passagem do tempo um passo a mais em direção à própria morte; ainda que tivesse aprendido na universidade que era perigoso para um professor se rebaixar ao nível dos alunos, Smutek sentia com certeza que eles se entenderiam melhor de igual para igual. Enfim ele poderia falar de "seu curso" nas conferências. Enfim ele pararia de servir a todas e a nenhuma turma como se fosse um mercenário. Enfim ele não estaria mais só.

Smutek pensava já agora quais os livros que trabalharia com eles, propôs-se a limitar a parte obrigatória de *Effi Briest*, *Werther* e *O tambor* a medidas suportáveis, e interpretar as decisões da conferência da área no sentido de que as competências linguística, ética e estética, bem como os fundamentos propedêutico-científicos dos alunos, poderiam ser transmitidos da melhor maneira pela obra mais monstruosa da história da literatura em língua alemã. Se eles fossem capazes de compreendê-la, teriam compreendido tudo. Se eles a lessem, teriam lido tudo. Se falassem dela, poderiam falar de tudo. Smutek era um discípulo do *Homem sem qualidades*, e estava firmemente decidido a apresentá-lo aos alunos pelo menos em excertos. Fragmentos da essência e do conteúdo de uma grande ideia.

Provisoriamente, o trabalho lhe permitia alguma liberdade. Smutek não tinha a intenção de cair naquela rotina apática que sem dúvida alguma reproduzia a condição original da natureza humana. Planejava, muito antes, investir o ímpeto restante das férias de verão felizes no desenvolvimento de um grupo voluntário de atletismo. Ele queria despertar nos alunos o espírito esportivo, treiná-los com cautela, incentivar os melhores e, no máximo em dois anos, viajar a competições com uma pequena trupe de pessoas jovens e contentes. Já era tempo de conquistar para si um pedaço de vida própria no Ernst Bloch.

Todas as manhãs, Smutek brandia a pasta em uma das mãos e na outra a bolsa de apetrechos esportivos, ao se deslocar da porta de casa para o carro. Ele também as brandiu do caminho que levava do estacionamento dos professores ao prédio da escola, e também nas escadarias, que subia de dois em dois e às vezes de três em três degraus, até correr para os braços de Teuter.

O diretor estava em pé no último lance, apoiado ao corrimão, como se estivesse esperando por ele.

— Não, claro, Sr. Smutek — disse ele —, se o senhor tiver algum tempinho antes do início das aulas, venha comigo ao escritório.

Enquanto Smutek o seguia, mantinha bolsa e pasta imóveis junto ao corpo. Teuter havia sido o único que sempre fizera questão de continuar a tratar seus colegas pelo "senhor" formal, e isso se mostrava tão proveitoso para ele agora a ponto de tornar legítima a suspeita de que especulava há anos com a possibilidade de ocupar o posto de diretor. Todo sapo busca secretamente dominar o mundo, pensou Smutek. Ele mesmo, em seus tempos de Berlim ocidental, havia jogado basquete no DTV Charlottenburg, ainda hoje acertava a cesta com segurança da linha dos 3 pontos e saltava, parado, alto o suficiente para uma enterrada irretocável. Não precisava da vontade de poder, pois havia sempre olhado de cima para as coisas. Havia sido asilado, jamais porém um sapo. Teuter, ao contrário, gostava de ficar na extremidade superior da escada e fazia gosto em convidar pessoas a seu escritório. Ele amava pedir que lhe cedessem um minuto de seu tempo, por certo sabendo que o seguiriam por maior que fosse a pressa. Ele amava a cortesia ambígua daquele que não precisava da cortesia.

Smutek o encontrava no pátio da escola, atrás do ginásio de esportes, no banheiro, na porta da sala de aula, na escadaria. Venha um momento ao meu escritório, por favor. Os assuntos eram gastos, Teuter queria apenas mostrar presença. Ele tiquetaqueava com a ponta de sua caneta-tinteiro Mont Blanc contra os imaculados dentes incisivos, esclarecia alguma coisa sem importância, e mais uma vez dizia esperar, pessoal e exclusivamente, uma boa cooperação para o futuro.

Smutek pensava em caminhos que o desviassem dele. Para chegar ao ginásio de esportes, ele caminhava por fora, dando a volta no prédio da escola, passando pelo pátio dos fumantes, voltando um trecho pela rua, em vez de andar diretamente a ele cruzando o estacionamento em diagonal. Na sala dos professores, ele se mostrava tão raramente quanto possível, e, quando as circunstâncias permitiam, usava o banheiro dos alunos. Quando ele falou disso a sua mulher, ela riu da cara dele.

— Se continuares assim, em pouco acordarás com dor de barriga porque tens medo do diretor.

Ela tinha razão. Mas já se acostumara ao caminho pelo pátio dos fumantes. Lá, ele via Ada muitas vezes, como ela estava parada na periferia de um grupo misto de alunos, tragava um cigarro de olhos semicerrados e não tomava parte nas conversas. De quando em vez, ela levantava a cabeça em sua direção. Ele não sabia que idade ela tinha; ela sabia que mesmo assim ele a deixava fumar em paz. No vigésimo encontro, acenaram um para o outro inclinando a cabeça. Smutek se lembrou que a encontrara antes das férias de verão no túnel de ar, na companhia de uma mãe totalmente oposta que, de cabelos negros, delicada e toda solta, dançaricava ao lado de sua filha loura, robusta e letárgica. Em todos os recreios, Ada estava parada no mesmo lugar, como um objeto que não pertencia a ninguém. Seu olhar ausente era hostil, rosto e corpo tinham algo a esconder, e Smutek se perguntava se ela própria sabia do que se tratava.

A escola cuidava de algumas crianças *last call*, que depois de uma respeitável carreira de expulsões recebiam uma última oportunidade de se acalmar. O Ernst Bloch as colocava sob um regime pedagógico de corrente alternada, unia generosidade com despotismo, pãezinhos doces com chicote, e a maioria delas ao final das contas lograva, num estado de revolta moderada misturado a uma adaptação esporádica, conseguir passar na prova de conclusão dos estudos secundários. No passado, Teuter havia cunhado a sentença que dizia que o Ernst Bloch era como um pai que dava mais amor e gratidão ao filho renegado a fim de que voltasse do que às outras crianças educadas e fiéis todas juntas, no que não ficava claro se ele aprovava tal atitude na condição de expressão de uma justiça bíblica e paradoxal ou se apenas estava fazendo troça. Sempre que estava no pátio de fumantes, Smutek pensava, ao seguir adiante, se aquela menina pertencia aos filhos pródigos, se ela estava na 10ª série e se ela escolheria alemão como matéria prioritária no próximo ano, e se com isso ela faria parte de seus protegidos.

Essa consideração brotava da mais pura curiosidade, e não, por exemplo, da necessidade de ajudar a uma pessoinha de semblante feroz. Smutek sempre compreendera o mandato pedagógico, pelo menos na medida em que este era compreendido como ajuda formativa, como uma luta grotesca e até mesmo ridícula contra moinhos de vento. Ele não acreditava poder ensinar a outro ser humano como ele deveria conduzir sua vida. Smutek podia apenas estar aí. Às vezes ouvir. Depositar todas as suas forças no envio de uma mensagem muda que tratava de como a felicidade dos homens era constituída sobretudo pela ausência de miséria, e de que além disso havia pouco a ser buscado. Que eles tinham de se acalmar. Que, na paz, a guerra pérfida e silenciosa representava uma condição normal, passível de ser suportada. No fundo, Smutek queria contar a eles a mais curta de todas as piadas: Duas pessoas se encontram. Uma delas diz: Eu sou feliz.

Mais do que isso ele não queria.

Na maior parte das vezes, ele era interrompido nesse pensamento por chegar ao ginásio de esportes, por um encontro com um professor ou aluno, por últimas considerações acerca da aula que em pouco iria dar. Depois disso, ele esquecia suas ponderações. Elas também não eram assim tão importantes.

Importantes eram as eleições de setembro. As trincheiras na sala de professores se aprofundavam, as turmas mais jovens brincavam de Bin Laden e George Bush em lugar de mocinho e bandido, e no pátio da escola a juventude tachada de apolítica discutia sobre a situação do mundo. As manchetes dançavam como moscas em volta de suas cabeças: "Armas de aniquilação em massa", "Comércio mundial" e "Petróleo". Um detestava a guerra das culturas, o seguinte odiava ditadores árabes, um terceiro se sentia bem como alemão pela primeira vez na vida, e todos juntos queriam folga das aulas para fazer manifestações.

Certa vez, no recreio, Smutek se apoiou à parede, a uma distância em que podia ouvir o que se dizia no grupo. Quem tinha a palavra era uma princesinha de cabelos longos e encaracolados, que ele conhecia de tempos anteriores. O nome dela era Johanna, chamava a si mesma de "Joe" e, apesar dos olhos de corça e dos quadris de gazela, acreditava muito em seu cociente de inteligência. No pátio dos fumantes, ela sempre se postava de modo a encobrir Ada com suas costas. A audiência predominantemente masculina ficava parada em silêncio formando um círculo, olhava para o pescoço e o decote dela, e assentia com um gesto de cabeça nos momentos adequados.

A motivação dos americanos em nada importava, dizia Joe. As mulheres e crianças do Iraque tinham de ser ajudadas, e quem se recusasse a fazê-lo era, ele mesmo, um criminoso. Cometia um crime contra a humanidade.

— Johanna!

A voz de Ada raramente fora ouvida naquele círculo. Quando Joe se voltou para ela, Ada estava em pé, sozinha, como uma acusada diante de um grupo de alunos, que podia ser identificado por uma única expressão comum marcada no rosto de todos: admiração.

— Segundo teu ponto de vista — disse Ada a Joe —, crimes contra a humanidade justificam uma intervenção militar?

— É isso mesmo, amorzinho. — E Joe sorriu, satisfeita, como um caçador que depois de dias de procura enfim tem a caça diante da espingarda pela primeira vez. Smutek viu em seu rosto que ela há tempo já esperava encontrar a estoica loira com o eterno cigarro entre os lábios em campo aberto.

— E pelo fato de a Alemanha não interferir no Iraque — perguntou Ada — ela comete um crime como esse?

Joe parecia começar a pressentir que a outra tentava lhe dar uma lição. O sorriso desapareceu de seu rosto e passou ao de Ada que, enquanto falava, olhava para o chão com as pálpebras semicerradas e segurava o cigarro próximo aos lábios, sem tragar.

— De modo que não nos resta nada — prosseguiu Ada —, a não ser esperar pelas primeiras bombas sobre Berlim. Estou certa de que tu, querida Johanna, estarás parada na primeira fila para dar boas-vindas de corpo e alma aos libertadores americanos.

Com certeza nenhum dos ouvintes jamais a ouvira falar por tanto tempo sem interrupção. Um levantou as mãos como se quisesse aplaudir e deixou-as pairar por algum tempo no ar, desamparado. Apenas quando Joe abriu a boca para em seguida voltar a fechá-la, as gargalhadas se espraiaram. O rapaz utilizou suas mãos erguidas para bater às costas de Joe, bem embaixo, em um local que quase já poderia ser chamado de "traseiro".

— E então, *Johanna*, vamos pegar bombas?

Joe se voltou para a direita, depois para a esquerda, encontrou o caminho obstruído por alunos que, mãos nos bolsos, se divertiam à sua custa, e se decidiu pela retirada.

— O que eu ainda queria dizer — e a mão de Ada se fechou como uma tenaz de ferro em volta do braço de Joe, fazendo-a se voltar um pouco — é que Schröder com certeza será reeleito. — Ela empurrou a princesinha para longe a ponto de fazer com que ela tropeçasse e depois lhe deu as costas. — Eu odeio a burrice — ela sussurrou. — Como eu odeio a burrice!

A sineta do fim do recreio dispersou o grupo como o vento a um montinho de folhas. Dez dias depois havia eleições.

Enquanto Smutek acompanhava as novas parciais diante da televisão, pensava sem parar e contra sua vontade em Teuter. Imaginava como Teuter estava sentado decentemente no sofá de uma sala mobiliada com rigor, esfregando com as duas mãos o gargalo de uma garrafa de champanhe ainda fechada. Na manhã seguinte, Smutek e sua mulher ouviram o resultado final no rádio da cozinha. Smutek se alegrou.

— Assim a República Popular consegue chegar mais rápido à União Europeia — disse ele ao se despedir, e sua mulher sibilou entre os dentes como uma víbora.

Havia sido infantil escolher justamente aquela segunda-feira pela manhã para conversar com Teuter, que por certo estava de mau humor, sobre o grupo de atletismo. Mas Teuter merecia uma lição de espírito esportivo numa conversa amistosa com o feliz vencedor. Quando ambos se encontraram nas escadarias, Smutek não pôde resistir:

— Se o senhor tiver um tempinho — disse ele —, eu gostaria de comparecer ao seu escritório no recreio.

O modo como Teuter baixara a cabeça em sinal de consentimento e cumprimentara sem dizer palavra, já meio de costas, com uma das mãos erguida, que acenava ou espantava uma mosca, serviu de indenização a Smutek por ter estado a ponto de justamente naquele dia se fazer de idiota com sua ideia predileta.

O presente nada mais é do que o passado futurístico. Ada e Smutek são expulsos e trocam primeiras palavras

Durante a aula que se seguiu, Smutek pensou que outro assunto poderia apresentar a Teuter a fim de adiar para outro momento a conversa acerca do grupo de atletismo; mas, uma vez que sempre havia sido carente de fantasia, também desta vez não lhe ocorreu nada. Um andar acima dele, Höfi dava sua aula na turma 10 B e também lutava com uma ideia predileta. Justo naquele instante, ele fazia uma de suas tentativas eventuais de explicar aos alunos uma tese que ele mesmo desenvolvera. Para Höfi, história não tinha nada a ver com passado. Ele gostava de falar da historicidade do presente.

Todo o assim chamado presente no fundo poderia ser compreendido apenas historicamente, quer dizer, como uma parcela de passado futurístico. Na ignorância das análises contemporâneas diante dessa situação é que estava o motivo das tolices obtidas inflacionariamente em todos os canais de televisão, produzidas pela tentativa de expressar algo de modo direto acerca do nosso tempo. Mesmo um computador não era capaz de uma declaração acerca dos processos presentes em seu interior, mas com certeza dominava tudo o que acabara de acontecer. Da mesma forma, o homem necessitava a distância ínfima de um segundo ficcional para perceber o mundo que o envolvia, e, mais do que qualquer outra coisa, construções constituídas de múltiplas camadas de causas e efeitos, como aquelas que a coexistência humana a cada instante produzia, exigiam uma distância temporal monstruosa para se submeter a uma tentativa de ordem racional. O presente seria, pois, um caos impenetrável, e o passado uma coisa em forma de linha sequencial. A fim de trazer um pouco de disciplina à confusão presente, era preciso que ela fosse tratada como história e com isso como algo passado. A isso Höfi chamava de "olhar retroativo ficcional", e jamais havia logrado deixar alguém entusiasmado com a ideia.

Uma vez que ele, devido a sua postura corporal gnômica, olhava para o chão ao falar, e apenas de tempos em tempos contemplava os ouvintes com olhares relampejantes, não percebeu que uma aluna se transformava na imagem fixa de si mesma através das palavras que ele dizia. Ela estava sentada com um joelho puxado para cima, e o olhar voltado à frente, sobre o tampo da mesa. Ada se lembrava do horror que emprestara a toda sua infância um colorido acinzentado, desde que ela descobrira que todo o segundo presente, em que o mundo e com isso também a própria Ada gozava sua existência espiritual e corporal, não podia ser capturado de forma alguma. Ele sempre já havia passado quando o pensar e o sentir se dirigiam a ele. Ada deveria ter cerca de 7 anos de idade quando começou a se submeter a um exercício em que ficava postada rigidamente em algum lugar, ouvia seu interior, e sob a repetição monótona e intuitiva do mantra "Eu-sou-agora-eu-sou-agora", ficava à espreita do segundo presente como um pescador no rio selvagem ficava à espreita do salmão que pensava em pegar à unha. Depois que os pais a haviam encontrado diversas vezes encolhida e muda diante de uma parede, eles temeram uma disposição autista. Ada não logrou explicar o que procurava e de que forma o fazia. E, uma vez que os pais a proibiram de ficar encolhida e muda diante da parede, ela ficava deitada por muito tempo à noite e temia uma loucura para a qual não tinha palavras. Com os anos, o problema se desgastou, o que não significou outra coisa a não ser que Ada aprendeu a ignorá-lo.

Agora ela não tinha certeza se o ensejo para as explicações de Höfi correspondia ao conteúdo de sua paranoia infantil em relação ao presente. De qualquer forma, no entanto, ela compreendia mais do que qualquer outro o que estava sendo falado.

Höfi acabava de encenar um olhar retroativo ficcional.

— Pensem por um momento que somos historiadores no ano de 2020. No olhar retroativo, nós avaliaríamos o resultado das eleições de 2002 e investigaríamos as suas conexões com a crise internacional que envolve o terrorismo e o Iraque. E então?

Silêncio. Höfi sabia que seu cinismo legendário impedia os alunos de dar respostas ingênuas. Ele sabia também que o nível de sua aula sobrecarregava a maior parte deles. E, assim, procurava atrair aqueles que se deixavam desafiar por pretensões mais altas. Todos os outros poderiam alcançar uma nota mediana executando consequentemente as tarefas de casa.

— Joe?

A que havia sido chamada levantou, assustada, os cabelos encaracolados e fez as folhas de uma revista que lia às escondidas farfalharem debaixo do banco. Höfi repetiu a pergunta:

— No ano de 2020 — e Joe tentou uma piada —, eu serei ministra das Relações Exteriores e terei um círculo de conselheiros para responder a tais perguntas.

— Querida Johanna — disse Ada assim que voltou a se fazer silêncio —, se o número de tuas circunvoluções cerebrais fosse tão grande quanto o número dos caracóis de tua cabeça eu teria menos dores em meu nervo óptico.

— Como?

— De tanto virar os olhos.

Lá fora alguém se esfalfava com o motor de um velho Citroën. Os gemidos da partida se tornavam mais curtos e mais fracos a cada tentativa.

— Querida Ada — disse Höfi —, tu poderias utilizar teu nervo óptico para olhar um pouco a porta da sala. E pelo lado de fora. Mão na maçaneta. Tudo certo?

— Professor Höfling — disse Ada —, eu na verdade queria dizer outra coisa. Eu...

— Fora.

O Citroën acabou pegando, contra todas as expectativas, e se afastou. Enquanto Ada se levantava, ela teve a impressão de que já havia se levantado há minutos e feito suas declarações em pé, obediente por antecipação diante dos afamados castigos de Höfi. Antes de deixar o ambiente, tirou o tabaco da jaqueta e colocou-o no bolso da calça. Sem fazer barulho, ela fechou a porta por fora e manteve a maçaneta abaixada com a esquerda. Höfi manteria a porta sob seus olhares de soslaio durante a aula inteira. Um dos pés apoiado ao calcanhar do outro, Ada tirou ambos os tênis, empurrou um deles para tão perto da porta que ele a impediu de se abrir e deu um nó no cadarço do outro pendurando-o à maçaneta. Com cuidado, ela tirou a mão. Deu certo. Era divertido correr de meias pelos corredores da escola. No caminho ao banheiro, ela enrolou um cigarro que ficou tão perfeito como se viesse da máquina.

Quando, pouco antes de soar a campainha, ela quis pegar seus tênis e assumir posição, a porta se abriu e o rosto de Höfi apareceu na fresta. Jamais ela o havia olhado nos olhos tão de perto. Ele era exatamente tão baixo quanto ela. Seus olhos eram regularmente castanhos e lembravam os de um cão inteligente e amistoso.

— Na próxima vez sairás da sala de pés descalços — disse ele baixinho e piscou, antes de fechar a porta.

Ada calçou os tênis e saltitou como uma criança descendo a escada, sempre com os dois pés no mesmo degrau, de modo que Smutek, que havia terminado sua aula antes do tempo e se encontrava a caminho para subir, ouviu o sapatear já de longe. Quando se encontraram, ele sorriu para ela.

Teuter o fez esperar diante de seu escritório até que restassem apenas 10 minutos para o início da próxima aula. Mal Smutek estava sentado, respirou fundo e começou a defender os objetivos e utilidades de um grupo de esportistas voluntários. Ele se deixou levar por caracterizações vivazes e luminosas das possibilidades pedagógicas de uma comunidade unida além das fronteiras da turma, descreveu a fama que o Ernst Bloch poderia alcançar através do sucesso em competições e sentiu com nitidez que em pouco começaria a charlatanear sobre *mens sana in corpore sano* se Teuter continuasse mantendo as feições impassíveis, prosseguisse olhando desavergonhadamente em direção à porta e batendo com a ponta da caneta-tinteiro nos dentes incisivos. Por fim, o diretor o interrompeu girando o pulso e levantando o relógio diante do rosto.

A resposta foi breve. Ele não podia impedi-lo de falar do assunto na conferência dos professores na próxima oportunidade. Ele chamava a atenção, no entanto, para o fato de que no colégio, além das aulas de educação física, já havia um clube de remo, um grupo de tênis bem como cursos de basquetebol, voleibol e badminton à tarde. De resto, alunos ruins fariam melhor se dedicassem seu tempo livre às tarefas de casa, ao passo que alunos bons não costumavam gostar de esporte. Ele, Teuter, não dava nenhum valor à transferência de uma ambição esportiva insatisfeita ao rendimento potencial de alunos.

As objeções de Smutek foram paradas com um movimento autoritário da mão, de modo que este teve de deixar sair dos pulmões sem ser usado o ar que respirara para dizer o que tinha a dizer. Teuter sorriu. Ele havia desmascarado a pequena e ridícula campanha de vingança, e sabia que Smutek havia entrado em seu escritório na condição de cortejo triunfal de um homem só para voltar a deixá-lo na condição de empregado de uma instituição de direito privado. Para isso é que existiam hierarquias. Por isso elas eram boas.

— Não, claro, o que o senhor achou do resultado das eleições? — perguntou Teuter, amistosamente.

Smutek não levantou os olhos, que havia baixado para as próprias mãos como se lá houvesse algo interessante a ser visto.

— Estou contente — respondeu ele, singelamente.

— Se tivesse sua origem, eu sentiria o mesmo — disse Teuter. E de agora em diante ele estava ocupado. Fora.

O descaramento surpreendeu Smutek mais do que o humilhou. Um terço dos alunos do Ernst Bloch vinha de países da Europa oriental ou árabes, e eles pertenciam aos clientes que pagavam melhor. Teuter não era nenhum xenófobo. Ele atacara Smutek por motivos puramente pessoais, e tinha prazer em saber que o outro sabia disso. Smutek deixou o escritório e sentiu a derrota como um líquido oleoso, de mau cheiro, escorrendo pelo corpo todo.

Massas de alunos que se acotovelavam para entrar no prédio correram em sua direção quando ele deixou a escola pela entrada principal e dobrou a esquina a fim de chegar ao ginásio de esportes pelo pátio dos fumantes. Quase teria dado um encontrão em Ada, que estava sozinha por lá. Seguindo um impulso desorientado, ele perguntou se ela estava esperando por ele. Quando estava em pé diante dela, ela mal chegava à altura de seu peito.

— O presente nada mais é do que o passado futurístico — ela disse, e fixou os olhos em seu plexo solar. — O senhor saberia dizer algo sobre isso?

— Preciso pensar. Tu gostas de atletismo?

— Eu corro regularmente.

— Que bom.

Disfarçadamente, o olhar de Smutek percorreu o corpo dela. Até agora ele não havia pensado se embaixo da larga calça jeans e do pulôver deformado poderiam estar escondidos músculos bem delineados, e se a expressão ausente dela talvez fosse um equivalente da areia que o peixe predador joga sobre sua cabeça para se camuflar.

— E com a questão do presente — disse ele — temos de ser cautelosos. Ele não existe. Na matemática isso é chamado de valor aproximado.

Sem que estivesse preparado, o olhar dela o atingiu. Uma espécie de cinza, de cor estranha, as pupilas pequenas como cabeças de alfinete, ainda que o sol não brilhasse.

— Obrigada.

Ela tinha a voz de uma mulher adulta. No caminho para o ginásio de esportes, Smutek sacudia a cabeça por causa de si mesmo. Servo, ele pensou. Natureza de lacaio. Polonês do pacto de Varsóvia. Ele poderia fundar quantos grupos de atletismo quisesse, quantos lhe dessem na telha. Teuter não era Saddam Hussein. Onde ficava o orgulho de uma tradição romântica de séculos de idade? O que Mickiewicz, Slowacki e Zbigniew Herbert teriam dito de sua derrota?

Eles teriam dito que é descortês não perguntar a uma moça jovem pelo seu nome.

Smutek presencia os preparativos de um acontecimento

Smutek não podia pedir que elas lhe mostrassem nem as calcinhas nem os tampões usados. E uma vez que simplesmente não havia possibilidade de comprovar as desculpas delas em relação às regras, ele organizou, desde o princípio do ano, para todas as meninas das turmas intermediárias, calendários digitais de menstruação, que complementava a cada aula de educação física e escondia em um arquivo de nome discreto em seu computador de casa. Anna: 15.8 a 20.8. Lola: 25.8 a ? Grit: Vide Lola. Smutek parecia a si mesmo um perverso.

E elas não eram nem mesmo preguiçosas. Vinham de boas famílias, e por isso não estavam acima do peso. Haviam, todas elas, feito aulas de ginástica para crianças, natação para crianças e equitação para crianças. Mas movimentar-se não era maneiro, e todo o movimento, de um modo geral, padecia da necessidade de justificação em um tempo em que mesmo as guerras eram conduzidas na tela de um computador. O que eles ou o mundo lucrariam com o fato de vibrarem barras para cá e para lá ou saltarem sobre uma corda? Smutek não sabia responder à pergunta porque a considerava supérflua. Quando ele deixava o campo livre para o rúgbi ou para o hóquei, meninas e garotos se lançavam uns sobre os outros como guerreiros estelares, enquanto o restante da turma ficava sentada sobre os bancos e berrava.

Depois de duas aulas de educação física, nas quais os alunos se arrastaram na corrida de aquecimento em volta do ginásio, de ombros baixos, articulações rangendo e carne balançando, voltava o desespero do encontro com Teuter, contra o qual lutava com tanta força, como se um mar a meio caminho tivesse tomado a decisão contrária de repente, rebentando a maré vazante para mais uma vez inundar a terra. No recreio, Smutek não ficou encarregado de vigiar os alunos, subiu cinco lances de escada e se colocou diante de uma janela no andar administrativo. Lá tudo era calmo. Era para lá que ele ia quando não suportava a sala dos professores, na qual os colegas ficavam sentados pelos cantos, corrigiam seus trabalhos e tentavam, através de movimentos tão moderados quanto possível, alcançar um nirvana óptico que os tornasse quase invisíveis. A sala de professores já existia antes de a ideia do grande escritório ter sido arquitetada pela primeira vez. Só ali, no 5º andar, Smutek podia pensar com calma por que diabos havia se tornado professor.

Um leve cheiro de comida passava pelo corredor e impedia o mergulho meditativo em galerias mais complexas do pensamento. Diretamente acima de Smutek, no 6º andar, ficavam quartos do pequeno internato, que era chamado de "A eira" pelos alunos, porque lá o joio era separado do trigo em bem pouco tempo. Mais por embaraço do que em razão de um conceito pedagógico ou financeiro, haviam sido instalados alguns quartos espartanos, nos quais podiam ser abrigados vinte alunos. Havia pais suficientes que procuravam uma possibilidade de se livrar de seus filhos de um modo admitido pelo Estado, e suficientes filhos que não queriam alcançar nenhum objetivo coletivo nem se tornar valorosos membros da sociedade enquanto eram obrigados a continuar vivendo com seus pais. Dois antigos alunos do Ernst Bloch viviam como educadores no prédio da escola e, depois de alguns anos, deixavam seu emprego de herança a sucessores mais jovens e de nervos mais fortes.

Ainda que Smutek não fosse um amante de bolinhos de carne e de purê de batatas, não pôde impedir que a água se juntasse em sua boca. Ele abriu a janela, a fim de trocar o cheiro de comida por um ar indiferente de setembro. Quando olhava em linha reta para baixo, sentia vertigens. Gorda, a construção antiga com suas alas laterais se acocorava sobre a escura superfície de asfalto e parecia um albatroz que se inclinara pronto a levantar voo e acabara por adormecer no ato. Dali, podia ser visto todo o bairro vizinho ao colégio. Entre as copas amareladas das árvores no parque do colégio, Smutek descobriu um pedaço prateado do Reno. A velha construção do tempo dos fundadores oferecia uma altura de queda suficiente para um suicídio garantido, e só na última década dois alunos e um educador haviam se aproveitado dessa circunstância. Os incidentes ocorreram antes dos tempos de Smutek no colégio. As janelas mesmo assim não haviam sido gradeadas. Quem realmente quisesse se matar, costumava dizer Teuter, acabava se matando. Uma grade ou uma tranca não o impediriam de fazê-lo.

Quando as manhãs eram claras, a umidade providenciava sempre um nascer do sol verdadeiramente pacífico sobre o Reno, e Smutek desejava, desde seu primeiro dia de trabalho, sentar um dia, bem cedo pela manhã, com sua Branca de Neve na mais alta cumeeira do Ernst Bloch, a fim de ver como a bola vermelha de luz levantava em direção ao céu por trás das Sete Serras. Eles poderiam beber uma garrafa de champanhe e fazer amor acima dos telhados da ex-capital da Alemanha.

Em tais pensamentos, Smutek esqueceu o mau humor e começou a assobiar de leve com sua respiração uma sequência arbitrária de sons, conforme ele sempre fazia quando precisava de uma válvula de escape para aborrecimentos retidos. O barulho estridente da sineta da escola colocou as formações humanas no pátio em movimento como os campos de um caleidoscópio. Os alunos se dividiram em três torrentes que acabaram desembocando nas diferentes entradas da construção. Quatro pessoas ficaram para trás e pareciam um grupelho de aves migratórias que havia perdido o contato com o bando e discutia uma nova rota de viagem.

Sobre o muro baixo que dividia o pátio das classes superiores do âmbito das inferiores, estava sentada uma princesinha de longos cabelos encaracolados, na qual Smutek reconheceu a autoconfiante Johanna. Ela foi envolvida por três rapazes da Facção das Maravilhas, cujos sapatos de couro apareciam, pontudos, sob as barras das calças boca-de-sino. Eles vestiam camisas de tons pastel, colocadas para dentro das calças com rigidez, e no todo seguiam uma corrente da moda que determinava a seus mais ferozes defensores que andassem por aí de saias e de olhos maquiados. Dos três, Smutek não conhecia nenhum pelo nome.

A princesinha contava algo com a ajuda de todos os seus quatro membros. Agitada, ela a cada pouco jogava os cabelos para trás como se eles fossem uma praga que, apesar de todos os esforços, não se deixava expulsar. Sua voz subia em farrapos de som incompreensíveis até onde estava Smutek. Os rapazes embalavam os quadris ao ouvir, como esquiadores prestes a descer a montanha, riam, para logo depois voltar a ficar sérios, e por fim assentiram com um gesto de cabeça, selando a união com uma série de apertos de mão, nos quais se limitavam a enganchar os dedos com rapidez. À despedida, todos se tocaram mutuamente com as testas.

Uma bela coreografia. Smutek gostava de rituais como aquele, que marcavam a vida dos adolescentes por anos a fio, para depois da prova de conclusão do ensino secundário não significarem mais nada de um só golpe. Era necessário apenas juntar um grupo de pessoas, e logo elas inventavam regras, trajes e tradições, e em um voltar de olhos já haviam fundado um meio Estado. O que havia sido discutido lá embaixo, pelo contrário, interessava-o apenas tangencialmente. Ele acreditava que se tornaria um bom professor apenas no momento em que descobrisse algo que havia batizado de "neutralidade benevolente".

Quando Smutek se afastou da janela, não sentiu mais necessidade de refletir acerca de sua escolha profissional.

Por hoje, ele estava quite consigo mesmo e com o mundo em seu eterno e estereotipado retorno.

Uma princesinha contra-ataca

Ninguém imagina quantas vezes por ano, por semana ou mesmo por hora testemunha processos que significam uma preparação, uma consequência ou um breve detalhe de um acontecimento que pode acabar de forma terrível ou até mesmo fatal, mas cujos momentos individuais tomados em si não dizem absolutamente nada. Nossa incapacidade de interpretar tais fragmentos nos protege da culpa. Nem mesmo Ada, se soubesse da presença não percebida de Smutek na discussão há pouco descrita, teria chegado mais tarde à ideia de lhe fazer uma censura pelo fato de ter se afastado da janela para descer correndo as escadarias sobre duas pernas rápidas, que sempre pareciam estar querendo se ultrapassar mutuamente, a fim de ainda chegar mais ou menos a tempo para a próxima aula.

Na pausa entre a penúltima e última aulas, Ada estava sentada sobre a caixa de descarga em uma das cabines do banheiro feminino, colocara os pés sobre a tampa fechada do vaso e acendera um cigarro, que havia enrolado de reserva durante a aula que acabava de terminar. Uma discussão no curso básico de política só podia ser suportada enquanto os dedos estivessem em movimento.

Ela estava sozinha. Costumeiramente, algumas outras meninas e meninos se reuniam na cabine vizinha e, juntos uns aos outros como em um elevador, produziam uma imensa nuvem de fumaça e entabulavam conversas cujo decurso e conteúdo era determinado pelo fato de que ao lado alguém estava ouvindo. Fumar no banheiro feminino do corredor do 4º andar era uma tradição antiga. O banheiro dos meninos fedia, e nos andares inferiores as privadas eram frequentadas por alunos pequenos, que tinham de mijar em todas as pausas entre as aulas.

Ada havia começado a fumar há cerca de dois anos, a fim de poder pedir um cigarro a outras pessoas ou poder atender o mesmo pedido quando ele era feito a ela. Depois, ela começara a enrolar seus cigarros, porque era mais barato e mais estiloso, e desde então possuía um pacote de tabaco do qual ninguém queria nada. Mas isso já não lhe importava. Desde que Selma havia desaparecido na Bósnia, ela havia cortado relações com a vida social, e a estreiteza das cabines do banheiro, ademais, ela era capaz de suportar apenas sozinha.

Mal dera as primeiras tragadas, bateram à porta. Com seus 14 anos, Ada tinha de temer ser descoberta por parte de um professor mais do que qualquer outra aluna. Ela já havia levantado a tampa do vaso sem fazer ruído e queria deixar cair a bagana dentro dele quando ouviu a voz sussurrante de um aluno. A voz não pertencia a ninguém que ela conhecesse.

— A porta do lado está fechada. Podemos entrar?

Ada tinha quase certeza de que ninguém estava ocupando a cabine vizinha, mas uma recusa entraria em contradição com todas as leis da selva. Quando ela havia empurrado a trava para o lado, a porta se abriu com violência.

Três rapazes estavam parados diante dela, tão próximo uns dos outros como se quisessem entrar todos juntos pela estreita abertura, e mesmo assim não se mexeram do lugar em que estavam. Os três mantinham os olhos fixos dentro da cabine como se esta fosse uma jaula de feras, e eles tivessem vindo especialmente para serem ameaçados por Ada, que talvez apenas estivesse esperando o primeiro movimento deles para dar o salto fatal. Nenhum deles tinha um cigarro entre os lábios ou atrás da orelha. As camisas de tons pastel refulgiam como uma ilusão de óptica, três pares de sapato com bicos virados para cima apontavam para a caixa de descarga. Involuntariamente, Ada contraiu os músculos das costas e sentiu o frio da parede de azulejos.

— Ada — disse o menor deles, que tinha de se espichar para ver sobre os ombros dos colegas a sua frente —, como está teu nervo óptico?

A essa pergunta estúpida seguiu-se um silêncio de não mais de um segundo. Ainda que mal houvessem passado três horas desde a discussão com Joe, Ada encontrou apenas com dificuldade o ponto a que se referiam as palavras ditas. Para ela, o passado era passado; o que acabara de acontecer, adentrara o status do irreal e caíra a alguns metros de profundidade em uma grande pia, para a qual a designação "memória" de longe teria sido demasiado lisonjeira. Tratava-se, muito antes, de um receptáculo para lembranças quaisquer, na maior parte das vezes incompletas, fragmentárias e distorcidas, de um ferro-velho daquilo que havia sido, e que Ada apenas visitava contra a vontade, quando era obrigada a investigar uma peça determinada, que de repente se mostrava imprescindível para dar inteireza ao presente. Há quanto tempo o acontecimento se dera apenas tinha importância na medida em que Ada revolvia a parte frontal do lixão quando desconfiava que ele fazia parte da vida das últimas quatro semanas.

Mas, mesmo quando havia compreendido a que a alusão se referia, ela abriu mão de uma resposta. A pergunta servia apenas para ganhar algum tempo. E era essa insegurança de seus três visitantes que mais irritava Ada.

De onde o pequeno sabia o nome dela, na medida em que ela tinha certeza de jamais ter ouvido o dele, podia ser apenas conjecturado. E se a conjectura estava correta, ela tinha um problema, e o que lhe restava era esperar para verificar o tamanho do problema e sua natureza. Ela manteve os olhos firmemente dirigidos à testa do rapaz mais próximo.

Depois que o pequeno havia se levantado à condição de líder ao tomar a palavra, ele também estava obrigado a prosseguir. Já havia se tornado impossível ficar parado por ali sem fazer nada por mais algum tempo, para depois voltar a se despedir. E, com a parte superior do corpo voltada para a frente, o pequeno abriu espaço entre os outros dois e parou tão perto de Ada que poderia ter apoiado os cotovelos sobre os joelhos dela.

— Na aula de biologia nós aprendemos — disse ele — que o nervo óptico em casos raríssimos se encontra exatamente aqui.

Com as duas mãos ele pegou os seios de Ada, que eram suficientemente grandes para que ele, mesmo sem a experiência adequada, conseguisse apanhar a parte relevante, apertando duas vezes com força. Ada sentiu como um dos mamilos acabou entre os dedos dele e o nojo crescente trancou sua boca e seus olhos por um momento. O que era mais asqueroso, o toque em si ou a circunstância de que o rapaz precisara de uma transição tão abstrusa para chegar às vias de fato não podia ser decidido assim tão às pressas. A pergunta se tornou indiferente quando ele a largou, recuou cambaleando meio passo e, com uma expressão de rosto tão assustada quanto encantada, quase teria caído aos pés dos colegas que estavam atrás dele. Ele parecia alguém que acabava de alcançar a maior vitória de sua vida.

— O que vocês querem? — perguntou Ada. Ela não havia franzido o cenho e mantinha a respiração sob um controle tão rigoroso que chegou a sentir vertigens devido à escassez de oxigênio no cérebro.

— Pra começar, uma troca de cenário — disse um dos outros, adiantando-se e empurrando o pequeno para o lado. O terceiro o imitou. Eles a pegaram, à direita e à esquerda, sob as axilas, puxaram-na e levantaram-na da caixa de descarga colocando-a sobre as pernas. Ada aproveitou a oportunidade para buscar fôlego sem que eles o percebessem. Ela apoiou os dois pés ao chão, que era demasiado liso, a fim de oferecer resistência, deitou os braços em volta da cintura de seus agressores, enfiou as unhas de cinco dedos nas costelas de cada um deles e, quando viu que nada disso adiantava, voltou a cabeça para cuspir ao rosto daquele que estava a sua direita. Ele sorriu, enquanto a saliva lhe escorria pelo nariz abaixo, e se limpou no próprio ombro com um movimento brusco de cabeça. O golpe nas costelas pareceu não incomodar a nenhum dos dois; talvez a adrenalina tivesse diminuído a sensação de dor ou, o que teria sido pior, eles haviam gostado de sentir os dedos de Ada esmagando suas peles e camisas.

Ela podia sentir o cheiro da excitação dos rapazes e o cheiro de seu próprio medo. Era difícil de acreditar que em uma manhã comum, no coração do prédio do colégio, poderia lhe acontecer algo realmente grave. Mesmo assim, o fato de aqueles rapazes, a despeito da força nada insignificante de Ada, estarem em condições de, sem mais nem menos, arrastá-la consigo começou a adquirir importância. Como uma escarranchada manequim de vitrine, ela estava pendurada entre eles, pesada, mas não grande, com pernas que se prenderam, apoiadas, na moldura da porta e eram chutadas para o lado, com braços que tentavam sempre se agarrar onde quer que fosse.

O pequeno deixou o banheiro feminino por primeiro e fez um "V" de vitória quando estava no corredor. Ada viu Joe parada na passagem que levava do hall central ao setor dos banheiros e viu também como Joe respondeu com o mesmo gesto vitorioso. Ela pensou se devia ou não gritar. De imediato, um professor e alguns alunos teriam vindo, correndo; Ada ouvia as vozes das pessoas que vagueavam não muito distantes das salas de aula. Seus agressores teriam colhido aborrecimentos por uma brincadeira fracassada e nem um pouco divertida.

Ada não gritou. Algo a impediu de fazê-lo, talvez o orgulho e a necessidade de evitar confusão. Talvez também tivesse sido Joe, que se apoiava elegante e descontraidamente a um canto no fim do corredor, como se esperasse por uma amiga. Ela sacudia os anéis dos cabelos e parecia tão fofa com suas mãos e pés pequenos, seu queixinho pequeno e autoconfiante, a ponto de fazer com que Ada, ao passar arrastada a uma distância de 3 metros dela, sentisse o desejo para lá de engraçado de sorrir para a princesinha.

Ada foi descarregada no banheiro dos rapazes. Enquanto se segurava por algum tempo na tranca da porta, ela pensou se seus agressores de fato haviam calculado que um ataque psicológico impediria a vítima de gritar. Mas eles não teriam sido capazes de tanto refinamento. Provavelmente nem sequer tivessem pensado nisso. Provavelmente o acaso mais uma vez tivesse distribuído batatas gigantes a camponeses estúpidos.

Fedia. O banheiro fedia de um jeito que tornava indubitavelmente claro que o fato de limpar já não adiantava mais. O cheiro de urina e coisas piores vinha dos canos, do interior dos mictórios e de todos os cantos do espaço coberto de azulejos. Apenas quando os rapazes fizeram menção de sentar Ada sobre um dos mictórios, ela começou a se defender de verdade. Um de seus pontapés acertou o pequeno na barriga, a ponto de fazer com que ele mantivesse distância e por um momento ficasse curvado para a frente, enquanto os outros torciam um dos braços dela às costas; e de um modo cada vez mais brutal, até que ela deu um gemido e deixou que a sentassem no lugar que lhe haviam destinado. Seus pés não alcançavam o chão. O traseiro se apertou no vaso e a porcelana bateu em suas ancas, a pedra sanitária pressionava o tecido de sua calça jeans. De uma hora para a outra Ada desistiu de resistir e ficou sentada tranquilamente diante dos rapazes, em postura quase majestática sobre seu trono estranho.

— E agora? — ela perguntou sem manifestar comoção na voz.

— Agora nós vamos fazer anéis de cabelo.

O pequeno imobilizou Ada, segurando seus dois braços e mantendo-os às costas, enquanto os outros enrolavam seus cabelos lisos e não muito longos nos dedos, firme e cada vez mais firmemente, até chegarem ao couro cabeludo. Os cabelos eram arrancados em tufos, lágrimas brotavam dos cantos dos olhos dela, descendo-lhe pelo rosto. O trabalho causava prazer aos rapazes, ficas legal assim, logo, logo estarás parecida com Joe, inteligência é apenas uma questão de penteado. Eles riam e sibilavam entre os dentes, e sacudiam as mãos afastando dos dedos os cabelos arrancados. Ada começou a se sentir mal, e, mesmo que não estivesse sendo imobilizada pelas costas, já não seria mais capaz de se defender. Suas próprias lágrimas queimavam como água do mar nos olhos. Por fim, o pequeno a segurou mantendo seus braços às costas apenas com uma das mãos, de modo a conseguir livrar a esquerda a fim de beliscar desajeitada e bruscamente os seios dela. Nervo óptico, ele casquinava, eu estou vendo algo que tu não vês. Os outros não davam atenção a ele e continuavam cuidando dos cabelos de Ada. Os anéis não seguram, nós precisamos de um ferro de frisar, e tu estás fazendo isso intencionalmente.

Quando a brincadeira ameaçava acabar, o pequeno soltou os braços dela e abriu suas pernas. Com o indicador e o polegar da mão esquerda, ele formou um anel, que apertou sobre a virilha de Ada, começando a penetrá-lo com três dedos da mão direita. Estás vendo isso, estás vendo isso. Os outros dois a deixaram de lado, olharam para o que o pequeno estava fazendo, e faziam caretas como crianças que observavam uma aranha-caranguejeira no zoológico devorando sua vítima. Em seguida, pegaram o pequeno pelos ombros de repente, como se tivessem recebido uma ordem para fazê-lo, viraram-no e saíram correndo do banheiro.

Ada se levantou saindo do mictório com o apoio dos braços, bateu enojada jogando para longe a pedra sanitária que ficara grudada em suas calças e espiou com olhos lacrimejantes pela fresta da porta ao corredor. Não havia ninguém à vista. O hall estava em silêncio, os barulhos do recreio haviam emudecido, a aula já começara. Ela voltou do banheiro masculino ao feminino, apoiou-se à parede ao lado da pia, e se concentrou em sua respiração. Assim como se faz depois de correr, quando se exagerou na dose. Quando se chegava a pensar se talvez não fosse bom se curvar à frente e vomitar, vomitar apenas para se sentir melhor logo depois. Inspirar, expirar. Algo assim passava bem rápido, um ataque de fraqueza, ela o conhecia muito bem da pista de saibro, hipoglicemia e falta de oxigênio. Com a respiração tranquila, as forças voltavam.

Por fim, ela se aproximou da pia, apoiou as duas mãos na beirada, e se contemplou no espelho. Seu aspecto não era bom, mas menos ruim do que seria de esperar. Os cabelos estavam desgrenhados como se ela tivesse passado semanas na cama, e o couro cabeludo queimava como se estivesse sendo corroído. Com as duas mãos, ela tentou alisar os cabelos, que ainda não eram suficientemente longos para uma trança. O rosto não sofrera muito, as manchas vermelhas vinham antes da excitação do que dos maus-tratos. Ada pegou água da torneira e esfregou-a nos fundilhos de sua calça jeans, lavou seu rosto, umedeceu o cabelo e colocou-o para trás das orelhas. Quase como nova.

Essas coisas acontecem, que fazer, ela pensou. Olha só para o mundo. Acreditaste realmente que passarias por mais esta sem nenhum percalço? Ora, não acreditaste nisso. O mais importante é que tudo passa. Sempre passa, desse ou daquele jeito, como qualquer outro momento, desde que os homens se conhecem como tais, por mais cruel ou belo que tenha sido, também passou sem oferecer resistência.

Ada fantasiava que a mãe teria lhe ensinado uma única frase quando ainda era criança: nenhum acontecimento é tão ruim quanto o temor que o precede. E ela estendia o alcance dessas palavras: nada é pior do que a invulnerabilidade que abandona os homens sozinhos com seus medos.

Por um instante grotesco, Ada se sentiu alegre com aquilo que lhe acontecera.

Um príncipe adentra o cenário

Poucos minutos mais tarde a euforia estava gasta e havia passado. Química cerebral. Ada se sentiu miserável. Metade da aula já se fora, lá dentro se encontrava Joe. Já no dia seguinte, Ada passaria por ela e pelos três mosqueteiros com indiferença, no momento, contudo, a mira estava emperrada, e ela não se sentia capaz de encarar os olhares. Não queria ir para casa, onde a mãe ficava sentada por aí, engordando seu ódio contra o general de brigada, até transformá-lo em uma besta esplendorosa, coisa que usaria em seu favor no processo de divórcio. A mãe faria perguntas. Na cidade, sempre se estaria abandonado à curiosidade das pessoas, os cinemas ainda não estavam abertos e no banheiro ela também não teria suportado ficar por muito tempo. O pior de tudo era a avidez repentina de falar com alguém. Não necessariamente sobre o acontecimento. Sobre alguma coisa. Schröder. O Iraque. Sobre o 90º aniversário da perda de valores na Europa ocidental. Não sentia essa vontade há tanto tempo que ela teria de ser classificada e identificada como um cardo raro, ameaçado de extinção. Na tentativa de arrancar o cardo como se fosse uma erva daninha, ele espetava as mãos.

Ada resistiu ao impulso de manter a maçaneta da porta abaixada da maneira que costumava fazer. Vozes abafadas chegavam até ela. Um aluno lia, gaguejando, um texto em latim, e continuava tendo dificuldade com aquele código-fonte que era a língua. Ela pensou em procurar a sala dos professores e perguntar por Höfi, mandar chamá-lo se fosse o caso, era urgente. Mas a ideia de conversar com ele dando uma desculpa não vingou. Seus braços caíram quando se levantou dentro dela, com a intensidade luminosa de uma inscrição em néon, uma verdade que ela já conhecia há tempos e elevara à condição de um de seus orgulhos mal-ajambrados: no planeta inteiro não existia um único ser, por mais pequeno e burro que fosse, com o qual ela poderia falar quando tinha algo a dizer. Não havia animal de estimação, nem trecho no rio, nem mesmo uma planta de vaso à qual ela se sentisse unida. Seus joelhos ficaram moles, o choque voltou a se anunciar.

Quando passos se aproximaram vindos de dentro, ela ainda conseguiu se afastar para o lado por um triz. A maçaneta foi abaixada, a porta se abriu. Em um reflexo, ela levantou o dedo indicador aos lábios, e seus olhos se fizeram grandes e implorantes. Ali estava Olaf; ele estremeceu recuando um pouco, compreendeu, entrou, fechou a porta com acentuada tranquilidade e se recostou na parede ao lado dela.

Ele ocupava seu lugar em um banco que emendava em ângulo reto na carteira de Ada. Passando diagonalmente pelo seu rosto, ela olhava para o quadro durante as aulas. A presença dele jamais a havia perturbado. Ele pertencia aos despercebidos da turma, e gozava o status de observador sem partido. Não era muito mais alto do que ela, mantinha seus longos cabelos presos com uma borracha caseira e vestia, fosse qual fosse a temperatura, a mesma jaqueta jeans com guarnições em couro, franjas no peito e um grande logotipo do Sepultura sobre as costas. Ele parecia não ter amigos na turma. As pausas, ele as passava nas proximidades do porão das bicicletas, com um grupo composto de alunos de diferentes turmas, que usavam jaquetas e rabos de cavalo semelhantes aos dele.

Eis que agora os dois estavam lado a lado, mantinham os braços cruzados em frente ao peito e as cabeças viradas um para o outro, e se examinavam com toda a tranquilidade. Olaf dava a impressão de estar liso, como se tivesse acabado de ser retirado da embalagem. Sua barba forte, que ele cortava uma vez por semana deixando-a sempre com um comprimento de três dias para em seguida voltar a abandoná-la a si mesma, combinava exatamente tão pouco com sua pele macia quanto as sobrancelhas escuras e espessas com seus olhos claros. Aquele rosto de menina em embalagem heavy metal tinha algo tocante. E, uma vez que eles haviam se olhado fixamente por tanto tempo, Olaf sorriu e Ada sentiu vontade de pegá-lo pela mão e correr com ele até o parquinho mais próximo, sentar-se ao lado dele na borda de uma caixa de areia e começar a fazer uma casinha.

— O que está acontecendo? — sussurrou ele.

— Tenho de falar contigo — sussurrou ela de volta.

A resposta soou como se ela tivesse ficado em pé diante da porta a fim de esperar que ele finalmente viesse para fora. Ele não pareceu surpreso, virou o pulso em direção ao rosto e olhou para um relógio de plástico preto, de dimensões gigantescas.

— Agora, já?

Ela assentiu. Ele deitou a mão sobre o queixo, esfregou as cerdas de sua barba, o que causou um ruído áspero, e refletiu.

— Vou dar uma mijada — disse ele, baixinho. — Depois vou dizer que estou doente. Seria melhor que tu esperasses em outro lugar. Se alguém te enxerga, serás obrigada a entrar.

Involuntariamente, ela apalpou as partes mais importantes de seu rosto. Tudo parecia estar no lugar. O sorriso de Olaf continuou bondoso. Usando os dez dedos, ele sinalizou que os cabelos dela haviam se soltado quando ela os secava e agora apontavam, arrepiados, em direção a todos os pontos cardeais. Em seguida ele estendeu a mão a ela, que a aceitou fechando o trato.

— Na entrada do porão das bicicletas, lá embaixo, perto do portão — disse ele sobre os ombros, já a caminho da privada.

Ada desceu os quatro lances de escada voando, e a cada um deles batia sobre o corrimão com a mão aberta, de modo que o ressoar das barras anunciou sua chegada antecipadamente até o andar térreo. O movimento fazia bem. À tarde, ela iria correr, correr muito, mais rápido do que nunca. Antes disso, tomar um banho, lavar os cabelos. Depois, tomar banho mais uma vez, lavar os cabelos. Jogar todas as roupas no cesto. Usar o pulôver preferido. Correr.

Uma rampa de concreto com sulcos diagonais, nos quais pés e pneus deveriam encontrar apoio mesmo quando chovia, levava ao porão das bicicletas. As paredes estavam totalmente cobertas, sem falha nenhuma, de pichações e tinta spray. Teria demorado semanas caso alguém quisesse decifrar todas as inscrições. Ada conhecia a entrada apenas de passagem. Jamais havia estado no porão; para a escola ela vinha a pé.

Ada sentou-se sobre o chão de pedra com as costas viradas para o portão trancado. Fumar, também ainda era possível. Como era bom esquecer algo agradável, quando isso voltava a nos ocorrer na hora certa! O cigarro animou os sentidos, como se fosse feito de maconha; dessa vez a vertigem foi agradável e o espírito de Ada se afastou com velocidade supersônica dos acontecimentos de meia hora atrás. Se Olaf ainda a fizesse esperar mais 5 minutos, tudo já teria se perdido de vista, e Ada simplesmente teria ido para casa; incrédulo e magoado, ele ficaria parado diante dos metros cúbicos de ar vazio junto à porta que dava para o porão. A necessidade de falar se tornava mais tênue a cada segundo e perdia em gosto como um drinque longo, que gole a gole ganhasse mais uma pedra de gelo. Ela acabara de concluir esse pensamento quando ele estacionou diante dela.

— Febre intestinal — disse ele, sorriu para ela e passou a ver qual das chaves de um volumoso molho era a correta. Quando Ada conseguiu se levantar, se sacudindo toda, para ficar ao lado dele, teve mais uma vez a impressão de que eles se encontravam, como duas crianças amigas, a caminho de uma aventura proibida.

— Tu tens chave?

— Nós ensaiamos aqui — disse Olaf.

O fato de haver bandas escolares que se encontravam regularmente para ensaiar era parte daquelas muitas coisas que passavam por Ada como um filme na sala vizinha do cinema em que ela se encontrava, e do qual chegavam até ela apenas os ruídos dos tiroteios mais importantes.

A luz néon oscilou antes de acender e mostrou longas filas de bicicletas, que em alguns lugares haviam sido derrubadas e apareciam deitadas obliquamente umas sobre as outras. Ali os grafites mostravam ordem, haviam sido concluídos com cuidado e guarnecidos de inscrições legíveis; parecia ter havido um movimento organizado para pintar a parede com spray. A sala de ensaio se localizava atrás de uma porta larga e ficava escura mesmo com a luz ligada. Três banquetas de dois lugares, com o estofamento já gasto, estavam encostadas à parede. Ada e Olaf sentaram-se sob a janela estreita e transversal. Soavam, vindos de algum lugar lá fora, os gritos regulares e estridentes de uma gangorra de crianças mal lubrificada.

— E então? — disse Olaf.

— Queres um cigarro?

— Lamento, mas não fumo.

Ada enrolou um cigarro, ainda que não sentisse muita vontade, acendeu-o e deu algumas tragadas demonstrando experiência.

— Uns tipos me atacaram no banheiro — ela disse.

Olaf ergueu as duas sobrancelhas. E este seria o único movimento pelo qual ele se deixaria levar durante uma narrativa que, assim que foi posta em movimento, durou 20 minutos e mais dois cigarros. Quando Ada terminou, os dois ficaram em silêncio por algum tempo. Ela se sentia tão cansada que teria preferido encolher as pernas, jogar o corpo para o lado e se entregar ao sono.

— Parto do princípio de que não vais querer tomar nenhuma medida em relação a isso — disse Olaf.

— E de onde pretendes sabê-lo?

— Calculo que não terias me procurado para conversar, se o plano previsse a organização de um escarcéu dos grandes.

— Tu achas isso certo?

Ele deu de ombros.

— Não quero que me compreendas mal, mas isso pouco me importa. Num caso desses, eu consideraria tudo certo. Seja lá o que for que tu fizesses. E ao mesmo tempo errado.

— Quer dizer que eu gozo a felicidade de a partir de agora me movimentar em espaços livres da moral?

Ela o havia dito apenas para fazer uma piada, ele não entrou na dela.

— Digo-o com minhas palavras anêmicas, não sou capaz de encontrar outras para o assunto. O que aqueles tipos fizeram pertence à categoria das baixezas que transformam a vida de seres humanos num inferno no mundo inteiro. É disso que Höfi está falando quando menciona ciclos compostos de medo e opressão. Eu não consigo imaginar nem uma resposta certa nem uma errada a isso, compreendes? E olha que eu inclusive teria meios para te ajudar. — Ele refletiu por um momento e Ada pensou na banda de cabelos longos e pernas rudes, em seus casacos de couro, com cujos membros ele se encontrava no porão das bicicletas. — Mas intuitivamente eu diria... esquece.

Ele havia concluído seu breve discurso introdutório, Ada assentiu e lhe agradeceu pelo longo silêncio que veio logo depois. Quando nem mesmo sem palavras já não havia mais nada a dizer, os dois se levantaram quase ao mesmo tempo.

— Acho que agora vou para casa e contarei a minha mãe da febre intestinal que hoje tomou conta do Ernst Bloch — disse ele.

Pela primeira vez ambos riram juntos; breve e um tanto espasmodicamente, mas ambos riram. Ele voltou a lhe dar a mão.

— Até amanhã — disse ele, nada mais do que isso.

Em seguida se separaram.

Um pouquinho de Olaf

Não é difícil adivinhar que Olaf já havia dedicado um que outro de seus pensamentos a Ada antes de ela estar em pé diante dele com os cabelos desgrenhados, uma mancha larga e vermelha sob o olho esquerdo e bolhas de saliva nas comissuras da boca, para logo em seguida, em um gesto cômico, pressionar o indicador sobre os lábios. Não que Olaf tivesse necessidade de uma namorada. A questão feminina, ele a suportava com uma fleuma amistosa, que podia muito bem ser compreendida na condição de maturidade. A "primeira vez" de todas aquelas coisas pelas quais ele quase com certeza ainda teria de passar em sua vida, ele a contemplava sem demonstrar alvoroço. Quando fez 10 anos, já havia visto na televisão, em revistas e na internet os ingredientes essenciais da vida humana e inclusive testado sua consistência. Ele conhecia guerras, sexo, amor, felicidade, infelicidade, pornografia, violência sensata e insensata, tortura, compaixão, atos heroicos, estupros e muito mais. O *Homo sapiens* há tempo já havia feito todas as caretas macabras de que era capaz diante de seus olhos de criança. A humanidade havia provado ser uma matilha de mutantes perigosos, fugida às jaulas autolimpantes da mãe natureza, que se multiplicavam tão rápido quanto os vírus e estavam a ponto de destruir os últimos sistemas de ordem que ainda restavam no planeta. Olaf conhecia as trilhas pisoteadas e estreitas do "A-gente-tem-de-dar-o-melhor-de-si" e do "Nisso-não-se-pode-mesmo-fazer-nada", e sabia do pedágio de indiferença que tinha de ser pago para utilizá-las. Mesmo que tivesse manifestado vontade, dificilmente teria estado em condições de se preocupar com a questão de quando e como haveria de encontrar sua primeira namorada.

Ada despertara sua atenção porque lhe parecera divergente. "Divergência" era uma dessas palavras estranhas que ele costumava usar com regularidade quando pensava sobre o mundo, sobre si mesmo e a relação existente entre esses dois fenômenos. Olaf não se considerava, de maneira nenhuma, especial; ele não vestia sua indumentária heavy metal e suas camisetas pretas com inscrições berrantes e coloridas pelos motivos que há dez ou vinte anos poderiam ser resumidos nas categorias construção de identidade, socialização e cultura jovem, mas sim porque elas faziam parte da música da qual ele gostava, e porque outras roupas não lhe agradavam. Mas "divergência" significava "afastamento progressivo", e Olaf se afastava progressivamente.

Entre outros seres humanos, e sobretudo no interior da assim chamada sociedade de classes, ele se sentia como um europeu entre japoneses: todos eram parecidos, olhavam a gente como gaijin e por fim a gente ficava sabendo que eles eram coreanos. Norte, sul, leste, oeste? Carnívoro, onívoro ou oligófago? Olaf não tinha a menor noção. Seus camaradas de turma pertenciam a uma outra espécie, ele não sabia sobre o que haveria de falar com eles, e às vezes ficava admirado ao perceber que eles usavam a mesma língua que ele usava. Sua incapacidade de se sentir como um deles era divergência — e, em momentos de depressão, "incompatibilidade". Seus pais não apenas eram casados, mas ainda por cima moravam juntos, e Olaf se perguntava muitas vezes se não residia nisso o motivo de suas dificuldades comunicativas.

De resto, ele vinha de uma família mediana, de renda mediana e inteligência mediana. Seu pai era engenheiro civil e a mãe, se Olaf não estava enganado, era tradutora sem emprego fixo. Às vezes, ela vinha até seu quarto, inclinava a cabeça a fim de lhe mostrar a risca severa que dividia seus cabelos ao meio e os poucos entre eles que ficavam levantados, para então dizer:

— Olha só, agora todos estão crescendo. Com o estresse dos últimos tempos eles haviam caído, mas agora estão crescendo de novo. Em pouco vou ter a minha juba de volta.

Olaf assentia e fingia estar alegre. Em sua mãe, ele conhecera apenas os cabelos medianamente densos, que jamais haviam alcançado a condição de juba.

Sua irmã mais velha, que gostava muito de Olaf, havia atraído para si toda a fantasia à disposição no DNA familiar, como um ímã que caíra em uma caixa de percevejos, de modo que nem para Olaf nem para os poucos primos e primas havia sobrado alguma coisa. Também a irmã era divergente, mas nela aquilo que fazia dele um ser fleumático produzia um êxtase de atividades. Paralelamente aos estudos de medicina, ela compunha músicas para piano. O que mais lhe agradava nela era que ela odiava os seres humanos e praticamente não fazia exceções dentro desse princípio. Desde que ela havia saído de casa, não havia mais ninguém com quem ele pudesse conversar acerca do Deus morto em um mundo morto.

O grupo de roqueiros era algo diferente; com ele, Olaf formava uma banda, uma panelinha, talvez até mesmo uma gangue. Eles falavam de música e política e, na medida em que o líder estava presente, sobre teoria da música e ciência política. O líder se chamava Rocket; era, com seus 18 anos, três anos mais velho do que Olaf e tocava melhor sozinho do que todos os outros juntos. Desde que Rocket havia sido obrigado por seus pais na infância mais remota a ter aulas de violino, mostrara um talento musical dos mais respeitáveis. Pôde mudar do violino para a guitarra quando seu pai morreu. Olaf não tinha medo de muitas coisas, mas do dia em que Rocket tivesse terminado seus estudos e desaparecesse do Ernst Bloch, como ele tinha medo. O desempenho rigorosamente fraco de Rocket em todas as matérias configurava um brilho de esperança no horizonte.

O porquê de sua alegria em ver Ada ao seu lado depois das férias de verão se tornou consciente em Olaf apenas depois de alguns dias. Nela, ele observava algo que sentia também em si mesmo. Ela falava pouco e com certeza teria dificuldades na vida. De um modo estranhamente blasé, ela não dava conta das coisas. Ainda que não tivesse nada incomum em si, a não ser o fato de há meses não ter frequentado o cabeleireiro, não se maquiar e usar roupas que serviriam tanto a uma moça de 16 anos quanto a um rapaz de 20, a turma a olhava com desconfiança, e em alguns momentos inclusive com hostilidade. E pouco importava o que lhe manifestavam, ela sempre olhava com os mesmos olhos fixos e vagos. Olaf até havia lhe dirigido a palavra algumas vezes, e sempre se sentira como se estivesse tentando ensinar na linguagem dos sinais o grandioso dois mais dois a um peixe por trás das paredes de vidro do aquário. Sim, ela lhe emprestava um lápis. Sim, ele podia copiar o exercício de matemática. Claro, Höfi era um bom professor, como assim?

Pessoas precisam de pretextos para se ocupar umas das outras. Ada não proporcionava nenhum pretexto, e Olaf perdera toda a inventividade para a irmã mais velha, antes de nascer. Porém, desde o momento em que ele havia chegado ao corredor, ficando ao lado dela, as coisas passaram a andar na linha, como uma bola de boliche que havia deixado sua trilha para seguir rolando na calha lateral; com certeza não em condições de acertar alguma coisa, mas pelo menos em rota regular e previsível. Olaf sentia que estava fazendo e dizendo incessantemente a coisa certa.

No dia seguinte, ele chegou, por si mesmo, 15 minutos antes em frente à sala de aula, caminhou pelo corredor e manteve a guarda para o caso de Ada não chegar atrasada à aula como de costume, coisa que naquela manhã especial poderia deixar margens às suspeitas de covardia. Ele não acreditava que ela seria capaz de se permitir semelhante fraqueza.

E tinha razão. Antes mesmo de a sineta tocar pela primeira vez, ela apareceu dobrando no canto, não com sua velha mochila pendurada às costas, mas sim apertada ao peito como fazia uma criança no primeiro dia de aula. Sob o olho esquerdo havia um inchaço azulado. Ela não havia contado nada a respeito de um golpe tão duro no rosto. Olaf suspeitou que ela mesma não o havia percebido no dia anterior, e também nisso estava certo.

Ada descobrira a deformação de sua face no espelho do banheiro e se poupara do esforço de afirmar diante da mãe que havia caído da escada de caracol. Em vez disso, ela anunciou redondamente não querer falar sobre o assunto e deixou a mãe para trás chorando sobre o jornal aberto e fazendo com que a tinta com que acabara de pintar os cílios lhe corresse em listras rosto abaixo. Doeu em Ada saber que a imaginação da mãe superaria em muito o alcance da realidade. Mesmo assim, não havia possibilidade de dar notícias acerca da verdade. Por que tentá-lo, então?

Olaf deu um passo ao encontro dela e começou a falar sem cumprimentos nem prelúdios. Conversavam sem parar como se fossem velhos conhecidos, como se dessa vez ele tivesse esperado diante da porta para contar algo que só podia revelar a ela. A conversa tratava de um rapaz chamado Rocket, que sempre se apresentava durante as pausas no escritório de um jovem professor de história, de cuja homossexualidade a escola inteira sabia, para, rebolando jeitosamente sua bundinha de músico, melhorar a nota do trabalho oral. Enquanto a história insensata durava, os olhares de Ada procuravam, confusos, a função ajuda no rosto dele.

No minuto seguinte, ela havia compreendido o que ele estava querendo com aquele ataque. A sineta das pausas, uma antiga cúpula de metal do tamanho de uma bacia de salada presa à parede, sobre a qual, lateralmente, um martelinho também de metal descarregava sua fúria, fez estridular seu penetrante ruído. Joe passou pelos dois, ficou parada involuntariamente por um instante ao reconhecer Ada e se pôs a ouvir a conversa.

E então ele de fato o pegou. Como eu gostaria de ter o rosto dele. Eu te garanto, sempre dá certo. Ada deitou a mão sobre o braço de Olaf e começou a rir; ele agarrou o cotovelo dela e a empurrou, sem parar de falar um instante sequer, em direção à porta da sala de aula. Agora o assunto era a banda 10 Orelhas Ouvem Mais do que 2, um belo nome, fora ele mesmo quem o escolhera, e ainda que devido ao tamanho os outros costumassem falar dos Orelhas, coisa que soava um pouco parecido com Ovelha, o nome ainda hoje lhe agradava. Até mesmo os Rolling Stones eram chamados resumidamente de Stones e, ademais, só nomes constituídos de apenas uma palavra escapavam a esse destino, Megadeth, por exemplo, Metallica ou Sepultura.

Com seu coturno, Olaf pisou no pé de Joe. Desculpe, Johanna, foi sem querer. Quando Ada chegou ao lugar onde sentava, acabara de ser convidada para o ensaio da banda, à tarde, e enfim havia recuperado a fala. Ela não tinha nada contra heavy metal, pelo contrário, alguns grupos realmente haviam dado ao mundo músicos excelentes; Dream Theater, por exemplo, dos quais alguns haviam estudado na Berklee School of Music, em Boston. Isso ela havia lido num jornal. Olaf estava encantado com o fato de ela conhecer Dream Theater, e por não necessitar de nenhuma explicação no sentido de que os ruídos roqueiros não raras vezes eram compostos segundo estruturas clássicas de sinfonia. Entusiasmado, ele deu uma batidinha no ombro dela, coisa que já não era mais parte do show e foi, advertido pelo professor, o último a ocupar seu lugar.

— O que foi que aconteceu com teu olho — sussurrou a vizinha da esquerda, com a qual Ada jamais havia trocado uma palavra.

— Se eu fosse casada — disse Ada —, eu diria que caí da escada.

A menina não entendeu a alusão, baixou as comissuras da boca, lançou o queixo à frente e ficou parecendo com um médico que faz um diagnóstico básico.

Vagarosamente, bem vagarosamente, Ada levantou a cabeça e encontrou o olhar de Joe, que, como tantas vezes, mirava nela vindo do outro lado da sala.

Em ambos os lados da boca havia dois vincos profundos que por um momento fizeram Joe ficar parecida com a máscara de seu próprio rosto, 20 anos mais velho; uma divinação óptica que Ada encarou com um sorriso áugure. Jamais antes na vida ela havia alcançado um sorriso tão radiante. Ele deixou um ressaibo doce em sua língua.

No âmbito de um flashback musical é revelado o motivo da presença de Ada no Ernst Bloch

À hora combinada, à tarde, Ada apareceu em frente ao porão das bicicletas. Quando havia chegado em casa depois da aula, encontrara o apartamento vazio; nenhum bilhete sobre a mesa. E uma vez que a mãe raramente saía para a rua fora do horário fixo das compras e do cabeleireiro, Ada temeu ser ela mesma o motivo dessa excursão repentina.

Imediatamente após o desaparecimento do general de brigada, há dois anos, a mãe havia superado algumas vezes seu acanhamento recém-saído do forno e ido ao centro da cidade para comprar para sua querida filha um punhado de envoltórios novos que, respeitando livremente a regra que diz que a ciência determina a consciência, estavam destinados a fazer dela uma coisinha atrativa, livre, leve e solta, que seria capaz de se virar sem mais nem menos com a difícil situação familiar. Ada havia segurado as coloridas roupas de verão, as calças apertadas de tecido e os pulôveres estampados na ponta dos dedos para o alto, sem se alegrar o mínimo que fosse, mas sim voltando sempre de novo a sacudir a cabeça para dizer em voz triste continuamente a mesma frase: "Mãe, isso não é nada pra mim." E dizia que seu tipo não era adequado àquelas roupas, que tinha pernas de corredora, uma cabeça grande, e que a parte superior de seu corpo era demasiado pequena, não contado aquilo que comumente vinha a ser chamado de tetas grandes; e, uma vez que a mãe não queria parar de dizer como Ada poderia parecer lindinha se usasse as roupas certas, ela um dia se deixou levar pelo comentário de que seu próprio corpo lhe era simplesmente detestável, e que ela provavelmente se tornaria anoréxica se não fosse demasiado indolente para tanto. Dali em diante, os passeios à cidade levavam a um psicólogo de crânio quadrado, sobre o qual ainda cresciam uns poucos cabelos brancos.

Primeiro com paciência, em seguida com um sorriso que se fazia cada vez mais pétreo, o homem ouviu os arrazoados longuíssimos de Ada sobre o fato de sua ciência de certa forma estar sendo desperdiçada com um espírito que não acreditava na disponibilidade de algo como a "alma"; em seguida ele fizera uma série de perguntas com "por que" no início e chegara à conclusão de que Ada não estava doente, mas sim apenas sendo exigida bem abaixo de suas capacidades. Todos os livros que ele sugeriu ela já havia lido. Pular uma das séries não seria recomendável para uma criança que já agora era um ou até dois anos mais nova do que seus colegas. Uma Selma não poderia nem ser tirada da cartola nem buscada na Bósnia. Ele aconselhou à mãe que esperasse e não se preocupasse em demasia.

Depois da expulsão de Ada do Ginásio Nicolau Copérnico, elas mais uma vez estavam sentadas na sala de espera pintada em amarelo, folheavam a revista *Psicologia hoje* e a mãe mostrava ao mundo sua "cara-de-viste". Dessa vez o motivo para a visita, presumido pela intuição materna, estava à mão de forma bem concreta e irrefutável. Segundo o ponto de vista da mãe, no pequeno deslize de Ada no Nicolau Copérnico havia culminado uma aberração que era consequência da separação desagradável de seus pais. Mas Ada não acreditava em traumas familiares e continuava não acreditando na alma. Como se fossem mascates, eles bateram à porta de mais três consultórios médicos até que a criança passou a ser considerada, em caráter oficial, resistente a terapias. Em pé diante do porão das bicicletas, Ada esperava encarecidamente não precisar explicar mais uma vez esse fato consumado diante de qualquer órgão competente.

O tempo estava primaverilmente cálido, as árvores com suas copas amareladas elevavam seus galhos mais uma vez para o alto, a fim de agarrar os ares carregados de aroma. Da moita na parte superior da rampa chegavam os ruídos de uma guerra de pardais. A música só podia ser ouvida quando se estava imediatamente junto à porta de metal. Um acorde de baixo, alguns toques de guitarra que poderiam pertencer a quase qualquer uma das músicas de rock compostas nas últimas duas décadas. Quando Ada havia aberto o portão destrancado, o som ficou bem alto, e quando entrou pela porta que dava para a sala de ensaio ele ficou mais alto ainda, e olha que os Orelhas ainda nem haviam começado a tocar direito. O lugar, que ela conhecia do dia anterior, estava mudado apenas pela presença da banda. Olaf e mais outro rapaz estavam acomodados cada um sobre um sofá, e o chefe dos dois se encontrava em pé sobre uma pequena mesa, o organista contemplava o lado inferior de seu teclado e o baterista ainda não havia chegado. Os acordes de baixo vinham de Olaf. Cada um dos presentes parecia ocupado apenas consigo mesmo e com seu instrumento; nem rapazes, nem sons tinham algo a ver uns com os outros. Pela janela estreita entrava pouca luz.

Depois de ter sido cumprimentada com os olhos por Olaf, Ada sentou-se sozinha sobre o terceiro sofá. Ali dentro estava úmido e fresco, de modo que ela nem fez menção de tirar a jaqueta. O baterista chegou e, sem dizer palavra, sentou-se entre suas latas e cubas. Na luz crepuscular, Rocket em pé sobre a mesa, apesar da pouca idade, dava a impressão de ser um estágio anterior, mas diretamente a caminho de Iggy Pop. As peças de roupa de uma pessoa maior balançavam em volta de seus membros magros, os cabelos descuidados cobriam seu rosto, que ele mantinha obliquamente direcionado ao chão, atento aos menores sinais de vida vindos de sua guitarra.

Ada pensava em voltar quando o baterista, até agora ocupado em girar e parafusar e escolher os pratos de seus instrumentos, começou a matraquear suavemente em seu címbalo, para ao fim passar a um ritmo simples, que ele bateu teimosamente sobre a borda de alumínio do prato mais importante. Demorou um momento até o baixo de Olaf seguir a ordem. Ela pôde acompanhar como os sons se enlaçaram uns aos outros, como os músicos se encontravam tateando às cegas, se tornavam íntimos e aos poucos entregaram o que passava por suas cabeças. E quando eles enfim começaram a tocar Ada se recostou ao espaldar do sofá. Depois de Don Camisi, ela só ouvia música quando estava correndo, sobretudo Evanescence, cujo rosto de boneca da vocalista a olhar malvadamente havia fixado as feições de um século que já nascera morto na capa de um CD. Eis que agora ela adentrava um mar aberto de sons, enquanto tudo que costumava acontecer em salas de aula e casas de família, em ruas, trilhas e pistas de corrida ficava em terra, se tornava cada vez menor, para logo em seguida desaparecer. O tempo se distendia, fluía ganhando largura, formando montinhos de minutos, linhas de segundos, poças de horas para se encolher em um espasmo como uma água-viva, na qual se enfiou um dedo, quando Rocket levantou a cabeça, elevou os olhos crísticos ao teto de concreto e começou a cantar. Ada teve a impressão de conhecer a melodia, mas não conseguia se lembrar do título da música.

My god sits in the back of a limousine. My god comes in a wrapper of cellophane. Starfuckers incorporated.

Por um momento eles lavraram por versões cover de canções que Ada conhecia do rádio ou de lugar nenhum. Quanto mais ela ouvia, tanto mais a música lhe agradava; apesar do som pesado de garagem, apesar dos solos deixados de lado, que nenhum entre os membros dos Orelhas era capaz de executar, apesar da voz de Rocket, que ao fim das contas era mais apropriada para gritar do que para cantar; apesar das passagens em que o conjunto se transformava em uma briga a tapas dos instrumentos. Quando Rocket entabulou um novo compasso que ela de fato reconheceu, Ada se levantou imediatamente. Evanescence. Ele devia ter adivinhado. Talvez ele simplesmente tivesse suposto que meninas gostavam de música feita por meninas.

Ada nunca na vida havia cantado. Ao correr, ela às vezes sussurrava os textos de suas músicas preferidas para acompanhar o ritmo. E agora ela fazia o mesmo: murmurar. Correr, ainda que apenas em espírito. Ela pegou o microfone com ambas as mãos, dirigiu-o à boca e abriu mão de fixar a hélice. Quando fechou os olhos, viu o rosto infantil de Olaf diante de si, viu como ele a tomava por uma das mãos, que já não mais pertencia a ela, viu-o se afastando com seu invólucro externo, conduzindo-a lentamente, o instrumento às costas. Uma estrada empoeirada, seguindo a linha em direção ao horizonte. Relva dura de estepes e céu branco. Em seguida o logotipo da MTV.

My god, my tourniquet, return to me salvation.

Passagens desconhecidas do texto, ela as substituía por palavras fantasiosas e trechos inventados. Na segunda estrofe — tinha de ser uma segunda estrofe, pois o texto que ela conhecia acabara enquanto a música continuava — ela levantou a voz. Enquanto cantava, imagens começaram a perpassar sua cabeça, perseguiam umas às outras, se amontoavam, procuravam se juntar em uma sequência. Ela conhecia essa situação da pista de saibro e dos minutos anteriores ao sono.

Ainda que o disco com as músicas para *Daredevil* com duas canções de Evanescence surgiria no mercado americano apenas seis meses mais tarde; ainda que a música naquela época não tivesse nem mesmo sido composta, talvez nem sequer sido pensada ou sonhada, os Orelhas de algum jeito a haviam tocado naquela tarde de setembro no porão das bicicletas. Ada se lembrava com precisão mais tarde, podia descrever com detalhes como ela havia caminhado ao pretérito sobre uma ponte temporal construída confortavelmente ao som daquela música, apenas três meses de volta àquela noite de julho na qual centenas de estudantes haviam se reunido para a festa de despedida do ano letivo no salão multifuncional do Nicolau Copérnico. Realidade é uma outra palavra para aquilo que as testemunhas lembram.

Now I will tell you what I've done for you.

Já os primeiros takes haviam trazido movimento às pessoas. A sala espaçosa naquela noite era constituída de escuridão concentrada e úmida, luz palpitante e baixos estrondosos. Todos corriam pela pista de dança, os mais fortes conseguiam lugar no meio, os mais fracos balançavam às margens. Ada havia se precipitado ao centro da oscilação como um corpo celeste no buraco negro, um verme entre gigantes, sem ter completado 14 anos, e já há duas horas presente no lugar de modo ilegal. O rosto do promotor apareceu nítido em meio às nuvens e manchas, estava rigidamente em pé sobre as vogas e não queria sair do caminho. O que continuas fazendo aqui?

O rapaz frequentava uma série mais adiantada, e Ada, que não sabia seu nome, o havia batizado de "Promotor" porque ele a esperava quase diariamente no pátio da escola para lhe dirigir uma pergunta. Ada, o que é o sentido da vida? O que aconteceu dia 11 de setembro? Ada, Deus existe? O que ele queria dela, ela não sabia, e dava respostas curtas. O sentido da vida é o que resta quando se deixa de lado tudo aquilo que não faz sentido. No dia 11 de setembro Davi inventou a funda, mas espera para ver como a história continua. Deus não existe, o que existe é uma necessidade de Deus, o que vem a dar no mesmo. Às vezes, ele ficava de guarda para ela quando ela fumava escondida atrás da parada de ônibus. Ele não era um amigo, era por assim dizer um inimigo estranhamente amigável.

50thousand tears I cried.

A música não era suficientemente alta para suplantar a voz dele. No fundo não fazia diferença nenhuma o que ele tinha a dizer, apenas que se tratava de uma multidão, e que dizia respeito a todas as coisas pelas quais sempre se limitara apenas a perguntar. Ateus como tu. Pessoas que são culpadas. Terror. Sua voz, que se aproximava, junto ao ouvido, dentro do ouvido, era ruim, e seus dedos que perfuravam os braços dela. Te largar? Quem sabe chamamos primeiro um professor? É quase meia-noite e tu tens 13 anos, pequena Ada, 13 anos. Dança comigo, minha pequena hidrocéfala.

Don't want your hand this time, I'll save myself.

De repente Ada não teve mais vontade de continuar ouvindo as bobajadas insensatas que ele dizia. Ela era demasiado inteligente para algo assim, demasiado inteligente, demasiado forte e demasiado sozinha. Como que automaticamente, o braço dela se levantou, sem peso como se tivesse superado a lei da gravidade, voou ao lado dela nos ares, se fez duro, ajustou sua posição até que o punho se encontrasse ao lado de sua orelha esquerda, a mesma em que o promotor ainda há pouco estivera falando. As luzes coloridas e vagantes do globo da discoteca sobre suas cabeças se refletiram no metal do soco-inglês. Ele estava reluzente de tão limpo porque Ada sempre o carregava consigo no bolso das calças. Há meses o havia comprado por 5 marcos no mercado de pulgas. O vendedor vestia uma jaqueta de couro, era careca e sorrira para ela: Assim está bem, pequena, na vida sempre há apenas um que ataca primeiro e um que hesita demais.

Ada não se interessou pela filosofia dele. Colocou o soco-inglês no bolso, sentiu sua pressão na coxa, e ele podia ser visto através da calça; era como um arrimo ao qual a gente podia se agarrar quando o chão começava a tremer.

Ada manteve o braço um pouco distante ao lado do corpo e assim atacou batendo, completando o movimento que fez seu corpo dar meia-volta, o polegar fora do punho e apertado contra o indicador. E foi assim. Ela jamais havia batido em alguém. Leve e mole, a mão acertou, de baixo para cima, o queixo daquele que estava a sua frente, que era um tanto mais alto do que ela. Um pequeno impulso, nada mais. A cabeça do promotor voou para o lado como se fosse a de uma molenga boneca de pano. Ainda que Ada tivesse certeza que não havia tocado o nariz dele, o sangue brotou e desenhou uma pirâmide sobre a camisa clara. O promotor cambaleou para trás e quase teria caído. Todo seu comportamento constituía um exagero desmedido diante do fato de uma menina, de menos de 50 quilos, ter feito nada mais do que simplesmente lhe dar uma lição inocente. Ada teve de rir. Seu banana, ela disse a ele, ainda que com o barulho da música ele na melhor das hipóteses pudesse apenas ver que os lábios dela se mexiam, que banana!

Quando ela levantou o braço pela segunda vez, alguém segurou sua mão no ar. Ada não sentiu necessidade de se confrontar racionalmente com esse acontecimento. Ela apenas deu um coice para trás e acertou uma canela com o taco da bota. Algo caiu ao chão, um copo talvez, uma garrafa vazia, uma pessoa. Ela deu três passos à frente e bateu com o punho no meio do rosto do promotor, que com as duas mãos tentava estancar o sangue que saía de seu nariz. Naturalmente ela acertou suas mãos. Houve um rangido. O soco-inglês refletiu a luz da discoteca, e Ada bateu de novo. Seu oponente foi ao chão. Ela mirou em suas têmporas, ela mirou na parte de trás das orelhas. Alguns braços a seguraram, envolveram sua cintura, dez dedos se agarraram a seu punho tentando entrar nele como vermes teimosos, desfizeram a mão pronta ao golpe, tiraram dela o soco-inglês. Como todos trabalham tão bem juntos, de repente, quando de resto eram sempre uns contra os outros; com que habilidade e com que harmonia eles conseguiam agir quando se tratava de levantar uma menina do chão e segurá-la no ar, imobilizar suas pernas que chutavam para todos os lados, escapar de suas unhas e de seus dentes. Por fim, Ada se deixou cair. Ela não perdeu de modo algum a consciência, queria apenas deitar de costas por alguns instantes, fechar os olhos, gozar os últimos compassos da música.

So go on and scream, scream at me, I'm so far away.

Ada jamais voltou a ver o soco-inglês, e no fundo também não sentiu sua falta. Na manhã seguinte, ela despertou com a vaga sensação de que havia acontecido algo maravilhoso, algo do qual não podia se lembrar no momento. Ela sorriu, ainda meio dormindo. Talvez fosse natal. Ou aniversário.

I'm going under.

Ada cantava com todas as suas forças. Sentia as vibrações da própria voz sem que para tanto fizesse mais do que abrir a garganta tanto quanto podia. No momento em que a música ficou mais alta até o acorde final de anestesiar os ouvidos, Ada arregalou os olhos e correu de volta ao presente pela ponte invisível, saiu daquele ambiente subindo a rampa do porão das bicicletas. Ela se sentia mal, esticava as mãos para longe do corpo como se tivesse pegado sem querer em uma massa pegajosa. Cruzou o pátio da escola diagonalmente em direção ao parque. Eis que mais uma vez existiu algo do que se podia fugir. Do que se tinha de fugir.

Ela trocou de roupa no gramado aberto e entrou na pista de saibro; saiu correndo, sem fones de ouvido, sem música, e deu uma volta atrás da outra em velocidade cada vez mais rápida, de olhos semicerrados e pensando em coisa nenhuma. Não muito longe da pista estava sentada, sobre a grama aquecida pelo sol, uma menina descalça, que olhava para Ada e alimentava seu bassê com os retalhos de calosidades que ela arrancava da sola de seus pés.

Smutek vê uma aluna correndo

Ela não riu da cara dele quando ele contou de sua conversa com o diretor. A Sra. Smutek pediu que ele repetisse mais uma vez as frases de Teuter e fez com a mão um movimento impaciente que Smutek jamais percebera nela. Os dedos de Branca de Neve se moviam no ar como se deixassem um rosário invisível correr pela mão.

Eram belas mãos, as unhas lixadas e polidas com cuidado a ponto de fazer com que brilhassem como plástico cor-de-rosa. Desde os tempos de estudante, em Berlim, a Sra. Smutek havia trocado o colorido alegre do vício polonês de se maquiar pela bagatelização intelectual, não pintava mais as unhas, vestia ternos folgados e permitia que seu cabelo secasse sozinho depois de lavado. Só o batom vermelho ela havia mantido, e renovava-o várias vezes ao dia. Smutek tinha orgulho de ser o único homem na face da terra que conhecia sua boca sem maquiagem, que na verdade era bem menor do que parecia ser durante o dia. Quando a Sra. Smutek saía da cama, pela manhã, seus olhos negros dominavam seu rosto, no qual todas as outras cores se diluíam pálidas umas sobre as outras.

Smutek amava os dedos dela e achou o novo gesto obsceno. De qualquer modo, ele já tinha dificuldades em observar a mão direita de sua mulher sem imaginar como ela envolvia seu pau.

— Queixa-te ao mantenedor da escola — disse sua mulher.

A isso Smutek se dispôs a lhe esclarecer mais uma vez a diferença entre o diretor e o mantenedor da escola. Era apenas Teuter quem tinha poder de decisão sobre os objetos do cotidiano escolar.

— Eu sei disso — disse sua mulher. — Como um homem tão grande como tu pode ser assim tão burro?

Ela estava em pé diante dele e ele sentado em uma cadeira de cozinha, uma das pernas dela entre seus joelhos e os seios exatamente na ponta de seu nariz, enquanto ela acariciava os cabelos dele com ambas as mãos, porque jamais gostava tanto dele como quando o insultava.

— O mantenedor — ela disse — é quem decide acerca das coisas que custam um bocado de dinheiro.

— Isso mesmo — respondeu Smutek, e levantou sua cabeça contra as mãos dela como um gatinho novo.

— Então transforma o grupo de atletismo em algo que custa um bocado de dinheiro.

Ela tirou os dedos dos cabelos dele, a fim de conceder lugar à ideia.

— É isso! — exclamou ele. — Uma nova quadra de esportes.

Ele envolveu a cintura dela com um dos braços e ergueu-a consigo para o alto ao se levantar, pegou-a por trás dos joelhos e carregou-a ao quarto contíguo, enquanto ela escondia seu rosto no pescoço dele.

No dia seguinte, depois do término das aulas, Smutek resolveu fazer uma caminhada até o Reno. O ar estava ameno, o ano se dava ao luxo de uma segunda primavera em fins de setembro. Embora as noites já esfregassem as peles com suas superfícies ásperas de frio, durante o dia o sol transformava todos os homens em heróis, e fazia as mocinhas rirem, enquanto um vento morno ajeitava os topetes com uma das mãos e com a outra empurrava passantes a cambalear, misturando-os. O terraço de britas do café junto ao bastião estava cheio, todos carregavam as promoções da liquidação de verão, que de resto apenas eram tiradas do armário no ano seguinte. A passos largos, Smutek caminhava bem próximo à balaustrada. Uma velha senhora jogava fatias inteiras de pão à água, ainda que não houvesse gaivotas nem patos nas proximidades. O pão era levado pela correnteza como uma estranha mensagem de garrafa lançada ao mar.

Em Mehlem, Smutek deu meia-volta e apostou consigo mesmo ser capaz de acompanhar os cargueiros que desciam o rio fazendo barulho; perdeu e ganhou ao mesmo tempo, e se incomodou com a sensação de soma zero que recai sobre todas as apostas que a gente faz com a gente mesmo. Quando voltou as costas ao rio e subiu as escadas estreitas que davam para o parque da escola, ele se sentiu como um visitante que pisava no terreno pela primeira vez. Sob os castanheiros, ele percorreu o caminho de pedras britadas e diminuiu o ritmo de seus passos a fim de retardar por um momento a visão da quadra de esportes.

A pista de saibro jazia cinzenta entre as áreas de grama. Nuvens passavam por cima dela, lotadas como navios cargueiros de grande calado. O lugar estava mal das pernas. Para constatá-lo, bastava um único olhar, ele poderia ter se poupado de caminhar até Mehlem. Em uma pista como aquela não se poderia pensar em treinamento sério. A extensão não chegava a 400 metros, de modo que um corredor era obrigado a fazer curvas muitas vezes e não podia aproveitar as possibilidades de aceleração concedidas por retas mais longas. O piso tinha décadas de idade. Paralela à reta de chegada, situada ao lado do rio, ficava a raia de aceleração para a pista do salto em distância, que nada mais era do que uma caixa de areia descuidada com tábuas em volta. No meio da pista de corrida havia um gramado pisoteado, nenhum equipamento para salto em altura, nenhuma possibilidade de arremesso de dardo, para não falar em lançamento de peso. Uma quadra de esportes arranjada de modo tão pouco amável não era digna de um colégio privado tão respeitado quanto aquele.

Smutek decidiu direcionar seu requerimento primeiro a uma nova pista de corrida. Ele voltou os olhos para o céu e mandou um cumprimento a sua esposa. Ela era genial. Ele apenas se admirava por não ter chegado, ele mesmo, àquela conclusão. E mais ainda se admirou com o fato de algo se encontrar em constante movimento sobre a pista de saibro.

Viu um montinho de roupas e sapatos no chão, como se alguém tivesse se livrado deles às pressas para se jogar à água num dia quente. Desde que Smutek acompanhara uma conversa na sala de professores, na qual se tratou do nexo existente entre talento e recusa, ele sabia que aquela menina que agora dava suas voltas na pista e de resto sempre ficava parada, indiferente, no pátio dos fumantes, se chamava Ada. Ele gostaria muito de ter perguntado a ela se seu nome era uma homenagem ao maior entre os livros de Nabokov.

Enquanto ele se aproximava mais um pouco, foi invadido por uma sensação desconfortável, que não era muito diferente daquela que se tem quando se aposta contra si mesmo, mas que nitidamente se devia à presença de Ada na quadra de esportes. Desde o princípio do ano letivo, ele simplesmente a havia encontrado com demasiada frequência, ou, para expressá-lo melhor, sua percepção colocava Ada em cena de maneira demasiado nítida, emoldurava-a em uma importância indeterminada, elevava-a à categoria de tema central, a uma marcação dos trechos quebradiços no sistema chamado realidade. Smutek não se permitiu tempo suficiente para considerar que acontecimentos futuros muitas vezes são anunciados pela repetição de determinados modelos, por coincidências aparentemente casuais, que se sucedem umas às outras cada vez mais rapidamente e se adensam a ponto de virar algo que então passa a se chamar "acontecimento" e já ocorreu há muito quando o homem se acomoda a enfim percebê-lo.

Em volta da praça de esportes não havia nenhuma árvore atrás da qual ele pudesse se esconder a fim de prosseguir suas observações de modo um pouco menos exposto. Como um poste, Smutek estava parado em campo aberto e expulsava suas ideias esotéricas com a análise concentrada do estilo de Ada ao correr. Podia-se ver muito bem que ela não treinava, e sim corria por outros motivos, talvez apenas por diversão, ou para descarregar sua tensão, e nisso mantinha o ritmo, que contudo parecia espantosamente alto a Smutek. E isso embora ninguém por certo jamais tenha lhe ensinado algo sobre o que significava uma corrida profissional. Os punhos semicerrados eram impulsionados à frente sem harmonia pelos braços que trabalhavam semelhantes a pistões e atingiam o vazio, como se o ar dispusesse de pegadores nos quais alguém pudesse se agarrar e puxar seu corpo sempre adiante. Braços e pernas vibravam para os lados gastando energia desnecessária, e a força conjunta não se direcionava estritamente ao ponto imaginário que ficava em frente dela, mas ao mesmo tempo também para cima. Ada compensava o comprimento reduzido de suas pernas com passos assaz longos.

Fosse como fosse, ela era rápida. Smutek decidiu marcar seu tempo. Quando ela passou a linha de chegada mais uma vez, ele olhou para o relógio e comparou a corrida do ponteiro dos segundos com a posição de Ada na pista, lançando olhares rápidos de um a outra. Ela mal necessitava de 60 segundos para uma volta. Levado em conta o fato de que a pista tinha bons 300 metros, ela corria a uma velocidade de quase 20 quilômetros por hora, portanto. Ele ainda marcou o tempo de mais quatro voltas para enfim acreditar no que via. Era impossível que ela mantivesse o ritmo por muitc tempo.

Uma vez que Ada não vestia camiseta, mas apenas um top esportivo, que mantinha os seios firmemente apertados ao corpo, ele podia avaliar a constituição do corpo da moça como se fosse um cavalo de corrida que se apresenta no circuito antes do clássico. O aspecto dela era atarracado e nem de longe adequado a correr. As ancas eram largas e mal se tornavam mais joviais diminuindo na cintura, dominavam a linha do tronco e continuavam rigorosamente retas até o tórax. O abdome era musculoso e abaulado, como se dois estômagos, dois intestinos e dois úteros tivessem de encontrar lugar dentro dele. Smutek pensou nos membros longos de sua mulher, que tinham mais que o dobro da idade e mesmo assim pareciam mais jovens do que a arquitetura arcaica de Ada, e, para sua própria surpresa, constatou que mesmo assim achava Ada bonita. Ou simplesmente apenas rápida. O socar e saltar de suas pernas se transferiu como um ritmo ritual à ordem que imperava dentro dele, e ele quis jogar o casaco de lado e sair correndo atrás dela, alcançá-la, adequar a cadência de seus passos aos dela. Ele queria beber o ar que ela respirava como se os dois fossem uma só boca, chegar junto com ela ao momento em que a respiração se acalma e flui com tanta tranquilidade a ponto de fazer pensar que a gente pode sobreviver até mesmo debaixo da água. Smutek pensou em dois cavalos galopando a distância numa planície, como se o horizonte fosse uma estrada construída apenas para eles.

Sem percebê-lo ao certo, ele havia se aproximado da pista de corrida e quase tropeçou em uma criança sentada sobre a relva. O bassê da menina começou a latir furiosamente, Ada levantou os olhos e freou sua corrida, a menina se mandou, puxando o cão nervoso pela guia atrás de si.

— Olá — disse Ada, quando parou diante dele. O suor escurecia suas calças nas coxas, pingava da ponta de seu nariz, brilhava nos braços e na barriga.

— Não fique parada — disse Smutek. — Vais pegar um resfriado.

Juntos, eles voltaram à pista e caminharam um ao lado do outro em grandes passos. Agora Smutek tinha a impressão de conduzir o cavalo a aliviar a tensão muscular depois de ter mostrado toda a capacidade de seu desempenho.

— E então, estás fugindo de quem, correndo desse jeito?

Ele quis apenas brincar e assustou-se quando ela voltou o rosto para ele, olhando-o sem vê-lo com uma seriedade estranhamente morta. Sob o olho esquerdo, ela apresentava uma mancha escura e inchada, que ele só agora percebia.

— Se o senhor quiser perguntar se eu bati a cara na porta... pode mandar brasa. Tenho as respostas na ponta da língua.

Smutek entendeu, acenou inclinando a cabeça, e não soube como expressar que lhe era indiferente o que havia acontecido com ela, se seu pai a havia espancado, ou se fora seu namorado, ou se ela de fato havia tropeçado na escada ou na corrida... Pouco lhe importava. Eles não se conheciam. Ela levava sua vida, ele a sua. Caso ela necessitasse de ajuda, podia dizer, e ele então veria o que poderia ser feito. *To wszystko*, isso era tudo. Ele não era um pedagogo, era um prestador de serviços.

Era isso que ele queria lhe dizer; e ela por certo teria se alegrado, mas ele não encontrou palavras, e da situação pôde deduzir que Ada era difícil. Na sala dos professores era tida como caladona, mas ela não ficava calada e sim fazia os outros se calarem diante dela, o que era bem diferente. Smutek não tinha nenhum problema com isso. Na condição de professor, ele possuía a capacidade de desligar todos os sensores para questões interpessoais e ignorar os sinais dos outros membros da espécie aos quais o homem está exposto permanentemente. Smutek ativava e controlava o autismo por comandos.

Nem um pouco impressionado com sua feição, Smutek começou a contar de seus planos para a formação de um grupo de atletismo e da resistência de Teuter. Ada passeava ao lado do bate-papo como um vagante junto ao lago, que de quando em quando para e chuta uma pedra no burburinho prateado da água com uma violência surpreendente.

— Na guerra que Teuter declarou a si mesmo — ela disse, por exemplo — eu não quero assumir nenhuma missão de onu.

Em Smutek ficou mais forte a crença de que não devia confiar a ela um punhado de coisas sobre atletismo, sobre Teuter, sobre si mesmo, sobre a Polônia, a Alemanha e sobre o significado de não se ter vivido o pós-modernismo atrás da Cortina de Ferro e não compreender determinados fenômenos, por maior que fosse sua vontade de compreendê-los. Já a primeira frase, que o cérebro lhe dispôs, tropeçou sobre suas próprias ramificações, se enredou em apostos e orações paralelas, adquiriu um comprimento gigantesco, não pôde mais se lembrar de seu começo nem prever seu final e morreu à míngua ainda no tórax. Smutek se obrigou a voltar a águas mais rasas e continuou a falar sobre pisos de tartan e retas finais. Depois da quinta volta andando juntos, ele deixou a pista. Ada vestiu seu pulôver de lã grosseiro diretamente sobre a pele nua e entrementes seca, coisa que fez Smutek se arrepiar, tirou o short e entrou na calça jeans sem se preocupar com o fato de ele estar ao lado dela. A Sra. Smutek, mesmo depois de 15 anos de casamento, ainda desaparecia no banheiro e trancava a porta quando queria se trocar.

Assim que Ada estava pronta e ajeitada, olhou para ele pela primeira vez de verdade. Seus olhos eram de uma cor que podia ser descrita da melhor maneira como "incolor", mais ou menos como quando não faz tempo "nenhum" ou uma pessoa não consegue pensar "em nada".

— Eu ficaria mais tranquila se soubesse — disse ela — que o senhor soubesse que...

O olhar dela resvalou e ficou pendurado em seu queixo, que era dividido por um vinco vertical em duas metades carnosas e não de todo simétricas, e parecia poder ser partido ao meio com uma leve pressão do polegar como se fosse uma grossa ameixa siamesa. Se Smutek pudesse saber o que ela pensava naquele momento, teria perdido o fio da meada definitivamente. Aquele queixo, foi o que ela pensou, tem de ser a sede da parte de seu cérebro responsável pela fala. Enquanto ele palrava animadamente, ela havia percebido como ele escolhia as palavras de modo refletido; não como um retórico cuidadoso, mas sim como um homem que traduz de uma língua estrangeira utilizando as palavras como módulos arquitetônicos, e apresenta o texto alemão sem conhecer o significado dos componentes isolados da frase. Mesmo que ela não tivesse revelado o que pensava, seu olhar intensivo bastou para fazer com que Smutek tateasse o rosto com todos seus dez dedos, como se quisesse modelar de antemão a próxima expressão de seu rosto.

— Eu ficaria mais tranquila — começou Ada pela segunda vez — se o senhor estivesse preparado para uma decepção. Vai vencer Teuter. Receberá uma nova praça esportiva com tudo o que tem direito. Depois dez alunos se apresentarão para fazer parte do grupo de atletismo, e após as primeiras horas de treino virão mais três.

E já que Smutek não disse nada ela teve de continuar.

— O senhor quer que eu lhe diga onde está o problema?

— Sim, por favor — disse Smutek —, conte pra mim.

— Nós somos todos ociosos que cortam suas unhas porque nenhum trabalho as gasta.

— Tenho de pensar sobre isso.

— É o que deverias fazer.

— Posso saber por que tu te preocupas com o estado de minha alma?

— É provável que eu seja a favor de que o ser humano receba aquilo que deseja em medidas limitadas.

Ela havia pegado sua bolsa de apetrechos esportivos e pendurado sobre os ombros.

— Muito amável da tua parte me incluir nessa consideração... Ada! — ele gritou atrás dela. — Se eu conseguir organizar o treinamento, vais participar do grupo?

— Sim — disse ela sem se voltar. — Mas não tente usar a minha aceitação para fazer campanha junto aos outros. Isso seria contraproducente.

Coisas cotidianas acontecem na casa dos Smutek

Depois de os germes dos acontecimentos futuros terem sido lançados em terreno limitado e bem próximos uns dos outros, o cotidiano se deitou sobre todos os participantes como um cobertor de neve, sob o qual a terra tem de endurecer antes de as raízes começarem seu discurso subterrâneo na primavera e por fim obrigarem os brotos a romper o chão.

Antes de Smutek transportar sua bela e caprichosa mulher à Masúria nas férias de outono, conforme estava combinado, teve uma conversa com Fundator, e desta vez estava preparado.

Depois de uma noite diante da tela do computador, com sua mulher no colo e um bloco de anotações ao alcance da mão, Smutek era capaz de explicar o projeto de sete colégios privados no estado da Renânia do Norte-Vestfália. Tinha consigo fotos de ginásios de natação, pistas de corridas de cavalo, salas de musculação e campos de voleibol de praia que havia baixado da internet. Ele expôs suas ideias em nome do Ernst Bloch, descreveu a importância da educação esportiva num sistema escolar de bom funcionamento, conseguiu recorrer sem esforço aos lemas mais simples de seus estudos e foi breve, porque sabia que Fundator se interessava apenas restritamente pelo lado pedagógico de sua empresa de ensino. Diante de uma figura como Fundator, que se distinguia pela inteligência mediana, por um coração relativamente bondoso e um sentimento nervoso do dever em meio a sua história familiar outrora gloriosa, entretanto já tornada pouco espetacular pela máquina niveladora do processo federativo, por certo não era nem um pouco prejudicial discursar de maneira empolada. Smutek mencionou o nome "Salem". Uma escola tinha de pensar no futuro como qualquer outra empresa. O metafórico pião musical jamais podia ser esquecido: parar significa morrer.

Fundator, que não deixava de fazer gosto em ouvir sua escola sendo tratada como empresa, usaria a metáfora do pião musical em seu próximo discurso. Ele concordou com Smutek em todos os pontos e louvou o plano de começar avaliando uma expansão do conjunto já existente. Smutek se declarou pronto a apresentar as ideias maravilhosas de Fundator na próxima conferência dos professores. A direção da escola ficaria entusiasmada. Disso ele tinha toda a certeza.

A Masúria era constituída de grandes olhos de água azuis, envolvidos por folhagem marrom-avermelhada. A Sra. Smutek cortou a grama e fez bolo usando os últimos e amarelados troféus de uma macieira de galhos já quase nus. Smutek reforçou o telhado e envernizou as janelas. No terraço, um jardim pavimentado com pedras colocadas à mão, eles se encontraram logo após o meio-dia para o primeiro drinque. O sol se levantou e se pôs em polonês, pálido e melancólico, cumprindo seu dever apenas parcialmente, e sempre um tanto ofendido. À noite, uma neblina fina cobriu o espelho das águas. Vestindo pulôveres de marinheiro, eles ficaram parados junto a uma grelha e assaram peixes, comeram em pé e se amaram na escadaria do porão. Duas semanas se derreteram em um único dia e uma longa noite, repleta do cheiro da relva seca e da terra úmida, do chilrear tímido dos pássaros, ar cálido e frios raios de sol. Na viagem de volta eles não trocaram palavra, como se tudo que pudesse ser dito tivesse ficado para trás, na casinha junto ao lago.

No primeiro dia de aula depois das férias, Fundator mandou um aluno buscar Smutek e trazê-lo até sua sala, e mencionou diante dele uma soma que não permitiria grandes saltos, mas com certeza abriria caminho aos primeiros passos.

Também com Ada passam a acontecer coisas cotidianas

Entrementes, Ada se negava terminantemente a concordar com os planos para a expansão da banda escolar que lhe haviam sido expostos, bem como se negava a se colocar diante do microfone mais uma vez. Em compensação, aparecia com regularidade nos ensaios, e durante o recreio muitas vezes ia fumar em frente à porta do porão das bicicletas, onde os membros da banda se encontravam como coelhos na entrada de sua toca. Às vezes, os Orelhas, com seus cabelos ensebados e seus hábitos de couro com estampas coloridas, retribuíam as visitas no pátio dos fumantes, cumprimentavam Ada como se fosse um homem, mãos apertando as mãos no alto, filavam cigarros da princesinha mais frágil e logo a deixavam de lado para principiar uma de suas conversas usuais. Discutiam se a lírica já estava sendo substituída pelas letras de música como o teatro pelo filme, e se a humanidade estava impregnada pelo medo das transformações de tal modo que esse desdobramento mais uma vez poderia ser constatado apenas com um olhar retrospectivo cinquenta anos depois.

Os outros alunos mantinham distância, como se Ada e os Orelhas fossem um agrupamento de bétulas em meio a um trecho sujo do parque. A filiação a um grupo marginal, Ada a gozava às bandeiras despregadas. Desde que ela havia sido vista na companhia da banda, ninguém mais a chamara de "marionete".

Os trabalhos escolares mostraram que o desempenho de Ada em todas as matérias se localizava na margem superior do espectro. Com Höfi, ela continuava passando boa parte do tempo diante da porta, e compreendia cada uma das vezes que era mandada para fora da sala, assim como o fato de ele passar a chamá-la de "cabeça dura", como uma prova de sua amizade, sim, até mesmo de seu respeito por ela.

Quando um professor queria saber onde estava Olaf, perguntava a Ada por "seu namorado". Ela deixava isso acontecer sem esboçar a menor réplica. Fora do tempo da escola e dos ensaios, eles passavam horas bem tranquilas junto ao Reno ou andavam de ônibus para o centro da cidade, a fim de comprar maconha para Rocket na estação ferroviária, que no próximo delito contra a lei de entorpecentes deveria contar com uma punição a menor de idade. Quando o tempo era ruim, eles ficavam deitados no chão do quarto de Olaf e palmilhavam a floresta infinda de sua coleção de discos, ficavam sentados bem juntinhos diante do notebook do pai, a fim de olhar filmes pirateados em formato DIVX, ou liam matérias do jornal um para o outro. Em tudo que faziam, Ada tinha a sensação que bem poderia brincar com soldadinhos de chumbo ou carrinhos de corrida com ele do mesmo jeito, sem se importar. O fato de Olaf ser um ano mais velho do que ela devia residir em um erro de cálculo por parte da natureza. Caso um dia fosse descoberto que ele, em razão de uma aventura extraconjugal da mãe, era o irmão três anos mais novo dela, ela mal teria se mostrado surpresa. Os pais dele tratavam a presença de Ada com a mesma naturalidade com que antes haviam tratado sua ausência. Era impossível não se sentir bem sendo essas as circunstâncias.

Às vezes, Olaf chegava à quadra de esportes e a olhava enquanto ela corria. Sentava-se em posição de lótus sobre a relva, apoiava o queixo nas mãos e, com um olhar abrangente, abarcava o terreno no qual sua irmã eletiva dava suas voltas. Quando ela terminava, ele tinha manchas escuras nos fundilhos das calças. Os dias ficaram mais curtos, o chão úmido.

De barca, eles iam para o outro lado do Reno, sentavam-se em algum restaurante de passeio e se alegravam com cortinas de franja, amarelas como nicotina, toalhas de mesa feitas de plástico floreado e com o cardápio de letras douradas e com erros horríveis de ortografia em todas as três línguas. Pediam sempre champignons e batatas fritas. E, uma vez que o arrendatário do restaurante vinha da Bósnia, ele servia apenas as cabeças dos cogumelos, boiando em óleo e de uma consistência borrachenta. Quando eram pressionados contra o prato, eles ficavam presos ao fundo como ventosas, e, uma vez que apenas Olaf conseguia colar todos os champignons ao prato, sem deixar nenhum saltar abaixo, usando essa técnica Ada acabava pagando todos os almoços conjuntos por perder a aposta. Ela não acreditava que Olaf a amava. Acreditava que ele pensava sobre ela o mesmo que ela pensava sobre ele, como se estivesse caminhando do outro lado da rua.

Certo dia Olaf pediu que lhe fosse permitido dar uma olhada para ver como era a casa de Ada. Lá fora, um sol alemão-ocidental acabara de romper o cobertor das nuvens com um rigor inesperado, e uma neblina iluminada e polvorenta envolveu o panorama do rio; barcas iluminadas boiavam sobre poças iluminadas, em cujas bordas pescadores de fim de semana em longas botas de borracha estavam em pé dentro da água. Nenhuma mansão de alto brilho, nenhum jardim cheio de plantas e nenhuma situação familiar na merda seriam capazes de assustar Olaf.

Ada silenciou. Desde Selma, ela não havia trazido mais ninguém para casa. Ela enrolava seus cigarros sobre o cinzeiro e Olaf a contemplava esperando que a bagana apagasse antes mesmo de Ada dar uma única tragada. Já queria deixar tudo pra lá há muito tempo quando Ada se levantou. Vamos.

Eles atravessaram o rio de barca, e depois desceram pela margem até atrás do palacete Kahn. Atravessaram um bairro de moradias composto de casas habitadas por uma só família que parecia a cópia atrofiada de um bairro de Amsterdã com suas escadarias minúsculas à entrada, suas colunas em miniatura, seus corrimõezinhos arqueados e suas pequenas cercas. Uma estrada bem movimentada que passava por fora do bairro, em cujo final sul ficava o Ernst-Bloch, disparou ao encontro deles e desapareceu no centro de Bonn. Atrás, começava o bairro das mansões. Salgueiros curvavam seus penteados de Beatles bem aparados sobre muros imponentes, ornamentos em *jugendstil* torneavam os cantões das janelas subindo pelas paredes, terraços espaçosos desapareciam decentemente nas quinas das casas em direção ao jardim, pinheiros balançavam, bétulas farfalhavam, um gaio anunciou a chegada de estranhos.

O jardim diante da casa em que ficava o apartamento de Ada usava uma cuidada barba de três dias, o chafariz não estava funcionando. Atrás da casa havia relva e árvores sobre um terreno ondulado. A janela de Ada? Bem no alto, dando para os fundos. No andar térreo morava o vizinho. Que vizinho? Um vizinho, simplesmente. Um desses que sabe tudo e não entende nada.

Ada tocou a campainha e abriu a porta da casa ao mesmo tempo. Ouviu-se o ruído estridente sendo acionado lá do alto, deixando a casa inteira paralisada por um segundo. Em cima, a mãe se curvava sobre o corrimão de madeira negra da escada, as mãos postas sobre dois floreios, já brilhantes das esperas frequentes. Sobre os degraus havia um tapete. Atrás da mãe, uma luz artificial vinha para fora, apesar da tarde dourada de outono diante das janelas.

E aí, galera.

Ada olhou admirada para ela. Ela jamais havia dito "e aí", muito menos "galera". Olaf estendeu a pata e inclinou a cabeça, cortês. Só no primeiro instante ele teve dificuldades em olhar a mãe de Ada no rosto, logo em seguida ele se acostumou às camadas das diferentes faixas etárias que lá se encontravam umas sobre as outras, e só em média permitiam chegar ao número 45. Os cabelos pintados de preto com franjinha lisa e chanel até o queixo eram uma citação a uma Cleópatra atemporal, as sobrancelhas haviam sido raspadas, os lábios corrigidos, os brincos demasiado grandes, a pele ao mesmo tempo perfeitamente cuidada e murcha. Sob a camiseta vermelha de mangas compridas com uma estampa audaciosa sobre os seios, evidenciava-se um corpo esfomeado, com o qual a natureza por certo tivera melhores intenções no passado. No final dos braços finos, Olaf descobriu as mãos de Ada e assustou-se como diante de uma montagem fotográfica repugnante.

Atrás da porta, Ada tirou os sapatos, pegou o casaco de Olaf e se movimentou cautelosamente como um hóspede que não sabe ao certo se é bem-vindo ou não. Sala de visitas e sala de jantar eram unidas por uma porta de dois batentes e, juntas, tinham quase o tamanho de um salão. Sentaram-se a três à mesa, que parecia perdida sobre o parquete infinitamente espelhado. Sem fazer qualquer introdução, a mãe principiou a falar, exatamente como se prosseguisse uma conversa que havia sido interrompida no último encontro. Agora, apesar de tudo que havia sido dito, a guerra no Iraque acabaria começando logo. De Bush ela não gostava, e de Schröder tampouco. Todos eles eram homens que só pensavam no poder, não é verdade? Lá fora não chega a fazer calor, mas o tempo está bonito.

Com nenhum tema ela conseguia se ocupar mais de 2 minutos. Quando perguntava a Olaf por seus pais e suas matérias preferidas, o esforço na espera da resposta podia ser percebido no rosto dela. Ela elogiou seu hábito heavy-metal. Um estilo próprio era a coisa mais importante. Também Ada havia tido um, um dia, mas isso já fazia muito tempo. Seguiram-se mais algumas histórias da infância de Ada, assim como anedotas do litoral norte, contadas no baixo-alemão de uma genuína mocinha das praias, que a mãe era, conforme ela gostava de frisar, uma "cabeça de peixe" que buscara a terra firme atraída pelos homens, mas desde sempre com alguma dificuldade respiratória.

Quando Ada viu que Olaf sorria indiferente, dava respostas monossilábicas que se mostravam longas o suficiente para prolongar a conversa e não mostrava nenhum sinal de aborrecimento ou de apuros melindrosos, relaxou um pouco. Olaf entrava em contato com as pessoas com a mesma e neutra atitude, que lhe permitia manter a tranquilidade em quase todas as situações. O que ele mais gozava nessas mesmas situações era o fato de que a maior parte da humanidade não lhe interessava o mínimo que fosse, e o número dos que despertavam nele algum interesse tendia a zero se comparado com o da população mundial. Enquanto isso lhe continuava sendo garantido, ele também era capaz de suportar algum excêntrico exemplar isolado.

Então Ada quis lhe mostrar seu quarto. De imediato, todos os três se levantaram, e Olaf chegou a prever que se apertariam as mãos solenemente. A mãe foi para a cozinha, pegou uma garrafa de Coca-Cola do refrigerador e estendeu-a com semblante carregado de significado, como se estivesse tratando de joias da coroa. Tomem, é para festejar o dia. Eles já estavam na escada de caracol, quando ela chamou. Será que Olaf queria ficar para olhar TV? Uma vez que Ada jamais anunciava suas visitas, ela não havia nem prestado atenção na programação. A amiga de Ada, por exemplo, jamais olhara algo que não fossem desenhos animados, e mesmo durante as notícias começava a chorar, às vezes. Será que Olaf era parecido?

Que não era preciso se preocupar, disse Olaf, pois ele era esperado em casa.

Telefone a teus pais, disse a mãe de Ada, se eles não quiserem permitir que fiques pra olhar TV com a gente, vou falar com eles.

Na extremidade superior da escada, Ada voltou os olhos para os céus a ponto de fazer com que nas fendas pudesse ser vista apenas a parte branca.

Será que Olaf não queria talvez descer de novo; olhando a programação poderiam, juntos...

Ada acenou com um movimento imperativo das mãos, apontando para ele a última porta no fim do corredor.

Mãe, disse ela vagarosa e severamente, agora basta. Olaf é esperado em casa. Ele agradece.

Está bem, ora, está bem.

Lá embaixo a conversa prosseguiu de forma audível, enquanto Ada trancava a porta e esfregava o rosto com ambas as mãos. Em mais tardar 10 minutos ela estará aqui dentro, sabe. É assim sempre, e agora mais do que nunca, já que tu és uma sensação. Quando eu me tranco no banheiro com livros e cigarros, ela às vezes fica parada diante da porta e conversa comigo. Eu consigo ler sem problemas enquanto alguém conversa. Abro um livro, e tudo que eu ouço se transforma num ruído incompreensível, sem sexo nem nexo. Vento, que os ramos chicoteiam contra as vidraças. Até mesmo um martelo de ar comprimido bem em frente à porta. Esse é o andor das coisas. E bonito ele não é.

Olaf raramente a ouvira falar tanto sem interrupções, alegrou-se com isso e ao mesmo tempo sentiu suas forças definhando. Em volta dele, panos grandes com estampas indianas tentavam esconder a mobília infantil. Nenhum quadro nas paredes, em vez disso, panos. Armário e estante cobertos por tecidos. O carpete estava encoberto por um pano que resvalava sob os pés e por certo tinha de ser esticado várias vezes ao dia. Sobre a escrivaninha havia um pano, um semelhante sobre a cama, mais outro substituía as cortinas. Não havia assentos. Olaf se acomodou no chão. Ada puxou um cinzeiro que estava sob a estante e abriu a janela. O pequeno aparelho estéreo estava sobre uma caixa de frutas vazia, embaixo havia algumas fitas com gravações caseiras e três CDs.

Os passos na escada de caracol puderam ser ouvidos com nitidez, os saltos dos sapatos estalavam agudamente sobre a madeira. A mãe entrou sem bater, conversou apenas com Olaf e não se dignou a conceder sequer um olhar a Ada, que desenhava linhas absurdas no cinzeiro usando o dedo mindinho. Via-se que ela havia chorado, sob os olhos havia manchas negras de maquiagem apagada. Ela enumerou pratos que poderiam ser preparados com o conteúdo encontrado no refrigerador, especulou vantagens e desvantagens, apagou as anuências receosas de Olaf, afastando-as com gestos sempre novos para em seguida começar do princípio. Olaf aguentou o discurso sem a menor insegurança, esperou até que a mãe de Ada entrasse em acordo consigo mesma acerca de uma variante da proposta e levantou a mão em cumprimento quando ela deixou o quarto satisfeita.

— Tu és bom nisso. — Ada olhou para ele, e ele teve a impressão de que os olhos dela jamais haviam atingido os seus de modo tão direto. — Agora ela vai meter mãos à obra na cozinha, cantar baixinho enquanto arruma tudo e ser feliz durante meia hora. Só porque vai preparar uma refeição deliciosa para o namorado da filha, que todos tomarão juntos, sentados à mesa. Depois disso ver TV. Uma família mutilada mas moderna e, ao fim das contas, completamente normal. E tudo isso se deve a ti.

— Às vezes — disse Olaf, e baixou o olhar a fim de se libertar dos olhos cinzentos de Ada — é difícil aguentar teu cinismo.

Uma vez que olhava para o chão, ele não pôde perceber que ela estremeceu de susto.

— Não, não — disse ela, e tentou pegar a mão com a qual ele se apoiava ao chão. Os dedos dela estavam gelados, distúrbios na circulação sanguínea. — Eu estava falando sério — disse ela. — Obrigada.

De repente, ele a segurou nos braços e embalou-a como uma criancinha. Ela se aconchegou a ele e jazia como morta, os olhos abertos voltados para a distância.

— Está bem, está bem — sussurrou ele, como se tivesse de consolá-la, embora ela não mostrasse o aspecto de alguém em condições de receber consolo.

Natal 1

E assim passou o resto do ano. Smutek e sua mulher festejaram o Natal a dois diante de um pinheirinho, sossegada e modestamente, envolvidos em nuvens de cheiro de pão de mel e de peixe e por alguma tristeza sem motivos. Ada e sua mãe festejaram o Natal a duas diante de um pinheirinho, sossegada e modestamente, a mãe chorou muito, sendo que os motivos já há tempo não importavam mais. Olaf e seus pais festejaram a três, a irmã mais velha desta vez não havia vindo porque estava em Moscou para um semestre de estudos no estrangeiro, a neve por lá estava alta demais e o caminho era demasiado longo. O pinheiro chegava até o teto e era ornamentado com velas de cera verdadeiras, e Olaf pelo menos sabia por que estava triste. Sua irmã havia escrito uma carta na qual analisava em detalhes a situação política na Federação Russa. Além disso, o envelope continha mais outro, no qual havia um ainda menor, e assim por diante, seguindo o princípio das bonecas russas; e todos esses envelopes eram para Olaf, e no último estava escrito que ela sentia falta dele. Também houve presentes e mais comida do que de costume.

Höfi e sua mulher festejaram o Natal diante de um vaso com ramos de pinheiro, a mulher ficou deitada, ereta, no sofá, envolvida como uma larva, e sorria das cobertas para as bolas coloridas, nas quais a luz das velas e miniaturas bem distorcidas espelhavam seus rostos. Não houve presentes, Höfi segurou a mão de sua mulher durante a noite inteira, e no fundo riram mais do que choraram.

A última noite do ano passou sem que tenhamos de saber alguma coisa sobre ela. O Ano-novo foi tão parecido com o velho a ponto de poder ser confundido com ele. Ada leu seis volumes da *Comédia humana*, não se sentiu bem fisicamente, como se tivesse uma intoxicação balzaquiana, e ficou feliz quando, depois da visita dos Três Reis Magos, que faziam seus desenhos a giz nas vigas da porta por alguns doces estúpidos, as aulas começaram em janeiro.

No primeiro dia sem geada, em março, as niveladoras de Smutek se apresentaram e em poucas horas desenharam o esboço oval de uma segunda pista de corridas. Ao anoitecer, Smutek contemplou o leito arenoso da faixa com surpresa, ele parecia o traçado de uma pequena autoestrada circular. Teuter havia compreendido a estratégia, nadado ao sabor da correnteza e louvado a ideia de modo tão exaltado na conferência dos professores, que a Smutek não restou outra alternativa a não ser entender a atitude como um desafio. Por princípio, o mantenedor da escola teve de abrir os bolsos para três novos computadores para a sala de informática, já que a formação midiática era tão importante quanto o esporte. E com isso o assunto estava resolvido. Uma semana mais tarde, as primeiras bombas caíram sobre o Iraque.

Ideia e preparativos para o desvirginamento de Olaf

A ideia de desvirginar Olaf partiu de Rocket. Ele mesmo não tivera jamais uma namorada, mas em compensação ia regularmente ao bordel local e pagava sempre a mesma moça por uma mãozinha, que era barata e supria totalmente suas necessidades. Em junho, Olaf comemoraria seus 16 anos, e Rocket achou que já era tempo de lhe tirar a tranquilidade. Olaf jamais falava de sexo, não se podia imaginar nem mesmo de longe em que ele pensava ao se masturbar. Quando faziam comentários científicos ou mesmo riam das mulheres em sua presença, ele sempre tinha pronto um sorriso budista, disposto a perdoar os que não haviam alcançado a luz, e que fazia Rocket montar num porco. Ele tinha certeza que Olaf jamais faria uso de um vale para a zona. Quando foi pedir conselho a Ada, ela ponderou que Olaf provavelmente se alegraria mais com um CD difícil de conseguir de uma nova banda escandinava de heavy-metal, do que com qualquer outra surpresa de aniversário, por mais bem organizada que fosse. Mas Rocket estava, aliás como sempre, firmemente decidido, e fez cara de pessoa importante, à qual não se pode contestar mais de uma vez.

As aulas haviam terminado, o pátio estava vazio, a maior parte dos alunos rebolava a caminho da casa dos pais, perguntava o que havia de comer e rejeitava com veemência qualquer pergunta acerca do dia na escola. Com ouvidos de morcego, se poderia escutar os ruídos de cozinha que vinham pelas janelas abertas do andar do internato. Era, até então, o dia mais quente do ano; Ada e Rocket vestiam camisetas de mangas curtas, haviam desatado os cadarços de suas botas e aberto as abas de seu cano curto a fim de permitir que o ar chegasse aos pés. Eles se recostavam um ao lado do outro no tronco do carvalho grosso, que era dono de canteiro próprio, poupado do asfalto do pátio da escola e limitado por um muro baixinho, coisa que deixava claro que a árvore já estava ali antes mesmo de o prédio da escola ter sido construído. De longe, Ada e Rocket pareciam um casal que havia combinado encontro a partir de um anúncio. De perto, seus rostos demonstravam indiferença, um desinteresse amistoso, até mesmo cordial pela outra pessoa. Eles conversavam sem olhar um para outro, e em vez disso dividiam a mesma direção em seus olhares.

Negociaram durante 15 minutos sobre o tema, quando Ada fez a oferta de se encarregar da questão. A sugestão se deveu antes à necessidade retórica e à dramaturgia da conversa do que a uma reflexão mais séria. Mas, mal ela foi expressa, compartilhou do destino da maior parte das coisas que Ada expressava: elas assumiam o caráter de fatos naturais. Uma vez que ela falava tão raras vezes, as poucas frases se sentiam obrigadas a participar com solenidade mais intensa na manutenção de sua personalidade externa.

Ademais, Ada não temia as consequências de suas falas involuntariamente doutrinárias... Ela se sentia, no mais puro sentido da palavra, capaz de tudo. O mistério da falta de escrúpulos jazia no fato de alguém não exigir razões de si mesmo. O maior flagelo da humanidade era feito de "por ques", e fazia-se muito bem em limitar o máximo possível o círculo de atuação desse tipo de pergunta. Em princípio, Ada não tinha nada contra ponderações de ordem moral; enquanto não se inventava um meio novo e melhor, a moral preenchia uma função ordenadora indispensável no imenso lidar dos homens uns com os outros. Para o indivíduo, por outro lado, importava muito mais que o corpo se levantasse e corresse em volta da mesa, cumprindo a missão que o cérebro lhe dava. O agir humano jamais havia sido tão complicado. Graças a esse nexo simples, Ada podia correr 20 quilômetros em velocidade mais alta e sentir o esforço como um estado abstrato, mas não como motivo para uma redução do ritmo. Dessa maneira, pelo menos era o que ela acreditava, a gente podia fazer tudo que era fisicamente possível: o cérebro dava ordens e o corpo as executava. Não se devia, apenas, perguntar por motivos.

Rocket tomou conhecimento da oferta surpreendente com toda a serenidade. E perguntou pela experiência de Ada na área em questão.

Niente, nichts, ništa, nic. Até agora seus contatos com seres humanos haviam sido marcados mais pela violência do que pela carícia, coisa que ela não queria saber entendida como uma visão de mundo derrotista. Por que será que todas as palavras para "não" e para "noite" começavam com "n" em todas as línguas?

Rocket queria tratar primeiro do tema em questão, antes de se voltar para qualquer outro.

Com alguns preparativos, observou Ada, o caso podia ser dominado com facilidade. Ela tinha consciência da existência de uma diferença entre teoria e prática, mas por outro lado não se tratava, ao final das contas, de pilotar uma nave espacial.

Rocket concordou com ela no que dizia respeito a isso. E caso ela ainda necessitasse de material experimental ele poderia providenciar para ela alguns pornôs softcore na videoteca e arranjar para ele, em sua condição de líder da banda, uma chave para a sala de exibição.

Boa ideia, disse Ada.

Pois então. Por que "não" e "noite" começavam com "n" ele não saberia dizer. Antes de se separarem, ele pegou Ada pelo braço e tentou sem êxito obrigá-la a olhá-lo nos olhos. Ela levantou um dos pés como se quisesse chutar a canela dele com a biqueira de metal de sua bota.

— Ouve bem e me responde a seguinte pergunta: tu amas Olaf?

Ela riu da cara dele, francamente, e apertou os antebraços à barriga ao fazê-lo. Admirado, Rocket olhou para ela. Ela era quatro anos mais nova do que ele, e tinha um sangue-frio muito maior do que o dele. Ele quase lamentou não ter se apaixonado por ela. Talvez eles tivessem chegado a um relacionamento duro, catastrófico, que inclusive fosse digno do talento dela e do dele, assim como do mundo em que viviam. Menos como Bonnie e Clyde, mais como Natural Born Killers.

Uma semana mais tarde Rocket estendeu a ela uma sacola de plástico depois da aula, na qual havia três fitas VHS, impregnadas, em sua grosseria e seu tamanho, de algo fora de moda já depois de alguns anos do aparecimento do formato em DVD. Ele ofereceu sua companhia, no que não podia ser lido em seu rosto nada a não ser o galanteio, e Ada recusou a oferta. Ela não queria nenhuma excitação corpórea a seu lado enquanto olhava um filme instrutivo.

A sala de exibição era grande como uma sala de aula. Ada sentou-se na primeira fila, bem perto da televisão, a fim de poder baixar o volume ao mínimo. Ainda que as persianas elétricas tivessem sido baixadas, a tarde com seus ruídos de trânsito penetrava por todas as frestas, anunciava algo acerca de correrias de compra e feriado antecipado, de calçadas de passeio e mãos de criança, que colhiam frutas brancas e bojudas da cerca viva junto ao estacionamento dos professores, fazendo-as explodir entre os dedos. Também o prédio da escola se fazia perceptível através de um silêncio especial, que soava a fim de aulas e não a salas vazia e noturnas, nas quais os objetos atingiam uma essência que não tinha mais nada a ver com objetivos humanos. Nem tempo nem lugar deixavam trancar os cadeados que os mantinham longe, e Ada se sentiu mal como o único espectador de uma sessão vespertina de cinema, que já durante o filme temia o momento em que ele teria de sair com as pupilas tremebundas para um mundo que entrementes girou por duas horas e construíra uma dianteira que o espectador jamais conseguiria recuperar pelo resto de sua vida.

Não perguntar por motivos. Com uma severa voz interna, Ada deu a si mesma a ordem de ficar sentada e não parar o vídeo logo depois que lhe havia ficado claro que o filme superava em muito os constrangimentos dos exercícios usuais exibidos nos canais privados. Ele era dividido em episódios, nos quais sempre as mesmas duas mulheres e um homem tomavam parte. Já depois de 20 minutos, as imagens davam nós na cabeça de Ada e haviam perdido o mais trivial dos significados que porventura um dia tivessem tido. Ela poderia ter olhado do mesmo jeito um filme animal sobre o comportamento de alguma espécie anfíbia no período do acasalamento.

Assim não dava. Avançando a fita rapidamente, ela procurou por um episódio em que acontecesse o menos possível entre as duas mulheres, porque se incomodava em ver como a loura e a morena se beijavam de bocas molhadas e mergulhavam os dedos no sexo depilado uma da outra. As carícias desviavam a atenção daquilo que no fundo interessava. Escolheu uma cena que se concentrava em primeira mão no sexo oral, que desde logo lhe pareceu o método mais adequado para levar a cabo sua missão. O ator musculoso demais, bronzeado pelo sol de uma maneira pouco apetitosa, adentrava um escritório de corretora. Atrás de uma escrivaninha, que combinaria mais com o escritório de um diretor de uma grande empresa, uma loura esperava por ele, vestida em terno de risca de giz de corte severo, que não lograva manter presa toda a abundância de seus seios. Às costas do cliente, a jovem assistente, morena e de minissaia, girou a chave na fechadura.

— Eu queria alugar um apartamento — disse o cliente. A câmera fez um passeio aos lábios da corretora e depois se voltou, capenga, para as nádegas da assistente, que se abaixava para pegar a chave que caíra ao chão e não vestia nada sob a minissaia.

— Minha especialidade é conseguir avaliar um cliente... à primeira vista. — anunciou a corretora. — O senhor procura um lugar que... conseguirá preencher completamente e sabe o que significa receber mimos... de cabo a rabo. E este é o lugar certo para o senhor.

Nervo óptico, pensou Ada, eu vejo algo que tu não vês, e contorceu a boca em desprezo.

Depois dessas palavras, a loura empurrou a cadeira de chefe para trás, colocou os pés em sandálias de salto altíssimo à esquerda e à direita sobre as quinas da escrivaninha e arreganhou as pernas, a fim de abrir a vista a sua peça mais íntima para câmara e cliente, região que, se avaliado o espaço ínfimo sob a saia de risca de giz, estava surpreendentemente bem iluminada. O cliente se adiantou um passo e se segurou na quina da mesa a fim de não desmaiar. Quando agarrou a perna direita da corretora, foi parado suavemente pela assistente, que se ajoelhou entre ele e a escrivaninha. Enquanto a assistente abria cinto e fecho, a corretora se livrou do casaquinho de seu terno em apenas três movimentos, fazendo os grandes peitos romper o espaço, livres, e logo começou a apertar cada um de seus mamilos com dois dedos, enquanto observava como a assistente tirava o pau do cliente para fora. O cliente revirou os olhos gemendo, quando a boca pintada em vermelho da assistente se aproximou de sua glande, e, como alguém que estava se afogando, dirigiu o olhar para a vagina, que continuava visível e ficara nitidamente umedecida entre as coxas abertas da chefe, ocupada em se masturbar. A passagem interessante para Ada consistia em um boquete de mais ou menos um minuto. Ela voltou a fita diversas vezes para olhar a cena, estudou a postura da cabeça e do corpo da assistente, e procurou gravar o ângulo em que tinha de levar a lança do cliente a seu rosto, já que os detalhes geométricos daquela técnica por certo deviam ajudar a evitar a ânsia de vômito e a falta de ar. A coisa que mais lhe agradou foi o momento em que a assistente segurou o pau pela ponta com uma das mãos, com os dedos da outra envolveu a base formando um anel e fez a língua deslizar ao longo dele, de baixo para cima. Os chavões roucos da corretora falando do serviço completo mais perturbavam do que ajudavam o espetáculo. De resto, as duas mulheres discutiram para ver qual delas levaria o caso a um final feliz, sendo que a assistente, a quem o cliente parecia agradar muito e que já se ajoelhara sobre seu pé direito a fim de se esfregar na parte superior de seu sapato de verniz, acabou logo sendo derrotada por sua chefe dominadora. Esta rastejou sobre a escrivaninha e se colocou em posição. O resto aconteceu como que por si só, e logo em seguida a cena chegou ao fim.

Depois da sétima repetição, Ada estava satisfeita, as outras fitas cassetes nem sequer foram tocadas e ficaram em suas caixas padronizadas. Quando as persianas foram abertas, uma tarde de acabar com os nervos jorrou para dentro da sala, e Ada se sentiu literalmente cuspida pela luz amarela do sol. Ela saiu da sala de vídeo de ombros erguidos, como um ladrão, ordenou a si mesma retesar as costas e levantar o queixo no corredor, e assim deixou o prédio do colégio com sua sacola, na qual estava impresso o logotipo da maior livraria da cidade.

Em casa, ela teve de buscar alívio cavalgando sobre a quina de sua cama, mantendo a cabeça inclinada e um dos ouvidos voltados para porta, a fim de perceber os passos da mãe na escada. Depois disso, escondeu a sacola de plástico atrás da estante, trancou-se com Balzac no banheiro e não perguntou por motivos.

O desvirginamento de Olaf

Mais tarde começou a ficar mais difícil evitar a pergunta se era exatamente aquilo que ela havia desejado: destruir e matar a pancadas, por pura fúria aniquiladora, por incapacidade de deixar as coisas como elas eram, sobretudo quando elas pareciam boas ou mesmo apenas suportáveis. Ali parecia estar, pois, o limite da apatia de Ada. Tudo tinha de ficar em movimento, evoluir, escapar ao próprio naufrágio, porque conforme a natureza não havia outra direção possível, nem para os homens nem para as coisas. Fosse o caso, tinha-se de intervir, por exemplo, com um soco-inglês. Ocorresse em qualquer lugar um momento de equilíbrio e estabilidade, e logo uma necessidade de devastação subia pela medula da espinha, dava ordens às circunvoluções cerebrais, coloria os pensamentos, estabelecia rotas e tomava decisões. Ada sabia da existência de insetos minúsculos, que se aferram aos gânglios de um hospedeiro e operam seu corpo como um guerreiro estelar o faz com seu veículo futurista. Este era o império do menor sobre o maior, que serve sempre a propósitos destruidores, ao passo que para alcançar o bom é sempre o maior que tem de ditar ordens ao menor. Ou talvez fosse exatamente o contrário. A maior parte das perguntas de peso revelavam ser apenas um problema retórico quando vistas mais de perto.

Contadas as favas, Ada tentava se convencer de que lamentava menos por si mesma e mais pela mãe, que havia desejado tanto o simpático Olaf para sua filhinha e não fizera nenhuma pergunta de peso, apenas aquelas mais leves, que Ada não se permitia: será que ele não vai querer nos visitar de novo? E então, o que há com ele, como está passando? Vocês brigaram, vocês não estão mais juntos? Ada não se sentiu capaz de responder a ela que jamais havia existido um "juntos", mas sim apenas um "próximos" mais ou menos bem-sucedido, e que Olaf não queria mais vê-la porque ela havia chupado seu pau em sua festa de aniversário e ele desde então não podia mais olhar para o rosto dela, como se temesse descobrir nele os restos secos de seu esperma.

Mais do que por todas essas perguntas, Ada na verdade era perseguida pela lembrança do olhar de Olaf no momento decisivo em que havia entendido tudo. Ele olhara para ela com os olhos de um animal que é abatido por uma punhalada da mão de seu amado dono, depois de o acompanhar, fiel e confiante, à mesa de abate. A imagem dessa expressão de seu rosto insistia em permanecer viva e se recusava a se deixar analisar em fragmentos, se recusava a ser enterrada no cemitério de tudo aquilo que havia sido e molestava Ada diversas vezes ao dia com seu retorno insistente. A imagem exigia se tornar uma recordação genuína.

A festa havia sido na casa de Rocket, o único dos Orelhas que não morava mais com os pais. Além dos Orelhas e de Ada, não viera nenhum dos convidados do Ernst Bloch. Eles eram metaleiros e dark wavers de diferentes escolas da cidade, todos de cabelos compridos, todos ou demasiado magros com ancas ossudas ou demasiado gordos com membros carnosos, todos com olheiras negras, manchadas com rímel. Era a primeira festa de Ada desde a festa de verão fatal no Nicolau Copérnico, que acabara se tornando para ela uma festinha privada de despedida.

Ela cuidou em falar pouco e fazer cara de boazinha e se acalmou ao constatar que justamente entre metaleiros, que via de regra eram gente inofensiva e profundamente burguesa de coração, uma situação que não poderia ser dominada segundo a forma corrente na sociedade era bastante improvável. Ficou nas proximidades de Olaf, parada ao lado dele, e sorria quando ele falava com outros; bebeu pouco e se manteve distante das caixas de som.

À meia-noite, Rocket sussurrou ao ouvido de Olaf que ele receberia seu presente de aniversário no quarto ao lado, e das mãos de Ada. Olaf seguiu feliz a indicação, taça de champanhe nas mãos, perturbado pela cerveja, por Dream Theater e pelos rolos de fumaça saindo do balde de plástico azul, que estava parado no meio da sala entre alguns garotos e garotas e lançava ruídos como uma privada defeituosa assim que alguém sugava na mangueira de borracha. Paternal, Rocket depôs os braços em volta dos ombros dos dois, empurrou-os para dentro do pequeno quarto e desligou a luz do teto. Olaf estava em pé, meio embriagado, sob a lâmpada apagada, oscilando de leve e com um olhar falciforme.

— Dezesseis — disse ele. — Ada, agora eu tenho dezesseis, isso soa tão velho. Ainda me lembro muito bem como me perguntava, há dez anos, o que eu seria com dezesseis. E o que eu sou? — Ele riu. — Nada!

Mas e o que ele havia imaginado, na época? Ele não se lembrava mais. Com certeza não aquilo, pensou Ada, que aconteceria agora.

— Como te sentes? — ela sussurrou.

— Estou achando um pouco escuro — ele sussurrou de volta.

Esta seria a última frase expressa livremente que ela ouviria da boca dele.

A pouca luz no quarto vinha de uma minúscula luminária de braço deitada no piso ao lado do colchão de Rocket, cuja lâmpada estava voltada para a parede, fazendo com que ela pintasse um círculo branco de lua cheia no papel de parede. Rocket, ao que parece, não tinha nem roupas nem livros; e, caso os tivesse, guardava-os em outro lugar. Na parede longa do quarto, havia uma falange de garrafas de cerveja vazias enfileiradas como se fossem soldados de vidro marrons. Alguns cinzeiros obrigatórios, naturalmente repletos, e três guitarras, que Rocket tirara da sala a fim de mantê-las em segurança por causa da festa. E, uma vez que entre porta e colchão restava apenas uma faixa estreita, Ada e Olaf estavam bem próximos, um em frente ao outro. Olaf sorriu, radiante. Ele estava acomodado em sua inocência como em uma nave espacial. Destruir. O universo vácuo o sugaria avidamente para fora.

— Onde está meu presente?

Em casa, Ada havia treinado tirar sua camiseta pela cabeça em um único movimento. Embaixo dela, estava nua.

— Aqui.

Ele fixou os olhos nela por alguns segundos sem compreender; não olhava para seu corpo, mas apenas para seu rosto, até que algo se rompeu, desmoronou, até que o sorriso desabou, como se os fios aos quais estava preso tivessem sido cortados. O horror estendeu seus tentáculos, seguido pela recusa, pela tristeza e finalmente pelo desespero. Nos braços de Ada os cabelos se eriçaram.

Com um safanão, ela afastou tudo aquilo para longe de si. Até aquele momento, ela havia sentido comoção, e além disso algo como compaixão ou pesar. Mas eis que agora sua adrenalina subia, e ela começou a odiar Olaf como um cão que deixa suas orelhas caírem e balança o rabo preso enquanto é espancado. O olhar dele buscou apoio nos olhos dela, que estavam cheios de neblina, por fim resvalou abaixo e ficou pendurado em seus seios. Ada pegou no meio de suas pernas e percebeu de imediato que ele reagia conforme deveria reagir. Quando ela afundara sobre os joelhos e já abria seu cinto com ambas as mãos, ele agarrou seus pulsos e tentou puxá-la para o alto. Não, nada disso, Ada, por favor. Ela sabia que seria mais forte do que ele, estava furiosa, e ele se defendia apenas com meias forças. Quando ela abriu a calça, ele deixou os braços caírem, jogou a cabeça para trás e olhou para o teto, onde não havia absolutamente nada para ver. Ela baixou o jeans e a cueca dele em um só rolo até os tornozelos. Tudo estava em seu lugar. Menos comprido do que no filme, e isso ela já esperava, mas em compensação de uma grossura surpreendente. Ada o colocou na posição correta com uma das mãos, respirou fundo e distendeu a garganta, enquanto o empurrou tão fundo quando pôde para dentro da boca. Ele preencheu o espaço da garganta, bateu na parte de trás do céu de sua boca fazendo com que ela tivesse de levantar um pouco a cabeça para conseguir respirar e não machucá-lo com os dentes. Não era desagradável. Era bem quente. Ela levaria tudo a cabo sem problemas.

Restava pouco tempo para pensar. De repente, as mãos dele bateram fortemente contra sua testa, ele a empurrou de volta, e quando estava prestes a conseguir tirar o pau da sua boca, gozou num jato e a acertou bem no meio do rosto. Ela não conseguira levantar as mãos a tempo. Manteve os olhos fechados, enquanto o esperma corria da testa sobre a face esquerda, e tateou às cegas procurando sua camiseta, a fim de se limpar. Quando voltou a abrir os olhos, Olaf estava encolhido ao lado dela, seus lábios e mandíbulas se moviam como se ele estivesse mastigando, mudo, um pedaço de cartilagem resistente. Pegou a camiseta das mãos dela, quis limpar sua boca com uma das pontas e logo voltou a deixá-la cair. Levantou de um salto e quase teria desabado ao puxar calças e cuecas para cima e começar a correr ao mesmo tempo. Fechando o cinto com ambas as mãos, ele deixou o quarto como um homem que conclui uma ida à privada às pressas.

Ada ainda pensava em como poderia alcançar o banheiro atravessando o corredor com a camiseta suja e o rosto borrado sem ser vista, quando Rocket pôs a cabeça no vão no porta. Ele a viu sentada no chão, ficou paralisado e logo entrou às pressas.

— Caramba — disse ele, reconhecendo. — Te cobre um pouco.

— Ele encheu minha cara de porra — disse Ada, levantando sua camiseta como um *corpus delicti*. Rocket riu.

— Ora, ora, não achava que o nosso pequeno seria capaz disso.

— E também não teve a intenção.

— Entendo. — Ficou pensando algum tempo, desapareceu e logo depois voltou. Da soleira da porta, jogou uma peça de roupa escura para Ada. — Usa isso. Algumas entre as meninas usam várias umas sobre as outras.

Ada desemaranhou a blusa e vestiu-a. Rocket esperou até que ela estivesse mais ou menos vestida, segurou seu queixo com uma esquerda forte, cuspiu sobre a manga de sua própria camisa e esfregou as faces e as comissuras da boca de Ada como uma mãe que limpa o rosto da filha dos restos de chocolate. Depois disso, colocou um braço em volta de seus ombros e apertou-a junto a si.

— Ele é um idiota — disse. — Um idiota sem tamanho.

Deixaram o quarto juntos. De Olaf, nenhum rastro. A festa não chegou a ser importunada pela ausência do aniversariante. Quando Rocket estendeu a ela a mangueira de borracha de seu balde de plástico azul, Ada entreabriu os lábios e aspirou profundamente algumas vezes. A adrenalina baixou, as comportas estavam vazias, o acontecido já estava mais de cinco minutos distante e fazia parte daquelas regiões do passado com as quais a gente não tinha de continuar se ocupando por mais tempo.

Ada foi uma das últimas a deixar a festa de aniversário. A lua estava presa ao céu como uma moeda falsa na máquina de vender cigarros, oxidou-se em poucos minutos e de repente desapareceu, esfarelada ou talvez engolida pelo céu da noite. Será que ela de fato vira aquilo? Como uma moeda falsa na máquina de cigarros. Ah, anotaria tudo no livro "À Selma", se é que conseguiria se lembrar da frase até no dia seguinte pela manhã.

Tudo cheirava a chuva noturna. Um caminhão de lixo dobrou na esquina, engolindo latas de lixo de um só gole. Atrás do horizonte dos telhados, clareava. Ada previu que o rosto de Olaf não a deixaria dormir.

Colocando os pés entre os espeques do corrimão, ela subiu pela escada de caracol até o andar superior usando mais a força das mãos, a fim de evitar que os degraus estalassem. Era certo que a mãe estava acordada e ocupada já há algumas horas em esperar pela volta de Ada. O fato de ela não ter saído do quarto para discutir a hora e os acontecimentos da noite se devia ao respeito diante do aniversário de Olaf, ou então à circunstância de já dar Ada por perdida. Antes de ir à cama na blusa da menina desconhecida, Ada sussurrou quase sem voz diante da porta do quarto dos pais: obrigada, mãe.

Onde estava Olaf?

Ada prometeu que tudo ficaria em ordem. Se não o caso entre ela e Olaf, pelo menos todo o resto do mundo. As férias de verão interromperam todos os processos e bloquearam as perguntas. Ada acompanhou o general de brigada em uma viagem de veleiro de quatro semanas pelo mar Adriático.

No princípio do novo ano escolar, Alev chegou ao Ernst Bloch.

Alev

Ele havia nascido nas proximidades do Cairo. Tinha as proporções de um homem grande, com pulsos largos, crânio forte e os ombros de um lenhador, mas era de pouca altura. Seus olhos, cujos cantos apontavam para as sobrancelhas como em uma esfinge, eram levemente puxados. As sobrancelhas formavam traços largos, negros, soerguidos de lado, as unhas da mão direita eram longas e tratadas com uma lixa. Sua boca era grande e sempre pronta a rir. De repente, ele estava sentado no lugar de Ada, junto à porta. Ela mudou para o outro lado da sala, se recolheu a um canto, nos fundos, e sentou-se com as costas voltadas para a fachada das janelas. A geografia do ambiente havia mudado como depois de um deslocamento das placas tectônicas, as turmas haviam sido dissolvidas e misturadas pela estrutura dos cursos de extensão. Bem-vindos ao curso secundário superior.

Na frente estava parado Smutek, e informava a turma de que a partir de agora seria obrigado a tratar os alunos formalmente por senhor e senhora, caso eles não permitissem unanimemente o uso do "tu". Ao perguntar quem fazia questão do "senhor", o silêncio reinou por alguns segundos, e em seguida o dedo de Alev se levantou em um momento dramaturgicamente perfeito. Smutek lançou um olhar ao caderno de chamada.

— O senhor é novo aqui. Sr. El Qamar, suponho? Quer dizer então que prefere o tratamento formal? — Alev reclinou a cadeira, fazendo-a se equilibrar sobre as pernas de trás, apoiou-se à parede com os braços estendidos e sorriu largamente como um popstar depois de correr para a borda frontal do palco no princípio do show.

— *Tak jest, panie Smutek* — disse ele.

Smutek não fez esforços para esconder sua surpresa.

— Então o senhor domina a língua polonesa?

— Quando era criança, me decidi a não aceitar a sentença de Babel — disse Alev. — Conforme o senhor por certo sabe, a maior parte das coisas da vida é uma questão de vontade. De vontade de poder.

— *Inshallah* — replicou Smutek e colheu o sorriso de todos aqueles que consideraram Alev antipático à primeira vista. Ada só percebeu que o fitava quando o olhar dele a atingiu, livre e desimpedido, e bem no meio do rosto. Imediatamente ficou claro que tinha de ser ela a primeira a desviar os olhos, caso não quisesse que ficassem sentados ali até depois do meio-dia, fixando um ao outro na sala de aulas vazia como uma pantera e um puma em jaulas separadas.

— O que o senhor acha de nos tratarmos por senhor e pelo primeiro nome?

— De acordo. — Alev inclinou a cabeça, grave, deixou-se cair para a frente junto com a cadeira e fez de conta que anotava algo em seus papéis. — Meu nome é Alev. Com "v" de *vanitas* no final.

— Já que está se apresentando — disse Smutek —, vamos continuar, e o senhor pode nos contar logo alguma coisa sobre si mesmo.

— Com prazer. — Ele concluiu suas supostas anotações, colocou a tampa de rosca na pesada Mont Blanc, do mesmo tipo daquela que Teuter gostava de bater em seus dentes, e se levantou. As mãos, ele as depôs sobre o tampo da mesa, com os dedos rijamente abertos como se elas fossem pequenos animais de cinco patas. — Alev El Qamar, metade egípcio, um quarto de sangue francês, criado na Alemanha, na Áustria, no Iraque, nos Estados Unidos e na Bósnia-Herzegovina, atualmente morando em uma pensão de Godesberg. Dezoito anos, dez escolas, nenhuma expulsão, duas vezes reprovado. Por que foi que acabei nesta cidade e no Ernst Bloch, nem mesmo eu entendi com cem por cento de certeza. Talvez porque este instituto tem a fama de ser um lugar em que se reprocessam almas.

Ouviram-se risos na classe. A energia física de Alev era enorme, ele tinha um carisma que dominava uma sala do tamanho daquela sem o menor esforço; mesmo diante de um público cinco vezes maior, precisaria apenas abrir os braços a fim de alcançar o mesmo efeito. Ele assumira a postura de um orador experiente, o peso do tronco fortemente apoiado sobre os braços, balançando devagar, se inclinando e ficando ereto conforme a melodia da própria língua como um pianista diante de seu instrumento. Em trechos que pretendia realçar, ele ia quase aos joelhos, levava o centro da gravidade para trás da vertical e se embalava por um momento sobre os calcanhares, antes de voltar a se colocar em posição ereta mais uma vez e nisso parecer que crescia uns 10 centímetros. Todo o seu corpo era um instrumento da fala.

As princesinhas o mediram de alto a baixo sem o menor pudor, com os lábios entreabertos, levaram seus olhares às costuras de sua calça bege, mediram a largura dos pulsos e o volume do pescoço, avaliaram a temperatura de seus olhos como a água de um lago em que iriam tomar banho, revolveram seus cabelos encaracolados, que tinham a cor, o comprimento e a estrutura de pelos pubianos. Os rapazes estavam recostados no espaldar da cadeira, de braços cruzados, e se esforçavam, porque também lutavam pela atenção de Alev, em mostrar feições pétreas. Depois de alguns minutos já não havia mais dúvida de que ele fazia parte daqueles seres aos quais os homens dão ouvidos assim como a água os dá às palavras do feiticeiro.

— Hobbys: refletir, ateísmo, drogas leves. Qualidades: nenhuma, pelo menos nenhuma humana. Defeitos: também nenhum, pelo menos nenhum desumano. Estou contente de estar aqui. Muito obrigado.

Smutek chamou atenção para o fato de alguns dos hobbys de Alev serem proibidos, sobretudo dentro do Ernst Bloch, e lhe deu as boas-vindas.

Enquanto Smutek falava mais algumas frases introdutórias relativas ao princípio do ano letivo, Ada observou que Olaf observava como ela observava Alev. E assim surgiu um delta de eixos de olhares entre os três cantos da sala: diante de Olaf estava o ângulo reto, entre Ada e Alev a hipotenusa cruzava a sala de aulas dividindo-a em duas partes igualmente grandes. Smutek havia se postado no quarto ângulo, a fim de procurar a lista de literatura em sua pasta sobre o parapeito da janela.

O resto da aula, Alev ficou sentado amistosamente em seu lugar, e apenas uma vez abriu a boca para fazer uma sugestão durante a escolha dos textos possíveis que seriam discutidos no curso de extensão sobre literatura. *O homem sem qualidades*. As feições de Smutek se iluminaram como se o sol tivesse se arrastado em Zielona Gora por sobre o cume das montanhas certa manhã, a fim de beijá-lo com sua primeira luz. Parece-me que o senhor tem outros hobbys além dos que revelou antes. Não, Sr. Smutek, apenas os mencionados. O resto são obsessões.

No intervalo, Alev ficou parado no corredor, envolvido por um grupo de princesinhas; alguns rapazes formaram um cordão externo de antipatia. Posso afirmar que estive em todos os lugares que foram bombardeados pelos americanos nos últimos cinco anos. Ada passou, enrolando um cigarro, e obrigou seus passos a se deslocarem pelo corredor abaixo em direção ao banheiro feminino. Ela se sentia como se tivesse comido algo errado. Algo havia acontecido, algo estava acontecendo, algo ainda iria acontecer. Alegro-me em ter a senhora em meu curso de literatura alemã, chamara Smutek atrás dela quando ela estava deixando a sala. Em sua cabeça, as forças aéreas americanas jogavam bombas sobre cidades empoeiradas, em sua cabeça Exército e Marinha americana tomavam regiões abandonadas, em sua cabeça tudo corria, gritava e morria.

Algo foge à ordem sem se deixar apreender; seguem-se semanas ocas

As semanas seguintes passaram numa rotina estranhamente oca. Elas consistiram em uma série de atividades que as pessoas encaminharam de maneira mecânica, embora parecessem não mais acreditar em seu sentido e sua utilidade. Durante o mês de agosto inteiro, um calor infernal havia lhes queimado as cabeças. Depois da primavera de 2002, a seca de 2003 pareceu mais um prenúncio bíblico do Juízo Final, ainda que talvez pertencesse àquele tipo de fenômenos climáticos que, diante de um pano de fundo feito de peruas familiares com ar-condicionado e jaquetas esportivas permeáveis ao ar natural, tinham de ter o efeito de ameaças grotescas. De qualquer modo, também neste ano o mundo não veio abaixo, e a humanidade europeia seguiu cambaleando por aí em seu pedaço do planeta, atordoada com a bonança depois da tempestade perdida. Pátios escolares, cruzamentos de rua, centros de compras e cozinhas de bares haviam virado a decoração de uma tentativa de arranjo, na qual as cobaias faziam o que se exigia delas. Alguém, lá longe, bem no alto, fazia anotações.

Smutek reuniu 15 alunos para o primeiro grupo de treinamento voluntário na nova pista de corrida. Eles estavam sentados sobre a relva, que lhes imprimiu desenhos na parte inferior das pernas, alongaram tendões encurtados, seguraram uns nos calcanhares dos outros e dobraram os corpos distendendo os músculos do abdome. Trotaram na condição de rebanho manco de retardatários sem cavaleiro-líder em volta da pista, sobre a qual correr continuava exigindo esforços apesar da cobertura nova de tartan.

Embora Smutek se alegrasse com o fato de tantos alunos quererem participar, sentiu-se cansado e vazio ao vê-los. Principiou a se perguntar se seria essa a recompensa para todo o incômodo, pela briga com Teuter, pelas conferências e discussões e conversas difíceis de planejamento, nas quais ele havia se curvado sobre desenhos monótonos em papel quadriculado no escritório de Fundator. Smutek se sentia como uma cobaia demasiado solícita, que tem todas suas bonificações e atenções diminuídas porque o cientista quer ver se ela suspende ou não seus esforços. Demoraria meses, se não anos, até que aqueles répteis se transformassem em um rebanho de jovens gazelas.

Ada não viera, ao contrário do que havia prometido. Smutek não acreditava que ela perdera a vontade; também não acreditava que era uma pessoa que quebra a palavra dada com tanta facilidade assim. Acreditava, sim, que algo estava errado, que as pessoas naqueles dias estavam sendo movidas pelo controle remoto de extraterrestres, que uma nuvem de gás que aos poucos acabaria envenenando a todo mundo pairava sobre a cidade. Teuter não o convidara uma única vez a vir a seu escritório desde o fim das férias. A Sra. Smutek se mostrava monossilábica e o afastava de si quando ele queria dormir com ela. Höfi, embora parecesse estar completamente normal à primeira vista quando rastejava despescoçado pelo corredor com uma pilha de livros sob o braço, que por certo não utilizaria na aula, há dias falava apenas do momento da revolta que estava sendo perdido, do fim de época que estava escapando e da revolução que vazava pelos vãos dos dedos; e do fato de que eles todos eram como passageiros que haviam adormecido perdendo o momento da baldeação, sentados em um trem que voava a nenhures com a placa "viagem de serviço" presa à testa. Quando se desejava um bom dia a ele no corredor, ele começava logo uma breve palestra: mais tardar a cada cinquenta anos havia alguma catástrofe social naquele continente. Guerra ou revolução, ou ambas. Agora ela já estava atrasada. Por isso, o vácuo. Onde nada acabava, nada podia começar, ele dizia... E a gente o deixava parado...

Os Orelhas ensaiavam no porão das bicicletas. Os Orelhas se encontravam nos intervalos. Ada não falava com ninguém e fumava sozinha no banheiro feminino. Há algum tempo, ela podia ser vista de quando em vez, depois do fim das aulas, na parte de baixo da escadaria de entrada, um degrau acima de Alev, com quem ela conversava pensativa. Isso, por sua vez, não agradava a Smutek. Embora ou porque Alev provavelmente tenha sido o primeiro aluno na história do Ernst Bloch que havia lido o *Homem sem qualidades*, ele era mais suspeito do que nunca. Tinha a inteligência e a dureza de um alucinado dentro de si.

Durante dias, Smutek sentiu com muita nitidez que não havia ninguém nas proximidades com quem ele poderia falar. Seus amigos de faculdade haviam ficado em Berlim ou ido para o exterior. No fundo, ele também não sabia o que deveria lhes contar. Eles não conheciam Ada e não teriam compreendido o que significava o fato de a única aluna que sabia correr não tomar parte no grupo de atletismo que acabara de ser fundado. Eles não teriam compreendido que Smutek buscava um sentido para a vida. A busca do sentido, que a gente considera uma causa legítima em si mesma, parece sempre exagerada e obstinada às outras pessoas.

Naqueles dias, podia ser observado em diversos lugares como passantes desciam resolutos uma estrada, estacavam de repente como se tivessem se lembrado de algo importante, ouviam por alguns momentos auscultando o ar sobre suas cabeças ou contemplando o chão sob seus pés com olhares críticos, por fim davam meia-volta sobre os calcanhares e sumiam na direção da qual tinham vindo. Algo havia fugido à ordem, e não havia nada nem ninguém, ser humano nenhum, lugar nenhum, ideia nenhuma, momento nenhum e convicção nenhuma para a qual Smutek pudesse se dirigir.

Ada quer conversar com Olaf e, em vez disso, lhe conta acerca da consciência humana

— Isso não vai te surpreender, mas é a primeira vez em minha vida que eu peço a alguém para ter uma conversa.

Com essas palavras, Ada começou o bate-papo depois de ter interceptado Olaf a caminho do ensaio da banda. A rota que ele fazia, passando pelo estacionamento, ela a conhecia de cor; sempre a mesma sequência vindo da direita e passando à esquerda entre as filas de carros estacionados. Agora eles estavam parados à sombra de uma van e se olhavam sem se ver.

— Acredito piamente.

Ele o disse com uma ironia tão obstinada como se Ada tivesse revelado o lado mais sombrio de seu caráter ao dizer as palavras introdutórias e com isso respondido de antemão a todas as perguntas, de modo que ambos agora podiam muito bem voltar a se separar e seguir seus caminhos.

— Talvez a gente consiga falar um com o outro normalmente por alguns minutos.

Ele não se arriscou a atacar a calma dela. Ela nem sequer aparentava frialdade, mas antes parecia o resultado de uma paciência sem demanda. Ada não viera para tomar satisfações, não queria quitar uma dívida, tampouco voltar a ficar bem, nem se reconciliar nem se vingar. Ela queria apenas saber algo. Isso acabou tirando o vento das velas de Olaf, fazendo-o sentir de novo aquela tristeza tenaz que ele acreditava ter secado ao calor do sol como uma lesma sem caracol no decorrer das férias.

— Ok — disse ele. — Quais são as novas?

— Eu gostaria de te perguntar o que foi que aconteceu, mas para essa pergunta já estou seis semanas atrasada; e eu apenas me faria ridícula se a pronunciasse agora. Não é verdade?

— Lá isso é.

— Pois bem. Em vez disso eu gostaria de saber por que tu não suportas mais me ver, se podes encontrar com Rocket em todos os intervalos e ensaiar com os Orelhas como se nada tivesse acontecido.

Olaf olhava para o chão. Aquela pergunta, ele a havia feito a si mesmo algumas vezes, e sabia que Ada agora via isso nele.

— A ideia foi de Rocket — disse ela.

— Eu sei.

A resposta correta dizia:

As coisas são como são. O sentimento humano não é um nascedouro da justiça. Ada estava parada do outro lado de um despenhadeiro de quilômetros de profundidade, Olaf não podia mais ir até ela, qualquer tentativa não faria o menor sentido. E, uma vez que ele não sabia o que dizer a ela, acabou escolhendo a verdade.

— Eu achava que nós éramos namorados.

— E nós éramos mesmo. E daí?

Mas a verdade era um peixe que morria imediatamente quando era tirado do líquido em que nadava. O que foi que tu fizeste. E quando nós nos. Não sabes mais o que foi que aconteceu. Como tu choraste. Como os que vingaram Joe te pegaram.

— O que tu fizeste — disse ele em voz alta — faz parte daquelas coisas das quais eu queria te proteger. Eu havia me proposto a isso.

Agora ambos se entendiam. Ada havia se virado involuntariamente como se quisesse correr para longe, mas ficou parada e se apoiou contra a porta lateral da van, que estava quente do sol como um animal vivo. De repente, eles se olharam, bem de perto, como se não houvesse nada a separá-los, nenhum muro, nenhum ar, nem mesmo pele, carne, sangue e ossos. Olaf ficara mais velho. Provavelmente amadurecera alguns anos em poucas semanas, e o que ele sentia não era tristeza ou desespero, mas sim dores de crescimento e o sibilar do tempo acelerado, que sempre acaba com os nervos.

— Que tipo de gente tu és? — Ele quase soluçou.

— O que estás me perguntando com isso?

— Não sei. O que é que pensas? O que é que sentes? És capaz de pensamentos, de sentimentos?

— Estás perguntando por minha consciência.

— Por mim, também por isso.

Ele estava tremendo? Por razões lógicas temos de admitir: ele por certo estava tremendo. As primeiras experiências com as fronteiras hermeticamente fechadas entre as pessoas são duras. Negociações demoradas de acordos de liberalidade na maior parte das vezes passam a ser encaminhadas apenas ao final de grandes crises, e até ali o homem fica parado à revelia por aí, não sabe se foi trazido ao mundo na condição de animal de rebanho ou lutador solitário, e ainda por cima tem de permitir que sua confusão acerca disso seja banalizada pelo conceito vergonhoso conhecido como "puberdade". Olaf estava tremendo, porque não lhe restava outra coisa a fazer.

O momento certo, caso ainda existisse algum sobrando entre eles, passou, enquanto eles vadiaram um ao lado do outro em silêncio. Olaf fez um biquinho, gesto que havia estudado diante do espelho, e prendeu uma mecha solta do cabelo ao rabo de cavalo. Ada tirou os olhos de seu rosto como uma faca de um pedaço de manteiga, deitou a cabeça para trás e olhou procurando as nuvens em movimento. Não havia nuvens em movimento. O verão tardio jazia moribundo, o céu estava pálido como se sofresse de problemas circulatórios, um vento nocivo passava em rajadas pelas moitas da beira da estrada.

— Imagina um quarto vazio — ela disse por fim —, mobiliado, aparentemente usado por alguém, três livros abertos sobre o criado-mudo, um prato vazio perto do teclado do computador. A escrivaninha junto à janela, a janela entreaberta. Camisas sujas sobre o espaldar do assento. Talvez, em casos extremos, um rádio ou uma televisão estejam ligados. A porta está aberta, uma fresta, apenas. Tu olhas para dentro e tentas imaginar quem vive ali. Algumas coisas descobrirás logo. O sexo da pessoa, sua idade aproximada, talvez sua profissão. Outras coisas serão difíceis de reconhecer e outras ainda impossíveis. E ISSO... — e Ada levantou a voz como uma pregadora —, o olhar para dentro desse quarto, isso é a pergunta sobre a consciência.

Assim como São Francisco, ela havia falado para os pássaros, que voejavam no alto azul-claro daquele céu e estavam demasiado distantes para ouvi-la. Quando ela voltou a baixar a cabeça, seu olhar ficou preso à testa de Olaf como um pedaço de fita adesiva velha e que colava muito mal.

— Ok — disse ele. — Tchau, Ada.

E a deixou parada ali. Trotou com seu andar atabalhoado que continuava pertencendo ao rapazinho que volta para casa vindo do jogo de futebol, no habitual ziguezague entre os carros em direção ao porão das bicicletas, e o contrabaixo assentado em suas costas como um demônio negro.

Estava demasiado quente para correr, demasiado quente. O suor brotava dos poros, nas costas e na testa, ao menor movimento. Enquanto Ada e o general de brigada cruzavam o mar Adriático, jornais alemães haviam cantado e decantado a estiagem durante semanas, as perdas da colheita e a secagem das florestas, o grito das crianças e a morte dos velhos. Por fim, haviam se cansado dos lamentos; talvez também para isso fosse demasiado quente.

Na Croácia ninguém se queixava. E olha que as praias queimavam. Nuvens negras escureciam tardes rutilantes e imitavam uma tempestade próxima, que estava longe de ser real. Aviões abertos, pequenos como miniaturas de desenho animado, furavam a dois ou a três as paredes envenenadas de cinza e fumaça, esvaziavam bem próximos do chão o conteúdo de seus ventres sobre as chamas e voltavam para o mar aberto a fim de encher os tanques de água mergulhados no azul. Eram apenas pingos sobre tijolos estorricados, eles não interrompiam as linhas do fogo à altura dos joelhos, que marchava com quilômetros de comprimento sobre as encostas das montanhas do Carste. Passaram duas semanas de vela, cortadas em seu ritmo por pequenas idas à terra firme para comprar leite e pão; 14 dias em que Ada e o general de brigada passaram juntos em silêncio, não contadas algumas palavras de entendimento, gritadas de rosto virado em outra direção, e 14 noites, nas quais eles mesmos grelharam peixes no convés estreito, tomaram vinho branco de um galão de 10 litros e enquanto isso falaram e falaram como se todas as frases perdidas, todos os pensamentos não formulados, todos os acontecimentos meio esquecidos e piadas não ditas nos últimos anos tivessem de ser tangidos até se reunirem como um rebanho de bois errantes, que por fim sai em disparada para a direção indicada.

Então Ada quis correr, e o general de brigada nem sequer tentou convencê-la a não fazê-lo. Eles procuraram um trecho da costa que não estivesse queimando e lançaram âncora junto a Trstenik. Ada cruzou o pequeno porto, correu ao longo da costa, nos vinhedos e entre parreiras baixas, por caminhos rochosos sempre em direção sudeste, sob um sol de meio-dia, que mal continuava merecendo este nome, e que em sua condição de pedra ardendo em branco ocupava bastante espaço no céu e lambia com mil línguas a superfície metalicamente brilhante do mar, as rochas de pele clara e os aglomerados pesadamente verdes de pinheiros. Depois de uma hora e meia, quando o sangue lhe batia com martelos na tampa do crânio, ela voltou em trote leve pelas margens da estrada, junto à encosta, até a cidade.

Ao anoitecer, seu corpo estava coberto de bolhas do tamanho de percevejos, bem próximas umas às outras, que estouravam quando se passava a ponta dos dedos sobre elas e molhavam tanto que seios, costas e ombros estavam permanentemente úmidos, como se ela tivesse acabado de sair do chuveiro. Os gânglios linfáticos incharam, e depois da comida Ada vomitou o peixe que havia pescado sobre a amurada do veleiro. O general de brigada levou-a para seu beliche na cabine, não disse nada e a cobriu. Eles haviam sempre se tratado com muito respeito, já na época em que ele entrara na família, e Ada ainda era uma menininha. Provavelmente ele havia acariciado sua cabeça gentilmente e a levado prestativamente ao pediatra. Demorou quatro dias até que Ada conseguiu se restabelecer da insolação.

Agora estava quase tão quente como há três semanas no Adriático, e Ada não queria viver mais uma vez algo semelhante. Mas os tênis podiam ser vistos, enfiados na mochila de exército que ela havia comprado no princípio do ano letivo, e em sua cabeça o semblante de Olaf com seus olhos humilhados de cão começou a dar voltas sobre si mesmo como água sobre um ralo aberto; seria necessário apenas ainda um mísero tiro de misericórdia. Ada cruzou a estrada com o sinal vermelho, entrou em passo apressado no parque e já não tinha mais fôlego quando alcançou Smutek na recém-inaugurada pista de tartan. O revestimento novinho em folha refletia a luz do sol, as linhas brancas que delimitavam as faixas doíam nos olhos. Caso a consciência humana fosse um quarto vazio, naquele as persianas foram fechadas e a luz apagada quando Ada começou a correr.

As semanas ocas continuam. Ada tem problemas com o grande amor. A herança do pós-modernismo é uma montanha feita de escombros de citações resvalando umas sobre as outras

Ada concedeu a si mesma seis semanas antes de tomar uma decisão, e, no fim do prazo, nada, absolutamente nada havia mudado. Uma decisão pressupunha duas opções, entre as quais se poderia escolher uma, e à mente de Ada não chegou nem sequer uma possibilidade. Ela se sentia doente. Pela manhã, depois de levantar, ela se sentia mal, e porque lhe parecia difícil ter um filho de Olaf pela boca e pelas faces, pensou se não poderia ter acontecido mais alguma coisa na parte restante da festa de aniversário. A outra explicação era de longe mais sinistra do que uma gravidez. Filhos podiam ser abortados, obsessões, não.

Ela temia que o motivo para seu estado residia nos encontros diários com Alev, que a proximidade dele a deixava doente como a proximidade do demônio mascarado o faz com um cachorro esperto, que se arrasta ganindo para trás da porta porque seus instintos funcionam melhor do que os de seu dono. Constantemente, seus pensamentos se precipitavam sobre Alev, como se apenas tivessem esperado para enfim encontrar um objeto ao redor do qual pudessem voejar como um enxame de moscas faz com o excremento fresco, ávido por se assentar, lambiscar, brigar, e depois voltar a se levantar nos ares. De onde ele vinha, por onde ele ia, como se sentia. O pensamento nele era como uma dessas músicas que se aferram a nossos ouvidos e não se deixam expulsar da cabeça.

De uma hora para outra, faltaram-lhe temas e perguntas sobre os quais pudesse meditar; de repente, ela passou a sentir falta de todas as recordações que até então havia combatido. Não havia nada a seu alcance que prometesse distração. O exército de autores mortos, cujos livros ela costumava ler, sucumbiu a um único inimigo sem fazer menção de luta. Quando estava sentada com uma obra de Balzac à borda da banheira, nenhuma imagem surgia diante de seu olho espiritual, nenhum baile festivo, nenhuma luz de velas se refletindo sobre os ombros redondos de uma mulher, nenhum pássaro morto, que para ser servido voltava a aparecer em suas próprias penas. Tudo aquilo era ridículo, tudo aquilo não tinha o menor significado. Já depois do primeiro dia de aula Ada havia se colocado diante da estante de livros e encontrado de cara o que estava procurando: o *Homem sem qualidades*. Ela o leu palavra por palavra, conseguira devorar poucas páginas por hora, e era a voz de Alev que falava para ela de dentro do livro.

Mesmo para correr ela se sentia demasiado fraca. Até ouvira sobre o novo grupo de atletismo de Smutek, mas ele era para ela um acontecimento de um planeta distante. Há bem pouco tempo, habitava atrás de sua fronte uma dor, que levantava em vagalhões a cada movimento, e só voltava a se acalmar quando ela estava sentada quieta. Ela parecia vir de um local envenenado, sobre o qual o corpo tentava formar uma casca dura como a ostra faz com o grão de areia. Lá estava o centro de todo o mal, não se deixava impressionar com os golpes da palma da mão e coloria o mundo em um novo matiz. Com esse olhar transformado, Ada não suportava mais a visão do próprio corpo. De repente, a pele do rosto e dos ombros ficou cheia de espinhas pequenas e médias, e, a uma observação mais cuidadosa, praticamente não havia poro na testa e nas faces que não parecia enfermo, funcionando errado em vez de ficar acomodado em seu lugar, discreto e ínfimo, e não perturbar os processos globais do corpo. Os cabelos caíam e faziam cócegas nas costas e nos lados sob a roupa, mais embaixo as extremidades das unhas produziam demais pele, que tinha de ser arrancada com a ajuda dos dentes e das próprias unhas dos outros dedos, e as mucosas do nariz formavam crostas que tinham de ser retiradas sempre de novo no decorrer de poucas horas. Quando Ada ia ao banheiro, ela limpava a bunda com metros e metros de papel higiênico, porque o processo não era concluído de maneira correta e sempre ficava algo pendurado. No todo, além disso, ela era pesada demais para sua altura. Tudo nela era robusto e forte, feito para um ser que corre agachado diariamente na mata rasteira e agarra seu pasto usando apenas a nudez de suas mãos. A arrogância sempre havia impedido que ela oferecesse ao próprio corpo mais do que a atenção estritamente necessária. Agora, eis que a auto-observação sem pausa vinha na esteira do pensamento em Alev.

Ela se incomodava com o fato de que cada observador neutro, ela mesma incluída, diagnosticaria nela os sintomas clássicos do primeiro grande amor com a maior facilidade. Fica calma, menina, isso passa. Não se pode mesmo fazer nada contra isso. Desfruta o momento. Devora ou morre. Ada inclusive sabia que todo o primeiro amor se negava terminantemente a assumir tal condição, e que estava sempre em defesa com explicações e desculpas como um ouriço com seus espinhos.

X era novo na escola e foi contemplado com uma cadeira nas proximidades da porta. Y sentava junto à janela, e quando seus olhos se encontraram, Y pensou: ainda bem que hoje estou usando meu jeans novo e apertadíssimo e a blusa laranja. Pois com essas roupas, Y ficava realmente bonita.

Assim não, de jeito nenhum. Todo grande amor se levava a sério, era diferente daquilo que prometiam os preconceitos, era nefasto, ameaçava a saúde ou fazia coisa até pior. E Ada sabia, escalando o degrau mais alto do conhecimento paradoxal, que o grande amor preenchia todos os critérios do esquema justamente pelo fato de ser diferente. Mas ainda que, na época das citações, a realidade há tempo já começara a fazer suas cópias; ainda que destinos felizes e tragédias terríveis já tivessem sido vivenciadas incontáveis vezes antes em livros e filmes e mesmo assim existissem apenas como reproduções, como plágios ou paródias; ainda que entrementes tudo pudesse ser identificado como algo e ao vagar por aí no salão de espelhos a gente apenas tropeçava por acaso em coisas reais, dando encontrões que deixavam os dedos dos pés sangrando e gritava: e então, isso daqui não foi uma citação, isso estava no meio do caminho!; ainda que ao preencher os modelos usuais só restasse um espaço livre semelhante ao daquele que sobra ao se pintar seguindo os números de uma folha quadriculada — o que Ada vivenciava mesmo assim era diferente. Não era o Grande Amor.

Muito antes, Ada estava à procura de algo que pertencia a Alev. Talvez tenha ocorrido um engano nos cálculos antecipatórios da humanidade que já duravam milênios, DNA trocado, um serviço mal prestado ao cliente, e eis que agora Alev possuía uma aura cheia de mistério, aquela infalibilidade que não era desumana, que não era sobre-humana, mas de certa forma era anti-humana em todos os seus movimentos, e que Ada havia reclamado para si mesma logo no primeiro segundo. Em volta dele havia um território que prometia a ela o único lugar possível para viver. Para quê ela precisava de um lugar assim, ela mesma não era capaz de compreender. Quem não plantaria uma árvore não precisava de terra, e quem não construiria uma casa não precisava de tijolos. Seguro era apenas que ela queria algo que Alev chamava de seu. Isso não era amor, mas sim empenho de anexação à primeira vista.

Mais do que isso ela não conseguia se aproximar do problema.

Mas era o que bastava para não ter mais um só minuto de paz. Algumas das teorias de Smutek acerca da Grande Estagnação teriam lhe proporcionado alívio: a ruela sem saída no raio de tempo, um engarrafamento teórico-caótico na rotatória dos destinos, tristeza pós-coital depois da virada do milênio — pois nada é mais bonito do que a responsabilidade supraindividual.

Foi por esse motivo que Deus inventou as condições do tempo.

Ada cerca Alev

As condições do tempo, porém, haviam voltado a sua trajetória filistina depois da enchente do século e do verão do milênio. O 11 de setembro aniversariava pela segunda vez, a guerra no Iraque prosseguia inoficialmente depois de seu fim oficial, e Schröder perdia em percentuais de popularidade, porque não se atirara ao pescoço do calor usando as tropas do exército. No princípio de outubro, as temperaturas estavam nos 15 graus em média. Para a estação, não era nem demasiado quente nem demasiado frio. As condições do tempo não forneceram álibis.

Uma vez que não existiam possibilidades de tomar uma decisão, Ada fez o que podia ser feito sem tomar uma decisão: ficou nas proximidades de Alev. Contrariando os hábitos que a caracterizavam no passado, ela chegava pontualmente às aulas, ficava encostada no corredor ao lado da porta da sala, uma das pernas dobrada, a sola da bota contra a parede, e lia jornal até que Alev aparecia descendo pelo corredor. Na maior parte das vezes, ele era acompanhado por uma escolta de meninas e rapazes, que se mantinham meio passo atrás dele e escutavam suas palavras. Ada ficava tranquila em ver que raramente eram os mesmos admiradores em dois dias seguidos. Quando Alev passava por ela, ele a cumprimentava com uma cortesia estudada, e às vezes parava e terminava uma conferência destinada a seu séquito bem no meio do rosto dela.

— Ada. — Ela jamais dissera seu nome a ele. — O bom da vida é que não existe mais nada a perder quando se aceitou enfim que ela acabará por chegar ao fim, cedo ou tarde. Escuridão, nascimento, comer, foder, lutar, fade out. Enquanto não encontrarmos nisso nada que seja assim tão ruim, não haverá nada a temer. O maior dom do homem é sua capacidade para o suicídio, para a liberdade de buscar voluntariamente a morte. Liberdade pela morte. Se algo não nos serve, podemos muito bem ir. Onde é que estaria o problema?

Ada tinha a nítida sensação de que ele falava apenas sobre eles dois, e cruzou os dedos atrás das costas, junto à parede, a fim de não estender uma mão para ele por engano.

— No sentido, talvez? — perguntou ela, ironicamente.

Até então ela havia expressado cada uma das observações que dissera a ele apenas com a ajuda da ironia. Alev não mostrava nenhuma reação. Na maior parte das vezes, achava melhor ignorar as armas de sua oponente. Para ele, todo parceiro de conversa era um inimigo, e toda conversa uma batalha.

— A busca do sentido é mero narcisismo — disse ele. Seu tom era amistoso-instrutivo, como se estivesse falando com uma criança. Mesmo assim conseguiu deixar claro, através de olhares e gestos, que considerava a pétrea Ada encostada à parede um ser que estava pelo menos à sua altura, e que considerava a conversa, em acordo mútuo com ela, apenas uma piada. — A busca do sentido é comparável a um jogo de palavras cruzadas no qual o primeiro conceito foi intencionalmente inscrito de forma errada. Um jogo de paciência com baralho incompleto. Pode-se passar o tempo com isso. Mas também se pode muito bem deixá-lo de lado.

Ada entrou no jogo e assumiu o papel de um questionador preocupado, enquanto o séquito de Alev se transformou em auditório postado em semicírculo.

— Tu não tens, então, nenhum objetivo? Não há nada que desejes? Uma profissão? Uma mulher? E que tal dinheiro?

— Nós nem sequer somos capazes de desejar alguma coisa que já não possuamos ou poderíamos possuir há tempo. Isso está na essência do desejo. Eu, pessoalmente, me recuso a matar o tempo com isso. O tempo é a única coisa que de fato falta ao homem. — Ele se inclinou fazendo uma mesura e mediu-a com seus olhos puxados a curtíssima distância. Em parte, ela esperava que ele lhe expusesse um enigma: qual o animal que nasce com quatro patas, vive com duas e morre com três? — A única coisa que o homem possui, e lhe falta constantemente, é o tempo. Afora isso, há apenas simulações de posse, sejam elas relativas a sentimentos, a beleza ou a dinheiro. Todas essas coisas são sujeitas ao tempo. E dele nos pertence um pedaço bem pequeno. E eu não haveria de querer perdê-lo.

— E que queres com isso?

— Nada. Não fazer nada e não querer nada é a única maneira digna de prestar homenagem ao deus do tempo. Como se poderia compreender a pureza desse presente, se não paramos de jogar coisas sobre ele como lixo a um riacho de águas cristalinas?

Diferentemente do que acontecia com outras pessoas, que expressavam debilidades semelhantes de modo menos eloquente, Ada não sentiu necessidade de desmascará-lo e ser dona da última palavra. A fanfarronice dele e suas encenações infantis faziam-na rir, ao final das contas, e seu riso era como as ondas circulares na superfície de um lago depois de uma pedra cair dentro dele para em seguida ir ao fundo. Alev estava de tal modo convencido de suas palavras, que essa convicção se adensava a ponto de virar verdade, assim como reflexos da realidade repetidos infinitas vezes por fim resultavam em realidade. Como sempre, o fundamental estava na forma, conteúdos eram substituíveis. Se Ada ouvisse por mais tempo, acabaria acreditando nele algum dia, pouco importava o que ele contasse. Ela não se incomodava em reconhecê-lo. O juízo próprio lhe era menos sagrado do que um bom livro, e ainda assim maior do que qualquer balde de lixo.

A campainha do colégio a livrou da obrigação de responder, e ela gozou o fato de ficar um segundo demais em frente a Alev, enquanto o séquito dobrava as orelhas aguçadas, fechava as bocas abertas e se espalhava na sala de aula a fim de buscar lugares. O riso de Ada se transformou em sorriso malicioso do tipo "Isso poderá te dizer mais do que mil palavras, se fores esperto o suficiente para interpretá-lo", e ela carregou sua cabeça para dentro da sala, alegre em ver que ele continuava plantado no mesmo lugar, sem poder se levantar aos ares, ficando preso ao teto como se estivesse cheio de gás, atolado no caminho ao céu.

Quando Alev não parava diante dela, Ada o deixava passar com seus discípulos e contava bem devagar até 20 antes de seguir o grupo e se retirar para seu canto, junto à janela. Nos intervalos, ela vagava pelos corredores até Alev se colocar em movimento, e o seguia à distância de alguns metros. Ela não participava de nenhuma conversa, não encontrava nenhum olhar, virava as costas ao grupo no qual Alev estava, e ficava tão longe quanto possível a fim de ainda poder ouvir o que era dito. Ela se comportava como um espião ou como um guarda-costas secreto, que está sempre de prontidão e algum dia será recompensado por esperar a hora zero.

Sobre o espaço aéreo do Ernst Bloch se encontra um mundo diferente

Quando Alev a questionou a respeito, ela não titubeou em dar uma resposta o mais exata possível. Não sei ao certo por que corro atrás de ti, provavelmente porque não me ocorre fazer outra coisa.

A resposta agradou a ele. Mas então diz alguma coisa! Ele riu. Nessa ocupação, posso ser extremamente útil a ti.

No intervalo seguinte, ele a levou consigo ao internato, que fazia sua política de vistos turísticos depender do convite de um morador como se fosse um país de fronteiras fechadas. Quem não tinha amigos, jamais conseguia chegar até lá.

Enquanto subiam, degrau a degrau, Ada teve a impressão de que estavam deixando juntos o terreno do colégio. À altura do teto dos quartos do 5º andar, o espaço aéreo do Ernst Bloch, com seus direitos de sobrevoar usuais, terminava e se transformava em outra coisa, em um céu, em um inferno, em um mundo estranho sobre o cobertor de nuvens. Já nas escadarias, recebiam-se as mensagens olfativas da cozinha da área comum, misturadas a um hausto de café, talco para os pés e spray antimofo, e atrás da porta de vidro leitoso, à entrada do 6º andar, o cheiro era de ducha comum, WC comunitário e de convívio de pessoas em espaço mínimo. O corredor era revestido pelo mesmo linóleo bordô dos corredores dos andares inferiores, porém era coberto em todo o seu comprimento por um tapete puído de algodão azul. Nas portas dos quartos havia cartazes de música e de filmes, no fim do corredor duas plantas de borracha empoeiradas e um carrinho de servir feito de alumínio, adquirido, já usado, do hospital do município. Estes eram os atributos que diferenciavam o corredor do internato de todos os outros andares do colégio.

Alev bateu na primeira porta ao lado da cozinha. Nos dias ímpares, Erich era o oficial em guarda, ao passo que a segunda educadora, chamada Amelie, ficava de folga. Dois externos convidados por Grüttel e Bastian. Apenas para o intervalo? Podia bem ser. Os pés de Ada não queriam avançar direito, como se caminhassem sobre uma esteira em direção contrária. Ela tinha a sensação de sapatear por um jardim desconhecido, aquele estreito ninho de gente, organizado de modo meio militar, meio incestuoso, repelia estranhos como o óleo fazia com uma gota d'água. Apenas Alev se sentiu imediatamente em casa, senhor do cenário, todo missionário em campo novo, ainda a ser explorado.

Com energia, ele colocou as mãos às costas de Ada e empurrou-a em frente. Firmes e sem temperatura, seus dedos estavam entre as omoplatas dela e se encaixavam ali com perfeição, parecendo ter crescido no lugar como asas de anjo. O sistema nervoso de Ada anunciou dor, uma sensação extrema de bem-estar, calor e frio ao mesmo tempo, e então ela soube enfim que tinha razão: Alev era o único culpado pelo mal-estar que ela sentira, pela fraqueza e pelos terríveis laços de pensamento das últimas semanas. Ele possuía aquela quantidade de força que ela havia perdido, e o toque de seus dedos foi igual a um pagamento de 2 centavos em uma dívida que chegava aos 10 milhões. O que ela mais teria gostado de fazer seria cortar suas mãos e ficar com elas. Assim que ele a soltou a fim de apontar para a porta de Grüttel, o corpo dela voltou ao estado da recusa a cumprir ordens, obedecia com indolência ou se recusava a obedecer, e ela tinha dificuldades em cerrar os punhos, como se tivesse acabado de acordar de um sono de 12 horas. Pelo menos, Ada agora sabia que não estava sofrendo as sequelas da insolação croata, e também que não estava doente nem grávida.

O espaço em que eles voltaram a se encontrar era em formato de L e aparentemente dividido por dois moradores. Em cada uma das metades do quarto havia uma cama, um armário, assim como uma mesa e uma cadeira. Podia ser percebido na mobília, que esta havia sido angariada ao longo dos anos a partir dos restos de outras mobílias. No criado-mudo, um pé de leão entalhado em madeira. Ali, uma pia pequena e pouco prática, aqui um candelabro na parede, que no passado havia flanqueado a estante de música de um piano junto com um gêmeo perdido. Uma das três barras das cortinas era de cobre, de resto, muitos folheados rotos, que podiam ser arrancados com a unha nos cantos. O quodlibet da arquitetura interna espalhava uma atmosfera desconsoladora, na qual os moradores do internato se apresentavam como besouros gigantescos e bizarros em um terrário.

Três exemplares masculinos estavam sentados ao chão, um cinzeiro no meio deles, assim como um jogo coletivo. Eles não pertenciam à Facção das Maravilhas, mas cultivavam uma indiferença de anos 1990 que conservava seu valor, usando jeans largos e puídos e blusões apertados e caros. Lerdos, eles levantaram os olhos para Ada.

— Amiga tua?

Todos no colégio conheciam Grüttel e Bastian, e nem mesmo Ada era uma exceção nisso. Grüttel tinha mais de um 1,80m, assim como todos os seus amigos, tinha cabelos pálidos e lisos, que gostava de afastar da testa a cada par de segundos quando estava falando, e além disso uma coleção de óculos de sol bem como a senha para a caixa-forte de seu pai, que gerenciava uma galeria de sucesso em Düsseldorf. Com um determinado valor, que retirava mensalmente do cofre, ele abastecia seu círculo de amigos com diversão e com os produtos farmacêuticos necessários para tanto. Seus pais pouco se importavam com isso, ou talvez entendessem a diminuição regular do dinheiro vivo armazenado como um fenômeno natural, semelhante à perda de peso das frutas postas para secar. Bastian, que estava sentado ao lado dele, recebia uma soma semelhante em contrapartida mensal pelo fato de visitar sua família apenas em ocasiões festivas. Ele tinha lábios incomumente carnudos e entreabertos, e nos questionários do centro de informações profissionais declarava sempre que ao final dos estudos queria se tornar "estrela de filme pornô". O terceiro rapaz foi apresentado a Ada: Toni, gordo e atormentado pela acne. Trazia soltos os longos cabelos e uma escova no bolso da calça, com a qual se penteava em todos os intervalos. Juntos, eles formavam uma panelinha em cuja presença ninguém falava sem ser perguntado. Nas matérias indiferença soberana, dinheiro e irreverência eles ocupavam uma hegemonia incontestável.

— A menina mais esperta do colégio — disse Alev, apontando para Ada, e deu de ombros, consciente de ser a única pessoa que podia dizer uma frase dessas no Ernst Bloch sem parecer ridículo.

— Prazer — disse Bastian, e acenou com seu cigarro sem filtro. — O que te torna tão esperta?

— A capacidade de ficar calada no momento certo — disse Ada —, e de resto dizer coisas das quais todo mundo acredita que tenha de compreendê-las, ainda que elas não façam absolutamente o menor sentido.

Todos os três inclinaram a cabeça, ainda que não tivessem entendido nada, e Alev riu desbragadamente.

— Viram só! — ele exclamou, alegre. — É assim que ela faz com todos. Ela é a menina da discussão sobre os Estados Unidos.

Agora Ada sabia por que estava ali.

O debate sobre os Estados Unidos

Tudo se devia à discussão de Höfi acerca dos Estados Unidos. Sob ameaça de sérias consequências, Teuter havia proibido o uso de bótons e broches depois do início da mais nova Guerra do Golfo, e declarado a questão do Iraque um assunto indesejável durante as aulas. Höfi esperara até que depois das férias de verão as palavras "a mentira da guerra" passassem a ser usadas socialmente, dera ao ano letivo uma vantagem de algumas semanas e abrira uma aula dupla no curso de extensão de história com a tese de que a guerra no Iraque tinha exatamente tanto a ver com o atentado ao World Trade Center quanto a Primeira Guerra Mundial tinha a ver com o assassinato do príncipe herdeiro austríaco.

Não houvera na história, ainda, nenhum confronto militar que não tivesse sido uma guerra de conquista. A alta política, segundo Höfi, em última instância era sempre pragmática, ao passo que a ideologia ficava reservada aos atores que não faziam parte das questões estatais. Estes eram chamados de "defensores dos direitos humanos", "ativistas ecológicos" ou "sociedade civil" enquanto procediam sem fazer jorrar sangue, e de "redes terroristas" quando passavam a fazer uso de meios incorretos.

Houve um burburinho na sala de aula. Joe sacudiu a juba de cachinhos e depois se soergueu da cadeira.

— O senhor está comparando o Greenpeace à al-Qaeda?

Höfi respondeu com um "sim" cheio de cautela. Tratava-se, para ele, de um modo de pensar claro como o aço, de comparações sóbrias e de uma maneira de ver as coisas que saísse das bovinas trilhas midiáticas. Ele disse estar falando de estruturas. De pequenos grupos, que se posicionavam em front oposto às instituições estatais, de redes, fontes de financiamento, trabalho lobístico e do tom da autoapresentação.

O caos que se seguiu foi bem ao gosto de Höfi. Ele estava sentado sobre sua cadeira, enrolado como um ouriço, apressava o braço à frente para invocar a opinião de alunos isolados e com a outra mão mantinha a turma sob controle. As faces acima das suíças aparadas se mostravam iluminadas em tom róseo, faltava apenas uma varinha de condão e uma cadeira voltada de costas para o público a fim de poder elevá-lo à categoria de mágico e domador em uma só pessoa. Cada um dos alunos recebia apenas alguns poucos segundos para sua contribuição, aí já era a vez do seguinte. Garotos e garotas, alternadamente.

Alev não tomou parte na discussão. Esperou, sorridente, recostado ao espaldar da cadeira, pelo momento certo para a tomada do poder. Ada não disse nada, porque ele não disse nada. Assim como ela procurava manter a distância espacial entre ela e ele a menor possível, assim também há algum tempo seu comportamento estava próximo do dele. Apenas quando Höfi dirigiu a ela um olhar marcado por sobrancelhas enrugadas, ela levantou o braço. De imediato, ele a chamou; a jogada combinada funcionou à perfeição, como se estivessem em uma quadra de handebol.

— O Ocidente — ela disse — tem de fato um problema de ordem estrutural. Também se poderia dizer: um problema de ordem teatral. — A voz dela havia escorregado meia oitava ao porão e vibrava lá embaixo, na caixa torácica, como se ela quisesse gravar a chamada para uma linha erótica. Esse som possuía uma autoridade que era estranha até mesmo para ela. — Vocês não assistem a filmes de Hollywood? Quem são os companheiros em *Senhor dos Anéis*? Eles marcham na condição de guerreiros solitários contra um Estado bem-organizado e fortemente armado. Também se poderia dizer: eles são terroristas.

Quando a turma ululou, Höfi interrompeu a gritaria e aplainou acusticamente o caminho para ela.

— Pois então eu digo: terroristas do bem, se vocês preferirem. Mera questão de definir as coisas. O que importa é a forma: um punhado de insurgentes, que, mortalmente corajosos, se precipitam ao centro do poder, está, segundo as leis de Hollywood, estruturalmente em seu direito. — Por causa do silêncio repentino, as palavras de Ada marchavam como os exércitos de um monarca invencível. — Eu digo mortalmente corajosos, por exemplo com um avião, ao centro do poder. Isso é Davi contra Golias, Luke Skywalker contra a estrela da morte. *Panem et circenses!*

Podia ser percebido como o silêncio cambiava suas próprias razões: primeiro todo mundo se calou devido à surpresa, depois devido à confusão, por fim a compreensão pela metade começou a se transformar em ódio nascente. Por pura arrogância, Ada devolveu a palavra à turma com um gesto rodopiante, e esperou alguns segundos até que a mesma voltasse a suas mãos. Höfi, ouvindo com a cabeça apoiada de modo meio sério, meio irônico sobre a mão esquerda, acenou um *da capo*.

— O nervosismo dos Estados Unidos e o berreiro alto e universal se devem ao fato de que a superpotência em ataque tem medo e secretamente acredita estar sendo injusta. Hollywood e a Bíblia são os pilares da cultura americana, e as duas fontes ensinam que Davi triunfa e Mordor tem de sucumbir. Quem não se acha no direito, passa a se tornar perigoso quando age mesmo assim. Assaz perigoso.

Ada terminara e o ar saíra. Os alunos estavam sentados, de braços cruzados; alguns começaram a sussurrar, outros mexiam ao léu em suas pastas ou faziam de conta que estavam observando algo interessante pela janela. Quando os olhares de Ada e Alev se encontraram, este desviou os olhos pela primeira vez. Ela havia lhe roubado o show; ele sabia que ela sabia disso, e precisou de alguns minutos para reencontrar sua soberania perdida. Höfi passou a tentar estabelecer uma cadeia de fundamentos, e já havia chegado à Guerra do Vietnã quando a sineta do recreio tocou. No corredor, ele abordou Ada, que queria seguir Alev ao banheiro.

— De onde tiraste aquilo?

Höfi não parara de chamar os alunos por tu, ainda que Alev tivesse feito sua encenação na aula de apresentação de história, coisa que entrementes já recebera o título de "Teatro El Qamar". A resposta de Höfi havia sido típica: ele sabia muito bem o que estava escrito nas regras escolares. Alev tinha direito de ser tratado por senhor e esse direito ele, Höfi, ignoraria categoricamente. Caso Alev quisesse fazer confusão, tinha toda a liberdade para fazê-la. Caso quisesse se decidir por uma boa aula sem enfeites desnecessários, ele a receberia... E, assim, Höfi havia sido o primeiro professor a derrotar Alev claramente por pontos, fazendo-o se calar.

— Inclusive do senhor, entre outros — disse Ada. — De resto, forjando pensamentos cuidadosamente em minha própria cabeça.

— Não acredito nisso.

Ela deu de ombros. Seu olhar jogou uma mão morna cheia de desprezo entre os olhos dele, e em seguida ela o deixou parado onde ele estava.

A conferência prosseguiu 24 horas mais tarde, depois das chamadas telefônicas de alguns pais e mães, cujos filhos haviam aprendido no Ernst Bloch que a al-Qaeda era a mesma coisa que o Greenpeace. As fronteiras entre os dois lados na sala dos professores haviam sido claramente estipuladas, os donos da palavra eram os mesmos de sempre: o jovem professor de história Klinger, homossexual assumido, se colocou ao lado de Höfi e foi apoiado discretamente por Smutek, enquanto Teuter pôde contar sobretudo com Lindenhauer, que teve de encerrar sua carreira de físico atômico havia trinta anos, depois de um acidente de automóvel, e entrementes era um dos professores mais antigos do Ernst Bloch. A novidade na situação consistia no sentimento de que desta vez era mais do que a hostilidade testada e comprovada que animava o fogo. Por trás da disputa havia um espírito estranho. Ada pairava no ambiente.

Não, claro, Sr. Höfling, o senhor é professor de história e não de política, e mesmo a matéria mencionada por último de forma nenhuma deve servir ao bel-prazer de professores que abusam de seus alunos para desenvolver neles ideias prepotentes

E sua matéria, Sr. Teuter, se chama direção escolar, e não coordenação pedagógica, e mesmo a última matéria não deve servir à expansão de complexos napoleônicos já semigorados. Vá pedir esclarecimentos ao Ministério, aí o senhor ficará sabendo que formação política é um tema medular paralelo previsto no currículo.

Não, claro, Sr. Höfling, o que o senhor está fazendo tem a ver, na melhor das hipóteses, com paralisia geral da medula; extracurricular, seja dito.

Nesse ponto os primeiros apartes se fizeram ouvir. Höfi, que estava encolhido em sua cadeira de braços, pequeno e reduzido, não se mexeu do lugar e olhou teimosamente à sua frente como um acusado estrangeiro, ao qual não se estipulou um tradutor simultâneo para acompanhá-lo. Apenas seus olhos ficaram vermelhos, e, quando Smutek o viu, ele se levantou, carregou sua cadeira em torno da mesa e sentou-se a seu lado.

A fim de salvar a situação, Teuter prosseguiu falando, renitente. Não, claro, essa Ada era uma garota difícil. Todo mundo se encontrava em uma situação altamente complexa em termos de política mundial. Não se podia permitir que o novo espírito envenenasse os apaniguados. O Ernst Bloch era um espaço protegido.

Mas, Sr. Teuter.

As faces do jovem Klinger estavam manchadas de tanto ódio, há tempo ele não estava mais sentado, mas sim caminhava, exaltado, diante da fileira de janelas, para lá e para cá. Quando se postou diante do diretor, tremia como uma folha de bétula.

Também uma garota assim pode ter sua opinião!

Opinião!, gritou Lindenhauer! Isso é propaganda de extrema-esquerda!

No silêncio que se seguiu, a voz de Höfi reboou incomumente alta e artificial; ela parecia não sair de sua boca, mas direto da medula de sua coluna vertebral torta.

Quero registrar, ele gritou, que ninguém aqui entendeu do que tratou a contribuição de Ada ao debate. Em tudo há uma perspectiva de pássaro, ampla e soberana, e uma perspectiva de sapo, reduzida e baixa. Quem quiser continuar sendo SAPO, que lhe seja permitido continuar SAPO!

Quando Teuter, pequeno e respirando com dificuldade, estava em pé diante dele, e com a mão direita começou a puxar os dedos da esquerda a fim de fazer as articulações estalarem, Höfi acrescentou, sussurrando: Pode vir, caro colega, eu tenho um segundo e meio de tempo para bater de volta em legítima defesa.

Um bicha, um SAPO, um físico atômico e um aleijado. E um polonês. Quando Smutek, ambas as mãos apoiadas sobre a mesa, começou a se levantar vagarosamente, provou mais uma vez a velha sentença de que ao final das contas não são os argumentos que triunfam, mas sim a imponência física. Durante alguns segundos, ele ficou parado, em silêncio, entre os outros, superando a qualquer um deles por uma cabeça; não disse palavra e nem mudou a expressão de seu rosto. A temperatura do ambiente pareceu diminuir em vários graus. Teuter ajeitou seu casaco impecavelmente composto. Höfi ainda não tirara os olhos do tampo da mesa. Klinger parecia que iria romper em lágrimas de uma hora para outra. A conferência estava terminada.

Ninguém sabia de que modo tais acontecimentos chegavam aos ouvidos de todo mundo, mas na manhã seguinte cada um dos alunos do Ernst Bloch estava informado de que no curso de extensão de história aconteciam discussões que causavam confrontos violentos na sala dos professores. Quando

Alev passara flanando por uma Ada à espera no princípio da manhã, ele parara por um instante.

— Já ouviste o que aconteceu com Höfi e Teuter?

— Com certeza. *Panem et circenses*.

— Usando tuas palavras eu diria: Höfi está com a razão. Não é verdade?

Eles haviam sorrido um para o outro, e agora Ada estava em pé no quarto de Grüttel.

Alev é impotente e se orgulha disso

— É que eu queria que tu soubesses dos rapazes.

Talvez tenha sido ouvido um resmungo, talvez tenha sido imaginação, um sintoma típico soprado pela percepção, que se adequava ao diagnóstico estabelecido há tempo: a presença de Ada e Alev começava a espalhar estresse pelo quarto. Eles estavam em pé entre os moradores deitados e sentados do internato como se fossem guardas em visita à jaula das feras, fortes demais para serem atacados, não fortes o suficiente para inspirar medo, e ainda por cima aparecendo fora da hora da alimentação, de modo que não era claro o que estavam planejando. Grüttel e seus amigos escorregavam impacientes para lá e para cá, um deles esticou as pernas, o outro as encolheu, enquanto o seguinte se pôs de lado, usando os cotovelos como pilastras apoiadas sob o corpo.

— Que grande coisa que ela poderá saber de nós?

— Aquele ali, de cabelos claros, é Grüttel.

O mencionado levantou dois dedos acima da cabeça fazendo o sinal da vitória.

— Um tipo vencedor. Ganha com folga todos os concursos de punheta, e isso já há semanas.

— Precisão, distância ou rapidez?

— Rapidez. Colocas à frente dele uma pin-up qualquer, uma dama da capa da *Playboy* ou a garota do domingo do *Bild*, e ele faz jorrar a porra antes mesmo de os outros abrirem o fecho das calças.

— Vocês já não estão um pouco velhos demais para concursos de punheta?

— Ora, ora. Um homem pratica essa espécie de esporte a vida toda.

— E o teu desempenho, como foi?

— Eu lamentavelmente não consigo levantar o bicho. Sou impotente.

Nesse momento, Grüttel, que, enquanto se falava dele assumira pouco a pouco e cada vez mais o aspecto de uma pintura em grande formato, deu parte de si com uma risada sibilante, fazendo seu tronco se erguer alguns centímetros sobre os cotovelos, para logo em seguida voltar à flácida posição inicial.

— Demais qualidades?

— Nenhuma que eu conheça. Ah, Ada! — Alev falava no tom de uma mãe contando fábulas, que não espera que sua filha consiga ficar acordada por muito tempo depois do Era-uma-vez. — Grüttel tem pais ricos. Ele está passando, tragicamente sem saber disso, pelos melhores momentos de sua vida. Depois de agora a coisa só poderá ficar mais entediante do que já é.

Com o pretexto de acender mais um cigarro, Grüttel havia soerguido o tronco mais uma vez.

— Agora basta, Alev — disse ele. Os outros três fixavam, apáticos, o vazio do ar a sua frente.

— O queeê? — No "e" alongado a boca de Alev se abriu como se estivesse se preparando para morder. Ele se voltou para Ada e dirigiu os olhos puxados a Grüttel. — Quer dizer então que existem de fato coisas que te bastam?

Ada olhou Alev de lado, observou o dorso longo de seu nariz que apontava, chato, para baixo em linha quase vertical, as aletas largas, cuja forma lembrava as coxas traseiras de um gato sentado, as sobrancelhas negras, que adentravam largamente as têmporas, como se estivessem penduradas em cabides presos atrás das orelhas. Com essa fisionomia ele conseguia, apesar da altura reduzida, olhar para tudo que estava diante dele de cima para baixo. Ela reconheceu que ele era um profissional, apenas não sabia em que disciplina. Ao que tudo indica, ela acabara de presenciar uma das apresentações de sua capacidade, que havia sido preparada única e exclusivamente para ela.

Grüttel não soube o que responder, e Bastian olhou para o lado, como se estivesse sentado na sala de espera de um dentista e esperasse a vez como o último da fila.

— Bastian é a versão em cabelos escuros do mesmo modelo, não contado o fato de que ele sempre perde no concurso de punheta. Pretensamente, um grande surfista. Tem uma bela pilha de fotos de sua última passagem pelo Pacífico. Não é verdade, Bastian?

— Vai te foder, Alev.

— Mas com que eu poderia fazê-lo, é o que te pergunto, com quê? Com o frouxo pedaço de carne que chamo de meu pau e que por nada neste mundo pode ser convencido a se levantar? Eu não vou me foder, Bastian, com certeza não vou me foder.

Desta vez Bastian resmungou de modo perfeitamente audível, tirou, impaciente, a carteira de cigarros de Grüttel e puxou de dentro dela mais um com os dentes. Aos pingos, como água condensada, uma ideia daquilo em que podia consistir o método de Alev começou a se precipitar nas placas do entendimento de Ada. Se ela não entendia, *o que* ele estava fazendo ali, pelo menos entendia *como* ele o fazia. Alev penetrava em sistemas fechados como um corpo estranho, sem aceitar as condições deles, obrigava seus rituais a encarar a luz do dia e desmascarava seu caráter ridículo, enquanto ele mesmo permanecia intocável devido à confissão de sua própria fraqueza. Conduta enérgica e eloquência impediam que ele fosse expulso imediatamente após entrar. Dessa maneira, ele conseguia se locomover em contextos inter-humanos sem se tornar um componente deles. Em relação a ele, as estruturas marcadas pela rotina hierárquica comum se transformavam em um espaço sem vida e seus integrantes em peças mobiliárias, enquanto Alev permanecia um ser humano e, com isso, usuário delas, e ninguém estava em condições de se sublevar contra ele, exatamente como uma poltrona não consegue expulsar aquele que todos os dias senta sobre ela. No centro do reino em formato de L no qual Grüttel imperava, Alev falava de pernas abertas com a elite dirigente da escola, com aquele cerne duro das pessoas, do qual a gente costumeiramente não se aproximava de vontade própria, mas sim esperava até ser chamado. Alev aprendera um número demasiadamente grande de línguas, vivera em um número demasiadamente grande de lugares para conseguir pensar em termos de contexto. Também ele era, assim como Ada, um *outsider*, mas se ocupava como um pesquisador com os indivíduos de sua espécie tomados isoladamente, enquanto ela mostrava esforço constante de se manter longe daquilo tudo.

— Talvez tenhas vontade de nos mostrar tuas fotos.

Sob o dedo condutor de Alev, Bastian se tornou a natureza-morta mais recente a ter de suportar a crítica de um especialista em arte.

— Belas fotos — disse Alev. — Nelas se pode ver Bastian na costa californiana, a prancha de surfe sob o braço. Em algumas outras, uma garota dos sonhos usando tanga reduzidíssima está parada ao seu lado, evidenciando uma bunda e uns peitos que parecem frutas polidas com o maior cuidado.

Lá fora, o longo corredor ventilava a voz de Erich, levando-a a todos os quartos. Fim do café da manhã, homens e ratos. Levai-vos e a vossas coisas escadas abaixo.

— Aqui em cima não se ouve a sineta da escola muito bem — esclareceu Toni, aparentemente aliviado em poder mudar o tema da conversa. — Quando o internato foi instalado, eles se esqueceram de providenciar uma campainha. É mais ou menos como acontece com lâmpadas queimadas que não são trocadas logo: fica tudo escuro para sempre.

— Isso tu descreveste de maneira bem bonita e filosófica, Toni. Algum dia entenderás que sabes mais do mundo do que um desses homens marcados por um eterno sorriso radiante, que passam horas diante do computador para copiar uma bela mulher entre seus braços. O photoshop torna tudo possível, não é verdade, Bastian?

Aquele a quem havia sido dirigida a palavra puxou as pernas para baixo do corpo, levantou-se em toda sua altura e limpou as mãos nas calças como uma criança que volta suja para casa depois de ter brincado por muito tempo.

— Não tenho a menor ideia — observou ele, indiferente. — Diz tu mesmo. O que achas?

— Naturalmente as bordas podem ser vistas. — Alev já estava na porta. — Jamais alguém teria caído nessa. Nós somos, e isso não pode ser esquecido de maneira alguma, nós somos todos amadores. Estás ouvindo, Ada, pequenininha? Todos amadores. Também tu e eu. Talvez um pouco menos do que o resto, mas amadores.

Ele pegou-a pelos cotovelos e conduziu-a para fora do quarto, galante como um cavalheiro do século retrasado. Ela estava feliz com o fato de ele a conduzir. Sozinha, ela teria saído na direção errada, entre plantas de borracha e carrinhos de transporte, seria parada pela vidraça da janela e teria batido contra o vidro como uma grande mariposa. Ela gozou o ato de descer as escadas ao lado dele, seguida pelos passos pesados de Grüttel, de Bastian e de Toni, que ecoavam em outros andares. Ela gozou o arrepio leve da pele do antebraço, causado pelo toque das cinco unhas compridas, extremidades mortas de um corpo extremamente vívido. Ela gozou o fato de Alev não largá-la quando eles se aproximaram da sala de aula. Olaf já estava em seu lugar e viu como Alev a deixou entrar primeiro na sala.

Quando enfim se sentou, Ada suspirou profundamente e esticou as pernas. Ela se sentia forte, à tarde correria. Era o princípio de outubro, o verão havia afrouxado seu abraço ardente e caíra da cidade como um carrapato já cheio de sangue, afastando-se lentamente sobre o horizonte em direção ao sul.

Smutek põe um fim nas semanas ocas ou pelo menos toma conhecimento de seu final sismograficamente. Talvez *O homem sem qualidades* tenha algo a ver com isso

Smutek entrou na sala com passos vigorosos, o *Homem sem qualidades* como uma pequena prancha de surfe firme debaixo do braço. Ele se sentia extraordinariamente bem. No princípio do último recreio, levantara a cabeça de uma hora para outra. Achou que algo havia mudado. Um ruído importuno que mal podia ser percebido, ou talvez a luz tivesse se tornado mais clara. Um olhar panorâmico pela sala dos professores deixou claro que tudo estava exatamente como há um segundo. Lindenhauer estava sentado dois lugares adiante dele porque, embora quisesse ver o que Smutek fazia, também não poderia se sentar diretamente a seu lado no ambiente vazio. A um canto estava sentado Klinger, e tentava fazer de conta que não se encontrava ali. Höfi, ao contrário, não estava ali de fato; desde a conferência, ele passava os recreios na companhia de avós vestidas em roupas marrons que enfiavam suas colherzinhas minúsculas em pedaços de torta rosados e turquesas. Nada estava diferente do que de costume. Mesmo assim, Smutek conseguiu dar o primeiro suspiro profundo depois de vários dias. Logo em seguida respirou profundamente mais uma vez e alongou as costas. Foi esse o instante em que Alev, quatro andares acima dele, apertou as mãos às costas de Ada a fim de empurrá-la pelo corredor. E de repente Klinger olhou para cima e respondeu a um sorriso que Smutek nem sequer enviara até ele.

Estava absolutamente claro que ele se sentia melhor. Algo havia se soltado, vetores se erguiam, as coordenadas de tempo e espaço esticavam os eixos, Cronos se punha à mesa e prosseguia sua refeição canibalesca. O peso corporal de Smutek pareceu diminuir em 20 libras. Hoje ele perguntaria a Ada a partir de quando ela passaria a vir ao treinamento. Além disso, já estava mais do que na hora de prepararem a tradicional excursão de turma, que cada um dos cursos de extensão recém-saídos do forno fazia no primeiro semestre dos estudos secundários avançados. Ele estava curioso para ver o que seu curso diria sobre Robert Musil, e ao se lembrar de Musil lembrou-se também para onde iria fazer a viagem. A Viena.

Seis semanas passadas soltaram o hausto de sua vida em poucos segundos e desapareceram no nada, extintas para sempre. Mas o que eram algumas poucas semanas em comparação com a riqueza imensa de tempo disponível! Quanto poderia ser roubado às pessoas a cada mês, sem que elas ao menos tomassem conhecimento disso? Smutek imaginou que todo mundo consideraria uma eventual quantidade excessiva de tempo que lhes era tirada como se fosse um fenômeno natural, semelhante à perda de peso das frutas postas para secar. Logo em seguida, ele se perguntou de onde tirara essa comparação, que parecia não se adequar muito bem à sua maneira de pensar. De algum modo, ela devia ter descido dos andares do internato até onde ele estava.

Fosse como fosse, de uma hora para outra ele tinha certeza de que as semanas ocas haviam chegado ao fim, e estava contente com isso. Enquanto arranjava os papéis para a próxima aula, nem de longe imaginou que aquilo tudo era apenas o prazo regulamentar, no qual todo o atingido pelo destino pode se decidir contra o acontecimento à sua espera e recebe a oportunidade de virar o volante e dar nova direção a seu veículo em voo cego. Poucos aproveitaram a chance. No fundo, trata-se antes de uma mera formalidade.

Bom dia, meus caros. Bom dia, Sr. Smutek.

Os alunos pareciam mais vivazes, suas posturas sobre as cadeiras de madeira mais eretas, os cabelos mais brilhantes. Alguém havia aberto as janelas, e Smutek conseguia distinguir com nitidez o gosto do ar que vinha de fora e não apenas cheirava diferente do ar do Ernst Bloch como também se encontrava em estado de agregação totalmente diverso. Fresco como a água, ele fluía para dentro, trazia consigo o perfume das tílias, que há tempos haviam cessado de gotejar sua cola líquida sobre os tetos de automóveis e calçadas, e já traziam consigo uma noção de apodrecimento e umidade. A natureza se preparava para pancadas de chuva e tempestades outonais que lhe arrancariam do corpo as vestes já amareladas para jogá-las em meio à sujeira do chão. Vinte e cinco pares de olhos em azul, verde, castanho e cinza seguiram Smutek à janela, observaram como ele pôs seu nariz na fresta da abertura a fim de sugar o ar de fora uma vez até bem fundo em seu estômago. O outono desde sempre havia sido sua estação do ano mais querida, *moja ulubiona pora roku*, conforme cantava Edyta Bartosiewicz, cujos textos faziam parte dos últimos restos de lírica que a década passada, apêndice de um milênio moribundo, havia dado à luz. Pelo menos na medida em que a lírica era consumida na forma de música.

— Talvez eu devesse lhes apresentar de quando em vez uma parcela de cultura polonesa — falou pela janela afora e ouviu, ele mesmo, como era inadequada a observação que transbordara de outro departamento de seu pensar para dentro da aula de alemão. Os alunos lhe perguntariam se os camponeses da Polônia sabiam de fato ler e escrever, e contariam a ele que em sua pátria havia apenas latrinas instaladas sobre uma fossa no chão, e nem sinal de sinal de celular. E ele nem sequer poderia levá-los a mal por causa disso.

É uma ideia extraordinária — disse alguém em meio ao silêncio, e ainda que Smutek não tivesse reconhecido a voz, estava claro para ele, que apenas Ada poderia ter falado, porque ninguém a não ser ela usava a palavra "extraordinário". Ele levantou os olhos, viu que também as faces dela pareciam menos anêmicas do que de costume, foi tomado por uma onda de afeto e não pôde reprimir um sorriso radiante, que abriu caminho escavando a musculatura de seu rosto e o deixou parado como um idiota diante da turma, grande como um farol sinalizador, deslocado como uma árvore de Natal cheia de adornos em um dia de verão.

Quando ele voltou a cabeça, encontrou os olhos negros de Alev, e soube de imediato que não havia se enganado. Algo estava diferente, um novo campo de energia havia se formado, corria diagonalmente da porta até o canto traseiro junto ao frontão das janelas e dominava todo o ambiente. Os alunos haviam se reorganizado seguindo o formato em varetas dos condutores de energia de um campo magnético há pouco estimulado. Podia muito bem abrir mão de pedir que Ada participasse do treinamento, agora ele sabia que ela viria por si mesma. Algo novo estava a ponto de começar, e Smutek se alegrou com isso como um animal de engorda se alegra com o ar fresco quando é levado para o matadouro.

— Ok — disse ele, superou o momento de felicidade inexplicável e conseguiu dominar de novo a expressão de seu rosto. — Talvez, quando pintar a oportunidade.

Ele começou a falar de Robert Musil, da Viena do século retrasado, e dos píncaros da modernidade. Falou da dissolução iminente devida à Primeira Guerra Mundial, na qual ninguém acreditava, que não havia sido prevista por ninguém e que mesmo assim cobrira tudo com a areia movediça do ocaso ameaçador. Ele falou da perda da fé, da fragmentação dos valores, dos franco-atiradores de um espírito desembestado e da busca histérica por aquilo que em tempos que já passaram havia muito tinha sido batizado de "a alma". Ele explicou o dom incomum do ouvido absoluto para as palavras que Musil possuía, e que o capacitavam a encenar o mundo que via em língua, e isso de modo tão fácil e livre de erros como se por trás do processo não existisse trabalho, mas sim pura e exclusivamente inspiração.

Nos textos de Musil, afirmou Smutek, havia verdades escondidas sob o pó dos anos como objetos em uma loja de quinquilharias que, mal eram tomados nas mãos, começavam a brilhar ao sol, e desta vez a metáfora não desceu do teto mas sim levantou diretamente do peristaltismo de seu pensar. Ele disse à turma que queria viajar a Viena com eles, às construções faustosas feito mausoléus, aos cafés cheios de floreios arquitetônicos do jugendstil, aos bares sujos de artistas e ao conservadorismo xenófobo de uma capital a. D. de muitos povos, sendo que o a. D. podia significar tanto "ante o Danúbio" quanto "ausser Dienst", ou seja, inativa.

Enquanto ele prosseguia falando, a música de Edyta sobre sua estação preferida começou a soar em sua cabeça sem dar de si o menor anúncio. *Nasz dom, bez drzwi bez okien zasnal, by w snie zimowym wiecznie trwac.* Ele traduziria tudo, de coração. De coração, sim, mas para quem? Para eles, para os alunos, ou talvez para ela, apenas, Ada. Talvez fosse possível mencionar o texto com sua neve em abundância, com seus caminhos tortuosos e sobretudo com toda sua linguagem metafórica indestrinçável quando fizesse alguma palestra sobre tradições românticas. Nossa casa, sem portas, sem janelas, adormecida há tanto tempo, eternamente a sobreviver em sonho hibernal e assim por diante.

Ele se conteve à força. A aula correu bem. Um mecanismo havia se colocado em movimento, ainda um pouco lerdo, e precisaria de semanas para alcançar a velocidade prevista. Uma grande máquina, que ninguém seria capaz de parar no momento em que começasse a funcionar de verdade.

Ada é realmente rápida

Fazia frio. Uma luz que pairava diagonalmente emprestava a tudo e a todos uma juventude ilusória, transformava o rio em uma esteira de chumbo derretido, desenhava as almas das pessoas sobre o chão em sombras longas e flexíveis e refrescava a tez, fazendo-a envolver em seu verde primaveril emprestado o vermelho quimicamente luminoso da pista de tartan. Ada chegou uma hora atrasada, justamente para perder os maçantes exercícios de aquecimento, e se aproximou devagar, com a alça da bolsa de apetrechos esportivos de través sobre o corpo como se fosse um cinto de segurança. Smutek lançou seus olhos ao encontro dela passando sobre as cabeças dos demais alunos, e voltou ao grupo exatamente naquele segundo em que teria de acenar ou cumprimentar. Um punhado de princesinhas jovens, que antes jamais haviam sucumbido à ideia de obrigar seus corpos delicados a um exercício físico, envolviam-no bem próximas, vestiam shorts minúsculos de cores infantis com listras brancas dos lados e escutavam de olhos arregalados e ouvidos bem abertos as palavras do treinador. A distância, Smutek quase parecia ser apenas mais um entre o grupo. Os cabelos na testa cobriam os olhos de maneira ousada, e os músculos bem desenvolvidos do peito e das costas podiam ser vistos com nitidez sob a camiseta apertada.

Quando Ada entendeu o que atraía as princesinhas, teve vontade de dar meia-volta. Assim como o ovo choco na brincadeira das crianças, ela rodeou o grupo e olhou de todos os lados como o belo Sr. Smutek saltitava em seu lugar de braços em esquadro e nisso falava de temas sisudos cumprindo seu papel de professor. Distribuição correta de forças em percursos de média distância. Estática, dinâmica, gravidade. Correr é cair. Ada depôs sua bolsa de apetrechos esportivos ao chão e, como sempre, despiu sua calça jeans em meio ao gramado.

— Ada — disse Smutek —, a senhorita quer participar?

Como se puxadas pelo mesmo fio, todos os membros do grupo se voltaram. O "senhorita" ecoou, um tom em falso no acorde inicial.

— Estou aqui para correr.

— Ora, mas isso é muito bom — disse Smutek, amistoso. — Nós também.

Enquanto ele prosseguia em seus esclarecimentos, lançava olhares secretos a Ada, que entrou em sua calça de abrigo, depois ficou parada ao léu, indiferente, examinando o céu azul com os olhos franzidos. Ele mal podia esperar para vê-la correr. Ela não respeitaria as distâncias recomendadas. Não correria com o grupo, e isso ainda que ele a obrigasse a fazer exercícios de alongamento até o fim de seus dias. Mas pelo menos ela havia deixado o aparelho de MP3 na bolsa.

Smutek pediu compreensão para o fato de correr algumas voltas ao lado dos novos alunos, a fim de poder avaliar melhor o nível de seu desempenho. Como se fosse um cavalo de circo que ouve os primeiros sons da marchinha, Ada disparou antes do chamado, passando da grama à pista, e percorreu um dos lados inteiro antes mesmo de as princesinhas sobre seus pés de chumbo chegarem trotando à linha de partida. Elas conversavam com os alunos mais velhos e abriram mão de colocar os pés nos blocos. Smutek deu o sinal acionando o cronômetro, esperou até que o grupo tivesse se afastado meia volta, e depois voltou a zerar o relógio. Quando Ada cruzou pela segunda vez a linha de chegada, ele voltou a acionar o cronômetro e correu atrás dela.

O ritmo de Ada lhe pareceu mais lento do que da última vez, talvez ela o tivesse ajustado a uma distância maior. Trotando ao seu lado, Smutek pediu que ela aumentasse a velocidade, calculando 3 mil metros e guardando uma reserva para o sprint da última volta, que ela acionaria assim que ele desse o comando. Ada não se fez mais rápida, nem sequer voltou a cabeça. Smutek deixou-se ficar para trás, depois passou correndo bem perto dela e ganhou a dianteira, sem que ela mais uma vez tomasse conhecimento disso. Uniforme como os pistões de uma máquina, as pernas pesadas de Ada voavam pelo ar, os pés tocavam o chão apenas por mínimos momentos, como se estivessem correndo sem sapatos nem meias sobre um metal incandescente. A ideia de inscrever uma menina como Ada no próximo campeonato distrital deixava Smutek entusiasmado e amedrontado ao mesmo tempo.

Parecia-lhe que estava querendo mandar um pônei às corridas, obrigando-o a tomar lugar — pequeno e robusto, os olhos mal alcançando a trave superior do portão no boxe de partida, de crina vasta — entre cavalos jovens e nervosos de longas pernas. Quando ele imaginava Ada rompendo o cordão de chegada em primeiro lugar, seu diafragma formigava como apenas formigara quando ainda tinha 14 anos e fingia tocar guitarra como um astro do rock sem nada nas mãos diante do espelho do vestiário. A pequena contra os grandes. Ele ainda se perguntava como poderia fazer com que ela aumentasse o ritmo quando percebeu que Ada estava cada vez mais rápida.

Não era, de forma alguma, a presença de Smutek que a impulsionava à frente, mas sim o pensamento em um certo alguém que há algumas semanas se alimentava das forças dela como um parasita. Alev dos olhos de esfinge. Alev do riso desavergonhado. Alev dos membros demasiado curtos e das unhas de mulher. Quando Ada se ajoelhara para atar os cadarços de seus tênis, as juntas haviam estalado como pedras de gelo em um copo de água quente. Fazia semanas que ela não corria, que ficara à espreita, de ossos capengas e cabeça dolorida, sem saber pelo que esperava e quando o que estava esperando apareceria em campo aberto. Hoje, porém, alguma coisa havia se movido no horizonte de repente. Ada dera alguns tiros, talvez tivesse acertado algo, e o que agora a impulsionava à frente era a febre da caça e a cobiça.

Ela não era suficientemente burra para acreditar que sentia a pressão de unhas longas em seu braço. E também não acreditava nas mãos de Alev entre suas omoplatas, e também não no modo como ele falava da mocinha mais inteligente da escola. Ada não era uma dessas pessoas que acredita em alguma coisa. Via com demasiada nitidez qual era a natureza do interesse de Alev. Tratava-se do interesse de um ambicioso jogador de xadrez por um cavalo bem posicionado. Ela não havia degustado o sangue mais interior dele, mas sim o gosto pela batalha e pela vitória. Os dedos tremebundos de Grüttel no isqueiro. A espera nervosa de Bastian. A submissão de Toni. Alev fizera um espetáculo diante dela, ela havia visto e entendido. Juntos eles seriam capazes de espremer o suco mais doce das índoles de suas vítimas sem o menor esforço. Ada compreendera, que aquele andar mais alto do poder ao qual ele a havia levado, a fim de lhe mostrar em gesto grandioso toda a terra em volta deles, era para ele, sozinho, tão inacessível quanto para ela. A dois, pelo contrário, eles passeariam sem a menor dificuldade até lá. E ela já ansiava pelo segundo em que ele a designaria para encaminhar o ataque.

Duas vezes por volta o grupo de corredores veio ao encontro deles, disperso e esticado como chiclete, com dois rapazes na ponta, que já se preparavam para ultrapassar a retaguarda. Depois da quinta volta, o ritmo de Ada começou a se adequar aos passos estranhos a seu lado. Alguém corria ao lado dela e falava sem parar. Em som ondeado e bem baixinho, a voz de Smutek principiava a penetrar nela quando ela emergia do mundo subaquático de seus pensamentos abrindo as orelhas como uma foca. Smutek falava da Polônia, mais precisamente, de sua mulher polonesa e de uma poesia polonesa, que havia se tornado um tema musical; um mote rico em palavras de sua vida em comum. Enquanto Ada se perguntava como aquilo podia lhe dizer respeito, tornou-se mais lenta, coisa que deu a Smutek, que falava com ela convicto de que seria capaz de aumentar o ritmo dela com sua arte retórica, a oportunidade de recitar Zbigniew Herbert em polonês.

Lasy plonely / a oni / na szyjach splatali rece / jak bukiety róz / do konca byli wierni / do konca byli podobni / jak dwie krople / zatrzymane na skraju twarzy.

O poema era estruturado mais no compasso da respiração do que na métrica e na entonação, e acabou por relaxar o juízo de Ada, que teve de seguir seu próprio caminho, enquanto o corpo continuava lutando. Os pés obedeciam ao ritmo da respiração e ganhavam em velocidade. Smutek lançou ao ar os últimos versos, do *kon-ca by-li mez-ni do kon-ca by-li wier-ni*, e se fez mais rápido, e mesmo assim tomando o cuidado para não arrebentar o fio com o qual puxava Ada atrás de si, ela que agora corria a toda velocidade, socando o chão, rápida, cega para tudo que existia além do pequeno trecho de mundo diante de seus pés. Ao se aproximarem da linha de chegada, Smutek voltou ao alemão. Havia colado os braços firmemente ao corpo, jogado a cabeça para trás, agarrava o ar a sua frente com as longas pernas e agora conseguia pronunciar as sílabas apenas aos solavancos.

Florestas queimavam / mas eles / uniram suas mãos em volta de seus pescoços / como se fossem ramalhetes de rosas / foram valentes até o fim / foram fiéis até o fim / permaneceram semelhantes até o fim / como duas gotas / paradas à borda do rosto.

Seus dedos encontraram o cronômetro tarde demais. Teria de descontar pelo menos seis segundos. Mesmo que tivesse descontado apenas três ou quatro — a velocidade continuava grandiosa. Suas têmporas latejavam, como se o sangue e a massa encefálica tivessem decidido procurar um caminho para a liberdade. Ele seguiu Ada com os olhos; ela continuou correndo, mais relaxada, lenta, de olhos semicerrados, sempre em sentido horário, e ele não teve certeza se ela ouvira sequer uma das palavras que ele dissera.

A vida interior de Alev. Primeiros toques e uma espécie de conversa

Depois da visita de Ada ao internato, tiveram de passar mais duas semanas até que Alev decidisse voltar a se ocupar dela. Por que tinha de ser assim e por que a decisão era tão inquebrantável, nem mesmo ele sabia. As rotas de seu sistema interno de tráfego local eram estabelecidas por uma instância cujas leis ele não era capaz de compreender. Essa instância ditava uma estratégia de avanço e recuo como se tivesse de enganar uma matilha de perseguidores obstinados. Ela o proibia de estipular prioridades. Ele jamais deveria afirmar a verdade, mas apenas o contrário do contrário da verdade. Alev trabalhava como um serviço de informações que não conhece o plano geral que existe por trás das missões que recebe.

Um objetivo intermediário consistia em colocar as aptidões de Ada a seu serviço. O silêncio dela era uma proteção a partir da qual ele podia fazer mira com toda a tranquilidade e precisão recomendadas. Os muros em volta dela eram duros e frios, e resistiriam a ataques que Alev não conseguiria enfrentar sozinho. Sozinho, ele era um guerrilheiro, juntos eles dois eram um exército. Ele havia mostrado algo a ela, e ela entendera tudo. Respondera ao toque dele. Depois desse sucesso, era tempo de fazê-la esperar. Ele tinha de se dedicar a outras coisas e distrair a própria atenção. Havia muitas peças no jogo e diversos motivos imagináveis para as ordens que Alev recebia. Era importante esconder o objetivo secreto, sobretudo de si mesmo.

Dessa vez Alev procedeu de modo especialmente cuidadoso. Ele sentia com nitidez que estava mais próximo do que nunca de realizar uma intenção para a qual tudo até agora havia sido apenas um exercício preparatório. Estudara em diferentes colégios como identificar no mais curto espaço de tempo os centros do poder e penetrar dentro deles, fazer contatos, forjar intrigas, descobrir e instrumentalizar interesses, esfacelar e reagrupar greis estabelecidas. Sempre que conseguia estabelecer uma rede que reagia sensivelmente ao mais leve toque de suas mãos, de modo que ele sem mais nem menos seria capaz de desencadear uma revolução interna no colégio, assaltar um banco ou rodar um filme, havia sido obrigado a deixar a cidade e começar tudo de novo em outro lugar. Mas agora as coisas seriam diferentes. Ele havia anunciado aos pais a decisão de ficar no Ernst Bloch até as provas de conclusão do ensino secundário ou até ser expulso, e isso independentemente da pergunta onde eles mesmos estivessem. Uma resposta ainda estava faltando. Certamente não seria prejudicial se concentrar desde logo no internato, que além do mais agradava muito a ele, também por ficar bem alto e próximo ao telhado, em uma espécie de pombal para excêntricos e favoritos.

Não demoraria muito e ele avançaria ao centro temido e desejado dos acontecimentos, tornando-se um rei sem povo, seguido pelos súditos aos bandos, e isso apenas pelo fato de se negar a aceitar que eles formassem séquito atrás dele. Havia ganhado o jogo em diferentes estádios do mundo, e naquele país a experiência ensinava que as coisas eram mais fáceis do que em qualquer outro lugar. Ali vivia uma nação sem pais, sem modelos, mestres, reis ou deuses, sem convicções nem desejos em relação ao futuro, até mesmo sem recordações aproveitáveis acerca do passado. Segundo a estimativa de Alev, seria mais fácil controlar os professores e alunos do Ernst Bloch do que um rebanho de ovelhas depois da perda do carneiro-guia. Ele precisava apenas de um pouco de tempo, a fim de aprender as regras *ex usu*, tentar todas as jogadas possíveis e colocar as peças em posição. De outro modo, um jogo sem objetivos identificáveis, sem oponente conhecido e sem regras escritas mal podia ser colocado em movimento.

Por duas semanas, ele não se dignou a lançar um olhar sequer a Ada, não parava ao cruzar com ela, nem quando ela o esperava diante da sala de aula; não devolvia as bolas que ela passava a ele no decorrer dos debates promovidos por Höfi, e ignorava suas observações, que indicavam os primeiros passos investigativos no território ideológico dele. Ela esperaria. Ela não desviaria um milímetro sequer e não daria à sua questão nenhum rumo novo. Por um momento, ele a garantira.

Por enquanto, Alev submetia a terra a seu poder. Grüttel e Bastian, que se entediavam, gostavam de rir de suas piadas e providenciavam álcool e drogas de graça para ele, ofereciam a plataforma ideal para um reordenamento das centrais de comando e das interfaces do poder escolar. Em sua órbita, havia uma junta de partidários masculinos, que possuíam, cada um em sua área, o papel de animal alfa, e sem perceber passaram a comer da mão de Alev, assim que perceberam que ele estava a ponto de se elevar à condição de rei de seus reis. No setor feminino, o jogo era ainda mais fácil para ele. Colecionava declarações de amor de princesinhas de todas as idades, que contorciam seus pequenos rostos de adultas em caretas de dor infantil quando ele fazia seus dedos brincarem nos pescoços, ombros e faces delas, e depois dizia lamentar que a quantidade demasiado grande de ofertas o tornava incapaz de tomar uma decisão. Além das mocinhas, que para tomarem lugar entre as componentes provisórias do círculo das eleitas nas camas do internato estavam prontas a fazer exatamente o mesmo que um drogado faz pela próxima dose, havia alguns exemplares femininos selecionados a dedo que se transformaram em ícones; elas eram consideradas apenas medianamente pelo todo-poderoso, mas adoradas e invejadas pelo resto da escola. A aparição de um franco-atirador facilitava o martírio da exclusividade para elas.

Quando havia passado tempo suficiente, ele se postou no terceiro degrau da escada que dava para o portão principal depois do fim da aula. Mal durou meio minuto, e Ada já estava ao lado dele. Ele estendeu a ela um cigarro que ele mesmo enrolara com cuidado durante a última aula usando o tabaco de um saquinho escondido na carteira, ofereceu fogo, e acompanhou-a, falando sobre insignificâncias, a caminho de casa, passando pelo bairro das mansões. Para testá-lo, ela moderou o passo junto à última esquina e fez menção de dobrar no lado errado da estrada. Ele, contudo, segurou-a pelo braço, rindo, e mostrando que naturalmente já há tempo sabia onde ela morava. De repente, o prédio familiar pareceu a ela totalmente desconhecido na companhia dele. Alev impediu que ela abrisse o portão do jardim e puxou-a estrada abaixo, dobrando uma vez à esquerda em direção à fronteira norte do bairro das mansões. Diante de uma casa pequena, eles ficaram parados. Ela era construída no estilo sem adornos dos anos 1950, e nem de longe era tão senhoril quanto as casas luxuosas nas imediações do prédio de Ada. Na borda inferior de uma sacada construída posteriormente, havia uma placa pendurada, na qual estava escrito: PENSÃO. Alev sorriu como um mágico depois de um truque bem-sucedido. Enquanto eles passavam pelo corredor de entrada de uma família estranha, cruzando por móveis de ratã, flores secas e uma porta de cozinha encostada, que deixava escapar o cheiro de um almoço vegetariano, Ada pensou o que poderia significar o fato de ela todas as noites ter colocado a cabeça sobre um travesseiro que não estava a mais de 500 metros de distância aérea da cama de Alev. Nas proximidades de Alev, tudo parecia ser um sinal ou um milagre.

Os quartos da pensão ficavam no 1º andar. Fugidiamente, Alev abriu a primeira porta e permitiu que Ada olhasse para dentro. Nas longas paredes havia, em cada uma delas, um leito estreito. Uma cadeira de braços se afogava sob as cascatas de peças de roupa jogadas ao léu, e, sobre uma mesinha antiga, pilhas de papel escorregavam umas sobre as outras sem deixar lugar livre para ler e escrever. Ada descobriu um punhado de velhos conhecidos, Maquiavel, Nietzsche e Derrida. Por todos os lugares havia cinzeiros cheios. No chão, Ada contou cinco botas de cadarço, todas elas sem o par, que eram grandes demais para pertencer a Alev. A janela não podia ser aberta porque um aparelho de som stereo cubiforme bloqueava o peitoril. Ada imaginou estar esperando por Alev naquele quarto, os dois cotovelos apoiados ao aparelho de som, as cortinas como se fossem um véu de noiva sobre sua cabeça. Ela enterraria o nariz entre as duas metades do grande fone de ouvido a fim de aspirar o cheiro de seus cabelos até cair embriagada sobre a cama, derrubando sem querer um dos cinzeiros cheios de tocos de cigarro, para em seguida ficar deitada entre cinzas e travesseiros, sem vida, mole e morna e desocupada como um gato de apartamento.

— Eu não sabia que tu tinhas um irmão.

— Tu sabes pouco sobre mim, e assim continuará sendo.

Uma vez que Ada se segurava na soleira, ele não pôde fechar a porta.

— Tudo bem — disse ele, rindo. — Maurice é três anos mais novo do que eu, e realmente bonito. Grande, sabe, coxas longas. Cabelos longos e encaracolados. Talvez ele seja de outro homem.

— E onde ele está?

— Ele tem o costume de procurar uma mocinha de boa família ao princípio de todo o ano letivo. Ela se apaixona por ele, ele visita os pais dela e libera sua própria adoção por parte da família. E assim ele se sente em casa em todos os lugares. É bem diferente de mim. Às vezes nós jogamos xadrez. Até hoje ele não ganhou uma única vez.

Ele a puxou de volta ao corredor.

— Tira os sapatos.

Uma vez que Ada estava parada de pernas abertas como um marinheiro, sob cujos pés o chão se inclina a balançar, também suas botas distantes uma da outra se estabilizavam desse modo, com os bicos voltados para fora como se uma segunda Ada invisível se encontrasse no meio delas e estivesse aguardando no corredor até que a parte visível voltasse, a fim de deixarem o lugar juntas. Com três nós dos dedos, Alev bateu na moldura da porta, esperou de cabeça inclinada para o lado e apertando a maçaneta.

Lá dentro havia um fantasma suave sentado no sofá, as pernas viradas para um só lado em posição de amazona, as costas curvadas sobre um punhado de almofadas.

— Amila.

Até ela levantar a cabeça, sucedeu uma pausa verdadeiramente cinematográfica, *just a moment, je viens*, um sorriso cuidadoso em vermelho-bordô. O rosto recoberto de rugas finas, as bochechas bojudas e os olhos grandes como os de uma menina ainda jovem. O lenço claro de cabeça desenhava uma linha exata e arredondada em volta da testa e das faces, encobria cuidadosamente o princípio dos cabelos e as orelhas, e caía, misturando-se às roupas restantes, até os pés. A pele estava empoada em branco, os olhos eram azuis, as sobrancelhas e cílios, que a natureza provavelmente fizera louros, se apresentavam enegrecidos. Amila era uma boneca. Em sua ocupação secundária, ela era a mãe de Alev.

— Esta aqui é Ada.

Amila levantou-se, estendeu a mão, que sobressaía estranhamente nua em meio à seda, e segurou a mão de Ada como um homem.

— Muito prazer.

As duas palavras foram suficientes para deixar claro que ela era alemã. Ela falava com sotaque bávaro. Sua mão, livre depois do cumprimento, acabou se elevando como se fosse mais leve do que o ar, aproximou-se da testa de Ada, um dedo saltou para fora do conjunto e a ponta passeou ao longo de suas sobrancelhas.

— Bonitas — ela disse. — Fortes e escuras como o coração. As que Alev costuma trazer são sempre potrancas depiladas.

— Amila, coração — disse este, advertindo —, tu mesma tens o corpo todo depilado.

Ela riu secamente, foi para o lado de Ada e deitou o braço em volta de seus ombros com leveza.

— Não dá ouvidos a esse rapazote — sussurrou ela ao ouvido de Ada. — Os homens dessa família são todos psicóticos. Provavelmente seja culpa minha. E por isso te peço desculpas de antemão.

— Até agora — disse Ada — sempre era eu que tinha de ser perdoada.

Amila procurou um olhar nos olhos cinzentos e nada encontrou.

— Tu bem poderias ter razão — disse ela. — E seria uma boa notícia. Eu vejo um intelecto agudo como cem facas, e uma vontade dura como um bloco de abate. Uma alma eu não consigo enxergar.

— Existem dias — disse Alev — em que Amila acha que é um aparelho de raios X capaz de espiar o interior de todas as pessoas.

— Onde está teu pai? — perguntou Ada.

— No Sudão — disse Amila —, e em pouco tempo também iremos para lá.

— Eu não — disse Alev, e Ada, que estava em pé bem próxima dele, tocou, leve como um hausto, os dedos dele com as costas de suas mãos; poderia ter sido tanto acaso quanto intenção.

— O que ele faz?

— Negócios — respondeu Amila, severa, como se falasse com uma criança que não deveria perguntar pela profissão dos pais. — Desde o 11 de Setembro seu ramo de atividade anda movimentado ao extremo. Ah, como nós estamos ganhando dinheiro!

— Ok — disse Alev —, agora basta. Nós vamos andando.

Na despedida, Ada foi beijada em ambas as faces, e logo voltou a estar na sala contígua, uma bota em cada mão. Os calçados caíram no chão fazendo barulho. Alev a empurrou à cama de Maurice.

— Senta — ele disse. — Nós precisamos de um cigarro.

E uma vez que não encontrou uma carteira com algum dentro, Ada começou a enrolar um.

— Teu pai é muçulmano?

— A princípio, sim, mas ao mesmo tempo ateu por hábito. — Ele levantou-se de um salto, a fim de botar o aparelho de som em funcionamento. — Foi decisão dela. Quando uma mulher fica muito tempo sozinha, ela precisa de Alá. Assim ela tem uma coisa que pertence apenas a ela. Pelo menos na Alemanha. Em países árabes, Amila não usa o chador. Ela não quer nenhum Deus que já possua milhões de outras mulheres. — Duas orquestras pareciam tocar duas peças diferentes ao mesmo tempo, ao lado delas tocavam um baixo violento e uma guitarra arrogante. Ada havia terminado de enrolar os cigarros, jogou um deles sobre a cama do outro lado e acendeu o que ficou com ela. Alev não ficava quieto e corria de um lado a outro, e espalhava a sua volta um tom importuno, que a presença de Amila causava nele. Quando ela estava nas proximidades, ele não entendia mais suas próprias ordens, e por isso a odiava como a um bloco de cimento que lhe impedia uma passagem antes livre. Na escrivaninha, ele revirou os livros e enfiou um entre as mãos de Ada, como se ela fosse uma aluna importuna que se deixa alimentar com um pouco de literatura pelo professor enervado. Ada o colocou de lado sem mesmo olhar o título.

— Eu odeio perder tempo — ela disse.

— Todos os homens têm um problema erótico com suas mães. Isso é bem extenuante. No caso de Amila mais do que em qualquer outro.

— Tempo perdido — ela acentuou, teimosa —, é como mil pequenas mortes.

Ele havia esperado a resistência de Ada e se alegrado com ela. Mas a luta dela contra ele, contra sua mãe e contra a extravagância arrogante, triste e deteriorada desse alojamento possuía um gosto para o qual ele não estava preparado. Ada não se mostrava minimamente impressionada com o odor fabular de uma família semioriental de vagabundos. Ela era para lá de obstinada, nem de longe um animal jovem brincalhão e recalcitrante, mas antes tinha pés de chumbo e era taurina, armada de uma resistência que o fazia se encolher interiormente até seu intelecto enfim se livrar dolorosamente da casca já demasiado grande. Se ele não lograsse dar outra direção à tarde que havia planejado com tanto cuidado, Ada haveria de farejar uma oportunidade para desprezá-lo. Sob os travesseiros, ele descobriu um saquinho plástico com grãos de abóbora. Agora ele estava sentado ao lado dela, seu quadril direito junto ao quadril esquerdo dela, quebrava os grãos com a habilidade de um esquilo usando os dentes da frente e cuspindo as cascas sobre o tapete.

— Quando vejo que estou perdendo tempo, Alev — disse Ada, e era a primeira vez que ela se dirigia a ele pelo nome —, eu entro em pânico. Uma hora na sala de espera de um médico, e já estou pronta a matar. Seja lá quem for. Até mesmo crianças.

— Isso soa muito bem, pequenininha — disse Alev —, mas é pouco econômico.

O "pequenininha" foi bem escolhido, deixou-a feliz.

— Não se trata de economia. Meus membros executam comandos que eu não ditei. Quando a possibilidade permite, eu vou à pista de tartan. Ou destruo alguma coisa.

— E o que tu defendes — ele perguntou — enquanto lutas eternamente contra o tempo?

— Nada. Eu simplesmente sou mortal assim como outras pessoas estão resfriadas. Sinto os sintomas a cada segundo.

— Que tu eras uma condenada, eu sabia desde o instante em que te vi pela primeira vez.

Por um momento, pairou no ambiente a noção de que poderia ser esse encontro, o encontro entre Ada e Alev, aquilo que um dia valeria a pena ser defendido. Logo depois Alev cuspiu o próximo grão de abóbora.

— Certa vez eu disse que o tempo era a única propriedade verdadeira do homem. Por que estás tentando me ultrapassar neste atalho agora?

— Porque tenho algo importante a te comunicar. — Ela tirou o saquinho de suas mãos, tomou impulso e jogou-o com tanta violência contra a parede, que uma chuva torrencial de grãos caiu sobre o piso, enquanto o saquinho de plástico resvalava por trás da mesa de livros até chegar ao chão. — Trata-se do seguinte. O que quer que seja que façamos juntos no futuro, não faças jamais com que eu perca meu tempo. Entendido?

Ele pegou a mão direita dela, a mesma que havia jogado o saquinho, entre as suas, levou-a aos lábios, e depositou um beijo que mal pôde ser percebido sobre os nós de seus dedos.

— Entendido. E o que mais exiges?

— Que me digas por que me trouxeste para cá.

Ele se levantou, desligou a música e viu como Ada suspirou, mostrando alívio. Ela apagou o cigarro, pegou uma garrafa de água já aberta e encheu um copo sujo, bebeu, e depois se deixou cair de costas.

— Provavelmente eu tenha querido fazer algumas alusões que dizem respeito ao fundamento de minha personalidade.

— Ok. — O copo, ela o segurou junto ao peito, de modo que o espelho d'água tremia conforme o ritmo das batidas de seu coração. Estava esgotada como um europeu continental depois de seu primeiro dia em meio ao trânsito invertido dos ingleses. Fosse o que fosse que se passava nas conversas deles, vinha sempre do lado errado. — Se tu queres me dizer alguma coisa, fala logo.

Alev conta coisas essenciais de sua infância

E eis que ele principiou a falar. Contrariando seu comportamento habitual, ele fazia pausas como se estivesse ao telefone esperando pela resposta de um parceiro de conversa invisível. De quando em vez, empurrava a caneta, com a qual gesticulava no ar a sua frente, para baixo das mangas arregaçadas de sua camiseta e coçava as axilas.

Em criança eu era bem estranho. Minha mãe me surpreendeu no banheiro certa vez batendo com uma toalha enrolada contra a parede. Isso aqui é mau, eu gritava, mau!, mau! A toalha caíra três vezes do gancho e tinha de ser castigada. Quando minha mãe perguntou como se poderia castigar uma coisa que no fundo não tinha culpa de nada, eu comecei a berrar. Não tem culpa? Qualquer toalha sabe que deve ficar pendurada no gancho! Eu era um país de vários povos, e queria controlar a guerra civil em meu interior através de regras severas.

E assim continuou. Ada pegou o segundo cigarro, que ele havia desprezado, da outra cama, sem que Alev interrompesse sua exposição. Ele estava parado em meio ao quarto e falava voltado para o teto e para as paredes, que ouviam com atenção. Se ele estava fantasiando ou vestindo acontecimentos factuais em roupagem estranha, não podia ser definido. Ele parecia querer chegar a algum ponto, e para isso escolhera o caminho com a vista mais bonita. Ada não podia saber que ele, no momento em que ela jogara o saquinho de grãos de abóbora, recebera sua ordem seguinte. E ela dizia: dá algo teu de presente a ela, algo que ela possa carregar consigo como uma pedra de formato bizarro. Algo que pertencerá apenas a ela... E Ada voltou a se deitar sobre a cama.

Quando eu era criança, buscava ajuda para lutar contra coisas que eu não compreendia. Minha mãe vinha me apresentar diferentes religiões, mas elas pareciam uma coleção de fábulas cujo único objetivo consistia em escolher entre o bem e o mal. Essa decisão entre o bem e o mal, contudo, era a coisa mais simples do mundo, e eu não precisava de um conselheiro para me ajudar: bom era tudo aquilo que ajudava a sobrevivência e ruim aquilo que ameaçava destruí-la. A nostalgia por um Deus era apenas o desejo de um chefe simpático. Para mim, era outra coisa que faltava.

Fiquei sabendo disso em um acidente de carro, que me revelou tudo acerca daquilo que o homem é. Depois não houve mais toalhas espancadas. Depois as bombas pararam de cair. Depois o pequeno Alev havia se tornado um homem. Um homem de 10 anos de idade.

No ano de 1995 eu costumava andar de carro com meu pai pelas ruas de Belgrado. Ele havia trazido ao país um esportivo comoventemente diminuto do tipo Alfa Giulia Spider, girava o volante de madeira com apenas uma de suas mãos e nós deslizávamos de capota erguida como em um veleiro exótico pelo mar fétido de carros da Europa oriental. O grande El Qamar puxava em fios que o ligavam diretamente ao acordo de paz que seria fechado em pouco. O pequeno El Qamar podia sentar no banco da frente, porque o esportivo não tinha bancos traseiros, e por isso implorava ser levado junto a cada reunião. Meus ombros pareciam largos sobre o banco de couro do carona, e quando eu resvalava com o traseiro até a borda, os pés alcançavam o piso reservado aos pés. Papai permitia que eu apoiasse a mão esquerda sobre a alavanca de marchas, deitava seus grandes dedos sobre os meus e nós trocávamos as marchas juntos.

Quando deixávamos um estacionamento no centro da cidade, andamos por um túnel de cimento bem estreito em direção às cancelas pintadas em amarelo e preto. Papai tinha o tíquete do estacionamento preso entre os lábios e o cotovelo sobre a porta do motorista. Era domingo, as duas saídas estavam vazias, e não havia nenhum outro carro à vista. Poucos metros da linha final antes da saída, a pista se dividia. Papai não tirou o pé do acelerador. Em velocidade moderada, nós andamos sobre a linha divisória, nem do lado esquerdo nem do lado direito, e sim justamente no meio, e antes que eu tivesse tempo de dizer alguma coisa, de gritar ou mesmo de arregalar os olhos, o carro bateu frontalmente contra o poste de cimento que separava as duas saídas uma da outra. O vidro dos faróis se estilhaçou, o pilar divisório abriu uma mossa profunda no meio da cara do pequeno Spider. Eu fui arremessado contra a madeira do painel.

Sem um arranhão, mas mudo de horror, voltei a me erguer, fiquei sentado imóvel e estarrecido, e olhava ora para o aço amarelo e negro, próximo demais do para-brisas, ora para meu pai. Ele mantinha as mãos no volante, olhava para a frente e mostrava um rosto ao mesmo tempo admirado e divertido, como se não pudesse acreditar no que acabara de acontecer. Pela esquerda, veio chegando um homem em uniforme azul. Quando este havia chegado bem perto, papai se inclinou até mim.

— Sabes o que foi que aconteceu? — sussurrou ele, sem deixar de olhar para a frente, ao concreto e ao metal amassado. — De repente não fui capaz de me decidir. Na verdade, não havia nada que depusesse a favor ou contra, nenhum motivo para escolher a direita ou a esquerda. Presta atenção nisso, meu filho. O que os homens chamam cotidianamente de suas decisões nada mais é do que um jogo muito bem estudado. Lamento muito.

— Não faz mal — sussurrei eu de volta, rapidamente, enquanto as mãos rosadas do uniformizado em azul se apoiavam sobre a porta do carona. Haviam falado comigo como se eu fosse um adulto. E eu havia entendido tudo. Até o anoitecer daquele dia eu decorara o teor da verdade. Não existe nada que deponha a favor ou contra, nenhum motivo para escolher a direita ou a esquerda. A decisão humana nada mais é do que um jogo primorosamente bem estudado.

As últimas sílabas, Alev praticamente as soprou direto no rosto de Ada. Ele se ajoelhou diante da cama. Ela tinha os olhos fechados. A respiração estranha afagou seus lábios para em seguida se misturar à dela própria. Ela abriu a boca inspirando o hálito dele e depois voltou a soprá-lo para fora.

— Isso — disse Alev, e pegou seu braço — era tudo.

Ela se levantou de imediato, calçou as botas sem atar os cadarços, pegou a mochila e foi empurrada por Alev primeiro pelo corredor, depois pelas escadas abaixo. Já nos degraus da entrada, ele lançara os dedos às bordas do livro que havia procurado para ela sobre a mesa e o apertou contra o corpo. Mudo, ele enterrou os traços do rosto de Ada sob seus dedos, que algum dia haviam sido planejados para um homem de maior tamanho, e tocou os lábios dela com os seus, sem fazer pressão, sem dar um beijo, apenas afagando, nada mais que um hausto. Ela desceu as escadas e depois caminhou ao longo da rua, continuou com o livro diante do ventre e sabia que ele não a seguia com os olhos, mas sim desaparecera há tempo dentro de casa.

Ada fala com sua mãe e retoca as sobrancelhas arrancando alguns fios

O caminho para casa mal demorou dois minutos. Ela chegou ao portão do jardim tomada pelo sentimento pouco claro de que tudo ali havia mudado um pouco. Por que a fonte murmurava lançando água? Por acaso ela não havia sido desligada há semanas devido às folhas que caíram e entupiram a bomba? Desde quando aquela casinha de pássaros havia sido pendurada no pinheiro? Ada não acreditava que algum dia uma família de pássaros faria seu ninho no jardim. Quando o sol se punha, um ouriço gordo às vezes arquejava em meio à grama, carregava folhas e pequenos galhos sobre seus espinhos e abocanhava com ruído lesmas noturnas afogadas dentro dos copos de cerveja no canteiro de flores. Por acaso a fachada desde sempre havia sido pintada naquela tinta avermelhada ou será que isso era devido à luz do anoitecer? Será que o céu desde sempre pairava tão próximo sobre a cumeeira? Mas antes de tudo, faltava algo decisivo. Faltava a placa onde estava escrito PENSÃO. Pois também naquele prédio as pessoas eram sempre e apenas hóspedes, e jamais estavam em casa.

No caminho ladrilhado até a entrada do prédio, Ada se assustou ao ouvir um farfalhar violento no jardim. A interferência de uma moita de hortênsias havia escondido o vizinho acocorado de seus olhos. Eis que agora ele se erguia, tirando um ridículo chapéu de palha, que hoje estava usando sobre a cara de advogado.

— Mas é a Srta. Ada! — exclamou ele, brincalhão. Desde que ela se conhecia por gente, ele a chamava assim, e desde que ela se conhecia por gente ele habitava o andar de baixo junto com uma pilha de livros técnicos. — Mostra aí, por favor. O que é que estás lendo?

— Não tenho ideia.

— Carregas um livro contigo, cujo título nem sequer sabes qual é?

— O senhor está espalhando veneno para as lesmas.

— Entre outras coisas. Por quê?

— O senhor sabia que veneno de lesmas também mata ouriços?

Ele havia tomado o livro das mãos dela, contemplou a capa e depois leu o texto da orelha.

— Quem leva livros como esse aí para passear não deveria ter problemas com ouriços mortos. — Quando ela quis voltar a pegá-lo, ele ergueu o livro para o alto a fim de provocá-la. Ada não fez menção de saltar para agarrá-lo como se fosse um cão tentando alcançar a salsicha.

— Em comparação com a maior parte da humanidade — disse ela —, os ouriços me parecem seres moralmente bem pouco questionáveis. E agora me devolva a merda do livro de uma vez por todas.

Ele o deixou cair e ela o agarrou com ambas as mãos antes que ele alcançasse o chão terroso.

— *Evolution of Cooperation* — ela leu. — Mas o que é isso?

— Teoria do jogo — disse ele. — Não contados alguns matemáticos, são poucas as pessoas capazes de compreendê-lo.

— E o senhor está entre elas?

Ele deu de ombros.

— A um jurista não haverá de fazer mal saber algo sobre as regras matemáticas do jogo do comportamento humano. Diverte-te com elas.

Nas escadarias, no último degrau, estava parada a mãe.

Mas onde é que tu estavas. Com Alev. Quem é Alev? O aluno novo na nossa turma. De onde ele é? Meio-egípcio.

Ada avançou empurrando e entrou em casa, tirou os calçados e enfiou o livro dentro da mochila do exército. No caminho para a escada de caracol, a mãe se pôs diante dela. Vem à mesa, primeiro. Ela apareceu com um cesto de pães e uma pequena bandeja na soleira da entrada para a cozinha. É patê de fígado de ganso. Estava em promoção no PENNY, vi hoje de manhã no jornal. Às vezes temos de nos permitir algum luxo, não é verdade?

Ada se embalava sobre a borda frontal da cadeira e cobriu as fatias de pão cortadas bem finas com a pasta rosa-acinzentada.

— Ele é mais simpático do que Olaf?

— Quando se trata de Alev, "simpatia" não me parece o quesito adequado.

— Vocês vão se apaixonar um pelo outro?

A esperança encarecida emprestou à pergunta da mãe o tom solene de uma profecia. Ada se permitiu um leve repuxar no epigástrio, três ou quatro batidas mais apressadas no coração e um sorriso tímido. Por que não, por apenas alguns segundos, de resto havia tão poucas coisas capazes de causar movimento no interior da gente. Pelo menos, ela pensou, nós vivemos todos dos enganos que as pessoas à nossa volta nutrem em relação a nós.

— Sabes qual é a diferença entre nós duas? — Ada falou de boca cheia. — Tu não acreditas no amor porque teu homem te largou.

— Ele não me largou. Fui eu que o mandei embora.

— E eu não acredito no amor porque não tenho a capacidade de acreditar no que quer que seja.

— A culpa é dele!

A boca da mãe fez uma careta de dor infinita, e rapidamente o branco de seus olhos avermelhou. Desde que usava lentes de contato, ela chorava ainda mais do que antes.

— O general de brigada tem menos a ver com minha incapacidade de acreditar do que Immanuel Kant. Provavelmente eu já tenha chegado ao mundo sem crença alguma, assim como outras pessoas nascem sem braços ou mesmo cegas. Vive-se um pouco diferente do resto, e mesmo assim acaba dando tudo certo, ao final das contas.

— Ele teria respondido o mesmo, não é verdade? Tu estás completamente alucinada por causa dele.

— Mãe. Nós começamos conversando sobre Alev.

Certo. E quando ele virá nos visitar? Não sei se ele virá. Ele não é simpático e seu comportamento é bem imprevisível. É sempre assim no começo, tu tens de curtir o momento. Mãe, tu não entendes mesmo nada.

— Não fica dizendo sempre que eu não entendo nada! Estás muito enganada.

Ada não conseguia se lembrar de ter ouvido a mãe utilizar a palavra "engano" alguma vez antes. Enganar-se pressupunha a ausência de convergência entre realidade e imaginação própria, e com isso exigia um contexto que era totalmente estranho à mãe. Agora Ada se perguntava se não podia ser que ela própria se enganava, e isso com relação à única pessoa com a qual vivia, dia a dia, todos os dias, no mesmo e mínimo espaço. Talvez a mãe entendesse tudo, e ela, Ada, não entendesse absolutamente nada.

— Eu queria te pedir uma coisa. Poderias me mostrar como se tira as sobrancelhas?

— Claro.

Ela teria apostado seus tênis de correr que a mãe aproveitaria o pedido para ganhar terreno pela primeira vez na batalha pelo corpo da filha, que já durava tantos anos. Mas não aconteceu nada disso. Elas estavam sentadas à mesa que havia sido planejada para um grupo de dez pessoas, e a luz cansada do sol enchia o ambiente como se fosse algo tangível.

Elas já haviam sentado juntas tantas vezes ali que a toalha de mesa estampada com rosas teria de mostrar manchas puídas nos lugares em que a mãe esfregava sobre o tecido, fazendo sempre o mesmo movimento, enquanto instigava Ada a defender a doce herança genética de seu pai natural contra a influência intelectual do general de brigada, que segundo ela era cativante e perniciosa como uma droga. Em tais ocasiões, Ada costumava abrir o suplemento jornalístico *Prisma* e contemplar a garota da semana; como ela, vestida decentemente e com um sorriso dos mais civilizados, apresentava a citação da semana. Temos de nos apaixonar pelo êxito, não pelo fracasso. E tudo depende de aprender a ter esperança. Quando a esperança cessa, aquilo que tememos com certeza acontecerá.

Então Ada alimentava esperanças de poder entrar, através da contemplação intensiva, no corpo belo e magro e no intelecto igualmente belo e magro da garota da semana, e já no instante seguinte olhar para o mundo de baixo, a partir das páginas do jornal. Jamais havia conseguido. Sobre as cortinas longas, os braços bamboleantes da castanheira encenavam uma incompreensível peça feita de sombras, os períodos do dia sucediam um ao outro, a garota da semana não se deixava arrancar do abraço cimentado da revista. Ada se admirava com o fato de a mesa de jantar jamais ter aparecido em seus pesadelos.

Eis que agora a mãe se pôs em pé, com naturalidade e leveza, como se jamais tivesse sido um problema se levantar daquela mesa e simplesmente ir embora. Com passos cheios de impulso, ela se adiantou, subiu a escada e entrou no banheiro.

Segura a pinça bem em frente ao rosto, agarra o cabelo pela raiz, em ângulo reto em relação à testa. Juntas elas se inclinavam sobre a pia e quase batiam com o nariz na superfície do espelho. Um puxão! A rapidez protege contra a dor.

Sim. A rapidez protege contra a dor. Agradecida, Ada sorriu para a mãe, e esta sorriu de volta, alegre com o fato de ambas estarem no banheiro e se comportarem como pessoas normais. Rapidez é proteção. A sentença parecia encomendada. Talvez Alev a tivesse mandado. Talvez ele soubesse como erigir um mundo no qual a língua não funcionava como uma escarradeira gigantesca, na qual bilhões de pessoas cospem seu catarro para depois poderem beber com vontade. Talvez ele conhecesse um mundo no qual se podia formar frases inteligentes na boca como anéis de fumaça, soprá-las cuidadosamente para fora e olhar juntos como elas se desfazem aos poucos em um torvelinho. Ada sempre desejara um mundo assim.

Tirar as sobrancelhas era fácil. Lágrimas nasciam nos cantos dos olhos, cresciam e corriam pelas faces até o queixo, onde estacavam indecisas por um momento até enfim caírem. O que foi que Smutek havia dito? Foram valentes até o fim / foram fiéis até o fim / permaneceram semelhantes até o fim / como duas gotas / paradas à borda do rosto. Ada sabia pouco acerca disso. Fazia um bom tempo que ela chorara pela última vez.

Quando estava pronta, ela parecia mudada. O rosto estava mais suave, quase embonecado, com as sobrancelhas finas e levantadas; parecia mais jovem e mais velha ao mesmo tempo. Ela desceu as escadas correndo, repentinamente alegre, para se mostrar ao mundo. A mãe ficou sentada à mesa e leu o *Prisma*. Bom trabalho, fica bem em ti.

Uma intranquilidade interior tangia Ada a sair, o novo rosto queria ser mostrado por aí. Ela correu pelas ruas do bairro e olhou admirada para casas que conhecia desde a infância e não contemplara sequer uma vez mais detalhadamente. As casas estavam paradas sobre largos pés, nada as carregaria embora ou as derrubaria, e elas também não faziam caretas, fosse quem fosse que passava diante delas, ainda que pudessem ler os pensamentos de cada um dos passantes. O mundo de Godesberg era devidamente ordenado. Tudo e todos tinham sua tarefa. As casas ficavam de ouvidos atentos, o rio carregava sobre suas costelas os primeiros raios da lua surgindo ao norte. Os carros mantinham a rotação da terra em funcionamento sob suas rodas.

O vento adulava, a luz do poste zumbia. O advogado no andar térreo resolvia casos. Ada pensou sobre sua própria tarefa, e depois sobre a tarefa de sua mãe, e estremeceu. Elas não existiam. Ambas eram como flechas disparadas que haviam errado o alvo e jaziam inúteis sobre a mata rasteira. Talvez agora alguém tivesse passado, descoberto Ada por acaso e a colocado de volta à aljava. Ela estava ávida por voltar ao arco distendido. Mirar. Depois voar.

Quando Ada chegou em casa, o ouriço estava sobre o caminho de ladrilhos. Ela tirou o casaco para erguê-lo com a ajuda dele e carregou-o pela calçada, rua abaixo; escolheu o maior jardim, atrás da casa mais bela, nas proximidades da floresta, não muito longe do Reno, para deixá-lo, correu em diagonal sobre o gramado estranho, e depois colocou o ouriço suavemente debaixo da moita mais densa entre todas as que ali havia. Bem longe do veneno de lesma.

Inspirar, tap, tap, tap, expirar, tap, tap, tap. Azul-esmeralda vira cinza-safira

A semana seguinte foi fria e azul-esmeralda, adornada nas bordas por uma premonição insidiosa de inverno, que temperou o ar fresco perigosamente e fez cócegas nas paredes dos pulmões como primeiro anúncio daquelas agulhas e navalhas que transformariam cada movimento respiratório em um ataque a partir de janeiro. Sem perguntar por permissão, Smutek abandonara o tratamento solene e passara a se dirigir a Ada em tom camaradesco, como se ela fosse uma velha colega de universidade. Por Deus do céu, Ada, quando o tempo está assim pode se dar volta atrás de volta e o ar nos alimenta como se fosse leite materno.

Entusiasmado, ele testava seu novo brinquedo, mais rápido, mais lento, sprint e resistência, e Ada o acompanhava, boazinha, porque a ambição dele a reanimava, e porque não havia muitas pessoas que conheciam um objetivo na vida. No final dos treinos, ele dispensava o grupo, que se dispersava em um andar balançado, com as bolsas de apetrechos esportivos presas aos ombros, pelos caminhos do parque, e mais uma vez botava o cronômetro em movimento. Duas princesinhas haviam desistido porque acreditavam que Smutek estava a fim das coxas grossas de Ada. Os tempos de Ada melhoravam, coisa que não se dava em virtude dos treinos, mas sim devido ao fato de nas primeiras voltas que eles haviam dado juntos, ela nem de longe ter dado tudo de si. Smutek se acostumara a correr ao lado dela, e entrementes passos e respiração se sincronizavam por si mesmos. Inspirar, tap, tap, tap, expirar, tap, tap, tap. E ele sempre tinha o que contar. Da sua casinha na Masúria, do outono e das folhas temulentas, que ao cair se aproximavam de uma gêmea, que se elevava nas mesmas roupagens coloridas do fundo do lago, até ambas se encontrarem na superfície das águas. Ele noticiava acerca dos diferentes cheiros da pilha de lenha junto à parede externa de sua casa, do hálito doentio do madeiramento do telhado, que começava a se cobrir de bolor, da cozinha na qual tudo, pias, armários e mesa, era produto de suas próprias mãos, e das aranhas caseiras que construíam pequenas tocas feitas de uma confusão de fios densos nos cantos da moldura das janelas. Tudo tinha algum cheiro, tudo estava úmido, à espera do inverno, e o lago era uma tábua de lavar roupa, na qual o ar se esfregava. Em um lugar assim, qualquer um podia conservar sua alma sem mais nem menos. Se Ada era capaz de imaginar como era? Não, ela não era capaz, já que ele falava em polonês com ela. Ele explicou o aroma dos cabelos de sua mulher, quando ela acabava de cortar a grama e vinha lá de fora para dentro da casa a fim de fazer o café na cozinha, a visão de suas longas e ebúrneas coxas de menina, que lembravam as pernas desparafusáveis de uma manequim de vitrine, quando ela se sentava com almofadas e livro no piso do terraço para deixar o sol tocar mais um pouco o seu corpo antes de o inverno chegar. Ah tá, e o que foi que fizeste com tuas sobrancelhas?

Smutek buscava o que dizer a mancheias em seu interior. Ele acreditava ter ultrapassado o limiar que dava para a vida que há tempo estava sendo preparada para ele, e cuja procura havia sido sua tarefa há anos. Teuter o deixara em paz e concentrava sua energia nos planos do Ministério que previam a anulação do 13º ano de escola. Às vezes, Höfi o levava consigo ao café das vovozinhas, que havia se tornado sua segunda pátria no Ernst Bloch em lugar da sala dos professores, e refreava a euforia de Smutek em relação a uma possível viagem da turma a Viena, lembrando simplesmente que a opção tradicional dos cursos de extensão era uma viagem à aldeia bem próxima de Dahlem, onde todos os preços já estavam previamente combinados. Do Iraque, se ouviam notícias tão incompreensíveis quanto as vindas do Afeganistão, da Chechênia e do Kossovo. A Sra. Smutek estava bem-humorada, falava com a voz de uma menininha e agarrava os cabelos dele quando eles dormiam juntos. Era uma semana azul-esmeralda, encoberta por céus inertes empilhados uns sobre os outros. Uma semana cheia de enganos suaves e sem consequências, semelhante àquele acerca da cor das esmeraldas ou do número de céus.

Pela manhã, Ada silenciava o rosto infantil e eriçado de Olaf com um cumprimento amistoso. Alev e ela não trocavam nenhum olhar, e ninguém além deles percebia o grau de intimidade que começava a se espalhar em seu desinteresse mútuo. A mãe a deixou em paz durante uma série de dias inusitadamente grande. Na tarde de quinta-feira, Ada estava sentada de repente no sofá da sala de ensaios, ouvia os Orelhas de olhos fechados e lutava, coisa que era para lá de incomum, contra as lágrimas, sem conseguir dizer o que era assim tão triste. Rocket perguntou, mostrando cortesia, se ela não queria cantar uma ou duas canções na festa de formatura, em maio. Olaf estava em pé ao lado dele, e Ada respondeu que iria pensar. No final de semana, ela se trancou no banheiro, sentou-se à borda da banheira e abriu o livro de Alev. *Evolution of Cooperation.*

Ela mal começara a ler e já se sentiu mal. Não conseguia se concentrar. A semana azul havia passado, agora era hora de pagar o preço. Seu intelecto havia se desviado durante as negociações, conduzidas durante dias atrás de um céu representativo, eis que agora o resultado era anunciado de maneira reboante dentro de sua cabeça. Teria sido mais simples fazer algumas confissões a Alev do que a si mesma. Conforme a experiência lhe ensinara, as coisas não existiam quando não se acreditava nelas, e deixavam prontamente de existir ou nem sequer começavam a existir. Mas ali se tratava de uma exceção. Todo o querer de Ada havia se dirigido à imagem de uma única pessoa, a dois olhos puxados com traves negras em cima, e a uma boca larga sempre inclinada ao riso. E não havia naquilo nada de familiar, nada que prometesse calor, nenhuma felicidade e nem mesmo a noção de felicidade. Na noite de sábado, ela estava pronta a se resignar, pronta a buscar forças na paciência, pronta a não lutar, fosse a favor ou contra o que quer que fosse. No domingo, ela visitou o general de brigada, e discutiu as estratégias de combate dos militares americanos. Na segunda-feira, sombras escuras e horríveis de pelos crescendo jaziam sob as sobrancelhas há pouco arrancadas, e Alev estava em pé na esquina para ir junto com ela até a escola. Os céus haviam se escurecido e esmagavam a cidade sob uma carga compacta de cinza-safira.

Primeira olhada nas regras do jogo

— E que tal o livro?

Uma vez que miséria e autoconhecimento se davam muito mal com a língua inglesa, Ada não tinha conseguido ler mais do que o prefácio e as primeiras vinte páginas. Além disso, a matemática exigia entrada em compartimentos de seu cérebro que por certo estavam ocupados em recalcular sua personalidade. Foi isso que ela disse a ele.

— Não tem problema. Tu precisas apenas de alguns conceitos fundamentais para que possamos continuar a conversa. Uma cabeça inteligente como a tua haverá de encontrar caminhos mais curtos sozinha, nos quais possa se movimentar da melhor maneira possível.

No bairro em cujo território eles dois possuíam uma cama, em todas as manhãs da semana tudo se punha em movimento de maneira festiva como se fosse dia de Natal. Mulheres que amavam, decentemente empoadas e em vestidos colados ao corpo se despediam de seus maridos nas escadas à entrada das casas. Portas de carros caros se fechavam fazendo o estalo de uma beijoca. Crianças acenavam, as pequenas mochilas às costas. Zeladores levavam lixeiras vazias de volta aos jardins antes do romper da aurora. Por tudo aquilo, Alev passeava em passo medido como um imperador em meio ao burburinho animado de seu reino, e esclarecia a parte introdutória de *Evolution of Cooperation.*

Comecemos bem no princípio. Para colocar um jogo em movimento, precisa-se antes de tudo de um inimigo. Achas então que o mundo está cheio de inimigos? Escolhe um deles, senta-te com ele em um bar e em pouco vocês constatarão que se entendem perfeitamente. Só um inimigo artificial é um inimigo de verdade. Ele não pode ser invencível, tem de agir em tempo real, e suas ações não podem ser demasiado previsíveis.

Certo?

Certo.

No planejamento e na execução das estratégias, o conhecimento do inimigo em questão tem de ser sempre considerado, mas não além de um determinado grau. Sabes o que pode acontecer caso não for assim? Assume posição. Vamos jogar "Qual é a mão".

Ele pegou Ada pela parte superior dos braços, pressionou-a contra o muro de jardim mais próximo, jogou uma moeda, agarrou-a com o punho e escondeu ambas as mãos atrás das costas.

Pois bem. Tu dizes "direita", e erraste. Próxima tentativa. Eu acho que vais tentar acertar escolhendo a outra mão desta vez, e por isso mantenho a moeda na direita. Mas uma vez que eu sei que nós dois não somos bobos, parto do princípio de que tu pensas o mesmo de mim, e acabo mudando a moeda para a esquerda. Mas também esse modo de pensar tu serás capaz de reconstituir, motivo pelo qual desconfio que tu optarás justamente pela esquerda e a moeda volta ao lugar de partida, portanto; e também este raciocínio tu serás capaz de compreender e assim por diante. E o que isso significa?

— Não existe nada que deponha a favor ou contra — diz Ada —, nenhum motivo para escolher a direita ou a esquerda. A decisão humana é nada mais do que um jogo primorosamente bem estudado.

Mais uma vez ele a pegou pela parte superior dos braços, rasgou a boca em um riso, e por um segundo chegou tão perto dela como se a quisesse beijar ou morder, mas apenas a levou de volta ao caminho, obrigando-a a seguir adiante.

Tu o decoraste, exatamente como eu! Eh, pequenininha inteligente. Na *Cooperation* eles utilizam um exemplo mais complicado.

Crianças do ensino fundamental em pequenas bicicletas. Crianças de creche nas mãos de suas mães. Cachorros pequenos e brancos presos a guias finas e vermelhas. Fofocas por sobre sebes há pouco amareladas. Bom dia! Como vai? Tem de ser, não é verdade, tem de ser.

Alev anunciou uma visita surpresa a Ada para a semana seguinte.

Assustada, ela imaginou como poderia arranjar da melhor maneira um encontro entre ele e a mãe, e por um momento deixou de prestar atenção. Ouve o que estou dizendo!

A semana vai de sábado a sábado. Ada pensa: quando chegar a sexta-feira e ele ainda não tiver vindo, será um sinal de que ele não virá mais, pois restaria apenas o sábado, e a visita deixaria de ser uma visita surpresa.

Um aceno de alívio, um passo em falso, quando o gato preto passou em disparada em frente aos pés deles.

Se a quinta-feira tivesse passado sem a visita, Alev poderia vir apenas na sexta, uma vez que no sábado, conforme já foi dito, a visita não seria uma visita surpresa, mas dessa forma também na sexta a visita deixaria de ser visita surpresa, porque previsível. Se ele não tivesse vindo até quarta-feira à noite, restaria apenas a quinta-feira, e também isso não seria mais uma surpresa, já que sexta e sábado desde o início não estavam contando. E assim por diante. Ada chegou à conclusão de que visitas surpresa no decorrer de um tempo predeterminado nem sequer são possíveis.

— Tudo calculado — disse ela. — Aquiles e a tartaruga.

Oblíquo, um olhar incomodado relampejou, vindo do canto de um olho oriental. Com Aquiles, ela poderia ter encontrado a resposta correta à próxima pergunta dele e estragar o truque. Pois bem, o que aconteceria na realidade?

— Isso eu não sei.

De seu jeito, Ada era um ser bondoso. Eles alcançaram a rua principal do lugarejo, na qual pessoas encapsuladas em carros se arrastavam lentamente umas atrás das outras. O passeio se fez mais largo, eles apressaram o passo, caminhando descontraidamente um ao lado do outro, não forçando nem evitando toques casuais.

— Ok — disse Alev —, então lê mais um pouquinho do livro, se quiseres!

Ele a olhou, radiante. Naturalmente Ada sabia o que aconteceria na realidade. Alev viria quarta ou sexta ou segunda-feira, e mesmo assim sua visita seria uma surpresa absoluta para Ada. Aquiles ultrapassa a tartaruga com um único passo, do mesmo jeito que o cérebro humano não tem dificuldades em se elevar acima de si mesmo assim que o módulo do alarme antecipado anuncia a ameaça de uma colisão com o oito horizontal. Mais uma vez um daqueles erros não contados no sistema da realidade, programado com desleixo, que podem ser superados da melhor maneira ao fazer de conta que não se os vê. Ada não teve de ler nenhum livro para saber que os jogos, exatamente como a vida, só continuam sendo jogados na medida em que a gente se mostrar pronto a abrir mão de qualquer espécie de exatidão.

Quando o prédio do colégio se fez visível, Alev levantou uma mão em cumprimento.

— Nós entraremos por entradas diferentes.

— Alev.

Ele ficou parado. Em um filme, eles agora teriam se olhado nos olhos, sorridentes, e ficado algum tempo em silêncio, até que o mesmo silêncio transformasse o sorriso em uma seriedade estranha, fazendo suas pálpebras se inclinarem a fim de que suas bocas pudessem se aproximar uma da outra. Eles teriam se beijado, primeiro com cautela, os lábios como duas almofadas de carimbo apertadas uma à outra, depois de modo mais rude, usando língua e dentes como armas em uma batalha sem sangue. Teria sido o primeiro beijo de verdade que Ada daria e, assim, um acontecimento do qual se gosta muito de afirmar que fica até o fim dos dias gravado na memória, mesmo que na verdade ninguém consiga se lembrar disso.

Mas o beijo não aconteceu. O olhar de Ada passou por Alev chegando à parede de tijolos em uma das alas laterais do Ernst Bloch.

— Estás querendo jogar comigo?

A pergunta não lhe importou nem um pouco, pelo contrário, até lhe agradou.

— Isso é bem melhor do que imaginas. E, se de fato for assim, quero jogar CONTIGO, não contra ti. Do contrário não teria te dado o livro.

— Talvez o tenhas dado justamente por isso. Para gerar um inimigo. Inteligência artificial.

Era para ser uma brincadeira. Ninguém riu.

— É possível, mas improvável.

Ele se afastou rapidamente, deu a volta no estacionamento e se aproximou do prédio do colégio pelo outro lado da estrada. Ada observou como ele subiu as escadas da parte nova correndo, de repente apressado. Ainda faltavam dois minutos para começar a aula. Ela acendeu um cigarro. Quando chegou à sala, ela mesma já alguns minutos atrasada, ele ainda não estava sentado em seu lugar, mas sim caminhava por aí no prédio do colégio, se ocupando de algum negócio. E mais uma vez passaram quatro semanas nas quais eles não trocaram nenhuma palavra.

Ada meneia os facões e é a única no país inteiro a saber que Erfurt no fundo seria um motivo de alegria

Ao contemplar mais cuidadosamente o crânio de Smutek, podia ser visto com nitidez que na parte traseira da risca que dividia seu crânio os cabelos começavam a rarear. Ada fixou o local com um detalhismo odioso e esperou que a parcela de couro capilar esquentasse sob o toque de seus olhos. Era a beleza da esposa de Smutek a culpada pelas tentativas dela em se vingar no coco inocente da cabeça dele. Mesmo a objeção corriqueira de que uma bela mulher, com a dedicação excessiva a seu aspecto, ao final das contas conseguia apenas uma superfície bem polida, mas desprovida de espírito, ela não oferecia terreno de ataque. Nela, o último verniz era constituído justamente pela ausência de verniz. Mas aquilo que o homem não pode criticar, corrigir e mesmo completar em sua fantasia, disso ele também não consegue se aproximar, nem em pensamentos nem com o sentimento. A beleza da Sra. Smutek era, pelo menos em meio perfil, uma recusa hostil diante de qualquer tentativa medrosa de aproximação. A cortina maciça de cabelos negros lembrava o pelo alisado de um bicho de pelúcia dos mais caros e possuía também a mesma vida própria que este possuía. Ada também via a boca da mulher, sentada onde estava, no banco traseiro, pelo espelho do para-sol abaixado; ela era grande, levemente obscena, cuidadosamente pintada em vermelho assobiante.

A Sra. Smutek era uma daquelas mulheres que mesmo depois de uma noite insone continuam pálidas e mimosas e, embora vestindo um jeans comum e um sutiã de algodão, continuam parecendo o protótipo do anjo moderno. Uma mulher como ela não podia saber o que significava quando um intelecto esguio e ágil ficava preso a um corpo trapalhão, e o exterior se negava a assumir a imagem do interior.

Agora a Sra. Smutek tirava o cinto de segurança e apoiava as costas à porta do carona, a fim de poder enxergar seu marido de lado durante a viagem. Eles falavam polonês um com o outro. Quando Smutek dizia alguma coisa, sua mulher calava, e nisso o olhava, imóvel, para romper em gargalhadas de repente, com as quais ele prontamente entrava em uníssono.

— Esta é Ada. Ela viajará conosco.

A Sra. Smutek havia concordado, inclinando a cabeça, e, ao cumprimentá-la, envolvido a mão de Ada com suas duas mãos. E uma vez que Ada já bem cedo em aniversários de criança ficava parada por aí, indiferente, e sempre conseguira ser a primeira a ficar no ar na dança das cadeiras, não era de admirar que o ônibus tivesse um banco a menos do que o necessário e em algum lugar houvesse um banco de reserva para ela — desta vez na parte traseira do Volvo de Smutek.

Deixando o ônibus escolar para trás, o carro saiu sacolejando do ponto de encontro, dando voltas bem generosas. Depois de 20 minutos, Ada estendeu o braço à frente entre os bancos e desligou o rádio do carro, no qual resmungava uma fita cassete com ritmos cubanos que tocavam um pouco acima do limiar do que ainda seria audível, e enfiou os fones de seu aparelho de MP3 nos ouvidos.

My god, my tourniquet, return to me salvation.

De imediato, algo que de fato merecia o nome de barreira de som se levantou entre eles. Atrás dessa parede de música se estenderam, desde sempre, paisagens que, pouco importa o que acontecia no mundo, ficavam intocadas como um tapete de neve que acaba de cair. E através dele o Volvo deslizava sem aderir de fato ao solo.

Am I too lost to be saved? Am I too lost?

Assim como estavam sentados ali, dois adultos na frente, atrás uma mocinha jovem no típico colete acústico à prova de balas da juventude, eles poderiam passar sem mais nem menos por uma família a caminho das férias. Por um momento, Ada manuseou essa ideia, experimentou-a como se experimenta uma peça de roupa nova, e depois, quando viu que ela não queria servir, simplesmente deixou-a cair ao chão. As duas pessoas nos bancos da frente eram totalmente indiferentes para ela, e os três juntos não significariam mais do que no máximo um colorido cartaz de propaganda. Seja bonito. Viva feliz. Nós ajudaremos nisso. Ada puxou uma faca afiada dos dois lados, fez de conta que tinha uma cimitarra nas mãos e dividiu a cabeça da Sra. Smutek em duas como se fosse um melão maduro, fazendo com que seu conteúdo aquoso e rosado espirrasse sobre os apoios de cabeça dos bancos, o painel e o ombro direito do Sr. Smutek, mal a casca havia sido rompida com um estalo. Fragmentos e sumo vermelho escorriam na parte interna dos vidros. Com Smutek ela fez o mesmo, afastou, a fim de abrir espaço, a pele que ainda unia a cabeça ao resto do corpo e os cordões de músculo do coto do pescoço e assentou as cabeças de seus verdadeiros pais nos lugares agora livres. A mãe olhou, severa, para a frente, o penteado negro de pajem parecia ter sido firmado em gesso ao lado da cabeça já grisalha do general de brigada, que balançava ao sabor de um discurso espirituoso. E, uma vez que Ada não sentiu nada diferente de antes à visão imaginária das cabeças de seus pais, decepou-as também e deixou o casal Smutek conduzir seu carro de família em paz.

Now I will tell you what I've done for you. 50thousand tears I've cried.

Durante as horas de aula no Ernst Bloch, Ada costumava perpassar as fileiras de colegas e decapitar cada um deles do mesmo jeito com sua cimitarra, assim como um jardineiro colhe aquilo que antes plantou. O pensamento sobre o que os psicólogos, funcionários do Ministério e jornalistas iriam dizer se uma fantasia dessas lhes chegasse aos ouvidos a fazia sorrir: ERFURT.

Ada jamais havia jogado Counterstrike e praticamente não via mais televisão desde que se tornara adulta demais para o programa *Sendung mit der Maus*. Ela não se sentia louca. Também não se sentia normal em demasia, o que teria parecido muito mais suspeito. Ainda que desde o episódio do soco-inglês pensasse que a princípio era capaz de quase tudo, ela não planejava algum dia decepar a cabeça das pessoas na vida real. Depois do massacre de Erfurt, ela havia sofrido por semanas sob a sensação de saber de uma verdade que além dela ninguém entendia. O fato de não ter à sua disposição nenhuma coluna de jornal, nenhum espaço na TV e nenhuma janela de 20 segundos nas notícias radiofônicas, foi como uma fita adesiva tapando sua boca. Ela se consolou em saber que assim como ela a maior parte da humanidade não tinha espaço para se expressar. Espaço de expressão existia apenas para aqueles que tinham sempre a mesma resposta pronta para dar diante de qualquer acontecimento: "Nós estamos chocados e profundamente comovidos, e esperamos que o governo faça alguma coisa."

E assim a verdade não era ouvida. Não era dito que a nação tinha motivos para se alegrar. Que havia ensejos para júbilo por toda a República, e até mesmo para o estabelecimento de um feriado nacional que homenageasse o fato de assassinos como aquele de Erfurt não colherem vidas mundo afora com mais frequência. Apesar da porção de rato com a qual tinha de se vegetar naquele país, apesar dos pedagogos de PH neutro, que não possuíam, eles mesmos, nenhum dos valores que um dia tiveram a tarefa de propagar, apesar do eterno mal-entendido entre liberalismo e indiferença, apesar de uma população cuja preocupação principal consistia em irritar-se mutuamente, todo mundo conseguia viver dia após dia em relativa paz. Ninguém agradeceu por isso. Ada pressionou o corpo contra o banco afundando ainda mais nele, o calor do corpo estendeu um confortável saco de dormir a sua volta.

O bem-estar foi perturbado pela pergunta de se e como ela encontraria oportunidade de correr no albergue rural do colégio. Trancada com tantas outras pessoas, o importante seria garantir distância com atenção redobrada, e administrar a fuga diária com cuidado, caso não quisesse se incomodar.

Don't want your hand this time, I'll save myself.

A fim de se distrair, ela prendeu uma faca utilitária à perna, foi com Alev à cidade e deu de cara com um banco no último ato de um assalto fracassado com reféns, que ela levou a final feliz depois de um ataque arrojado, que fazia troça de qualquer plano razoável. E, uma vez que o ataque funcionara melhor do que se esperara, ela fez a cena rodar mais duas vezes e enriqueceu o cenário com detalhes sempre novos, até que na terceira vez, por causa do calor surpreendente, ela vestia uma camiseta bem curta, que expunha seus braços fortes e seus ombros aos olhares admirados dos presentes. Depois de ela ter lançado a frase dramaturgicamente decisiva: *Come on guys, I'm a moving target!*, percebeu que Smutek havia virado o retrovisor interno e lhe lançava olhares de revés. Um termômetro digital no painel do carro media a temperatura da superfície da estrada, e o mostrador tremulava no vermelho entre zero e 1 grau. A Sra. Smutek dormia apoiada ao vidro da janela do carona, faces e cabelos tremiam com os abalos que a estrada e o Volvo transferiam a ela. Apenas Smutek sabia por quanto tempo já estava vigiando Ada assim. Quando ela levantou as mãos para os ouvidos a fim de tirar os fones, ele repôs o vidro às pressas na posição correta.

No mesmo instante a placa indicando o lugar passou voando por eles: DAHLEM. Eles estavam quase chegando.

Enfim se chega à Viena da Renânia do Norte-Vestfália e se sai a passear. Nem todos tomam parte

A resposta de Teuter à ideia de Viena, Musil e uma viagem aos salões do princípio do século XX não havia exigido mais do que 20 segundos.

Não, claro, o senhor já ganhou a quadra de esportes, e isso eu não vou poder lhe tirar. Mas o senhor pode ter certeza de que de hoje em diante, por toda a eternidade, vou tirar toda e qualquer linguicinha do seu grill. Para um comunista talvez seja difícil de compreender, mas este colégio é um empreendimento econômico!

Smutek mais uma vez estava em pé diante da porta antes de entender ao certo que já havia entrado. Höfi recomendou que ele não se irritasse. Dahlem era interessante. O lugarejo tinha, foi o que ele disse, textualmente, certos efeitos sobre seus hóspedes. E ele tinha de saber disso já que viajava para lá pela sexta vez.

Uma vez que o Volvo estava lotado até o teto na parte de trás, e Ada não podia se permitir ser surpreendida na atitude baixa de conceder sua ajuda pelo ônibus que chegava, ela percorreu o trecho entre o porta-malas e o hall de entrada três vezes mais do que a Sra. Smutek, que caminhava devagar e carregava os objetos um a um. Oito volumes de ilustrações sobre Viena. Cartões-postais que mostravam Viena de dia. Cartões-postais que mostravam Viena à noite. Schönbrunn, o Anel da Ópera e a Estação Ferroviária Sul. Livros de Schnitzler, Freud e Ernst Mach, com os quais nenhum aluno jamais viria a se ocupar. Klimt e Schiele em papel DIN A3. Bombons Mozart e a Valsa do Danúbio. Ambicioso, Smutek havia juntado tudo que foi capaz de encontrar; ele transportava uma grande cidade a uma pequena, e era todo esfrega mãos de tanta felicidade quando saiu correndo de casa depois de cumprimentar os hospedeiros a fim de ajudar a carregar as últimas peças. Ele inspirou profundamente para dentro dos pulmões o cheiro que vinha das florestas e que denotava o inverno se aproximando.

Ada acabara de escolher um quarto qualquer e ocupara uma das seis camas quando o ônibus escolar esvaziou seu carregamento como uma vagem explodindo na entrada coberta de pedra britada. Segundo as leis não escritas da filiação a um grupo, os alunos conseguiram se reunir sem dificuldades em moléculas sociais de seis unidades, divididos conforme o sexo, a importância e a beleza. A pequena aventura "mudança de lugar" berrou em múltiplas vozes pelos corredores, depois ficou tudo em silêncio, e os que sobraram começaram a pingar no quarto que Ada escolhera. Ela estava deitada na cama com um livro nas mãos, e conseguiu continuar sendo a *outsider* que era, mesmo entre *outsiders*.

Durante o passeio da tarde, ela ficou nas proximidades de Höfi, caminhou ao lado dele mantendo alguma distância, ficava por perto escarafunchando com os pés quando ele falava com Smutek, e ria alto assim que ele contava uma piada. De Alev pouco podia ser visto. Ele andava por aí com alunos do internato, fumava e conversava, e sempre já havia sumido quando Ada procurava seu rosto anguloso com os olhos.

Höfi falava muito. Ele conhecia as árvores pelos nomes, via sobejos de uma batalha histórica em todas as colinas, identificava as crateras de bombas não detonadas na floresta e, de passagem, examinava todos os que se aproximavam dele a fim de ver em que medida conheciam os detalhes de questões históricas. Só quando Ada chegava perto demais, ele batia na direção dela de mão espalmada como se estivesse tentando atingir um inseto importuno, e em uma das vezes a acertou em cheio na parte posterior da cabeça, fazendo as franjas louras de seus cabelos voarem sobre as orelhas pela direita e pela esquerda.

— Some daqui! — ele gritou, em vez de pedir desculpas. — Vai te misturar aos jovens. Tu fazes parte de um grupo marginal, aproveita a merda da viagem pra te integrar, de uma vez por todas.

— O senhor — gritou ela de volta — opõe resistência ferrenha a meus esforços.

— Nós somos professores — ele disse. — Segundo teu ponto de vista, carentes de rosto e por assim dizer mortos. Vai e brinca com as outras crianças.

— As outras crianças — disse Ada — se queixam, pretensamente contra o excesso de esforço físico, e fazem piadas querendo saber se por esse caminho pelo menos chegaremos a Bitburg.

Höfi havia inclinado todo seu tronco para trás a fim de seguir o voo de um gaio com os olhos aguçados. Ada aproveitou a oportunidade para se aproximar, e continuou falando quando ele voltou a caminhar ereto.

— O senhor conhece isso? — E ela colocou um braço sobre a risca de seus cabelos, de modo a fazer a mão direita cobrir a orelha esquerda. Quando Höfi, sem pescoço, tentou imitá-la, as abas do casaco ficaram esticadas abrindo na frente e mostrando parte de uma camisa xadrez. Por um momento seu rosto pareceu desesperado em meio às peças de corpo e de roupa como se fosse um repolho dentro de uma panela.

— Isso qualquer um consegue — disse ele.

— Quando se consegue fazê-lo com cinco anos, pode-se entrar na escola antes do tempo. Se a gente também já sabe ler e escrever, tem menos importância. A coisa principal é alcançar a orelha.

— Precoce e orgulhosa disso?

— O senhor chegou ao ponto.

— E ninguém foi capaz da ensinar à pequena geniazinha que nem todas as crianças são burras?

— Me ensinaram que são bem poucas as exceções.

Com os olhos um pouco abertos em demasia, ela olhou para ele sem vê-lo, até que ele se virou a fim de seguir seu olhar. Em suas feições, podia ser percebido que a compreensão penetrava em seu cérebro como uma agulha de tricô. Às bordas da plataforma que abria a vista ao horizonte, justamente no lugar em que Höfi havia se posicionado na viagem passada para mostrar copas de árvores belgas e luxemburguesas e falar da Segunda Guerra Mundial, estava parado Alev, descontraidamente, entre três adolescentes altos, apoiado a uma chapa de latão, na qual uma rosa-dos-ventos apontava a posição de Blankenheim, Prüm, Malmédy e Verviers. Entre o dedo médio e o anular de sua mão direita, um cigarro esquecido fumava a si mesmo. Seus ouvintes tinham as baganas frouxas penduradas ao lábio inferior, haviam posto as mãos nos bolsos espaçosos de suas calças, e o vento fazia seus cabelos desgrenhados voarem decorativamente de um lado a outro. Alev, pequeno como era, estava firme e ereto como uma árvore sobre dois troncos. Seus ombros aguentariam sem dificuldades o globo terrestre, sem que para isso ele se mostrasse pronto a curvar a espinha para fazê-lo. Com sua postura descontraída, vestindo uma calça bege de terno e sapatos de couro, que apesar dos caminhos embarrados ainda conseguiam estar pretos, ele se adequaria a muitos lugares; ficaria bem nos templos de entrada de uma firma de especuladores da Bolsa em Nova York, nos corredores de um parlamento, ao lado de um campo de futebol, no bar de um cassino, entre as estantes de metal de uma biblioteca universitária. Ele falava diante de seus apóstolos como um pastor em miniatura diante de ovelhas gigantes. Provavelmente estivesse tratando da Segunda Guerra Mundial.

Teso, Höfi se voltou para Ada mais uma vez. Quando ele estendeu o braço para colocar a mão em sua nuca, mais ou menos no lugar onde ele ainda há pouco a havia golpeado, ela inclinou a testa e permitiu que isso acontecesse, e assim o gesto desajeitado acabou adquirindo o aspecto de uma bênção.

— Tu estás sob o feitiço de nossa esfinge masculina — murmurou ele. — Pobre criança. Alma estranha, comburente e perdida. Se eu fosse teu pai, teria te afogado na banheira quando ainda era tempo de fazê-lo.

Com um sorriso radiante, Ada mandou seu próprio rosto de volta à infância. Um cumprimento mais elogioso ele não poderia ter feito a ela, ainda que ela de cara não soubesse o que significava "comburente".

Desse momento em diante, Smutek e Höfi não fizeram mais nada contra a presença dela ali. Ada não tentou tomar parte na conversa, apenas cuidava em não ser deixada para trás, e gostou de ver como no vácuo dos dois homens o sentimento martirizante em relação à presença de Alev empalidecia. O alívio que sentiu fez aumentar o oxigênio do ar. Havia esperanças de superar as 70 horas da viagem que ainda faltavam sem efeitos colaterais irreversíveis.

Em uma clareira na floresta, em cujo meio jazia uma rocha gigantesca, o grupo estacionou. Alev se adiantou e se prostrou ao chão, a fim de fazer uma reverência diante da massa negra da rocha. Depois, ele ficou parado, rindo, entre os outros, e a calça bege mostrava uma mancha de grama arredondada e molhada em cada um dos joelhos. O grupo observou como Höfi se torceu todo para conseguir tirar uma caneta que estava no bolso da camisa, embaixo do casaco e do pulôver, com a qual começou a fazer ranhuras na camada de musgo sobre a pedra.

— Ninguém — gritou Höfi com voz de general em batalha — conseguiu descobrir de onde veio essa rocha e como ela chegou até a clareira. Venham até aqui e toquem nela, vocês haverão de se sentir aparentados com ela: um exemplo da resistência obstinada a todo e qualquer esforço de conhecimento!

Os mais cdfs fizeram o que havia sido ordenado, as fileiras de trás se dissolveram e caminharam pelo prado. Em algum lugar, dois púberes se atracaram aos beijos. Smutek riu fazendo troça e dispensou o resto da turma com um gesto de mão.

— Assim a mais exata entre as ciências humanas festeja suas fronteiras limitadas — ele disse e observou, divertido, seu colega, que se curvou resmungando sobre a parede da rocha como um cirurgião sobre o paciente morto.

— Nós, os historiadores — disse Höfi, quando eles voltaram a se colocar em movimento —, somos até muito aparentados de vocês, abelhudos da língua. Nós somos os literatos do acontecimento universal. — A pausa artificial que sobreveio deu tempo aos ouvintes para anotarem o que ele havia dito a fim de compor uma eventual coletânea de aforismos. — Não faz troça de meus problemas com a realidade! Os pesquisadores das ciências humanas não fazem mais do que ler coisas escritas e transformá-las em novas coisas escritas. Para ser histórico, um acontecimento tem de fazer parte do passado. E quando ele passou, nós não podemos acompanhá-lo, e dependemos obrigatoriamente, pois, de sua transmissão. Nós somos os administradores do correio eterno dos sussurros. Nosso instrumento é a sofisticação.

— Quer dizer então que o acontecimento histórico é um oximoro?

— Isso mesmo. Algo pode ser *ou* um acontecimento *ou* histórico, jamais as duas coisas.

— Belo jogo de palavras.

Eles riram um para o outro. Höfi virou a cabeça para trás como uma coruja, a fim de olhar para o rosto de Smutek, lá no alto, e bateu paternalmente a suas costas. A cada novo passo, seus sapatos haviam ficado mais pesados do barro que se colava à sola, e agora eles levantavam os joelhos ao caminhar como se fossem cavalos de carga.

— Smutek, meu ingênuo amigo — prosseguiu Höfi —, há vinte anos te jogaram ao calabouço por um engano em relação a teu nome. Tu não és uma vítima de teu tempo, não do comunismo, não de Jaruzelski, não da Solidarność, mas sim do engano. Também tua história consiste naquilo que outras pessoas comentam acerca de acontecidos supostos. Exatamente como a política, ela não é nada mais do que aquilo que se fala sobre uma pretensa realidade.

— Olha que em relação a isso eu conheço alguém que pensa diferente.

Uma vez que Smutek havia baixado a voz, Ada se aproximou alguns passos, até quase chutar os calcanhares dos dois homens. A Sra. Smutek, que caminhava um pouco adiante, mostrou seu perfil nobre e deixou claro que também ela não estava ocupada com a paisagem umedecida até a alma, mas sim em escutar.

— Pensam diferente todos aqueles que se acham vítimas da história — disse Höfi, alto o suficiente para poder ser ouvido a uma distância de 20 metros. — Não é possível tomar satisfações à história, ela não é nem acontecimento nem pessoa. Quem suspeita que seu pior inimigo esteja em uma história assim, pode passar a vida inteira em uma paranoia suave e retrospectiva, e nela encontrará tudo o que precisa, sobretudo a medida vitalmente necessária de medo e de amor-próprio. Mas não encontrará senso de realidade, e com certeza também não felicidade.

O braço de Höfi estava, fino e duro, sobre a manopla de esportista de Smutek, que o segurou com força como se quisesse brandi-lo como um cacete contra seu dono. Nenhum sinal de dor ou de apuros pôde ser percebido no rosto de Höfi. As palavras seguintes de Smutek foram ditas menos para Höfi do que para sua própria mulher a ouvir.

— Achas legítimo tornar uma consideração abstrata a medida para condenar teus semelhantes?

— Condenar! — A risada de Höfi ficou mais alta, como uma peça musical antes do gran finale. — Segundo a compreensão democrática, toda a medida de uma condenação *tem* de ser abstrata. É a consequência da proibição de leis para casos individuais. Dito de outro modo: de que nos serviria o abstrato se não como medida para condenações?

Smutek havia perdido algum fio do raciocínio. Höfi enfileirava frases, das quais cada uma, tomada individualmente, parecia acertar na mosca, mas que, juntas, formavam uma estampa colorida que não parecia mais com o mundo do que uma pintura abstrata com os objetos que afirmava representar. Em segredo, Höfi havia batizado esse procedimento de "caleidosofismo". Ele girava uma rodinha e tudo que dera de si se arranjava em novos ornamentos. O método o ajudava a não enlouquecer diante do nexo contraditório entre tudo e tudo.

Uma vez que Smutek não soube mais o que dizer, recolheu-se ao papel de excursionista inocente, que deseja se dissolver totalmente na vivência da natureza. Bem perto atrás deles, podia ser ouvida a respiração acelerada de Ada, que mostrava que ela esperava com urgência pelo prosseguimento da conversa, enquanto a Sra. Smutek havia acelerado o passo, mas não suficientemente para que o que fosse dito não estivesse ao alcance de seu ouvido.

— Consola-te, valente polonês — arquejou Höfi, depois de superar algumas raízes que cruzavam o caminho em diagonal —, a punição justa para toda a perspicácia nos atingirá. As ciências humanas serão extintas, e nós junto com elas.

Mais uma vez Smutek o pegou pelo braço, dessa vez de maneira suave, a fim de ajudá-lo a ultrapassar mais um trecho coberto de raízes. As frases seguintes, disso ele estava convencido, sossegariam sua esposa inclinada às ciências naturais.

— Em nossa sociedade especializada não existe lugar para o espírito universalista. O polímata soa mais como um produto de limpeza hoje em dia, e o pensar em si já não é mais uma virtude, e sim uma perda de tempo. Ele é executado por experts especializados, e desde que é assim, nós reconhecemos a filosofia em toda a sua falta de utilidade. Sejamos honestos, meu caro professor de alemão: que valor pode ter uma ciência, qualquer que seja, que se apoia apenas na língua, se alimenta da língua, digere língua, produz língua e nisso nada mais é do que língua? O que poderá surgir disso? Autoconhecimento? Incesto intelectual? *L'art pour l'art*? Ou um prédio de mentiras, no qual tudo é verdade enquanto se está dentro dele? Será que uma ciência assim não é, antes de tudo, supérflua?

— Queres dizer: desde a descoberta da máquina a vapor.

A ironia por um instante transformou o tamanho físico de Smutek em consequência obrigatória de sua superioridade. O que fez com que ele crescesse internamente a ponto de alcançar o metro e noventa e dois de sua altura foi sua aversão ao pessimismo cultural de caráter profissional. De maneira geral, aliás, ele considerava o pessimismo um pecado ou um sinal de burrice, dependendo de quem era que tinha diante de si.

— Não me preocupo em saber disso com tanta exatidão assim — disse

Höfi. — No princípio era o verbo, no fim, a coisa. Não acredite que escaparemos ilesos, não acredite na criação de comissões cheias de dó para o acompanhamento ético de questões políticas. A única doutrina humana com direito à existência hoje em dia é o... direito. Ele sobreviverá a todos nós.

— Isso me agrada! — exclamou Ada de trás. — Um belo chamado à batalha. Viva iudex!

— Queres estudar direito um dia? — perguntou Smutek, cortês, sem se voltar.

— Não — disse Ada, imitando a voz de uma menininha. — Quando eu crescer vou me tornar genocida. Aí serei pesquisador na área das ciências exatas, e mesmo assim atenderei a uma vocação moral. Eu me especializarei em limpeza *ética*.

Ela correu para longe, passando pela Sra. Smutek, e se fez esconder pelas sinuosidades do caminho em meio à floresta antes que um dos homens pudesse exigir dela uma prestação de contas. Em silêncio, eles seguiram adiante. Eis que a ouvinte muda havia posto um fim na conversa, e com isso emprestado a tudo que havia sido dito um tom por assim dizer Adado. Sobrou o sentimento vergonhoso de que fala e réplica haviam sido conduzidas apenas por causa dela, e que todo aquele espetáculo Settembrini-Castorp havia sido encenado apenas para os ouvidos de uma frangota. Em todo o resto do caminho não queria lhes ocorrer nenhuma observação acerca da cor do céu ou da estrutura da floresta, com a qual pudessem sair das profundidades de seu silêncio pré-hibernal de volta à superfície.

Foram os últimos a chegar ao alojamento, os alunos há tempo haviam desaparecido no prédio. A noite havia tomado o terreno e transformara árvore, moita e casa em membros de um único, escuro e resfolegante ser. A temperatura parecia cair minuto a minuto, e envolvia as cabeças em vetustas nuvens de névoa. Quando Höfi ainda era o único a se ocupar em escovar as solas de seus sapatos sobre o capacho, Ada o tocou no ombro com os dedos, de repente. Ela ficara esperando atrás da esquina do prédio.

— Por que o senhor não trouxe sua mulher junto? Se a bela Sra. Smutek também está participando da brincadeira...

— Já percebi a presença da Sra. Smutek.

— E onde está a sua?

— Sentada em casa.

— E o senhor não considera isso injusto.

— Com certeza. E muito.

— Não contado o fato de a injustiça estar entre suas posturas preferidas... não haveria motivos para trazer sua mulher junto?

— Seria um esforço desproporcional ao resultado.

Enfim Höfi se voltou para ela. Por um momento, os dois duelistas se olharam nos olhos.

— Por quê?

Ele não mostrou a menor emoção.

— Ela está em uma cadeira de rodas. Esclerose múltipla.

Juntos, eles pensaram em sua curta batalha verbal, desde a qual já passara um meio ano. O senhor ama sua esposa? Claro, e muito. O senhor alguma vez já pensou que poderia odiar essa mulher do mesmo jeito? Não.

— Lamento — disse Ada, e estava se referindo a sua observação do passado.

— Não — disse Höfi, que entendeu a que ela se referia. — Que tal se voltasses a tentar te aproximar das outras crianças?

Ele desapareceu na casa, encontrou Smutek no vestíbulo, e bateu entre suas omoplatas de braço erguido ao passar por ele, fazendo com que as costas largas assumissem o papel de corpo de ressonância e ecoassem como um tambor.

Uma crista estreita

À noite, Ada achou que enfim o teria só para si. No refeitório, o lugar ao lado de Höfi lhe havia sido entregue sem luta, o jantar terminou bem rápido, ainda conversaram um pouco, no fundo um aparelho de som tocava, e, em algum momento, Johanna sentou-se sobre uma mesa e cantou tão bonito acompanhando a música de Billy Joel, que Ada sentiu seu coração como um objeto embaixo das costelas. *Honesty is just a lonely word.* Depois todos os outros desapareceram em seus quartos, e eles simplesmente ficaram sentados.

Já durante a sobremesa Höfi havia começado a falar da perda de valores e dos sem-teto transcendentais, e enquanto o fazia fixara o tempo todo seu próprio prato, como se lhe fosse indiferente se alguém estava escutando ou não. Ada deixou-o falar e esperou pacientemente para ver onde ele queria chegar. Sua opinião sobre o tema, que era tão resumida a ponto de encontrar seu lugar em poucas palavras, ela a havia expressado logo no princípio. A necessidade humana de transcendência era uma grandeza estabelecida, semelhante à fome, que exigia uma determinada quantidade de calorias diariamente. Se essa necessidade não era satisfeita, a alma humana perambulava por aí mendigando — e se tornava presa fácil de qualquer apanhador de ratos.

Mas e o que seria uma alma, Höfi perguntou então, recebendo por resposta, que a alma era aquela ambição no homem que queria acreditar que existia um Deus em tudo. Ela mesma, Ada, podia dizer pouco a respeito disso, uma vez que não possuía uma coisa assim.

Höfi torceu a boca em um sorriso do tipo isso-eu-sabia-muito-bem, continuou a tecer suas frases enredadas, e nisso parecia um pássaro criativo, que gorjeia ao léu pousado em um galho, sem precisar repetir qualquer de suas melodias. Ada gozava o ato de apoiar os cotovelos sobre a mesa, ficar metendo a colher em um prato já vazio, e ouvir um homem a cuja inteligência ela dava tanto valor quanto à sua própria. O pensamento em Alev se distanciou do coração e do cérebro como uma dor que diminuiu, e Alev encolheu até adquirir um formato normal, tornando-se o participante comum de uma viagem de curso, na qual como sempre se tratava de quem se interessa por quem e de que maneira.

Até ele adentrar o refeitório. Trazia uma garrafa aberta e três taças de vinho sob o braço, que ele só podia ter conseguido através de relações atadas mui rapidamente com os empregados da cozinha; colocou tudo sobre a mesa e se deixou cair sobre um dos assentos. Ao que tudo indica, sabia que os dois estavam sentados ali.

— Não vou beber um troço desses — exclamou Höfi, encheu sua taça e levantou-a, triunfante. Ele nem sequer fez menção de impedir que Ada com seus 15 anos recém-completos bebesse vinho tinto. Surpresa, ela estava sentada diante de uma larga poça que anunciava travessuras bem-sucedidas, e se perguntava se os gorjeios hipnotizantes de Höfi teriam servido apenas ao objetivo de mantê-la à mesa. Demorou alguns minutos até ela mais uma vez se sentir capaz de acompanhar a conversa.

Da perda de valores eles chegaram à religião. Alev envolvera sua ênfase em panos quentes, que só deixavam ver a camisa de aço escondida embaixo deles quando os movimentos retóricos se faziam bem rápidos. Ele estava sentado, levemente inclinado à frente, a fim de poder olhar de baixo o professor corcunda de história.

Para ele, sempre teria sido impossível aderir a uma confissão. Em sua família, praticamente todas as religiões eram contempladas, quase todas por parte de sua mãe. Segundo suas observações, ninguém lucrava com a crença, nem espiritualmente, nem materialmente, nem intelectualmente. Depois que ele reconhecera que não lhe era recomendável, em razão de sua grande receptibilidade para a força de atração representada pelo poder, se tornar ateísta, havia germinado nele uma nova conjectura. Caso existisse um Deus, que Alev não lograva descobrir no céu sobre sua cabeça, nem na terra sob seus pés ou no intelecto entre suas orelhas, ele mesmo tinha de ser esse Deus. E essa era a prova mais satisfatória da existência divina que ele jamais havia ouvido, e o resultado também se adequava a seu gosto. Ao ficar mais velho, ele pudera reconhecer nas reações de seus semelhantes que ele não incorporava Deus, e sim o Diabo, e isso também já parecia, há algum tempo, mais um mero *dernier cri*.

Höfi era um pensador exercitado, que dividia seu ceticismo igualmente em provável e improvável, e por isso podia acreditar em lugares-comuns como em afirmações descabeladas, ou duvidar de ambos conforme bem lhe aprouvesse. O que mais lhe interessava era a pergunta sobre se o construtor de uma linha de combate levantada com ímpeto também era capaz de defendê-la.

— Se tu fosses Deus — ele disse a Alev —, terias de ser onisciente. E tuas notas escolares depõem contra isso.

— Obrigado pelo esforço em se adequar à burrice natural de um aluno. Mas eu não estava me referindo ao Deus das Bíblias infantis.

— A que então?

— À parte de algo que se aproxima daquela noção que é chamada de "Deus" ou de "Satã" pelos homens.

— Pois bem. Em que ano nasceu Stálin?

— Um momento. Ser onisciente não significa carregar no cérebro um arquivo gigantesco de fatos e fragmentos de fatos. Significa saber onde está localizada a informação.

— Tu terias de ter participado da criação.

— Por acaso o senhor acredita que uma mulher, que tricota um pulôver, depois de terminado o trabalho, sabe determinar exatamente o lugar, a cor e a constituição de cada um dos pontos individuais do tecido?

— Correndo o perigo de mais uma vez confundires minha naturalidade com arrogância disfarçada... eu imaginava o divino e o demoníaco bem diferentes. Não que eu acredite em barbas brancas e pés de bode. Mas em ti eu acredito ainda menos.

— Isso também não é necessário. Deus e o Diabo estão acostumados ao fato de não acreditarem neles. Suas observações não me parecem ser filhas da argúcia.

— Bem observado — riu Höfi —, foram antes filhas adotivas do pensamento.

— Por que, eu pergunto ao senhor — prosseguiu Alev —, a humanidade é capaz de imaginar o divino na forma de um touro, de um cisne, de um excêntrico atirador de raios, de um redemoinho na água ou de uma sarça ardente, por que ela não tem nenhuma dificuldade em acreditar que a divindade é capaz de fazer bebidas alcoólicas da água mais pura, jogar pão dos céus e falar em locuções tolas a um eleito qualquer, ao passo que considera a apresentação de algo divino em figura comum absolutamente impossível?

— Talvez a eloquência um dia faça de ti aquilo que tu hoje dizes ser. Uma proposta amistosa: eu te dou razão na medida em que tu, assim como os exércitos de deuses que apareceram antes de ti, tiras vantagem da impossibilidade de provar a existência divina. E com isso tudo voltará a ficar bem. Compreendido?

— A princípio, sim. Espero que o fato de eu ainda querer dizer uma coisa não impeça a concórdia.

— Fala aí.

Höfi esvaziou a segunda taça de vinho e reprimiu um bocejo. Era visível que ele achava as observações de Alev divertidas, e que se alegrava em dar atenção ao intelecto de um aluno, como ele se batia na mata espessa de veredas labirínticas. Mas do mesmo modo era visível que ele situava a altura espiritual de seu oponente mais ou menos na região de seus próprios joelhos.

— Na última semana, o senhor se mostrou profundamente admirado com esta moça. — Alev apontou o braço esticado para Ada como um advogado de acusação, e seu indicador quase tocou o rosto dela, já que os três estavam sentados bem próximos. — Ninguém consegue dar conta dela. Também ela é uma parcela da versão atual do divino e do demoníaco. Não é verdade, Ada?

Ela se assustou, não pelo título cavalheiresco que de repente a elevava à categoria de essência suprassensorial, mas sim com o fato de Alev dirigir a palavra a ela pela primeira vez depois de semanas de silêncio.

— E então, que tal — perguntou Höfi —, tu incorporas um princípio divino ou satânico?

Não havia saída, caso ela não quisesse levantar a suspeita de ter perdido completamente sua prontidão arguta a responder o que quer que fosse. Falar foi difícil, como se duas línguas e 56 dentes tivessem de achar lugar em sua boca. Uma vez que sua boca e suas mãos estavam livres há meia hora, ela bebera mais rápido do que os outros dois.

— Às vezes eu... — ela disse. Höfi pegou a garrafa pelo gargalo e puxou-a para o outro lado da mesa. — Às vezes eu fico na linha divisória entre as duas pistas de corrida, e ela não é mais larga do que um meio-fio ou do que a listra central em uma estrada vicinal. Coloco pé ante pé sem pisar do lado, sem balançar, sem dificuldades com o equilíbrio. E enquanto o faço imagino que essa linha é uma crista estreita, a cumeada longa de uma cadeia de montanhas, e à direita e à esquerda de mim haveria precipícios de milhares de metros. Imagino como isso pareceria se visto de fora. Um ponto ínfimo, móvel, bem alto sobre a crista de uma parede rochosa.

— Nós abriremos caminho — disse Alev, tirou a garrafa de Höfi e encheu sua taça.

— O que eu quero dizer com isso... — Mais uma vez a língua de Ada ficou presa à fileira dos dentes de baixo. — A vida é um movimento permanente sobre essa linha. Enquanto a gente acredita que se trata de um risco pintado entre duas pistas, caminhamos calmos e seguros. Assim que reconhecemos que se trata de uma crista de montanha que conduz por sobre um abismo sem fim, começamos a cambalear e estamos em perigo de vida.

Ela inclinou a cabeça duas vezes, satisfeita por ter levado a frase até o final sem erros, e pegou a taça de Alev ainda cheia de vinho.

— E tu o reconheceste? — perguntou Höfi.

— Eu sofro de um defeito de nascença — replicou ela. — Falta-me a capacidade de esquecer o abismo. Eu não sei se o senhor caracterizaria isso como divino, demoníaco ou humano.

Depois de alguns segundos de silêncio, nos quais a casa adquiriu voz própria estalando e crepitando, Höfi bateu nos braços deles a fim de obrigá-los a se levantar. Vagarosos, eles caminharam um ao lado do outro pelo longo refeitório. Se Ada não estivesse tão bêbada, poderia ter percebido que aquele era um dos momentos mais felizes de sua vida. Quando chegaram ao fim da escada, lá embaixo, Höfi lhes estendeu a mão, formal.

— Alev — disse ele —, eu quero que leves Ada até a porta de seu quarto. E naturalmente não entrarás com ela. E sejam silenciosos, para que ninguém acorde. Entendeste?

Ada levantou os olhos para Alev, que não era muito mais alto do que ela, e nisso inclinou o tronco para trás como se ele estivesse a grande altura, talvez correndo sobre uma crista extremamente estreita.

— Entendido — ela disse.

Quando se chama Deus e o Diabo, ninguém responde

Na noite seguinte, a temperatura caiu quase 10 graus, e, ao amanhecer, começou a nevar. Ada acordou sentindo uma leve dor de cabeça, levantou e foi à janela antes que qualquer das outras meninas abrisse os olhos. Outono e inverno eram as melhores estações do ano, *moja ulubiona pora roku*, conforme Smutek dizia, isso ela havia guardado. Quando a natureza morria, o homem podia se sentir vivo. A neve e o silêncio, o balanço das folhas caindo, animais moribundos, frio e céus baixos não exigiam uma vida feliz de cartão-postal, que de resto aliás ninguém levava.

Por um momento ela observou suas colegas de quarto dormindo. Se a vida era uma crista de montanha alta e estreita, então aquelas meninas estavam sentadas bem embaixo e nem sequer voltavam os olhos para cima. Ada sorriu, coisa que fez a dor de cabeça aumentar. A crista alta havia agradado a Höfi, ela percebera isso nele.

Em silêncio, Ada procurou calça e blusa na sacola e vestiu ambas sobre a pele nua. Lá fora, os flocos caíam com tanta lentidão como se alguém tivesse mexido na gravidade durante a noite. Também os passos de Ada não exigiram o menor esforço, ela adejou como se estivesse sobre travesseiros de ar em direção à entrada do recinto e ao deixar o terreno sentiu como o albergue quente, confortavelmente iluminado, ficava para trás. A distância em relação às larvas dormindo em crisálidas penugentas aumentava a cada passo. O ar cheirava a fogo de lenha e espigas de milho.

Por 1 quilômetro, a estrada corria entre campos vazios e enlameados. Ada tomou a primeira bifurcação esperando alcançar a floresta, mas foi parada pela cerca de um curral, no qual vinte pôneis se encontravam em pé uns junto dos outros a um canto. Quando ela subiu por sobre as traves, ouviu os relinchos fracos de um pônei branco e sujo. Enquanto ela se aproximava, uma cabeça após a outra saltou ao alto, patas fortemente armadas de ferraduras socaram a relva molhada, orelhas de veludo de todas as cores brincaram nervosas, e por fim repousaram frouxas sobre os crânios. Ada começou a correr. Isso açulou o rebanho, ele pareceu se levantar um pouco no ar como um bando de pássaros gigantescos e se mandou galopando. Chamando e sacudindo os braços, Ada correu diagonalmente sobre o terreno vasto, embriagada pela ideia de em poucos segundos ser abatida como um cão selvagem por um caçador. Quando se cansou da brincadeira, sentou sobre a barra mais alta do cercado, cuidando para evitar o fio amarelo que ela não sabia se estava carregado de eletricidade ou não.

Retroativamente, a noite passada se fazia bem mais clara diante de seus olhos. Excepcionalmente, sua memória estava funcionando de maneira excelente, ainda que as frases que ela apresentava não fizessem muito sentido. Como é que Alev podia afirmar a sério ser o demoníaco ou parte do demoníaco? Será que ele exercia a bateção de lata cansativa da busca de identidade, da qual Ada havia desistido depois das primeiras tentativas mais ou menos sérias, convencida de que nessa busca não havia nada de importante a ser encontrado?

Ela fechou os olhos e tentou ganhar altura no vento térmico de seu raciocínio, a fim de observar bem do alto tanto a Alev, quanto a ela mesma e à questão que dizia respeito ao que ele queria dela. Quando voltou a abrir os olhos, um pônei havia se aproximado, e logo deitou o focinho em suas mãos unidas em forma de tigela. Suave e morna era sua respiração. As mãos estavam vazias, o animal se virou. Ada não sabia se algum dia já havia tocado o focinho de um cavalo. Talvez quando criança. Ela não sabia como aquilo era agradável. Agora era demasiado tarde, ela levaria uma vida sem cavalos, provavelmente também sem gatos e sem cachorros.

Caso fôssemos, assim como um grego antigo, acostumados a não precisar de um demônio porque os deuses possuíam suficientes traços humanos, seu chefe era o maior entre os criminosos, e não eram poucos os caminhos que levavam ao Olimpo e também saíam dele, a afirmação de Alev mal teria causado surpresa, e na melhor das hipóteses despertaria o desejo de ser provada. Mas quem havia crescido em solo cristão, e desse grupo Ada excepcionalmente não excluiu a si mesma, tivera a divisão entre bem e mal transformada em sua carne e seu sangue, e sempre consideraria qualquer um que anunciasse ser uma síntese personificada de Deus e do Diabo um louco. Isso era certo.

Ela inspirou alguns litros de ar cheirando a cavalo, úmido de relva e ausente de enganos. Não menos certo era que sua necessidade de levar Alev a sério não era um produto da racionalidade, e sim do instinto. Desmascarar as encenações dele era de tal modo fácil, que uma tentativa não faria o menor sentido. Quando ela saltou da cerca, os pôneis mais uma vez levantaram as cabeças, olharam em direção a ela e depois se voltaram mais uma vez à grama. Ada passou bem perto deles, sem que eles fizessem nova tentativa de fugir. A caça de antes, era o que parecia, não havia sido nada mais do que um jogo.

À tarde, a programação previa a escalada de uma montanha, durante a qual Ada teve tempo suficiente para investigar Deus e o Diabo tateando e sussurrando. Alev era apenas um movimento no horizonte, que sempre escapava à vista antes de ela conseguir focar os olhos, e Höfi não revelou em nenhum gesto visível que reconhecia nela a menina com a qual havia passado uma hora de vinho e conversa na noite anterior. Todos queriam ser deixados em paz, e Ada achava bom que fosse assim.

Ela se deixou ficar no fim do cortejo, que subia a custo o ziguezague de um dos lados da montanha e pisava com tanto cuidado como se fosse necessário evitar fazer cócegas na rocha. O cascalho sob os calçados estava liso da neve lamacenta, e o corrimão de madeira junto à parede da rocha se mostrava podre em vários trechos. Smutek e sua mulher vestiam abrigos leves de esqui, de cores diferentes, mas, conforme podia ser visto logo, do mesmo modelo. Os andares inferiores do teto de nuvens que pairava sobre eles foram alcançados mais rápido do que se esperava. Rolos de névoa passavam voando apressados, como só se os via em outras situações da janela de um avião. Ada manteve uma distância regular das costas de neoprene vermelho da Sra. Smutek, e sentiu-se maravilhosamente só, envolta apenas pela água em seus diferentes estados físicos. Também a esbelta mulher diante dela caminhava sozinha há um bom tempo. De quando em vez, ela parava, esticava os ombros para cima e se curvava à frente como se quisesse observar algo muito pequeno no chão diante de seus pés. Ada estava demasiado ocupada para contemplá-la mais detalhadamente. Invocou Deus e o Diabo dentro de si e não obteve nenhuma resposta.

A fada de gelo em seu banho noturno

Nada indicava que seria em uma quinta-feira. Longe das ocorrências regradas das cidades, longe do cotidiano escolar, do jornal matutino e das notícias televisivas à noite, os nomes dos dias da semana perderam sua importância com tanta velocidade, que todo mundo se perguntava se eles algum dia tiveram o direito de carregar a designação pela qual eram conhecidos. O tempo saltava para fora de seu corpete, se estendia e se esticava conforme a vontade, e fazia com que a suposição de que haviam chegado a Dahlem havia apenas um dia e meio parecesse apenas um truque tolo-insolente da capacidade de recordação. Em tempo sentido, haviam passado duas semanas desde a chegada, e Ada já começava a considerar sua vida comum algo indigno de crédito. Com um pouco mais de experiência, ela teria reconhecido na pronta perda de plausibilidade da própria origem, um talento bem atual para a vagabundagem. Mas, sendo como era, ela considerou o efeito uma consequência da solidão inabitual entre pessoas, que se caracterizava, diante da habitual solidão sem pessoas, pelo gasto de energia sensivelmente mais alto.

Por volta das 10 horas da noite, Smutek finalizou os preparativos para um passeio fictício pela cidade de Viena. Nas diferentes salas da casa, grupos de alunos preparavam a apresentação de lugares turísticos e, oximoro aqui e lá, de importantes acontecimentos históricos, pintavam paredes, ensaiavam cenas dramáticas, colavam fotos e cartões-postais nos tabiques. Ada havia pedido, devido à falta de capacidade para o trabalho em grupo, para decorar um trecho de Musil e apresentá-lo. Quando Smutek dispensou os alunos com voz alegre e movimentos generosos das mãos, ainda se revolvia dentro dela um rolo de pensamentos não pensados até o final, de modo que a expectativa de passar a noite seguinte entre cápsulas humanas de conteúdo desconhecido lhe parecia insuportável. Sem que alguém a visse, ela chegou ao hall de entrada, calçou os tênis e fugiu para a liberdade.

O ar noturno estava fresco e claro como a água. A fim de não se perder, Ada foi pelo caminho que já percorrera na excursão durante o dia. Ela respirava profundamente, inspirando pelo nariz e expirando pela boca, e a floresta inteira com seus habitantes em pele e couraça, com sua neve asperamente congelada, suas plantas encurvadas, seu musgo esponjosamente úmido e suas cascas de árvore amolecidas ficou registrada em sua língua como um gosto peculiar. A lua fazia sua própria sombra se adiantar ao papel de batedora. Depois de alguns minutos, Ada sentiu que o calor vindo de dentro a aquecia, uma nuvem de vapor a envolvia, a terra se mostrava flexível, as árvores à beira do caminho se dissolviam em massas negras, se aproximavam umas das outras e se davam as mãos lá em cima até obscurecer a lua. Atrás de Ada a escuridão se fechou em paredes à prova do olhar.

Quando uma clareira se abriu a sua direita, ela diminuiu o ritmo e por fim parou. Durante o passeio do dia, ela havia visto o lugar da estrada e imaginado como seria vir à noite até ali. O cenário estava como que pronto para as cenas de um filme de fantasia, um ponto de encontro para lobo e coelho se aconselharem acerca da essência das coisas, um gramado seguro para os filhos de elfos, além do alcance de seus pais, palco para a apresentação de fontes falantes e cogumelos pensantes de grandes chapéus marrons. A relva era baixa como se fosse cortada regularmente. No meio, havia um pequeno lago do tamanho de um campo de hóquei, envolto por árvores paradas em grupinhos como times discutindo suas estratégias para os próximos minutos do jogo. A superfície do lago estava congelada e pálida e coberta de neve.

Ada atravessou a vala ao lado do caminho e arrancou os espinhos dos ramos secos de amora que haviam se prendido a sua roupa com tanto cuidado como se eles fossem as mãos de seres minúsculos. Percorrendo a clareira em diagonal, ela seguiu um rastro pouco nítido, que de primeiro considerou ser o da trilha pouco visitada de animais selvagens, e de súbito se viu diante de um espetáculo que penetrou na central de comandos de seu sistema nervoso e a pôs totalmente fora de combate por vários segundos. Impossível chegar a um pensamento, quanto mais encaminhar um movimento. Ela estava em pé, silenciosa, no prado iluminado pela lua, e olhava. E não estava sozinha.

A segunda pessoa estava no lago, generosamente emoldurada pelas bordas de um buraco em forma de estrela. Ela apoiava os braços sobre a beirada da cobertura de gelo como se fosse o parapeito de uma janela, e tinha o corpo imóvel pendurado na água. Ada viu a natureza do perfil, percebeu que ele mantinha os olhos abertos e dirigidos ao vazio, e acreditou perceber um sorriso... As comissuras da boca estavam nitidamente viradas para cima. Ela havia surpreendido uma fada de gelo em seu banho noturno.

Quando passou o tempo necessário ao juízo e aos sentimentos para chegarem a um acordo em momentos de choque, Ada reconheceu a linha reta de rastros de pés sobre o gelo coberto de neve. As quinas denteadas do buraco haviam sido originadas por diversas tentativas de se alavancar para fora da água, apoiando os braços ao gelo, que a cada tentativa voltara a quebrar. Com poucos passos, Ada chegou à margem e chamou a sílfide. Nem o menor reflexo de algum movimento se desenhou no rosto branco, demoniacamente aberto em um sorriso da Sra. Smutek.

Enquanto Ada tirava casaco e pulôver e desatava os cadarços de seus tênis, refletiu se era Deus ou o Diabo que a obrigavam a pular para dentro da água congelada sob uma temperatura negativa. Além de medo e excitação, e um coração que se debatia duramente contra as paredes de sua caixa torácica, Ada sentia uma espécie de entusiasmo, que apenas o Diabo poderia ter originado. A situação bem logo e de forma indubitável a coroou déspota de seu Estado-Eu. Suas ordens, ela as deu agudas e inequívocas, tirar os tênis, manter a calça, respirar vagarosamente, e ela constatou satisfeita que o corpo, igual a um soldado bem treinado, correu ao encontro do perigo sem titubear. Deus teria recomendado utilizar um ágil par de pernas para voltar correndo ao albergue a fim de buscar ajuda, e Deus, como sempre, teria chegado tarde demais. Ada se jogou ao chão, rolou como um cãozinho novo o corpo quente sobre a neve, a fim de amenizar o pavor térmico que teria diante de si, se colocou de pé, saltitou algumas vezes sem sair do lugar e correu pela margem íngreme do lago e depois sobre o gelo.

Já depois de 2 metros, sentiu que a dureza da cobertura sob seus pés cedia. A Sra. Smutek havia adentrado a poça pelo outro lado, pesava menos e havia chegado bem mais longe. A velocidade conseguiu carregar Ada mais alguns passos sobre o fundamento a se estilhaçar, depois o gelo se rompeu definitivamente e ela afundou. A água a recebeu com choques elétricos por todos os lados; impossível decidir se ela estava fervendo ou se era fria, e essa incerteza era mais fácil de ser suportada do que o choque térmico que ela havia esperado. Ada ainda sentia o fundo do lago sob os pés, mas saltitou e se jogou algumas vezes com o tronco contra a superfície a estalar e a cantar, que cedia de imediato e depois nadava sobre o lago em torrões finos. Quando a água não dava mais pé, as pernas começaram automaticamente a fazer pequenos e agitados movimentos de natação, enquanto os cotovelos se lançavam à frente e abriam uma faixa negra na superfície clara. Ela atravessou o buraco denteado com os espasmos rápidos de alguém que não sabia nadar, acompanhada do balanço e do tinir incomodado dos pedaços de gelo a sua volta.

Um segundo antes de enfim conseguir tocar a mão estendida da Sra. Smutek, ela se perguntou pela primeira vez como conseguiria levar para a terra um corpo tão apagado. Desde que o primeiro contato com a água havia feito a raiva se levantar dentro dela, o frio sugava sem parar a energia de seus braços e pernas, confundia os sentidos e tocava com seus dedos suaves diretamente no cérebro. Ora, relaxa, deita-te, eu vou te carregar, vai ser tão bonito. Um instante depois, Ada havia alcançado a fada de gelo, levantou um braço da água, bateu no ombro dela e sentiu a resistência leve e abrupta da matéria congelada, e embaixo dela um membro que estava frio e duro como uma pedra. Com um movimento cheio de vagar e bondade, a Sra. Smutek virou a cabeça, mostrou um rosto venturosamente paralisado, e voltou os olhos sob as pálpebras semicerradas para a direita e para a esquerda, sem ver nada.

— *Nie wiedzialam, ze to tak latwo* — ela disse, e sua voz soava normal de um jeito quase ridículo.

Ada não entendeu, sabia de antemão que a outra, falando na sonolência, jamais se lembraria de qualquer das palavras que dissera, e deixou a frase se perder. Agarrou o tronco esguio com ambas as mãos e puxou-o para a água, afastando-o da cobertura de gelo. A Sra. Smutek afundou e logo voltou a aparecer, sorridente, na superfície, os cabelos negros lisamente penteados pela água.

— Nada — berrou Ada no ouvido dela. — Vamos, nada!

E também a Sra. Smutek ouviu como um bom soldado. Ela nadou, obediente, com movimentos ziguezagueantes e automáticos, cabeça a cabeça com Ada, como se estivessem ambas presas ao mesmo sistema nervoso. Ada continuou falando a fim de não perder os sentidos, falava com elas duas como se fossem uma só pessoa, assim está bem, muito bem, boa menina, nada, simplesmente nada, maldição, nada...

De medo de romper o fio que as unia, Ada não ousava tatear o chão com os pés, mas sim nadava adiante, até que arranhou a barriga nas pedras já perto da margem e conseguiu agarrar as plantas do solo com as mãos. Ela chegou à terra, a Sra. Smutek ficou deitada, pálida, na água, como um réptil morto, e Ada percebeu que ela devia ter corrido à floresta vestindo apenas uma blusa fina, calça de pano comum e sem calçados. Em nenhum lugar, à beira, podia ser vista alguma peça de roupa que não pertencesse a Ada.

Agarrando com uma das mãos os cabelos negros e encharcados, e pegando-a sob os braços com a outra, Ada puxou a Sra. Smutek à terra. A ligação havia sido interrompida; nadar havia funcionado, ficar em pé não. Ada caiu sobre os joelhos e carregou a fada gélida, que de repente se fazia pesada como cinco homens, sobre seus ombros; os longos cabelos chegavam às coxas e colavam à pele como plantas aquáticas nas rochas da margem quando a maré está baixa. Ada conseguiu arrastá-la alguns metros, socou o chão, inflexível, seguindo seus próprios rastros, e, de tanto esforço, sentiu que se aquecia. Quando não conseguiu mais seguir adiante, elas estavam no meio da clareira, uma seminua abraçando o peito da outra, vacilando e sussurrando, testa a testa como um casal de amantes alucinado. Ada deslocou o peso a fim de livrar o braço direito, levantou-o e começou a bater na Sra. Smutek, sempre no rosto, uma vez, várias vezes, ora com a palma, ora com as costas da mão, e a cada golpe ela se sentia melhor, até que a Sra. Smutek soltou um gemido e tentou se virar.

— Anda — berrou Ada —, anda!

E ela andou, ela correu. Em pernas que mal se deixavam controlar, em passos cambaleantes como se fosse uma marionete libertada das cordas que a prendiam, pesando imensamente com seu braço sobre os ombros de Ada, sempre de novo caindo e levantando para ser arrastada adiante. Assim elas passaram pela vala, assim elas chegaram à estrada, e assim desceram a estrada. Ora conseguiam avançar melhor, ora pior, e nesses momentos Ada berrava com ela, batia nela, escoiceava-a com seus pés nus e golpeava-a como se fosse um animal semimorto obrigado a avançar mais alguns metros.

O albergue estava à vista, quente, a porta de vidro da entrada iluminava esperanças. Reunindo as forças ainda disponíveis, Ada jogou a si mesma e à outra em direção à luz, a porta se abriu em um solavanco, a claridade chamuscou os olhos, uma falange de sapatos de alunos se interpôs no caminho. A Sra. Smutek caiu ao chão fazendo estardalhaço. Cheiro de gente. Casacos nos cabides. Por um momento, Ada quis estar mais uma vez na floresta.

Ela contraiu o corpo para um último esforço e gritou, e, uma vez que não lhe ocorreu nenhuma palavra a dizer, ela gritou o que gritara ainda a pouco: anda!, esticando a palavra em tom uivante, anda!, até que a escada no fim do hall de entrada começou a ribombar e Smutek apareceu em seu campo de visão de baixo para cima, primeiro as pernas, depois os quadris e o tronco. Atrás dele Höfi, com os olhos vidrados de horror.

A Sra. Smutek desapareceu, levantada ao ar, e Ada, que há tempo caíra sobre os joelhos, resvalou ao chão de todo e ficou deitada durante minutos sobre o capacho. Insubordinação. Em seus braços e pernas havia apenas geleia sem ossos. Höfi, que não conseguiu erguê-la, ficou agachado ao lado dela, passeando os dedos adejantes sobre seu rosto, e quando algo quente pingou em suas faces, ela compreendeu que ele estava chorando, encolhido como sobre uma criança morta, lamentando um infortúnio distante ou sua própria fraqueza, e desenrolando coisas que ela não entendia. Quando Smutek apareceu mais uma vez, Höfi havia ido embora, desaparecido como um fantasma, e Ada pairava bem alto acima do chão, e olhava direto ao queixo de Smutek, a essa ameixa gêmea carnuda e dividida ao meio.

— Obrigado — sussurrou ele, enquanto a carregava nos braços através da casa. — Eu te agradeço muito.

— Não foi ao senhor que eu ajudei — disse Ada —, mas à sua mulher.

A voz soava como sempre, Ada a reconheceu sem mais como sendo sua, mesmo sem saber como e com que ela era produzida em seu corpo. Smutek parou, e a olhou no rosto à queima-roupa. Não contada a palidez artificial, ela não parecia doente, mas fria e arrogante mesmo naquela situação. Smutek sentiu despertar em si a resistência do alemão contra toda espécie de sentimentalismo, e lutou contra a nostalgia do polonês por elevações, nas quais se pode subir, e profundezas nas quais se pode mergulhar. Por um momento, não soube o que fazer, teria gostado de beijá-la ou de chamá-la à ordem com severidade, e por fim seguiu adiante, abrindo portas a pontapés, e só voltou a falar quando estava diante da última.

— Ok, Ada — disse ele. — Com isso quero te agradecer em nome da minha mulher.

Ela acenou, concordando: ok. Por todos os lados havia um denso vapor de água, paredes azulejadas nas quais os regatos de líquido condensado corriam abaixo, uma janela negra e embaçada; lá fora, por certo a noite. Eles se encontravam em um dos banheiros do andar superior, onde dormiam os empregados da vigilância.

Smutek a depôs sobre a tampa da privada e lhe tirou as meias, elas estavam endurecidas do gelo e caíram como tábuas sobre o azulejo. Livrou-a da calcinha, puxou seu sutiã, e Ada já se debatia antes de ele erguê-la mais uma vez nos braços. Quando um ombro ficou a seu alcance, ela o mordeu. Smutek lançou um gemido contido à força, e mesmo assim deitou Ada vagarosa e cuidadosamente na banheira. A água quente doeu como óleo fervente, mais insuportável do que tudo o que acontecera até então. Ada acreditava que continuava a gritar quando há tempo já silenciara, dominada pela dor, pronta a perder os sentidos, quando disse ainda uma coisa: Vá pegar meus tênis, por favor, eles ainda estão lá fora... E por fim também ela se foi...

O dia seguinte traz um pacto com No-thing

Na manhã seguinte, as coisas estavam para lá de desagradáveis. Da visita do médico da emergência e da noite que passara junto com a Sra. Smutek em uma cama de casal, Ada não conseguia se lembrar o mínimo que fosse. Quando acordou, estava deitada sozinha debaixo da coberta, e encontrou dois seres de borracha obscenos e flácidos a seu lado, que afastou de si enojada: bolsas térmicas já frias. Logo em seguida, ela vislumbrou o semblante de Smutek meio metro acima de si e associou o rosto a um sol sorridente, que outrora devia estar pendurado na condição de caixinha de música sobre sua cama de criança e da qual, conforme agora acreditava, ela sempre tivera medo. Aquela Dahlem transformava a recordação em uma verdadeira praga. Era tempo de fugir dali.

E então, como está, tudo certo, ok, sim, a Sra. Smutek também está ok, maravilha.

Ada se enojava com a proximidade dele como se tivessem cometido um crime incestuoso na noite anterior. Enrolada em um lençol, ela correu para fora do quarto e depois ao longo do corredor.

Ao lado de sua cama, o material esportivo estava deitado sobre o aparelho de calefação, tudo limpo, estendido, e já quase seco. Seus tênis, que estavam ajeitados sobre um jornal, Ada teria preferido beijá-los, tanta foi a alegria do reencontro. Ela viu Smutek diante de si, como ele, seguindo seus passos na neve, correra pela estrada da floresta encontrando a clareira na qual os rastros e uma cobertura de gelo destruída contaram tudo o que havia se passado. Ela não acreditava que ele havia mandado um aluno fazer o serviço. Era esse, pois, o seu jeito de lhe agradecer, e ela quase lamentou ter pensado na caixinha de música sorridente ao vê-lo.

O quarto estava vazio e artificialmente silencioso, as paredes nuas e duras demais para poderem ser atravessadas por um corpo humano, a porta trancada de um jeito que bem podia significar "para sempre". De repente, Ada sentiu falta dos braços de Alev. Ela teve vontade de correr mais uma vez para fora, a fim de esquentar seus dedos em focinhos de cavalo; vestiu roupas de baixo e já procurava um jeans limpo quando ouviu batidas cautelosas à porta. Era Höfi. Ada sorriu aliviada para ele.

— Eu dei ordens para que fritassem alguns ovos. Além disso, pensei sobre aquilo que disseste na noite de anteontem. Isso da crista estreita da montanha. Veste tua roupa de uma vez por todas.

Durante o café da manhã tardio no refeitório às moscas, ele falou pouco e observou como Ada liquidou cinco ovos estrelados, sem pão e com muito sal.

— Vamos esquecer aquela história — disse Ada quando terminou. Höfi não se manifestou.

— Duas pessoas que, cada uma sobre sua linha, correm de mãos dadas pela vida afora, formam, juntas, um quadrúpede, e não cairão, mesmo que saibam do abismo a seus pés. Esta é minha resposta a teu problema. — Ele tocou o cotovelo dela e desapareceu, sem levar o prato vazio para a cozinha.

Ada passou o resto do dia no quarto, ficou deitada na cama, vestida, leu, olhou pela janela e gozou o silêncio, enquanto por todos os lugares na casa os alunos estavam trabalhando na construção de uma metrópole austríaca. Toda a arrumação, todo o farfalhar, correr e enfeitar pelos corredores acontecia produzindo apenas um som estranhamente abafado. Toda a casa parecia viver na ponta dos pés.

Ao anoitecer, Alev apareceu com uma bandeja de comida diante da porta do quarto, e assim conseguiu passar por Smutek e Höfi, que haviam proibido severamente as visitas. Ada o recebeu de feição imóvel. Jeitoso como uma enfermeira, ele tirou tudo o que estava na mesinha-de-cabeceira, ajeitou o travesseiro para que oferecesse apoio às costas, pegou-a debaixo dos braços como se ela não fosse capaz de se erguer sozinha, e sentou-se à beira da cama.

— Tu não tinhas razão — disse ela, enquanto tomava a sopa.

— No quê?

— Deus e o Diabo. Eu não faço parte disso.

Ele olhou pela janela, que estava prestes a ser transformada em um espelho negro pela noite vindoura, sacudiu a cabeça desaprovando a observação de Ada ou a chuva que caía devagar, e por fim olhou para o teto do quarto, como se tivesse de refletir para se lembrar do que ela estava falando.

— De onde sabes disso assim tão de repente? — ele perguntou, por fim.

— Eu não encontrei nada dentro de mim.

— Isso tem a ver com a Sra. Smutek?

— Ora. Isso não representou nada.

O olhar de Alev se fez turvo de troça: cometa ações heroicas, se quiseres, mas poupa-te a ti mesma da coqueteria.

— Não foi isso que eu quis dizer — falou Ada às pressas, ainda que ele não tivesse dado um pio.

— O que foi então?

— Eu saltei atrás dela porque já era tempo, mais uma vez, de provar algo a mim mesma. Além disso não há nenhum mistério no ato. Eu gostei de fazê-lo. Mas talvez Smutek não precisasse ter tirado minha roupa depois.

— Ele fez *o quê?*

— Tirou minha roupa e me colocou na banheira.

— Interessante. Assaz interessante.

A reflexão sobre a informação absorveu Alev por alguns segundos, ele esfregou seus olhos ao voltar à conversa de antes.

— Tu não vais querer me convencer de que tua façanha de ontem à noite não teve nada a ver com minha pergunta?

— Então foi uma pergunta?

— Com certeza, pequenininha. Sabes disso muito bem. — Ele a presenteou com um sorriso de irmão mais velho e começou a dividir bolinhos de carne em pequenos pedaços. — Provavelmente tu também já tenhas chegado, agora, à conclusão de que o erro acerca de Deus e do Diabo tem de consistir na divisão incondicional entre bem e mal. Reproduzindo o sentido, um trecho de O *homem sem qualidades* diz: o homem dá o caráter à ação e não o contrário, nós separamos bem e mal, e mesmo assim sabemos que eles formam um todo... O importante na frase é que nós o *sabemos*. Trata-se de um erro intencional.

— Isso eu já sabia antes de te encontrar.

Alev levava um pedaço de almôndega à boca de Ada, quando esta lhe tomou o garfo das mãos e passou a comer sozinha.

— Antes de prosseguirmos a conversa — disse ele –, tenho de deixar uma coisa bem clara: tu és três anos mais nova do que eu, e mesmo assim mais inteligente. Minhas capacidades superam as tuas em outro ramo. Eu não estou aqui para disputar uma queda-de-braço intelectual. Pacto?

Ada deixou o garfo cair e bateu na mão dele: "Pacto."

Quando empurrou a bandeja para o lado, Alev arrumou tudo limpando a cama e o chão, abriu a janela e colocou um cigarro primeiro entre os lábios dela, depois entre os seus. A tampa de uma garrafa de água serviu de cinzeiro.

— Na verdade Deus e o Diabo me interessam bem pouco. Como conceitos, eles estão pra lá de gastos, parecem até sucessos musicais do ano anterior. Mas não estou dizendo nada de novo quando afirmo que a vida das pessoas é determinada por vetores de força que atuam em direções contrárias.

— O bem e o mal, apesar de tudo, então?

— Esse é o erro que todo mundo comete. Esquece o Satã do cristianismo. Meu Diabo não é a presença de algo, também não a de algo ruim, mas sim sua ausência total. Ele é *No-thing*, a não-existência de uma noção de certo e errado, um intervalo vazio. Os verdadeiros inimigos se chamam Nada e Algo.

— O Nada é inimaginável. Como pode ter um inimigo?

— Na medida em que o homem o combate. O Nada na terra e dentro da própria cabeça, a falta de motivos, de sentido ou de objetivo esconde o maior horror. Do Nada e do Algo pode surgir tanto o Bom quanto o Ruim. Talvez tu tenhas tirado a Sra. Smutek do buraco no gelo porque te falta alguma coisa.

— Eu acho que pensei em algo semelhante quando pulei na água.

— Estás vendo. — Com amor, Alev esmagou o toco do cigarro dentro da tampa. — O fato de tu, em tuas investigações dentro de ti mesma, não teres achado nada não depõe contra minha teoria. Talvez já tenhas dado de cara com *No-thing*, em algum espaço vazio, que só poderia chamar tua atenção se soubesses o que pode ser encontrado nesse lugar em outros, digamos, em pessoas normais. Para isso é preciso estudar as pessoas. E por esse motivo faço incursões em meio a nossa pequena civilização no Ernst Bloch.

Ada esticou as pernas sob a coberta sentindo bem-estar e disfarçou o movimento com um bocejo. Essa explicação para a entrada penetrante de Alev no mundo das pessoas agradou a ela muito mais do que a ideia de que ele era simplesmente um ser social, que diariamente luta pelo melhor lugar entre o bando.

— E como chegaste à ideia — ela perguntou — de que *algo*, ou melhor, de que *nada* poderia haver em comum entre nós dois?

— Eu te deduzi a partir de mim. Um procedimento irracional, desencadeado pelo inexplicável, um cheiro ou a falta de um cheiro, ou teu jeito de olhar para as coisas sem vê-las. Provavelmente haja uma nostalgia infantil pela minha segunda metade nisso tudo. Já pensei diversas vezes que havia encontrado alguém aparentado. Mas sempre ficou provado que eu me enganara.

— As lágrimas me vêm aos olhos. — Ada tinha controle suficiente sobre si mesma para esconder que um pequeno local diretamente abaixo do plexo solar havia reagido à canção dele. — Queres ouvir a que resultado cheguei em minhas reflexões?

— *Avec plaisir.*

— A um grego ou a um romano, há dois mil anos, tua afirmação de que perambulas na terra na condição de parcela de Deus ou do Diabo pareceria menos estranha. Por que é que eu deveria, então, te contemplar com os olhos de uma cristã?

— Pequenininha, eu sabia que tu me entenderias.

— O que um politeísta teria te respondido?

— Explica pra mim.

— Simples: prova.

Ele a observou com olhos que refulgiram rasos e lisos como jetons pretos. Depois jorrou vida em suas feições, ele bateu uma das mãos na coxa, se inclinou à frente, e começou a rir em silêncio.

— Isso é maravilhoso — sussurrou ele, voltando ao fôlego. — Tu queres um jogo.

— Chama-o como quiseres. Mas prova.

— Ok, ok. — Alev esfregava as mãos, acariciava seus cabelos aramados, quis levantar, ficou sentado e agarrou a mão de Ada com tanta força que ela não pôde se desviar.

— Que tal — perguntou ele — se depois de amanhã um professor fosse expulso do Ernst Bloch? Se tua mãe revirasse teu quarto pouco depois das férias de Natal e Teuter tentasse te expulsar da escola convocando uma conferência disciplinar?

Ada sentiu suas faces esfriarem, no estômago surgiu uma pressão baixa que sugou o sangue da cabeça até os pensamentos estacarem. Ela não queria ser expulsa mais uma vez, não agora, não do Ernst Bloch.

— Que pretendes com isso — perguntou ela, baixinho —, fazer uma profecia?

— Só deuses podem prever o futuro. Se eu tiver razão, tu colaborarás comigo?

— Em quê?

Essa pergunta simples o deixou confuso. Com o sobrecenho franzido, ele esperou pela resposta que sua própria cabeça daria.

— Isso eu ainda não sei — ele disse por fim, levantou-se, inclinou-se para a bandeja e já estava na porta. Apertando a maçaneta com o cotovelo, ele olhou por sobre o ombro, piscou malandramente um olho e deixou-a sozinha.

Mas ele havia fechado a porta, esqueceu Ada de modo exatamente tão completo quanto tomara conhecimento dela dos pés à cabeça quando estava sentado diante dela e a despertou para a vida como um brinquedo movido à bateria, que pode ser retirado ao bel-prazer da estante e depois ligado. De qualquer modo, era o que ela acreditava. Supostamente, cada um de seus conhecidos tinha uma vez por dia, por 5 minutos, a sensação de estar sentado diante de seu melhor amigo ou de seu pior inimigo. Ela ficou furiosa com o fato de ele mais uma vez ter conseguido atraí-la para fora da reserva que havia imposto a si mesma. Em um ponto, o juízo falava claro como uma mãe com ela: ela teria feito melhor em retirar suas tropas e voltar à fortaleza pacífica. Mas ela não queria paz de espírito. Algo nela há tempo já havia decidido ser aquilo que Alev procurava. Mesmo que fosse *nada*.

Enquanto ela estava deitada de costas, em silêncio, e gozava o calor da raiva, cresceu em terreno cuidadosamente arado a convicção de que enfim tinha diante de si aquilo que já ansiava ter havia semanas. O ato de espreitar e dançar por aí chegariam ao fim. Algo estava sendo executado, algo levava a algo. E isso era mil vezes melhor do que...

Ada decidiu abandonar a questão por enquanto, fechou os olhos e revirou todos os recantos do corpo em busca do cansaço e do desejo de dormir profundamente, sem sonhar.

Ela passou o último dia da viagem escolar em silêncio e recolhida em si mesma. Não participou do passeio simulado a Viena, e, no domingo, foi a primeira a sair da casa com sua mochila para garantir um lugar no ônibus.

A câmara de química

Posteriormente, tudo se voltou contra ele.

— Desejo e inclusive preciso convidar a moça para comer conosco — disse a Sra. Smutek. — Vou cozinhar alguma coisa para ela. Uma especialidade polonesa.

— Até hoje tu nem sabias cozinhar — disse Smutek.

— Até hoje eu também não sabia morrer — replicou ela. — Pelo menos era o que eu pensava.

Na verdade a Sra. Smutek odiava o trabalho na cozinha quase tanto quanto a ex-República Popular. O fato de ela agora considerar a possibilidade de ficar junto ao fogão foi uma das muitas mudanças que se espalharam como uma praga de gafanhotos. Para surpresa de Smutek, em pouquíssimo tempo elas tomaram conta de toda a sua vida em comum.

A Sra. Smutek fizera questão de, apesar do incidente, participar da viagem escolar até o fim, e selou sua decisão com três palavras, que ela sibilou a cada um dos que se atreviam a perguntar como ela estava: não — aconteceu — nada... E quanto mais Smutek ouvia aquela frase, tanto mais sinistra ela lhe parecia. A Sra. Smutek rira e aplaudira mais alto do que qualquer outro quando Höfi e ele dançaram uma valsa vienense na festa de despedida.

Mas desde o instante em que eles haviam pisado em casa, ela estava deitada sobre o sofá da sala, enterrada debaixo de uma coberta de patchwork colorida, e, protegida por aquele abrigo, disparava flechas assim que Smutek caía em seu campo de visão. Ele fazia chá, um bule atrás do outro, tirava a xícara fria de suas mãos, trocava-a por uma quente, e passava o tempo até o próximo esfriamento sentado, perplexo, em uma cadeira da cozinha.

Ele era um fracassado, ela dizia. Havia traído seus ideais, enquanto Smutek se admirava tentando imaginar de que ideais ela estava falando. Ele nem seria, e isso o deixou sem palavras, um polonês de verdade. As flechas acertavam em cheio, algumas ficavam cravadas. Mesmo assim os ataques ainda eram mais fáceis de ser suportados do que aquele silêncio ósseo que também passou a fazer parte dos novos hábitos dela. Depois de cada investida, ela afundava de volta nos travesseiros e escondia o rosto no encosto do sofá. Quando se sentia observada, olhava para fora da janela, diante da qual não havia nem sol nem chuva. Seu corpo esguio era duro e havia superado o frio sem sofrer consequências. Mas o espírito e a alma eram fracos, e se mostraram enfermiços como se tivessem esfriado na água gelada.

Será que ele não deveria tê-la deixado sair naquela noite, ainda que ela tivesse feito questão, com sua insistência amável, de movimentar as pernas — mas sozinha? Será que ele deveria tê-la seguido em segredo, a fim de ver que ela saía ao frio sem casaco nem calçados? Pior do que tudo era o pensamento de que ela não o castigava por causa do acidente, mas, pelo contrário, por ter sido salva. Por que ele não cumprira sua obrigação de vigiar uma aluna menor de idade, deixando-a correr pela floresta no meio da noite a fim de resgatar a Branca de Neve semimorta, tirando-a do lago? Um homem pode ser culpado de incontáveis maneiras.

Por mais que insistisse em refletir, Smutek não conseguiu chegar a um motivo que denunciasse por que sua mulher seria capaz de desejar uma morte prematura. A parte dela que talvez tivesse entrado voluntariamente no lago não tinha mais a ver com ele do que qualquer pessoa estranha lá fora, na rua, e Smutek nem sequer planejava conhecer melhor essa parte. Uma tentativa de suicídio seria uma traição impensável à vida em comum que eles levavam, e que ele definia como feliz. Era melhor assumir a culpa por um acidente e aceitar a punição.

De mau grado, ele a deixou sozinha na segunda-feira pela manhã, pediu que ela por favor não saísse da cama até ele voltar, e ainda assim sentiu um pequeno e maldoso alívio depois de fechar a porta de casa a suas costas.

Ele não estava bem. Diversas vezes teve de fugir aos guinchos agressivos dos sistemas Nike e Reebok no chão do ginásio de esportes, a fim de jogar algumas mãos cheias de água em seu rosto no vestiário dos professores. Quando se curvou mais uma vez profundamente sobre a pia, pensou ter ouvido uma voz, acreditou primeiro em uma fata morgana acústica e nos prenúncios de uma crise nervosa e por fim descobriu uma figura corcunda no espelho. Höfi estava encostado tão próximo à moldura da porta como se não fosse capaz de ficar em pé sozinho.

— Alô? Alguém em casa sob o tampo do crânio?

— Foi o que eu também acabei de me perguntar. — Smutek secou rosto e mãos na toalha da parede. — Disseste há pouco que durante o recreio eu devo ir à câmara de química?

— Exatamente. Tu sabes onde ela fica, não?

A câmara de química ficava no segundo andar da parte antiga do prédio, na extremidade traseira de uma sala, que, com seu inventário dos tempos em que o Ernst Bloch havia sido fundado, fazia parte das coisas das quais o colégio tinha orgulho. Graças a um horário complicado, todas as aulas de ciências exatas do curso secundário aconteciam lá. Não eram poucos os litros de oxigênio líquido que, acompanhados pelo berreiro horrorizado dos alunos, haviam disparado entre os bancos dobráveis da escola como um pingo de água evaporando sobre a chapa do fogão. Abaixo do púlpito ocupado pelo professor, o piso de linóleo mostrava amassaduras das repetições anuais da mais simples de todas as experiências, na qual Lindenhauer deixava uma grande esfera de aço cair de uma altura de 3 metros para demonstrar a força terrível da gravidade. A maior parte da superfície das paredes da sala estava ocupada por fórmulas que o velho professor de física havia escrito com giz sobre os longos quadros de ardósia ou mesmo diretamente sobre os tijolos, atividade na qual ele escalava mesas e cadeiras com suas longas pernas como se fosse uma cegonha alucinada, não poupando nem as portas na parede mais curta diante do quadro principal.

Atrás de uma dessas portas havia uma câmara do tamanho de um banheiro, que continha sobretudo estantes com garrafas farmacêuticas em marrom de boticário. Ali a química Sonja Rosenhof fazia o café há vinte anos em um frasco erlenmeyer. Todas as segundas-feiras, no recreio, ela alimentava um círculo exclusivo de três professores, que ficavam sentados tão próximos uns dos outros em suas cadeiras dobráveis a ponto de baterem os joelhos. O velho Singsaal havia achado a ideia divertida, e de vez em quando esticava a cabeça até a porta. Teuter, por outro lado, temia os encontros como reuniões conspiratórias de uma aliança secreta de inimigos. Suas tentativas de enviar um observador haviam fracassado devido ao pouco espaço da câmara. Para Smutek, estava claro que o convite só podia significar uma coisa: alguém faltaria.

Depois da aula de esportes, Smutek se apressou em tomar banho e se vestir. Diante da porta correta ele levantou a mão para bater e achou que os sinais de giz na madeira, em um segundo de engano, fossem o C + M + B dos Três Reis Magos. Christus Mansionem Benedicat. Ao segundo olhar, reconheceu o $E = mc^2$ de Einstein. Ele quase mencionou a fórmula como senha quando a porta se abriu apenas uma fresta, e ele viu bem diante de si a feição examinadora de Sonja Rosenhof. Ela estava ocupada em servir, usava, como em todos os dias, uma de suas incontáveis blusas coloridas, que serviam a seus humores igualmente incontáveis, e mantinha a juba pintada em vermelho sobre a testa de forma coquete. Höfi balançava o tronco como um babuíno hospitaleiro. Ao lado dele estava sentado Strangulator, o professor de matemática, que gostava de se apresentar aos alunos falando da etimologia latina de seu nome e remexia em seu bigode preto de proletário ao esticar o lábio superior sobre os dentes frontais. Como qualquer professor no Ernst Bloch, Smutek sabia quem fazia parte do grupo da câmara de química. Em vez do cumprimento, escapou-lhe uma pergunta: "Onde está Klinger?"

— Desde que eu faço café aqui — e Sonja tirou os cabelos que jaziam sobre seu olho direito, a fim de olhar Smutek afetando importância — nosso grupo mudou totalmente duas vezes. A vida traz pessoas em suas águas, mas depois as leva embora. — Ela estava em clima literário, e parecia uma telefonista que tem de evitar que o cliente incomodado reclame em demasia.

— O pequeno Klinger — disse Strangulator-da-matemática, conforme passou a ser conhecido pelos alunos — se foi.

— Como assim, se foi?

O pânico no olhar de Smutek não pôde deixar de ser visto. Há dias ele era incomodado pela sensação de não saber o que aconteceria em seguida, que ainda o obrigava a procurar em todo o luar sinais de uma catástrofe iminente, coisa que agora virava um tremor agudo de nervos. Bondoso, Höfi apontou para a cadeira dobrável ainda vazia.

— Não está morto — disse ele. — Ao final do primeiro semestre, pediu demissão e foi dispensado do serviço. Ele aliás te manda cumprimentos. Como está tua mulher?

— Bem. Fisicamente bem.

Höfi bebericava seu café sem parar, e já engolira meia xícara antes de Smutek segurar a sua nas mãos. Era tradição não haver leite nem açúcar. Smutek não gostava de café preto. Sonja desligou o bico de Bunsen.

— Enquanto vocês estavam em Dahlem — disse ela —, um aluno telefonou a Teuter. Klinger o teria molestado sexualmente. Teuter deu notícias do fato ao Ministério, e Klinger foi afastado imediatamente. Ele ainda estava em período de experiência.

— Quem foi que o denegriu? — perguntou Smutek, e pensou nos olhares intensos que o colega dirigia a ele de vez em quando.

— Toni. Cabelos compridos e espinhas. Vive no internato.

— Puta merda. — Smutek esfregou o suor da testa com a mão livre. Sentiu os olhos dos presentes dirigidos a si. Era o suor retardado, com certeza, do basquetebol.

— Imaginas por que foi que te chamei aqui? — perguntou Sonja, e se inclinou à frente a ponto de ele poder ver as entradas de seus seios maternais no colarinho aberto da blusa.

— Não!

Ele falou demasiado alto. Strangulator-da-matemática virava sua xícara para lá e para cá, e olhava fascinado para dentro dela, como se percebesse pela primeira vez que o líquido em seu interior também respeitava as leis da gravidade.

— O Sr. Höfling — disse Sonja, e sacudiu os ombros como uma passista de samba — quer te dizer uma coisa.

Smutek temeu que no segundo seguinte pudesse lhe escapar alguma coisa, o controle, a cortesia, as regras da razão. Justamente agora a tensão das últimas semanas parecia querer se descarregar. Imagens vagaram em retrospectiva diante de seus olhos mentais como se diz que acontece apenas com moribundos. Ele viu a casa de madeira na Masúria, sua mulher na relva alta, sua mulher pálida e fria sobre o capacho de um albergue colegial, o sorriso sarcástico de Teuter, a nova pista de corridas, as pernas de Ada a correr, a trabalhar, a socar o chão. Sua respiração era rápida, e ele não parava de suar.

— Ouve bem. — Höfi falava com tranquilidade, como se fosse a um doente. — Talvez esse Toni tenha sido comprado. Ou forçado. Talvez Klinger soubesse demais, ou alguém no Ernst Bloch odeia homossexuais. Nós não descobriremos a verdade. A questão é que a verdade não tem a menor importância. Entendeste, Smutek?

Este levou um susto em meio a suas imagens, às quais a voz de Höfi havia fornecido a trilha sonora adequada.

— Não!

— A aniquilação de qualquer um de nós — disse Strangulator-da-matemática — exige o tempo necessário para um pensamento, para chegar do lado esquerdo ao lado direito do cérebro. Compreendes agora?

— Pergunta no andar da direção como está o *teu* grau de popularidade — disse Höfi, e colocou a xícara vazia de lado.

— Que merda é essa? — perguntou Smutek. — Por acaso vocês acreditam que eu dei tapinhas na bunda de alguém?

— Claro que não — observou Höfi. — Mas achar, saber, querer e acontecer são coisas que não têm nada a ver uma com a outra. Permita que um velho historiador o diga a ti.

A sineta do colégio chegou abafada do corredor principal. Fazendo barulho, o grupo se levantou e dobrou suas cadeiras.

— Até segunda-feira que vem — disse Sonja à porta —, mesmo horário, mesmo lugar.

Ainda que Smutek saísse precipitadamente sobre suas longas pernas, Höfi o alcançou já no meio do túnel de ar envidraçado. Ele deveria ter andado atrás dele se movendo em trilhos, como o monstro de um trem-fantasma. Höfi era o colega do qual Smutek mais gostava, mas naquele segundo ele teria preferido afastar a eterna mão que pegava seu braço para o lado com um safanão, seguindo em seu caminho. Aos sussurros, Höfi falou algumas poucas frases em seu ouvido inclinado e seguiu adiante sem se despedir, mensageiro secreto de um jogo mafioso.

O receptor da mensagem ficou, pálido e imóvel, no túnel de ar, viu como os alunos passaram correndo por ele, à esquerda e à direita, sem fazer barulho e em câmera rápida, coisa que se devia à diminuição da velocidade provisória de suas capacidades cognitivas. Ele se sentia decepado dos acontecimentos a sua volta, como se não estivesse apoiado com as costas à vidraça, mas sim colado pelo nariz ao vidro do lado de fora. De repente, o relaxamento se fez notar e trouxe consigo a exaustão como o vento do outono traz a chuva. O homem alto de pesados ossos e músculos, de pernas fortes e braços cabeludos, de uma hora para outra achou que nunca mais conseguiria voltar a dar um passo após o outro. Queria resvalar pela parede abaixo e se encolher no chão, a cabeça entre os joelhos, os joelhos envolvidos pelos braços, se enrolar sobre si mesmo até virar uma esfera humana, que oferece ao mundo a menor superfície de contato possível. Smutek estava mareado. Ele acabara de passar por uma daquelas curvas agudas do destino, nas quais os acontecimentos se adensam e se intensificam, enquanto o redemoinho na margem faz inclusive a canoa mais estável soçobrar perigosamente, até que tudo volte à próxima reta, larga e rasa.

Quando a maior parte dos alunos havia desaparecido nas salas de aula e os corredores se esvaziaram, também os pensamentos de Smutek clarearam e abriram a vista à simplicidade habitual dos processos. Por um fio de cabelo, ele há três dias não perdera sua mulher. Entrementes, Teuter havia conseguido expulsar do colégio o primeiro de seus inimigos, um resíduo da longa legislatura de Singsaal. E, por causa disso, Smutek tinha de ouvir alertas doidos da parte dos colegas, e justamente Höfi, que sabia com exatidão o que acontecera em Dahlem e a quem a Sra. Smutek devia sua vida, falara com a maior clareza em seu ouvido: é para o teu bem. Fica longe dessa menina.

Isso era desagradável, mas não surreal. Höfi era um homem, e não fora inventado por Buñuel ou Tarantino. Sua intenção era boa. Assim como a de todos os outros. O temor de que ao caso Klinger pudessem suceder novos casos o deixava nervoso. E isso não tinha nada a ver com Smutek, ou até mesmo com Ada.

Smutek esperou até que não houvesse mais nenhum aluno que o pudesse ver nem ouvir, bateu a cabeça algumas vezes contra a parede de vidro, primeiro de leve, depois mais forte, afastou-se empurrando a si mesmo com as mãos, por fim, e executou alguns saltos de cócoras antes de seguir adiante em passo medido, insignificantemente atrasado, para a próxima aula de alemão.

Natal 2

— Quando a convidaremos? Que tal no Natal? Ela come carne?

Quando Smutek chegou em casa, a Sra. Smutek estava sentada no parapeito da janela e esquentava seus dedos em uma xícara de chá da mesma espécie que ela não queria beber quando ele o preparava. Durante a conversa, ela olhava pela janela, os olhos arregalados, as sobrancelhas erguidas de um modo que tinha de ser doloroso. Lá fora havia uma fileira de carros totalmente cheia, focinhos encostados aos traseiros, sob as árvores desnudas da alameda. Abraçadas lado a lado com perfeição, as casas antigas se aninhavam umas às outras, todas ornamentadas de estuque e, de um jeito bem intelectual, todas elas mais altas do que largas. Muitas janelas já se mostravam iluminadas, mesmo que o crepúsculo do anoitecer ainda demorasse um pouco. Naquela rua, que a Sra. Smutek molestava há horas com seus olhares, viviam as pessoas mais felizes da cidade. Elas eram jovens, tinham um trabalho que lhes agradava, possuíam um belo carro, filhos, ou até mesmo um cachorro que haviam trazido das férias de verão na Andaluzia. Quando Smutek conseguira arranjar uma das cobiçadas moradias antes de se mudarem juntos para Bonn, ele ainda não tinha consciência de que estava a ponto de habitar a reserva de proteção à espécie que abrigava os últimos alemães felizes. Havia quatro anos, a Sra. Smutek e ele se alegravam diariamente com o piso de madeira loura, as molduras entalhadas das portas, os ambientes um pouco pequenos, e com toda a mobília colorida, que era oriunda, em sua maior parte, de seus tempos de estudante, e ainda hoje continha xícaras de pegas quebradas, sofás puídos e quadros pintados por amigos. Não era fácil ficar parecendo um preso em greve de fome em uma rua daquelas, na janela de uma moradia como aquela. Mas a Sra. Smutek conseguia. E perguntava diariamente sobre as preferências culinárias de Ada.

— Eu faria peixe, mas acho que não sou capaz.

— Ora, faz *pierogi ruskie* — costumava replicar Smutek nessas ocasiões. — Com certeza tua mãe te ensinou como fazê-los.

— Eu não tenho mãe — disse a Sra. Smutek. Voltou enfim os olhos da janela e fixou-os nele, pronta a brigar.

— Eu sei. Mas ao contrário da tua, a minha está inclusive morta.

— Isso é menos ruim.

— Tu estás louca — disse Smutek em voz baixa. — Eu acharia melhor que parasses de falar em cozinhar. Nós não vamos convidar essa Ada para comer conosco.

Mas a Sra. Smutek já não ouvia mais, havia simplesmente se desligado, girado uma alavanca, ausente. Mais tarde, Smutek tirou a xícara de suas mãos, da qual ela já não bebia mais desde que ele havia chegado à sala, ergueu-a nos braços, carregou-a para a cama e a cobriu. Às vezes, parecia que ela iria chorar, mas o resultado era sempre apenas um sussurrar seco. Eu não tenho país. Eu não tenho pátria. Eu não tenho pais. Eu não tenho hobby. Eu não tenho filhos... "Mas tu tens a mim!"... Talvez eu também não possa ter a ti, sem país, sem pátria, sem família. Talvez eu não tenha nada. Talvez tenha de ser assim, talvez o Nada seja nosso destino, o destino de uma geração refugiada... Não existe Destino, disse Smutek. Só nós é que existimos.

Ele não queria lutar, ele estava fraco. As palavras deixavam um gosto insosso na língua, pouco importando se as falava em alemão ou em polonês. Ele ia à cozinha, pegava uma taça no armário e a enchia do vinho tinto frio de uma garrafa que ficava na porta do refrigerador. Havia ruas sem saída nas quais se entrava por engano, e das quais não se podia sair simplesmente dando a volta. Smutek sabia disso. Importante era esperar até que o mapa da vida fosse dobrado de novo, o complexo das ruas virasse sobre o próprio eixo e a gente ficasse livre de novo automaticamente. Às vezes simplesmente não havia o que fazer, por mais que se desejasse fazer alguma coisa.

Em um dia pouco antes do Natal, que não se diferenciava em nada dos que o antecederam e dos que o sucederam, a Sra. Smutek não mais mencionou o convite planejado. E nunca mais voltou a referi-lo. Das poucas palavras que eles trocavam, o nome de Ada foi apagado como uma mancha incômoda de sujeira. Como se mal restassem frases sem Ada no meio, a Sra. Smutek começou a falar cada vez menos, até emudecer quase completamente. Ela não deixava mais a moradia. O médico estendeu a licença até o final do ano, e alertou Smutek a não perturbar sua esposa no ato de esquecer. Recomendou que não falasse dessa tal Ada, nem de Höfi, melhor seria se não mencionasse nada que tivesse a ver com o Ernst Bloch, e também nada a ver com água, frio, noite ou floresta. Ele chamou o estado de Branca de Neve de síndrome depressiva pós-traumática. E isso exigia tempo, paciência e visitas ao psicólogo depois do Ano-novo.

Smutek estava habituado a considerar fracas as pessoas depressivas, pessoas que não queriam encarar a vida de frente. Do mesmo jeito, ele estava habituado a falar de tudo de que se ocupava. Mesmo detalhes pouco importantes acabavam nas proximidades da mentira quando não eram revelados. Silenciar era difícil para ele. Com sua chamada de atenção impertinente, Höfi havia se desqualificado como parceiro de conversa até nova ordem, e fora do Ernst Bloch Smutek não tinha amigos na pequena cidade junto ao Reno.

E assim aconteceu que ninguém ficou sabendo como o trabalho com o grupo de atletismo se transformou, em virtude da temporada de férias, em um treinamento solitário com Ada. Ela corria sem se importar com as condições do tempo, e depois que Smutek havia decidido ignorar os alertas de Höfi, não existiam motivos para ele não acompanhá-la.

Enquanto eles pisavam o chão congelado com seus pés, um ao lado do outro, envolvidos por uma nuvem de vapor, emoldurados por uma pintura em todos os tons da cor branca, Smutek conseguia se esgueirar para fora da estreiteza caseira, dilatava a garganta e deixava pensamentos presos resvalarem sobre a língua em direção à liberdade. Quando ele próprio percebia que sua conversa se tornava demasiado pessoal, passava a falar polonês. Ada não reagia a nada do que ele dizia, aliás como de praxe. Seu silêncio renitente tornava fácil acreditar que ela não tomava conhecimento de suas palavras, ou pelo menos as esquecia até o final do treinamento.

Sem terem combinado nada a respeito, ambos se comportavam na aula como se não tivessem nada a ver um com o outro. Smutek tratava Ada por senhorita como a todas as outras, e lhe dedicava uma cortesia sem diferenciação, ainda que há algum tempo ela começasse a se tornar saliente através de um comportamento bem especial. Junto com Alev, ela desempenhava o trabalho dos cães que circulam em volta de um rebanho de ovelhas sem que o pastor tivesse ordenado que eles o fizessem.

Os sucessos do curso de extensão de alemão superaram todas as expectativas, e em determinados dias assumiam formas que só podiam ser caracterizadas como pouco naturais. Smutek não se entregava à ilusão de ser o responsável por esse milagre devido à preparação cuidadosa das aulas e a uma didática magistral. Peça a peça, Ada e Alev haviam colocado o curso inteiro entre suas tenazes, decidiam qual seria o nível da conversa, recompensavam a curiosidade e o interesse com observações lisonjeiras e enfrentavam os ataques dos engraçadinhos com ações verbais punitivas, às quais ninguém tinha nada a opor. Alev sabia organizar as coisas de tal modo a ter as risadas do grupo sempre do seu lado. Smutek admirava a rapidez e a exatidão com que eles passavam a bola um ao outro. Eles pareciam adivinhar todos os movimentos do adversário, e acatavam suas vitórias com uma inércia gelada. Eles mostravam atenção especial em não permitir que Smutek ficasse entre os dois fronts, recuavam ao menor sinal de desaprovação da parte dele e esperavam pela oportunidade da próxima investida. Ainda que Smutek pudesse se gabar de provavelmente ser o primeiro professor do mundo a fazer com que sua turma escrevesse trabalhos escolares proveitosos acerca do *Homem sem qualidades*, uma sensação desagradável começava a tomar conta dele. Ele não conseguia se livrar da impressão de que Ada e Alev estavam treinando para alguma coisa.

O Natal estacou a corrente dos acontecimentos. Mais uma vez os corações feridos e cérebros invertidos sobreviveram a uma nova festa da alegria, na época mais dourada entre todas as épocas. Höfi segurou a mão de sua mulher, alimentou-a às colherinhas com mingau de sêmola morno e comeu, ele mesmo, sentado à borda da cama, um pequeno peixe, que teve o gosto da morte estrebuchante de toda uma estirpe em rede de arrasto. Smutek foi a Paris com sua esposa, uma cidade que ele não suportava, e caminhou por três dias em suas ruas empoadas de neve. A Sra. Smutek estava encantadora com seus cabelos negros sob o gorro vermelho, e uma vez que Smutek a amava tanto, poupou-a da pergunta se ela não queria ter um filho com ele. Ada dividiu com a mãe uma coxa de javali na véspera do Natal, e no dia seguinte um lombo de coelho com o general de brigada, perguntando-se se os animais talvez não haviam se conhecido. Na mesma noite, ela caminhou diante da ruela em que morava Alev, e jogou pedrinhas contra a janela iluminada da pensão, atrás da qual pouco acontecia além de uma quarta-feira das mais comuns, até que Alev saiu e, dando a volta no prédio com ela, foi até o jardim sombrio. Lá, Ada se apoiou à noite a suas costas, o rosto claro diante da escuridão, e enrolou dois cigarros, um para ela e outro para ele. Uma lua cor de biscoito se escondeu na moita das nuvens. Eles se desejaram feliz Natal, enquanto a chama do isqueiro passeava entre eles de um lado a outro, e seus rostos bem próximos eram embelezados palpitantemente pela luz a dançar. Todos os envolvidos sentiram o Ano-novo sentado sobre suas costas. Nem todos sobreviveriam a ele. Ninguém o deixaria do jeito que havia entrado nele.

A segunda parte da profecia

Os desenhos em giz dos Três Reis Magos se destacavam, frescos, na trave sobre a porta da PENSÃO.

Alev precisou tentar duas vezes antes de conseguir enfiar a chave na fechadura. O segundo semestre do ano havia começado, ele estava embalado e exausto como um especulador da bolsa no primeiro dia de negócios depois da pausa natalina. Quando ele quis ver como estava Amila, seu pai se encontrava sentado sobre o sofá, bem-humorado, um quarto rei, retardatário das terras do Oriente, e tinha uma mala aberta cheia de presentes a seu lado. Com uma olhada, Alev reconheceu os relógios sempre iguais, os sapatos femininos e chaveiros pesadamente prateados. Amila usava uma túnica vermelha em homenagem ao dia e servia café em canequinhas de cobre de longas alças sobre uma pequena bandeja.

Lá fora, árvores de Natal descartadas congelavam colando-se ao chão, uma camada de geada vestia as ruas, muros, carros e árvores como se fosse uma meia clara de náilon. O pai perguntou por Maurice, que desde o último dia do ano não dera mais as caras, e anunciou sua decisão de mudar em breve com a família para o Sudão. Alev anunciou sua resolução de morar em um internato de Bonn. Demorou poucos minutos até eles estarem um diante do outro, olho no olho, Alev e o homem a cujos testículos ele supostamente devia metade de sua existência. Quando o pai bateu contra a parede de armários ao recuar cambaleando, derrubando além disso um vaso de flores ao chão, a dona da pensão se precipitou tão rapidamente para dentro da sala como se estivesse esperando diante da porta.

Alev há tempo voltara a sentar ao lado da mãe, sobre o sofá, e o assento mole lhes torcia a coluna vertebral como se fossem pobres pecadores em penitência. O pai tateava com as mãos no tapete, como se procurasse um óculos que jamais havia usado. A dona da pensão aceitou cem euros pelo vaso não destruído e desejou a todos um Ano-novo especialmente feliz. Quando ela se foi, Alev deitou uma mão sobre o ombro e se mostrou pronto a se responsabilizar por três anos pelo dinheiro do colégio e pelos custos do internato. Agradecendo, abandonou a cena a fim de deixar tempo e espaço a seus pais para festejarem o reencontro. Ele tinha de providenciar mais uma reunião de negócios. Um professor havia sido expulso da escola. Agora era hora de testar se a segunda parte da profecia havia sucedido conforme o plano.

— Entre. O senhor sabe muito bem quanto já ouvi a seu respeito, não é verdade?

Um piscar de olhos maroto, em dose um pouco forte demais, caricatura de um gesto ambíguo, e ainda assim feito a sério. A mãe de Ada parecia ter sido surpreendida em uma atividade que demandara esforço. Sua respiração estava descompassada, algumas mechas haviam se livrado do penteado de Cleópatra e pendiam de lado. Enquanto caminhava à frente de Alev pela casa, ela se voltou diversas vezes como se quisesse garantir que ele de fato a seguia.

Todas as portas estavam abertas. Lá estava a mesa de jantar da qual Ada às vezes falava, enquanto ele fingia não estar ouvindo. Lá estava a escada de caracol, que por certo levava às cenas da vida privada. Os poucos móveis em seu talhe moderno davam a impressão de estar perdidos, como se nenhuma pessoa tivesse feito uso deles algum dia. A mãe de Ada levou Alev em diagonal sobre o piso espelhado e apontou para ele um sofá de ratã nas proximidades da porta que dava para o terraço. A poltrona seguinte se encontrava a uns bons 5 metros de distância.

— O senhor está sem casaco. Bom, também não é muito longe, de sua casa até aqui.

Não sobrava tempo para pensar se Ada de fato havia contado onde ele morava, pois nos monólogos da mãe os temas estendiam o bastão uns aos outros como se fossem corredores profissionais de uma equipe bem treinada.

— Mulheres a sós! — ela chamou sem qualquer nexo. — O senhor sabia que foi o primeiro homem devido ao qual ela arrancou alguns pelos das sobrancelhas?

— Eu não sabia — disse Alev, ocupado em se admirar com a construção "devido ao qual". Ele acreditara cegamente que Ada assumira sua elaborada maneira de se expressar de algum pai. Ele estava sentado bem baixo, a mãe de Ada estava em pé acima dele, em posição demasiado alta, e ria exaltada.

— Olaf era um cara simpático, mas bem menos interessante que o senhor. Seu pai é árabe? O que é que ele faz?

Ela desapareceu no corredor, de modo que Alev pôde enviar sua resposta à parede em voz baixa.

— No momento, ele está trepando com minha mãe ou talvez batendo nela, talvez as duas coisas, alternadamente.

— Bem que eu havia pensado. — Quando ela reapareceu, tinha duas taças de conhaque e uma garrafa consigo, e pediu que Alev servisse.

— Aos homens!

O conhaque esquentava por dentro, mais duas ou três taças e ele enfim pararia de sentir frio.

— Meu ex-marido trabalha no Ministério da Defesa. Ele desejou muito a mudança a Berlim. Azar o dele. Agora estamos todos presos a esse ninho miserável, uma grande família de membros que ficaram para trás, e que fazem muito esforço para tomar conhecimento da existência uns dos outros.

O rascar de uma chave na porta da casa isentava de qualquer resposta a mais. Alev reconheceu os passos pesados das botas de cadarço de Ada na entrada.

— Aqui dentro! — gritou a mãe. — Olha só quem está aqui.

Com um casaco grosso, as faces vermelhas do frio e as pernas da calça enfeitadas com torrõezinhos de neve, Ada parecia mais uma menina esquimó, que acabou entrando em uma sala aquecida e começava a derreter pelas beiradas. Alguns cabelos isolados se levantaram na cabeça, esforçados em seguir o gorro que acabava de ser tirado. As luzes de halogênio no corredor deitaram uma espécie de auréola santa sobre seu crânio.

— Nós vamos subir — ela disse, e tirou o casaco.

— Ora, ora — exclamou a mãe. — Eu vou desaparecer na cozinha, nós fechamos as portas, aí vocês não serão incomodados. — Ela serviu conhaque mais uma vez sem mesmo ter tocado sua própria taça.

— Alev vai levar o conhaque junto — disse Ada, severa, e acenou para que ele se levantasse.

A mãe disparou até ela e a agarrou duramente pelo braço.

— Alev é meu convidado. Senta-te.

Ada abandonou o braço à mãe como se ela fosse um cão de briga que morde com mais força quando a gente se defende.

— Mãe — disse ela com suavidade —, obrigada por tudo. Depois nós vamos descer, e Alev toma uma taça contigo. Está bem?

Os lábios da mãe se moveram sem fazer barulho.

— Muito obrigado pela hospitalidade — disse Alev, que se colocara ao lado dela e pegara a mão de Ada, que ficou fria e morta dentro da sua. Enquanto ele a conduzia através do ambiente em direção à escada de caracol, a mãe ficou em pé entre o sofá e a poltrona, continuava movendo a boca em uma fala muda, e olhou atrás deles com a expressão de uma criança que esperava os monstros conhecidos assim que os pais a deixavam sozinha, à noite. Quando os dois alcançaram os degraus superiores da escada, lá embaixo uma porta bateu com força.

A porta do quarto de Ada rangeu. Algo a estava emperrando, embaixo. Alev sorriu largo, de sua boca parecia sair uma corrente fria de ar, que tocou a nuca de Ada e a fez estremecer até a espinha.

— Ora, mas não pode ser.

Um após o outro, eles forçaram entrada na porta e ficaram parados, em silêncio, no meio do quarto, bem próximos, porque mal havia lugar para colocar os pés, e olharam ambos a sua volta. Os panos coloridos haviam sido arrancados e estavam deitados em montes sobre o piso. O colchão havia sido levantado, a roupa de cama removida e jogada de lado, a porta do armário estava aberta. Com um movimento rápido, as partes de baixo haviam sido esvaziadas, roupas íntimas se misturavam a peças maiores, cadarços e cabides de sutiã percorriam e amarravam a confusão de tecidos como vermes multicores. As gavetas da escrivaninha haviam sido derrubadas ao chão, onde jaziam viradas; bilhetes e clipes haviam alcançado a porta. As quinquilharias ajuntadas em uma vida de 15 anos estavam misturadas como um jogo de baralho, amontoadas, e ao mesmo tempo reviradas em uma poça de matéria que terminava em quina aguda onde o tapete havia sido erguido. Mas quem mais sofrera haviam sido os livros. Às pilhas, eles haviam sido derrubados da estante, cada um isoladamente havia sido pego pela capa à direita e a esquerda e sacudido, e agora eles jaziam ali, deitados sobre o rosto, as páginas dobradas sob o peso do corpo, uma montanha de seres desamparados com a espinha quebrada. O sorriso de Alev se tornara tão largo, que quase unia as orelhas uma à outra, e Ada não pôde fazer outra coisa a não ser começar a rir também.

— E — ele perguntou — que achaste do meu desempenho?

Automaticamente, os braços dos dois se juntaram, eles estavam parados, quadril a quadril, e contemplavam devotamente o caos a seus pés. Nas feições de Ada havia tanta vida como se um cardume de peixes se movimentasse bem próximo abaixo da superfície da pele.

— Estou impressionada. Conta-me qual foi o truque.

— Conheces Odetta?

— Estás te referindo à bela Juno? Tu a transformaste em porta-voz do curso secundário na reunião geral de setembro.

O sorriso de Alev virou uma risada autossatisfeita. Sem perguntar a opinião de quem quer que fosse, ele havia indicado Odetta ao cargo de representante dos alunos, e feito um discurso inflamado de apoio a ela em meio à sala. Desse modo, ele garantira a influência para si mesmo junto à administração discente sem precisar participar dos chatos encontros semanais nos sofás puídos do escritório dos alunos.

— Com algumas instruções, ela não apenas se tornou a porta-voz dos alunos, mas inclusive virou pessoa de confiança de Teuter. Tua mãe tinha de receber uma ligação da direção do colégio.

— E do que ela trataria?

— De drogas. Não mais do que uma vaga suspeita, pouco demais para um processo oficial, mas Teuter aproveita todas as oportunidades. O que faz de ti uma pessoa digna de atenção diante dele é tua inteligência, assim como tua boa relação com Smutek e Höfi. Estás entendendo?

— Com certeza.

Alev agarrou as pernas de sua calça pouco acima dos joelhos e levantou-as um pouco, antes de se sentar e dobrar as pernas em posição de lótus. Uma onda de cheiro corporal se elevou, espantada pelo movimento, até onde estava Ada, e explodiu sobre sua cabeça. Ela deixou cair o livro que acabara de ajuntar, fechou os olhos, e ficou parada em devoção muda diante da estante vazia. O cheiro adentrou lábios e palato, desceu pela garganta e matou uma fome com a qual ela aprendera a conviver tão bem, que apenas uma pequena porção foi suficiente para voltar a despertá-la. A uma distância de 2 metros, ela podia sentir como a pele de Alev era tocada pelo tecido de sua camisa, e isso de modo tão nítido como se as carícias fossem em seu próprio corpo.

— Isso bem poderia ter consequências — disse ela, sem abrir os olhos, e pensou nos eventuais serviços de correio que ela prestara a Rocket na estação central.

— Nada de importante — disse Alev. — Onde não há nada, não pode ser provado nada.

— *Ex falso quodlibet* — disse Ada.

— O que quer dizer isso?

— Do falso segue-se o arbitrário.

Ela ouviu a respiração dele estacando quando ele riu sem emitir som algum.

— Mas não é disso que se trata — disse ele. — Nós estamos sentados aqui entre os resultados de um exorcismo desajeitado. Estamos começando a ser temidos. Nós reagimos no contato um com o outro como fósforo e oxigênio.

A imagem de Olaf e a sua própria, como os dois vagavam despercebidamente na estação, esperando que um traficante amador lhes dirigisse a palavra, foi coberta pelo pincel mergulhado em tinta a óleo da imaginação. Homens saltavam depois de um ataque à bomba de fósforo para dentro do Elba, em Hamburgo, voltavam à superfície ainda queimando e lutando em busca de ar.

— Tu te lembras de nossas conversas em Dahlem?

— No que diz respeito a ti eu sou autista.

— Na época, tu te recusaste a acreditar em coisas que tentei te explicar.

— Eu tenho uma ojeriza inata contra o esoterismo.

— Isso te torna ainda mais digna. Mesmo assim, a compreensão entre nós se fará mais fácil a partir de hoje.

De olhos cerrados, era difícil manter o equilíbrio. Ada apoiou a mão direita contra a parede e ouviu como Alev voltou a se levantar.

— Vou te dizer o que vamos fazer agora. Tu vais abrir os olhos, procurar um grande pulôver de inverno pra mim nessa montanha de lixo e usar teu casaco. Nós vamos passear.

A luz do teto ofuscava, pontos vermelhos e negros zuniram pelo ar, Ada teve de piscar algumas vezes até que os objetos desistissem da dança e se recolhessem, firmes, ao lugar em que estavam.

A mãe veio ao encontro deles já na escada. Ada havia visto os olhos lacrimosos lambuzados de preto tantas vezes que eles entrementes já constituíam uma forma comum de aquele rosto conhecido se mostrar. As mãos belas e esguias adejavam como pássaros excitados em volta dos carros.

— Está bem — disse Ada. — Tu não tens culpa de nada. Teuter te deixou louca.

— De onde sabes disso? — O tom da mãe oscilava na fronteira da histeria. Para tais situações, Ada tinha um botão na cabeça, que podia apertar fazendo todas suas emoções chegarem a zero e deixando o sistema funcionando em estado de emergência por algum tempo.

— Nosso diretor — disse Alev — sofre de um transtorno paranoico. Sua filha é a menina mais inteligente do colégio e desperta nervosismo entre alguns professores. Assim que houver oportunidade, peço que a senhora entre em contato com nosso professor regente.

A mãe voltou a conseguir respirar, a menção a Smutek teve efeito melhor do que Valium. Desta vez, foi Ada que agarrou os dedos de Alev.

— O mal-entendido será esclarecido bem rápido. Boa noite.

Com poucos adejos, eles desceram os degraus restantes e pararam, confusos com a escuridão prematura, diante da porta. Em cima, todas as luzes se acenderam, uma após a outra, até a mansão brilhar iluminada como em um dia de festa.

— Se tens o propósito de me expressar teu agradecimento — disse Alev —, então me escuta com atenção.

No palacete Kahn. O prazer de jogar. E o universo é uma gota de umidade na ponta do focinho de um cão

Em poucos minutos, as nuvens de inverno se afastaram como as naus capitânias de uma frota triunfante. Sobre o Reno, o homenzinho da lua virara menina e mostrava seu belo perfil, piscando a três garotões que estavam sentados em seus casacões forrados sobre o encosto de um banco e atiravam pedrinhas tentando acertar uma lata de Red Bull vazia, sem de longe perceber as tentativas de aproximação da formosa Luna. Atrás deles, um navio de carga precariamente iluminado sacolejava em direção à costa holandesa, sem levantar o olhar cheio de faróis da esteira de água diante de seu focinho. Bem alto, lá em cima, brilhava o ÓVNI de Petersberg lançando luz para todos os lados em meio à noite e propagandeando a fama das longas mesas e homens importantes, e também a época gloriosa da assim chamada luta internacional para vencer os conflitos no mundo. Uma vez que o frio perseguia cada um dos movimentos das duas pessoas a passear, elas subiram o rio às pressas mantendo os corpos bem firmes entre os braços a envolvê-los.

Não fazia muito, uma cerca de construção envolvia o terreno do palacete Kahn. O novo dono, quando ainda era estudante, aprendera a fumar maconha e a beijar meninas nas abóbadas e sobre os merlões do castelinho estranho, e por isso manteve, até a chegada dos primeiros carros da construção, um buraco aberto na cerca, através do qual os jovens hóspedes poderiam continuar a entrar em seu terreno para fazer o que ele mesmo aprendera ali.

Eles saltaram por uma janela do porão para dentro da casa. Lá tudo estava como sempre. Os muros transpiravam um hálito semelhante ao de dentes estragados e distúrbios digestivos, pouca luz entrava pelas aberturas sob o teto abobadado. Nas paredes, haviam sido colocados anéis de ferro à altura dos quadris, dos quais ninguém queria saber o que era preso a eles no passado. Alev ergueu alguns lenços de papel amassados e garrafas de cerveja e ajeitou-os a um canto. Ele era um adepto do caos autoadministrado.

Como no interior de um caracol, eles subiram os degraus estreitos da escada espiral em direção à torre. Lá em cima, o vento obrigou-os a ficarem bem juntinhos a um canto. A balaustrada havia quebrado e caído em alguns trechos, e liberava a vista ao rio indolente em seu pijama de luzes. Devido à boa acústica no vale do Reno, o bater sincopado do coração dos vapores chegava até eles em todo seu volume.

— Se tu quiseres continuar, tens de pensar diferente — disse Alev, enquanto levantava o quadril do chão a fim de revirar nos bolsos de sua calça. Achou um pacote de tabaco e uma latinha de filme de tampa verde para enrolá-lo. — O Nada é uma ameaça, o juízo aprende rápido a escondê-lo de si mesmo. Tu tens de aprender a destampá-lo, revelá-lo.

— Um momento. Continuar com o quê?

— Para essa pergunta, eu continuo sem resposta. De qualquer modo pouco importa, também. Queres ou não queres?

Aquilo soou como se ele quisesse intimar Ada a uma prova de coragem obrigatória para poder se tornar membro de um bando. Que ela teve de rir, ele não pôde ver, porque ao falar voltara os olhos para o pequeno canteiro de obras entre seus joelhos, no qual seus dedos colaram três papéis de cigarro uns aos outros em forma de pirâmide. Concentrado como se estivesse desarmando uma bomba, ele observava a si mesmo no trabalho.

— Sim, eu quero. Mas me diz como se pode destampar algo que não está à mão.

— Jogando com os pensamentos. Imagina um cadáver.

Ada se esforçou e criou um morto, que estava deitado logo ao término de suas pernas esticadas, sobre o piso de pedra. O homem estava na casa dos 40 e vestido apenas de cueca. Sua pele se encontrava pontilhada de manchas negras como uma vaca, e ele já devia estar deitado ali há tempo. O frio havia assumido a tarefa de dar ao corpo a rigidez da morte. Simplesmente ao olhá-lo, já podia ser percebida a dureza de seus membros, que não mais se deixariam dobrar, mas apenas quebrar.

— O que sentes? — perguntou Alev.

— Nojo e fascínio.

— Essa é uma reação dos instintos. Cada animal se assusta diante de mortos de sua espécie. Agora imagina que é teu pai adotivo.

— Já imaginei.

A risada de Alev bateu nos muros e voltou. Enquanto ele umedecia o papel de três unidades com a língua e, junto com seu conteúdo, lhe dava a forma de um cone, observava Ada de olhos virados para cima como um animal que está bebendo de uma poça. Como de costume, ela evitou a vista da ponta de sua língua, que passeou pela borda adesiva do papel. Ele a fazia perder o equilíbrio. Quando o cigarro superdimensionado foi aceso, Alev o ofereceu a ela. Ele tinha gosto de chão de floresta, de tanto tempero não podia ser dito tudo o que havia sido colocado dentro.

— Estás vendo! — Os olhos de Alev ficaram vermelhos depois de poucas tragadas, enquanto Ada não sentia absolutamente nada. — Há pessoas para as quais o horror de um enterro consiste no fato de não serem capazes de sentir alguma coisa. Elas ficam mortas de susto diante desse vazio, sentem vergonha, e sua confusão é mal-entendida pelos parentes como sendo a expressão natural da dor da perda. Todo mundo lhes dirige condolências cordiais. Elas carregam *No-thing* dentro de si.

— E são, todas elas, diabos?

— Não. Mas lhes foi ensinado que isso que elas sentem, ou melhor, não sentem, é mau.

Alev deu mais algumas tragadas rápidas e apagou o cigarro. Quando voltou a se apoiar ao muro do castelo, Ada deitou a cabeça sobre suas coxas e uma das mãos sobre o cós da calça onde ficava seu membro, do qual ela sabia que ele o carregava virado para a esquerda.

— E, se esses homens se aproveitassem disso — ela perguntou meditabunda —, seriam todos assassinos, ladrões e estupradores?

— É possível, mas não necessariamente — murmurou Alev. — Um assassinato pode ter exatamente tantos motivos quanto um ato de bondade e, exatamente como ele, pode suceder sem motivos. Esses homens seriam sobretudo uma coisa... — Ele bocejou, coisa que não se adequava à sua maneira entusiástica de falar. — Eles seriam jogadores.

Seu discurso se fez vagaroso e pesado como o de um bêbado, o juízo, contudo, passeava em passo leve sobre caminhos labirínticos que não ofereciam uma linha reta entre dois pontos e mesmo assim conduziam de maneira espantosamente rápida aos objetivos visados. Ada leu em seus lábios e o compreendeu como uma mãe compreende seu filho com problemas vocais.

Só no jogo a verdadeira liberdade era possível ao homem, ele dizia. Jogar obrigava à igualdade, já que a todos os jogadores eram dadas as mesmas condições, e além disso possibilitava o pensamento na legalidade porque um jogo só podia acontecer respeitadas as próprias regras.

— Liberdade, igualdade, legalidade — ululou Alev. — O jogo é a essência do modo de vida democrático. É a última forma de ser que nos restou. O prazer de jogar substitui a religiosidade, domina a bolsa, a política, as salas dos tribunais, o mundo da imprensa, e é ele que nos mantém na vida desde a morte de Deus.

— Isto, pois, és tu — disse Ada sobre as coxas de Alev. — Um jogador.

Com as últimas frases, as forças de Alev haviam chegado ao fim; ele não mais respondeu, e perseguiu de olhos arregalados pensamentos e sonhos que não mais manteria na memória, e que por isso haviam sido destinados apenas para os segundos em que foram invocados. Ada acariciou sua testa com a mão espalmada, bem de leve, como se ele não devesse percebê-lo. A partir desse momento, o nariz dele, a boca dele, o corpo dele, o cheiro de sua cabeça e o calor de suas mãos pertenceram apenas a ela.

Ela o envolveu em seus braços. Como um oceano, o frio se amontoou sobre eles até chegar às estrelas, que nadavam lá no alto, na escuridão, como pontos de luz. Onde os corpos de ambos se tocavam, tudo se aquecia. Vinda de algum lugar, uma gota acertou a testa de Ada; ela não a limpou, a fim de não estragar o momento com um movimento em falso. Não se podia saber jamais o que poderia se perder ao menor deslocamento. Com a vidência sombreada de um esgotado pouco antes de adormecer, ela viu o universo a sua frente, a terra um mero elétron, que girava com outras partículas aparentadas em volta de um centro atômico, que os alimentava a todos de energia e se mantinha unido. E era m vezes c^2. O sol no centro havia se juntado a outros átomos formando uma molécula, e esta por sua vez formava uma galáxia com outros sistemas solares, talvez uma célula ou um cristal, e assim o que ao homem parecia ser o cosmos não era, considerado como um todo, mais do que uma gota de umidade na ponta do focinho de um cão. Também o infinito não era mais do que um problema estrutural.

Como a gente poderia se sentir assim. Quente por dentro, frio por fora. Feliz. Bizarro.

Mal o novo ano alcança sua velocidade normal de viagem, e já passa a fazer uso de símbolos derrotistas

O novo ano havia se colocado em movimento pesadamente, nas primeiras semanas de janeiro pegou algum embalo deixando um pouco de sua carga antiga para trás, nos vastos campos do passado, conforme tem de acontecer a cada passagem de ano, caso a história da humanidade cada vez mais gorda não queira ser esmagada pelo próprio peso um dia. A grande limpeza coletiva nas memórias durante a passagem do ano é uma obrigação dos cidadãos.

A mãe de Ada esqueceu que sua filha era ameaçada por drogas e coisas piores, gozou a leitura do boletim semestral excelente e deixou na antessala de Teuter um recado telefônico que dizia que sua filha estava clean em todos os sentidos, e que ela, na condição de mãe, a apoiava com toda a lealdade. Smutek esqueceu que outrora acreditara viver em uma relação que funcionava, com uma mulher maravilhosa, e se transformou aos poucos, sem esforços, em um homem que cuida dos problemas de sua esposa neurótica. Ele gostava de correr com Ada, e ao fazê-lo esquecia os planos de elevar o Ernst Bloch à categoria de centro de atletismo. Ada esqueceu que um dia existira uma vida sem Alev, e de que nessa vida ela também acordava pela manhã, ia à escola, e depois voltava para casa ao meio-dia. Olaf esqueceu de tentar reconquistar Ada por caminhos furtivos e se limitou a odiar Alev e a prever o pior.

Quando o ano alcançou sua velocidade normal em meados de fevereiro, havia enfim lugar para os acontecimentos que deveriam vir e apenas seriam concluídos no processo judicial do dia 16 de julho de 2004. Apenas Alev não esquecera de nada. A força de um jogador consiste no fato de saber observar cada detalhe.

Da conferência disciplinar, Smutek foi justamente o último a saber. Na tarde de segunda-feira, depois da semana de carnaval, ele convidou Ada para correr e sugeriu que fossem além das voltas usuais e seguissem pelo passeio às margens do Reno em direção a Oberwinter. Desta vez, era ele que tinha de fugir de algo, e para isso não podia usar as costas corcundas do telhado do colégio sobre as copas desnudas das árvores. Ada concordou. O prado rangia, como se cada um dos talos da grama tivesse sua espinha quebrada sob os passos dos dois.

Os tempos em que o Reno ficava coberto de torrões de gelo em fevereiro e deixava as pessoas de respiração contida com sua voz maquinal de cano de descarga haviam passado há tempo. Agora eram massas cinzentas de água que passavam ao lado da cidade e faziam Smutek lembrar do Vístula junto a Cracóvia, que devido ao encanamento de esgoto vindo das siderúrgicas de Nowa Huta há décadas não congelava mais. Ele pensou no instante em que sua mãe, depois da comunicação da suposta morte de seu filho na cadeia, havia saltado para as torrentes hibernais para esfriar de uma vez por todas sua índole fervente. Ele se sentiu quase como se acabasse de receber a notícia terrível, com décadas de atraso.

Eles passaram pelo lugar em que as barcas atracavam, e pelo quiosque, cujo locatário faturava um bom dinheiro com a salsicha de curry que ele cortava em rodelas com uma tesoura de cozinha antes de cobri-la com o molho vermelho de uma garrafa de plástico. Eles passaram também pelo Hotel do Reno com sua pompa decadente, pela piscina ao ar livre em seu sono hibernal, e pelo atracadouro seguinte. Junto a Mehlem, Smutek começou a uivar e correu mais rápido do que de costume, de modo que Ada tinha de dar um passo e meio para cada um dos dele. Smutek não o percebeu. O que ele contava o deixava mais horrorizado no momento de contá-lo do que nos minutos em que o vivenciara. Ele agradecia a Deus só por uma coisa, uivando, correndo, sem dar atenção ao esforço de Ada ou aos olhares dos poucos passantes: pelo fato de sua mulher ter se sentido fraca demais para acompanhá-lo a Masúria durante o Carnaval. Ele estava convencido de que de outro modo ela não teria conseguido superar os acontecimentos.

Ele já estava deitado em sua cama quando os ouvira no jardim, sobre a grama cortada à mão, debaixo das macieiras em frente a sua pequena casa;

e se ele algum dia, em tempos que esperava serem melhores, talvez na primavera, contasse a sua mulher sobre isso sentindo os afagos cálidos do sol, ele afirmaria que foram alemães, ainda que tivessem sido poloneses, neofascistas poloneses, que acharam que ele era um turista alemão, talvez um traidor, talvez um judeu ou o que quer que seja. Quando a janela do terraço foi quebrada, ele já saíra pela porta de trás e correra ao longo da entradinha até a estrada. Por um momento, eles correram atrás dele. Com suas pernas grossas e suas barrigas redondas, com suas botas e cabos de pás quebradas, eles não teriam conseguido alcançar nem mesmo um Smutek a trotar descontraído, e Smutek havia sido rápido, tão rápido quanto estava sendo agora, quando quase deixava Ada para trás, porque acreditava ouvir atrás de si mais uma vez a barulheira e o respirar ofegante daqueles homens. Quando se virou, seus perseguidores há tempo haviam desaparecido na escuridão.

No banco de trás de um carro da polícia, o casaco de couro de um guarda colocado sobre os ombros, Smutek havia voltado, e já da estrada vira o clarão de um fogo no horizonte, uma luz quente, de cor alaranjada, sob uma lua de cor alaranjada, exatamente no lugar em que antes havia uma casinha. Ele olhou para o lago e estremeceu, enquanto esperavam pelos bombeiros. Contemplou as árvores sem folhas da outra margem, enquanto os bombeiros apagavam as armações em brasa. Olhou rapidamente para o lado e viu o esqueleto negro e molhado daquela que havia sido sua casinha enfiado no céu da noite. Ela era toda de madeira.

A polícia fotografou as cruzes gamadas nos pilares da cerca do jardim. Elas haviam sido pintadas todas invertidas. Bateram aos ombros de Smutek. Estenderam-lhe aguardente de ameixas em garrafinhas. Ele teria preferido bater à cara cheia de compaixão deles e gritar, *mój domek przes to nie wróci*, minha casinha não vai voltar com isso. Em vez disso, ele passara uma noite silenciosa no catre de uma cela da cadeia, cuja porta fora intencionalmente escancarada. Na manhã seguinte, ele compreendera a felicidade que significava o fato de a maior parte de sua bagagem já se encontrar no porta-malas do carro, porque ele quisera ter partido antes de o sol nascer. Mesmo assim, ele não estivera em condições de se alegrar com isso. Os policiais ainda cederam a ele o minúsculo lavatório a fim de que livrasse os cabelos do cheiro de fumaça e raspasse as sombras de seu rosto. Antes de anoitecer, ele chegara em casa e não contara a sua Branca de Neve nem uma palavrinha sobre o que havia acontecido.

Smutek fazia esforço para não pensar em sua casinha como em um parente falecido, do qual a gente sempre se lembra nos lugares em que há pouco o viu saudável e feliz. Na noite do fogo, ele desviara os olhos, agora ele queria observar as chamas. Queria cheirar a relva queimada e saber que, suntuosamente alta, ela ainda fizera cócegas há alguns meses nos joelhos de sua mulher. Ele queria caminhar em espírito sobre o terraço afogado no lodo de cinzas, no qual a havia amado, e contemplar as paredes desmoronadas sob o fogo, entre as quais ele havia encontrado paz e sossego. Ele precisava contar tudo a alguém a fim de interromper a si mesmo o caminho para os erros. E para isso elegeu Ada, e por isso ela tinha de ver suas lágrimas e ouvir sua voz sufocada. Quando ele terminou, eles haviam deixado Mehlem para trás e corriam em direção a Oberwinter, para fora da cidade, mudos, a não ser pela conversa incompreensível das respirações. Em dado momento, Ada abriu a boca e falou pela primeira vez algumas palavras em todas aquelas corridas que haviam feito juntos.

— Se nós conseguirmos pegá-los — ela disse —, vamos arrancar as carótidas deles com os dentes. Eu ajudaria o senhor nisso.

De imediato, Smutek tocou Ada no ombro e ela se voltou. Ele estava assustado com a seriedade com que ela era capaz de dizer tais brutalidades absurdas a fim de mostrar que estava ao lado dele. Também o "nós" o deixou assustado, e mais que tudo o fato de ela tê-lo chamado de senhor, o que o lembrou de quem eles eram e de onde estavam. Começou a pedir desculpas, perdão, eu perdi o equilíbrio, por favor esquece, eu não deveria ter te contado nada. Eles chegaram ao terreno do colégio em silêncio. Quando se separaram, Ada ficou em pé na frente dele por um instante, fez sinal para que ele baixasse a cabeça, juntou polegar e indicador para pegar em seu queixo e apertou com cuidado, sentindo o lugar no qual fixara os olhos tantas vezes.

— É bom que o senhor sinta ódio — ela disse.

Quando já estava indo, ela se voltou ainda uma vez.

— O senhor alguma vez se informou por que eu fui expulsa de meu último colégio? — Não, ele não havia se informado. — Eu destruí o nariz de um colega mais velho com um soco-inglês. Não foi legítima defesa, se é que o senhor queria saber.

— O que queres dizer com isso?

— Não sei bem ao certo. Talvez, que aquele rapaz vai me odiar pelo resto da vida. Ele tem direito de fazê-lo. É assim que são as coisas entre os homens.

Em seguida, ela o deixou parado, e não perdeu sequer uma palavra com o fato de Teuter tê-la ameaçado de expulsão ainda naquela manhã.

A conferência é um fracasso

No dia seguinte, havia um envelope no escaninho de Smutek. Uma conferência extraordinária havia sido convocada para dali a dois dias. Havia apenas um assunto a ser discutido: expulsão por delito disciplinar a ser dada à melhor aluna da classe. A cabeça de Smutek baixou desanimada como se um grande animal tivesse pousado sobre sua nuca. Ele apoiou os cotovelos no escaninho aberto como se quisesse empurrar o tronco para dentro de um forno a gás, e por um momento gozou o lusco-fusco entre as paredes bem próximas uma da outra. A força que precisou fazer para voltar à posição ereta, enfiar o bilhete dobrado com a notícia no bolso e se colocar a caminho da primeira turma do dia, como se nada tivesse acontecido, como se não existissem pessoas que botavam fogo em casas inofensivas, e ninguém que estivesse tentando se vingar da existência de uma pista de tartan em uma menina, que era quem mais corria nela; como se também não existisse uma Sra. Smutek, que rastejava em silêncio pela casa, virava um objeto após o outro e contava duas vezes por semana a um psiquiatra que Smutek incorporava um país que havia lhe roubado a família e o passado... A força que ele precisou para simplesmente seguir adiante, Smutek a auferiu daquele ódio que Ada havia referido.

O Ernst Bloch era um dos últimos colégios na Alemanha a acabar com a conferência geral do semestre para transferir as competências correspondentes à direção escolar. Entre as coisas que continuavam exigindo a decisão de uma conferência, estavam uma expulsão, que tinha de ser decidida pela maioria dos professores do aluno em questão. Em câmera rápida, o grupo da câmara de química recapitulou os nomes dos professores de Ada, investigou-os em seus campos antagônicos, assim como as zonas neutras de indiferença que existiam entre eles. Faltariam muitos votos para uma expulsão. Teuter dera um tiro no próprio pé. Smutek pensou em carótidas rebentadas a mordidas. No caminho, Höfi mais uma vez o puxou pela manga. É tua culpa, tu sabes disso. Devias ter deixado ela em paz.

Do carro, ele ligou para o celular de Ada. Preste atenção, este é um telefonema ilegal. Por favor não venha para o treino até que tudo tenha passado. Entendido? Claro, tu sempre concordas com tudo. Falaste com teus pais? Foi o que eu pensei. Seria minha obrigação informá-los. Não vou fazer isso. Eu queria que tu o soubesses. Não fale a ninguém desse telefonema, senão perderei meu emprego.

Todo mundo estava curioso para ver a palestra em que Teuter revelaria os fatos como se fosse um filme muito esperado e anunciado há tempo. A voz do sapo Caco encheu durante minutos a sala dos professores, depois o silêncio imperou por algum tempo, não contado o barulho leve da calefação a óleo. A grande Odetta, os cabelos lisos atados em um nó enérgico, os olhos não tão pintados de preto como de costume, estava sentada, pronta a fugir, perto da porta, e olhava insegura para os rostos mudos dos presentes. Ela participava pela primeira vez de uma conferência na condição de observadora e conseguiu manter o humor pensando que em menos de uma hora poderia soltar o cabelo, subir as escadas, a fim de dar notícia do acontecido a Alev em seu recém-ocupado quarto de internado, ouvindo música melancólica e bebendo vinho. Odetta era aquilo que se chamava de moça de boa família. Por algum tempo, ela havia sofrido pelo fato de ser, ela mesma, menos boa do que os de casa, e por fim se decidira por uma suave diferenciação em relação a eles. Desde então vestia preto, se maquiava bastante, e a família lhe pagou por isso um caro quarto de internato. Ela se considerava feliz. E uma vez que dividia o amor por Alev com incontáveis outras moças, tinha a sensação de que estava fazendo a coisa certa. Aquilo que era discutido na conferência exigia, e de longe, demais dela.

Na segunda-feira anterior, Ada sentara no parapeito da janela da sala de biologia no princípio da terceira aula, e se pusera a ler um dos livros que Alev providenciava para ela a fim de conseguir um fundamento sólido para sua doutrinação.

— O medo da morte — ele dissera — é uma coisa despropositada. O que pensaríamos de figuras romanescas, que mal se mostram capazes de tomar parte em sua história porque o final inevitável da narrativa as paralisa?

Quando era criança, Ada respondeu, às vezes ficava acocorada diante de casa, observando as fileiras de formigas, besouros e pequenas aranhas e pensando que nenhuma delas estaria viva assim que o inverno começasse. Vocês ficam andando por aí um verão inteiro, ela teria dito, depois chega o frio e vocês ficam cada vez mais lentos, mais fracos e por fim se apagam.

— Pega esse livro — observou Alev — e não deixes que o estilo ruim te incomode. Ele foi, assim como a maior parte dos livros, escrito para pessoas burras e traduzido para pessoas mais burras ainda.

No lugar da professora de biologia, Teuter havia aparecido na soleira da porta a fim de liberar os alunos da aula. Ada terminara de ler o parágrafo iniciado e estava quase pronta quando seu nome, pronunciado agudamente, cortou o ar cansado da calefação.

— Não, claro, venha aqui para a frente, senhorita, e leia alto o que cativa tanto a sua atenção.

— Com certeza, não — Ada respondeu, fechou o livro e foi para seu lugar na última fileira de bancos. A tensão na sala de biologia era grande o suficiente para acender uma lâmpada.

— Então a obra está confiscada imediatamente.

Ada não se mexeu do lugar.

— Se o senhor fosse um país, a União Europeia o consideraria indigno de entrar na comunidade por causa de seus métodos.

Risos sufocados em dolby surround. Ada deixou as poças de seus olhos continuarem a se embaçar no rosto de Teuter, enquanto ele corria até ela, menor do que nunca, alfaraz entre as fileiras de bancos como um pinscher na caça. Por um momento, até pareceu que ele queria bater no rosto dela. Mas Teuter estacou e pegou o livro de cima da mesa. Tratava-se da *Bíblia satânica.*

— Um livro ruim — disse Ada baixinho — e tacanho. Foi escrito de baixo, da perspectiva do sapo.

— Por causa disso a senhorita terá de se mandar — havia dito Teuter, e depois desaparecido.

Agora ele estava em pé no meio da sala dos professores e apoiava as duas mãos sobre a borda da mesa. Lá fora, um dia de inverno se inclinava ao fim. O filme anunciado havia se revelado uma propaganda ruim para um produto desconhecido, todo mundo estava decepcionado. Höfi e Smutek olhavam um para o outro, o primeiro incomodado, o segundo triunfante. Viste, tempestade em copo d'água!... A raiva sem objetivos de Teuter é mais perigosa do que qualquer fúria justa... Por fim, Höfi franziu as sobrancelhas e interferiu de forma tão violenta na discussão como se saltasse gesticulando os braços para fora de uma moita a fim de chamar a atenção de uma besta fugida sobre si.

— Senhor diretor — exclamou ele —, e é com isso que o senhor nos faz perder nosso tempo? Leia o livro. Lavey é um palhaço, o senhor ia gostar muito!

Houve murmúrios, suspiros, sibilos de protesto.

— Não, claro, o senhor considera a luta contra o satanismo em nossa escola uma perda de tempo.

Höfi riu, breve e seco, sem mudar sua postura encolhida.

— Isto aqui não é um seminário de teologia, mas sim uma conferência disciplinar. Quais são os fatos?

A discussão prosseguiu nesse tom ainda durante uma meia hora, Teuter recebeu o apoio de dois professores que eram conhecidos pelo pouco respeito diante dos alunos e pela constante falta de dinheiro. Alguns se abstiveram, os restantes votaram contra a moção. A conferência se desfez em um silêncio gelado.

Odetta encontrou o quarto de Alev escuro. Ele e Ada estavam deitados em diferentes cantos do ambiente como bêbados debaixo de uma ponte. Alev se levantou de um salto e acendeu a luz. Os olhos de Ada estavam vermelhos. O gordo Toni, com quem Alev tinha de dividir o quarto, não estava presente.

— Resume o resultado em uma frase — disse Alev.

— Teuter quer se livrar dela de qualquer maneira, mas será bem difícil. Ela tem amigos.

Ada se levantou, a fim de olhar para fora. Lá, a escuridão chegava, luzindo em vermelho, Marte era um dos primeiros a se mostrar no céu. Ela pressionou a testa contra a vidraça para poder olhar seis andares abaixo ao pátio vazio do colégio. Por maior que fosse o planeta, o que tinha importância era apenas o que estava em nossa volta a cada momento. Suas botas estavam deitadas uma sobre a outra, próximas à porta de entrada, o casaco pendurado sobre o encosto da cadeira de Alev, em algum lugar também se encontrava sua mochila, provavelmente sobre a cama. E com isso ela praticamente morava ali. Coisa melhor a vida não poderia reservar a ela, e mais ela também não queria. Alev e Odetta estavam parados juntos perto da escrivaninha, de modo que os cabelos longos dela tocavam o rosto dele. A cena era maravilhosa, um casal de elfos negro-e-louro. Alev perguntava por Smutek, sempre de novo por Smutek. O que foi que ele disse, como foi que ele olhou? Ele está preocupado com ela? Com medo? Demonstra consciência pesada. Te concentra, é importante.

Odetta era bem mais alta do que ele. Ela não sabia o que dizer. Quando ele a pegou pela nuca e a apertou com suas longas unhas, ela deu um gritinho de dor, encantada. Eu não te disse que tu devias prestar atenção em Smutek, apenas em Smutek! Coisa estúpida. Os lábios de Odetta estavam semiabertos, como se ela esperasse ser beijada. Mas Alev se voltou para Ada e levantou os beiços em um sorriso largo. Poderia ter sido melhor. Mas que importa.

— Showzinho de merda — disse Ada. — Showzinho de merda e ainda por cima dispensável.

— Pequenininha — disse ele —, pelo menos tivemos a terceira parte da profecia.

Ada deu de ombros, enquanto observava sob as pálpebras caídas uma Odetta agradavelmente fria, de longos ossos.

— *So what?* — ela perguntou.

No rosto de Alev, a raiva pintou uma máscara de amabilidade exagerada. Ele se colocou diante de Ada e a pegou pela gola do pulôver.

— Tu — disse ele — deverias usar teu cérebro e exercitar a paciência, enquanto eu assumo os preparativos para o jogo. Há apenas uma pessoa que coloca as peças sobre a tábua. E esta pessoa sou eu. Portanto, espera e mantém o bico fechado. E mais — de repente ele levantou a voz sem dar atenção ao fato de que poderia ser ouvido além das paredes —, MAIS eu NÃO quero de ti.

Ada procurou seus calçados, vestiu o casaco, encontrou a mochila na cama. Com isso, ela havia juntado todo seu equipamento, toda sua casa e estava pronta a marchar. Odetta ficou sentada, curvada à frente, e tinha o queixo apoiado a uma das mãos, de modo que os cabelos formavam ninhos louros sobre o tampo da mesa. Alev fixava os olhos na vidraça como se pudesse ler a resposta de Ada nas estrelas. Ela não disse nada e saiu.

Ada saiu correndo para os braços do gordo Toni, que estava parado no corredor, indeciso. Não, não é uma boa hora para voltar ao teu quarto. Vamos fumar um lá fora. Tens teu casaco? Então pega um emprestado com Grüttel.

Depois de três cigarros, os dedos dos pés e das mãos estavam duros de tão congelados, e os traseiros doíam por causa do encosto estreito do banco do parque sobre o qual eles estavam sentados. Toni estava ocupado em contar a história de sua vida, tão curta quanto triste. Mais uma vez Ada chegou à conclusão que a última frase de Alev, devido ao comparativo, pressupunha gramaticalmente que ele queria *algo* dela. *Mais não*, mas pelo menos algo, o que quer que isso fosse. Toni terminou com a confissão de que estava apaixonado por Odetta e lamentou o fato de todas as meninas da escola gostarem de Alev.

— Eu não — disse Ada.

— No teu caso não tenho certeza de que és mesmo uma menina.

— Ok. Boa noite, Toni.

Ela deu uma volta cruzando pelo passeio junto ao Reno. O céu se estendia liso, uma lua redonda continuava a fila de luzes dos postes de iluminação sobre a água, listras de zebra feitas de luz estampavam as costas do rio. Negras, as Sete Serras jaziam em seu sono quase citadino. Ada pegou o telefone do bolso e digitou uma notícia a Smutek.

Ganhamos.

O bip da resposta veio tão rápido que ele parecia ter esperado pela mensagem de Ada.

Lamento Ada eu não sei por que mas eu lamento como se eu tivesse culpa de tudo desculpa.

Ela não sabia ao certo o que ele estava querendo dizer, mas era bom receber notícias proibidas. Por alguns segundos, existia uma conspiração, e conspiração significava vida e ventura. Ada deixou o rio e começou e correr, não rápido, mais como em uma brincadeira, um jogo, e assim seguiu sacudindo os braços como uma menininha bem pequena. Para casa.

Telefonemas noturnos 1

Uma quantidade incomumente grande de adrenalina havia deitado fileiras de formigas sobre seu corpo e a impedia de dormir. Há duas horas ela lutava contra a decisão de sair de casa sorrateiramente e correr alguns quilômetros pelo bairro para restabelecer seu equilíbrio químico. Em vez disso, não fez nada, e o tempo passou. O toque do telefone a fez levantar de um salto, o nível da adrenalina por alguns segundos chegou ao máximo, depois ela encontrou a tecla correta.

— Ora, ora, enfim — disse Alev, como se fosse ela que tivesse ligado e não o contrário.

— Odetta foi embora?

— Ela ainda está sentada aqui.

— Vocês fizeram sexo?

— Eu já te contei que uma das partes de meu corpo está permanentemente entregue à paralisia da gravidade?

— Não foi essa a minha pergunta. O que eu disse foi: vocês fizeram sexo? Responder com perguntas, coração, não é muito adequado a teu estilo.

Ao rir, ele afastava o telefone um pouco. Ada sabia que ele não gostava de telefonar. O telefone lhe roubava a capacidade de fazer caretas e gestos e o efeito de ambos sobre os receptores. Sim, o telefone diminuía seu poder sobre as pessoas.

— *You never expect the Spanish inquisition!* — gritou ele. — Pode ser que eu tenha usado um pouco os dedos.

— Onde está Toni?

— Sentado em sua cama sem dizer muita coisa.

— Tu o fizeste ver tudo?

— Digamos que ele olhou.

— Tu sabias que ele está apaixonado por Odetta? Tu sabias disso?

— É provável. Será que agora terminamos? Eu estou ligando por outro motivo.

— Espera um pouco. — Ada ouviu no escuro. Ela não havia acendido a lâmpada de cabeceira. Nenhum pássaro piava durante o sono, e mesmo os trens de carga do outro lado do rio faziam silêncio. Um silêncio artificial, pouco natural, dominava o ambiente, como se fosse produzido por alguém que se esforça em não fazer barulho.

— Vou ter de olhar na estante para ver se encontro o livro — disse Ada, afastou as cobertas e levantou.

— Que livro? — perguntou Alev. — Nossa história por acaso já foi escrita em algum lugar?

— Espera só um pouquinho. — Ela foi até a estante e depois adiante, ficou um momento parada, e abriu a porta do quarto com um safanão. — Vai dormir de novo — ela disse.

A mãe estava tão próxima da porta, que elas se olharam à queima-roupa como imagens de espelho desiguais. Suas costas estavam levemente curvadas, como se ela estivesse a ponto de colocar o ouvido no buraco da fechadura, a camisola transparente que lhe ia até os tornozelos balançou com o ar que a bafejou, e os cabelos negros, carregados eletrostaticamente pelos travesseiros e pela insônia, estavam em pé. Dois dedos se rebelavam e se colocaram à procura de um lugar nas costas onde pudessem coçar. A visão inteira doeu em Ada como um ataque físico.

— Alev precisa com urgência de um livro de biologia — disse ela. — Sobre o comportamento sexual dos invertebrados. Não era isso? Tu estás estudando malacologia, não é verdade?

As últimas palavras foram ditas ao telefone, não à mãe, que se virou e caminhou pelo corredor. Ada continuou em guarda, até que o banheiro ficou em silêncio e a mãe mais uma vez desapareceu em seu quarto.

— Eu gostaria de observar, introdutoriamente — disse Alev, quando Ada voltou à cama e o silêncio retomou seu domínio —, que lamento muito.

— Estou ouvindo direito? Deve ter sido o primeiro pedido de desculpas de tua vida.

— É possível. Mantenhamos a data histórica como a noite da primeira vez na recordação.

— Odetta nunca trepou antes?

— Também isso é possível.

— E os dedos com os quais tu seguras o telefone têm o cheiro do sexo dela?

Alev farejou de maneira audível.

— Eu lavei minhas mãos. Além disso não consigo entender o que tua conversalhada chorosa sobre Odetta tem a ver com meu telefonema... Ada?

Para sua grande surpresa, ela começara a chorar, rolava de um lado para o outro e pressionava o telefone ao ouvido como se ele fosse a última ligação com as coisas lá fora, uma janela estreita, que encolhia cada vez mais, para o mundo exterior. Não me deixes sozinha, ela sentia os gritos em seus ouvidos, sem que soubesse quem falava a quem. Ela agarrava a si mesma pela garganta, de modo que do outro lado da ligação não pôde ser ouvido nenhum ruído, apenas o estacar da respiração e um ofegar eventual.

— Desapareçam por alguns minutos! — Alev falava com os outros. — Vão se sentar juntinhos no sofá da sala de televisão. Isso fará bem a vocês... Ada!

Eles ficaram calados por muito tempo. O silêncio foi interrompido pelo clic de um isqueiro quando Alev acendeu um cigarro. A fumaça exalada ressoou sobre o receptor do aparelho. Quando ele recomeçou a falar, sua voz havia se tornado mais macia, envolveu Ada e a embalou como algo quebradiço. Pequenininha, não podes fazer assim. Tu és dura e fria. Não faças isso comigo. Tu não és como as outras.

Ela cheirava bem, essa voz, recendia ao próprio corpo, quando ainda se era criança, a travesseiros usados e ao pedaço de tapete de fibra áspera ao lado do cano da calefação. Como soldados, as sílabas marcharam pelos tímpanos de Ada, até começarem a afundar, um exército inteiro no pântano, um exército inteiro no tímpano, tu não és como as outras, tu pertences a mim, contudo, e quando elas penetraram Ada deixou todas as armas cair e se acalmou.

— Os nervos. Foi um pouco demais nos últimos dias. E ainda por cima a estação fria — ela disse, ironicamente.

— Tudo bem — disse Alev, alegre. — Que bom que estás aí de novo. Eu estou ligando por causa do dilema do prisioneiro. Consegues te lembrar de Delahaye e Mathieu? Eu te dei o artigo que eles escreveram.

— Mas é claro que me lembro.

Agora a voz de Ada soava completamente normal, talvez um pouco mais nítida do que de costume, e os pensamentos produziam um ruído paralelo próprio e melancólico.

— Maravilha. — Alev parecia estar no melhor dos humores. — Será que podias resumir o conteúdo essencial?

— Mas o que é isso? Uma prova?

— Exatamente. Uma prova de teoria do jogo.

— Vou fazer o que tu queres, mas desta vez, excepcionalmente, vais me explicar o porquê.

— O porquê... ou por que motivo?

— O porquê.

— Eu estou distribuindo os papéis e tu tens de conhecer as regras.

— Os papéis de Deus e do Diabo?

— Me arrependo de ter usado esses conceitos anacrônicos em tua presença. Palavras não devem jamais minguar à condição de máquinas do tempo. E muito menos quando elas nos transportam a uma época anterior a Nietzsche.

— Anterior ao *homo est deus*?

— Ada, eu amo tua rapidez. — Ele se tornava cada vez mais rápido em seu entusiasmo. — Só os lentos do conhecimento são capazes de pensar que a lentidão é parte do conhecimento.

— Mas isso também é de Nietzsche, não?

— *Naturellement*. Nietzsche é nosso bisavô, e nós ainda hoje esbanjamos sua herança.

— Ainda não estou entendendo a quê esse jogo de varetas feito de significados acabará levando. Tiras uma, colocas uma e nada se mexe?

— Jogo de varetas. Nós estamos chegando perto do tema da prova de hoje.

— São quinze para as duas da madrugada.

— Mas amanhã tens a primeira aula livre, não é verdade?

Ada suspirou.

— *Go ahead*.

Com algum retardamento, Ada começou a se alegrar com as observações de Alev sobre o frio, a dureza e a rapidez. Uma qualidade era algo para o que se podia apontar com o dedo, quando se estava falando de si mesmo. Queres saber como ela é? Ela é dura, fria e rápida. Com a aquisição de qualidades, até o mais tolo logra alcançar o ato da autocriação. O método era mentiroso e atraente, assim como todos os caminhos do menor esforço. Certa vez, Alev havia pedido a palavra na aula de alemão e apontado para ela: Minha amiga Ada, ali atrás, dispõe de um número bem menor de qualidades do que o homem sem qualidades, que supostamente não tem nenhuma. Como pode ser isso?... Ada percebeu imediatamente como o ciúme das princesinhas borbulhou ao encontro dela vindo de todos os lados. Mesmo a ausência de qualidades era uma qualidade pela qual se era invejado. Dureza, frialdade e rapidez eram logo três de uma só vez.

— Me explica o dilema — exigiu Alev.

Ada acreditou que ele estava ouvindo o raciocínio dela pelo telefone e precisou de um momento até entender a que ele se referia. Com ímpeto, ela se virou para o outro lado como se desse modo pudesse trocar o lado do cérebro ao pensar.

— Dois acusados são levados individualmente até diante do tribunal. A cada um deles o juiz sugere um acordo: Se tu confessares e denunciares teu camarada, não serás punido, e o outro vai pegar cinco anos de cadeia. Se vocês dois silenciarem, os indícios são suficientes para dois anos a cada um de vocês. Se vocês dois confessarem, cada um receberá quatro anos. Eles não têm nenhuma possibilidade de se comunicarem. Certo?

— Muito bem. E o que irá acontecer?

— Eles calculam, ambos, a solução que lhes traga a maior vantagem possível sob o menor risco. Quer dizer, os dois dão com a língua nos dentes. E cada um recebe quatro anos.

— E o que o juiz sabia?

— Que em um jogo com duas pessoas cuja soma é zero, nenhum dos dois coopera, ainda que juntos ambos pudessem alcançar o melhor resultado. Ou seja, dois anos de cadeia.

— Eu já disse antes: amo tua rapidez.

Ada rolou sobre as costas, mudou o telefone para o outro ouvido e respirou ar frio alimentando os pulmões. Mesmo no inverno ela dormia de janelas abertas.

— E o que aconteceria — prosseguiu Alev — se os presos soubessem que em pouco tempo voltariam a estar juntos diante do tribunal, ou se no futuro quisessem voltar a trabalhar juntos?

— Eles calculariam, considerando o futuro, a possibilidade de vingança e o dano tardio devido à confiança traída.

— E isso significa, em bom alemão matemático: em séries de decisão interativas deve-se prever que haja cooperação, enquanto no caso individual a traição será cometida. Obrigado, era isso.

Todo mundo conhece o instante em que o trem no qual se está sentado chega a uma estação. Percebe-se a diminuição da velocidade, inclina-se o corpo para a frente fazendo o cumprimento obrigatório ao deus da inércia, sente-se o ranger dos freios nos ouvidos e por fim vê-se o hall da estação diante da janela, pessoas esperando, relógios, bagagem amontoada. Quando o trem enfim para, os viajantes se lembram que poderiam muito bem descer. Alto-falantes mencionam possibilidades de conexões e os nomes de lugares de chegada possíveis. Seriam necessários apenas alguns passos, e já se estaria na plataforma, e com isso diante do portão de um futuro repentinamente mudado. Tais lugares, em que o destino pode ter sua página virada, o homem os sente em todas as fibras. Ele aprendeu a ficar sentado, indiferente ao que sibilam os alto-falantes. E se alguém de fato alguma vez levanta de um salto e deixa surpreendentemente o vagão, os que viajam com ele sorriem e sacodem as cabeças. Sua fantasia segue as veredas daquele que desembarca, eles mesmos ficam para trás. Tudo volta a ser como era antes assim que o trem volta a se colocar em movimento; a gente se apoia ao encosto descontraído e contempla a paisagem, que passa pela janela conforme a ordem normal das coisas o prevê.

Ada percebeu com nitidez a freada do trem. Nesse momento, ela poderia ter encerrado a conversa, tudo certo, maravilha, boa noite, e de então em diante teria viajado com outro trem, talvez em uma direção completamente diferente. Mas ela ficou sentada. Olhou por um instante seu próprio rosto na vidraça espelhada diante do fundo negro. Viu Alev em frente a ela, no outro lado da ligação. O trem estremeceu, colocando-se em movimento.

Telefonemas noturnos 2

Durante o silêncio seguinte Ada quase esqueceu que eles ainda há pouco haviam conversado. Semelhantes a pedras na água, as palavras haviam deixado uma impressão que durou apenas alguns segundos no ar frio, levantado algumas ondas arredondadas a sua volta e em seguida haviam desaparecido para sempre. A ligação parecia ter sido cortada. Nem a respiração dos dois podia ser ouvida.

— Ainda estás aí?

— Sim — disse Alev, bem perto de seu ouvido.

— O que mais tens a dizer?

— Uma coisa. Estou pronto.

— Pronto? Com os deveres de casa para amanhã? Com o último cigarro? Pronto para a briga?

Não é necessário saber muita coisa de uma pessoa para descobrir suas intenções. Apenas alguns dias de observação concentrada já são suficientes para conhecer as preferências e aversões, os hábitos e sensibilidades, os tons de voz e as cores que a pele assume, e que se juntam em volta do estandarte representado pelo nome de uma pessoa, e juntas formam um ser que é chamado de "homem", assim como grandes multidões de peixes são chamadas de "cardume". Ada sabia o suficiente do cardume-Alev para poder predizer que ele agora queria revelar tudo. Ela percebeu na qualidade miserável de sua introdução: ele queria ser indagado.

— Ou tu estás querendo dizer: pronto com teu plano?

— É um pouco difícil de explicar — disse ele. — Por isso eu gostaria de apresentar meu assunto da forma mais simples possível, correndo o risco de fazer com que ele pareça primitivo, talvez até mesmo obsceno.

— Vamos lá.

Ada ouviu como ele envolveu a boca junto ao telefone com a mão, a fim de falar realmente apenas com ela:

— Tu vais trepar com Smutek — ele disse —, eu vou bater fotos e aí nós o teremos em nossas mãos.

Ada reprimiu um "Como?", poupou-se do riso e também da pergunta sobre se ele estava falando mesmo sério. Seria inútil querer acreditar que ele estava brincando. Eles estavam se preparando, os dois, há semanas, para aquele instante, e desde o princípio havia sido claro que Alev não a encarregaria de fazer algo inocente ou até mesmo comum. Agora era importante reagir de um modo que se adequasse diretamente ao discurso dele, e que não acusasse cada uma das palavras ditas entre eles até agora de ser mentirosa.

Alev estava excitado e interpretou a hesitação dela de maneira falsa.

— Tu tens de ver a coisa toda assim: é culpa minha o fato de nós há tempo não termos dormido um com o outro. Se tu o fizeres com outro homem em minha presença, isso será a variante B de algo que acabaria acontecendo de qualquer maneira.

— E para que tudo isso? — perguntou Ada.

— Tu o farias? — perguntou ele de volta.

— Penso que não me custaria tanto assim.

Essa frase se adequava de forma excelente à atitude-Alev-Ada, e Ada tinha certeza que, mais tardar a partir da manhã seguinte, a mesma frase também já corresponderia à verdade. Por enquanto, ela agarrou o vazio ao procurar a tecla que indicava a postura espiritual correta.

— Eu desejei muito que tu dissesses isso! — Alev estava em júbilo como uma criança que ganhou um brinquedo novo, e por um momento o aperta junto ao coração, antes de ele estar deitado junto aos outros, já totalmente frio, à noite.

— Tu não respondeste à minha pergunta — disse Ada.

— A pergunta pelo porquê?

— Não. Isso foi antes. Agora eu estava me referindo à pergunta do para quê.

Alev suspirou como um professor que tem de concordar que seu aluno está começando a suplantá-lo.

— Eu achei que *tu* poderias me contar mais a esse respeito.

— Tu tiras um plano da moita de tua cabeça e esperas que eu providencie os objetivos para ele?

— Ada, pequenininha, por mais plausível que essa objeção soasse se vinda da boca de alguém outro, no teu caso eu apenas posso dizer: não te faças de boba. Tu estás tão metida nisso quanto eu.

— Nada contra insinuações píticas, mas nós andaríamos mais rápido se tu pudesses te limitar a ler o texto de orelha.

— Desde que nós nos conhecemos, nós sempre falamos, mais ou menos claramente, da mesma coisa. Agora observa os fatos. Tomemos, por exemplo, teu imenso talento para correr. E o professor de educação física, o polaco Smutek, com seu orgulho pateta e sua bela mulher meio louca. E ainda a ação de salvamento em Dahlem. Tua impotência, ao que tudo indica pronta a virar filme, e a cena da reanimação, nua na banheira. Ada, a calada. Ada, a corredora. Ada, a salvadora.

— Ada, a rápida.

— Ada, a rápida, Ada, o objeto da política escolar. Cavaleiros brancos e negros montam seus cavalos. E por fim, não é verdade... — mais uma vez o isqueiro dele fez alguns clics rápidos — ... tudo isso acontece na presença de um apresentador magistral no jogo dos destinos.

Ada esperneou afastando a coberta para longe de seu corpo, de uma hora para outra passara a sentir calor. A conversa sofística tinha a vantagem incalculável de tornar desimportante, e de forma bem rápida, tudo aquilo do que tratava.

— Como é que eu poderia não querer interferir nisso tudo? Para responder à tua pergunta de modo preciso: trata-se de ajudar os acontecimentos a usar seus calçados, a fim de que possam correr. Se tu conheces uma resposta melhor à pergunta do porquê um jogo de xadrez acontece e há milhares de anos é jogado por todos os lugares no planeta, sempre de novo — então dá-a tu mesmo a ti... E, assim que tiveres oportunidade, não deixes de comunicá-la também a mim.

— Um jogo — disse Ada — tem por objetivo o próprio progresso. Isso não diz respeito necessariamente aos jogadores. Eu quero uma autoinformação.

— Tu és dura.

— Alguém tem de ser. O que queres de Smutek? Qual será o lucro da extorsão?

— Poder. Novas possibilidades de desdobramento para todos os envolvidos. Gozo diabólico. Talvez dinheiro. Mas antes de tudo a satisfação do prazer de jogar.

— E de alguns outros prazeres?

— Não te tornes tosca. O voyeurismo não me interessa nem um pouco. Eu escuto o chamado das oportunidades. Se observares o desenrolar dos últimos meses, verás que tudo assume uma forma de cunha... — ele procurava palavras e tamborilava com o cinzeiro — ... sim, tudo é como uma cunha, larga no começo, pontuda no final. E na ponta há um buraco de agulha. Nós somos obrigados a passar por dentro dele. Sendo como é, poderia ser também uma outra coisa.

— Está bem — disse Ada, acalmando. — Vou pensar sobre isso.

— Mas não muito tempo. Nós queremos considerar desde logo alguns preparativos himenais.

— E por que tão rápido?

— Porque em quatro meses farás dezesseis anos. Todo mundo conhece algumas coisas de cor. No meu caso é o *Sino* de Schiller, as *Metamorfoses* de Ovídio e de uns tempos para cá o parágrafo 174, alínea I, número I do Código Penal. Quem encaminhar atos sexuais com uma pessoa menor de dezesseis anos, que lhe foi confiada à educação, ao treinamento ou acompanhamento de conduta, ou permitir que o pupilo os encaminhe consigo, será condenado a uma pena de reclusão de até cinco anos.

Apenas essas locuções formais foram capazes de rasgar o véu de silogismos líricos e abriram a vista a costas brancas, cabelos suados, movimentos maquinais. Naturalmente Smutek estava deitado em cima. Depois de um segundo de susto, que era mais devido ao caráter incomum daquilo que imaginara do que a alguma rejeição sentida nas profundezas, Ada teve de sorrir. Não havia nada de mais nisso. Também com respeito ao assunto, nada mais se fez ouvir. Seguiu-se um silêncio, segundos profundamente pacíficos, nos quais ela mergulhou totalmente em si mesma. Enquanto as profecias de Alev se cumpriam, Ada não tivera nada a fazer, a não ser deixar que as coisas seguissem seu caminho. Na medida em que as coisas pareciam correr em direção a uma catástrofe, o mundo estava em equilíbrio. Nada é mais estável do que uma viagem ao abismo. A gente podia até mesmo relaxar completamente.

— Smutek não é homem para achar graça em desvirginar uma menina — disse Alev do outro lado da linha. — Ele se assustaria diante disso. E o dilema dos prisioneiros dispensa reações de pânico.

— Estás apostando em cooperação? Então estás planejando uma sequência interativa. — Ada ouviu-o sorrir, ainda que um sorriso segundo o entendimento corrente não cause nenhum ruído. — Uma outra questão. O dilema dos prisioneiros não é um jogo para duas pessoas?

— Lúcido. Nós de um lado, Smutek do outro.

— Eu tenho a impressão de que nesta constelação eu e Smutek somos os prisioneiros e tu o juiz.

Ele hesitou em dar a resposta, mas em seguida ela veio em forma de uma nova pergunta:

— E isso seria ruim?

A isso Ada não sabia o que dizer. Seu corpo estava resfriado, ela voltou a puxar a coberta sobre si. Pouco a pouco, estava ficando cansada, os pensamentos aproveitaram o instante, se puseram em fuga seguindo por caminhos próprios. Ela viu Smutek e a si mesma, um ser duplo trotando em passo lento. Viu Odetta, na qual Alev exercia medidas himenais. Viu a mãe e o general de brigada, que ela havia transformado em um pedaço de carne deteriorado em sua fantasia. Pensou na rapidez. Alev desapareceu do telefone sem deixar rastros, como se jamais estivesse sentado sussurrante junto a ele.

Mal a ligação havia sido interrompida, o telefone tocou de novo. Desta vez Ada colocou o dedo na tecla correta em uma fração de segundo.

— Já é bem tarde.

— Eu sei, Ada — disse Smutek —, lamento.

— O senhor não pode estar falando sério. É só falar no Diabo, que ele aparece.

— O que queres dizer com isso?

— Acabamos de falar no senhor.

— Tu e Alev?

— Nós estávamos bolando um plano para encaminhar o progresso natural das coisas.

— É por motivo semelhante que estou ligando. Teu telefone estava ocupado o tempo todo, aí eu pensei que ainda estavas acordada. Eu queria... — Ele estacou, e sua voz parecia mostrar que estava cansado, tão cansado e confuso como se mal soubesse com quem estava falando.

— O senhor por acaso queria me comunicar que ama minha rapidez?

— O quê? Ah, tá. — Ele riu, já um pouco mais controlado. — É claro que eu amo tua rapidez. Em alguns meses nós vamos para a competição e mostraremos a todo mundo o que é bom para a tosse.

— Se Alev tiver razão, o senhor pagará caro por esse desejo em bem pouco tempo.

— Também sobre isso eu queria conversar. Sabes do que aconteceu na conferência?

— Claro.

— A querida Odetta. Foi o que eu achei. Desde então estou pensando que não deveríamos mais correr juntos. Tu podes participar do treino como os outros. Mas seria bom se nós dois não corrêssemos mais juntos. Tu sabes muito bem.

— Eu correrei mesmo assim. Se o senhor participa ou não, faz pouca diferença para mim.

A resposta foi rude e ainda assim a única certa no sentido de aliviar Smutek. Ele soou como se tivesse sido libertado de um peso.

— Fico contente que tu vejas as coisas assim. Eu não tinha o direito de te envolver em minhas questões pessoais.

— Para mim, nada importou.

— Sei disso. Nada te importa.

— Seja lá o que for que acontecer no futuro... quero que o senhor preste atenção em uma coisa: isso não me importará. É bem possível que o senhor esqueça disso de quando em vez.

— Tu és de uma tolerância extrema. Provavelmente sejas uma criança de teu tempo e de teu país.

— Eu sou rápida.

Ele riu mais uma vez, desinibido, e desbragadamente, de modo que Ada suspeitou que a Sra. Smutek estava dormindo à custa de fármacos, incapaz de se admirar com o telefonema noturno de seu marido. Ao ouvir com mais atenção, pôde perceber um guinchar baixinho, que vinha do indicador de Smutek, que adquirira autonomia durante a conversa e desenhava algo na janela embaçada. Ada teria gostado muito de saber o que ele escrevia. Mas ele desligara antes que ela pudesse perguntar. Ada jogou o telefone para longe, como se tivesse queimado os dedos nele, deitou a cabeça sobre o travesseiro e acreditou que não conseguiria pegar no sono. No instante seguinte, ela já se fora, desligada como uma lâmpada de cabeceira, inalcançável a si mesma, inalcançável a nós todos.

O desvirginamento de Ada

Na breve conversa introdutória, Ada ponderou que sua inexperiência em coisas relativas ao sexo talvez representasse um risco, que tinha de ser minimizado com um punhado de instruções práticas para o bem de todo o empreendimento. Será que o mais inteligente não era unir o útil ao igualmente útil e transformar o desvirginamento planejado em um ensaio geral?

Alev replicou que não se pode pedir aulas de língua de um surdo-mudo e que ela por isso teria de confiar na capacidade dos instintos. A arte da manutenção da espécie havia sido inculcada a todas as formas de vida, e uma vez que Ada também incorporava uma forma de vida, ela haveria de saber o que fazer em caso de necessidade. De qualquer modo, ele também estava pronto, sem mais, a arranjar para ela um garanhão experiente que a deflorasse e ao mesmo tempo lhe proporcionasse o tal ensaio geral, Bastian, por exemplo, seria alguém sob todos os aspectos recomendável. Ada queria que fosse assim?

Ela não queria um garanhão, ela queria Alev, e por alguns segundos havia se permitido o desejo convencional de ser a única entre todas as meninas capaz de despertar o meio do corpo dele à vida. Embaraçada, ela rolou uma pedrinha com a sola das botas para cá e para lá, sobre o asfalto do piso do colégio.

Uma vez que justamente no meio da bandeja era o lugar em que se podia conversar de maneira a ser menos perturbado, eles estavam parados como dois mourões solitários não muito longe do lugar em que Ada e Rocket há nove meses haviam discutido o desvirginamento de Olaf. A pedra, com a qual a bota de Ada brincava, era parte daqueles campos coloridos de céu-e-inferno, envolvidos por linhas de giz. Por algum motivo, ambos estavam desgostosos. Eles concordaram com domingo entre 20 e 21 horas. Os dias de março continuavam a fazer com que o expediente terminasse bem cedo, e por volta das 19 horas levavam consigo aquela parcela retirável da personalidade que durante o dia ficava atrapalhando o caminho de todo mundo. Caso ainda sobrassem restos de escrúpulos, esse já não era mais o caso depois da chegada da escuridão. Além disso, os educadores se juntavam todos os domingos para ver o *Tatort* durante duas horas, e não dariam bola para um conversinha ou algumas perguntas inquisitoriais se não fossem chamados a fazê-lo, confirmando ademais que viriam.

Depois de isso estar esclarecido, Ada e Alev se voltaram e caminharam ambos ao fim do pátio escolar, em direções contrárias. Atiraram olhares cheios de ódio ao cobertor de nuvens que pesava baixo, porque estas não haviam se mostrado dispostas a se abrir a fim de deixar sair um cone de luz a Rubens, que envolvesse suas cabeças durante a conversa com coroas de iluminados. Um pouco de brilho divino por certo se adequaria bem ao negócio. Às vezes, era difícil suportar com quanta indiferença o globo terrestre se comportava diante de todos os esforços humanos.

A noite de domingo pelo menos esperou por eles com um temporal. Este mostrara a força de seus músculos, e enviara alguns pingos dos bem grossos em sinal de advertência, e depois dessa investida se retirara demonstrando fúria e fazendo estrondo para os lados de Colônia. A população de domingo deixou seus esconderijos sob as pontes e entradas das casas, estendeu seus pratos de mendigo ao alto e se apressou, sozinha ou em grupos, por ruas molhadas, de volta para casa depois do passeio interrompido. Os primeiros retângulos iluminados haviam sido colados à cidade como etiquetas. O Longo Eugênio, elevado à condição emérita de prédio, se colocava monumentalmente negro diante do crepúsculo, transformado em anão pela nova torre dos Correios, com o dobro do tamanho, em cujos longos flancos luzes coloridas artificiais corriam para cima e para baixo.

Nem um pouco impressionada com as ameaças da chuva, Ada dera suas voltas na quadra de esportes e depois fora ao internato para tomar uma ducha. Na verdade, ela havia decidido não se lavar com qualquer cuidado especial, como se fosse fazer uma visita ao ginecologista, por exemplo. Mas agora se esfregava pelo corpo inteiro com o sabonete líquido de Alev, massageava o cheiro dele com as pontas dos dedos em todos os poros, e só parou quando viu que gastara metade do vidro e todo o banheiro recendia a ele. Ela não havia ligado a luz. Na escuridão morna e úmida, pôde habitar em Alev por algum momento, como se tivesse encontrado abrigo entre suas roupas, um pequeno parasita, inquilino de uma axila. O cheiro estava prestes a se transformar em fedor. Mais uma vez a insatisfação escorria como um líquido fervente em sua barriga. Ela se secou, dispensou roupas de baixo e usou pulôver e calça apenas para poder atravessar o corredor do internato.

Desalojar Toni por alguns momentos não foi mais difícil do que expulsar um cachorro do quarto. Quando Alev mostrou a porta, de braço estendido, ele pegou seu casaco no espaldar da cadeira sem dizer palavra e desapareceu. Mal ele havia ido embora, Ada se sentou à borda da cama, abriu o botão e o fecho de seu jeans e levantou a bunda para fazer a calça descer pelos quadris e depois jogá-la em um monte sobre o chão.

Alev estava apoiado à escrivaninha e olhava o tempo todo para fora, ainda que não houvesse nada para ver. A vidraça da janela construía um reflexo do quarto em forma de caixa lá fora, no 6º andar da noite. Alguma coisa não estava em ordem. A atmosfera parecia deteriorada, como se em algum lugar estivesse vazando um gás sem cheiro que tornava o ar irrespirável. Sobre a mesa havia um vibrador, preto, grosso e com 20 centímetros de comprimento, e parecia ser apenas um instrumento qualquer ao lado do pacotinho não aberto de lenços de papel e do pote de creme. Alev se incomodou com a pergunta sobre se o vibrador de fato ainda não havia sido usado, com a desconfiança de Ada em relação ao conteúdo do pote de creme e mais que tudo com a troça que ela fez do inocente pacotinho de lenços de papel. Não, ele não estava achando que o vibrador ejacularia. Tampouco acreditava que Ada poderia começar a sangrar como uma vítima de acidente, uma vez que não podia ser excluída a possibilidade de que algum ginecologista à procura de cistos já houvesse dado cabo da defloração com seu bastão de ultrassom. Naturalmente, eles dariam conta de tudo também com um pacotinho já aberto de lenços de papel. Mas ele se esforçara em deixar tudo acertado. Mesmo que soubesse o que custava um bom vibrador, ele visitara especialmente o sex shop, mostrara um documento de identificação e escolhera o modelo menos chamativo de todos, porque não queria ofender Ada com um brinquedo de cachorro cheio de nódulos e menos ainda com algum legume ou com o cabo de uma corda de pular corda para crianças. Ele havia preferido um creme umectante profissional a uma lata barata de vaselina, e comprado os lenços na farmácia. Durante o dia inteiro, ele não soubera o que fazer, e ficara esperando o tempo inteiro que ela voltasse de sua corrida. Agora ela estava deitada com a parte de baixo do corpo nua, com um pulôver de lã grosso e de listras coloridas sobre a cama de Toni, ironizava os preparativos que ele fizera e se comportava exatamente como no pátio do colégio ou na sala de aula, se não fosse considerada uma hostilidade subliminar, que brincava com os nervos dele usando suas longas garras. Seu cabelo estava totalmente molhado da ducha, ela não havia nem sequer encostado a toalha nele. Alev mal conseguia olhar para ela.

— Não queres tirar toda a roupa? — ele perguntou à vidraça espelhada da janela.

— E por quê?

Foi a raiva que por fim o fez se virar, e enquanto ele gritava com Ada, nem ela nem ele sabiam o que estava acontecendo com ele. Os pelos pubianos de Ada eram tão louros quanto seu topete, e pareciam com um tímido animalzinho de pelúcia, que tentava se enterrar entre as coxas cerradas. Talvez ele estivesse chamando o instante à ordem, com seu berro. Talvez tivesse sentido uma dor no peito, uma dor que o fazia sentir pela primeira vez que também ele tinha um coração. Se houvesse uma possibilidade de terminar a coisa antes mesmo de começá-la, pelo menos por aquela noite... ele com certeza a teria aproveitado.

— Por que tu aceitas fazer isso? — ele gritou.

Ela respondeu como sempre, na língua do gelo eterno:

— És antes tu que estás fazendo algo.

— Poderias fazer isso tu mesma, sozinha no banheiro ou em tua cama, e nos poupar desse espetáculo lamentável.

— Isso seria grotesco. Eu me coloco à disposição de tua ideia. *C'est tout.*

— Ada! — A proximidade dos educadores algumas portas adiante esmagou seu berro em um sibilo. — Mas nem tudo pode ser indiferente pra ti!

— Pode, sim. Até hoje eu inclusive acreditava que isso te agradava. Eu, aliás, usaria um outro conceito. Não indiferente, mas igual, igual a todo o resto...

Seu entusiasmo aquecido levava a frialdade dela ao zero absoluto, como se eles formassem, compressor e espiral de resfriamento, os pares do mesmo aparelho de medir a temperatura.

— O que queres dizer com isso?

— Alev. — Enfim ela levantava o queixo, afastava o olhar do monte lamentável de sua calça jeans, e voltava os olhos para a testa dele. — Se tu fores esperto o suficiente para merecer minha presença neste ambiente, ainda que apenas parcialmente, então procura te conter e volta a colocar teu cérebro em funcionamento.

A arrogância dela foi como um bálsamo para os nervos dele. Se não fosse o animalzinho medroso e louro entre suas pernas, Ada teria parecido igualmente vulnerável e mais vestida em sua nudez do que se estivesse usando seu jeans e suas botas.

— Quando é igual, significa que duas coisas, sejam elas quais forem, têm o mesmo valor para mim. — Ela falava mostrando a inflexão de um discurso bem azeitado. — Eu posso fazer o que tu queres de mim e eu posso me negar a fazê-lo. Mas para mim ambas as alternativas possuem o mesmo valor, são iguais, pois.

— O que tu estás querendo, hein?

Ela refletiu, ou achou conveniente fazer uma pausa artificial.

— Provavelmente ficar junto de ti. Mas se tu em algum momento acreditaste que poderias desvirginar minha alma com esse troço aí, estás muito enganado. Eu não tenho alma. Eu tenho sentimentos e juízo, e a soma disso não é nada que possas alcançar com um pau de plástico. Portanto, não banque o nervoso só porque eu não fico de olhos umedecidos.

Com todo o cuidado, ele se afastou da borda da mesa e caminhou lentamente até ela, deixou-se cair a seu lado e a envolveu com os braços, preocupado em evitar qualquer toque com a parte nua do corpo. Os cabelos molhados dela colaram ao seu pescoço. Ele acariciou várias vezes as costas dela e murmurou palavras em línguas estrangeiras, fórmulas cabalísticas, declarações de amor ou palavrões, e, pouco importa o que eram, sua voz soava a uma pátria que não tinha nada a ver com lugares geográficos. Ao fim, ele colocou Ada de costas sobre a cama. Por um momento, ele a deixou sozinha, a fim de se esticar em direção aos utensílios sobre a escrivaninha, e logo voltou a se deitar sobre ela como se fosse necessário salvá-la da morte por congelamento. Ele beijou os olhos cerrados dela, aquentou suas mãos em volta do próprio pescoço como um massagista, e começou a acariciar o animalzinho louro como se tivesse de fazer com que ele levantasse a cabeça. Depois de alguns instantes, Ada afrouxou a pressão de suas coxas. Alev sabia que ela não sentiria nada durante o ato, em todo caso não desejo físico. Ela havia lhe contado que, para se masturbar, não inseria objetos dentro de si mesma, mas apenas um indicador, ou se esfregava no canto da cama. No rosto dela podia ser visto que o vibrador alcançou em seu corpo a força declaratória de um aperto de mãos cordial. Mesmo assim ela sorriu um sorriso, que ele viu nela pela primeira vez: feliz.

Ajoelhando, Alev se colocou em posição ereta a fim de deixar o braço direito livre, e aumentou o ritmo. Sua respiração se fez mais rápida, os tremores colocavam o corpo inteiro de Ada em movimento. Ele quase foi dominado pelo desejo de enfiar com força um punhado de vezes. O suor, que se juntou na base de seus cabelos, não vinha do esforço físico, mas sim do autodomínio obstinado. Quando se jogou sobre ela, uma lágrima corria pelas costas de seu nariz egípcio e logo foi devorada pela lã do pulôver dela.

— Tu com certeza és capaz de imaginar — disse ele — que eu gostaria de ter feito isso de outro modo.

Algumas lágrimas se adequaram tanto a essas palavras, que Alev quis abrir os olhos dela a fim de que ela percebesse o segundo pingo que justo agora estava na ponta de seu nariz e não conseguia se decidir a cair. Em vez isso, ele estendeu um braço, tateou pelo corpo dela abaixo e pegou em seu colo mole, totalmente descontraído.

— Um saco de pele — disse Alev. — Costurado pela mãe natureza a fim de conservar um punhado de glândulas e canais.

— Jamais acreditei que estivesses dizendo a verdade — disse Ada, áspera. — E o pior é que continuo não acreditando.

O vibrador fez um ruído esquisito ao cair da cama ao chão, saltitando e chacoalhando. Lá fora trovejava, a tempestade voltara de Colônia. Sobre o lençol de Toni, havia uma mancha de sangue. Alev abriu o pacote de lenços de papel e fez questão de limpar Ada dos restos de creme com suas próprias mãos.

A chuva a matraquear no telhado, lá em cima, lembrava que o tempo estava passando, e com isso também chamava Toni à lembrança. Como em uma privada estragada, a água sussurrava sem pausa pelas largas canaletas da chuva, e mesmo o respingar claro sobre o asfalto do pátio do colégio podia ser ouvido até o 6º andar. Ada se meteu em sua calça jeans, chutou o vibrador para baixo da cama, pegou um cigarro aceso das mãos de Alev e abriu a porta. Toni estava em pé no corredor escuro, a alguma distância, encostado à parede; de seus longos cabelos, escorria água sobre o material sintético da jaqueta. Quando a luz da fresta da porta iluminou o chão a seus pés, ele enfim levantou os olhos e fitou o rosto de Ada.

— Tudo certo? — perguntou ele, baixinho.

Ele parecia preocupado e triste, velho como um homem no final de uma vida desperdiçada, que não provou nada a não ser o caráter vão de todos os esforços.

— Toni — disse ela. — Não poderia estar melhor. Estou falando sério.

As feições dele se iluminaram, ele jogou os cabelos molhados para trás e esfregou seu rosto, até que a velhice e a desilusão desaparecessem, e ele devolvesse a ela o sorriso cheio de espinhas, que mal demonstrava ter sido usado em seus 19 anos recém-completos.

— Vocês ainda têm tabaco?

— Entra — disse Ada. — Teu quarto te pertence de novo. Lamento muito.

Ele acenou, fazendo um gesto que indicava pouca importância.

— Com certeza não foi culpa tua. — Ele a puxou pelo braço para o corredor e fechou a porta com estardalhaço. — Não sou tua mãe e também não gostaria de sê-la. Mas uma coisa eu tenho de te dizer: fica longe desse tipo. — Toni apontou para a parede, atrás da qual Alev estava sentado como uma aranha em uma caixa trancada. — Ele é louco. Eu divido o quarto com ele, e sei do que estou falando. Estás entendendo? — Também na escuridão era claro que Ada fixava um ponto no meio da testa dele. Ele colocou suas duas mãos sobre os ombros dela.— Já é tarde demais? — Ela não respondeu. — Já é tarde demais — ele repetiu, balançou a cabeça e lamentando, tocou o trinco atrás das costas de Ada e empurrou a si mesmo e a Ada para dentro do quarto.

— E aí, meu velho! — Alev estava deitado sobre sua cama, a mancha de sangue no lençol de Toni havia desaparecido, Alev por certo mudara a roupa de cama. Ada e ele trocaram um rápido olhar, um aceno de cabeça imperceptível. — Mas tu estás molhado, hein, meu velho. Senta aqui, pega um biscoito. — Ele jogou o saquinho de tabaco a Toni, que o agarrou no ar sem olhar.

Fora, na chuva. Os cabelos de Ada cheiravam a Alev. Seu pulôver e o casaco, que ele havia lhe emprestado, cheiravam mais a Alev do que o próprio Alev. O tecido adensava seu cheiro a uma essência perigosa, que quase a fazia se sentir mal. Pressa, era preciso pressa; ela tinha de diluir a desordem em sua cabeça com ar fresco. Atrás dela, Alev desceu as escadas correndo e passou por ela no momento exato a fim de ainda poder girar a chave e lhe abrir a porta. Um atrás do outro, eles chegaram à escadaria larga e senhoril do prédio. Despediram-se com um aperto de mãos.

Por um momento, Ada ficou em pé diante da entrada, a fim de contemplar a chuva, que caía do céu em grossas cordas d'água. Ela não conseguiu convencer logo a si mesma e penetrar nessa cortina líquida, que não tinha outro lado, era apenas cortina, e não escondia algo belo ou terrível. Nenhuma pessoa normal se encontrava na rua com aquele tempo.

A chuva trancava os homens dentro de casa, enquanto uma empresa de limpeza gigantesca desmontava o rosto do mundo para fazer uma boa limpeza debaixo dele. A chuva trancava janelas, cerrava portas, apagava os jardins. Carros passavam lavrando com olhos arregalados de peixe, as calçadas eram pinguelas para silhuetas humanas, para *outsiders* e comedores de carniça, para os funcionários da administração da terra de ninguém. Uma parcela da grande escuridão, na qual as cidades estão enfiadas como ornamentos luminosos de uma árvore de natal, havia vazado para as ruas e comunicava aos poucos que aguentavam a situação algo sobre a imensidão de espaços não ocupados, sobre o universo e sua independência absoluta de toda a existência humana. Ada respirou profundamente como se tivesse de mergulhar até em casa com uma única ração pulmonar, e se afastou da parede com um impulso. Quando saiu correndo, já tinha ultrapassado uma fronteira, e deixou tudo o que havia acontecido atrás dela.

O mundo é uma lasanha

Enquanto isso, Höfi estava sentado à borda da cama de sua esposa a 5 quilômetros de distância, contemplava uma outra seção da mesma chuva e pensava sobre o universo e sua independência de toda a existência humana. Jamais antes ele sentira com tanta nitidez, que o universo não lhe dizia absolutamente nenhum respeito. Ele não era um ouvido disposto a ouvi-lo. Para o corpo, ele oferecia lugar demais, para o espírito, de menos. O mesmo valia para os planetas, o continente, a Alemanha, aquela cidade e o quarto, no qual ele agora estava.

No quarto, havia uma série de objetos que não deviam estar ali. Pela cor, pela forma e pelo cheiro, eles não combinavam com o mobiliário que consistia em poucos móveis de nogueira, tapetes grossos e livros, que tampavam a maior parte da superfície das paredes. Os objetos estranhos eram de alumínio, borracha transparente e plástico branco, eles se destacavam pela altura ou tinham formato de caixa e eram pesados, tinham rodas em forma de bolas e lançavam tentáculos de mangueiras no ar, que aliás também se tornara estranho. Tudo isso, Höfi o reconhecia ao observar o cortinado de chuva diante da janela, não lhe dizia o menor respeito. Havia apenas uma coisa que o atingia. Essa coisa era sua pequena mulher britânica, que quase já havia lhe escapado entre os dedos, que não se desviava quando ele queria segurá-la, mas sorria e se entregava cheia de confiança a seu toque, e mesmo assim diminuía cada vez mais e já estava tão diminuta que a coberta mal tomava conhecimento dela. Sua respiração já não era mais um levantar e um abaixar, mas sim o estertor esporádico de um animal de ossos de passarinho.

Incontáveis vezes naquela noite, Höfi havia acreditado que desde a última respiração já passara tempo demais. Ele ouvira a tempestade vir e ir, e depois voltar de novo. Estava sentado em silêncio quando a chuva começou a cair. Sua mulher e ele não conversavam mais. Já haviam dito um ao outro tudo o que era importante, e para coisas desimportantes não era o momento adequado. Ela sorria de lábios cerrados, e quando abria os olhos uma ou duas vezes a cada meia hora, eles estavam tão carregados de sentimentos que Höfi tinha de fazer força para não desviar o olhar.

Ele há tempo não esperava mais. Seus pensamentos passearam a sua 8ª série com as muitas meninas anoréxicas, ao baixinho Teuter, que trazia infelicidade aos outros porque não sabia o que era felicidade, a Ada, pela qual ele sentia uma compaixão infundada desde o momento em que a havia visto com sua mãe nervosa pela primeira vez. Havia tão poucas coisas importantes nas quais ele podia pensar. A vida era cheia de banalidades, era construída com base nelas, banalidades eram seu material de construção, argamassa e reboco. Mesmo diante da morte se era obrigado a fazer coisas banais, tirar o cabo do telefone da tomada, a fim de evitar que a gente mesmo quebrasse uma promessa. A partir de hoje nós não telefonaremos mais depois da luz de uma ambulância, promete, tudo bem, eu prometo. Pouco importava com que bandeiras da alegria ou do luto a existência se enfeitava — ela continuava banal. É provável que isso fosse saudável. É provável que isso proporcionasse aderência ao chão, é provável que fosse normal. O que era normal tinha de ser bom, pois quem seria tão burro a ponto de chamar algo ruim de normal?

Os pensamentos de Höfi deram voltas, ficaram encharcados na chuva até que o ruído da água caindo se transformou no ruído de suas fantasias. Sua mulher abriu os olhos e voltou a fechá-los.

Dez minutos de carro longe dali, na rua mais feliz da cidade, Smutek se apoiava à janela, que aos poucos assumia o papel de seu lugar cativo, fixava os olhos na tempestade como se pudesse aprender algo de tanta agressividade, e pensou em sua mulher, que estava prestes a se transformar em uma coisa estranha depois de ter sido uma pessoa amada. Sua palidez era cérea, os olhos negros baços como se fossem de plástico, e seu cabelo lutava contra todos os toques com um estalar eletrostático. Há semanas, as palavras só pingavam isoladamente dela, e Smutek se postava diante desse espetáculo como alguém que quer tomar banho e ainda não percebeu o cano estourado no porão.

No passado, ele contava diariamente de seu trabalho. De nulidades ele havia tecido uma história após a outra para ela, havia dado saltos a fim de imitar o andar de um colega, havia arremedado vozes, desenhado cenários em papel, empurrado atores coadjuvantes ao palco.

E então abriu a janela com ímpeto, um grande movimento de braço da esquerda para a direita. O ar do inverno era um golpe no rosto, pá, e de repente tudo cheirava a banana. Três pequenas vovozinhas, todas vestidas de preto como Drácula, atravessaram em linha reta o pátio da escola. Em cada um dos punhos enluvados em preto estava enfiada uma banana, luminosamente amarela, tochas em uma tarde fumacenta. As três morderam quase ao mesmo tempo. Alucinações não fazem ruído, não é verdade, assim como os sonhos. Eu pensei que o Diabo estivesse caminhando ali na feição de três figuras. É sempre uma coisa insignificante que marca uma quebra na realidade. Pendure um quadro sobre uma mancha na parede, e todos os que o observarem acharão que ele está no lugar errado.

Assim ele havia falado com ela, e a Sra. Smutek gargalhara lágrimas. Agora ela estava deitada, plana, sobre o sofá, seu corpo mal conseguia abaular a coberta, e tudo o que ele queria contar tinha a ver com o Ernst Bloch, com Ada ou com a casinha na Masúria, com coisas, portanto, das quais não se devia fazer sua mulher se lembrar, e das quais ela não deveria nem mesmo saber. De modo espantosamente fácil, aquele fio que existia entre eles havia sido rompido, o mesmo que por tanto tempo os havia ligado tão fortemente um ao outro. Sem uma palavra de despedida, ela havia se deitado, e desde então se encontrava em um esquife de vidro. Branca de Neve dormia.

Rajadas de vento dobravam as paredes elásticas da água, ora à direita, ora à esquerda. E eis que agora ele também não deveria mais falar com Ada. Jamais voltar a correr ao lado dela parecia a ele, nesse instante, como uma perda existencial ameaçadora, que ele, bobo como era, ainda havia ajudado a encaminhar com suas próprias mãos. Talvez ela algum dia tivesse respondido. Talvez no próximo treinamento ela já revelasse como é que uma criança podia chegar ao ponto de arrebentar a cara de um colega. Talvez ela lhe explicasse a respeito do que, com os diabos, queria alertá-lo.

Desde que conheceu Ada, ele pensara muitas vezes em seus tempos de escola na Polônia. Dos professores que tivera então, a maior parte não era mais velha do que ele era hoje. Na época, ele os vivenciara como se pertencessem a uma espécie estranha, que apenas por acaso utilizava a mesma língua que ele utilizava. Entrementes, ele havia se tornado um deles e podia tentar despertar à vida, retroativamente, os fantasmas da recordação, estender-lhes a mão através dos séculos, vejam, vocês sempre foram pessoas normais, e eu na época não fui capaz de entender isso. Mas não conseguia. Eles continuaram espíritos pálidos de professores, enquanto ele continuava a se sentir mais próximo dos alunos do que eles. Ele não conseguia imaginar que Ada o visse como um desses fantasmas hoje em dia. Smutek teve a ideia de ver no passado e no presente as superfícies opostas de um dado, que jamais podiam ser observadas ao mesmo tempo e ainda assim somavam sempre sete. Seus professores e ele, ele e Ada, sempre a mesma soma. O que ele podia saber a respeito daquilo que Ada pensava sobre ele? Dois corredores podiam muito bem correr ao longo do mesmo rio, lançando os olhos às mesmas árvores e caminhantes, e mesmo assim ver dois mundos completamente diferentes. Isso não podia ser comprovado de forma definitiva. O que Ada lhe dissera, podia ter sido dito em voz bem alta, e mesmo assim ter chegado até ele como um gorjeio incompreensível. Smutek sentia que estava próximo de uma grande descoberta, mas a cada vez que se encontrava prestes a tocá-la, os nexos lhe escapavam.

Sua mulher estava deitada sobre o sofá. Se ela dormia ou se ficava imóvel por outros motivos, não podia ser percebido. As últimas frases, ele as havia dito em voz alta. Nenhuma inclinação ou mesmo balançar de cabeça mostravam se também as partes da vida dela eram como os lados opostos de um mesmo dado. Agora Smutek estava de costas viradas para a janela, voltado para sua mulher. Queria explicar algo a ela. A própria voz lhe soou estranha aos ouvidos, ela parecia ler um texto previamente pronto, que não estava escrito em lugar nenhum.

O tempo, tu tens de saber disso, é feito de um número infinitamente grande de camadas, das quais cada uma possui a força de um momento. Elas estão mais próximas uma da outra do que as lamelas no chapéu de um cogumelo. Portanto, todos os momentos do passado e do futuro se encontram à disposição, ao mesmo tempo. Entre duas camadas ainda surgem mais níveis, formados pelas correntes causais de acasos desprezados, possibilidades não realizadas e alternativas eliminadas. E, assim, os andares se amontoam em velocidade e expansão alucinadas, transformando-se em uma massa folhada que cresce cada vez mais. Procurando seu caminho, nossa consciência perambula constantemente, para lá e para cá, entre os andares mais próximos. E nisso acaba produzindo uma falta de acuidade que nós somos capazes de suportar na medida em que a creditamos à notória incompletude de nossa memória. Se alguém chega demasiado longe em determinadas camadas estranhas, acredita estar perdendo o chão debaixo de seus pés. Se cambaleia, cai e não encontra mais o caminho de volta, correrá em pânico por aí e não reconhecerá mais nada de forma acertada. Nada mais se ajusta a nada, nada mais faz sentido. E dele será dito: aquele ali tragicamente ficou louco, considera ser alguém que não é e acredita em coisas que jamais aconteceram. Os médicos chamam a isso de esquizofrenia. Ela é a filósofa entre a doenças. Queria te dizer, que nos últimos tempos eu muitas vezes acabei me metendo entre as camadas. Talvez contigo também esteja acontecendo isso, e com todos os outros também. Talvez há pouco tenha acontecido um terremoto na tessitura do tempo.

Smutek não sabia ao certo do que estava falando e, sobretudo, a quem. Ele se sentia elevado, notava a proximidade de todas as pessoas que lhe eram importantes. Não podia ser excluída a possibilidade de que sua mulher o ouvia no subconsciente, como um paciente em coma. Ele quis abrir a janela e gritar em voz alta para o meio da noite: eu tenho a resposta, me ouçam! O mundo é uma lasanha.

Mas só a chuva falava ao mundo. As pessoas das quais Smutek se sentia tão próximo, estavam sentadas, inalcançáveis, atrás dos vários muros da cidade. Em algum lugar, Höfi estava sentado ao chão e contorcia seu corpo deformado como uma criança doente, até conseguir pressionar a parte interna dos joelhos contra as orelhas. Enfiara os dedos entre os cabelos finos e cravara as unhas na pele da cabeça, como se assim pudesse abrir uma fenda na qual o crânio revelasse comportas deslocáveis. À tempestade que amainava, ele não dedicava a menor atenção. Tornara-se o restolho inútil de uma aniquilação onívora, cuspido como um grão intragável em uma ceia opulenta. Em algum outro lugar Ada corria sobre pernas de caubói através da chuva, com o andar rijo mantinha o tecido da calça jeans longe dos lábios machucados de seu sexo e observava um homem, que estacara de repente e olhara para uma poça, em cujo fundo a primeira página de um jornal estava colada ao asfalto. Agachado, ele lera algumas linhas e correra em direção ao lugar de onde havia chegado. Talvez a folha molhada tivesse lhe dito, que em poucos dias dez bombas arrebentariam a estação ferroviária de uma metrópole europeia deixando louca a metade do continente. Talvez algo tivesse escorregado. Ada começou a cantar, enquanto a chuva diminuía, cantou um único tom que se encorpou e se tornou mais agudo. Ela deitou a cabeça para trás, uivou na noite morta e não recebeu nenhuma resposta, nem sequer um eco.

Smutek não percebeu nada disso. Ele começou a caminhar para lá e para cá, gesticulando contra o ar indefeso enquanto falava.

Eu te expliquei o que é do tempo, agora é a vez do espaço. Toda essa ilusão pomposa, esse parque de diversões desmedido de nossas percepções está contido em um único ponto. Nós mesmos o desencaixamos como os bastidores de um livro infantil, e o motor dessa criação gigantesca é a pressão da diferenciação, que nos faz buscar o contrário de todas as coisas. Nenhum ponto sem superfície, nenhuma insignificância sem distância. Sem o grande também não haveria o pequeno, o alto não existiria sem o baixo, a beleza sem a feiura. Nós vemos o preto porque o branco existe, do qual ele pode se destacar. Não existe vermelho sem azul, homem sem animal. A diversidade precisa de lugar, e o mundo se enche a si mesmo como uma bola de chiclete. Exatamente como todos os acontecimentos imagináveis podem suceder em um só lugar em um único segundo, quando decidem que acontecerão ao mesmo tempo, tudo o que é local vive em um ponto. Tu perguntas, então, como é que o homem pode ser parte de um ponto?

A Sra. Smutek não havia perguntado nada e nem mexido as pestanas.

O segredo consiste no fato de que uma pequena parte do homem fica fora do ponto espacial. O que jaz fora do espaço, também se encontra fora do tempo, com o que descobrimos, por tabela, o que é a alma imortal. Uma instância tem de fazer considerações e fazer diferenciações e não pode ser, ela mesma, objeto dessas considerações e diferenciações. Uma faca pode cortar tudo a não ser ela mesma, um pé pode chutar tudo a não ser ele mesmo, um dedo apontar tudo a não ser ele mesmo. Quando contemplo meu rosto no espelho, quando cismo acerca de minha própria consciência ou quando me pergunto quem eu sou, sempre fica para trás uma parte que não consegue abarcar a si mesma. Em algum lugar dentro de nós está este último e minúsculo farelo, que sempre volta um passo quando nós pensamos ter conseguido lançar um olhar a ele — pois é ele quem olha. E isto é a alma, ela criou o mundo, podes chamá-la de Deus. Ela sobra como o resultado obrigatório de uma subtração, quando um de nós morre. O universo está explicado. Nós podemos ir dormir.

A Sra. Smutek não se mexeu. Höfi não se mexeu. Também Ada parou de uivar sem sentido como um lobo que quer apenas ouvir a própria voz. Smutek estava em pé no meio do quarto, lá, onde o final de suas explicações o haviam deixado, e não se mexeu mais; só não podia evitar a respiração, que lhe levantava e abaixava o peito como depois de uma longa corrida. Ele queria acordar sua mulher, fazer com que ela o olhasse, lhe respondesse, dormisse com ele. Ele falava consigo mesmo. Não aguentava mais a situação. Com suas duas mãos, segurou a testa com firmeza.

Ada se sacudiu e correu para casa em meio às poças. Höfi caiu de lado e se enrolou sobre si mesmo. Smutek desejou jamais ter nascido, e deixou a sala, a fim de ir para a cama. No corredor, quase fora do alcance dos ouvidos, ouviu a voz de Branca de Neve. De olhos fechados, ela disse que o amava. Ele chegou ao sofá em um só salto, caiu agachado, e com as duas mãos amassou os quadrados vivamente coloridos da coberta de patchwork porque não ousou tocar sua mulher.

No dia seguinte, Höfi não foi trabalhar, e também não mandou justificativa dizendo estar doente.

Nós somos os bisnetos dos niilistas. Uma águia se solta do telhado

Três dias depois da tempestade o céu continuava não funcionando. A cor azul não queria aparecer, e ficou ausente entre o cinza-claro e o branco; depois uma rajada de vento rasgou as finas camadas de nuvem fazendo-as voar em farrapos, que depois rumaram para os lados e se juntaram em grandes dobras além do rio, nas proximidades da serra, como se fossem uma cortina que caiu da janela. Elas deixavam o olhar livre ao nada que jazia por trás delas.

Na quarta-feira pela manhã Höfi reapareceu no colégio sem dar nenhuma explicação. Pouco depois do fim das aulas, justamente no segundo em que um raio de sol solitário rompeu o céu vazio e afiou sua lâmina de dois gumes na cumeeira do Ernst Bloch, Höfi caiu de joelhos e deixou a marca de suas duas pernas impressa no chão. Foi o primeiro e ao mesmo tempo o último momento de sua vida quasímoda em que ele desenvolveu uma elegância incomparável. Saltou de braços abertos, a cabeça sem pescoço esticada para cima, como se a trajetória planejada o tivesse de levar para cima, e por um instante pareceu, no ponto em que a gravidade tendia a zero, que ele de fato havia se decidido a não se precipitar para baixo, mas sim ficar deitado calmamente no ar a fim de, à maneira majestática das águias, dar uma ou duas voltas sobre o pátio do colégio, voando, ganhar altura, passar por sobre o rio e desaparecer nas Sete Serras.

Ada há 15 minutos estava em pé junto às escadarias da entrada principal e executava uma das instruções de Alev, esperando por ele. Alunos de todas as idades passaram por ela, com mochilas de plástico coloridas, à prova de água ou então em couro natural, a dois, a cinco, alguns sozinhos, conversando, rindo, golpeando um os flancos de outro. Ninguém levantou os olhos para o céu. As meninas cofiavam suas jubas com dedos nervosos, jogavam os cabelos para trás dos ombros e depois voltavam a trazê-los à frente. Os mais velhos fumavam, poucos calavam, ninguém ficou. Primeiro, Alev caminhou pelo prédio, negociou, marcou compromissos, descobriu o que tinha de ser descoberto. Há três dias Ada acordara com a sensação de estar em um filme surrealista, sobre o qual até mesmo o diretor havia perdido o controle. Ela fora ao colégio com a firme convicção de que não existia plano nenhum, fosse de que tipo fosse, que seu desvirginamento havia representado uma forma adulta de brincar de médico e que as intenções de Alev haviam chegado ao fim com isso. Mas foi preciso apenas um sorriso sardônico e um olhar de esguelha vindo de uns olhos puxados para que Ada se lembrasse de que jogos que eram jogados com Alev tinham outro nome. Uma vez que ela dominava a lei do silêncio, esperou calmamente um novo contato, que segundo as regras não escritas de seu código de dois homens seria feito por ele. Ela estava preparada no momento em que ele tirara os cabelos de cima de sua orelha direita e, sussurrando, lhe pedira com toda a cortesia que ela por favor ficasse esperando na entrada principal depois da última aula.

Por fim os alunos já não passavam mais, a torrente havia amainado, a construção perdera todo seu sangue, Ada estava só com a superfície de asfalto pintado em cores. Ela se encontrava a alguns metros da parede, ao pé das escadarias de entrada. Se tivesse jogado a cabeça para trás, as pontas dos pés de Höfi teriam chamado sua atenção, e talvez também a ponta de seu nariz que, situada bem acima, entre os sapatos, de quando em vez aparecia na borda da calha quando ele se inclinava à frente a fim de ver se enfim o último entre os últimos havia saído para o almoço. Quando o referido raio do sol dividiu o rebanho desalinhado de nuvens e inundou a fachada do Ernst Bloch, fazendo com que a atmosfera de luz mudasse como se um refletor tivesse sido ligado no teatro, Ada olhou admirada para cima. Uma sombra se soltou do telhado.

A velocidade máxima de queda de um homem é calculada em 250 quilômetros por hora. Se, por causa da altura relativamente pequena do telhado e devido à posição desfavorável de Höfi no ar, se partisse de uma velocidade média de 20 metros por segundo, teriam restado para ele e para Ada no máximo dois segundos até o momento do baque, para que algumas coisas passassem por suas cabeças. Mas, contudo, se até mesmo um segundo pode oferecer lugar a todos os acontecimentos imagináveis ao mesmo tempo, em dois segundos o mundo pode ser ponderado duplamente, sem a menor dúvida. Sobre as últimas palavras que Höfi disse interiormente nada se sabe.

Ada o reconheceu assim que seu rosto apareceu de todo sobre a borda do telhado. Seus pensamentos de forma alguma recapitularam sua própria vida inteira ou a dele, mas sim o pequeno intervalo em que há pouco menos de meia hora ela ainda tivera aula com aquele pássaro negro. Como sempre, ele havia ficado encolhido atrás do púlpito e não revelara, em nenhum movimento, em nenhuma distensão das costas ou esticando o pescoço, que sabia voar. Nem a sombra de uma asa havia tocado a parede. Eles haviam falado de política, ou, melhor dito: do terrorismo. Sempre de novo do terrorismo.

Se Höfi não fosse, por natureza, esquisito e incapaz de se adequar, os alunos poderiam ter percebido que naquele dia ele parecia não dar sua aula e sim injetar veneno em qualquer que fosse o tema. A humanidade, ele havia explicado, até agora sempre encontrara um caminho para se precipitar à infelicidade. A nova moda da violência não era, segundo ele, mais surpreendente do que calças de verão com elástico nas pontas. Com isso, ele estava predizendo que o novo look destruidor dominaria os acontecimentos ainda por muito tempo, pouco importando com que meios as autoridades tentassem reagir contra ele. Na verdade, a humanidade queria que fosse assim. Ele anunciou o próximo atentado de grandes proporções, provavelmente em território polonês ou espanhol, e fez troça antecipadamente de todos aqueles que se esforçariam desesperada e voluptuosamente em carimbar os insuportáveis com os nomes de al-Qaeda, islamismo ou *Clash of Civilizations*.

Incitado por essas observações, Alev replicara que com isso não estava sendo anunciado nada de novo. Caso se quisesse dar nome à época democrática, então por favor que se usasse apenas um: época da hipocrisia. Há não muito tempo o cacique de uma nação que precisava de matéria-prima havia encaminhado o necessário sem grandes questionamentos, enquanto hoje em dia uma moral pervertida exigia de qualquer dono do poder a apresentação de 95 teses para que ao fim e ao cabo mesmo assim fosse feito aquilo que se fez desde sempre. Nesse sentido, o terrorismo parecia apenas um problema retórico. Todo aquele que chamar tais esforços de legitimação de progresso ético, lhe causava nada mais do que vontade de vomitar, tanto mais desde que o conceito mais falso de todos os tempos passara a desculpar a realpolitik pós-moderna: *segurança*. Pois em um planeta tão pequeno a segurança podia existir tanto quanto a vida eterna, e se a política afirmava outra coisa ela estava mentindo.

Höfi, que quase havia desaparecido atrás do púlpito, ouvira com impaciência e reagira de maneira infundadamente agressiva. Em países democráticos a assim chamada política segurava, segundo ele, um espelho diante do rosto da sociedade, e dessa sociedade, Sr. El Qamar, tu também fazes parte, apesar de todos os esforços altamente dedicados em provar o contrário. Eu te pergunto, pois, quem é hipócrita?

Por um momento, Alev não soube o que dizer. Ada percebeu e veio em sua ajuda, sem se anunciar:

— Através de um espelho, Sr. Höfling, não se pode contemplar o mundo.

— Exatamente! — exclamou Alev, retomando suas forças. — Um espelho não é uma vidraça — e percebeu tarde demais que com uma reação supérflua havia salgado o êxito em demasia; o silêncio pétreo e um sorriso teriam sido amplamente suficientes para sinalizar sua concordância. Höfi havia voltado a cabeça profundamente encolhida entre os ombros e olhara para Ada como um touro, cuja atenção é desviada pela chegada de um segundo toureiro.

— Querida Ada, tu és surpreendentemente muito mais inteligente do que nós todos.

— Assim como todos vocês — respondeu Ada, tão rápido que parecia estar lendo o diálogo de um script —, eu não tenho noção de coisa alguma. Mas isso com uma velocidade significativamente mais rápida.

O riso de Höfi foi genuíno e enterrou a machadinha de guerra debaixo de si, enquanto ele esticava os braços como asas.

— É impossível falar com vocês — ele exclamou. — Vocês são terrivelmente antiquados. Niilistas!

— Pior — disse Alev, de repente sério, do outro canto da sala. — Os niilistas ainda acreditavam que havia algo no que eles podiam NÃO acreditar.

— Nós — disse Ada — somos os bisnetos dos niilistas.

Quando Höfi olhou para ela, as mãos de Ada estavam depostas, abertas, sobre o tampo da mesa. Na turma, imperava um silêncio pouco claro, ninguém mostrava estar compreendendo bem o duelo linguístico naquele diálogo em que o falante parecia não encontrar seu interlocutor. Havia algo no ar, e soava como: vocês vão todos morrer e isso não terá a menor importância. Ainda que ninguém o tivesse dito.

Höfi capitulou de seu jeito. Abriu o livro de história, mandou os alunos irem ao trecho no qual haviam interrompido a aula na última semana, por fim levantou a cabeça e conseguiu, com um olhar embaçado, ver no rosto de todos ao mesmo tempo.

— Talvez isso seja uma sorte — disse ele com suavidade. — Nós sobrevivemos ao fim da religião, também sobreviveremos ao fim da filosofia. Talvez vocês consigam aguentar desse modo o que quer que aconteça. Mas tomem nota de duas coisas. Se a televisão diz a vocês que uma coisa é importante, alguém está querendo vender um produto. Restará a vocês apenas uma coisa: *Amor fati*, o amor a tudo que existe. Eu desejo o melhor a vocês.

Em seguida ele começara a falar de Bismarck. Nós somos os bisnetos dos niilistas. Quando a sineta tocou anunciando o fim da aula, foram essas as últimas palavras que lhe haviam sido dirigidas em vida.

Agora ele caía. O instante da elegância havia passado, Höfi despencou como uma pedra, se amontoou como um torrão no ar, ganhou velocidade, alcançou a velocidade máxima e aterrissou com um ruído semelhante ao de uma bola de ginástica do peso de um carro popular sobre o asfalto. Ele estava a no máximo 5 metros de distância de Ada. Ela não teria se admirado se de repente visse o lugar envolto por uma estrela de rachaduras, arrebentado como a cobertura de gelo de um lago, que por fim acabara resistindo. Ada tinha certeza que aquele corpo teria preferido afundar a uma profundeza desconhecida e deixar atrás de si apenas um buraco no chão, a ficar deitado ali, humilhado e reduzido a um monte de roupas velhas, que não mais haviam entrado no contêiner já cheio de doações.

Ela fechou as comportas da boca, que havia aberto para gritar, esquecendo-a assim depois por um bom tempo. O ser diante dela não dispunha nem de membros nem de rosto. Tudo que fizera dele um homem no passado agora jazia enterrado debaixo dele mesmo, ele havia aterrissado sobre as quatro patas como um gato depois de uma queda do 6º andar.

Sozinha com Höfi, Ada vivenciou um momento estranhamente íntimo. Eles dividiram um dos momentos mais importantes, talvez o mais importante da vida dele. Ela teria preferido se encolher ao lado dele e assumir a mesma posição, a cabeça pressionada ao chão. Braços e pernas debaixo do próprio corpo. Ela não perdeu sequer um de seus pensamentos com a possibilidade de ele ainda estar vivo. Nem sequer teve a ideia de gritar pela ajuda de alguém, de sair correndo, de usar suas pernas treinadas a fim de buscar um professor, a polícia ou a ambulância. Pelo contrário, ela queria estender o tempo que podia ficar com ele, tempo de se aproximar, com o mesmo cuidado que a raposa havia descrito ao pequeno príncipe, a fim de não assustar nem a ele nem a si mesma. Tempo de permanecer a seu lado, até que os dois tivessem se habituado um ao outro, colocar uma das mãos sobre seu ombro, sentir seu calor, que ainda resistiria por algum tempo, acompanhar a diminuição de sua temperatura, 36, 33, em algum momento doidos 15 graus, sussurrar com ele, cheirá-lo, e por fim, em algum momento, horas mais tarde, quando já tivessem se adaptado completamente um ao outro, virá-lo cautelosamente.

Alev veio do lado do pátio em que ficavam os fumantes, dando a volta no prédio. Quando Ada viu como ele acelerava seus passos, ela se colocou em pé ao lado de Höfi, como se tivesse de defendê-lo. O pátio da escola se transformou em palco, no qual duas personagens, uma parada, a outra deitada, esperavam a aproximação de uma terceira figura.

E logo Höfi. Höfi, não. Por favor!

De primeiro, pareceu que Alev queria se jogar ao chão, depois ele se conteve. Empalideceu, levantou os braços diversas vezes, desamparado, e por fim deitou-os em volta de Ada, como se quisesse acalmá-la, mas aproveitando para se segurar nela. Ela o afastou.

O que tu sentirias se aqui, a tua frente, estivesse deitado um cadáver?

Alev não respondeu. Ada deu um passo para trás e deixou o corpo entre os dois, enquanto Höfi se tornava um cadáver teatral, um figurante digno de pena, que é pago para ficar deitado quieto a noite inteira.

Eu aproveito a oportunidade para te dizer o seguinte. Posso aceitar o fato de tu viveres mais na teoria do que na prática, mas. Não vai mostrar fraqueza agora. Não diante dele, por favor!

As faces dela estavam avermelhadas, ela falava com o corpo inteiro, como se a raiva e a energia vital que escapavam de Höfi encontrassem nela o hospedeiro mais próximo.

— Vem até aqui — disse Alev —, vem para o meu lado. Nós sentiremos juntos a falta dele.

Ela já estava parada ao lado dele e deixava que ele a envolvesse com os braços quando se lembrou da frase que queria ter dito, e que descrevia o sentimento que ela havia defendido com tanta violência contra o horror apatetado de Alev. Ela sussurrou consigo mesma e Alev acenou com a cabeça, entendendo: com isso que ele fez, ele se transformou em um de nós. Embaixo de Höfi, uma poça se espalhou e estava a ponto de alcançar as pontas dos pés dos dois; era clara demais para ser sangue, era urina e cheirava como tal.

Eles foram encontrados juntinhos, fortemente abraçados, ao lado do cadáver destroçado de seu professor de história. Logo depois o girar tremebundo de luz azul transformou a fachada do Ernst Bloch, e dos bastidores de um teatro ela passou aos bastidores de um filme. O dia nublado não teve chances contra os raios azuis-berrantes, e assumiu o papel de um anoitecer tardio, ou de um amanhecer precoce, antes do nascer do sol. Ada se virou quando mãos estranhas agarraram Höfi e o levantaram, a fim de empurrar a maca para baixo dele. Ela lutou selvagemente contra os toques de um jovem médico que cometeu o erro de confundir a calma dela com as consequências de um choque traumático.

Também Alev se negou a fazer os exames médicos. Eles fizeram questão de ir junto ao distrito policial, ficaram sentados em meio a linóleo, canecas de café vazias e plantas empoeiradas que não teriam parecido mais artificiais se tivessem sido feitas de polietileno, e deram as declarações necessárias ao boletim de ocorrência. Não, ele não foi empurrado. O senhor tem de entender que ele pulou voluntariamente. Por que tenho tanta certeza disso? Porque eu o vi. E porque eu o conhecia.

No banco de trás de um táxi eles discutiram todo o resto. Não era necessário desperdiçar palavras sobre o plano de Alev, que seria levado adiante não apenas apesar disso, mas antes por isso e agora mais do que nunca. Höfi era o único homem que nenhum dos dois queria ter perdido. Com ele, desaparecera a última instância no mundo que estaria em condições de lhes opor alguma coisa.

A escolha recaiu sobre a sexta-feira; sexta-feira, 16h, no ginásio de esportes. Smutek substituiria o professor de educação física na aula da equipe de voleibol da classe intermediária, que terminava às 15h45. Sorrindo sardonicamente, Alev garantiu que uma das jogadoras anônimas de voleibol abriria a porta do ginásio no momento adequado. Ada deveria saltar para dentro, esconder-se no vestiário dos professores e esperar até que Smutek terminasse os trabalhos de arrumação e trancasse a porta depois da saída do último aluno. Todo o resto, garantiu Alev, ficaria por conta do andar natural das coisas. Fraternalmente secos, eles se beijaram na boca quando o táxi estacionou diante da casa dela. Lá em cima, a mãe já estava pendurada para fora da janela.

A estranheza dos homens toma conta de tudo. *Ciebie nie zapomne*

Às quartas-feiras, Smutek tinha as duas últimas aulas livres. No segundo em que aconteceu o baque abafado do corpo de Höfi no chão, ele já estava sentado no sofá da sala e olhava sorrindo para sua esposa, que fazia uma excursão pela própria casa. Ela visitou as plantas nos potes, examinou a estante e riu das lombadas coloridas dos livros, que jamais combinariam enquanto se fizesse questão de arranjá-las tematicamente. Por fim, ela caiu de joelhos a fim de pentear as franjas do tapete com os dedos.

A coberta colorida de patchwork jazia, cuidadosamente dobrada, sobre a poltrona. Smutek a olhava com a comoção de um padrasto, que observa seu tutelado nas primeiras horas de equitação. A Sra. Smutek parecia mais jovem do que nunca. A palidez cérea havia apagado inclusive as menores rugas nos cantos da boca e dos olhos, os cabelos pendiam escuros e em mechas sobre os ombros, e seus passos eram inseguros como em uma caminhada, sim, uma caminhada sobre o gelo fino de um lago. Ela falava da possibilidade de terem um gato, e de uma cor mais quente para as paredes. A tarde decorreu em clima pacífico, a moradia inteira cheirava a chá quente em frios dias de inverno. Inocente, o telefone silenciava sobre a mesinha no corredor. Quando a Sra. Smutek se deitou, ao anoitecer, debaixo do tecido de sua tábua de xadrez colorida, e Smutek estendeu a coberta em volta do corpo esguio, os olhos dela não estavam mais frios e salgados como os de uma truta de lago artificial. Eles falavam com ele. Eu ainda queria te dizer que nós dois, pouco importa se somos ponto ou superfície, dividimos as mesmas coordenadas. O mesmo X e o mesmo Y. Smutek a beijou na testa, fechou seus olhos com a palma da mão, e se sentou com o *Generalanzeiger* e uma garrafa de vinho na mesa da cozinha.

Uma intranquilidade infundada, que uma pessoa sensível tomaria na conta de mau presságio, o impediu de ler, e assim ele começou a pintar as partes arredondadas e fechadas das letras com uma caneta vermelha. Meticulosamente, cuidou para não passar das linhas externas, como se com tal acurácia pudesse impedir qualquer desgraça.

Ela vai aprender a pensar, a falar e a caminhar pela segunda vez. Vai crescer de novo, e todo o passado, comunismo e catolicismo, o general Jaruzelski, a morte do pai e o quarto miserável na casa de estudantes, em cuja porta de quando em vez poloneses desconhecidos e jovens batiam e pediam alguns metros quadrados para a fundação de uma célula de resistência estrangeira — todas essas coisas passariam a pertencer a um filme visto há muito tempo, de cujo enredo e de cujas figuras a gente se lembra apenas de maneira esquemática. Tudo ficará bem.

A intranquilidade continuou. No decorrer da noite, Smutek pintou todas as letras da seção Variedades, na qual no dia seguinte apareceria o anúncio do suicídio de um professor no terreno de uma instituição de ensino reconhecida, virou o jornal de cabeça para baixo e continuou na primeira página, que fazia fofocas acerca da política interna e ainda não sabia que um pequeno grupo de homens, em algum lugar do continente, fazia os últimos preparativos para encher durante semanas as primeiras páginas com imagens de trens explodidos.

Na manhã seguinte, Smutek escutou tudo no rádio do carro a caminho do trabalho. Madri. As nuvens de pó ainda não haviam baixado, nos bolsos de incontáveis mortos os celulares tocavam. As vozes dos locutores de rádio tremiam.

À noite, o inverno mordera com mais força, geada áspera cobria os tufos de relva do ano anterior com uma camada branca. Ano bissexto é ano frio. Smutek não conseguia se lembrar o que fizera no dia a mais que fevereiro dera ao mundo. Ele desligou o aquecedor do carro e abriu a janela. Refrescado e molhado de suor, chegou diante do Ernst Bloch e ainda ficou sentado por um momento para ouvir as últimas notícias até o fim.

Sua turma o recebeu com o silêncio sombrio de um ser coletivo que sabe mais do que o indivíduo. Como 25 pilares, eles carregavam sobre seus ombros curvados todo um prédio de incertezas, confusão, horror e medo. Apenas duas pessoas estavam de fora e contemplaram Smutek pelas viseiras de tiro de uma amurada grossa feita de serenidade saturada. O anúncio da morte de Höfi havia se espalhado entre os alunos mais rápido do que as notícias oficiais poderiam alcançar um professor.

— Então vocês já sabem — disse Smutek, e começou a contar detalhes em palavras comovidas, que ele ouvira no rádio. Duas princesinhas rebentaram em choro histérico e foram levadas para fora da sala por seus galãs. Todos ouviram os soluços sincopados desaparecerem pelo corredor abaixo. O próprio Smutek se tornou apenas um balbuciar atônito, quando Ada se levantou com as feições de uma enlutada. Pela geografia da morte de Höfi e pelo fato de ser ela quem melhor compreendia a decisão, Ada havia assumido a postura de um familiar. Ela pegou Smutek pela manga e o puxou para a porta, de modo a permitir que apenas Alev, que estava sentado no canto frontal, pudesse ouvir o que ela lhe disse baixinho. Smutek inclinou a cabeça concordando, agradeceu, pálido, e mandou-a de volta a seu lugar.

Diferentemente daquilo que costumeiramente acontecia, ele deu sua aula sentado. O tempo passou com pesos de chumbo nos pés. Em razão de uma distorção perspectiva, o infortúnio imponente na distante Madri e a pequena catástrofe, sucedida ali e tão próxima, do suicídio de um professor pareciam ter o mesmo peso. A sucessão representava uma ameaça. Assim que os homens não conseguiam entender alguma coisa, eles caíam vítimas da superstição, como se iluminismo, pesquisa e progresso fossem quinquilharias superficiais, que só nos bons tempos conseguiam desviar do trágico caráter ao léu que dominava a humanidade. Ninguém queria falar sobre isso.

No recreio, Smutek esperou por Ada nas proximidades do WC feminino. Seus olhos passeavam para lá e para cá, incapazes de ficar por mais de um segundo no mesmo lugar. Ele estava em pânico como um cachorro que perdeu seu dono em terra estranha. E por que fazia bem tratar Ada como uma viúva recente, e com isso fazer seu horror virar horror dela, ele expressou suas condolências com brusquidão. Ela sorriu, compreensiva, como se entendesse tudo e soubesse ainda mais, e depôs a mão bem de leve sobre seu ombro.

Está tudo bem, não te preocupes, nós estamos conseguindo conviver com isso melhor do que tu, estamos muito mais próximos. Com isso que ele fez, ele se tornou um dos nossos.

Quando ela riu, ele se arrepiou da planta dos pés à raiz dos cabelos. Ela se virou e foi embora. Ele se sentiu pela primeira vez, desde o recebimento da notícia, em condições de chorar. Correu para o banheiro, trancou-se em uma cabine e apertou uma das mãos cheia de papel higiênico sobre os olhos. As lágrimas não vieram. Smutek gemia como um bêbado que apesar do mal-estar grávido de álcool não consegue vomitar. Era mais fácil para ele acreditar em um Deus católico, no coelho da Páscoa ou no Papai Noel do que no desaparecimento irreversível de Höfi, contra o qual não havia absolutamente nada a opor. Mesmo assim, era necessário tentar fazer alguma coisa, encontrar um caminho que levasse de volta ao dia anterior, ao momento em que Smutek havia colocado sua pasta sobre o ombro e corrido ao estacionamento, feliz com a tarde livre. Não podia ser que a vida de um homem de um minuto para outro voltasse a se mostrar, sempre de novo, um fato consumado!

E, uma vez que não sabia a quem se dirigir, ele correu pelo túnel de ar até o prédio velho, atravessou a sala de física e abriu intempestivamente a porta da câmara de química. Lá estavam sentados um homem e uma mulher, e se inclinavam sobre uma cadeira vazia, adultos de pescoços e costas palpitantes, horrorizados como criancinhas ao verem seu primeiro filhote de pássaro caído do ninho. Será que eles haviam amado Höfi tanto assim? Será que eles choravam por causa da crença na própria imortalidade que havia sido perdida? Será que estavam antecipadamente enlutados com a morte certa de seus pais, irmãos, filhos, amantes? Uma vontade absurda de fazer troça fez palpitar o canto da boca de Smutek: já era o segundo professor de história que desaparecia do círculo deles. A história deve ser mesmo a mais perigosa de todas as ciências!... Ele manteve a boca fechada e trancou a porta, ali ele não tinha mais nada a perder. Aquelas pessoas eram estranhas para ele, e a estranheza delas lhe causava asco.

No 5º andar, onde ninguém a não ser ele costumava ficar, Smutek conseguiu se acalmar. Encostou a testa na vidraça fria e gozou a visão da profundidade na qual Höfi havia se precipitado. Será que também Höfi não havia se tornado estranho para ele? Será que Smutek, caso encontrasse sua própria mulher surpreendentemente em alguma rua lotada, não teria pensado por primeiro: Olha só, minha velha colega de faculdade está passeando sozinha por aqui? Será que ele, caso visse a si mesmo de frente, passeando às margens do rio, não gritaria, surpreso: Mas olha só, meu melhor amigo de infância, e simplesmente passa por aqui sem dizer nada?

Parado bem acima das coisas, junto à janela, Smutek acreditou que, sendo essas as circunstâncias, não podia haver motivo adequado para chorar por uma figura casual, nem a da própria nem a de outra pessoa. O Sr. Höfling havia seguido a Sra. Höfling à morte como um cisne, ao qual a natureza já desenha o pescoço na forma de um meio coração. Ele demonstrara ser inteligente em reconhecer o tamanho de sua perdição. A vida havia se tornado difícil, não havia nada de grandioso em que acreditar, nenhuma obrigação que podia ser cumprida, nenhum costume pelo qual a gente pudesse se alegrar, e o que no passado havia sido uma família hoje em dia era um amontoado de seres isolados e distantes, que a gente amava, ou talvez lamentava desesperadamente — mal ainda se conseguia diferenciar. Todo mundo sabia disso. Talvez todos apenas fossem atormentados pelo susto das cobaias de laboratório com o fato de uma delas não ter se retirado para morrer, mas sim ter escolhido justamente o ponto central do experimento?

O resto do dia passou como que por si. A direção do colégio havia elaborado um plano provisório de substituição e decidido que as aulas prosseguiriam sem interrupções. Já nas duas últimas horas o famigerado joão-teimoso conhecido pelo nome de normalidade se colocara em pé nas fileiras da instituição. No rádio do carro, os números de mortos e feridos cresciam, a maquinaria política andava a toda a velocidade. Smutek jamais antes havia tentado rezar para que uma carta do ETA assumindo a autoria dos atentados aparecesse. Foi fácil para ele fazê-lo.

A Sra. Smutek havia tomado um comprimido e estava deitada tranquilamente sobre o sofá. Suicídio era, além disso, o pior entre todos os temas, e, ainda por cima, ela havia conhecido Höfi superficialmente. Smutek passou a tarde e a noite na cozinha, onde a garrafa de vinho aberta na noite anterior estava em pé sobre a mesa, preencheu as letras de mais cinco páginas de jornal com a caneta, abriu mais uma garrafa, acompanhou a escuridão chegando, não ligou a luz e foi para a cama semi-inconsciente, sem visitar sua mulher na sala mais uma vez.

Contra todas as expectativas, na manhã seguinte tudo foi mais fácil. A roda propulsora da vida girou pesadamente, mal havia sentido os freios devido aos acontecimentos do dia anterior. A aurora anunciava tempo melhor, os pássaros podiam ser ouvidos inclusive com as janelas fechadas, um cheiro de café vinha da cozinha, e a Sra. Smutek sapateava por lá, descalça, e veio ao seu encontro, beijando-o no queixo. Bem cedo pela manhã era quando ela se sentia melhor. Pneus cantando na rua, chave do carro, aquecer o motor, vapor de frio na boca, janelas embaçadas. Antes de pisar no acelerador, Smutek escreveu algo no para-brisas usando o indicador. *Ciebie nie zapomne* — Não vou esquecer de ti. Ele imaginou como o hálito da neblina dissolvido pelo ventilador do carro levaria sua mensagem adiante, a algum lugar onde Höfi pudesse lê-la.

Tudo anda segundo os planos. Smutek encontra uma possibilidade de viver sua vida como a vivera até agora

— Eu preciso falar contigo.

Nada andava segundo os planos. Ada não pretendia tratá-lo por tu. Estava nervosa, e também isso não estava escrito no roteiro.

Às 13h05 a sexta aula chegou ao fim, Alev não aparecera durante o dia inteiro no colégio. Toni não sabia onde ele estava, e não sentia a menor vontade de falar com Ada sobre isso. Às 13h10, as dúvidas não puderam mais ser contidas. Ada pensou se talvez não era apenas uma rodinha em uma engrenagem que deveria fornecer resposta à pergunta sobre a que esquisitices Alev era capaz de mover as pessoas à sua volta. Ele se tinha na conta de uma espécie de Deus, e seria muito adequado ao comportamento de um Deus tramar acontecimentos e se afastar quando a coisa começava a se tornar arriscada.

Até o prazo combinado, haviam restado a ela quase três horas. Material esportivo e calçados, ela na verdade os havia pegado para o esperado instante do depois. Ela gastou o tempo caminhando lentamente até a pista de tartan, correu duas horas usando todas as suas forças e depois voltou tropeçando de fome e cansaço ao prédio do colégio. A cada segundo, o campo de visão se estreitava a partir das beiradas, como se um saco de seda preta estivesse sendo fechado em volta de sua cabeça.

Às 15h45 ela havia se apoiado à maçaneta grande e quadrada, a porta havia sido aberta. Por um momento, ela hesitou ficando em pé sobre os azulejos da entrada, e gostaria de ter posto seu ouvido no buraco da fechadura do quartinho de ferramentas a fim de descobrir se Alev, conforme o combinado, estava agachado entre ancinhos de areia, mesas de bar dobradas e máquinas de cortar grama. Mas ela não tinha tempo, estava à beira de um colapso circulatório. Esgotada demais para ser cuidadosa, ela tropeçara pelo corredor que levava à cabine dos professores, empurrara a porta, abrindo-a, jogara a mochila a um canto e arrancara as roupas suadas de seu corpo. Já que teria de ficar esperando meia hora na cabina das duchas, ela pelo menos aproveitaria para tomar um banho.

A água cambiante, ora quente ora fria, a trouxera de volta à realidade. O sabão líquido de Smutek tinha um cheiro masculino intenso e menos interessante do que o cheiro penetrante de Alev. Vinte minutos mais tarde ela desligara a água. No escaninho lateral em que ficava a bolsa de apetrechos esportivos de Smutek, ela encontrara duas barras de cereais. Rasgara o papel prateado com as duas mãos e devorara o conteúdo quase sem mastigar.

Smutek literalmente fora catapultado de volta quando a viu sentada sobre o banquinho ao lado da cabine das duchas, enrolada em sua toalha de banho grande e azul-escura, com os cabelos molhados, que estavam colados diagonalmente sobre sua testa e em ambos os lados do pescoço, um cigarro aceso no canto da boca. Ela não havia calculado que ele pudesse chegar enquanto as vozes de alunos arrumando suas coisas, tomando banho e se vestindo ainda podiam ser ouvidas por todos os lados. E, uma vez que nada lhe ocorrera assim às pressas, ela dissera aquela frase tola:

— Eu preciso falar contigo. — O cigarro saltitava enquanto ela falava.

— Ficaste louca! — sibilou Smutek, fechou a porta às pressas e voltou a se acalmar. Ela tinha olheiras e seu aspecto era miserável. — Aconteceu alguma coisa?

No princípio, a pergunta soou razoável, mas com o eco adquiriu um sabor irônico, que dispensou Ada de dar qualquer resposta. Haviam acontecido coisas suficientes, não era necessária qualquer explicação complementar.

— Espera aqui.

Smutek foi até a mesa e pegou a chave dos armários em que ficavam as bolas. Quando ele quase havia deixado o espaço estreito atrás de si, fez um gesto resignado: eu também já não sei mais o que fazer! E então desapareceu, recolheu as bolas, inspecionou a retirada da rede no ginásio. Pouco antes das cinco, o último aluno deixou o local. Bom final de semana. Smutek trancou a porta de entrada. Ada estava sentada de pernas cruzadas, não fizera menção de se vestir e tentava limpar o sorriso de sua boca na pele do ombro. Seu nervosismo havia desaparecido, ela se sentia bem de um jeito travesso, que nem parecia se adequar muito ao jeito dela. A bagana do cigarro estava enfiada na tampa de uma garrafa de água sobre a mesinha.

— Ada! Tu tomaste algo?

Na testa e no pescoço de Smutek, o suor secava formando uma crosta salina.

— Se tomei alguma coisa? — Ela riu desbragadamente e quase o teria contagiado contra a vontade dele, porque uma Ada a rir era uma visão raríssima. — Eu não almocei e depois da aula corri como uma louca por duas horas.

— Que merda.

Preocupado, Smutek revolveu em sua bolsa de apetrechos esportivos, feliz em encontrar uma tarefa para o momento. Agora o importante era fazer algo contra a hipoglicemia. Ada parecia mudada, toda sua tensão havia desaparecido, como se apenas o pulôver e a calça jeans tivessem mantido seu corpo seguro e em forma, de modo que agora, envolvida em uma toalha de banho, ela podia se encolher sobre si mesma, desprovida de ossos. A perna cruzada sobre a outra balançava no compasso de uma música muda, a mão direita oscilava sem forças no ar, dois dedos levantados, como se estivessem segurando um cigarro invisível. Os cabelos molhados se enrolavam nas pontas, e ela ainda lutava contra um riso que Smutek não conseguia entender.

— Esses eu já comi.

Smutek jogou a sacola sobre a mesa e deixou seus braços caírem.

— Ah é mesmo? Então está tudo bem.

Por um momento, eles se olharam, e o tema da conversa pareceu ter se esgotado para sempre. Os olhos de Ada estavam, como sempre, voltados para o queixo dele, mas haviam ganhado em cor; o cinza estava caminhando em direção ao verde. Frases conscientes de sua obrigação passaram como as legendas de um filme sem imagens pela cabeça de Smutek, Ada, eu entendo que para ativar sua circulação a senhorita tenha de ter. Mas não posso tolerar que, sem ter pedido permissão, a senhorita. São as mesmas regras que valem para os. Vista sua roupa!

Enquanto observava a menina úmida da ducha na toalha azul-escura, ele conseguiu escapar à situação de repente, foi sugado para fora como através de uma janela de avião, viu de longe a si mesmo e a Ada bem próximos em uma cabine de vestiário e compreendeu que, daquele ponto de vista, só havia uma interpretação possível para a situação. Aquilo que ela segurava entre os dedos, invisível, era o cigarro fictício que na verdade vinha apenas depois. O pensamento se agarrou com mil ganchos retorcidos em seu cerebelo e não se deixou mover mais um milímetro sequer. O tempo é uma superfície. Por um momento, Smutek acreditou que ele mais uma vez dera um salto a uma camada errada, e que agora tinha de reencontrar o ponto de partida o mais rápido possível, caso não quisesse enlouquecer. De repente, ele sentiu o impulso de perguntar por Höfi, como se fosse necessário testar se o suicídio de fato acontecera. Talvez ela levantasse os olhos para ele, admirada: como assim, Höfi está muitíssimo bem...

— Como é que tens conseguido te virar? — ele perguntou de súbito.

Ela se levantou. Não havia sido isso que ele queria. A toalha alcançava até pouco abaixo das polpas da bunda. Parada, ela readquiriu a presença que a caracterizava. Uma mecha do cabelo havia se prendido à comissura da boca e não foi afastada para o lado. Ela sacudiu a mão direita em um piparote, o cigarro imaginário voou para dentro da pia. Smutek acreditou ter ouvido o chiar da ponta se apagando.

— Tenho horror de usar a frase feita que me vem à mente — disse Ada —, mas ela é perfeita. Höfi não quereria que derramássemos uma lágrima por ele. Ele quereria apenas uma coisa: ser respeitado. E eu não tenho nada mais a fazer a não ser isso.

— De onde tiras essa tranquilidade — disse Smutek baixinho. — Isso tem de ser teatro.

Ela se aproximou dois passos:

— Não é que eu não esteja triste. — E empurrou ambos os braços por baixo das axilas dele, abraçou-o e deitou a face a seu peito.

Um grito havia se ajuntado na garganta de Smutek, e escapou em um gemido seco. Os braços tateavam em busca de Ada como tenazes de uma armadilha acionada, e não queriam mais dar ouvidos às ordens do cérebro. Quando ela se apoiou de corpo inteiro contra ele, o sexo dele, que já havia crescido quase para fora do cós da cueca boxer, pressionou sua barriga. Tão violentamente quanto havia tentado pegá-la, ele agora queria afastá-la de si, mas ela o manteve firme, e sua força foi o primeiro detalhe da cena inteira que não o surpreendeu.

— Chchchchch — fez ela —, chchchchch.

Ele não sabia nada disso. Declarou a si mesmo naquele momento e naquele lugar uma palavra de honra sagrada, que ele não tinha a menor noção. Que não tinha percebido nenhum prenúncio, nenhum sinal, nenhuma informação simbólica, um pássaro voando no céu, um gato preto, nenhum frio no estômago, nenhuma fantasia estranha durante a masturbação. Talvez tudo fizesse sentido, talvez algumas coisas estivessem ficando claras, mas assim tão rápido era impossível para ele descobrir qual o nexo existente entre as coisas. Uma nova quadra de esportes, sua Branca de Neve dormindo. Teuter, Klinger, conferência de turma, Alev El Qamar, um professor de história morto. Certo era apenas que o desejo tingia de vermelho seu campo de visão, que o coração se confrangia ficando pequeno e duro, e que a pulsação subiu a 200 batidas por minuto, e que tal cupidez não podia ter despertado apenas naquele segundo. Ele devia tê-la carregado consigo por muito tempo, encapsulada como um espinho nas calosidades da sola dos pés.

Enquanto a barriga de Ada respondia à pressão de seu pau, Smutek decidiu que não tinha nenhuma censura a se fazer até então. Sem conhecimento, não havia intenção, sem conhecimento não havia nem mesmo negligência. Ele se sentiu como um assaltante de banco no foyer que, com as duas mãos nos bolsos do sobretudo, ainda não tem a frase decisiva na ponta da língua. Ele ainda podia desistir e tudo voltaria a ser como era antes. Smutek afastou a questão para o lado como se desejasse fazê-lo e, em vez disso, agarrou os quadris de Ada, que haviam começado a se esfregar nos seus, e a empurrou para longe de si. Ela o largou, a toalha caiu no chão.

Ele achava que preferia mulheres de seios pequenos. Sua Branca de Neve era dona de uma figura ameninada, que ele concebia como a essência da elegância e da dignidade. Os seios de Ada, ao contrário, pediam às mãos de Smutek que ajudassem a levantá-los. O banquinho foi derrubado, a bolsa de apetrechos esportivos despejou seu conteúdo no chão, virando de cabeça para baixo. Ada recuou de costas e bateu contra a parede de plástico da cabine das duchas e quase teria desabado, se ele logo não a tivesse agarrado de novo. Os dedos dela agarraram seus cabelos, eles estavam demasiado longos, e puxaram sua cabeça para baixo; a boca dele tocou o pescoço dela, resvalou abaixo, o assaltante de banco apoiou os cotovelos sobre o cofre, podia parar a qualquer momento, seria necessário apenas uma única e violenta atitude de sua vontade.

Smutek a ergueu nos braços, correu com ela sobre o piso de azulejos marrons do corredor, atravessou o ginásio rangendo as solas dos tênis e deitou Ada sobre a pilha de colchonetes azul-claros. Ela era loura por todo o corpo. Enquanto ele tirava sua roupa, não desviou um instante sequer os olhos dela, manteve-a na mira, como se ela pudesse se desfazer no ar se ele olhasse um segundo que fosse para o lado. Quando ele estava nu diante de Ada, acreditou mais uma vez que conseguiria escapar, acreditou ter achado a tecla de stand by, que poderia se virar, colocar a arma de volta no bolso do sobretudo e simplesmente correr embora. Então Ada esticou uma perna e colocou o pé entre as coxas dele.

Ela não estava molhada, e ele esperara que assim fosse. Cuspiu na mão esquerda. Não entendia o jogo; entrementes pouco lhe importava. Quando a penetrou, soube que era exatamente isso que ele queria. Sabia, inclusive, que aquilo que acabara de acontecer não significava uma mudança radical, mas sim criava uma possibilidade de levar adiante a vida que levara até agora, mais serena, mais leve e mais descontraidamente, como um assassino em série nos dias que se sucedem a seu crime. O tempo para adquirir clareza sobre isso era limitado. Ele desejava ter mãos, muito mais mãos, para poder segurar e tocar Ada ao mesmo tempo, os seios dela que, quando ela estava deitada de costas, começaram a nadar ao sabor do próprio peso, a barriga levemente côncava, os braços redondos, até mesmo as pequenas orelhas, ele queria tocar o corpo inteiro daquele animal de corrida perfeitamente constituído em todas as suas partes ao mesmo tempo. Ela era demasiado jovem para falhas de qualquer espécie, estava em uma idade em que ainda se tinha razão, pouco importando o que se fazia. Restava muito pouco tempo. Durante as últimas estocadas, ele olhou para o rosto dela, os traços tranquilos de seu rosto, como que pintados diante do fundo celestial, os olhos semicerrados. Era exatamente assim que ela ficava quando corria.

Quando lançou a cabeça para a nuca, ele percebeu um segundo rosto um metro atrás deles. Primeiro, ele pareceu estar pairando no ar como uma alucinação, depois se manifestou na parte superior das costas vestidas em couro de um cavalete de ginástica. Concentrados, também ali os olhos estavam semicerrados, mas o olhar não se voltava para o vazio, e sim para a parte de trás de uma caixinha prateada, cuja parte frontal era dominada por um único olho abaulado e apontava exatamente para o meio do corpo de Smutek. O grito de Smutek assustou a ele próprio. Ele caiu sobre Ada. Alev levantou de um salto, pressionou a caixinha junto ao peito e correu em volta das barras e das barras fixas amontoadas a sua volta, atravessando o ginásio em diagonal e saindo pelo outro lado. Em sapatos sociais de sola de couro, isso Smutek ainda conseguiu ouvir.

Ele ajuntou suas roupas do chão, apertou-as diante de sua nudez como um adolescente que é surpreendido ao tomar banho nu em um lago no meio da cidade e correu de volta ao vestiário dos professores. Ao tomar banho, produziu o vapor equivalente ao de uma manhã nublada de inverno, e não percebeu quando Ada entrou, pegou suas coisas e desapareceu em seguida. Quando saiu de debaixo da ducha, Smutek estava sozinho no grande ginásio de esportes com seu telhado a 7 metros de altura. Ficou em pé debaixo de uma cesta de basquetebol e gritou até acreditar que tinha de ser ouvido na rua. Os colchonetes azul-claros não mostravam o menor sinal de terem sido usados há pouco.

A sonolência é um cheiro

A sonolência é um cheiro que lembra o próprio cabelo, e mais de leve a poeira de casa e lâmpadas quentes, um pouco de escuridão, páginas de livros e papel de parede áspero. Quando esse odor enche primeiro os pulmões, depois a cabeça, por fim a barriga, braços, pernas e até as pontas dos dedos das mãos e dos pés, a gente rejuvenesce no decorrer de poucas batidas do coração até chegar à infância, e logo está deitado no bercinho de grades, torce as mãos, envolve o próprio peito, retorce as pernas ou talvez as estica o mais longe possível, esforçado em encontrar a única posição correta, sensível ao líquido amniótico, pairante na água, ainda que não necessariamente prática ou saudável. O sono, ao contrário, é uma cor, de bordas negras, mas não negra, para a qual olhamos atrás de pálpebras cerradas, depois que os olhos caíram de borco a fim de vislumbrar a cabeça por dentro.

Há dois dias Smutek farejava em vão o cheiro da sonolência. E, uma vez que não suportara por mais tempo o sono químico de sua mulher a seu lado, ele havia mudado para o sofá da sala. Por causa do medo exagerado de sufocar, que a reflexão trazia consigo, a janela estava aberta, e os lençóis resfriados de sua cama provisória cheiravam a coentro, sabão em pó e suor frio. Smutek não conseguia dormir. Seus pensamentos botavam o mundo de cabeça para baixo, resolviam questões com as quais balaios de pensadores haviam se ocupado ao longo de séculos, voltavam a esquecer as respostas e se arrastavam, ainda há pouco impetuosos e elegantes, como criancinhas em pantufas de metal. Smutek disse a si mesmo que tinha de manter guarda cuidando do mundo diante da janela, um mundo que segundo a opinião dos filósofos existia apenas na imaginação dos homens, e por isso necessariamente tinha de se dissolver quando todos dormissem ao mesmo tempo. Smutek olhava para a rua vazia, às copas desnudas das castanheiras de um impraticável mês de março, contava os reflexos dos postes de iluminação sobre os telhados dos carros, esperava que um passante cruzasse por ali e se revelasse não um trabalhador com expediente à noite, mas sim um colega em questões de vigilância noturna involuntária. Mas lá fora não havia ninguém. Todas as janelas estavam às escuras, as pessoas dormiam em seus quartos como em favos em forma de caixa de sapatos, empilhadas em um ente que queria ser chamado de "cidade", e a única coisa que podia ser ouvida uma vez a cada hora era o berreiro bestial de dois gatos que treinavam para a chegada da primavera.

No princípio, ele havia acreditado que a falta de sono era a expressão de uma necessidade de tempo livre com o qual ele pudesse fazer e deixar de fazer o que bem entendesse. Ele se encontrava em um pré-estágio da reação e precisava de tempo para refletir. Com um estrondo, a tábua de um jogo de mesa havia caído diante dele, e não mostrava mais do que a posição imediatamente anterior ao início da partida. Smutek tinha as peças negras. Não restava nada a fazer a não ser esperar pela primeira jogada do adversário. Na primeira noite diante da janela aberta, ele tentou se obrigar a uma reação adequada. Pensou que sua vida estava prestes a ser completamente pulverizada. A constelação triádica, trabalho, família e moradia inchou a ponto de virar uma supernova, e podia explodir a qualquer momento. Apesar de todos os esforços, ele não conseguiu experimentar medo nem desespero. Sentia-se melhor do que jamais havia se sentido, e quando pensava em Ada algo dentro dele entrava em júbilo e gritava: "Mais uma vez! Mais uma vez!", com a voz estridente de um menino que volta do carrossel para o lugar onde estão seus pais. Talvez fosse tudo por causa do choque.

De longe, o acontecimento também devia ter abalado sua Branca de Neve fazendo-a tossir e cuspir para fora o pedaço da maçã envenenada e se levantar de seu caixão de vidro piscando os olhos. Mal havia chegado em casa, Smutek fora para baixo da ducha com os cabelos úmidos pela segunda vez, e quando deixava correr a água quente sobre o rosto de olhos fechados, a porta de vidro fosco do box foi aberta. Sua mulher veio para seu lado. O susto fê-lo estremecer, ela estava muito magra. Em seguida, ele entendeu que os volumes de Ada haviam expandido o espaço entre seus braços, e que sua Branca de Neve delicada deixava muito lugar livre entre eles. O calor da água e o frio do ar do banheiro se fundiram em gêmeos siameses. Eles se agarraram com tanta força um ao outro como se uma força exterior estivesse tentando separá-los.

Na tarde do domingo, ele conseguiu enfim dormir algumas horas. Quando abriu os olhos, sua fada estava sentada na borda do sofá, tocava sua face e fazia os cabelos longos afagarem seu peito acenando com a cabeça. Smutek soube imediatamente como usaria os três desejos. Ele pediria o último ano de volta. Quereria que a fita dos últimos meses fosse tocada de volta e apagada, para ficar, vazia, à sua disposição, a fim de que ele pudesse gravá-la de novo. Como uma criança na manhã de seu aniversário pressagia um dia grandioso, cheio de felicidade, sem ainda saber ao certo do que se trata, Smutek sabia que seus erros seriam apagados. Ele presenteou a fada com um sorriso, que seria capaz de transformar pedras em ouro.

— Que bom que estás melhor — disse a fada. — Nas últimas semanas ficaste recolhido como um doente em briga intensa contra sua própria fraqueza.

Zwlasna slabościa. Será que ela sempre havia falado com ele nessa língua suave e nasalizada? Será que essa língua ainda existia, ou estava morta como o latim, e não era mais que uma melodia a lembrar de épocas distantes, uma melodia transformada em matemática, na qual se calculava em vez de falar? Então ele compreendeu o significado das palavras dela e acordou.

— Doente? Eu? — ele perguntou. — Eu pensei que eras tu que estavas mal.

— Isso é outra coisa — sussurrou ela, e depôs uma mão fria sobre sua testa. — De todo modo tu estás melhor, e isso me deixa alegre. Vou fazer um chá pra nós.

Na terceira noite junto à janela, os pensamentos inteligentes estavam gastos, sabiam insossos como envelopes de chá usados diversas vezes em água morna. O autoconhecimento se aproximava cambaleando sobre pés toscos. Smutek se perguntou de repente que idade tinha. Um garoto que levanta a saia de uma colega mais velha? Um ancião, sentado sobre um banco de parque, que fica observando menininhas a virar estrela? Ele se encontrava em algum lugar no meio. Sentiu-se enjoado. Excitação e redenção, nervosismo e dissolução se anulavam mutuamente, um caso amoroso de uma hora anulava um acaso de amor que já durava 20 anos e vice-versa, tudo desmoronava, as coisas caíam umas sobre as outras e depois jaziam como mortas. Smutek foi visitar o espelho do guarda-roupa no corredor e olhou para ele como um curioso aos escombros de uma colisão em massa. Ele não conhecia ninguém que morrera ali. Depois apoiou, arquejante, os cotovelos sobre o parapeito da janela, inspirou avidamente o ar da noite para dentro dos pulmões como se fosse necessário resfriar uma bolha que queimava internamente, interrompendo as respiradas para sugar mais outra, e lutou contra o sufocamento como um peixe em água destilada.

Depois a tranquilidade tomou conta de tudo. O susto diante do Nada não deixou nada para trás — nem sequer o susto. Agora ele queria dormir. Sentia-se dez anos mais velho, esclarecido, livre de problemas, inalcançável para o mundo e seus pequenos atos de vingança. Depois de 20 minutos, voltou a jogar a coberta para longe de si e saltou do sofá. Não suportava o contato do tecido sobre a pele, o estofamento maltratava suas costas, as pálpebras se abriam como se fossem puxadas por fios de borracha.

Poucas horas mais tarde, Smutek controlou seu aspecto em todas as peças de vidro que refletiam sua imagem no caminho até seu carro. E seu aspecto era o de sempre. A essência humana era uma farsa só. Enquanto deixava o carro ligado, mandou em pensamentos uma cartinha ao novo endereço de Höfi no céu dos historiadores e agradeceu pelo fato de ele, com sua saída espetacular do palco, ter providenciado um pretexto para estados desolados, cansaço extremo e confusão de espírito. Em caso de necessidade, isso esclareceria inclusive passos em falso bem piores. A cada cruzamento, Smutek tinha de pensar em que direção precisava dobrar.

Desde o surgimento da internet e do counterstrike, o mal é executado sobretudo em rede

Em lugar do habitual bom-dia-meus-senhores, Smutek falou, em cada uma de suas turmas, apenas algumas palavras, que ele havia preparado no carro e que, mal foram usadas, ficaram grudadas entre seus dentes como balas de caramelo. Höfi estava morto há cinco dias, e ainda não era possível passar à ordem do dia sem ouvir os ruídos rascantes da embreagem. Um homem desaparecera, apagado, ainda agarrado algum tempo na gola do casaco pelas recordações, a cujo toque ele já começava a fugir, assim como o pai se livra das mãos fracas de filhos pequenos que querem impedir desesperadamente que ele se despeça. Enquanto Madri há tempo ocupava lugar na mesa cativa dos acontecimentos midiáticos famosos, a morte de Höfi deixou para trás uma grande ausência. O Nada montou guarda por alguns dias diante dos portões do Ernst Bloch.

Smutek encontrou Ada e Alev apenas na terça-feira pela manhã. Tranquilos, eles estavam sentados entre colegas de aula a resmungar e bufar e, mesmo sem capas nem óculos escuros, pareciam agentes de um poder estranho. Smutek havia esperado profissionalismo, e mesmo assim se mostrou impressionado. Nenhuma observação dúbia, nenhum sorriso insinuante, nenhum olhar de esguelha onisciente. A aula correu sem qualquer perturbação. O que quer que eles estivessem planejando, ele podia confiar na precisão cirúrgica dos dois. Isso o deixou aliviado. Qualquer pessoa normal prefere morrer no âmbito de um duelo bem organizado do que em um assassinato à traição.

Enquanto ele treinava o grupo de atletismo no ginásio durante a tarde, colocando os colchonetes de ginástica em ação, Ada e Alev, para mostrar que eram iguais a um cavaleiro voltando à sela depois do tombo, esperaram por ele junto a uma porta de metal trancada no andar do porão, embaixo do

Ernst Bloch. O educador Erich chegou assobiando e tilintando as chaves pelas escadas de concreto abaixo, fez um sinal de ok para Alev e abriu uma sala do tamanho de diversas salas de aula. As paredes se mostravam nuas, não contada uma estante de material de construção mal parafusada à parede, em cujos escaninhos manuais de computador bem grossos e visivelmente antigos se amontoavam uns sobre os outros. Trinta tampos de mesa brancos refletiam a luz das lâmpadas de néon. Copos de plástico com restos de cacau e café estavam espalhados pelo chão, o ar cheirava a cabos aquecidos, material de embrulho e computadores velhos. As janelas quadradas sob o teto baixo podiam ser abertas apenas com uma chave especial em forma de alavanca. Às vezes, um par de sapatos passava lá fora, as botas de caubói com seu bico fino de algum rapaz de 14 anos, os sapatos de couro de um professor do curso secundário ou as botas de cadarço desatado de algum dos Orelhas a caminho do porão das bicicletas. Quando o baixo de Olaf fazia a parede traseira da sala dos computadores tremer, os alunos tiravam seus fones de ouvido das mochilas, conectavam-nos às saídas de áudio das torres e aumentavam o volume do computador.

Como sempre, a sala dos computadores era pouco visitada fora das aulas de informática. Alev atravessou o canyon das fileiras de mesa e escolheu um dos aparelhos que ficavam mais atrás, cujas telas estavam voltadas para a parede. Alguns alunos, que em casa foram obrigados a saldar suas contas de telefone com a ajuda de um aparelho de ISDN, se deixavam ficar diante das telas planas dos computadores Pentium 4 na parte da frente, e nisso procuravam sentar sempre à maior distância possível uns dos outros, como os espectadores em uma sala de cinema vazia. Mal os acordes de guitarra de Rocket se fizeram ouvir vindos do porão das bicicletas, e já os fones de ouvido arredondados ocuparam lugar sobre as partes externas dos crânios dos presentes. Ada puxou ruidosamente uma cadeira atrás de si e se refestelou nas proximidades de Alev, sem dar muita atenção ao computador que estava sendo ligado. Ela não se interessava pela internet. Ela estava lotada de variações acerca dos três temas eternamente iguais da humanidade: amor, dinheiro e guerra. Segundo sua opinião, ideias novas e progressistas não surgiam em discursos livres e públicos, mas sim nos sistemas de pensamento mais regrados e mais repressivos. Ada não tinha nada contra a liberdade, mas a internet a aborrecia. Compre. Veja. Clique.

Ademais, naquela tarde o tremular frenético de banners de propaganda nem se fez necessário para lhe estragar o humor. Depois da aula, ela havia sido recebida pelo olhar lastimado da mãe, que havia se encolhido à condição de figura de avó sentada à mesa de jantar. Ada, minha filha, tempos difíceis esperam por nós. Meu advogado finalmente. A separação.

E daí?

Mais do que isso, Ada não soubera dizer. Mas havia sido o suficiente para afastar o tampão do reservatório sempre cheio de preocupações e cuidados. Ele vai fazer uso de todos os meios. Também de ti ele vai falar merda. E o juiz, então. Me promete que tu! Eu tenho apenas a ti.

A ponta do pé de Alev batia no chão ritmadamente, como se o computador fosse uma máquina de costura antiga que tivesse de ser mantida em movimento através de um pedal. A seu lado, sobre a mesa, havia um bilhete amassado, escrito com a letra de uma menina desconhecida, e de tempos em tempos ele interrompia a digitação, esticava o papel com um triângulo feito de dedos eretos e curvava as costas como um arqueólogo sobre um papiro coberto de hieróglifos.

Ada resvalou ainda mais fundo em sua cadeira e sentiu como um sorriso descontraiu a musculatura do rosto dele. O que dois presos fazem diante do tribunal? Eles acabam um com o outro. No fundo, o processo de divórcio era uma espécie de ensino visual. A questão principal seria que eles considerassem as despesas escolares com o Ernst Bloch na cláusula da pensão.

— Agora olha aqui!

Com um safanão, Alev puxou a cadeira dela para junto de si, bem perto, ainda mais perto, até que o monitor separou a cabeça dos dois do resto do ambiente. A página inicial da homepage oficial do colégio enchia a janela que levava ao mundo intermediário. O braço de Alev estava deitado sobre os ombros dela, sua boca era pressionada ao ouvido direito de Ada, ele cheirou seus cabelos, senti tua falta, seu sussurro era um farfalhar, desde a morte de Höfi eles não haviam mais conversado.

Atrás da parede, o baixo de Olaf principiara o fuzuê, e os alunos ajeitaram seus fones de ouvido. Alev inclinou o tronco se desviando da tela e gritou um "*Heil* Hitler!" tonitruante. Ninguém se mexeu, nenhum olhar se desviou, nenhuma mão foi até o ouvido. Eles sorriram um para o outro: ok, estamos sozinhos.

Alev tirou a máquina fotográfica e um cabo de sua pasta. Ao ver a caixinha prateada, Ada teria preferido recuar correndo como um cavalo receoso. Era justo do aparelho inocente que ela sentira asco, enquanto olhara nos olhos de Smutek de garganta aberta e estômago relaxado. Na verdade os dois haviam se olhado tão fugidia e despretensiosamente, que Ada começara a duvidar de que ambos pensavam de fato na mesma coisa.

Com a testa franzida, Alev ligou a parte traseira do aparelho com o cabo de USB. Trinta fotos esvoaçaram para dentro de um cadastro recém-aberto.

— Queres vê-las?

— Não — disse Ada imediatamente.

— Se não queres ver nada, podes ir logo para casa. Não há como evitar que as escolhidas sejam abertas.

Ada não disse nada e ficou sentada. Alev tocou três dos arquivos em jpg com a flecha do mouse e os renomeou.

— Bom — disse ele —, agora vamos arranjar o esconderijo.

Ele tirou um disquete do bolso, enfiou-o na torre e instalou um pequeno programa. Nos campos livres da sessão perfil ele colocou as indicações que lera em seu bilhete. Host Name: Ernstbloch.de, Host Type: Automatic Detect, User ID: mais uma vez Ernstbloch.de.

— E agora vem tudo. Isso me custou dias de trabalho. Estás vendo?

Na borda inferior do bilhete havia uma combinação de seis dígitos composta de números e letras, cada uma das cifras anotada cuidadosamente em um quadrinho do papel quadriculado.

— O que é isso?

— A senha de FTP.

— Freie Technokratische Partei?

— Não. File Transfer Protocol. Ele transporta arquivos a um servidor ou os retira de lá. Uma diligência postal na moderna trilha dos dados.

— Tu vais colocar as fotos na homepage oficial do colégio?

— Pequenininha, eu já te disse algum dia que tu és inacreditavelmente rápida? — Um sorriso incendiado nas comissuras da boca e dos olhos. — A internet foi descoberta pelo diabo, é bem o estilo dele. Informações, sexo, conhecimento. Se ela já existisse há quinhentos anos, Deus teria sido exilado já quando a Idade Média dava seus últimos suspiros.

Enquanto falava, ele digitou a senha na linha indicada, seis estrelinhas que escondiam aquilo que o computador via. Ok. Do lado direito da janela dividida apareceu o mapa de uma estrutura de diretórios. Alev criou uma nova pasta e a chamou de "ReadMe".

— Tão simples — disse ele. — E pronta está a arca do tesouro do pirata.

— E não será enterrada?

— Desnecessário.

— Fechada por senha?

— A arca não pode ser fechada. Mas nós tivemos uma ideia para solucionar o problema e esconder seu conteúdo.

— *Nós?*

Alev colocou as mãos sobre o colo, virou sua cadeira para Ada e olhou-a penetrantemente como um médico de almas.

— De onde achas que tirei a senha? Esse código é o cetro e o globo imperial no reino em miniatura de uma página da internet. Uma coisa dessas se consegue apenas de um jeito.

Ada se curvou sobre ele um pouco e bateu nas teclas como se fossem tocar piano a quatro mãos. A homepage da escola abriu seu laranja alegre, tomado de cinza intelectual. Webmaster. Mail to Linda88.

— Nasceu no mesmo ano que eu.

— Eu amo nossa geração — disse Alev. — Em pouco, garotinhos de quinze anos se tornarão especialistas em SAP e coordenarão o escoamento da produção na Mercedes Benz.

— Ela te ama?

— Claro. — Ele empurrou Ada para o lado e voltou a se sentar diante do monitor de tela plana. — Tu ainda haverás de entender que é o jogo combinado de nossas capacidades que nos torna invencíveis. A propósito, leste Poe?

— Com certeza. Já entendi. Ninguém dará bola a um arquivo com o nome de ReadMe.

— E ainda por cima nós usamos o sistema de codificação mais simples do mundo. Ele já existia no Word 6.0. — Alev abriu um novo arquivo, deu também a ele o nome de ReadMe, e ativou a proteção com uma senha: vivaojogo. — E colocamos nossas fotos de recordação como um gráfico dentro do arquivo. Segura firme, e lá vamos nós.

Ada se inclinou à frente e prendeu as mãos entre as coxas. Alev havia escolhido muito bem o lugar para tirar as fotografias. Smutek podia ser reconhecido sem problemas, ainda que fixasse os seios dela e os cabelos lhe caíssem sobre os olhos. Ada era, ela mesma, uma paisagem feita de cabelos, faces, barriga e coxas, tudo alargado pela gravidade, a cabeça virada de lado como em uma desmaiada. Uma poça de carne cintilando palidez sobre um fundo azul, Ada se achou horrível. Na imagem seguinte, Smutek erguia o rosto e olhava diretamente para a câmera. Seus braços estavam retesados, a parte superior do corpo mostrava uma estrutura de luz e sombra em forma de costelas, a caixa torácica estava larga e estufada.

— A vista te incomoda?

— O mais assustador de tudo por certo deveria ser o fato de que nada nisso me assusta.

Ada havia colocado uma das mãos sobre o mouse, e clicou abrindo o resto da coleção. Com o monte de carne nas fotos ela tinha tão pouco a ver como com suas próprias recordações, e uma vez que ela conhecia a si mesma, sabia que a congruência que faltava entre ser e ter sido não surgia da necessidade de autoproteção, mas antes de um problema técnico. Mal um acontecimento acabava de ser vivenciado, ele já se tornava frio e estranho como uma peça de roupa arranjada há pouco e logo depois descartada.

— Estás pensando — perguntou Ada — em te masturbar olhando as fotos?

— Por acaso essa pergunta é uma pegadinha?

Eles riram.

— O que mais me fascina nas fotos — disse Alev — é o fato de elas não mostrarem nada mais do que é mostrado em qualquer filme pornô mediano. O ato sexual não se diferencia em nada dos bilhões que o antecederam e do número igualmente grande dos que o sucederão, pouco importa se executado por profissionais ou por principiantes. Nisso podes ver, pequenininha, por que foi que se considerou o amor físico uma obra do demônio: ele iguala os homens, mais do que os direitos humanos, os ajustes financeiros entre as nações e a coleção primavera-verão. E a igualdade é, contra tudo que se tem afirmado, nem um pouco desejável.

Ausente, Ada olhou em direção à porta, na qual Erich apareceu a fim de garantir, como em todos os dias, que ninguém estava se deixando instruir por algum counterstrike ou outro egoshooter qualquer a virar guerrilheiro, candidato a um atentado suicida ou psicopata do cotidiano. O educador chegou na condição de representante da humanidade estúpida, que de uns tempos para cá acreditava que o mal era incubado sobretudo em redes. Seu olhar panorâmico e consciente do dever aos monitores mais próximos, incitou Ada a uma gargalhada. Aos poucos ela percebeu por que Alev havia trazido seu material fotográfico justamente para aquele lugar a fim de escondê-lo na internet. Ele atendia a um delírio atual e estava se preparando para fazer o susto geral marchar em suas fileiras.

Mais tardar desde a primeira parte de Matrix, todo mundo sabia que o mal era descarregado no mundo dos softwares como o lixo atômico na Europa Oriental. Bits e bytes, vírus e bugs se digladiariam por toda a eternidade no âmbito de uma guerra virtual substitutiva. O novo inferno era feito de luz, aço, esmalte e couro, enquanto a parte livre da humanidade havia se transferido à lama ancestral de um paraíso subterrâneo. Por isso, eram feitos esforços significativos no sentido de manter a violência no interior da rede. Nem o menor entre os agentes patogênicos, nem o mais singelo entre os espiões podia deixar os reservatórios trancados do mundo digitalizado. As escotilhas tinham de ser cerradas, todos os buracos trancados, a fim de que o ruim não pudesse entrar no corpo de um inocente, para matar desvairadamente as pessoas que encontrasse pela frente usando uma espingarda de repetição de grosso calibre ou uma motosserra. Erich, uma nova lei ou uma seção de testes oficiais garantiam uma realidade boa, uma internet má e a quase impossibilidade de haver ligações entre ambas.

Uma vez que Ada e Alev não usavam fones de ouvido e manuseavam o computador juntos, coisa que falava claramente contra a possibilidade de um egoshooter, Erich os deixou em paz. Eles sorriram e acenaram para ele, enquanto bem próxima a seus narizes, uma tomada em seu tamanho máximo do sexo em estado ereto de Smutek preenchia a tela. A porta foi fechada. Alev descarregou o arquivo criado no servidor, usando o programa de FTP.

— E agora tu vais fazer o teste. — Ele recuou fazendo a cadeira andar para trás, enquanto Ada clicava em busca do diretório ReadMe na homepage do Ernst Bloch, digitando a senha exigida. O sanduíche de corpos sobre o fundo azul-celeste se espalhou pela tela.

— Perfeito — disse Alev. — O método garante que nem mesmo nossa webmaster poderá abrir o arquivo.

— Alev. — Ada fixava os olhos, meditabunda, na tela do computador, até ela virar um amontoado de manchas coloridas desfocadas diante de seus olhos. — Tu não vais querer ouvir, mas eu ainda não entendi o que estamos fazendo aqui e por quê.

Ele se jogou para a frente sobre a cadeira e bateu ambas as mãos espalmadas sobre a mesa, fazendo com que mouse e mousepad saltassem matraqueando um atrás do outro. Um usuário de fones de ouvido olhou para onde eles estavam.

— Maldição — gritou Alev olhando para ele —, errei de novo!

Depois ele baixou a voz. A ponta de seu indicador virou quando ele apertou o display, deixando uma mancha branca, móvel, exatamente sobre o rosto de Ada.

— Isso aqui acabaria acontecendo, cedo ou tarde. Se nós não o tivéssemos colocado em cena, outro o faria, ou, ainda pior: ninguém. Quando o destino impera, não sobra nada para o homem.

— E agora, sobrou alguma coisa?

— Evidentemente! — Alev fez uma careta involuntária para não precisar gritar. — Dói em mim ver como teu juízo se faz menor do que ele de fato é. Tu ainda vais sofrer danos de postura espiritual. Anda direito, pequenininha!

Ela teve de sorrir, e ele agarrou esse sorriso e o devolveu, antes de conseguir escondê-lo.

— Resta a pergunta sobre quem ou o que é que nos dá direito de obrigar Smutek a um jogo.

— Por acaso estás fazendo uma pergunta moral?

— É bem provável.

— Então só posso dizer que será difícil para mim responder a ela. Tentemos fazê-lo observando a situação de Smutek. A partir de hoje, ele se verá diante de um meio de sanção, ele se encontrará dentro dele, por assim dizer. — Mais uma vez Alev tamborilou suas unhas longas sobre o tampo artificial. — Este meio pode ser imposto a qualquer hora como uma punição para desvio de comportamento. Eis que a teoria do jogo nos ensina que apenas em sequências interativas o medo do inimigo se torna importante e a possibilidade da cooperação passa a existir. De resto, o que vige é apenas a traição. Disso se conclui que só com a ameaça de uma sanção é que podem ser abertas possibilidades de decisão verdadeiramente genuínas.

— Queres dizer com isso que ajudaremos Smutek a encontrar sua liberdade individual?

— Não foi estúpido da parte de Deus conceber a si mesmo como um ser vingativo. Com isso ele criou a vontade humana, em torno da qual os filósofos morderam tanto a ponto de perderem seus dentes, até enfim perderem a volúpia. Smutek vivenciará a germinação dessa vontade, ele crescerá e resistirá à pressão.

— Ou sucumbirá.

— Não acredito nisso. Ele receberá uma chance de se tornar homem, e com isso nós seremos, somos... seus criadores. Ou, melhor dizendo...

— ... o Diabo, eu sei.

— Digamos: seu Prometeu. Respondi à tua pergunta?

— Não.

— Há duas respostas. Primeira: mesmo segundo as noções de moral habituais, com as quais hoje em dia ninguém mais consegue lidar, não pode ser considerado problemático obrigar um homem a buscar sua felicidade. A moral obriga, ela mesma, a ajudar o homem a alcançar sua autonomia e sua liberdade. Segundo: o criador não é um ser moral. Ele está acima do justo e do injusto.

— Deus é um jurista. Ele cria regras e deixa sua execução ao encargo de outros.

— Belo aforismo. Anota-o.

— Cuidado!

Atrás da parede a música emudecera, e, no silêncio repentino, o barulho da calefação, dos teclados e os ruídos da respiração e o rascar das cadeiras produziam um burburinho grotesco. O primeiro aluno retirou os fones de ouvido e afastou da testa uma mão cheia de cabelos sebosos. Quando os Orelhas terminavam seu ensaio, significava que também a sala dos computadores seria trancada em pouco. Às 18h, todos os ativistas do Ernst Bloch eram obrigados a parar. O jantar coletivo dos alunos do internato era uma obrigação.

Com dedos ágeis, Alev mandou uma mensagem virtual a Smutek e deletou do disco rígido os arquivos criados e os diretórios. Tudo que tinha de ser preservado estava armazenado no servidor da escola. Pães de recreio mordidos, blocos de anotações e CDs voltaram às mochilas, o bater de palmas de Erich os instigou a desligar os computadores. Depois que Ada e Alev saíram, ele trancou a porta.

— Escalope de porco e batatas fritas — disse Erich a Alev —, mas acho que a cozinha preparou uma galinha muçulmana especialmente pra ti.

— Relações com os centros de poder são fundamentais — disse Alev. — A galinha dá pra dois?

— Não, deixa — disse Ada, que sacudia sua mochila segurando-a por uma das correias. — Eu ainda vou correr.

Alev bateu com força no ombro dela, como se ela tivesse marcado um gol naquela tarde, um gol que aproximava o time um bocado bem significativo da vitória decisiva; e depois caminhou ao lado de Erich ao longo do corredor de concreto ecoando seus passos. As solas de couro dos homens estalavam como cascos sobre degraus crus e encobriram o passo macio da sola de borracha dos calçados de Ada, de modo que ela desapareceu sem ser ouvida, como um espírito, na esquina do prédio, antes que alguém pudesse se voltar para ela.

Enquanto Ada, depois de correr, sentava entre blocos de granito, no escuro, e esfregava o rosto com tanta violência com a água do Reno como se quisesse lavar seus olhos, seu nariz e seus ouvidos até eles desaparecerem, e mandá-los com o rio cheirando a química e enchente em direção ao mar do Norte, Smutek foi verificar sua caixa de correspondência eletrônica no computador de casa. Ele esperava uma carta com exigências ou com as primeiras piadinhas, mas encontrou apenas um endereço de internet, www.erstbloch.de/ReadMe/ReadMe.doc, localizado na homepage do colégio. Embaixo dele, havia uma senha: VIVAOJOGO. Smutek levantou-se, girou a chave da porta do escritório e alimentou o browser com o endereço indicado. Quando o Word abriu automaticamente, Smutek estremeceu. Para ele, o computador jamais havia sido mais do que uma máquina de datilografar eletrônica. Ele foi perguntado pela senha. Depois de ter contemplado as fotos, masturbou-se sobre uma camiseta usada, em seguida chorou, mudo, sacudindo os ombros e batendo as mãos ao próprio rosto antes de ir dormir. A partir daquele momento, qualquer pessoa no planeta, que conseguisse tomar posse de um simples código, poderia visitar a página eletrônica de um respeitado colégio privado e olhar uma sequência de fotos bem comprometedora, cujo infeliz ator principal era ele mesmo. Smutek dormiu oito horas, sem sonhar e pesadamente, exalando um cheiro de decomposição, cujos restos se encontravam no lençol na manhã seguinte. O jogo havia começado.

Mas eles querem ele mesmo

Ele olhava seus e-mails várias vezes ao dia para ver se não havia novas mensagens. Em vão. Dois dias mais tarde, encontrou algo que pensara não encontrar depois de um princípio como aquele. Em cima de sua bolsa de apetrechos esportivos, havia um bilhete convencional.

Alev fazia parte daqueles disléxicos da globalização, que desde criança aprendem cinco línguas — e nenhuma delas corretamente. Ao ler seus trabalhos escolares, Smutek via um boxeador peso-pesado diante de si, que não conseguia ajuntar uma pedrinha no chão. No Ernst Bloch havia sido estipulada uma mensalidade generosa, que ajudava a não dar atenção a dificuldades desse tipo.

Por favor compra uma coroa das grandes por ocasiaum do enterro de hoefi. A seguinte frase deve ornamentar a faicha: A esperansa é a primeira que morre.

Em princípio, Smutek estava de acordo com a ideia. A coroa custou 300 euros, mais os custos da entrega. Os poucos presentes aos pés do túmulo há pouco aberto eram, em sua maior parte, ligados ao colégio. Ao lado do ramalhete de flores que a direção havia providenciado, a coroa suntuosa e anônima de Smutek era o único donativo. Todos sussurraram aliviados. Acreditavam que o falecido talvez não tivesse nenhum parente próximo, mas pelo menos tinha um amigo de infância distante ou talvez uma amante um tanto louca.

A exigência do segundo bilhete foi igualmente fácil de ser cumprida, e Smutek se permitiu pensar, por um minuto frívolo, que estava jogando contra adversários fracos. E, de fato, eles ainda eram quase crianças, cujo prazer de jogar e de brincar era semelhante ao de um gatinho. A certeza dessa suposição o enganou por algum tempo, impedindo-o de ver que era justamente nisso que estava a pior ameaça.

No final de uma aula de alemão, Smutek pediu ao Sr. El Qamar uma entrevista breve. Ada deixou a sala sem olhar para o lado. Pela primeira vez, eles se encontravam sozinhos um com o outro em uma sala. Alev havia se armado contra qualquer ataque com um sorriso cínico. Smutek tinha uma certeza para lá de nítida de que superava aquele garoto em uma geração, 20 quilos e 30 centímetros de altura. Alev ficou sentado em seu lugar, junto à porta, Smutek em sua mesa, sobre o púlpito, de modo que havia 4 metros e alguns quintais de mobília escolar a separá-los. Smutek terminava de fazer suas anotações no livro da classe enquanto falou.

— A melhora na nota exigida por ti — disse ele, e observou com satisfação como Alev curvou as sobrancelhas no alto da testa formando arcos de viaduto com elas devido ao tratamento na segunda pessoa — nós precisamos encarar aos poucos. Sugiro que peças a Ada que te dê algumas aulas extras. Teus sucessos podem alcançar uma melhora de no máximo, digamos, dois pontos até o final do semestre. Mais do que isso não seria digno de crédito. — Ele levantou a cabeça e olhou Alev diretamente nos olhos sem demonstrar qualquer emoção, coisa que jamais deveria ser feita na presença de um felino rapinante. — Agora desejo que te divirtas e tenhas sucesso no recreio.

Alev concordou com um gesto de cabeça, levantou-se, com o que se fez apenas insignificantemente mais alto, e deixou a sala com passos medidos.

O ritmo da marcha foi cuidadosamente pensado, assim como a sequência de tons em uma peça musical minimalista. Smutek acabava de se perguntar quando lhe seria feita a primeira exigência maior em dinheiro, quando encontrou o terceiro bilhete entre as páginas de seu bloco de anotações. Ele teve de ler a mensagem mais de uma vez para entender que eles não queriam dinheiro, mas sim outra coisa, que não podia ser nomeada facilmente. O que acertava melhor os fatos era um resumo bem simples: eles queriam a ele mesmo.

Foi só com a notícia que ele se deu conta que ele estava saltando de sua vida como de um trem em movimento e, enrolado em um sobretudo, rolava pelo dique da estação de sua própria biografia abaixo. Ele estava em pé, sozinho na sala de aula, e um primeiro impulso irracional fez com que desse uma gargalhada. Podem ficar alegres, ele pensou, podem ficar alegres, sociólogos e folhetinistas, a jovem geração é bem menos materialista do que vocês estão acostumados a se queixar que ela é. Ela não quer dinheiro, quer, sim, uma coisa melhor, e persegue seu objetivo pelos caminhos do drama clássico. Isso é cultura viva!

Seu cinismo teve vida curta. Na condição de professor, Smutek havia entronizado alguns conhecimentos acerca da juventude alemã, que agora recapitulava. O resultado final não era nem um pouco auspicioso para ele. Aqueles jovens não tinham desejos, não tinham convicções, quanto mais ideais, não buscavam uma profissão determinada, não queriam nem influência política nem uma família feliz, não queriam filhos, animais de estimação, não queriam pátria, e também ansiavam tão pouco por aventuras e revoltas como pela tranquilidade e pela paz do tradicional. Além disso, haviam deixado de conceber a diversão como um valor. Tempo livre e tempo não livre eram igualmente dificultosos, e se diferenciavam em primeira linha pelo fato de se ganhar ou se gastar dinheiro. Hobbys e matar o tempo eram coisas supérfluas, uma vez que o tempo passava por si mesmo. Olhar televisão era entediante, a cena literária estava morta, e no cinema há anos só passavam variantes de três ou quatro filmes. Discotecas eram feitas para amantes da burrice e da música ruim, e ao som de Schostakovitch era impossível dançar. Essa juventude havia cessado de se interessar por modas de corte industrial, por identidades, figuras heroicas e inimigos tradicionais. Os jovens que a compunham formavam uma geração de modo bem menos preciso do que qualquer outra geração antes deles. Ele simplesmente estava aí, esse clã de uma época interina. Pelo menos, pensou Smutek, pelo menos eles não marchavam mais. Ou ainda não marchavam.

Às vezes, ele se perguntara de onde esses sobreviventes da pós-modernidade hauriam suas forças e impulsos. A resposta parecia anunciar as primeiras chamas de uma nova época. Será que ela tinha de ser aberta justamente a ele, um civil inofensivo, não suficientemente escolado? Um professor de alemão polonês, que constantemente se metia com coisas e via coisas se meterem com ele, sem que jamais alguém tivesse perguntado sua opinião a respeito? Smutek nada pôde fazer com sua descoberta, e sem o homem adequado para se ocupar dela, essa descoberta não valia absolutamente nada. Bem antes de Colombo, os viquingues, mongóis, até mesmo loucos em barcos desmontáveis ou náufragos sobre pranchas já podiam muito bem ter estado na América, mas apenas o homem certo se transformara em descobridor. Smutek não se adequava para o menor achado casual do espírito. Desconcertado, ele se encontrava diante do anúncio feito pelo bilhete que ele acabara de ler: Tudo vai, tudo volta, a roda da vida rola eternamente. Eles queriam um objetivo que levava a si mesmos, a vontade de poder. Prazer de jogar. Era ali, pois, que eles buscavam suas forças.

Smutek se inclinava à autocompaixão, mas mesmo assim queria saber naquele momento por que justamente ele tinha de se tornar vítima do monstro. Ele se precipitou em busca de um erro mínimo, um movimento com o qual pudesse ter tocado sem querer a tecla start. Um olhar infamemente coquete nos olhos oleosos da mãe quando eles se encontraram pela primeira vez nos corredores do Ernst Bloch? Um leve bater de asas ao ver os seios altamente desenvolvidos de sua futura aluna? Um hausto de arrogância diante do primeiro salamaleque de Alev? Smutek conhecia a triste verdade de antemão. Ele não havia cometido nenhum erro. Se lhe parecesse divertido, ele poderia se recolher e ser esmagado entre as pedras de moinho de duas épocas que socavam uma sobre a outra.

Dez minutos depois da chegada da terceira exigência, Smutek havia percorrido os estágios do esoterismo e estava decidido a acabar com a cisma como se fosse uma música suave no rádio. Ele queria voltar a afundar as perguntas que se levantavam uma após a outra abaixo da superfície. Não queria saber se aquelas pessoas jovens e misteriosas, apesar de seu comportamento apolíneo, eram os novos *décadents* e possuíam aquela inclinação funesta ao desenvolvimento de vícios dionisíacos, que podia ser direcionada a quase qualquer objeto e exigia intensificações ultrarrápidas... e o que esperava por ele se isso fosse verdade. Smutek não queria ouvir perguntas nem respostas. E por isso aconselhou a si mesmo a obedecer.

Smutek obedece

Pontualmente como um prestador de serviços, ele foi ao ginásio de esportes às 17 horas do dia seguinte. Pelas janelas altas como paredes, feitas em tijolos de vidro, não pôde constatar nenhuma luz artificial lá dentro. Mesmo assim Smutek sabia que eles estavam lá, ele sentia a presença deles como a de um poltergeist. Eles deviam ter se trancado lá dentro durante o treino de voleibol.

Smutek vislumbrou o ambiente conhecido com aquela clareza carente de naturalidade da percepção sintomática em estados de choque. Ali estava o chão esverdeado da quadra, coberto pelas letras das freadas de incontáveis tênis. Quatro pares de anéis de ginástica estavam pendurados ali como os requisitos de um palco teatral, bem alto abaixo do telhado. As paredes de escalar feitas em madeira clara praticamente não haviam sido utilizadas, para os menores eram demasiado perigosas, para os maiores demasiado entediantes. Cinco cavalos de couro de costas marrons se encontravam no estábulo, o trampolim dobrado era usado apenas no último dia de aulas antes das férias. Smutek acreditava sentir, inclusive, quantidades incomensuráveis de bolas de futebol, de voleibol, handebol, basquetebol e bolas medicinais, que eram guardadas em armários de metal trancados. Tudo cheirava a suor, borracha e magnésio. Diante das portas da salinha de equipamentos, havia sido montado um tripé, e em cima dele estava presa uma câmera digital, que era significativamente maior do que a usada na semana anterior. Na borda do colchão mais alto estava sentada Ada, de pés descalços, em calça de abrigo e camiseta; ela deixava uma depressão bem profunda no material espumado e erguia os ombros sentindo frio. Nenhum aparelho de calefação, por maior que fosse, seria capaz de fazer a temperatura do ginásio chegar a uma temperatura habitável. Smutek estava em pé na linha sul dos três pontos como se tivesse criado raízes.

— Chega mais — disse Alev. — Queres tirar a roupa dela ou preferes que ela mesma o faça?

Smutek não soube o que responder. O que quer que eles desejavam dele, ele não podia fazê-lo. Daria errado. Ada, com seus ombros encolhidos e os joelhos apertados, parecia uma criança de orfanato, que mais uma vez não recebia visita no domingo. Smutek tinha medo. Ele conhecia de antemão o cheiro dos grandes colchonetes, sabia da sensação que o material emborrachado deixava na pele nua, e ao lembrar do cheiro de borracha foi levado a lembrar de coisas como uma camisinha, e lhe ocorreram outras questões desagradáveis, que ele até agora não havia abordado. Alev estava em posição torta e de pernas abertas como seu tripé, olhava ora pelo visor, ora para o pequeno display e ajustava o foco.

— Vamos, vem jogar conosco — ele chamou, alegre, e de repente os dois pés de Smutek obedeceram como dois minúsculos cavalos adestrados bem treinados, que se juntam para o pas-de-deux ao primeiro estalo do chicote. Ele caminhou para trás de Alev e viu uma Ada em miniatura agachada no display.

— O que tu queres de mim?

Impaciente, Alev levantou os olhos. Naturalmente ambos sabiam o que ele quis dizer com a pergunta. Uma única das fotos que já haviam sido tiradas seria suficiente para manter a chantagem até o fim dos dias. O que deveria acontecer agora já não era mais meio, e sim fim.

— Nada que tu mesmo não quererias. — Alev lançou um olhar atrás dele, e deixou claro que não aceitaria entrar em um diálogo dramático como um assassino de cinema antes do ato. — Vai e dá boa tarde a Ada.

Os pés de Smutek empacaram, ele não se mexeu. Quando sentiu um frio na barriga, esperou que pudesse passar mal e pensou concentradamente no cheiro de vômito. Se ele estivesse pendurado a vomitar sobre o vaso sanitário, eles com certeza o libertariam. Mas a vertigem passou sem deixar rastros. Ele não estava passando mal, estava triste. Viu com nitidez o rosto de sua mulher, que ele amava, e que com todos seus humores era a única pessoa do planeta que significava alguma coisa para ele. Ela era bela, e acabaria por destruir cedo ou tarde todas as coisas feias, como as que Smutek estava vivenciando agora. Então ele se lembrou de Höfi, e ficou ainda mais triste, porque Höfi inclusive havia morrido por perder uma mulher, e porque havia sido o último homem que poderia ter impedido o que estava acontecendo ali. Höfi havia levado consigo o resto de compostura e ordem que ainda existia no mundo. Sem Höfi, quem regia era a selva. Sem ele, não havia salvação. Smutek teria preferido uivar e ao mesmo tempo se enojava com a própria choradeira. Estava prestes a sofrer um ataque de fraqueza espiritual. Alev se colocou em posição ereta; chegava apenas à altura do peito dele e mesmo assim fazia esforços no sentido de olhar de cima para baixo para ele.

— Nada me causa mais asco do que a nitidez drástica — disse ele —, mas o sol já descamba no horizonte e nós não temos mais muito tempo para fotografar. Nota bem: o que nós temos contra ti nas mãos vale quase tanto quanto um filho sequestrado. O caso está organizado de tal maneira que nada mais te resta a não ser simplesmente fazer o que exigimos de ti. Fim do discurso.

— O que *vocês* exigem de mim? — perguntou Smutek, que percebeu um tom histérico na própria voz e suspirou profundamente, antes de continuar falando. — *Ela* também o exige?

Ambos olharam para Ada. Incrível como os cabelos dela haviam crescido ao longo do ano escolar. Como a pele parecia exangue à luz dos tijolos de vidro. Quanto desamparo sua figura forte era capaz de mostrar quando ela ficava assim abandonada ao próprio corpo tranquilo.

— Ela também o exige — disse Alev.

— Ada? — As paredes mandaram o nome de volta através do eco como se fosse algo que não quisessem manter com elas. A referida levantou a mão, inclinou a cabeça concordando, riu e acenou para Smutek, como se ele se encontrasse 100 metros distante, na outra margem do rio. Quando ele estava em pé diante dela, o olhar de Ada perfurou o meio dos joelhos dele, arrastou-se pernas acima, por baixo da roupa, pelos quadris, barriga, peito e pescoço até seu queixo. Com um movimento brusco ele arrancou a camiseta para fora da calça e tirou-a por sobre a cabeça, ela levantou os braços, dócil, como uma criança pequena. Embaixo, ela estava nua.

Deu certo. Por causa dos seios, mas também porque ele gostava dela. Ele beijou os lados de seu peito até embaixo das axilas, beijou seu pescoço e pela primeira vez sua boca. Os lábios dela tinham um gosto salgado e apetitoso, mais de algo comestível do que de mulher. Quando seus joelhos começaram a doer, ele a levantou com ímpeto a uma das várias caixas, perguntou se estava confortável para ela e não recebeu nenhuma resposta.

Entre as dobras internas do sexo dela ele encontrou um rastro de umidade, e gostaria de ter sabido se havia alguma chance de ela se submeter a ele, talvez, se Alev não tivesse corrido fazendo estardalhaço e sapateando em volta deles a fim de ajustar sua câmara em lugar mais próximo.

Me dá teu peito. Não, ambos os peitos. Estás me sentindo, estás sentindo meu pau? Me diz que é bom, me diz que tu queres... Sim...

A sua mulher Smutek jamais havia dito nada durante o sexo; ele não teria ousado, sequer, pedir que ela abrisse um pouco mais as pernas. Eles se entendiam sem dizer palavras, pela pressão de seus corpos, ao rolar na cama, ao empurrar, ao gemer alto quando uma coisa era boa, ao silenciar quando ela se tornava aborrecida. Em cerca de cinco minutos, ele sentiria vergonha de suas palavras como um bêbado sente vergonha de manhã dos balbucios de borracho que emitiu durante a noite. Ele se fez mais rápido. Ada mantinha os olhos fechados, de modo que ele podia olhar para ela sem ser perturbado. Os lábios estavam semiabertos, talvez um sorriso, talvez a simulação de um sorriso, ocasionada pela pele distendida por seu pescoço virado para trás. O rosto dela mostrava paz, embalado pelo ritmo dos movimentos dele, talvez ela estivesse pensando em algo agradável, em uma corrida à luz de um bom tempo, em um livro interessante. Ou em Alev. A estocada seguinte foi mais forte, ela mal pareceu tê-lo percebido. Ele a conhecia muito pouco, não tinha ideia do que se passava dentro dela, tocava seu crânio com todos os dez dedos, como se os pensamentos estivessem registrados lá em escrita braile. Suas próximas palavras foram um sussurrar mudo. Eu te amo. Mais do que a minha mulher, que é mais bonita do que tu. Eu te amo!

Ela com certeza o ouvira. Por um momento, os joelhos dele cederam, como se ele fosse cair no piso de material sintético, que resultava em bolhas em vez de escoriações. Mas ele ficou em pé, abraçou-a com ambos os braços, levantou-a sobre suas coxas, virou-se sobre si mesmo agarrado a ela, o rosto enterrado em seus cabelos. Ele a levou para longe do foco de Alev, de volta ao colchonete, deitou-a com cuidado e em seguida resvalou para fora dela. Alev estava a postos com um pacote de lenços de papel, pegou-os por uma ponta e balançou-os no ar, a fim de desdobrá-los.

Smutek viu o esvoaçar branco com o canto dos olhos e teve a impressão de que alguém lhe acenava um adeus. Ele se limpou, vestiu a calça e foi em direção ao banheiro em largas passadas, onde se inclinou sobre a pia. Nos últimos tempos, havia se tornado um hábito jogar uma das mãos cheia de água em seu rosto. Quando se refrescou sentindo os cabelos molhados, Ada estava apoiada à entrada da porta, igualmente vestida, em posição descontraída, um braço sobre a cabeça.

— É mesmo tão ruim assim? — ela perguntou.

Ele manteve o olhar dela firme no espelho. Ambos sentiam que durante os últimos 15 minutos alguma coisa havia mudado entre eles.

— Tu não entendes nada — disse ele, e teve de pressionar o ar para fora do pescoço a fim de conseguir ter livres as cordas vocais. — Eu não sou como vocês.

— Onde está a diferença?

— Provavelmente no fato de que eu tenha algo a perder.

— Ah — ela disse —, um emprego? Uma mulher?

— Também. — Smutek ficou quieto. A sensação de querer dizer algo verdadeiro descontraía os músculos de suas costas e abafava a lembrança da cena que acabara de passar. — Sobretudo uma fé.

— Em Deus?

— Não diretamente. Em mim mesmo. Na vida. No fato de ser possível machucar a ti ou a mim. Vocês, ao contrário, apenas acreditam que não exista nada em que se possa acreditar.

— Nem sequer isso — disse Ada. — Nietzsche está morto. Seus sucessores estão mortos. Os substitutos de seus sucessores estão mortos. Os que voltaram a despertar os substitutos de seus sucessores estão mortos.

— O único que está morto por enquanto — disse Smutek — é Höfi.

— Tu és polonês. Vens de um outro universo e jamais entenderás.

Um piscar de olhos, depois uma esfregadela, e ela havia desaparecido, e também Alev sumira sem deixar rastros.

Smutek saiu do ginásio de esportes ao ar livre e esperou que a escuridão chegasse, apagando a cidade, essa pequena e inocente cidade, que havia aportado às margens do país reunificado, se embalava valentemente na ressaca, e fazia de conta que estava dançando, bem-aventurada. Um pouco de noite teria se adequado muito bem a seu humor, ele se sentia pacífico e reconciliado como depois de um grande desempenho físico. Queria ver alguns alunos debaixo da casinha de vidro da estação de ônibus, imóveis sob a luz alaranjada como mosquitos no âmbar. Mas ainda estava claro. O gorjear primaveril dos pássaros, apesar do ar frio. Carros passavam apressados, ocupados, crianças saltitavam aos braços esticados de suas mães Smutek não queria ir logo para casa, deu a volta no prédio do colégio e chegou ao parque, onde se apoiou ao muro divisório. À esquerda e à direita do Ernst Bloch, os templos de antigas embaixadas da cidadezinha olhavam por janelas vazias em direção ao Reno. A sede do governo abandonada, sem mais nenhuma flâmula, se apertava junto à parte interna do joelho do rio. Atrás, as luzes do centro, bares, lojas, museus, universidade. Tudo falava da ventura de uma fama passada, que levara consigo todo o alvoroço e toda a fofoca.

Smutek olhou para as pequenas ondas sujas e se perguntou cuidadosamente se não deveria ter se recusado a obedecer a fim de terminar com o jogo antes mesmo de ele começar de verdade. Depois de uma recusa, o material nas mãos de Alev e Ada teria possuído apenas o valor de uma vingança. Eles teriam de decidir se aniquilariam a ele e a si mesmos em uma punição carente de sentido, ou se abririam mão daquilo que haviam começado com tanto engenho. Ele havia sido professor e filho da Guerra Fria por tempo suficiente para saber que exercício complicado significava a ameaça de uma aniquilação mútua. Os mecanismos da intimidação tinham de ser alocados em um equilíbrio sensível entre ameaça e recuo. Isso era algo para avançados, enquanto Ada e Alev confiavam com demasiada ousadia no poder de suas armas e na submissão de Smutek. Eles eram inexperientes. Ou incondicionalmente radicais. Smutek confessou a si mesmo que ele não era capaz de avaliar seus oponentes. Talvez fosse verdade o que Ada já tentava lhe explicar há meses. Eles eram fora da lei e livres como pássaros. Desesperados sem oeste selvagem. Guerrilheiros sem guerra.

E, além de tudo, ele ainda era atormentado por um sentimento absurdo de responsabilidade, pelo desejo de não fazer nenhum mal a eles, e, inclusive, pela vontade de evitar que eles mesmos se estragassem. Sentia-se como um pai, que é ameaçado pelo próprio filho com uma faca de cozinha e é obrigado a descobrir que um bom discurso persuasivo já não tem mais nenhum efeito. Ele viu o rosto boquilargo de Alev e os olhos puxados diante de si, não sentiu nenhum bafejo de amizade, mas sim um ódio recém-nascido, nu, doido para crescer, e mesmo assim não conseguiu ir além da constatação de que ele não desejava o maior entre todos os acidentes possíveis. Tentou cuspir na água, mas alcançou apenas as fileiras mais baixas das pedras da amurada.

Seu Volvo esperava sozinho no estacionamento e o cumprimentou com um piscar fiel quando ele pressionou a chave. Smutek sentou-se ao volante e baixou o espelho interno, a fim de poder olhar-se nos olhos durante a viagem. Ele estava feliz em ter um carro. Estava feliz com seu emprego. Estava feliz em viver naquela cidade, da qual sua Branca de Neve gostava tanto. Ele estava feliz em poder voltar para casa, a um chuveiro, um refrigerador cheio, vinho tinto e um sofá aconchegante. Ele estava satisfeito com sua vida, e nisso constatou que não havia muitas pessoas no mundo que podiam afirmar o mesmo de si. Ele não queria nenhuma mudança.

O primeiro dia bonito do ano. Ada se alegra em comparecer diante do tribunal

O sol brilhava como um tigre sem dentes no céu, aspergia luz sem calor nas ruas da cidade, ofuscava olhos turvos do inverno, revelava o pó e os lenços de papel escondidos debaixo dos aquecedores, escarnecia da nudez desavergonhada de árvores e moitas calvas, descobria digitais de gordura em para-brisas e lançava raios que explodiam nas janelas dos andares mais altos. Nas várzeas do Reno que separavam o centro da cidade do bairro de Godesberg, nas quais algum causídico de divórcio ia de bicicleta ao trabalho quando fazia tempo bom, o céu começava logo acima do chão, repleto de neblina luminosa nas bordas. Atrás de uma sebe, uma voz tênue de menina cantava algo acerca do amor em inglês; ela vinha do aparelho de rádio de uma caminhonete transportadora. Homens vestidos em lã azul cortavam as moitas. O primeiro dia bonito do ano era uma finta do verão, que ainda não se revelaria hoje, e parecia mais com uma foto de papel de parede do que com uma manhã de verdade.

Ada acabara de se arrastar para fora da cama e estava diante do espelho do banheiro. O tempo irradiante a acertou em cheio vindo da esquerda. Ainda que o compromisso no tribunal fosse apenas às 11h30, ela havia sido dispensada de todas as aulas do dia. De qualquer modo, ela teria um papel com fala na cerimônia estatal que em pouco daria conta de suas questões familiares. O longo sono havia estofado seu rosto; lábios, pálpebras e aletas do nariz brilhavam como pequenos travesseiros, e a luz berrante branqueava e encerava a pele, como se nenhuma expressão de alegria ou de dor houvesse ousado tocar aquelas feições até então.

Os momentos nos quais Ada suportava o próprio aspecto eram raros, racionados severamente, e tinham de ser suficientes para uma vida inteira. Por vaidade intelectual, ela abria mão de tentar corrigir o inalcançável usando pó, cremes gordurosos e cores, já que tentativas omitidas eram mais fáceis de suportar do que fracassos constantes. Ela não havia nascido para se tornar artista nem para se tornar lutadora, restava a carreira de toleradora.

Se ela tivesse podido buscar para si uma forma de beleza, sua escolha teria recaído na figura de um gatinho, que investiga sob pernas tortas e listradas os 60 metros quadrados de seu universo em piso de tacos, tapetes e azulejos, e se encanta com cada resíduo de sujeira que encontra como se tivesse descoberto um novo mundo. Ou ela queria ter sido um cavalo, que levanta o nariz cinzento contra o vento e mede as distâncias de uma estepe que pertence apenas ao ruído de seus cascos. O fato de que a beleza verdadeira tinha a ver com autoesquecimento se adequava ao humor estranho do criador: aqueles que a possuíam não sabiam o que fazer com ela, enquanto todos que entendiam alguma coisa sobre a beleza, jamais chegavam a ficar em posse dela. No passado, Ada também estivera sentada no pó de um caminho de britas aquecido pelo sol e atirado pedrinhas para cá e para lá sem sentir o tempo e o espaço. No passado, ela correra pelos prados de um jeito que quebraria o coração de qualquer pessoa sensata. Mas o autoesquecimento, ela teve de o deixar de lado ao fim da infância, e em algum lugar no limiar para a suposta vida verdadeira ele lhe foi tirado em segredo, e esse momento nem sequer foi marcado por algum daqueles lenços manchados de sangue, que de resto jazem em todas as partes importantes da vida humana, como marcadores de páginas em um livro volumoso. Logo após os primeiros passos infantis da compreensão, que ainda tatearam ao longo da corda de segurança da lógica, Ada percebeu que o sistema do pensamento continha um erro. Ele não podia ser retido. Compreender funcionava como respirar. Ada respondia perguntas antes mesmo de elas serem feitas, a compreensão não era um procedimento, era um estado, para não dizer uma doença. As poucas coisas que não podiam ser compreendidas, ganhavam o valor de templos sagrados, elas eram indícios para a existência de um último local de refúgio que ainda restava. Alev e a reação dela diante dele estavam na categoria desses eventos. Compreender fazia mal à pele.

Nos raros momentos em que Ada diante de um espelho encontrava sua irmã gêmea atrás do vidro com afeição, o cérebro cessava seu trabalho, visão de mundo e visão de si mesma desmoronavam como a cobertura de um ginásio de tênis mantida no alto pelo ar quando o ventilador é desligado. Os raios do sol eram oblíquos. Ada estava envolvida pela dança de um universo de partículas de pó cintilantes. O rosto no espelho era uma pintura emoldurada na parede de azulejos e parecia querer começar a falar no segundo seguinte.

O ruído de uma porta sendo batida com violência no andar de baixo chutou o banquinho sobre o qual estava sentada a magia do momento. Ada pegou a escova de dentes. Sob o chuveiro, ela jogou a cabeça para trás fazendo os cabelos esticados pela água se deitarem sobre as costas, como se fossem de fato longos, uma juba feita para balançar ao vento.

Vinte minutos mais tarde ela estava na cozinha e mais uma vez empacara. Na parede, por cima do balde de lixo, havia um calendário entre bilhetes de compras prescritos, cartões-postais e programações de cinema; ele mostrava agosto de 2003, e além disso um farol, pássaros brancos e nuvens semelhantes a travesseiros frescos de pena no horizonte. A um canto da folha, estava escrita uma sentença estranha: "Nós temos de imaginar Sísifo como sendo uma pessoa feliz." Por algum motivo, ninguém mais havia pensado em virar a página do calendário, e assim o mês continuava lá como se o tempo tivesse parado em algum belo dia de agosto, o mundo tivesse sucumbido e a humanidade extinta. A visão deixou Ada horrorizada. Quantos dias eram necessários até que o tempo se adensasse a ponto de virar história e fizesse com que novos monumentos fossem construídos, diferentes desse monumento miserável do acaso sobre o balde de lixo em uma cozinha demasiado grande, feita em cromo e mármore? Justamente em algum dia daquele mês ela havia encontrado Alev pela primeira vez. Ela tirou o calendário da parede e pendurou-o com o rosto virado para a parede. Ela jamais havia pensado em Sísifo sem encará-lo como um idiota. Ada decidiu preparar o café da manhã.

A mãe estava sentada com uma xícara de café solúvel sem leite nem açúcar, voltada para o jornal, e levantou os olhos surpresa quando a filha caminhou em volta da mesa em passo enérgico, dividindo pãezinhos assados em dois pratos, empurrando salame, queijo e geleia para o meio. Ada usava sua camiseta mais nova e mais limpa, e havia secado os cabelos no secador, fazendo com que eles envolvessem a cabeça leves e claros.

Enquanto a mãe olhava para ela, pensava em si mesma. De costume, aquela filha caminhava em jeans rudes pela casa, uma traição encarnada a todos os esforços em levantar um lar para ela, apesar das circunstâncias. Uma traição também à herança favorável da mãe, que ela havia repassado à descendente com o suor de seu rosto. A torrente forte de vida, que um braço adjacente parecia fazer perpassar a filha naquele dia, era exatamente a substância fundamental da natureza da mãe, só que as instalações para queima de lixo de suas histórias pessoais a haviam contaminado aos poucos com tralhas venenosas. Na idade em que Ada estava, a energia incomum havia lhe proporcionado filas inteiras de admiradores, e nos tempos de universitária não havia passado um final de semana de verão no qual ela, sempre se adiantando como um filhote de cachorro, não correra pelas florestas inundadas de sol ou pela relva alta às margens de um rio, sentindo a presença protetora de um homem simpático a suas costas. Na presença dela, os homens se tranquilizavam diante de todas as ideias-de-no-future, eles encontravam unidade em um mundo dividido. A mãe havia escolhido o melhor entre eles e depois o havia perdido em um acidente desnecessário. Ele deixara Ada com ela.

Ainda que viúva, casada de novo e, assim esperava, mais uma vez separada daí a poucas horas, a mãe continuava em pé face à vida como uma criança diante dos terrários de um zoológico, nos quais pequenas placas de latão com nomes latinos apontavam para animais que a gente, olhos e nariz próximos ao vidro, jamais conseguia ver. Havia folhas e galhos arranjados artificialmente, uma tigelinha com ração colorida, uma casinha de madeira e uma instalação com água. A mãe olhava e esperava, firmemente convencida de que mais cedo ou mais tarde alguma coisa se mexeria lá dentro. Ada, ao contrário, se voltara imediatamente ao ver as caixas abandonadas, dando de ombros, e desde então sabia dizer apenas que era o vazio quem regia. Para a mãe, o brilho de Ada na manhã do divórcio, a maneira com que ela mordia em um pãozinho devido apenas à bela aparência do ato, ainda que pudesse ver que ela na verdade nada queria comer, era um desses movimentos no terrário. Ela e sua filha tinham uma relação totalmente oposta com o Nada.

A tensão física incomum de Ada vinha sobretudo do fato de ela estar sentada sobre a cadeira com as pernas levemente abertas, e por se esforçar em carregar o próprio peso sobre os ombros apoiados ao canto da mesa. A parte central de seu corpo ainda não havia se acostumado às novas exigências e, em algumas horas do dia, ela sentia a necessidade insaciável de levar uma das mãos para dentro da calça a fim de dar uma ajuda à coceira queimante. Quando sentiu os olhos da mãe pousarem sobre si de modo incomumente intensivo, Ada olhou para o relógio.

Temos de ir.

Uma atrás da outra, elas atravessaram o corredor até o vestíbulo, Ada com leveza, a mãe com movimentos que denotavam esforço, como se tivesse de usar a pá dos braços e das pernas para jogar o mingau resinoso do ar para os lados. Ada se sentia como se estivesse indo a um evento que havia sido organizado apenas para ela, enquanto a mãe ia junto apenas como acompanhante, por amor a ela. Ada esperava ansiosamente há quase dois anos pelo divórcio. Ela queria botar um fim naquela espera paralisada, cujo motivo ninguém mais sabia explicar a que vinha.

— Queria tanto que já tivéssemos passado por isso — disse a mãe, enquanto usava o sobretudo.

— Tudo passará como a visita de um consertador hidráulico — disse Ada.

Ela sentiu orgulho quando a mãe fechou a porta de casa atrás de si com uma gargalhada.

No tribunal, homens trabalham com homens

Os advogados correram um ao encontro do outro de braços estendidos, olá, colega!, e riram juntos antes mesmo de as partes poderem trocar uma palavra de cumprimento. Que tempo, hein! Quem é capaz de vestir luto, sendo assim? Os coveiros e os juristas... Um tem a toga deitada sobre o braço como se fosse o roupão de banho de um frequentador de sauna, o outro já esvoaça em suas asas negras pelos corredores. Homem e mulher se dão as mãos de cabeça baixa.

Ei, general de brigada.

Enquanto Ada abraçava o padrasto, passou por sua cabeça a pergunta se ela era a única pessoa que ainda o tocava, não contado algum amor de aluguel nos finais de semana.

Minha pequena, tu estás mais bonita do que nunca... Obrigada, também me sinto muito bem.

Ada se sentiu radiante, de repente os advogados silenciaram e olharam para onde eles estavam. O caso foi chamado, o general de brigada enfiou os cigarros que queria oferecer aos outros de volta ao casaco. Por trás, os pais pareciam bonitos, eretos, esguios, ambos ainda jovens. Quando eles falavam, cada um por si, sobre o princípio de sua relação terminada, eles sempre usavam palavras como grande amor, *amour fou*, romance inacreditável. De seu pai verdadeiro, Ada não conseguia se lembrar.

Ela parou à porta, cujo trinco ficava à altura de seu peito. Do outro lado do corredor, se fizeram ouvir barulhos e murmúrios, o trovejar de pesados pés calçando botas, vozes de homens, que soavam como o latir de cães. Na sala, também a juíza foi cumprimentada com brincadeiras, ela riu e afastou seus cachos vermelhos da testa. Naquela reunião, o general de brigada com seus 45 anos era o presidente de honra devido a sua idade. Ao lado dele, os funcionários da justiça pareciam um grupo de estudantes diante da sala de aula. Eles tomaram seus lugares, distribuíram os livros vermelhos da lei e pastas para anotações sobre a mesa, e Ada entendeu que eles eram colegas, que se conheciam da universidade, que gostavam uns dos outros ou não. Eles trabalhavam no mesmo ramo, e faziam parte de seus casos como peças de uma máquina em uma esteira de produção. Nada naquilo era magia.

O barulho chegou mais perto. Da posição em que estava, Ada podia ver o saguão no qual chegavam todas as escadas e elevadores e onde se cruzavam todos os corredores. Funcionários da justiça conduziam dois rapazes que não eram muito mais velhos do que Ada. Eles traziam algemas, jogavam seus troncos para a esquerda e para a direita, escoiceavam as canelas de seus acompanhantes ao caminhar, e justo quando passavam no corredor em que Ada estava parada, um deles se deixou cair ao chão, rolou algumas vezes sobre as costas, para lá e para cá, e se fez pesado quando foi pego sob os braços e colocado mais uma vez de pé. Para de uma vez por todas com essa merda! Quase todos teriam caído juntos. Os longos cabelos do rapaz haviam se libertado da borrachinha que os prendia, com as mãos algemadas ele não conseguia afastá-los do rosto. Ele sacudia espasmodicamente a cabeça e nisso parecia com Rocket ao tocar um solo de guitarra. Ada se assustou quando seu olhar se cruzou com o do jovem. Foi uma espécie de entendimento, ele tinha algo em comum com ela. Ordem e desordem, ele parecia dizer, que lutam uma contra a outra na arena deste prédio, recrutam seus guerreiros nas mesmas fileiras. Talvez ele o tivesse expressado um pouco diferente. São todos uns porcos!, ele agora gritava.

Por um motivo que Ada só foi capaz de destrinçar aos poucos, havia algo confuso nessa conclusão. Segundo sua percepção, juízes eram os representantes de um princípio, pontos finais de uma função coletiva, as ventosas nos tentáculos do bem comum. Detentos apresentados não se irmanavam com testemunhas casuais, promotoria e defesa não suportavam uma à outra. Mas naturalmente isso era absurdo. Homens não podiam ser nada de diferente a não ser homens. Eles vestiam togas ou carregavam algemas, e faziam o que se esperava deles. Naquela casa, sua tarefa consistia em criar a dor fantasma de uma ordem de valores amputada.

O grupo de homens desaparecera. Feche a porta, por favor! Ada não sabia onde deveria se sentar. O excesso de cadeiras na sala deixava a impressão de que havia mais atingidos, que não puderam comparecer, todos, ao espetáculo. A mesa em forma oval, atrás da qual pai e mãe estavam sentados com seus advogados, oferecia lugar para mais três pessoas. Ada ocupava um dos trinta lugares dos espectadores, e mesmo atrás do púlpito do juiz havia diversas poltronas livres à esquerda e à direita da dama de cachos vermelhos.

A juíza falava com seu gravador. A demandante fundamenta sua petição no acordo de..., um breve aceno de cabeça para manifestar entendimento com o advogado da mãe, o acusado requer, momento, o senhor quer aceitar, mas em que valor?

As togas folhearam em suas pastas, o sol claro lá fora parecia estar no lugar errado na hora errada, não havia cortinas nem persianas, os velhos aquecedores continuavam a fazer seus negócios. Ada surpreendeu os pais trocando olhares desamparados. Logo eles se levantariam, e sairiam levitando do ambiente, no qual os juristas continuavam folheando e ditando, para chegar à rua e gozar a luz refulgente do sol. Foi aí que tudo começou, uma sopradora invisível havia murmurado a deixa. De resto, disse a juíza, é requerido o indeferimento da queixa.

Mandaram Ada para fora depois pediram que ela reentrasse; os pais olharam a seu encontro conscientes de sua culpa. Nos olhos perdidos da mãe, ela percebeu os sinais de uma cena teatral, tomem minha última camisa, mas deixem minha filha fora disso, e enviou um olhar de alerta para onde ela estava. Apontaram a cadeira no meio da sala para que Ada se assentasse, ela foi instruída suavemente no sentido de que, caso dissesse algo, teria a obrigação de dizer a verdade. Diferentemente dos tempos do soco-inglês, Ada agora era passível de punição. O general de brigada piscou com os olhos estranhamente, parecia querer lhe dizer alguma coisa que ela não sabia o que era.

— A senhorita recebe de seu padrasto um pagamento regular de quatrocentos e cinquenta euros em dinheiro vivo no começo do mês?

Ada demorou a responder. Ela imaginou que Alev estava sentado atrás dela em um dos assentos do público, as pernas esticadas a sua frente, a boca contorcida em um sorriso egípcio, e arranhando de leve com suas longas unhas o tecido de sua calça. Há dois meses ele a abraçava e a beijava na boca, quando eles se cumprimentavam pela manhã, e isso diante de todo mundo.

— O momento da verdade é sempre aquele no qual não se entende absolutamente nada — ela disse.

A juíza levantou as sobrancelhas aparadas e olhou para o advogado do general de brigada, do qual parecia gostar mais; talvez ele soubesse mais como funcionava o mundo, ainda que agora estivesse dando de ombros.

Ada jogou a cabeça para trás e riu, Alev teria gostado disso, teria confirmado uma de suas teorias. E já que o estava fazendo, ela também riu de alegria pelo fato de ele existir, e ao mesmo tempo riu de si mesma, porque esperava que ele se acostumasse a ela como a um animal de estimação, que por algum tempo é tomado sob os cuidados e que se começa a amar com tanta intensidade que não se consegue mais se separar dele. Ela também riu da dor entre suas pernas, que pertencia apenas a ela e era um segredo ao qual ela podia dizer "eu". E ela riu também por estar convicta de que a época mais bonita de sua vida estava apenas começando. Demorou um momento até ela acabar, e em seguida limpar as lágrimas do canto dos olhos, negra e silenciosamente cercada pelos espíritos dos demais presentes, que viam um fiel pônei de circo enlouquecer no meio do picadeiro.

— E tu contastes uma coisa dessas a eles? — disse Ada. — Tu és mesmo um tipo.

— Isso por certo quer dizer que a senhorita não viu a luz de pagamento algum?

As palavras "viu a luz" a fizeram lembrar de que precisava com urgência fazer uma consulta a seu ginecologista.

— Nada parecido. Lamento.

— Suas contribuições mensais no... — mais uma vez a pasta era folheada — Ernst Bloch não são depositadas há meio ano. Seu pai declarou que a mensalidade foi incluída junto com os demais benefícios pagos a sua mãe, mas que ela não os encaminhou adiante.

— Onde não há nada também não pode haver nada incluído! — exclamou a mãe.

— Nós já ouvimos a opinião da senhora. — A juíza se voltou para Ada. — Por isso, ele teria pago a soma diretamente à senhorita, a fim de que o colégio recebesse a mensalidade que lhe é devida.

Em que o general de brigada gastava seu dinheiro Ada não sabia, e o pensamento de que fizesse com ele algo que o deixava envergonhado a confundiu. O bom humor de há pouco havia passado de uma hora para outra. Ela não queria falar do Ernst Bloch, o Ernst Bloch não tinha nada a ver com aquela sala. De repente, Teuter, Smutek, Höfi, Odetta e uma multidão de pessoas sem rosto se acotovelaram entrando no ambiente.

— O senhor está querendo acusar sua filha de desviar o dinheiro?

O olhar do general de brigada acertou Ada em cheio uma segunda vez, um flamejar azul, como o relampejar breve e mudo de uma sirene policial.

— Não — disse ele.

Se Ada fosse obrigada a descrever um dos gestos típicos dele, teria escolhido aquele em que ele botava a mão esquerda no bolso de sua calça, no qual sempre havia um maço enrolado de notas de dinheiro coloridas. Quando não estava de uniforme, ele vestia ternos que assentavam em seu corpo como se fossem fundidos a ele, permitindo ar suficiente para um sprint repentino ou para o rompante de um abraço. Ada sempre acreditara que ele ganhava o suficiente.

— Isso é um caso para a promotoria! — exclamou o advogado da mãe.

— Não banque a santa — disse o outro em voz cortante.

A juíza interceptou a próxima réplica de Ada.

— Isso está, pois, esclarecido — ela disse em voz alta. — Gostaria de dizer à senhorita Ada, que diante da lei não se tem direito ao pagamento de um colégio tão caro como o seu.

O silêncio imperou durante alguns segundos, até mesmo a calefação fez uma pausa.

— Não se preocupe — disse Ada por fim. — Há sempre meios e caminhos.

Enquanto a juíza explicava ao gravador que as evidências haviam sido todas relatadas, cresceu em Ada a necessidade de dizer mais uma coisa. Nas aulas de Höfi ela havia aprendido que podia ser divertido revolver ideias que de resto ficavam nas profundezas da consciência, indignas de atenção. E agora as aulas de Höfi haviam acabado.

— Tenho direito a uma última palavra?

Desta vez a juíza levantou apenas uma das sobrancelhas, abaixando a comissura da boca que ficava no lado oposto. Sua mímica era ágil como a de uma atriz de teatro de variedades.

— Não. Mas, se a senhorita for breve, pode falar.

— Antes, no corredor, ficou claro para mim que a senhora está praticando arqueologia aqui. Na verdade a senhora se parece com alguém que tenta reanimar um esqueleto com massagem cardíaca e respiração boca a boca. Um veredicto desses tem de ser um ato de necrofilia. Ou, para expressá-lo de maneira menos mórbida, a senhora lança gritos de guerra sobre campos de batalha que há tempo já foram abandonados pelos sobreviventes.

— Não deixa de ser interessante — disse a juíza com cortesia —, mas tenho de lhe pedir que a senhorita também abandone o campo de batalha agora.

— Quando a senhora estiver sentada em casa da próxima vez e duvidar do sentido de sua profissão, pensará em minhas palavras.

— Por favor, vá embora, agora.

Ada deu de ombros, acenou de leve para a mãe e colocou dois dedos sobre o ombro do general de brigada no caminho até a porta. Um silêncio espaçoso, no qual uma grande e larga confusão de vozes teria achado lugar suficiente, acompanhou a saída de todo mundo.

A mãe chegou em casa apenas quando já anoitecia e estava bêbada. As franjas de seu penteado de Cleópatra haviam perdido a rigidez e o spray e estavam penduradas, demasiado longas, sobre os olhos, a tintura dos cílios não havia sido renovada depois do último berreiro, mas sim removida definitivamente, e também do batom ainda sobrava apenas um restinho bem no fundo das rugas horizontais. Ada estava em pé na cozinha, de pernas e braços arqueados, e fatiava uma pizza congelada. Ela gostava quando a mãe se segurava com uma das mãos na moldura da porta ao falar. Isso acontecera muitas vezes no passado, um sinal dos bons tempos.

— Tu estás feliz, não é verdade? — perguntou a mãe.

— Estou. Queres pizza?

— Obrigado. Não achaste ruim o que aconteceu hoje?

— Pelo contrário. E tu?

— Eu também não. Porque tu... Ah, tu já sabes muito bem...

A mãe agarrou a nuca dela com força em uma das mãos e a balançou como se fosse um filhote de cão. Era um gesto esportivo, que não tinha nada da suavidade comum e pouco saudável, e parecia mais a expressão de um golpe na luta do que de um afeto. Ada passou bem junto da mãe com o prato da pizza, saindo pela porta. Na mesa de jantar, ela mastigou o molho de tomate e a massa, enquanto a mãe revivia detalhes da reunião no tribunal a fim de enterrá-los em seguida.

— E o melhor de tudo — disse ela, respirando aos solavancos de tanto rir — foi teu interlúdio semifilosófico, ao final. Uma coisa dessas a boneca de cabelos enrolados com certeza jamais ouviu em seu tribunal.

— Sem filosofia — disse Ada de boca cheia —, só os criminosos ousam condenar seus semelhantes. Os outros são legitimados pelo espírito universal.

Era claro para ela que o bom humor da mãe vinha menos de discernimentos semifilosóficos do que do fato de o general de brigada ter levado um mico preto após o outro para casa; e ela saberia usá-los muito bem no futuro.

— É bom ver — disse a mãe baixinho, e serviu conhaque em sua taça — como tu estás adulta.

— Tu te enganas — replicou Ada, bocejou e decidiu que as palavras seguintes seriam as últimas que diria naquele dia. — O camelo já estava morto antes de eu ter chegado ao mundo. Eu nasci como leão, cresci como leão e como leão ficarei cansada, bem antes do tempo. A esperança de chegar a me tornar criança jamais viveu de fato dentro de mim.

A mãe não entendeu o que ela dizia, atribuiu tudo à puberdade e não ouviu quando Ada murmurou "Isso-tem-a-ver-com-Nietzsche", enquanto deixava o ambiente. No momento em que a mãe mais uma vez olhou para ela no caminho ao banheiro, onde queria vomitar, ela já estava em sono profundo e inerte. Sua cabeça clara jazia funda no travesseiro como um grande ovo de avestruz em seu ninho.

Se eu quisesse por acaso me tornar escritor

As que se seguiram foram as semanas mais bonitas da vida de Ada. Se isso se devia a Alev, que procurava sua proximidade sem esconder, nos dias verde-azuis da primavera, poucos mas preparados com arte, que o ano de 2004 deixou à disposição dos cidadãos de Bonn, se era mérito de Smutek, que ela começou a conhecer em detalhes como um pesquisador conhece seu objeto de investigação, ou se era em virtude de uma daquelas mudanças casuais da química corporal, que são responsáveis por uma parcela nem um pouco desprezível da felicidade e da infelicidade humana, enquanto os atingidos gostam de falar de virada no destino — não se podia dizer ao certo.

Certo era que Ada se sentia bem. Todas as peças de roupa no armário assentavam nela com perfeição, o café da manhã sabia a café da manhã, e os cabelos estavam suficientemente compridos para ser amarrados com uma simples borracha de cozinha em um rabo de cavalo louro, com cujas cerdas eriçadas era tão bom de brincar com os dedos. Ao primeiro bafejo nessa nova sensação de vida, ela já conseguira agarrar a palavra certa pelo pescoço: incontestabilidade. O segredo consistia em não fazer mais do que gozar aquela capacidade com a qual a natureza a havia provido da maneira mais generosa: a indiferença diante da própria existência.

Ela pensou muitas vezes no homem sem qualidades, e se sentia parente dele, como se fosse uma reencarnação da Agathe reencontrada. Ambos não estavam em condições de levantar a memória dela como se fosse um salão maciço de aço e vidro, preferiam viajar com bagagem leve e por isso permaneciam sendo vagabundos nos corredores do presente. Sobre eles, certezas e dúvidas passavam galopando como que sobre um chão pedregoso, que tremia e levantava pó, mas não guardava rastros. Semelhante a Ulrich, Ada achava menos que era um ser isolado do que um destilado do espírito de sua época. Quando ela agia e falava diante de outros, parecia-lhe que estava representando um protótipo, feito para trazer aos olhos dos homens no limiar qual era a etapa do caminho em direção à qual a evolução caminhava, e isso de um modo tão inevitável, a ponto de fazer com que pessimismo e depressão não tivessem mais importância do que um hobby da moda. Dessa forma, cada dia era um espetáculo, cada encontro frio e cheio de significado, como se existisse a parede de vidro de uma vitrine entre Ada e o resto do mundo. Ninguém ousaria tocar uma peça de exposição segura por fios invisíveis. Ada era tão incontestável quanto uma decisão de última instância.

Havia pouco tempo, Alev caminhava um trecho ao encontro dela pela manhã e esperava na esquina de uma alameda estreita que, orlada de casas, levava diretamente ao poderoso prédio de tijolos do Ernst Bloch, cujos telhados se levantavam altos e pesados sobre o bairro, como se fosse o convés de um navio a vapor em um porto de iates. Alev havia colocado um dos pés sobre sua pasta em pose de caçador de grandes animais, como se esperasse ser fotografado a qualquer momento. Enquanto Ada se aproximava vagarosamente, sentia cada um dos músculos de suas pernas como se fossem os suportes de uma força incomum, que ao menor aceno ficava à sua inteira disposição. Ainda que carregasse um sorriso dentro de si, ela apenas levantou uma das sobrancelhas para cumprimentá-lo, já que a incontestabilidade não lhe permitiu fazer mais do que isso. Quando Alev a puxou para si, o coração dela marchou até embaixo da axila esquerda. O cheiro do corpo dele continuava sendo a maior entre as sensações com as quais o aparelho perceptivo dela já tivera de lidar. Cautelosamente, ela buscou ar, com o nariz profundamente enterrado nos cabelos escuros dele, que possuíam a firmeza e a densidade das cerdas de uma escova de roupas. E assim eles formaram, no meio da rua, uma câmara especial, escondendo os rostos do mundo ao acomodá-los no corpo um do outro.

Nas casas de família, mães estavam às janelas da cozinha, que apesar da luz do dia ainda estavam iluminadas, e pensavam a cada manhã que cena maravilhosa eles representavam, e como as duas crianças lá fora um dia casariam a fim de terem também eles seus filhos e ficarem parados à janela das cozinhas, fracos de uma nostalgia que se voltava para o passado de maneira tão decidida como se lá houvesse algo a buscar. Já depois de uma semana, começaram a esperar por eles. Ora, ali está ele, com sua pasta fora de moda, e ali vem ela, bela como um animal que nada sabe acerca de si mesmo. Ele pode beijá-la sem limpar seus lábios. Nós usávamos maquiagem no passado...

Ada não tinha ideia da existência de uma superfície neorromântica que envolvia a ela e a Alev, bem legível e pouco precisa na tentativa de acertar como a frase da propaganda na parte de trás de uma caixa de cereais, que a gente estuda todas as manhãs ao tomar o desjejum. Uma vez que lhe faltava o talento para olhar no espelho dos outros de Sartre, e uma vez que olhava as pessoas no queixo e não nos olhos, ela ficava insegura consigo mesma como uma criança, que cobre o rosto com as mãos e pensa que encontrou o melhor esconderijo do mundo. Com 15 anos e um intelecto hiperativo preso em um aquário, ela possuía a disposição completa para se tornar louca segundo todas as regras impostas pela arte no decorrer de uma vida nem tão longa assim. Se as mulheres entre o público atento ao espetáculo dos dois tivessem sabido disso, não teriam ficado à janela por nem mais um segundo. Elas teriam se lembrado de que cada olhar venturoso ao passado tem de ser pago na moeda cara da sensação-de-tudo-está-piorando, e teriam passado uma mistura de resignação e satisfação no pão da merenda de seus rebentos naquele dia.

Enquanto isso, os beijos, que eram o componente principal da peça, não eram de fato dados. Alev tocava os lábios de Ada com os seus e já começava a falar quando ainda a apertava a seu corpo como se fosse uma bagagem perdida e reencontrada, de conteúdo valioso. Ele se mostrava ávido por falar, queria os ouvidos dela, não sua boca.

— Se eu quisesse por acaso me tornar escritor — dizia ele, por exemplo —, eu criaria uma mulher jovem.

— Talvez tu devesses te esforçar em poder querer te tornar um — respondeu Ada, e se colocou em movimento, enquanto nas janelas as cortinas balançavam.

— A jovem mulher se apaixona por um jovem homem. Ela passou a maior parte de sua vida em uma dessas cidadezinhas em que Judas perdeu as botas, enquanto ele viajou pelo mundo inteiro. Em comparação com a bola de gude da paisagem dela, o próprio horizonte parecia verdadeiramente canadense a ele, por assim dizer.

— E isso por acaso deveria me fazer lembrar de alguém?

— De maneira nenhuma. — Ele segurou Ada pela manga, e eles deixaram dois sinais verdes passar, a fim de ganhar tempo. — Para impressioná-lo, a jovem mulher diz que quer fazer uma viagem pelo mundo. Ela se acomoda em um trem e vai embora. Poucos dias mais tarde, ele recebe o primeiro e-mail de Londres. Mais tarde de Paris, Lisboa, Madri.

— Odessa, Tbilissi, Al-Qahira e Al-Iskandariya?

— Por mim, também de lá. Johannesburgo, Montevidéu. Fitzroy.

— Onde fica Fitzroy?

— Nas Ilhas Falklands. Sabes aonde quero chegar?

— Sim.

— Onde é que a mulher está, de verdade?

— Aqui.

— Com um acesso à internet e um Atlas da *New World Edition* deitada à cama. Meu romance seria construído sobre cartas, nas quais ela conta suas aventuras ao amante. Ela levanta uma cidade após a outra, como nos livros infantis com figuras que saem das páginas quando os livros são abertos.

— E tu achas que isso funcionaria?

— Absolutamente. Uma coisa é igual em todo mundo, e essa coisa são as diferenças. Cidade e campo, rico e pobre, amor e ódio, assassinos e assassinados. Quando se tem um ponto de partida, todo o resto pode ser calculado. Hoje em dia nós não precisamos mais viajar para contar sobre o mundo.

— O colorido local para a sensação nômade inata pode ser conseguido na internet.

— Absolutamente. Eu escreveria esse livro em quatro línguas. Ele se chamaria: *Letter from the World*.

E assim o papo continuava, até que eles chegavam à escola. Alev não saía do lado dela, e mesmo diante da sala de aula eles ainda se apoiavam, juntos, à parede por alguns instantes, a fim de continuarem sua conversa, com feições sérias e gestos decentes, como bons colegas ao princípio de um dia de trabalho cheio de conferências, conflitos e consequências.

Sobre o paradeiro do tempo que eles não passavam juntos, ninguém prestava contas. Quem via Ada e Alev achava que eles eram amantes, melhores amigos ou irmãos. Ada, ao contrário, partia do ponto de vista de que Alev, assim que ela estava ausente, não pensava mais nela do que um homem de negócios pensa em sua mulher quando está viajando. Enquanto não visitava as estações do amor, da amizade e da fidelidade na pista de cooper dos conceitos, ela não sentia falta de nada. A nova incontestabilidade era como água rasa que respinga para todos os lados e depois volta a se juntar intacta quando se pula para dentro dela. Nos melhores dias, o mundo navegava por cima de Ada em botes pequenos. Nos dias piores, ela sentia a voragem das marés, a lua surgindo e desaparecendo, e quando tentava olhar para dentro de si, via o próprio rosto tentando olhar para dentro de si.

Ela tinha a impressão de que começara a crescer. Os membros se tornaram mais longos e mais ágeis, as costas mais flexíveis, os quadris mais suaves. Ela conseguia abrir as pernas sem sentir dor como uma ginasta. E corria mais rápido do que nunca.

Smutek mantém a clareza. Sua Branca de Neve desperta e o cumprimenta na condição de enferma convalescida. Jamais o Deus católico se mostrou tão fraco

Quando o homem tenta imaginar alguma coisa, ele necessariamente erra. Imaginação e realidade só se encobrem mutuamente de maneira parcial, e a crença de que a primeira tem de se ocupar constantemente da segunda repousa sobre o fato de que a equação não resolvida que chamamos de nosso eu jaz justamente no ponto em que as duas coordenadas se encontram. Se apesar da aproximação tentada duramente por ambos os lados, aparece um abismo, fica-se nervoso.

Smutek estava nervoso. Quando ele imaginava como seria ter um caso com uma aluna, pensava sempre em um cara dominado pela possessão como por uma doença, que dormita em todas as células do corpo e de tempos em tempos se acotovela para chegar à superfície sob erupções de suor. Ele pensava em alguém entregue desamparadamente a seus instintos, e que agarra suas vítimas, importadas ou agarradas por ele mesmo, como um viciado em heroína precisa da agulha. Tal lascívia por certo funcionava como um acesso de fúria, que sobe do estômago, estreita o peito, avermelha os olhos e distende a cabeça a um espaço sem mobiliário, no qual os pensamentos arquejam um kitsch obsceno contra paredes vazias, enquanto o corpo tenta abocanhar sua presa como um cão caseiro que foge de repente à selva. Smutek, porém, ia à escola, distribuía notas generosas em alemão, se mantinha longe dos colegas, ao que todos pensavam que ele não conseguira superar a morte de Höfi, e às sextas-feiras esperava pontualmente às 17h por seus dois domadores no vestiário dos professores.

O ato sexual, ele o encaminhava em domínio total de suas forças mentais, como se fosse uma peça de teatro moderno: pouco texto, fisicamente extenuante e sempre um problema estético. Em relação a sua mulher, ele se mostrava aberto, paciente e sensível; na aula, um pouco ausente, como se falasse com seu público a uma grande distância. Diferentemente do passado, ele não deixava mais o púlpito, a fim de dar algum passeio entre as fileiras de bancos enquanto falava. O bilhete em que Alev ordenou que ele evitasse todo e qualquer conflito com Teuter não teria nem sido necessário. Smutek mostrava, qualquer que fosse a situação, o sorriso de um revolucionário envelhecido. Quando acontecia de ele pensar nos seios de Ada durante a aula, os estolhos de uma paranoia faziam com que ele temesse que as crianças sem pecado diante dele fossem capazes de farejar as imagens em sua cabeça assim como os animais da floresta o sangue de um dos de sua espécie. Ele abriu mão de desenhar imagens no quadro e usava longas jaquetas que cobriam suas calças jeans até as coxas. Se ele ainda acreditasse na vinda de um próximo verão, a perspectiva de temperaturas mais altas teria lhe parecido uma ameaça das mais sérias.

Depois que havia saltado do trem rápido de sua vida, ele optara primeiro de forma claudicante, mas depois com passo seguro, pelo caminho que a chantagem dispunha a seus pés, e desde então andava sem titubear na direção indicada. Tudo que podia ser visto em filmes e lido em livros sobre esse tipo de jogo, ele já conhecia. A estrada cuidadosamente asfaltada diante dele não oferecia nenhuma bifurcação e levava, sem curvas, em direção a uma fatalidade que estava todo o tempo à vista no terreno nada acidentado. Ele perderia seu emprego e a Sra. Smutek, passaria algum tempo na cadeia ou teria de fazer, durante anos, duas vezes por semana, um relatório a partir dos escombros de uma existência destruída a um auxiliar de condicional. Ele teria antecedentes criminais e amaldiçoaria a entrada da Polônia na União Europeia, que ele já esperava há tantos anos, como um golpe do destino, porque tornaria mais difícil a tentativa de começar uma vida nova na cidade grande e desprovida de rosto chamada Varsóvia. Do esforço de procurar uma saída, ele podia se poupar. Mesmo que Ada e Alev um dia deixassem de lado o brinquedo como crianças caprichosas, e cortassem a corda que o ligava a eles, mesmo que, depois de concluírem os estudos secundários, perdessem o interesse no adestramento de seu professor, a extorsão deixaria seus ganchos retorcidos na carne dele, e o dia em que ele não mais os sentisse já agora havia sido apagado inapelavelmente do curso de sua vida futura.

Às vezes, a caminho da escola, ele deixava o Volvo roncar satisfeito e com o pisca-alerta ligado diante de uma filial da Sparkasse, enquanto se postava diante do caixa-automático e encaminhava o pagamento de uma pequena quantia, que ele deixava debaixo do caderno da chamada antes da primeira pausa. Nos poucos bilhetes que exigiam dinheiro, a vergonha podia ser lida a cada palavra, e Ada jamais esquecia de agradecer pela contribuição na oportunidade seguinte, enquanto o fato de Smutek cobri-la todas as sextas-feiras à tarde não menos involuntariamente não merecia de ninguém uma palavra de agradecimento. Smutek dava com gosto. Ele se acalmava quando Bonnie e Clyde encontravam espaço para uma diversão inocente entre as perversões e a normalidade pletórica de fel, e se entregavam a algum consumo, uma calça nova, uma boa comida, música, livros ou drogas, e todas essas coisas que se podiam fazer nessa idade com 50 euros. O que o ajudava era o fato de ser racional e não perguntar pelo porquê. Havia pessoas às quais faltava uma perna, ou que em crianças eram espancadas diariamente na casa das ferramentas com um pedaço diferente de lenha de lareira. A diversidade de moléstias possíveis era incontrolável, e Smutek era um peixe pequeno entre as criações monstruosas de Deus no zoológico. Para todo mundo, a soleira do inferno ficava no ponto em que começava a bater com a cabeça contra as grades. Smutek não pensava em cair em pânico. Só quando acordava muito antes de o despertador tocar, ele primeiro se alegrava com a quantidade restante de tempo digital em números vermelhos, mas por fim era assaltado por ideias que não invocara e que rastejavam por seu coração e seu cérebro como cupins; e ele acabava levantando, ficava entre as janelas da sala, tremebundo, e colocava as duas mãos espalmadas contra a parede a fim de não machucar seriamente a testa quando batia a cabeça.

De resto, ele estava em seu juízo. Escola, casa, carro, mulher não funcionavam como de costume, mas inclusive melhor do que nunca. Smutek parecia a si mesmo como um homem que depois de tirar terno, camisa e sapatos é obrigado a constatar que estes podiam seguir em sua rotina de trabalhos também sem ele, sentados à escrivaninha de pernas abertas, ligar o computador ou fazer um drinque, sem tomar conhecimento da ausência do proprietário.

Entrementes, uma gripe aproveitava a oportunidade para se apossar da enfraquecida Sra. Smutek. Amídalas inchadas, brônquios afetados e narinas entupidas empurraram a depressão para as bordas do campo de batalha e, de sua parte, também balançaram sob o impacto de armas farmacêuticas de destruição em massa. Quando a batalha foi vencida e todos os vírus restaram mortos ou expulsos, a Sra. Smutek se levantou de seu leito. Ela não era mais a-de-sempre, nem havia nascido-de-novo. Era uma pessoa qualquer, que se recuperara de uma doença e em razão de uma série de circunstâncias ligadas umas às outras, cuja decifração não era mais possível, vivia em determinados ambientes, que juntos formavam uma moradia. Nas escadarias, haviam sido colocados jacintos frescos no parapeito de uma janela; a cada noite, eles cresciam 1 centímetro, depois lançaram seus botões carnosos e encheram todos os andares de um cheiro penetrantemente adocicado. Smutek presenciou a transformação de sua mulher com um assombro semelhante ao que era causado pelo espetáculo das flores. Duas semanas mais tarde, ela foi trabalhar de novo, aplicava grandes injeções em pequenos ratos, a fim de retirar deles algum líquido, e voltava todas as tardes para casa.

Conforme acontecia tantas vezes, o tamanho da mudança ficava claro em coisas insignificantes. Quando a Sra. Smutek se ocupava na cozinha ou contemplava a rua, na qual pessoas comuns seguiam no encalço de suas profissões aparentemente comuns e ainda assim infinitamente misteriosas, ela cantava baixinho para si mesma. Algo assim ela jamais havia se permitido no passado. Quando o neurologista, com o qual ela se consultava duas vezes por semana a fim de se deixar convencer por ele que a vida fazia sentido, a surpreendeu cantarolando uma melodia que ela mesma havia inventado, ficou entusiasmado como se presenciasse o primeiro sinal de vida vindo de uma torre trancada, em cujos muros ele já batia há bastante tempo com uma obstinação profissional. Segundo seu diagnóstico, a Sra. Smutek havia impedido que a noite crítica virasse uma parte de suas recordações através das reflexões profundas com que se ocupava. Ela havia desativado os setores de produção de sua personalidade, bloqueado esteiras cheias de pensamentos ainda incompletos e paralisado uma série de braços mecânicos, que agora seguravam no ar, imóveis, peças de fabricação do próximo passo da consciência já prontas a serem montadas. Por um instante ainda, a Sra. Smutek havia ficado em pé no salão de montagem silencioso, e por fim havia saído ao ar livre. Lá, ela se movimentava com passos cautelosos e sentidos aguçados em solo desconhecido. Quando o médico tentou explicar isso a ela, a Sra. Smutek riu e jamais voltou a cantarolar em sua presença.

Durante as tardes e noites, ela encontrava seu marido e o achava sempre bonito e amoroso. E foi assim que ela alimentou sua suspeita de que ele havia sofrido uma crise, e há algum tempo se encontrava a caminho da recuperação.

Smutek ficava em pé ao lado de sua Branca de Neve como o príncipe da fábula e, de braços estendidos, estivera sempre pronto para o momento em que ela enfim despertaria. Quando eles jantavam juntos e se olhavam nos olhos por cima da mesa, cada um dos dois considerava o outro uma pessoa totalmente habitual, mas a si mesmo como alguém fertilizado há pouco, com o qual aquele que estava do outro lado tinha de ser acostumado paulatinamente. Smutek preenchia as partes rachadas com uma loquacidade cuidadosa. E, uma vez que, ao fazê-lo, tinha de reprimir a necessidade esquisita de falar de Ada e Alev a sua mulher, e também por não querer lançar ao ar coisas sem importância em meio a um cenário de ressurreição, ele usou o som fabular da língua polonesa como se fosse uma luva de borracha e começou a falar de Höfi.

Às vezes acontecem coisas, ele disse, cujo sentido mais profundo é um mistério para nós. Elas podem transformar uma pessoa amada em um estranho. Um pequeno deslocamento na cabeça, e a pessoa faz algo que nós jamais teríamos considerado possível. Nessa inconfiabilidade secreta talvez esteja o maior susto que o mundo nos reserva.

Era assim que Smutek falava, e, enquanto isso, percebia como uma outra conversa se projetava vinda de trás, querendo seduzi-lo a mudar de pista enquanto corria a toda velocidade, a fim de fazê-lo falar de si mesmo. A Sra. Smutek olhava para ele admirada. Espetava ervilhas isoladas com o garfo e as levava à boca. Em volta do indicador esquerdo, ela enrolava uma mecha longa de seu cabelo, até esta se transformar em uma bobina bem grossa, soltava-a, e em seguida repetia a operação começando do zero. Smutek desde sempre admirara a capacidade das mulheres de fazerem as coisas mais diferentes com as mãos direita e esquerda.

Nós temos de estar felizes em poder nos sentar aqui, em nossa jaula quente e iluminada, enquanto lá fora — e Smutek, como um pregador em alerta, apontava para a porta da sacada, em cujos vidros a noite amassava seu rosto negro —, enquanto lá fora é travada uma batalha implacável, que diariamente engole grande parte da humanidade.

— Para depois voltar a vomitá-la.

— Como?

A Sra. Smutek havia posto o garfo ao lado do prato, levantado o rosto para o teto e repetiu a frase. Para depois voltar a vomitá-la.

Com certeza, disse Smutek. Nós temos de estar felizes. Temos a obrigação da felicidade; ela está registrada nos anais de nossa certidão de nascimento.

Com a cabeça inclinada para o lado, sua mulher ouviu o que o salão de produção em seu interior tinha a dizer, e percebeu apenas o eco de frases que pareciam vir de outra pessoa. Nós nascemos em meio a um território em guerra. Somos vítimas da história. Sorrindo, Smutek pegou a mão dela e a apertou, como se estivesse agarrando o pescoço de um cachorro, que enfim entendeu que não deveria latir quando o vizinho passava em frente à porta, lá fora. Seus dedos deixaram manchas sem sangue na pele de sua mulher. Ele recolheu as últimas ervilhas a seu prato com a colher e as uniu na cola do que restava do purê de batatas. Com algumas fintas, ele havia conseguido escapar a seus perseguidores, que queriam obrigá-lo a uma confissão maluca.

— Nós temos a *nós* — disse ele em voz intensa, e com isso havia encontrado a deixa mais perfeita. — Eu tenho de te contar algo horrível. Höfi está morto.

— Eu sei — disse sua mulher.

Seria difícil de evitar que a notícia fosse descoberta na seção de variedades do jornal. Os espaços em branco de todas as letras haviam sido pintados com caneta.

— Eu logo pensei comigo que tu precisarias de tempo para poder falar disso. — Ela colocou o prato vazio de lado, apoiou os cotovelos à mesa e tocou a face dele. — Fico contente que estejas melhor. Finalmente voltaste a ser tu mesmo.

Finalmente voltara a ser quem?

Smutek não respondeu. Segurou-se na quina da mesa a fim de, com a ajuda do toque, lembrar a si mesmo que eles se encontravam em um lugar comum e não gravitavam em órbita, ora de pernas para o ar ora de pernas para baixo. Inclusive saudou a ideia de que a Sra. Smutek talvez precisasse da crença na enfermidade e na recuperação dele, para poder se entender com seu próprio restabelecimento. Um especialista teria sabido algum conceito grego que explicasse a situação.

Eles mais uma vez haviam se encontrado em um ponto que tornava ambos felizes. O que menos incomodava Smutek em uma conversa dessas era sua consciência. A convicção de que os exercícios sobre fundo azul-claro serviam, entre outras coisas, para ajudá-lo a sair de sua pele antiga e lhe abrir a possibilidade de conhecer sua Branca de Neve mais uma vez desperta pela segunda vez, era tão clara e nítida, que as paisagens nebulosas da moral se recolhiam pálidas ao longe como o deserto atrás das propagandas luminosas de Las Vegas. Jamais o Deus católico havia se mostrado tão fraco.

Uma bela noite

As notas de 50 euros de Smutek não eram investidas em calças jeans e CDs, mas sim reunidas por Alev em uma garrafa de cerveja vazia, que ele quebrou quando tinha juntado o suficiente. Na sexta-feira antes das férias de Páscoa, Ada se apresentou à mãe e pediu para passar o final de semana com amigos, livre, leve e solta. Reconhecendo o direito à preocupação típico de uma mãe, Ada respondeu a algumas perguntas, quem mais vai junto... Tu não conheces... Alev já é de fato maior de idade... Sim... a mãe colocou o lápis sobre a pilha de papel com cifras romanas, adendos e parágrafos que cobriam a escrivaninha em seu quarto, e sorriu, astuta.

— E vocês vão se tornar passíveis de punição, não é verdade?

Ada ficou parada como uma pedra por vários segundos, até que o sorriso da mãe explodiu em uma gargalhada.

— Não fiques me olhando assim! Na verdade isso não interessa a ninguém.

Por fim, Ada entendeu: Alev tinha 18 anos e ela 15, era o que bastava para alguma lei penal ser aplicada, e ela teve de rir junto, de si mesma e do fato de ela conseguir responder sem mentir:

— Sabia que nós nem fazemos sexo?

A mãe a abraçou como mães de verdade abraçam filhas de verdade, tu és uma criança esperta, muito mais esperta do que as outras, se divirtam em Ijsselmeer.

Eles estavam sentados a três no banco de trás, Alev no meio, as pernas curtas apoiadas à divisão central coberta pelo tapete do carro. O calor dos corpos no carro pequeno produzia uma bolha de bem-estar, semelhante àquela que surge entre crianças deitadas sob uma mesma coberta. Ada estava sentada em um dos cantos, apoiada ao banco da frente, a testa colada ao vidro, sobre o qual a chuva deixava traços tremebundos por causa da velocidade. Na condição de camarada preferida de Alev, ela gozava de uma imunidade que proibia os outros garotos de se dirigirem a ela. Ela não era perturbada em suas reflexões.

Nas últimas semanas, o tempo passara rápido demais. Os segundos se precipitavam em direção àqueles pontos de fuga permanentes que o homem sempre tem diante dos olhos e jamais a seu alcance e, conforme a circunstância e a vontade, chama de horizonte ou de futuro. Justamente Ada parecia ser a única a perceber que os encontros de todas as sextas assumiam o cheiro de giz de uma aula normal depois da quarta repetição. Apesar da fleuma típica, ela não gostava de caminhar em terreno plano, precisava de uma descida vertiginosa. Mas não era da competência dela decidir se algo estava correndo certo ou errado. Isso era uma questão que dizia respeito apenas a Alev. E este parecia descontraído como um peregrino, que de semana a semana vence uma etapa, satisfeito por enfim estar a caminho, e ainda demasiado distante de seu objetivo para se apressar. Um tanto ausente, ele dedilhava a música que havia composto com tanto esforço. Para impedir que a atenção dele fosse desviada, Ada teria sido capaz de fazer um punhado de coisas. Alev, contudo, exigia apenas que ela mantivesse o ritmo: conversa preparatória às quintas-feiras, sexta-feira ginásio de esportes, terça-feira gravar as fotos na homepage do Ernst Bloch.

Enquanto andavam pela via principal às margens do Reno em direção à autoestrada, ela pensava se também Smutek começava a perceber que a concentração de Alev estava diminuindo. No último encontro, Smutek havia se mostrado diferente. Talvez ela tivesse permitido involuntariamente que ele percebesse um sinal de que o jogo já estava ansiando por chegar a seu próximo estágio. Ou ele havia decidido adotar uma tática que consistia em tatear no muro a fim de encontrar o ponto mais fraco. Fosse como fosse, de repente houve algo entre eles que podia ser comparado a uma superfície convergente inclinada em ambos os lados, sobre a qual eles resvalavam vagarosamente um para junto do outro. Até agora o jogo havia se baseado em dois eixos, um deles levava de Ada a Alev, o outro de Alev a Smutek. A perspectiva de que um terceiro eixo pudesse se desenvolver, que mesmo Ada ainda não compreendia, fê-la sentir um frio na barriga. Ela resvalou mais fundamente em seu banco, e lançou um rápido olhar de soslaio a Alev. Ele conversava com Grüttel e Bastian concentrado no vão dos dois bancos a sua frente. Toni, que estava sentado à direita dele, não tomava parte na conversa.

Desses movimentos novos, suaves e meio transparentes, Alev não havia percebido nada. Quando Smutek se ajoelhara para enterrar o rosto entre as pernas abertas de Ada conforme lhe havia sido ordenado, conseguira manobrar um olhar estranhamente penetrante aos olhos dela sem que Alev, que manejava a câmara atrás dele, o percebesse. Ele a olhou como se tentasse desesperadamente lhe comunicar sem palavras algo importante na sala de visitas vigiada de uma prisão: queria saber se era inocente ou não. Mais do que isso ela não entendeu. O tempo de visita de alguns segundos havia passado quando Alev dissera alguma coisa: se é que o senhor planeja viajar em férias durante a Páscoa, lamentavelmente tenho de lhe comunicar que obrigações escolares o impedirão de fazê-lo.

Os dedos de Smutek haviam se agarrado às coxas de Ada e, quando ele percebeu, acariciava as partes esmagadas como se fossem as costas de um cavalo bem-comportado, maltratadas involuntariamente. Era bem provável que ele tenha pensado em sua casinha na Masúria, e no fato de não mais existir um lugar para o qual ele pudesse viajar durante as férias.

Quando Ada deixou o chuveiro pouco mais tarde, ele havia se colocado atrás dela e começado a sussurrar, tu sempre com teus cabelos molhados, ainda está tão frio lá fora, tão frio. Ele a envolvera em seus braços com firmeza, a ponto de permitir que ela notasse como ele tremia, um tremor que tomara conta de seu corpo todo, dos joelhos, do peito, dos lábios e, é claro, das mãos. A força dele parecia a ela quase maquinal. Ele a apertara com brutalidade cada vez maior junto a si, como se pudesse fazer com que ambos se tornassem um dessa maneira, não em sentido sexual, mas sim em sentido mecânico, como se tenta obrigar duas peças de plástico, que não querem servir em seus lugares, a entrar uma na outra à força, correndo o risco de quebrá-las.

Algo havia se encaixado, o tremor cessara, e de repente eles riram como amigos do primário que, com os bolsos cheios de cerejas, fugiram correndo juntos do jardim de um vizinho já idoso. Quando eles se olharam, Ada começou a pressentir que algo maior era possível, uma dominação que nem mesmo Alev seria capaz de imaginar, porque estava apenas em poder de Ada dispor desse algo ou não. Aquele homem grande e crescido precisava de algo que apenas ela possuía.

Então também esse momento passou. Smutek sacudira a cabeça e batera com a mão espalmada às costas dela, como se ela tivesse acabado de bater seu próprio recorde.

Não esqueçam de trancar tudo.

Ela ficara sem resposta, sem resposta à pergunta se algo havia acontecido entre eles, e, se é que algo havia acontecido, o que era.

O carro chegou à saída para a autoestrada, os pensamentos de Ada se dispersaram. A garoa lá fora encenava um mundo escuro, eternamente a sonhar. As pernas de cimento da ponte sobre o Reno, debaixo da qual uma sinaleira os fez parar, eram as de animais paquidérmicos. Na pista de aceleração Grüttel aumentou as marchas, Ada abandonou seu corpo ao conflito entre a inércia da matéria e a velocidade, gozou o cheiro de roupas úmidas e o brilho dos crânios sob a iluminação interna e pediu uma morte rápida e branda.

Em algum momento, eles simplesmente haviam chegado, estavam sobre a pinguela que dava para um barco coberto e esperavam por Grüttel e Bastian, que já pela segunda vez reconheciam alguém na multidão e trocavam floreios em inglês, nos quais prometiam se encontrar em breve. Grandes parcelas das paredes laterais do barco haviam sido trocadas por blocos de vidro. No interior, os hóspedes se sentavam bem próximos uns dos outros e pareciam pássaros gigantescos em uma fazenda de avestruzes, amontoados em seus assentos de bar como estavam. Toni se adiantou e abriu caminho pela estreita porta de entrada.

Diversos alto-falantes pequenos tocavam uma música da qual Ada gostara quase tanto quanto de Dom Camisi no passado. *Jessie, paint your pictures about how it's gonna be*. Do empurra-empurra e dos rolos de fumaça, saiu uma menina que parecia ser ainda mais nova do que ela mesma. Claro e rígido como a moldura de um quadro, o olhar de Ada abraçou aquele rosto, cabelos louros como a palha o envolviam como raios do sol. Ada viu unhas roídas rente, que estavam pintadas em esmalte vermelho-vivo, brilhando como joaninhas sem pontos negros, e que cresceram chegando a dez quando a menina afastou o cabelo da testa com ambas as mãos. Por um segundo, Ada acreditou que a menina queria cumprimentá-la, puxá-la consigo, dizer-lhe alguma coisa. *Jessie, you can always sell any dream to me*. Então um rapaz se virou, tinha a idade de Alev, os cabelos longos caindo em espirais negras sobre seus ombros, e se movimentava com a força contida de um animal de rapina. Jessie! A menina se encolheu e passou por Ada sorrateiramente em direção à saída, foi apagada pelas costas de seu acompanhante e desapareceu. Ada ficou para trás, capturada por um déjà-vu, até que Alev a agarrou pelos cotovelos e a empurrou diante de si pelo espaço superlotado.

Ela falava pouco, e quando alguém dizia uma coisa, ela não entendia o significado. A maior parte do tempo, ela ficou olhando para Alev, como se quisesse testar se ele, fora da pequena cidade na qual ela o havia conhecido, não começava a empalidecer. Grüttel e Bastian trouxeram binóculos, seguraram-nos diante do rosto como trombas transparentes, e se transformaram em animais estranhos com extremidades entrelaçadas, olhos apertados e cabelos perfeitamente sem corte, à moda inglesa. Alev e Ada estavam sentados como um casal real sobre o único divã; Ada pôde ficar em silêncio, e inclusive dormir, enquanto Alev explicava o mundo, dava ordens, fazia seu séquito rir. Depois de algum tempo, ela entendeu que os presentes involuntários de Smutek davam todo o voluntarismo da liberdade àquele grupo naquele anoitecer.

A garoa havia se transformado em neblina. Era noite, manhã, tarde, e nada de clarear, ou talvez nem sequer tivesse escurecido completamente. Alev a trouxera para a estrada, os outros haviam se perdido, e Ada não conseguia se lembrar quando foi que viu um deles pela última vez. Os postes de iluminação lançavam bolas alaranjadas de luz em volta das pessoas nas ruas, pessoas tropeçando, cochichando, correndo, rindo, pessoas que estavam todas na mesma idade, a idade dos desabrigados interiores. Feições alisadas pela escuridão, jeans sujos e cachecóis, bocas de batom que ao falar devoravam o espaço dos próprios rostos. Alev havia agarrado o braço de Ada, ela jogara a cabeça para trás e se deixara conduzir. Acima dos postes de iluminação, imperava a paz e a tranquilidade, luz e sombra jaziam amáveis uma ao lado da outra. Casas velhas se inclinavam à frente, como se também a cumeeira quisesse observar o que estava acontecendo a seus pés. Torreões, desenhados agudamente contra o céu da noite, cabos de telefone pendurados, sobre os quais esquilos ultrapassavam o próximo precipício entre poste e poste como equilibristas a balouçar.

Quando Alev a empurrou, Ada tirou o olhar dos telhados e, sem querer, fixou Alev diretamente nos olhos. Ela achou que teria de acontecer um curto-circuito entre ambos os cérebros, que os fundiria em um só torrão deixando-os para trás como uma estátua imóvel na qual sabe-lá-deus-quem leria o futuro. Os tonéis de lixo estavam mais cheios, as entradas das casas, os cartazes de concerto mais úmidos. Em algum degrau, um felizardo, a agulha no braço nu como um dardo que errara o alvo.

Aqui é o lugar. Alev abriu uma porta e deixou que ela entrasse. As horas do dia têm de ficar lá fora.

Nos sofás puídos do ambiente, estavam sentadas moças, e pareciam todas pertencerem à classe intermediária de um pensionato, fugidas e decadentes. Elas vestiam jeans tamanho 26 e blusas curtas, nenhuma delas parecia ter muito mais do que 15 anos.

— *Welcome home sweethearts be our guests!* — exclamou uma delas, parada atrás do bar, dona de uma franja afiada com uma lâmina de fazer a barba, e, ao dizê-lo, bateu com a língua nos dentes como se o aparelho dentário tivesse sido removido apenas no dia anterior.

— Aqui tu vais te sentir bem — disse Alev. — De certa maneira elas são todas como tu.

Eles eram os únicos convidados. Mal estavam sentados em um canto aconchegante, as moças passaram rebolando uma a uma na frente deles. Alev distribuiu cigarros e notas de 5 euros para mostrar que não queria nada especial delas, e elas retorceram as pequenas bocas, miando, *oh honey I love you!*, falavam em letras de música, tomavam o rosto de Ada entre ambas as mãos e davam beijinhos de vespa, que tocavam de leve e logo voejavam adiante. Ada olhava para todos os rostos como há meses e anos não olhara mais a rosto nenhum, tudo estava vivo, dançando, rindo diante de seus olhos, não existia miséria, nem perversão, eram todas meninas alegres, que ainda não haviam saído de todo da idade de brincar com bonecas, instaladas no espaço vazio entre dois mundos nos quais de ambos os lados esperavam por elas um bocado de desespero e tristeza.

— Estás vendo, pequenininha. — Alev bebia gim. — Uma bela noite.

Esgotados, eles estavam deitados sobre as almofadas, suavemente abraçados pelo sofá, e faziam parte daquele lugar por inteiro, como se já há muito tempo tivessem sido levados ao bar junto com o mobiliário. Um meio litro de vinho se embalava em sua garrafa, e fazia um ponto de luz vermelho circular sobre o tampo da mesa. Ada esvaziou o primeiro copo para matar a sede. O álcool pouco habitual trouxe o mundo ao encontro dela sobre esteiras, cores que não ofendiam os olhos, cheiros que não ofendiam o estômago. *Welcome home be our guest.* Esquece a humanidade, aqui tu estás lidando com pessoas. A pequena moça toda esportiva, com o penteado punk, a de cabelos vermelhos, na qual tudo era longo, a escura atrás da mesa do bar com suas mãos ágeis, que agarrava os copos como se fossem camundongos em fuga... Todas elas tinham pais, talvez amigos, e alguma espécie de casa, e por suas cabeças passava a torrente comum de pensamentos, que não cessava jamais de tagarelar. Lá fora, havia mais seis bilhões de torrentes de pensamento como essas, femininas e masculinas, que passavam seu tempo na terra papagueando e, por fim, se não tivessem posto nada no papel, se apagavam sem deixar coisa alguma para trás. Na saída do universo, devia ter uma placa: "Por favor, deixe o ambiente como desejaria encontrá-lo ao entrar." O paradoxo da exigência já continha em si o infinito. Não se precisava nem de céu nem de inferno para preservar espíritos humanos desprovidos de corpo para todo o sempre. Precisava-se apenas do eterno retorno. Ada não sabia nada daquelas moças, e ela não sabia nada das histórias que seis bilhões de pessoas contavam umas às outras. Mesmo de Alev, ao qual se sentia tão intimamente ligada, ela sabia apenas que ele tinha um irmão que ela jamais havia encontrado, e que no passado batera toalhas contra a parede a fim de discipliná-las. Enquanto ele não falava, ela não tinha a menor ideia do que se passava dentro dele.

A segunda taça de vinho, ela a esvaziou quando uma coisa lhe chamou a atenção. Entre todas as pessoas que jaziam como livros de páginas vazias no quarto de despejo de sua memória, havia uma acerca da qual ela tinha o que contar. Durante uma série de voltas que haviam corrido juntos, ele havia falado sem parar de si mesmo. Justamente Smutek era uma história com começo, meio e fim, e que podia ser prevista.

Alev, que até então mantivera seus olhos fechados, perguntou do que ela estava rindo.

— Eu agora já sei tanto sobre ele. Ele cobriu as paredes de seu quarto no lar dos asilados com poemas. Copiava-os de um livro que ficou sendo sua única posse e os pendurava como quadros emoldurados na parede. Eu até mesmo sei de cor um dos poemas. Zbigniew Herbert.

Alev ergueu uma sobrancelha e retorceu a boca, naturalmente ele sabia de quem ela estava falando. Suas feições não continham nem um sinal indicando que ela deveria continuar falando no assunto, mas Ada já estava no meio dele.

Ela olhou para o teto e gozou a estatura exata das palavras e versos que escorreram por seus lábios.

Ada conta algo porque o sabe. Um carro de polícia termina com a bela noite

Smutek reconheceu o caráter de sua futura mulher quando ela o visitou pela primeira vez em sua modesta moradia e, apesar de todos os protestos, insistiu em tirar os sapatos, a fim de não sujar os 8 metros quadrados do quarto provisório de Smutek com as folhas úmidas do outono. As meias sob as botinas estreitas eram de lã, azuis e tão puídas, que a forma dos dedos rebrilhava clara através do tecido. Smutek sabia o que um par de meias como aquele tinha de significar para uma mulher polonesa. Na exigência de ainda assim tirar os calçados, jazia toda a miséria de um caráter forte.

Ela inspecionou seu quarto, o armário de metal, que lembrava os escaninhos de um ginásio de esportes, os catres de cadeia, a escrivaninha de criança com duas cadeiras em frente e a estante à altura dos quadris, na qual uma escova de dentes, um rolo de tirar fiapos da roupa e material para engraxar sapatos se encontravam arranjados com todo o cuidado em três divisórias. Smutek estava em pé a um canto e a contemplava. Algumas vezes ela olhava para ele com seus olhos de carvão brilhando e os lábios levemente entreabertos. Admirado, ele sorria de volta, sem entender por que aquela cela agradava tanto a ela, por que ela o invejava por sua vida de refugiado, que lhe parecia máscula e genuína, enquanto sentia vergonha de sua própria existência de alemã segundo todas as regras da Constituição. Por embaraço e porque ele queria dar uma coisa de presente a ela, Smutek tirou uma moldura da parede e a apertou com as duas mãos ao peito dela. *Trzymaj, to dla Ciebie.* Com cortesia, ela escondeu seu nojo diante de toda a devoção à cultura polonesa, ficou sentada por uma hora no catre com o poema sobre o colo e bebeu café sem leite.

Jamais pude pensar em tuas mãos sem sorrir / e agora que jazem sobre a pedra como ninhos derrubados / elas estão exatamente tão desprotegidas quanto antes e isso é justamente o final.

No encontro seguinte, ela exigiu a história de sua deportação como bilhete de entrada para lhe abrir seu coração. Primeiro a contragosto, depois com habilidade, Smutek contou como depois de cinco meses de prisão foi empurrado pelo pátio da cadeia a uma carroça suja e cinzenta. Ele devia agradecer, gritara uma das metralhadoras, pelo fato de não se livrarem dele de um outro modo, e quando Smutek agradeceu segundo todas as regras da cortesia, ainda recebeu o conselho insinuante de evitar contatos com sua família até nova ordem.

Na escuridão total da viagem, qualquer sensação relativa à passagem do tempo foi para o beleléu, e tudo que era evidente perdeu em força de convicção. E, uma vez que os olhos não encontravam nada em que se segurar no escuro, e, uma vez que o corpo, sacudido por um chão que parecia menos estrada do que campo aberto, perdeu qualquer sensibilidade em relação a si mesmo, a própria existência passava a se tornar um caso incerto. Smutek apalpava seu rosto com todos os dez dedos a fim de descobrir se ainda se reconhecia. Às vezes, a porta traseira se abria a fim de fazer com que entrasse um pouco de ar, que Smutek sorvia com avidez. Ele viu a noite, o cano de uma metralhadora e os contornos de uma floresta ao fundo. Caso ele algum dia voltasse a deixar aquela jaula, assim acreditava Smutek, ele se reencontraria no ponto de partida de sua viagem, uma Cracóvia na qual ninguém mais o conhecia. Ele acreditava estar sendo transportado em uma longa volta para um futuro ou um passado distante.

Em Berlim ocidental, estava sendo escrito o ano de 1983, aliás como em todas as outras partes do mundo. As coisas iam bem na cidade. Acreditava-se menos na reunificação do que em Deus, e todo mundo estava ocupado em sentir medo da guerra atômica, e vivenciava a década mais inocente do século XX. O gosto musical da geração que crescia era mais ameaçador do que a noção de que algum polonês sem conhecimentos de lugar e de língua pertinentes pudesse entrar na metrópole a pé. Aconteciam coisas estranhas em demasia para que alguém se ocupasse de insignificâncias. Quando Smutek havia adivinhado qual era o lugar sob cujas árvores ele voltou a ver a luz do mundo, chorou de felicidade. Zbigniew Herbert estava enfiado na parte de trás do cós de suas calças.

Sua futura mulher não queria acreditar que ele não sabia por que havia sido jogado à prisão. Ela preferia admirar nele a discrição exagerada de um lutador secreto da Solidarnosc, festejou sua decisão absurda de não apenas falar alemão, mas inclusive de começar uma faculdade de germanística, e se ofereceu para ser, ela mesma, sua professora.

Ela havia aprendido a língua alemã atrás de portas e janelas trancadas. Ainda que o avô tivesse se negado, naqueles tempos difíceis, a registrar seu nome na lista do povo, ainda que por isso ele tivesse perdido suas posses de grande industrial e fugido de Lódz para se esconder primeiro dos alemães, depois dos russos, a mãe da Sra. Smutek ainda tivera de suportar as pedras que eram jogadas contra ela na rua e ser insultada na escola com chamados de *hitlerowiec* por muito tempo depois do fim da guerra. Quando seu pai foi retirado por policiais militares sob lei marcial polonesa, ele havia gritado da soleira da porta para a casa que ficara silenciosa atrás dele: "O terror está de volta, levem a criança para fora do país." A criança tinha 20 anos, queria ficar e lutar, mas a notícia da morte do pai na prisão transformou essas palavras em sua última vontade. Em velhas autoestradas de Hitler, cujas placas inclinadas resultavam em uma escadaria que levava eternamente abaixo, ela andou com a mãe certa noite em direção ao oeste. A placa polonesa estava colada à limusine branca como uma mancha de sujeira no rosto. Depois de as formalidades terem sido encaminhadas em duas fronteiras, a família não possuía nada mais do que aquele carro e uma casa de cidade na Polônia.

Em Berlim ocidental, um quarto individual para quatro semanas havia sido pago adiantado. Diante da porta da pensão, a mãe sapateou algumas vezes no asfalto, como se testasse a resistência de uma camada de gelo sobre um lago. Aqui, minha filha, estão tuas raízes. A única coisa que te resta é um nome alemão. Mais uma vez a mãe sapateou no chão. Opressão e fuga fazem parte do ritmo biológico de nosso país. Não amaldiçoes a volta do eternamente igual, isso não seria nem um pouco cristão. E burro.

A futura Sra. Smutek amaldiçoou a própria mãe. Ela amaldiçoou a terra polonesa e seu próprio sangue, que obedecia à vontade de um homem morto. Ela não havia sido criada como outras moças polonesas, seu pai fizera dela uma guerreira, seu lugar era ao lado dos revolucionários, e ela jamais perdoaria o fato de ele, em um momento de fraqueza, tê-la empurrado a um trilho morto de estacionamento ao lado da estação, e depois morrido sem retirar a ordem dada. O rosto orgulhoso ficou inexoravelmente voltado ao céu branco da manhã, enquanto a mãe beijava suas faces insensíveis e desaparecia sem fazer ruído atrás de uma fronteira intransponível, que separou para sempre o presente do passado.

Smutek admirou e temeu o lirismo polonês dela. De cabeça baixa, ele ouviu as tiradas de ódio contra o cadáver russo da Polônia, e tinha a impressão irracional de que sua futura mulher ralhava com ele por alguma coisa. Os dois anos que ela tinha a mais pesavam sobre a nuca dele como a carga de toda uma geração que vinha antes. Ele ainda não imaginava que estava a ponto de perder sua mãe por causa de uma mentira.

Uma vez que Ada fez uma pausa e umedeceu a garganta seca com vinho tinto, Alev abriu os olhos.

— Por que estás me contando tudo isso? — ele perguntou.

— Porque eu o sei — disse Ada.

— É a história miserável de um sujeito que gosta de obedecer. E ela tem um final?

— O final, meu querido, por enquanto está em tuas mãos. Deverias te interessar em ouvir o começo.

As feições de Alev se iluminaram; sentiu-se lisonjeado e observou as unhas longas daqueles dedos cujas mãos mantinham todos os fios sob controle, depois pegou seu copo de gim e o esvaziou de um só gole. Enquanto a moça do bar trazia outro sem que ele o pedisse, trocava o cinzeiro e filava um cigarro, Ada se perguntava se lá fora já não começara um novo dia em todo seu vigor, e se as moças não eram substituídas em segredo por outras, a fim de que os hóspedes não percebessem como, naquela caverna, elas perdiam o trem da conexão que as levava de volta à vida.

— Então continua falando. — Alev se recostou no sofá e logo em seguida já parecia estar dormindo mais uma vez.

Com cuidado, Smutek e sua futura mulher haviam começado a sair juntos. Nos bares de Kreuzberg, eles escolhiam sempre uma mesa que ficava no canto sem janelas entre a máquina de cigarros e o corredor que dava para a cozinha. De lá, eles podiam ver todo o ambiente, de costas voltadas para a parede, bebiam vinho em vez de vodca e mostravam um tato muito bem escolhido ao tratarem um com o outro, um tato que parecia corresponder muito bem às circunstâncias especiais que determinaram seu encontro. A futura Sra. Smutek ganhava dinheiro dando cursos de polonês e acrescentava ao amor-próprio masculino uma nova ranhura a cada conta que pagava. De resto, não acontecia nada. A vida se passava em volta deles mostrando todas as suas facetas, sem tomar conhecimento da presença de mais dois espectadores.

Havia sido ideia dela arrancar bilhetes em cópias baratas dos contadores de eletricidade e das portas de casas não habitadas, que indicavam festas e outros encontros. Em pouco, os panfletos coloridos de uma Berlim inquieta e inacessível se encontravam aos montes entre livros didáticos de alemão e bilhetes de vocábulos traduzidos. Eles procuraram endereços no mapa da cidade e falaram um ao outro: talvez seria bom se fôssemos.

Depois de pensarem por algum tempo, a escolha recaiu sobre a festa de inauguração de uma casa, que havia utilizado papel de fundo laranja para fazer seu anúncio. Atordoados pelo barulho, Smutek e sua futura mulher subiram andar após andar de um prédio decrépito. Por todos os lados, pessoas se apoiavam, rindo e gritando, às paredes e à moldura das portas. Elas bebiam em copos de plástico, que no bar feito à base de caixas de cerveja recebiam a inscrição do nome de seu dono. Smutek e sua acompanhante se acotovelaram por entre salas e quartos, cozinhas e banheiros, dos quais a maior parte estava ocupada. Havia colchões sem lençóis espalhados por todos os cantos. Importante era ficar em movimento, seguindo sempre adiante ao longo de paredes úmidas, descendo ou subindo um andar, a fim de não encalharem mudos e imóveis em algum canto e serem desmascarados e tachados daquilo que eles temiam ser tachados: penetras em um mundo estranho. No meio de um rebanho de punks, negadores totais do *status quo* social e anarquistas, cujo sexo podia ser determinado apenas quando eles tinham barba ou estavam meio nus, os dois poloneses em sua elegância inevitável não chamavam menos a atenção do que um casalzinho de darks em um grupo de especuladores frankfurtianos da bolsa.

Pasmo, Smutek observava como a moça igual à Branca de Neve, em cuja existência em sua vida ele ainda não conseguia acreditar muito bem, deslizava pelo amontoado sujo das pessoas. Ela parecia gostar disso. Uma vez que ele havia compreendido o barman apenas pela metade, também o copo de plástico dela trazia seu nome. Smutek estava confuso demais para reconhecer que se tratava de um sinal. Quando ela gritou em seu ouvido, que aquelas pessoas urbanas demonstravam o que eram de maneira inclemente, enquanto na Polônia camponesa todo mundo se esforçava em encobrir as impressões digitais da natureza através de tecidos nobres, perfume e tintura de rosto, ele não soube o que responder, acenou amistosamente e partiu do pressuposto de que cedo ou tarde ela acabaria conhecendo um homem alemão menos desamparado, mais vinculado a sua natureza, e desapareceria em seu próprio futuro. Assim era o destino, e depois de alguns copos de cerveja Smutek já era capaz de gozar o pequeno trecho do caminho para o qual aquela moça havia sido cedida a ele. Ele fez o propósito de devolvê-la intacta e imaculada como a havia recebido.

Já eram 2 horas. Eles haviam suado suas roupas e tudo o que era cabelo colava ao corpo. A peregrinação pelos andares havia consumido suas forças. Com dois copos cheios de cerveja, eles pararam de caminhar em um ambiente espaçoso do 1º andar. Por muito tempo, olharam pelo vidro da porta que dava para a sacada. Também no prédio em frente, as janelas estavam iluminadas, a fachada parecia um calendário de advento, cujas portinholas já se encontravam todas abertas. O ser tomado como um todo, sempre a ofegar, a empurrar e a beber que se encontrava a suas costas, do qual só se podia ser amigo ou inimigo aceitando-o como era, perdeu algo de sua importância por alguns instantes.

Quando eles voltaram a se virar, um dos animais havia se isolado do rebanho, cambaleou em direção a eles e ficou parado onde eles estavam, antes mesmo que pudessem trocar um olhar. Smutek como que esperou que a sala inteira se voltasse para eles, como se eles de repente tivessem retirado a capa que os disfarçava. Mas a festa continuava preocupada consigo mesma e deixou-os sozinhos com o visitante inesperado. Ele parecia rude, como se tivesse sido forjado com os restos de outros materiais. De cima, Smutek olhou para uma cascata de cabelos escuros, que brilhavam à luz das lâmpadas pintadas em vermelho.

Vocês são da Polônia, não?

A Sra. Smutek respondeu em alemão sem sotaque: donde pensas ser capaz de tirar isso?

Até um cego de bengala é capaz de vê-lo. Sempre como se estivessem em uma recepção.

Smutek pediu por tradução simultânea. O rosto de seu novo parceiro de conversa, que deslizava para a esquerda e para a direita, se fez mais largo de tão radiante, e ele agarrou com manoplas de viquingue as partes do corpo de cada um deles que estavam mais próximas.

Poland ist good. Communism! Very good.

Com um rápido olhar de soslaio, Smutek controlava o jogo de feições da Branca de Neve confiada a ele.

Communism nem sempre é good, disse ele.

O que estás procurando aqui, perguntou a futura Sra. Smutek em polonês, se achas a República Popular tão irresistível?

A ideia tardia de mudar à língua comum a todos eles fez o viquingue berrar.

É que aqui acontecem muito mais coisas!, ele exclamou. Mas ao final das contas não existe nada melhor do que a cozinha polonesa..

Borche ucraniana e pirogues russos, escarneceu Branca de Neve, e Smutek sugeriu baixinho que eles fossem para casa.

O viquingue levantou seu copo e começou a cantar:

A Polônia ainda não está perdida! Marchar, marchar, Dabrovski, nós aprendemos com Bonaparte.

Cala a boca, disse Branca de Neve.

O viquingue a olhou com seus olhos vidrados, como se lhe tivessem dado um tapa na boca.

Ela é tua namorada?, perguntou ele a Smutek.

Não, disse este.

Sou sim, disse a futura Sra. Smutek. Por causa de putas dos russos como tu nós temos de vagabundear por festas de criança cheias de beberrões.

O viquingue quase morreu de tanto rir, levantou seu copo como se quisesse brindar, e derramou o conteúdo sobre os seios da Sra. Smutek.

E o que és tu, ele gritou alegre, uma puta dos nazistas? Uma mocinha dos alemães? Uma *hitlerowiec*?

Tudo foi muito rápido e fácil. Smutek pegou o homem baixo pelo colarinho de sua parca do exército, ergueu-o no ar, fazendo o rosto quase sumir no tecido do casaco, e empurrou-o para trás contra a porta da sacada. O vidro se estilhaçou, o viquingue desapareceu. Atrás do vidro, a sacada não existia. Lá embaixo, ouviu-se o tilintar de cacos de vidro e um baque surdo, como se um saco de roupas molhado batesse no chão duro. Alguns hóspedes na sala levantaram os copos e saudaram Smutek, que estava em pé, cambaleante, diante do vidro quebrado. Cacos de vidro trazem sorte!, gritou uma voz de mulher. Que um homem estava faltando, ninguém percebeu.

Em uma torrente de ar fresco, Smutek e Branca de Neve nadaram em um mar de afeto, em meio a um enxame de rostos deslavados, que lhes dirigiam sorrisos e palavras, abre mais uma janela, isso faz bem pra saúde, enquanto mãos estranhas os tocavam e lhes davam palmadinhas enquanto seguiam adiante, a um novo mundo, a uma nova vida, para dentro da Alemanha e ao corredor, onde começaram a correr, às escadarias, degraus abaixo. Já na calçada, Branca de Neve pegou a mão de Smutek e levou-o para longe do prédio. Depois de 200 metros, Smutek parou de resistir e começou a correr também. Eles correram em ziguezague sobre ruas de diversas pistas, passando por pátios em silêncio e parques escuros, até que não puderam mais, até que a futura Sra. Smutek vomitou em uma moita toda cheia de merda atrás de uma parada de ônibus. Na cama estreita de seu quarto de estudante, sob o poema de Zbigniew Herbert, eles encontraram um ao outro na aurora daquela noite que chegava ao fim.

Ada e Alev ficaram calados por alguns instantes.

— E então? — perguntou Alev, por fim.

— Então a mãe de Smutek saltou da ponte porque lhe contaram que seu filho havia morrido na prisão. Smutek se casou com sua mulher e se tornou um bom alemão e um homem feliz. Para ao final das contas cair em nossa rede como um peixe.

— Queres que eu chore de comoção, ou será que será suficiente se eu bater palmas?

— O tilintar daquela porta de sacada se estilhaçando deve ter penetrado bem fundo na alma dele.

— Quanto disso tudo é verdade e quanto tu imaginaste?

— Não sei. Eu sempre o ouvi apenas pela metade.

As feições de Alev estavam imóveis, uma máscara de desaprovação e troça. Alguma coisa não lhe agradava, a história inteira não lhe agradava. Uma roda ficara atolada, e ele procurava palavras para voltar a tirá-la do barro e seguir adiante. Os olhos de Ada passearam por seu corpo meio deitado, como se ela quisesse avaliá-lo, seu tamanho e seu conteúdo, sua qualidade e seu peso, a fim de compará-lo com outro.

— Presta atenção em uma coisa — disse Alev. — Entre Smutek e nós não existe nem o menor resquício de alguma coisa em comum. Isso do que tu falas com tanto entusiasmo é um produto de tua própria fantasia.

— Eu não estou entusiasmada — disse ela.

Alev devolveu um sorriso malicioso. Aos poucos, ela começou a anuir com um gesto de cabeça, o momento não era adequado para objeções. O último estágio do cansaço havia sido ultrapassado, o ambiente havia se tornado desagradavelmente mais claro aos poucos, revelava pó sobre mesas vazias, quebra-luzes sujos e rostos macambúzios. Era chegada a hora de ir embora. Alev colocou algumas cédulas sobre o balcão, a garçonete os acompanhou até diante da porta. Na borda inferior do céu, a manhã já refulgia.

A luz veio antes que um ruído se fez ouvir, um clarão azul como o de um raio sobre a fileira das casas próximas, depois um motor ululando. Era a de cabelos negros com a franjinha perigosa, que agarrava Ada pelo braço e a puxava de volta para dentro da casa. Alev foi atrás, de um salto. Cantar de pneus e uma sirene ululando cortaram a noite moribunda em farrapos. Depois, silêncio. O clicar de um isqueiro, os olhos da moça, negros como o petróleo, acima da chama.

— *Relax* — ela gorjeou. — *If they drive like this, they mean somebody else.*

Ada teve de se sentar mesmo assim, umidade sob os dedos, costas contra a parede. Alev olhou para ela, de cima. Ele sorria, os rastros do susto jaziam como sombras em seu rosto, como se um potente tapão no ouvido tivesse colocado suas feições em desordem. Eles eram diferentes, que fazer. Eles eram gatos caseiros, que não haviam aprendido a viver na sujeira. Se tivessem aprendido, teriam se tornado melhores do que qualquer outro naquela disciplina. Vem, vamos para casa. Ele a ajudou a se levantar.

Take care.

You too.

E havia um lar, tudo estava providenciado para eles. Eles andaram por muito tempo de mãos dadas, descrevendo uma linha sinuosa, coisa que não se devia ao fato de o planeta tentar derrubá-los de suas costas, mas sim unicamente por quererem andar o maior trecho possível antes de alcançar a chegada. Eles acordaram em uma cama mofada, envolvidos na teia de uma coberta sintética que já se desfazia de tão usada, como se durante o sono uma aranha gigante houvesse rastejado sobre eles e tentado às pressas construir um casulo para suas vítimas. O nariz de Ada estava entre as omoplatas de Alev.

Ada encontra o general de brigada e se inclina um pouco sobre a borda do abismo

Ela achou patético o fato de ele esperar por ela no jardim escuro diante da casa. Ela já havia achado patético o fato de ele ficar telefonando a toda hora para seu celular como um amante rejeitado. Mais por preguiça do que por humilhação ou vingança, ela não atendera as ligações dele. Ela sabia que ele a amava. Ela sabia que ele tinha medo. Ela simplesmente estava esgotada demais para redimi-lo.

Igual a um criminoso, ele saiu da sombra das moitas ao encontro dela, mais do que nunca um homem para o qual mulheres há pouco separadas ficam olhando na rua; um homem que encenava o fato de ultrapassar o apogeu de sua vida mais como um cortejo triunfal do que como uma auto-humilhação necessária; um que era perfeitamente adequado para fazer o papel do moderno filho do rei em cartazes de propaganda do tamanho da fachada de um prédio. Ada se perguntou se ele tinha casos com jovens moças que serviam temporariamente ao exército na sede do Ministério, em Hardthöhe. Alguém como ele tinha de ser, sem dúvida, o tipo do qual elas mais gostavam. Em uma tela de cinema ele — e não Smutek, que tinha de ser obrigado a fazer tudo o que fazia — seria o escolhido para fazer o papel de amante diabólico de jovens mocinhas.

Mal levou o pensamento a cabo, ele já lhe pareceu pouco acertado. Ela não podia saber se Smutek TINHA de ser obrigado enquanto eles o obrigavam. Segundo o prognóstico de Alev, eles ainda tinham diante de si o momento no qual Smutek começaria a agir livre e voluntariamente. Essa simples constatação dava origem a uma confusão que a ajudava a receber o general de brigada de um modo apropriado. Ele veio ao encontro dela de braços estendidos como um penitente.

— Lamento, pequena. Eu não queria te assustar.

— Está bem, está bem. Tu não me assustaste.

— Desde a audiência, estou tentando telefonar e não consigo te encontrar, então pensei que...

— Eu sei o que tu pensaste.

A mãe não o teria deixado entrar em casa, também uma carta a Ada não chegaria a suas mãos, e ele não se atrevia a ligar para o telefone fixo. Quando ele havia se mandado, perguntara a ela se queria ir embora com ele. Ela rira da cara dele, e depois explicara com sua voz mais racional, que não conseguiria suportar a si mesma em um novo apartamento no centro da cidade. Além disso, todos os quartos tinham piso de linóleo. O general de brigada sabia com exatidão que Ada, ao contrário dele, não queria nem podia deixar a família, pois para ela não havia restado nada do que pudesse fugir. Sem Ada ainda havia a mãe, que não era uma circunstância da qual se quisesse fugir, mas sim uma pessoa solitária feita de carne e sangue. Um ao lado do outro, eles voltaram para a rua e dobraram a esquina, de modo que a mansão vizinha encobrisse a vista para as janelas iluminadas daquela que outrora havia sido uma casa de família.

— E tu também sabes por que eu estou aqui?

— Tenho mais ou menos uma ideia.

Ada colocou a bolsa de apetrechos esportivos entre seus pés sobre o calçamento, tirou o tabaco do bolso traseiro de sua calça e começou a fazer um cigarro. O general de brigada relaxou, encostou-se ao muro da mansão vizinha e tirou uma carteira de Davidoff do bolso interno de seu casaco de couro.

— Eu queria me desculpar.

Ela não respondeu. Ela enrolou um cigarro e estava pronta antes de o general de brigada conseguir tirar o seu da carteira e enfiá-lo entre os lábios. Ele ofereceu fogo a ela sem proteger a chama do palito de fósforo.

— Eu queria me desculpar pelo fato de dessa vez não termos viajado durante as férias da Páscoa. Em Graz há um simpósio sobre combate ao terrorismo e intervenção humanitária, e ainda não consegui terminar de preparar a minha palestra. Eu gostaria muito de ter viajado contigo, pequena. De verdade.

Surpresa, ela levantou a cabeça, mas voltou os olhos para baixo, olhando de esguelha para a ponta incandescente de seu cigarro, permitindo que ele visse apenas suas pálpebras e os cílios longos, não maquiados. Embaixo disso tudo, ela escondeu a raiva que sentia dele. Ele a deixava irritada ao ficar parado ali, sob as janelas do vizinho, por cujo filho ela fora apaixonada em criança, e do qual não queria mais ser lembrada hoje em dia, porque ele se chamava Tschako e raspava os cabelos na nuca até a altura dos lóbulos das orelhas. O general de brigada escarafunchava com os pés, em vez de ir com ela beber um vinho no centro da cidade, onde ela, sentada em largas poltronas de couro, envolvida na fumaça dos charutos da high society que havia sobrado em Bonn poderia falar sobre tudo com a maior tranquilidade. Se Ada tivesse se permitido uma fraqueza dessas diante dele, ele teria vindo ao encontro dela com impaciência e uma simples advertência: o mundo não se torna mais simples pelo fato de sentirmos medo dele. Chegue ao ponto. O esgotamento que ela sentia se transformou em vontade de puni-lo. Logo ela foi alertada pela voz de Alev em seu cérebro: a vontade de se vingar, pequenininha, é perigosa. Ela nos torna previsíveis.

— Nenhum problema — ela disse ao general de brigada. — Eu não teria podido mesmo ir junto.

— Oh — disse ele, contente —, tiveste então algo melhor a fazer?

— Eu preciso trabalhar para conseguir pagar minhas mensalidades escolares.

Ele deu um passo para o lado, reencontrou o equilíbrio e afastou os pés um do outro como um franco-atirador, enquanto seus olhos passeavam pela bolsa de apetrechos esportivos no chão, o rosto dela e as fachadas iluminadas da vizinhança.

— Tu trabalhas durante as férias?

Ada gozou por alguns segundos o fato de contemplar uma vítima baleada.

— Quer acredites, quer não — ela disse —, eu pouco me importo com isso. Jamais pensei que tivesses a obrigação de me sustentar. Fico apenas admirada imaginando onde gastas tanto dinheiro.

— Ora, ora. Tu és superesperta. Vai procurar no Código Civil o verbete que fala do sustento do cônjuge após a separação. — Quando ela começou a rir, ele riu junto. — Digamos assim: eu gasto tudo.

— Pois bem — ela anuiu —, assim está melhor.

— Às vezes tu me pareces bem sinistra.

— Meu professor de história me disse uma vez que se ele fosse meu pai teria me afogado na banheira enquanto ainda era tempo.

Nesse instante, o general de brigada jogou a cabeça para trás e riu para a noite, livre e solto.

— Muito bem! — ele exclamou, quase um pouco alto demais. — É isso o que eu chamo de pedagogia pós-moderna. Assim que tiver oportunidade para tanto, vou dar umas batidinhas nas costas desse rapaz.

— Isso vai ser difícil. Ele se atirou do telhado do colégio para a morte e caiu bem em frente aos meus pés.

O olhar do general de brigada voltou das estrelas e procurou encontrar o de Ada, mas o rosto pálido dela à sombra parecia sem olhos como a lua. O tempo que ele necessitou para processar a informação mais recente, ela o aproveitou para arrancar algumas folhas do rododendro do vizinho e jogá-las ao chão. Com uma das mãos, o general de brigada esfregou seu próprio rosto de modo tão inclemente como se quisesse apagar dele o último resto de mímica.

— Um mau sinal para a história da humanidade, o fato de historiadores se jogarem do telhado.

— É mesmo — disse Ada —, um mau sinal e tanto.

Houve uma pausa de silêncio absoluto, que nenhum deles soube preencher de maneira adequada.

— E como é que ele está — perguntou ele, por fim —, o teu trabalho... quero dizer?

Naturalmente ele tinha conhecimento da soma, que entrementes havia aumentado, e sabia com exatidão o que o Ernst Bloch ainda custaria mensalmente no futuro. Ada sentiu na língua o gosto de um erro recém-cometido.

— Tudo ok — ela disse, se desviando —, ainda que eu hoje tenha me incomodado.

— Já são dez e meia. Trabalhas em um bar?

— Às seis da tarde eu estava pronta. As horas seguintes eu passei com Alev no internato.

— É ele o teu namorado?

— Com um pouco de boa vontade poderia se dizer que sim.

Mais uma vez eles sorriram um para o outro. Ambos valorizavam a maneira insensível com que se tratavam mutuamente. Mesmo que estivessem sobre a prancha de acesso a um navio pirata, eles teriam achado algum motivo para uma piada sarcástica.

— O que foi que te incomodou?

Teria sido agradável contar a ele, imagina só que Smutek enlouqueceu, o imbecil. A necessidade de se ver livre de tudo aquilo só pôde ser contida com o esforço concentrado do intelecto.

Na verdade ela hoje se sentira especialmente bem no pátio vazio da escola. Um enxame de abelhas zumbira, ocupado, nas moitas de sabugueiro, o sol da tarde brilhava com força quase estival, e todos os três haviam atado os casacos à cintura pelas mangas e se desejaram, retroativamente, Feliz Páscoa ao se cumprimentarem. O ginásio de esportes estava bem quente e cheirava a cansaço físico e aparelhos em forma. Mas quando Alev tirou um lenço preto do bolso, jogando-o a Smutek, e Ada estendeu os pulsos a ele, ele se levantou como um urso e se transformou de repente em um professor gigantesco diante de duas pequenas crianças.

— Isso é anormal! — ele gritou. Podia ser visto sem mais que ele estava prestes a explodir. Alev se desviou dele, recuando alguns passos, enojado. — Isso é perverso! Que tipo de gente vocês são?

— Psiu — fez Alev. — Gritar não é uma boa ideia. Continência, se é que posso pedir.

— Anormal — repetiu Smutek com voz abafada. Seus olhos se mexiam selvagemente como os de um animal acossado, passando por cordas, cavaletes, bastões, barras e outros equipamentos repugnantes. Ada estava sentada no chão diante da parede para escaladas.

— O que é anormal? — perguntou Alev amistosamente. — O sexo?

— É anormal obrigar uma outra pessoa ao sexo.

— É mesmo? — Alev respirou fundamente e colocou um dos pés à frente em pose de orador. Eu te amo, pensou Ada, quando encontrou seu olhar egípcio, eu simplesmente te amo. — Tu queres dizer que isso aqui é um desvio do normal? Grande parte dos contatos sexuais é executada a uma distância bem significativa de coisas como belos sentimentos, e com certeza a metade dos contatos acontece sem a concordância total e absoluta de um dos partícipes. Mulheres procuram feminilidade, homens masculinidade, e o que impera é o amor-próprio, a rotina, o poder e o dinheiro. E a obrigação é parte necessária de qualquer ato sexual. Trata-se, sempre, da superação de resistências, não é verdade? — Alev emprestou o floreio de um sorriso simpático ao final de sua palestra, aproximou-se e olhou Smutek, que visivelmente ofegava em busca de ar, amistosamente nos olhos.

— O que TU — sibilou este — podes saber sobre isso?

Imediatamente, Alev se aprofundou em seu terreno predileto, estendeu os braços e descarregou uma parcela de cordialidade oriental. Com a luz que caía diagonalmente sobre suas costas, ele constituiu, por um momento, o centro do universo.

— Tanto quanto alguém que está de fora é capaz de saber. E peço permissão para te dizer, do lugar em que me encontro: o que está acontecendo entre nós não é pior do que o tilintar do vidro da porta de uma sacada, atravessada por um corpo humano. Isso pertence simplesmente àquelas coisas que se repetem dia a dia no mundo inteiro.

Ada ficara sentada imóvel como uma bola de ginástica, um pedaço encolhido de couro e ar, durante toda a cena. Depois que Smutek executou um movimento para o lado, suas costas largas esconderam Alev de seus olhares. Mas ela viu uma floresta em miniatura feita de pernas que se mexiam impacientes, e viu o tremor nos braços de Smutek, enquanto ele executava um gesto bem próximo ao rosto de Alev, que levou este a mudar sua postura e recuar diante de Smutek. Ada esperou pelo som de passos rápidos, um golpe, um gemido ou um grito, ruídos que ela era capaz de prever com exatidão, sem jamais tê-los ouvido. Nada aconteceu. Smutek veio até ela, agachou-se a seu lado fazendo seus ombros se tocarem, e envolveu os joelhos com os braços até se transformar em um pacote tão pequeno quanto ela. Lado a lado, eles olharam para Alev, que escondia seu rosto ao se inclinar profundamente sobre a câmera. De repente, Ada sentiu medo, um medo nu e pouco inteligente diante de um homem que não era simplesmente um rapaz bondoso, mas que todas as sextas vinha para aquele ginásio de esportes por obrigação e teria forças suficientes para espancá-los até a morte.

— A coisa verdadeiramente perversa — disse Smutek baixinho — é que a *ti* eu perdoo toda a traição, e que *aquele ali* me dá pena.

Eu te amo, pensou Ada, não porque era verdade, mas sim porque aquilo lhe chegou à cabeça sem motivo nenhum. Alev bateu palmas como um animador, havia colocado a câmera em posição. Durou mais de meia hora até que Smutek conseguiu fazer o que eles exigiam dele.

Ada havia se calado apenas alguns segundos, o general de brigada a olhava esperando. Ela sentia a possibilidade de uma simples conversa sobre os acontecimentos da tarde na nuca como se fosse a presença de algo tangível. Uma jaula de leão, diante da qual eles conversavam juntos, enquanto apenas Ada percebia a porta de grades aberta. O cigarro dela se apagara, com o indicador impaciente, ela pediu fogo pela segunda vez, tomou ela mesma o palito de fósforo nas mãos e acendeu o toco restante inclinando a cabeça. O general de brigada estava demasiado próximo diante dela, e de repente ela foi tomada por uma ânsia de vômito que se estendeu por seu corpo inteiro, começando na ponta dos dedos dos pés, fazendo os joelhos se pressionarem um contra o outro, deixando as entranhas em espasmos e torcendo as comissuras de sua boca.

— Tudo certo?

— Sim, sim. Eu me queimei.

Ela se acalmou imediatamente. Havia se dado conta, um tanto quanto tarde, que Smutek não era muito mais jovem do que o general de brigada. O que eram cinco ou seis anos depois que alguém havia passado dos 30? No primeiro instante, aquele pensamento inofensivo lhe parecera perverso, mais perverso do que tudo aquilo que Smutek havia feito no ginásio de esportes. Naturalmente isso não procedia. Eles eram, os dois, ainda jovens, homens da mesma idade, amigos ou inimigos potenciais, com a diferença de que Smutek apenas chamaria a atenção de alguém quando se procurasse por pessoas cuja agilidade de raciocínio poderia ser citada em um bar da Holanda. O general de brigada era um entre muitos que corriam ali fora, e um entre os poucos com os quais valia a pena conversar. Nenhum motivo para pânico.

— Nada de tão incômodo assim — disse Ada para voltar à conversa e inalou os restos do tabaco que queimava. E porque era assim que se conseguia inventar as melhores mentiras, ela decidiu continuar dizendo a verdade. — Digamos que foi assim: a vaca da qual eu tiro leite não quis ir logo ao pasto.

Ele anuiu e aceitou o que ela disse, deixando as coisas como estavam. Não acreditava que ela pudesse fazer alguma coisa que prejudicasse a si mesma. Para isso ela era inteligente demais, ágil demais e resistente demais. E nisso ele tinha razão. Quando ele se voltou para ir embora, ela o reteve.

— Mamãe está preparando um processo criminal contra ti — disse ela. — Alegando sonegação e rompimento da obrigação de sustentar cônjuge e família. Só para que fiques sabendo.

— Mas isso é absurdo.

— Pode ser. Mas ela está disposta a ir até o fim. E que tal se teus empregadores ficassem sabendo disso?

Apesar da noite e da luz da lua, ela viu que ele empalideceu, e não pôde se lembrar de ter percebido algum dia antes uma tal mudança de cor em seu rosto.

— Está claro pra ti que em caso de dúvida tudo dependerá do meu depoimento, não é verdade?

— Ada. — Quando ele tentou segurá-la, agarrou o vazio. Ela se desviara muito antes de as mãos dele estarem próximas de alcançá-la. Só então ele reconheceu aquele sorriso com o qual eles dois ultrapassariam a prancha que dava para o navio dos piratas.

— Isso apenas para o caso de pretenderes investigar mais a fundo a questão de como eu consegui o dinheiro para pagar meu colégio — ela disse.

Ele a abraçou, agradeceu pela absolvição e pelo fato de a maçã também não ter caído longe do tronco, apesar de não ter crescido na árvore. Sobre solas de couro estalando, ele sumiu na noite; seu carro estava estacionado duas ruas adiante, e levou consigo uma porção de material para reflexão.

Smutek mata uma mosca. Smutek dá com prazer

No final da pausa de duas semanas da Páscoa, todos os participantes chegaram ao cotidiano do colégio como peixes que no último instante foram jogados da terra de volta à água. As muitas manhãs cheias de sol e absolutamente desocupadas, as tardes chuvosas, e além disso as noites tranquilas na poltrona familiar, na cama ou sobre a tampa do vaso tinham um efeito triturante. Os segundos tiquetaqueavam regulares e sem sentido como a tortura chinesa com pingos de água. A televisão falava bobagens e não se podia ficar lendo livros o tempo inteiro, ou, melhor dizendo, enquanto se esperava pelo prosseguimento das coisas reais a leitura era uma empresa sem perspectivas de sucesso. Smutek não conseguira repassar uma única vez a pilha de literatura contemporânea que há meses jazia sobre sua escrivaninha como uma admoestação constante. Como crianças proibidas de sair de casa, os pensamentos pressionavam seus narizes achatados às janelas da consciência.

Na terça-feira à tarde, Smutek encontrou um bilhete no meio da aula, que estava enfiado no *Homem sem qualidades* como se fosse um marcador, exatamente na passagem cujo resumo ele havia encarregado a turma de fazer durante as férias como tarefa de casa. Desde que Ada e Alev não precisavam mais da aula como campo de treinamento, o desempenho da turma havia baixado sensivelmente. Enquanto um aluno explicava suas ideias acerca da Ação Paralela austríaca com uma voz de leitura queixosa, interrompida aqui e ali pelo zumbir sincopado de uma mosca, que voava teimosamente contra a ilusão em vidro da liberdade, Smutek leu a cartinha que, escrita na letra de Ada, possuía um aspecto totalmente diferente e até mesmo um cheiro diferente de todos os recados de chantagem que havia recebido até então.

Ada estava sentada imóvel como uma estátua em seu lugar. O cabelo era uma tenda loura pendendo pelos lados de sua cabeça e encobrindo o rosto, de modo que parecia que ela estava olhando de cabeça baixa para o livro aberto contra a quina da mesa. Na verdade, ela contemplava seus pés que, postados paralelamente um ao lado do outro, estavam enfiados em tênis macios e vermelhos. Alev havia lhe dado aqueles tênis de presente pela manhã, presente atrasado de Páscoa, e exigira que ela tirasse imediatamente suas botas pesadas. Os tênis eram de couro cru, com listras brancas dos lados, mais caros do que qualquer peça de roupa que ela possuíra até então. Junto com a barra gasta da calça jeans, eles constituíam um resumo ótico do século atual. Ada usava o espírito da época em seus pés e não se cansava de olhar para ele. Quem tem pés tão rápidos quanto tu, Alev havia dito, precisa de equipamento adequado para potencializá-los. Tênis como aqueles não eram destinados ao esporte, mas sim ao passeio. Agora ela tinha algo com que poderia fugir do que quisesse também na vida cotidiana. Eles serviram como se tivessem sido feitos para aqueles pés.

Segundo a perspectiva de Smutek, Ada olhava para baixo para esconder o rosto. Ela devia ter percebido que ele pegara seu livro nas mãos, ela devia saber que ele lera o bilhete. Queres ir comigo? Sim, não, talvez. Assim como a maior parte das pessoas, ele considerava a opção do talvez como a única resposta verdadeiramente verdadeira, altamente honesta e capaz de ser dada a qualquer pergunta. A carta que ele recebera não continha aquela variante, e ela estava longe de apresentar quaisquer quadradinhos com opções desenhados na borda inferior. A escritora da carta não queria resposta, ela dava ordens, e ao mesmo tempo pedia desculpas por fazê-lo.

Eu tenho dívidas no Ernst Bloch. Uma nova mudança de colégio não seria recomendável. Dá um sinal de disposição em ajudar. Não acredites que isso me causa prazer. PS: Sem prazo para pensar.

Smutek agradeceu a exposição do aluno, da qual não havia entendido palavra, e chamou o seguinte para ganhar alguns minutos. Às escondidas, ele amassou o bilhete e o enfiou no bolso da calça, corrigiu mais uma vez a pronúncia de "Diotima" e permitiu que a bobajada que veio a seguir fosse dita sem perturbar. A mulher do subsecretário Tuzzi é uma dama culta, ainda que não tenha cargo público.

Ada não havia se mexido um nanômetro sequer. No canto oposto, Alev balançava sobre sua cadeira, e seguia o voo descrito pela mosca lutando contra o vidro com a expressão indolente de um felino, que parece distante e ainda assim está sempre pronto a atacar no instante seguinte. Alguma coisa em sua postura revelava que ele não tinha conhecimento algum daquele bilhete. Ali havia uma fissura. Uma fenda fina como um cabelo entre Alev e Ada, na qual podia ser assentada uma cunha a fim de separar as duas metades com um golpe vigoroso. E que tal se Smutek dissesse a ela que ele seguiria as ordens de Alev e não as dela? Se ele fosse até Alev a fim de deixar cair o bilhete amassado sobre a mesa dele? Smutek tinha certeza de que Ada sozinha jamais faria a bomba explodir. A ameaça dela era vazia, e, uma vez que ela era esperta, com certeza sabia que Smutek poderia muito bem saber disso.

Ao olhar com mais cuidado, ele acreditou perceber que também a postura fechada dela tinha algo a dizer. Seus braços pendiam ao lado da cadeira, e a nuca virada para a frente parecia estar em uma posição em que tinha de causar dor. Rastros do desamparo, sintomas da fraqueza. Havia, pois, uma coisa que ela de fato queria, algo que era importante para ela. Ela não queria deixar o Ernst Bloch, essa ilha dos náufragos que chegaram à praia. Isso era semelhante a um sentimento. Smutek estava comovido.

— Também o grande Paul Arnheim — o aluno continuou dedilhando sua lira —, que é um alemão, não consegue fugir ao charme de Dio-tiiii-ma. Isso muito embora ela jamais tenha uma ideia correta, e sim fale apenas coisas sem sentido.

A turma riu. Era sensacional ver com que piadinhas inofensivas os pertencentes à geração pretensamente mais calejada de todos os tempos eram capazes de se dar por satisfeitos. Naturalmente, Ada e Alev não riram, mas sim se mantiveram na postura em que estavam, intocados como surdos-mudos ouvindo uma peça radiofônica. Smutek se aproximou da janela sem ter tomado alguma decisão. Decidir era, por si só, um ato sem qualquer sentido. Ele queria se concentrar na obediência, para dessa forma salvar pelo menos um pouco da sua dignidade. Desde que ele abrira mão, na última sexta-feira, de dar vazão à sua fúria que já fervia há muito, prestes a transbordar, desistindo de atiçá-la sobre Alev, ele lutava com a ideia de que suportava tudo aquilo apenas por amor a Ada, e não sob a pressão da chantagem, não por medo da punição da justiça, mas sim porque aquela menina parecia tão feliz ao lado de seu senhor nanico. Um pensamento insuportável.

A mosca havia pousado na parede para descansar. Se tivesse pulmões, estes com certeza teriam explodido de tanto esforço. Smutek enfiou um dedo no meio do livro, a fim de não perder o capítulo, fechou-o e levantou-o até o lugar em que estava a mosca. Ele bateu com tanta força à parede que o aluno a discorrer soltou um gritinho, deixando cair ao chão a pilha de papel quadriculado da qual estava lendo. Agora a mosca era uma mancha fragmentária de cor horrível sobre o *Homem sem qualidades*. Smutek havia dado um sinal de si.

— Alguns seres — disse ele à turma — têm de ser libertados de seus enganos acerca da natureza da liberdade.

Disso, apenas Alev riu, e tão alto que seu riso foi suficiente pelo riso inexistente de todos os outros. Ao mesmo tempo, Ada afastava os cabelos de seu rosto e presenteava Smutek com um sorriso radiante, como se ambos estivessem diante do altar e esperassem juntos pela permissão do padre para se beijarem.

Na insone manhã seguinte, os cupins famintos correram pela cabeça de Smutek na forma de correntes de números. Eles poderiam ser domesticados e transformados em um estado diligente de formigas através de alguns cálculos, cujo funcionamento os protegesse de ataques externos. Quando Smutek estava pronto com suas contas, foi ao banco certa tarde e pediu um pequeno empréstimo. Uma vez que ele nada possuía a não ser um terreno junto a um lago polonês, com o esqueleto queimado de uma casa de madeira em cima, ele ofereceu à instituição financeira o desconto de uma parcela de seu salário mensal como garantia.

A sala dos professores começou a cochichar maldosamente. Eis que agora nosso Teuter, o matador, quase se viu livre da pequena A. sem fazer absolutamente nada. Sonja Rosenhof estufou os peitos maternais. Onde a necessidade era mais premente, a ajuda de Deus se encontrava mais próxima! Segundo minhas informações, sibilou Strangulator-da-matemática, é menos o senhor nosso Deus do que um parente generoso que pagou suas dívidas.

A opinião de Smutek não foi perguntada. Sua aura idiossincrática já há semanas lhe permitia um perambular de lobo das estepes pelos nexos sociais. Para fugir às fofocas, ele se postava com sua xícara de café o mais longe possível dos grupelhos a sussurrar do outro lado do recinto. Também disso eles tinham ficado sabendo, pois. Pela manhã, ele ainda precisara esclarecer a uma intimidada pequena A. em poucas e rápidas palavras que a autorização para o pedido de um empréstimo necessitava de algum tempo. Ninguém ali havia corrido até Fundator a fim de impedir que uma aluna tão altamente dotada fosse afastada da escola por razões pecuniárias, ninguém havia defendido uma prorrogação do prazo de pagamento ou uma dispensa de mensalidade, e ele mesmo tinha as mãos atadas em tudo que dizia respeito a Ada.

Ele se voltou para o outro lado porque temia que o incômodo pudesse estar escrito em seu rosto. Desde a morte de Höfi, o Ernst Bloch não era mais o lugar certo para ele. Höfi teria sabido o que devia ser feito, Höfi não teria se limitado a sussurrar. Talvez tivesse sabido inclusive descobrir uma saída para a situação de Smutek. Sem Höfi, Smutek era um corpo estranho naqueles recintos, um cordeiro em meio a uma matilha de lobos, uma gota de óleo em um copo de água. Ele se sentia estranho. Queria voltar a sua pátria, de volta à Polônia, onde coisas assim também aconteciam, mas não com ele atualmente.

Mais tardar depois desse pensamento, Smutek sabia que ele não estava mais em condições de ser responsabilizado legalmente pelo que quer que fosse. Quando ele pensava na pequena A., acerca de cuja mensalidade o colegiado debatia, que, onde quer que ela aparecesse, se tornava o pomo da discórdia, que não havia entendido nem uma única das regras da vida humana em comunidade nem mesmo em parte, que era renitente e burra de uma maneira inteligente, ele sentia apenas um desejo: arrancar a última gota de sangue de suas próprias veias para doá-la a ela caso isso fosse necessário. Ela havia perdido a cabeça grande na neblina de uma época nova que dava os primeiros sinais, que mostrava a cla uma outra realidade, diferente daquela na qual Smutek se movia, e que ele sempre considerara a única válida. Ela não tinha culpa disso. A pequena A. era amoral, anormal e associal. Ele gostava dela. Smutek estava diante dos quadros na parede da sala dos professores sem contemplar nenhum deles, e sentia com nitidez que ele apenas estava ali porque não tinha um outro corpo e nem uma segunda alma, que poderiam servir de lugar para conservar os fatos de sua existência. A ideia de voltar para um país que assumia o status de uma fotografia em preto e branco dos anos 1970 havia se diluído exatamente tão rápido quanto lhe havia chegado à cabeça. Sucumbir, podia-se em qualquer lugar. Ele teve vontade de voltar naquele mesmo instante e dar um soco no focinho de Strangulator-da-matemática, simplesmente pelo fato de tê-la chamado de "pequena A.".

Por segurança, ele se segurou em um dos canos da calefação. Mas a campainha do fim do recreio já soara há tempo, e a sala dos professores atrás dele estava deserta. Assim, Smutek ficou parado sozinho, com o rosto virado para a parede, e por um momento tudo o abandonara. Ele estava parado ali por motivos puramente estatísticos, o *outsider* obrigatório, um vaso vazio com uma xícara cheia de café frio nas mãos.

Construções volantes. Smutek não consegue se virar com o contemporâneo. Em um flashback, Ada tenta vaciná-lo profilaticamente

Nos primeiros dias de maio, a primavera se desculpou, conforme faz tradicionalmente, pelo inverno passado, pela papa de neve, pelos narizes gelados, pelas árvores derrubadas e pelo fato de a humanidade, conforme acontecia todos os anos, ter queimado seus antepassados nos canos dos equipamentos de calefação, para expressá-lo em kilojoules. Todas as manhãs, um céu úmido era estendido sobre o mundo para secar, tremulava de leve ao vento e se ondulava nas bordas, onde os raios do sol cada vez mais cálidos o aqueciam. De todas as moitas, vinha o trinar guerreiro de pássaros canoros a cortejar suas amadas, e enchia os homens de fantasias acerca da suposta alegria dos abelheiros com a beleza do tempo. Crianças seguiam em frente saltitando, passantes sorriam uns para os outros sem motivo, o número de acidentes de trânsito diminuía, e até mesmo os lamentos da imprensa acerca do naufrágio iminente da nação emudeciam. Smutek voltava a treinar seus corredores ao ar livre.

O diâmetro do círculo em meio ao qual ele girava durante os exercícios de aquecimento havia aumentado significativamente. Pareciam falar muito bem dele, sobretudo entre as meninas. O grupo era submetido às estruturas demográficas de um curso de barriga-pernas-e-nádegas. Quando ele observava as alunas alongando, se curvando e se distendendo, 15 pares de mãos apoiados a quadris estreitos, os cabelos voejando ao vento em várias cores, quinze rostos, suaves e puros como massa há pouco modelada, voltados aos primeiros piparotes do sol, teria havido motivo para um pouco de ventura-*mens-sana*. Mas Smutek conseguia pensar apenas que aquelas pessoas jovens jamais se tornariam rápidas de verdade. Faltava-lhe uma certa *mens sana*, que gostava de ficar à parte durante o aquecimento, se agachava no chão desinteressada, e estudava a relva até que o grupo se colocava em movimento em direção à pista de tartan. Certa vez, ele vira como ela jogara um toco de cigarro fora antes de pisar no chão vermelho. Em um dia como aquele, todo em azul-verde-e-branco como uma propaganda de produto de limpeza, era especialmente difícil de acreditar que ele mesmo a proibira de participar do treino. Eles há tempo não haviam mais conversado um com o outro. Às vezes, quando seus olhares se cruzavam por acaso, o semblante de Ada se tornava sombrio de um jeito que Smutek se perguntava deliciado se ela não estava brava com ele por causa disso.

A entrada na União Europeia aconteceu sem grande rumor. Houve apenas um clic baixinho e despretensioso, um comutador que foi mudado de posição depois que toda a maquinaria havia sido deixada pronta ao longo de vários anos de trabalho barulhento. Em Berlim, era o que se ouvia, algumas festas haviam saudado a extensão da União Europeia ao leste. O 1º de Maio caiu em um final de semana, e roubou um feriado à população trabalhadora. A Sra. Smutek, que há meio ano ainda afirmara que se trancaria no quarto nessa data histórica, a fim de chorar o fim de uma ordem mundial, havia viajado à região do Eifel com uma colega de trabalho.

Smutek não sabia o que fazer, perambulou pelo escritório como se procurasse o horário e a rota correta em uma parada de ônibus, acabando por pegar um livro na pilha da literatura contemporânea.

"Eu o beijei e sua boca era macia como se fosse feita de lábios vaginais. Sim, uma vagina de través com uma língua móvel no meio. Eu sei qual é a sensação tátil de uma vagina quando a gente a beija. Quando era estudante, eu sempre tive apenas mulheres. Acreditava que essa era a única forma de amor que ainda restara. Todo o resto estava gasto, discutido e tratado incontáveis vezes nos lugares menos nobres. Propagandas para a construção da casa própria, a compra do primeiro carro, loveparade, lugar na creche, da *Bravo* a *Brigitte*, Levi's, hálito puro, todo o kitsch heterossexual. Eu não aguentava mais. Não suportava reproduzir essa mesma merda. Não era feia o suficiente para pensar de coração puro. Eu tinha medo do exército de bonecas, como se fossem hordas guerreiras do corpóreo, tinha nostalgia da proibição de imagens do islamismo. Por acaso todas as religiões não tratam, ao final das contas, da manutenção da saúde mental? Ao mesmo tempo, eu queria ser um 'nós'. Eu não aguentava mais frases que começavam com 'eu'.

'Eu' era uma ficção psicológica, literária ou econômica, uma tabuleta manuseável nos laboratórios da autocriação, e eis que agora ele tinha de encarar o papel de programa político, servir de bandeira à nova divisão em ínfimos Estados, e isso em um país feito de 80 milhões de sistemas-de-uma-só-pessoa. Deem-me um uniforme a fim de que eu possa ser um 'nós'! Mas já não havia mais uniformes. Quando eu me via espelhada com a queridíssima ao meu lado em uma vitrine, nós pelo menos não lembrávamos um comercial de cigarros da Alemanha Oriental. Ah, os anos 1990! O século XX! Música de sopro e ampliação da consciência. Que importa. Já passou. Eu só não quero ser lembrada disso através da boca de um homem."

Smutek fechou o livro e o colocou sobre a pilha dos outros. Esses livros haviam chegado cálidos e úmidos até ele, vindos dos fogões do presente, eram livros bonitos, que documentavam a beleza de seus autores com grandes fotos na contracapa. Ele teria de pedir a seus alunos que explicassem do que tratavam aqueles textos, e o que eles pretendiam significar, e assim teria de assumir a condição de único aluno diante de trinta pequenos professores. E, para isso, lhe faltavam nervos fortes o suficiente. Ele não queria ter de imaginar, ele queria poder saber. O livro do qual ele lera o trecho se chamava *Construções volantes,* a autora era um número redondo de anos mais jovens do que ele e provavelmente ganhasse muitas vezes mais, mensalmente. No plano de estudos, autores como Böll, Brecht e Borchert eram considerados atuais exatamente como os que publicaram uma obra há poucos meses. Mas Smutek não queria ser um operário de palco e apresentar a seus alunos, diante de um cenário moderno, um texto cujo projeto literário fazia parte do passado. As obras verdadeiramente contemporâneas, contudo, ele não era capaz de compreender, ou talvez estivesse acostumado a classificar tudo o que não compreendia com o atributo de "contemporâneo".

Por indecisão, ele foi olhar o que significava o conceito "Construções volantes" no dicionário Duden e se assustou como se uma mão inesperada tivesse tocado seu corpo ao encontrá-lo de fato. "Um conceito jurídico", estava escrito. "Construções volantes são instalações construídas, destinadas a, e também apropriadas para, serem montadas e desmontadas em diferentes lugares."

As palavras espalhavam uma tristeza irresponsável, e Smutek sentiu seu rosto se tornar pesado enquanto lia adiante: "Por exemplo: tendas de circo, barracas de feiras anuais, banheiros móveis, carrosséis. Construções volantes de até 5 metros de altura, que não são destinadas a serem adentradas por visitantes, não necessitam de autorização para ser instaladas."

Ele ficou sentado, calmo e mudo, até que se tornou difícil não perceber que talvez no fundo fosse possível para ele saber do que um livro como aquele por certo tratava. Construir. Desmontar. Se mudar. Nenhuma visita. Barracas de feiras anuais. Banheiros móveis. Ele não queria saber nada disso. Apoiou a cabeça às mãos. Nuca e ombros estavam cansados de carregar o queixo sempre erguido.

Pelo processo de condicionamento, viciados podem chegar a estados alucinatórios semelhantes aos constatados após o consumo de drogas, ainda que no caso concreto não tenha sido tomada nenhuma droga alucinógena. Nesses casos basta um chá sensorial de flores de tília, a picada de uma agulha ou o gosto de pó branco sobre a língua, e o corpo já saberá o que tem a fazer, e o cérebro se define como *stoned*. Um flashback como aquele acionava o conceito "Construções volantes". Ele fazia com que Smutek se recordasse de uma conversa com a qual Ada o atacara há alguns dias. Aparentemente, ela não suportara mais o silêncio forçado entre eles. O que ela havia lhe dito, parecia agora a Smutek como o prólogo a uma tristeza súbita, como se ela quisesse lhe adiantar, e com muitas palavras criptografadas, por que ele não estava em condições de ler um livro com o título de *Construções volantes*.

Encantador, Smutek!, foi o som que ecoou em seus ouvidos, reforçado pelas paredes de azulejo que não existiam em seu escritório, e mais uma vez ele sentiu aquela rejeição misturada à ânsia, que passara a dominá-lo de uns tempos para cá quando se encontrava sozinho diante de Ada. Ela havia esperado o final do treino e ido ao encontro dele no lavatório do ginásio de esportes. E uma vez que não ocorrera nada melhor a Smutek, ele tentara ver nela um produto de sua imaginação, invocado pela corrente de pérolas feita de pingos de água que estava pendurada a suas sobrancelhas. Desde que ele havia passado dos 30, essas fases do suor retardado ficavam mais longas a cada ano, e Smutek precisava de um tempo cada vez maior para se curvar sobre pias brancas de cerâmica. Ada de fato o assustara.

— Eu estou convencida — disse ela em voz alta e aguda — que também para ti há um lugar em alguma parte do mundo. Talvez não aqui. Mas em alguma parte com certeza.

Ele emergiu da pia, as duas mãos ainda sob a água corrente, ofegante como se tivesse se salvado por pouco de morrer afogado. Ada trazia os cabelos unidos na parte de trás da cabeça com um prendedor de plástico que ele ainda não a vira usando e que parecia escavar buracos com seus aguilhões retorcidos no couro cabeludo dela. Ela estava furiosa.

— Tu entras aqui fazendo estardalhaço para me insultar por causa da minha origem? Criancinha... ficaste louca? — Smutek estava contente em vê-la, e não perdeu tempo fazendo esforços por escondê-lo.

— Eu estava no parque, sobre a relva, para te observar, observar a primavera e teu grupo de corredores. — Ela se aproximou dele, e, uma vez que ele se mantinha curvado sobre a pia, seus rostos estavam à mesma altura no espelho. Smutek se perguntou, surpreso, se ele devia interpretar a aparição dela como uma cena de ciúmes distorcida. Até então, aquela menina havia mostrado tanto sentimento em relação a ele quanto um camponês em relação à vaca que ele leva ao campo para pastar.

— Tu estás fazendo um show torturante, teimoso e insistente — disse ela. — Tratas de uma realidade que já não existe mais.

— O que é que não existe mais?

— Meninas inocentes, que saltitam por aí sobre um prado verde.

— E o que existe então?

— Homens, que não saltitam quando saltitar não contribui a sua progressão pessoal. Homens para os quais mesmo olhar TV demanda demasiado esforço. Que não entendem o sentido de um prado e muito menos o sentido de um professor de educação física.

— Queres dizer, então, que tu é que existes. — A isso, Ada nada respondeu. Smutek tentou de outro jeito: — Será que a existência de meu grupo de atletismo não prova exatamente o contrário?

— Elas vêm para correr, porque querem ver teus ombros largos, teu traseiro duro e teu pau desenhado pelo abrigo.

— O que tu — perguntou Smutek em voz um pouco mais alta — estás querendo me dizer, no fundo?

— Se eu pudesse — disse ela, séria —, eu te salvaria. Te levaria embora. Tu não és daqui.

— E sim da Polônia, ou o quê?

Ele resistiu ao olhar dela, que se dirigia diretamente a seus olhos. Em um espelho, era mais fácil para ela contemplá-lo. Os dois pensaram sobre isso, enquanto seus olhares passeavam entre o olho esquerdo e o direito daquele que estava a sua frente. Depois eles retomaram as agulhas de tricotar da conversa e fizeram os próximos pontos. Dois à esquerda, dois à direita. Duas casas em branco.

— Eu não sei — disse ela. — Tu vens de um outro mundo. Ou de um outro tempo. Acreditas em uma vida antes da morte.

— Extremamente espirituoso.

Ela não se deixou perturbar. Seu rosto era refletido no espelho como uma máscara de gesso pintada com toda a arte diante da parede de azulejos.

— Tu não conheces a tragédia especial da estática.

— A tragédia do quê?

— Da estática. É a lição que ensina como evitar que se caia.

Construções volantes, pensava Smutek agora, têm uma estática bem particular. Sem fundamento. Retroativamente, parecia a ele que naquele ponto da conversa ambos haviam se assustado com o fato de Ada ter vindo especialmente para lhe comunicar uma coisa; eles haviam estremecido como se tivessem pegado nas mãos um do outro a fim de tocar a cerca elétrica de um potreiro. Smutek pressentira que ela não falava da disposição geral do mundo, mas sim da situação concreta dele. Deve ser uma pausa no jogo, ele pensara, enquanto a excitação subia dentro dele em movimento pendular como o gás dentro de uma garrafa de água recém-aberta. Já haviam chegado ao fim do primeiro tempo. Eles se encontravam nas proximidades do estádio a fim de trocar algumas frases codificadas, sem saber se a pessoa que estava a sua frente pertencia à equipe da casa ou à inimiga.

Ada o aconselhou a se livrar o mais rápido possível de sua antiga vida, assim como a gente se apressa em tirar um casaco grosso depois de cair na água. Mas como é que ele poderia largar uma coisa da qual ele mal conseguia se lembrar? Será que o grupo de corredores fazia parte de uma vida antiga, de uma nova ou talvez de vida nenhuma? Será que ele amara seu trabalho em sua antiga vida? Acreditara em Deus? Tivera um objetivo? Quisera um filho? Só havia uma coisa que com certeza havia lhe pertencido, e essa coisa era sua mulher, e ele não permitiria a ninguém, muito menos a Ada, aconselhá-lo a se livrar dela. Antes mesmo de ter pronta uma resposta adequada, seus lábios e sua língua já começaram a executar uma dança balbuciante, tangidos pela pressão de todas as palavras que ele provavelmente já há muito queria ter dito a ela.

— Será que se trata sempre do mesmo e eterno tema? Da superioridade de uma pós-esclarecida diante do idealista à moda antiga? Queres saber onde teus olhos se mostram ofuscados? Tu pensas que o *horror vacui* é uma invenção pessoal tua. O que te parece tão definitivo como uma curva no caminho da história das humanidades, toda pessoa inteligente também já sofreu. Trata-se de um ponto de partida, não do ponto final do pensar.

— Ouve só...

— Deixa eu terminar! — A ninfa Eco respondeu nas paredes de azulejo, condenada à eterna repetição. Ada se calou com um sorriso de troça e deixou Smutek prosseguir. — Também eu penso por vezes suficientes: o que posso fazer com o vento se não tenho um barco à vela? O que fazer com o sol se não sou uma célula solar? Olho para cima: não há nada a não ser estrelas, escombros do big bang, grande parte já morta há muito, luzes que restaram em uma viagem sem sentido pelo espaço sem sentido. E, ao meu lado, por exemplo, tu. Às vezes, quando olho pra ti, fico admirado do fundo do coração com o fato de tu não seres apenas uma recordação. Tu não podes de fato ter um presente, tu não podes de fato... continuar aqui ainda...

Ele interceptou a si mesmo como se intercepta uma criança a fugir pouco antes do cruzamento das duas ruas principais, esbaforido, tentando achar algo para segurar, movimentando os dois braços a esmo.

— Encantador, Smutek — disse Ada, depois de o silêncio ter mostrado todo seu efeito. — Teu fervor te contradiz. No fundo, eu tinha quase certeza que começarias a falar do sofrimento cheio de sentido de tua mulher. Mas eu também não tenho nada contra barcos a vapor ou contra o sol. Nada contra Juliusz Slowacki. Mas as coisas contra as quais eu quis te alertar não podem ser simplesmente afastadas com um pouco de lírica púbere.

Por fim, Smutek apoiou as duas mãos sobre a borda da pia, esticou as costas e relaxou a coluna vertebral. Ele imaginou como o olhar de Ada continuava pendurado no vazio, exatamente no lugar onde ainda há pouco estava seu rosto, um eixo que havia perdido seu segundo ponto final.

— Se eu te perguntasse se tu és minha amiga ou minha inimiga, tu irias rir, não é verdade?

— Eu daria uma gargalhada e rolaria no chão para lá e para cá diante de teus pés. — Uma vez que ele nada respondera e visivelmente começava a cismar um tanto enfurecido, ela acrescentou, sussurrando: — Fica bem calmo Smutek. Isso é uma injeção viva. Boa para o sistema imunitário. Atua contra golpes do destino que ainda estão por vir.

Ele não ouvira nada.

— O teu problema — berrou ele, as mãos ainda apoiadas sobre a porcelana, que começava a se aquecer e embaçava em volta de seus dedos — é que confundes o NADA geral com teu VAZIO pessoal.

Isso havia sido uma transgressão. Ela não era filha dele, e inclusive havia deixado de ser sua aluna. Além disso, ela tinha apenas 15 anos. Uma criança. Ele não podia gritar com ela, não podia ofendê-la, muito menos magoá-la. O pires pálido da lua cheia desenhado pelo rosto dela havia desaparecido do espelho, antes mesmo de os olhos dele procurarem os dela para pedir ou conceder desculpas, para construir uma ponte sobre o caudal das palavras que os separava um do outro desde seu primeiro encontro.

— Ada, Ada.

Ele sussurrou aquele nome como um esposo que foi longe demais e se arrepende disso no segundo seguinte. Ela se foi, em seus tênis vermelhos, com seu penteado estranho de mechas louras demasiado curtas. Nunca antes o espírito blasé e cansado dela e a infantilidade revoltante haviam se chocado de maneira tão violenta. Nenhum professor, nenhum amante e nenhuma vítima de chantagem obstruíram o olhar de Smutek. Ele viu uma mulher pequena, condenada à morte pela vida, uma menina de 15 anos com o intelecto de uma anciã. Ele ainda sussurrava consigo mesmo, quando ela já havia deixado o ginásio de esportes há muito tempo. Talvez ela precise de ajuda, meu Deus, ela precisa de ajuda... E, já no mesmo instante, ele soube que não era isso.

Smutek ainda estava sentado diante da escrivaninha e colocara uma das mãos sobre a pilha de livros como se desse modo pudesse sentir o que não queria se abrir a seu intelecto. Ainda não havia partido as últimas raízes que o prendiam ao chão. Apenas quando elas estivessem cortadas, é que ele se transformaria em algo que pudesse ser montado, desmontado e montado de novo.

Só então ele poderia olhar nos olhos de Ada com liberdade, sem lutar.

A Sra. Smutek desembucha

Na noite seguinte Branca de Neve voltou do passeio. Havia passado dois dias em longas excursões pela floresta, com exaustivas conversas. Em cada um de seus passos, haviam sido ditas três palavras, a colega de trabalho ouvira com paciência.

Por alguns momentos, ela arranjou as coisas da casa em paz dominical, depois chamou Smutek para junto de si, na cozinha. Havia dois pratos sobre a mesa, no micro-ondas giravam duas bandejas de plástico com carne e acompanhamentos. Smutek se jogou sobre uma cadeira fazendo a madeira gemer.

— Sabes o que são construções volantes?

— Não tenho a menor ideia.

— Isso me deixa tranquilo. — No fundo também não havia nada com que se preocupar. — *Chodź do mnie na chwile.* — Ele beijou o rosto pálido dela e, quando terminou, a porta do micro-ondas há tempo havia se aberto, e o cheiro de molho de assado e batatas havia se espalhado pela cozinha.

Por fim, ela simplesmente falou. Eles estavam conversando sobre algo totalmente diferente, provavelmente sobre literatura, talvez Smutek tivesse explicado o que eram construções volantes, enquanto os garfos subiam e desciam e as facas se moviam na horizontal, cortando. E o que ela tinha a dizer saiu como uma bolha de ar de um estômago tomado pela acidez. Ela mesma era quem mais parecia se surpreender com suas palavras, que faziam as vezes de uma resposta a uma pergunta que não havia sido feita.

— Tudo se deve ao fato de eu alguns dias antes ter recebido a notícia da morte de meu pai.

Depois dessa frase, ela levantou o rosto e olhou para ele, estupefata. Com olhos impacientes, Smutek errou entre tempos e acontecimentos e procurou o objeto ao qual ela se referia. A boca da mulher se derreteu em um sorriso.

— Teu pai — disse ele com cautela — morreu de frio há mais de vinte anos em uma prisão polonesa.

— Ele morreu de velhice, talvez de desgosto, no último outono. Ao que tudo indica, ele também estava doente. Mas só um pouquinho. Não muito mais doente do que todos nós.

Smutek supôs uma recaída, uma confusão mental, algo com o qual se devia lidar com cuidado a fim de não quebrar nada. Estendeu a mão, que se mostrou tão suave quanto suas palavras.

— Mas do que estás falando?

— A notícia chegou até mim pelo correio. Eles sabiam o tempo todo onde eu estava e o que eu fazia, compreendes? Eles buscaram informações, fizeram investigações. Foi burrice da minha parte não compreender como é fácil executar uma coisa dessas.

— Antes ou depois da mudança política?

— De onde posso saber disso? De qualquer modo, eles me acharam sem a menor dificuldade. Teu sobrenome nem de longe conseguiu me proteger.

O que quer que acontecesse, certo é que a culpa era sempre de Smutek, mas ele havia se acostumado com isso e mal continuava se importando. Na época, depois da mudança política, ela o pressionara para se casar, ainda que não estivesse grávida nem fosse especialmente católica. Ela não queria que ele corresse o perigo de ser deportado, conforme dissera, e quando Smutek objetara dizendo não querer casar por motivo tão profano, ela passara a acusá-lo de medo patológico do casamento. A Sra. Smutek não era uma menininha polonesa que tenta conquistar um homem com 20 anos como faz com a prova de conclusão dos estudos secundários aos 18. E uma vez que não lhe ocorrera motivo melhor, Smutek havia suposto que ela o amava. Agora ela estava sentada diante dele e olhava para o chão como uma colegial que não conseguiu passar de ano.

— Imagina só que minha família jamais tentou estabelecer contato comigo. Até que depois de duas décadas chega a notícia da morte de meu pai.

— Não exigiste de tua mãe, na época, que ela se considerasse sem filha a partir daquele momento? Não disseste a ela: tua filha agora é uma órfã? — A isso ela se calou. — Mas quero saber de uma coisa. — A mão de Smutek jazia sobre a mesa, vazia, e, quando a mão começou a ficar parecida com uma ratoeira armada, ele a recolheu. — Quando estavas sentada à beira de meu catre de exilado e contemplaste o general Jaruzelski, teus pais e a República Popular da Polônia com maldições blasfemas..., sabias que teu pai ainda estava vivo?

Imediatamente o ódio dos olhos negros que ele conhecia há tanto tempo o atingiu, como se duas cortinas tivessem subido revelando uma fonte de luz que Smutek acreditava ter sido apagada há muito.

— Jamais pararam de mentir para nós — exclamou a Sra. Smutek. — Por acaso tua mãe não acreditou na morte de seu filho? Será que ela precisava de outros motivos para saltar no Vístula, só porque esse país foi construído sobre uma mentira em todos os seus fundamentos? És culpado, Smutek? Ou será que o culpado é o general Jaruzelski? Ou as circunstâncias? Talvez tua mãe, o destino, ou mesmo Deus?

Sobre isso Smutek não queria falar. Ocorreu-lhe apenas uma frase ridícula, que a aversão lhe ditou:

— Deixa os mortos em paz.

— Sem problemas, eu não vou mexer em teu passado. Todos não têm o direito de acreditar naquilo que lhes agrada? Será que a gente, mesmo quando nos mentem, é obrigada a conhecer a verdade? Será que é *isso* — agora ela estava quase gritando — que se exige de um ser humano? Que ele saiba sempre de tudo, apesar de todos os entraves?

Nenhum deles sabia a resposta a essa pergunta, que era demasiado complicada. Eles se calaram por muito tempo, os olhos dirigidos para os pratos meio cheios e já frios, e, enquanto estavam sentados em meio àquele silêncio fatídico, um grande assombro ganhou corpo.

— Não é estranho — disse Smutek — que o que aconteceu conosco seja tão parecido? Como se cada um de nós tivesse participado de diferentes encenações da mesma peça teatral. — Ele quis dizer algo grandioso, mas agora tudo soava pálido e insípido. — A gente sente na pele como o eternamente igual se repete em nós. Isso nos une de um modo especial.

Ela se desviou do olhar dele, que buscava ajuda.

— Desde quando tu te interessas por Nietzsche? Nós somos simplesmente filhos do mesmo sistema. Para nós vale a mesma sentença: ao mentir para as pessoas, a gente as transforma em criminosos.

Isso talvez fosse verdade. Com todo o cuidado, Smutek pegou mais uma vez a mão de sua mulher, que desta vez a abandonou a ele sem resistência, e contemplou-a com atenção como se fosse um objeto interessante.

— Tu ouviste o que eu disse? — ela perguntou. — Isso vale também para ti. Uma vez criminoso, sempre criminoso. Não vais escapar disso enquanto estiveres vivo.

Smutek ouviu o que era dito e decidiu mesmo assim não tomar conhecimento dessas frases. Sua mulher pensava politicamente, ainda que nos últimos tempos isso fizesse parte do passado. Ser político significava que não havia nada cuja responsabilidade não era do sistema. Ele gostava dela por causa disso e não pretendia de forma alguma atar uma pedra aos pés do geral para afogá-lo no lago do pessoal. Ele estava mais do que em condições de pensar de maneira abstrata, pressupondo que isso servisse a algum objetivo.

— O que tu dizes — afirmou ele — vale hoje mais do que nunca. A verdade, ou melhor, a ausência de mentira, é o último valor ao qual podemos escrever uma dedicatória na folha de rosto de nossas vidas. Além disso, há ainda um mandamento e meio dos dez que havia no passado. Primeiro: não enervarás a quem quer que seja. E o meio mandamento: não matarás, se for possível evitá-lo. Se todo mundo respeitasse esse mandamento e meio, e dissesse sempre a verdade dentro dele, o mundo há tempo seria um paraíso.

— E silenciar — disse ela, com um encanto difícil de ser interpretado — é como mentir?

Ele sacudiu a cabeça, devagar, a fim de não colocar seus pensamentos em desordem, fazendo de conta que refletia, porque precisava descobrir com rapidez se ela objetivava algo determinado com essa declaração.

— Todo mundo tem motivos e ademais direito de silenciar. Mas, quando falamos, podemos muito bem tentar dizer apenas a verdade, não é?

— Tu falas como se tivesses algo a me perdoar.

— Perdoar?

Essa opção no convívio humano mútuo não fazia mais parte da postura de Smutek. Agora ele teve de rir, um tanto cansado, como se se tratasse de uma piada dramaturgicamente mal contada, cuja graça demorasse muito a ser descoberta. É natural que se podia contar tudo para pedir perdão e alcançá-lo, e o que estava acontecendo agora era o assim chamado momento certo. A consciência pesada da Sra. Smutek formava um terreno propício para a barganha vacum das desculpas. Ao final das contas, que importava o que ela havia feito? O que ele havia feito? A fraqueza dos homens era conhecida nos tribunais. Entre eles sempre houvera um espaço em que eles se amavam a si mesmos e um ao outro, e assim com tudo que havia em volta deles, o belo apartamento, as plantas, o carro, o gato do vizinho, tudo que vivia e tudo que sofria. Certa vez, ao passear no entardecer, eles haviam encontrado um ouriço, que acordara demasiado cedo de seu sono hibernal, haviam-no levado ao veterinário no meio da noite e pago um tratamento exclusivo para o animal. Eles mostravam um ao outro formações extraordinárias de nuvens. Liam livros. Os lugares dos quais a Sra. Smutek tirava suas mãos ficavam frios. O que elas tocavam começava a respirar. Aquele era um espaço no qual se podia confessar de coração tranquilo.

Ali estava ela mais uma vez, a tentação de reconhecer tudo. A Sra. Smutek se encontrava sentada diante dele, inexpressiva como um pedaço de argila esperando pelas mãos do oleiro, e Smutek precisava das suas para esfregar seu rosto com toda a força, como se desse modo pudesse limpar o cérebro que se encontrava atrás dele de toda e qualquer ideia errada. Pegou uma xícara vazia de cima da mesa, apertou-a ao ouvido e escutou o rumor do mar dentro dela como se fosse uma concha.

— Se existisse algo a perdoar — disse ele —, eu certamente o teria perdoado.

— Ontem a Polônia entrou na União Europeia — disse a Sra. Smutek. — Sentiste algo? Um safanão? Um puxão? Nada disso. Nós somos o que restou dessa terra perdida. E esta é a única verdade.

Ele caminhou em volta da mesa e a tomou nos braços; ela começou a chorar, aliviada. Ele a embalou como a uma filha, acalmou-a com psius afáveis e guardou assim o próprio segredo como uma fonte escondida, que o envenenava e alimentava ao mesmo tempo. E assim ele perdeu a última chance de saltar mais uma vez, dessa vez voluntariamente, de um trem que indubitavelmente corria em direção ao abismo, à escuridão, ao nada.

Eram três horas da manhã quando eles se levantaram da mesa, juntaram os talheres, empurraram os restos do jantar interrompido com as costas das facas ao lixo e colocaram os copos nas repartições adequadas da máquina de lavar louça. Smutek dormiu duas horas, seus sonhos foram exibidos com créditos. Ada estava parada, de pernas abertas, sobre o telhado do Ernst Bloch e lhe gritava algo que ele não conseguia entender. Conceito e realização: Szymon Smutek. Roteiro: Szymon Smutek. Música... E assim por diante, até que ele deixou a cama, essa incubadora de ovos podres, para ir se apoiar à janela da sala e ouvir os sibilos eletrônicos de sons que vinham dos alto-falantes de carros que passavam bem longe. Ele não podia mais deitar em paz ao lado de sua Branca de Neve. Os seus e os ruídos da respiração dela haviam se transformado em dois duelistas.

Smutek se sentia como um saco de pele entupido de ossos brancos e de um pedaço de escuridão eterna. O estar ao lado de outros sacos de pele, ele batizava de "amor" ou de "ódio", e a falta de compreensão para com a própria existência ele chamava de "alma". Lá fora, a lua no céu parecia andar de ré atrás de nuvens que passavam rápidas. Logo ao lado, estava deitada a pessoa que ele amara, e andava de ré atrás dos pensamentos de Smutek que passavam rápidos. O intervalo de tempo entre quatro e sete horas da manhã, um homem saudável os passava dormindo por bons motivos. Essas horas proporcionavam uma clareza indesejável. O que durante o dia parecia natural e imutável, de repente aparecia nu, em toda sua desimportância. No passado, a mulher atrás da parede havia lhe dado motivos para levantar pela manhã, e além disso harmonia com o espírito universal, uma digestão regular, aceitação calma diante de necessidades de sustento da existência que lhe roubavam tempo e sempre de novo um novo ensejo para rir. Entre quatro e sete horas da manhã, contudo, a felicidade era o resultado de uma combinação da qual Smutek não sabia ao certo se além dele mais alguém fazia parte. Ele ouviu a voz de Ada: "Todos os caminhos levam ao conhecimento da nulidade de todas as coisas, mas nenhum conduz de volta."

Enfim o despertador tocou no quarto vizinho. Smutek trouxe a roupa de cama de volta e beijou um bom dia no meio do rosto de sua mulher. Quando os dois se colocaram em pé diante do espelho do banheiro com escovas de dente na boca, o front do cotidiano já estava fechado e não mostrava mais nenhuma lacuna. Era segunda-feira de manhã. Sem sucesso, Smutek tentava afastar um pensamento que sempre de novo voltava a se manifestar atrás de sua testa: a partir de agora, só a partir de agora é que tudo ficaria diferente. Quando foram cuspir o que tinham na boca, ele e Branca de Neve bateram as cabeças.

Uma quinta-feira estranha. A tensão aumenta e poucas coisas acontecem. Um malote de dinheiro chega ao destino

Nenhum entre eles se sentia muito bem naquela manhã. Ainda que o dia não apresentasse nenhuma indicação no sentido de que pudesse acontecer algo estranho, todos acreditavam que algo estava a caminho. Talvez uma mudança na pressão do ar. Talvez os preparativos para uma mudança de curso na história parcial da humanidade. O homem é surdo e mudo em relação ao mundo, mas sente como se fosse um reumatismo quando algo começa a mexer em seu destino.

Já antes mesmo do início da aula, o sol se esforçava em seus exercícios de aquecimento. Sobre as cabeças das pessoas, flores brancas balançavam seus rabos diante de um fundo azul como em uma pausa de transmissão na TV. O lugar no estacionamento, no qual Smutek há anos deixava seu carro, estava ocupado. Um sinal? Balançando a cabeça, ele trancou a porta do motorista e manteve o rosto por um momento voltado para o sol. Estava cansado e irritado além do normal, e se encontrava na agradável situação de não precisar confiar em si mesmo. O que ele mais teria gostado de fazer seria jogar uma bomba de napalm na moita ali perto, a fim de calar para sempre o grasnar apocalíptico dos pardais.

Além do lugar de Alev, também o de Odetta não estava ocupado, e isso dava na vista, como se aquelas duas cadeiras especiais estivessem unidas uma à outra por vários metros de arame invisível. Ada havia puxado os pés para cima da cadeira, envolvido os joelhos com os braços e mandava sinais a Smutek com um olhar de alerta, dizendo que não mudaria de postura, pouco importando o que ele quisesse inventar para conseguir que ela o fizesse. O dia acabara de começar, e contudo já havia se desqualificado. Também Ada estava cansada e irritada. Desde que em casa corriam os preparativos para perseguir penalmente um antigo membro da família, a porta trancada do banheiro já não oferecia mais proteção suficiente. Às vezes, ela se sentia como se estivesse em território minado, que tinha de ser abandonado o mais rápido possível, sem que para isso se pudesse colocar um pé diante do outro. No bolso direito da calça, ela hoje tinha um rolo de cédulas, grosso como um falo, que ela havia tirado no dia anterior do esconderijo combinado no cesto de lixo próximo à pista de corrida.

Com meia hora de atraso, Alev entrou na sala, cumprimentou a turma como se fosse seu fã-clube, seção local de Godesberg, inclinou a cabeça na direção de Ada, que olhou para ele imóvel, e se recolheu em si mesmo como um caracol, de braços cruzados, os olhos fixos dirigidos à quina da mesa. Odetta chegou dois minutos mais tarde, murmurou um pedido de desculpas e foi às pressas até seu lugar, pálida. Alguém assobiou entre os dentes, a turma riu, Alev não mudou sua postura. Smutek fez duas marcações sem sentido em seu caderno de chamada.

Ele dera uma semana aos alunos para trabalharem em uma tarefa de casa. Eles deveriam contar com suas palavras um dos capítulos do *Homem sem qualidades*. O fato de Ada ter feito sua parte com todo o cuidado era tão óbvio quanto o fato de Alev não ter feito absolutamente nada. Smutek não tinha nenhuma vontade de conversar com qualquer um dos dois. Escolheu uma menina que de resto dava pouco na vista. Ela tinha cabelos castanhos e olhos azuis, e derrubava as notas excelentes de suas provas escritas quase ao chão com o desempenho insatisfatório nas provas orais. Quando Smutek pediu a ela que lesse seu texto, ela depôs duas páginas cobertas com sua escrita minúscula sobre a mesa compondo um retângulo exato.

— A todo momento, algo pode sair da faixa, bater na diagonal, mudar o sentido, rodar na pista. Um caminhão pesado, freado abruptamente, por exemplo, que em seguida lograsse parar de corpo enviesado, uma das rodas sobre o meio-fio, perto de um poste de iluminação, como se quisesse levantar a pata traseira, enquanto uma nuvem negra de pedestres se ajunta como moscas diante de seu focinho, para ver o que está deitado ali, imóvel e deformado, sobre o asfalto. Uma pilha de casacos velhos talvez, que já não tivessem cabido mais no contêiner de coleta para roupas usadas? Mesmo sem um olhar cuidadoso se saberia de tudo; se começaria a abrir o casaco da pessoa imóvel para depois voltar a fechá-lo, colocar sua cabeça ora para cima, ora para baixo, apertar seu peito ritmicamente, talvez até mesmo soprar ar em seu nariz. Apenas o aproximar-se das sirenes de salvamento transformaria o acidente em um problema técnico. É preciso descarregar uma padiola, levantar o ferido, possivelmente em estado grave, até ela, abrir válvulas, conectar mangueiras. Com pontos rápidos, a luz azul e piscante da ambulância costura então um buraco na ordem, aberto pelo falecimento não planejado de um semelhante; um buraco sobre o qual a multidão de gente a correr se curvaria, a fim de lançar um olhar aterrorizado para o caos que jaz lá embaixo. As portas traseiras da ambulância batem, se fechando. Mais um problema que é resolvido da melhor maneira possível ao ser esquecido. O dia dá um solavanco, geme e volta a se pôr em movimento. Cinquenta passantes transtornados imaginam uma vítima de acidente sobrevivendo. Se por isso ela ressuscitará dos mortos? Seja qual for a resposta, eu não quero ouvi-la.

E assim a coisa prosseguiu. Era um dia totalmente normal do mês de maio, para dizê-lo com mais exatidão, o dia 6 de maio de 2004, até que o trabalho terminou com as seguintes frases:

— Que tenho eu a fazer diante da porta? Pode-se fazer o que bem se entender; nesse emaranhado de forças, conforme ele existe lá fora, isso não importa absolutamente nada.

A menina emudeceu e olhava diretamente à sua frente, com um olhar que parecia mostrar que além dela não havia mais ninguém na sala. Smutek folheou rapidamente as dez primeiras páginas da edição de seu romance e procurou o material do qual aquelas frases haviam sido formadas, encontrou o conteúdo espalhado em diversos trechos, mas não seu tom. Quando ele levantou os olhos como alguém que estava se afogando e que consegue colocar a cabeça sobre a superfície das águas, olhou diretamente para o rosto de Ada, no qual sua própria surpresa se espelhou. Por alguns segundos, eles se mantiveram seguros um ao outro através do olhar, garantindo mutuamente que se tratava apenas de uma tarefa de casa muito benfeita e não de uma voz que falava em off. Era pura e simplesmente uma quinta-feira estranha.

— Isso foi muito bom — disse Smutek, por fim. — A mim parece que a senhorita tem um talento especial.

No final das duas aulas, a tensão se descarregou, transformando-se em um estado de confusão transbordante. A sombra de algo grandioso havia se projetado sobre as paredes, um desses fenômenos que nos contos de fada são apresentados como dragões e cavaleiros noturnos e, apesar de tudo, não são mais do que um movimento de ajuste entre tempo e espaço, de modo que os homens se lembrem de algo que jamais tenham visto ou acreditem ter previsto um acontecimento. De quando em vez, acontece um ou outro golpe do destino, como se fosse uma detonação falsa. Dessa vez, contudo, nada saiu da faixa. O veículo pesado apenas havia estacado um pouco e depois prosseguira em seu caminho.

Todo mundo arrumou as mochilas sem pressa. Smutek esperava pela autora singela. Ada esperava por Smutek, enquanto Alev lhe dava o sinal para que ela o seguisse até o internato. As discussões prévias de todas as quintas-feiras de costume não aconteciam no recreio, mas sim depois do fim das aulas, de modo que Toni nem sequer voltava ao quarto comum depois do almoço no refeitório. Ada tinha um encontro marcado com Teuter, balançou a cabeça de leve, e no mesmo instante percebeu Olaf, que estava encostado à parede do corredor em frente à porta aberta da sala. Uma princesinha se interpôs, dirigiu a palavra a Smutek por motivo nulo, tinha os botões superiores da blusa abertos e se curvou muito sobre o púlpito, a fim de que ele pudesse olhar em seu decote. Entrementes, a aluna singela escapou, e Ada deixou que Olaf a parasse a fim de escapar de Alev, que não poderia ficar sabendo de jeito nenhum do encontro com Teuter.

— *Nice to meet you* — disse Olaf, quando ela literalmente correu para seus braços.

— É todo meu — respondeu ela, e seguiu as costas de Alev com os olhos, vendo-o desaparecer pelo corredor abaixo, bem descontraído. Quando ele dobrou a um canto, ela quis seguir adiante, mas Olaf a segurou pelo braço.

— Fica quietinha. Deixemos a histeria de lado por um momento.

Ela teve que se segurar para não soltar a ponta de seu tênis na canela dele. Podiam dizer muita coisa dela, mas com certeza não que era histérica. Ela tinha orgulho de ser faixa-preta em indiferença. Além disso ela não suportava ser segurada.

— Eu não tenho tempo.

— Ora, mas é claro — assentiu Olaf. — Sempre metida em negócios importantíssimos.

Desconfiada, ela passou voando pelas feições dele como se fosse uma página de livro em língua desconhecida. Uma seriedade especial o envolvia, como se tivesse encontrado uma missão que tivesse de ser cumprida. Apesar da pele leitosa, dos ossos de passarinho e de sua boca pequena e frágil, ele exibia aos olhos dos outros o desespero digno do homem pensante.

— Eu queria te pedir que viesses amanhã ao ensaio da banda.

— Desde quando os Orelhas ensaiam às sextas-feiras?

— Bom. — Olaf fez seu gesto predileto passando a mão nos longos cabelos. — Formulemos a coisa de maneira diferente. Vem amanhã às cinco horas da tarde ao porão das bicicletas.

— Às cinco horas eu não posso.

— Ada. — Os lábios dele se apertavam um ao outro, cancelas na fronteira entre o mundo exterior e o interior que tinham a difícil tarefa de escolher indivíduos vocabulares determinados entre a imensa massa que insistia em sair, para deixar apenas os eleitos passarem. — Nós sempre fracassamos quando queremos explicar uma coisa um ao outro. Eu simplesmente te peço que estejas lá amanhã às cinco horas da tarde. Tenho de falar contigo. Digamos que é importante. Digamos que tu ainda estás me devendo uma coisa.

— A última frase nós riscaremos do protocolo. Eu estarei lá às seis horas.

— Ada!

Mesmo parada, ela alcançou sua velocidade máxima em poucos passos, correu, porque o linóleo berrava maravilhosamente debaixo das solas de borracha, porque com os grandes saltos ela quase fugia à força da gravidade e porque já estava cinco minutos atrasada em relação ao horário que havia combinado. Os degraus, ela os tomou em pacotes de quatro, uma das mãos no corrimão, do qual ela se afastava com um impulso para se desviar de alunos que vinham em sentido contrário. Em diagonal pelo pátio do colégio, passando a rua que dividia o terreno do Ernst Bloch em duas partes, atravessando o parque, em cujas moitas famílias de pássaros continuavam brigando a todo volume sobre a situação do mundo.

O mantenedor do colégio tinha seu escritório na mansão da família, situada na borda mais externa do terreno do colégio para o lado do Reno. Na velocidade em que Ada corria, não sobrou muito tempo para refletir acerca do que poderia haver por trás da insistência de Olaf, e sobre se ela tinha ou não de informar Alev a respeito. Ada estava próxima de tomar a decisão de não se meter em sua própria vida quando chegou ao escritório de Fundator, adentrando o recinto com o trinco da porta na mão, intempestivamente.

Fundator estava mal mobiliado. O prédio contava bem mais de 100 anos e parecia exigir um design capaz de dar conta do pé-direito alto, dos lustres, do taco em espinha de peixe e da sacada com front de janelas. Em vez disso, era tudo prático e desparafusável, de pinheiro natural com os veios da madeira não disfarçados, ou de folheado preto. Ao lado da grande mesa quadrada, Teuter parecia mais o participante infantil de uma aula de artesanato.

Ada respirou pelo nariz algumas vezes profundamente, a fim de providenciar oxigênio para os músculos, e olhava apenas para Fundator, que estava sentado atrás da escrivaninha e chupava um cachimbo que enchia o recinto de aroma de baunilha.

— Não, claro, a senhorita já pode entrar — disse Teuter.

— Entre, entre! — chamou Fundator.

Ada se obrigou a avançar, colocou a mão no bolso enquanto caminhava, e jogou o rolo de dinheiro sobre o tampo da mesa, onde ele imediatamente se abriu, se desintegrando em um monte desordenado de cédulas.

— Podem contar — disse Ada. — Eu preciso de um recibo para o nobre doador.

O recibo lhe acorrera apenas naquele instante. Chantageados, frequentadores de prostíbulos e funcionários de banco roubados não exigem recibos. Fundator assentiu, satisfeito. A soma estava correta.

— Caso haja novos atrasos, peço ao senhor que tenha um pouco de paciência — disse Ada. — Meu pai concordou em voltar a fazer os pagamentos.

— Uma situação bem interessante — observou Fundator, e sorriu amarelo em volta do bocal do cachimbo. — Para mim, pelo menos, a senhorita é a primeira aluna que entra aqui e paga suas mensalidades atrasadas em dinheiro vivo.

— A mim interessa, sobretudo, de onde vem o dinheiro — disse Teuter.

— Por acaso tenho também a obrigação de revelar minhas relações de parentesco?

— A senhorita não tem a obrigação de fazer nada disso — disse Fundator se metendo e se embalando até se erguer, a fim de apertar a mão de Ada. — Ao final das contas, estamos alegres em tê-la conosco. Não é verdade?

— A alegria é toda minha — disse Ada, e insinuou um salamaleque.

Até o segundo em que finalmente havia trancado a porta atrás de si, ela esperou que Teuter a chamaria a retornar. Não, claro, venha junto comigo.

Nós vamos ao meu escritório. Mas tudo ficou em silêncio. No caminho de volta, ela andou devagar e decidiu que havia, sim, motivo para alertar Alev de maneira enérgica.

Eles não tinham mais nenhuma aula juntos naquele dia. Nas pausas seguintes, entre uma aula e outra, ele não apareceu no pátio. Depois da última aula, ela esperou em vão que ele viesse buscá-la diante da porta da sala a fim de levá-la consigo para o almoço no internato. Sem um convite, a ida dela aos andares superiores era proibida. E, uma vez que não havia nada a fazer, ela decidiu começar a correr desde já e dobrar o tempo de exercício no dia de hoje.

Enquanto ela dava uma volta após a outra na quadra de esportes, três notícias breves atravessaram o éter, voaram por ondas de rádio, e por fim pousaram tilintando e zumbindo no pombal do celular dela.

A mais breve era de Olaf: "Pensa bem, mais uma vez. Por amor a ti mesma."

A segunda era de sua mãe: "Vem por favor hoje a tarde para casa eu preciso de ti aqui mamãe."

E a última era de Smutek, que escreveu sem deixar espaços em branco e soube usar muito bem os 160 toques: "Talvez eu esteja louco. Gostaria de te encontrar sozinha um dia, para um café ou coisa assim. Acho que teríamos muito a conversar. E em julho é a competição, podes deixar todos eles na poeira."

Quando Ada leu as mensagens, se perguntou se Smutek estava planejando deixar sua mulher, se para o dia de amanhã estava planejado um atentado à bomba no Ernst Bloch, ao qual só sobreviveriam os que estivessem no porão das bicicletas, e se sua mãe estava planejando contratar um assassino de aluguel para matar o general de brigada e precisava de uma ajudinha logística. Ela apagou todas as mensagens e foi para casa. O futuro era um negócio difícil: se uma coisa não acontecia, acabava acontecendo outra em lugar dela.

Duas figuras são dispensadas da história, antes que se passe a contar da sexta-feira que não deu certo

Era a primeira vez que uma conversa prévia entre Ada e Alev acabara não acontecendo. Ada disse a si mesma que esse fato não tinha uma importância tão grande assim... Assim como todas as outras ocorrências, ela haveria de ter seus motivos. Enquanto isso ela se sentia perfeitamente em condições de dar conta das exigências de uma sexta-feira à tarde improvisando. Só que o jogo até então havia sido conduzido por regras severas, e ninguém quebrara essas regras. Se Ada tivesse pensado por mais algum tempo nisso, teria se lembrado do que existia a ser aprendido a partir da irregularidade: Alev seguia desde o princípio veredas próprias, cuja origem, curso e chegada ninguém a não ser ele — ou aquela instância que o conduzia — conhecia.

Quando ele apareceu, pontualmente e bem-humorado, no colégio, na sexta-feira pela manhã, respondeu aos pedidos insistentes dela por uma audiência com um movimento de mão, parecido com a ascensão temulenta de uma borboleta gigante. Dispensando qualquer discrição em público, ele colocou um braço em volta da cintura dela, o outro em volta dos ombros e a puxou com tanta força para junto de si, que o caráter senhoril desse gesto o fez crescer duas cabeças e afundou Ada em seu abraço como se ela fosse um par de esquis. O voltar de rostos de todos os alunos no pátio, a atenção dos professores montando guarda, e mesmo a dos passantes além da cerca de tela de arame de 5 metros de altura causaram um farfalhar seco, como se todas as árvores da alameda vizinha tivessem jogado ao chão simultaneamente suas folhas frescas. O silêncio que se fez de repente existiu apenas na imaginação de Ada. Ela não ouviu nada a não ser a voz de Alev, que consistia em um ar morno, respirado junto a sua orelha:

— Não te esquece, pequenininha, de quem nós somos. Filhos do nada, herdeiros de um poder que ninguém mais quer ou ninguém mais pode exercer. Nós apenas podemos segurá-lo conosco se não abrirmos os punhos. Confia em mim.

Sua mania de grandeza parecia ter recebido alimento novo; de quem, pouco importava, enquanto apenas uma pessoa afirmava saber e compreender o que estava acontecendo. Mais do que isso os homens, contra todos os protestos que afirmavam o contrário, jamais haviam exigido.

Mas antes que se possa contar da sexta-feira que não deu certo, o resto da quinta-feira se interpõe de pernas abertas no caminho. Em razão do encontro que não acontecera, Ada chegara em casa três horas mais cedo do que de costume, e com isso seguira sem querer o desejo que sua mãe lhe comunicara através de um torpedo. Nesse momento, a raiva, detonada por um fax do general de brigada, havia atingido seu ápice. A mãe mantivera a rua à vista, da janela, e esperava, devota como Jó, no lance de escadas diante da porta da moradia. O papel do fax se enrolava em volta de sua mão direita, em um esforço desesperado de voltar a sua forma original. Ada usou os 30 degraus para esvaziar a cabeça e recolher as tropas espalhadas de seus pensamentos ao pequeno bastião fortalecido que ficava no cerne de sua personalidade: Ada não tem qualidades e é inatacável. Ela é a encarnação de um protótipo anunciado há cem anos, hoje em dia pensado mais para a apresentação de suas funções do que para o emprego em alguma atividade de fato... Degrau a degrau, ela foi saindo do ser humano cotidiano e, ao alcançar o lance das escadas em que estava sua mãe, era a tranquilidade em si.

Um criminoso desses. Nada é sagrado pra ele. Ele jogaria sua própria filha aos lobos. Se ele tivesse uma, não é verdade? Entra.

Rápidos, os olhos de Ada devoraram as poucas linhas, rápido, seu cérebro as elaborou. Não havia muitas possibilidades de explicação para a carta do general de brigada, que por seu tratamento se dirigia à mãe, mas indiretamente também a ela. Talvez ele estivesse blefando. Mais provável era que Teuter tivesse telefonado a ele, logo depois do encontro no escritório de Fundator. Ada conseguia imaginar sem esforço como a voz do sapo Caco soara no aparelho. A laringe levantada e as cordas vocais tensionadas teriam proporcionado os efeitos técnicos necessários de modo a fazer a voz de Teuter parecer o grasnar de um chantagista, que fala com suas vítimas através um aparelho que distorce a voz. Não, claro, há pouco sua filha adotiva esteve comigo. Ela botou sobre a mesa uma soma considerável em dinheiro vivo. O senhor sabe alguma coisa a respeito?

O general de brigada sabia. E ele não apenas sabia, como isso era desagradável para ele. Teuter em sua condição de diretor do colégio era responsável e se sentia envolvido pessoalmente no destino individual dos alunos. Não, claro, será que ele tinha certeza que estava em ordem o fato de uma criança ter tanto dinheiro nas mãos?

Quanto mais o general de brigada pensava sobre o caso, com certeza, tanto mais nítido ficava para ele que esse dinheiro tinha de vir dele mesmo. Ele devia a sua filha uma mentira necessária como aquela. Na medida em que Teuter soubesse claramente que com isso ele passava a ser um dignitário de confiança em uma questão de economia familiar interna, ele poderia insinuar que a soma que faltava no princípio se devia não a uma violação da obrigação de sustento, mas sim à burrice perdoável de uma jovem menina, que teria querido ajudar um amigo íntimo. As consequências desse comportamento haviam sido bem complicadas, mas agora por sorte estavam mais ou menos esclarecidas.

Sem titubear, Teuter mostrou compreensão e garantiu segredo absoluto. Por acaso o general de brigada sabia o nome do dito amigo?

Não, ele não sabia, e mesmo que soubesse, ele consideraria a questão resolvida e nada diria.

Com certeza.

Ada alisava o fax em vão usando suas mãos, ele sempre de novo voltava a sua forma circular. Ela sentia os olhares nervosos da mãe como uma família de insetos rastejando sobre o rosto; com as costas da mão, esfregou a testa e as faces. Em seguida, ela foi telefonar na sacada, fechou a porta atrás de si e manteve a mãe, que estava sentada à mesa de jantar e lutava contra o nervosismo controlando a respiração, à vista, olhando pelo vidro. O general de brigada atendeu imediatamente.

— Pequena! Bom te ouvir.

— Estás querendo jogar?

— Não podes falar um pouco mais alto? Eu mal consigo te entender.

— Não, não posso. Ela está sentada à mesa, batendo os nervos e afiando os ouvidos. Tu a estás maltratando, e como! Ela parece um filhote de foca com o qual o tubarão brinca cruelmente a fim de ensinar seu próprio filhote a caçar.

— Também vi esse filme — disse o general de brigada. — Cenas fantásticas. Eu sei que ela está sofrendo. Todos os três estamos sofrendo.

— Eu não estou sofrendo.

— Talvez não o percebas.

— Sofrimento que não se percebe não é sofrimento.

— Pode ser. De qualquer forma, isso é uma guerra. Pode acreditar em mim, eu conheço a coisa. E tu não te descontrolarás nem um pouquinho, tenho razão?

— Chega ao ponto.

— Assim está bem. O que achas da minha solução para o problema?

— Tu me passaste a perna.

— Absurdo! — O general de brigada riu bem alto, o caso parecia lhe proporcionar, não em seu todo por certo, mas em algumas de suas partes, um prazer irresistível. — Tu não estás à altura de tuas capacidades estratégicas. Pensa bem!

Ada ficou em silêncio. A mãe, na mesa, começou a chorar, enterrou o rosto entre os braços, enquanto seus ombros palpitavam e ela parecia desamparada como uma criança, que é rasgada à noite pelo vazio do universo.

— Não posso me permitir um processo penal sem sentido na posição em que estou — disse o general de brigada. — E tu, se bem o vejo, não desejas que sejam feitas investigações acerca da origem do dinheiro.

— Bem que eu achei que Teuter havia te ligado.

— Neste front o perigo foi rechaçado, por enquanto. Mas se tu fizeres questão de dizer que não recebeste nada de mim, estaremos os dois perdidos. Tu tens tudo nas mãos, como aliás já tinhas antes. Eu estou apenas te pedindo um favor.

— Estás me propondo um negócio.

— Não, Ada. — Agora ele estava sério. Quando ele queria, sua voz era capaz de dominar todas as membranas. — Pouco importa o que foi que tu fizeste, eu jamais te colocaria em dificuldades. Sou a parede na qual tu podes apoiar tuas costas.

— Diante de um pelotão de fuzilamento?

— Agora chega. Também joguinhos de linguagem têm seus limites. Jogos sem limite só existem no inferno.

— E o que queres de mim, exatamente?

— Quero que escrevas uma carta à promotoria, na qual garantes ter recebido o dinheiro de mim, dizendo que o usaste para objetivos privados. Para isso pagarei teu colégio caríssimo até o fim dos estudos secundários, ainda que o tribunal da família não me obrigue a fazê-lo.

— Isso é uma declaração falsa consciente.

— Em caso de dúvida tu poderias voltar atrás e te recusares a declarar o que quer que seja. Mas as coisas não chegarão a isso. Tua mãe vai retirar a queixa, e esse processo desnecessário será arquivado.

— Às vezes — disse Ada baixinho — tu chegas a me parecer um espírito, de tanto pragmatismo, realismo e utilitarismo.

— Pequena, nós pertencemos a gerações diferentes e não temos a obrigação de compreender um ao outro. E é isso que é bonito.

— Coisa semelhante estou vivenciando em outras circunstâncias.

— Me alegro por ti por causa disso. Mande cumprimentos a ele e um muito obrigado pelo dinheiro. Se ele fizer questão, eu lhe devolverei o montante algum dia.

Na cabeça de Ada, no momento não havia mais nada a ser encontrado, a não ser um farfalhar branco e audiométrico.

— Posso interpretar o silêncio como se fosse teu ok para minha proposta?

— Sim.

Era mais fácil dizer aquelas três letras do que outras três e ter de continuar a discussão. Ada gozou a alegria dele, seu riso, que não soava a alívio, mas sim a encanto com a concordância especial que se estabeleceu entre eles, com essa relação estranha que eles deviam apenas ao fato de que cada um dos dois era como era, e pela qual não precisavam agradecer a ninguém. Agora o general de brigada acreditava que ela tinha um amante mais velho que cuidava dela. E essa era, entre todas, a maior piada.

Sem percebê-lo, ela pressionava o telefone com tanta força ao ouvido que a face direita havia ficado vermelha e doía. Com movimentos vagarosos, Ada voltou ao quarto. A mãe levantou os olhos e estendeu um braço na direção dela.

— Ada! Disseste a ele que ele pode guardar para si mesmo as mentiras? Eu te darei apoio. Sei que não gastaste o dinheiro com tuas coisas.

O fato de a mãe ter razão no que dizia, tinha uma comicidade ainda mais trágica. Ada desviou de seu toque, abriu uma gaveta da velha secretária e tirou papel e caneta.

— O que estás fazendo? Vem aqui, olha em meus olhos. Não se pode dar ouvidos ao que ele diz, sabes muito bem disso, não? A gente tem de falar sem parar, e alto o suficiente, a fim de que ele nem sequer possa ser ouvido. Foi assim que eu fiz quando ele afirmou, na época, que eu era responsável pelo dinheiro do colégio.

Quando Ada se sentou, destampando a caneta, e as primeiras palavras apareceram no papel, dirigia-se à promotoria do tribunal de primeira instância de Bonn; a diminuição do sangue nas faces da mãe documentava a compreensão do que estava acontecendo.

— Por que estás fazendo isso? — ela sussurrou. A histeria havia dado lugar a um horror genuíno, que espalhava uma tranquilidade terrível. A caneta arranhava o papel, e o ruído era mais alto devido à caixa de ressonância da mesa, que havia suportado cada um dos grãos do pó de cacau que as mãos pequenas de Ada haviam derramado a suas costas. — Trata-se de dizer a verdade. A nossa verdade. Tu deves ir ao colégio que escolheres. Deves poder continuar sendo uma criança, ou não?

Ada estava prestes a perder a compostura. Quando a mãe tentou tirar-lhe a caneta, ela empurrou sua mão para o lado com violência. Mais uma vez correram lágrimas, mas não eram as mesmas de sempre, elas tinham outra forma e outra cor, corriam mais devagar, eram maiores e carregavam dor consigo, nada de raiva e nada de amor-próprio ferido.

— Isso é a verdade — disse Ada. — Por isso é que a estou escrevendo.

Guardando a distância de segurança adequada da caneta, a mãe começou a acariciar os cabelos de Ada.

— Eu te amo — ela disse. — Talvez tu não saibas disso. Mas eu sei que tu não roubaste o dinheiro.

— E quando reviraste meu quarto, há algum tempo — disse Ada, sem que o movimento da caneta parasse por isso —, tu também sabias que eu não havia feito nada?

Houve um ruído quase inaudível, semelhante ao rasgar de seda fina. Então a mãe desabou sem fazer barulho. A carta estava pronta, o endereço e o número do protocolo estavam no fax do general de brigada. Ada procurou envelope e selo e levou o escrito consigo, a fim de colocar ela mesma a carta na caixa do correio. Quando deixou a sala, a mãe não havia se mexido. Estava deitada sobre o tampo da mesa com a parte superior do corpo, os olhos abertos, a cabeça apoiada aos braços. Ela não chorava mais. Parecia estar sonhando, ou perdida em pensamentos. Havia acontecido algo que Ada não quisera que acontecesse. Dizia respeito à mãe e ao general de brigada. Eles se anulavam um ao outro. Algo havia chegado ao fim e confirmava a velha suposição de que não se pode levar os pais junto consigo, a nenhum lugar. Eles ficam onde a gente os encontrou, quando se alcançou vagarosamente a consciência acerca do lugar deles. Ficam menores, como se estivessem de braços caídos, parados atrás de um trem que parte, e contemplá-lo tivesse se tornado sua única alegria, sua dor e seu vício. Quando Ada fechou a porta do quarto tão cuidadosamente quanto possível atrás de si, já sabia que no futuro teria de conviver para sempre com essa imagem. Era um assassinato cometido pelo esquecimento, e de agora em diante nós não ouviremos mais nada acerca da mãe e do general de brigada.

A sexta-feira que não deu certo

Eles dividiram o peixe mole e empanado de todas as sextas como irmão e irmã. Com os cotovelos apertados um ao outro, comeram do mesmo prato e pegaram muita maionese e batatas para acompanhar, a fim de ficarem satisfeitos. Convidados não anunciados eram tratados amistosamente pela cozinha do internato, mas não recebiam porção especial.

O bom humor de Alev havia carregado aos dois escada acima e empurrado ao quarto antes mesmo do almoço, a fim de lá lerem juntos algumas linhas do livro que Alev lia no momento: "Conheces a sensação de descobrir de repente que é totalmente insensato fazer algo por outras pessoas, porque a gente mesmo é uma pessoa e por isso sabe quão pouco elas o merecem? Mal se reconheceu isso e o sentido de qualquer ocupação se esboroa, e tudo que se faz a partir de então pode ser visto apenas como parte de um jogo. Os cristãos foram simplesmente pragmáticos com seu 'Ama o teu próximo'. Só o 'como a ti mesmo' eles deveriam ter deixado de lado."

Ada não entendeu se ele com isso estava querendo contribuir ao trabalho diário de educação, que faria dela um membro completo de sua sociedade-de-dois-homens, ou se ele talvez estava acreditando mais uma vez ter reconhecido a voz de um membro da existência coletiva divino-demoníaca. Ele não deixara tempo a ela para refletir acerca disso, havia rodopiado com ela a seu lado até o refeitório, e durante a refeição entreteve todos os que estavam a sua volta com uma descrição da questão Hauser, discutida naquela manhã.

Durante dois meses, diferentes substitutos haviam dado seu espetáculo no curso de história. Hauser era novo, professor de história em teste, e para começar nem sequer tentou substituir Höfi. Logo que chegou, ele explicou que, primeiro, seguia um conceito didático e técnico próprio, que, segundo, não se importava nem um pouco em ser chamado de Kaspar Hauser pelas costas, e que, terceiro, os alunos, caso eles se julgassem capazes disso, poderiam começar logo a fazê-lo. O nome da menina que perguntou quem era Kaspar Hauser, ele o anotou no caderno de chamada. Era um homem tranquilo, que não queria nem ser amado nem ser temido.

— Eu vou aborrecê-los até a morte — disse ele. — E mesmo assim vocês terão de me ouvir, pois do contrário vão prejudicar suas médias na prova de conclusão dos estudos secundários. E nisso se esgota todo o segredo da nossa relação.

Quem conhecia Alev, precisaria apenas lançar um breve olhar a seu rosto para saber que aquele fleumático presunçoso representava um desafio para ele. Fugidia como uma estrela cadente, passou pela cabeça de Ada a pergunta se, devido a uma pequena questão temporal e à mudança de um conjunto de circunstâncias, ela tivesse de encontrar Hauser em vez de Smutek à tarde. Uma onda de simpatia por Smutek, a cuja mensagem breve ela não havia respondido, se levantou diante dela e depois amainou.

O ataque não havia sido preparado, ele simplesmente escapou ao campo de energia de Alev, que naquele dia o envolvia como os elétrons de um átomo de grande massa. Alevium. Vida-média desconhecida. Eles haviam escrito os nomes nas plaquinhas e colocado sobre a mesa, Hauser fazia os últimos preparativos para assumir o trabalho, em conformidade com o regulamento, quando Alev, que jamais pedia a palavra, e sim esperava ser perguntado, levantou o dedo. Na sala, cessou todo e qualquer farfalhar, roçar, respirar e sussurrar que costuma acompanhar a presença de gente em algum lugar.

— Sr. El Qamar?

— Antes de nos perdermos em detalhes históricos, eu gostaria de fazer uma pergunta fundamental.

— Eu não estava pretendendo me perder, mas o senhor pode vir com sua demanda sem problemas.

— Desde que tenho olhos para ler jornais e ouvidos para acompanhar debates políticos, me pergunto por que se gastam diariamente milhões de quilojoules em energia cerebral na tentativa de analisar e compreender os acontecimentos do mundo, se no fundo todo e qualquer acontecimento em nosso planeta pode ser esclarecido através da santíssima trindade da mais alta lei da humanidade. O que não poderíamos aquecer com toda essa energia, se...

Alguma menina deu uma casquinada, sinalizando que o fã-clube de Alev estava unido para lhe dar apoio.

— Seja breve — disse Hauser, que observava Alev com o olhar inexpressivo de um animal de zoológico. — Que trindade é essa?

— A da covardia, da burrice e do egoísmo — disse Alev. — Os eixos do sistema de coordenadas tridimensional de todo e qualquer comportamento.

— Talvez — respondeu Hauser — no que diz respeito a isso o senhor não devesse tirar conclusões acerca dos outros partindo de si.

Um rumor intenso perpassou a turma. Os olhos de Alev brilharam febrilmente mais uma vez, enquanto ele recontava a cena, e nisso sacudia no ar uma batata espetada no garfo, deixando que todos vissem o conteúdo semimastigado em sua boca enquanto ria.

— Totalmente errado, Sr. Hauser — ele havia exclamado —, totalmente errado. É óbvio que se tem de tirar conclusões acerca dos outros partindo de si mesmo, este é o primeiro e o único passo possível para atingir o conhecimento. Ou o senhor acredita na objetividade?

— Seja breve — replicara Hauser. — Eu gostaria de começar a aula.

— O senhor *não* pode começar a aula. — Era a voz de Ada, vinda do outro lado da sala. Pesadamente, Hauser se voltou, estupefato como um paquiderme que recebe um segundo golpe de lança vindo de trás. — Não antes de ter compreendido do que está se tratando aqui.

Alev animal alfa, cem por cento em seu elemento, enviara a ela um olhar comovido, que ele agora, ao recontar a história, substituía por um apertão forte em sua nuca, para o que teve de se levantar um pouco da cadeira. Uma parte dos moradores do internato reunidos em volta da mesa comprida ouvia-o, divertida, enquanto os outros se curvavam hostilmente sobre seus pratos de peixe.

— E essa menina fabulosa — disse ele a todos os pares de olhos que o contemplavam —, esse monstro em feições humanas simplesmente passou uma rasteira no rapaz. Uma rasteira verbal, fique claro.

— O senhor precisa de um exemplo — ela dissera a Hauser — para entender por que nós não seremos coniventes com bobageiras histórico-científicas diante de possibilidades simples de esclarecimento. Seu antecessor cometeu o erro de nos ensinar a pensar.

Hauser, que não tinha certeza a que tipo de jogo estava sendo submetido, havia assumido uma postura de espera. Olaf, que estava a pouco menos de 2 metros de Ada, fez um movimento como se quisesse fechar e sacudir um vidro de geleia invisível com a mão espalmada. *Time out!*, sussurraram seus lábios.

— Há quase dois anos o mundo reflete se havia ou não armas de destruição em massa no Iraque. A resposta simples é a seguinte: se elas de fato existissem, os americanos jamais teriam atacado aquele país com sua fobia a esquifes de zinco. A realização do ataque refuta seu motivo alegado.

— O pai na santíssima trindade: covardia!

Hauser abriu a boca e voltou a fechá-la. Dessa vez a voz de Alev o havia feito girar sobre seu próprio eixo.

— Mais um exemplo — disse este da porta. — Há anos imprensa e política bancam as espertas falando do medo das populações diante da expansão da União Europeia. E a única resposta nesse caso é a seguinte: se a expansão ao leste fosse de algum modo prejudicial para nós, ela simplesmente não aconteceria. Altruísmo político... um oximoro.

— Egoísmo — exclamou Ada —, o filho santíssimo!

— Minha pergunta — disse Alev — é pois: *Cui bono*? Quem precisa de toda a zoologia humana, esse aparato inflado baseado em ciência histórica, política e social, se no fundo o que importa é esconder o fato de que o mundo inteiro pode ser explicado através de três princípios básicos?

— Covardia, egoísmo, burrice — disse Ada a Hauser em voz penetrante. — E qual das disciplinas do triatlo humano trouxe o senhor até nós?

Uma pausa artificial de três segundos se ergueu na sala, Alev a contou nos dedos durante a refeição, 21, 22, 23.

— O que — Hauser perguntou enfim quebrando o silêncio — nos resta nesse caso?

A metade dos alunos rompera em gargalhadas e só conseguira se acalmar com dificuldades; no internato bateram as colheres nos pratos. Ignorando o caos, Hauser havia feito algumas anotações em seus papéis. Ada e Alev riram um para o outro de bocas fechadas e pareciam esperar que uma cortina caísse e os afastasse dos olhos do público. Aquela seria a penúltima apresentação dos dois em público.

Do que eles aliás não tinham a menor ideia. O fato de Alev abrir mão de contar o epílogo da comédia em sua cobertura à mesa do almoço, não era devido a alguma sensação estranha, mas puramente à circunstância de que já passavam à sobremesa, de modo que o último ato se mostrou difícil de ser encaixado naquele enredo. Ele havia sido protagonizado por um diletante.

Hauser dera um passo em direção a Ada, mas depois acabara por se decidir de outro modo, distraído pelo campo de gravidade de Alev e pela consideração de que teria de subir em bancos de escola para se aproximar de Ada por frente. Ele se plantara tão perto de Alev, que podia olhar para ele de alto a baixo.

— Eu tenho um segundo e meio para bater de volta em legítima defesa — sibilara Alev entre dentes.

— Quer dizer — replicara Hauser — que o senhor não ficaria mais por muito tempo entre nós, pelo menos não na condição de aluno desta instituição. Eu começo a entender onde a boataria enche seu bucho e lamento de antemão perder uma cabeça tão inteligente, para não dizer, inconvenientemente sagaz.

— Agradeço, súdito, a condolência — respondera Alev, e arrebentara boca e olhos em um sorriso verdadeiramente geométrico, obsceno, descarado, que tudo desprezava como um palhaço mau. Fim da cena.

As horas restantes até às cinco da tarde, eles as mataram no quarto de Alev. Enquanto Alev de resto sempre prestava atenção em chegar ao ginásio de esportes por caminhos separados e em segredo absoluto, ele hoje havia convidado Bastian, Grüttel e Toni a seu quarto. Festivamente, eles estavam sentados em círculo e faziam um baseado circular. O ânimo elevado contagiou Ada, que não tinha ideia do que havia a ser festejado. Às 16h40, Alev aproximou seus lábios da orelha esquerda dela e perguntou se ela tinha seu material esportivo consigo. Com a mochila do exército sobre os ombros, ela desapareceu na ducha coletiva no final do corredor, e depois de alguns instantes voltou vestindo abrigo e camiseta.

Nas escadarias, a cannabis começou a fazer parte de seu efeito, providenciou travesseiros de ar sob a sola dos pés levando Ada a considerar a si mesma uma metáfora, porém sem saber o que ela representava exatamente. No lance de escadas do 3º andar, ela ficou parada.

— Smutek certa vez me contou — ela disse — que quando faz sexo com sua mulher ele se banqueteia em fantasias nas quais nem ele nem ela aparecem. Ele pensa em rostos desconhecidos, sem nome, de bocas contorcidas e olhos revirados. Em mocinhas jovens com peitos grandes a ponto de chamarem a atenção.

— Tu és uma mocinha jovem com peitos grandes que chamam a atenção.

— Mas não sou eu a contemplada. Não é estranho?

— Não. Todo mundo pensa em outra coisa durante o sexo. As pessoas aprenderam a relação sexual através da masturbação e só a conhecem assim. O sexo funciona pela utilização da fantasia.

— Mas por quê?

— Minha pobre pequena. O primeiro dos dez mandamentos diz: Não matarás — mas o primeiro pecado original não foi assassinato, e sim relação sexual proibida, fruta e cobra. O salvador em pessoa é torturado até a morte, mas nasce sem mancha. Consideradas as coisas assim, o lado bom está totalmente superpovoado, e tudo, inclusive o assassinato, pode se manter por lá. Diante dele há pura e unicamente o sexo luxurioso. Todo mundo pratica esse mal, a maior parte tantas vezes quantas lhes é possível, e nisso jaz nossa condenação especial.

— Somente a tua, não? Tu és a santa virgem impotente?

— Eu sou um assassino de escritório. Smutek, porém, é católico, isso vocês dois jamais devem esquecer. Ele te disse em que ele pensa quando está deitado em cima de ti?

— Não.

Alev riu, pegou Ada pela mão e voltou a se colocar em movimento.

— Eu sempre te disse: em nós, Smutek encontrou seu verdadeiro eu. Nossa relação é mais pura do que o amor, mais profunda do que a amizade e mais íntima do que a relação do alpinista com a corda. Nós deveríamos casar, todos os três.

Um ao lado do outro eles atravessaram o pátio do colégio. Enquanto Ada ainda ria, Alev já perdera o interesse na conversa e estava à procura do próximo estímulo.

— Leste os jogos não-cooperativos de John Nash até o final? — ele perguntou.

— Quase.

— O que pensas sobre eles?

— Que o homem precisaria de um bom revisor.

— Quando tu aprenderás a valorizar o conteúdo mais do que a forma?

— No dia em que o conteúdo aprender a existir sem a forma.

— É isso o que desejas para ti? Conteúdo sem forma?

— Absurdo. Conteúdo e forma não são mais meu problema. Quando se é inteligente sem ser belíssimo, faz-se bem em fazer amizade com os dois sujeitos. O que eu desejo... — Eles haviam parado no fim do estacionamento, atrás do qual o ginásio de esportes se estendia, baixo e de cor tijolo como uma caserna. — Eu desejo sentar mais uma vez junto ao mar. Ver como os navios se inclinam no porto diante da margem segura.

— Vamos até lá.

— O que foi que tu disseste?

— Vamos até o mar. Em pouco as férias terão começado. Foi um semestre duro. Smutek pode pagar a conta.

— Tu me amas.

— Eu não te amo. Nem um pouquinho.

— E por que não viajas à praia com Odetta?

— Porque a conversalhada estúpida e loura dela me dá nos nervos.

— E por que então passas todo o tempo em que não és vigiado com ela?

— Adivinhaste bem, pequenininha. Tens um grande futuro diante de ti.

— Tu a amas?

— Talvez. — Rindo, ele pegou o rabo de cavalo dela e puxou sua cabeça de volta. — Provavelmente, eu diria.

— Eu também sou loura.

— Em ti é camuflagem. — Alev olhou para o relógio. — Ok — disse ele. — *Let's go.*

A primeira coisa que denunciou a visita surpresa foi o tinir da chave geral nas mãos de Teuter. Meio metro atrás dele, estava parado Hauser, e o superava em uma cabeça; uma testemunha requisitada espontaneamente, de sobrecenho cerrado. Como uma divindade estranhamente agachada, de duas cabeças, eles estavam parados à borda do ginásio.

O peixe mole do almoço foi pressionado no estômago de Ada pelos movimentos dos dois e enviou bolhas de ar com gosto de mar e maionese à cavidade de sua boca. Todos os protestos contra os exercícios de ginástica nada habituais haviam ecoado sem receber atenção. Alev, ainda mais severamente que de costume, havia proibido qualquer pergunta. Ele lhes ordenara que começassem imediatamente, antes mesmo de a câmera ter sido montada e estar pronta a disparar. Para Smutek, a coisa foi mais fácil do que para Ada; movimentos desse tipo ele os fazia constantemente na musculação. Ele havia cruzado as mãos atrás da nuca, seu tronco pesado subia e descia regularmente como se fosse puxado por cordas de aço. Ambos usavam camisetas brancas e calças de abrigo, tinham os joelhos curvados e os pés nus firmes sob a mais baixa das barras da armação de escalar. As pontas dos cabelos dela brilhavam amarelas como se tivessem sido pintadas, cada vez que as cabeças mergulhavam na luz do sol ao se levantarem nos abdominais. Eles estavam sincronizados, eram fortes e rápidos, eles tinham controle sobre seus corpos, eles eram exemplares de amostra da máquina chamada ser humano, homem e mulher, irmão e irmão, Adão e Eva antes do pecado original.

— Cinquenta — gritou Alev, que fazia de conta que ainda estava ocupado em montar a câmera —, aguentem firme!

Logo depois do tilintar das chaves, Smutek havia se virado um pouco em meio ao exercício abdominal, de modo que podia observar o que acontecia atrás de si com o canto do olho. Também Ada saiu do ritmo por um momento, conseguiu se controlar e deixou ouvir um gemido alto.

— Não, claro, Sr. Smutek! — A voz de sapo de Teuter procurou o caminho até o teto, fracassou e caiu no chão como um pássaro de asas quebradas. Smutek fez ainda dois movimentos do exercício antes de estacar, se apoiar ao chão e se virar. Dois metros ao lado dele, Ada se deixou afundar nas costas e estendeu os braços sobre o chão frio do ginásio, como se quisesse desenhar, com todo o corpo, baixando e levantando as mãos, águia e anjo sobre um tapete de neve.

— Sr. Diretor — disse Smutek. Seu rosto havia perdido toda a cor, as comissuras da boca tremiam, e os olhos, fracos como os punhos depois de acordar de um longo sono, não conseguiam manter coisa nenhuma em foco por mais de um segundo. Sentimentos opostos corriam como bodes de cornos baixos uns contra os outros, e Smutek simplesmente ficou sentado ali, atordoado pelo barulho em seu interior.

— O que — disse Teuter em voz rouca — o senhor está fazendo aqui?

— Estamos treinando para o campeonato distrital — disse Alev da borda esquerda do palco.

— O senhor...! — Podia-se ver claramente em Teuter que ele precisava fazer muito esforço para não praguejar. — Não foi ao senhor que eu perguntei.

— E o senhor deve ser o novo professor de história — disse Smutek. Um sorriso largo espantou o horror de seu rosto. — Bem-vindo ao Ernst Bloch.

Hauser fixava o cenário sem nada compreender, como alguém que se enganou de sala de cinema e levantou a mão fugidiamente como se estivesse cumprimentando de um carro em movimento.

— E que diabos é isso? — perguntou Teuter, apontando para a câmara.

— E agora, o senhor agora perguntou a mim? — Com o pé vestido em uma meia, Alev levantou a tampa da objetiva com um gesto macaqueador e tampou o olho fixo.

— Responda!

— Isso é uma Canon Eos 300 D — disse Alev. — Ela pertence a meu querido amigo Bastian, que é podre de rico e nos empresta o aparelho regularmente.

— Não, claro, e para que serve esse objeto maravilhoso? — Agora a voz de Teuter soava encantadora como a do policial no teatro de bonecos.

— Para observações físicas autorrefletoras — Smutek se intrometeu. — Autocontrole de sequências esportivas de movimentos.

— Mostre-me as fotos.

— Conforme o senhor pode ver — disse Alev —, Ada agora está fazendo musculação, depois do treino de aquecimento. Com os exercícios de corrida, começaremos em cerca de vinte minutos.

— Então me mostre as fotos do último treinamento.

Teuter lutava para se dominar e estava prestes a ser derrotado. Com passos largos, ele foi ao encontro de Alev, tropeçou sobre os sapatos que este tirara seguindo a prescrição e evitou a queda sobre o linóleo cambaleando e fazendo um barulho imenso.

— Não, claro, objetos — Ada deu conta de sua presença em voz surda, o olhar virado para o teto do ginásio, ainda de costas voltadas para o chão. — Um objeto é o produto da união entre obcecação e dejeto. O senhor deveria tomar cuidado.

— As fotos do último treinamento — disse Alev em tom calmo — foram deletadas do chip. Elas serviram a seu objetivo durante o uso.

— Por acaso uma filmadora com monitor não teria sido muito mais útil nesse caso do que um pequeno display?

Smutek puxou as pernas para debaixo do corpo e saltou sobre os pés.

— Sr. Teuter — disse ele, zeloso —, se o senhor está pensando em ampliar nosso equipamento nessa direção, eu ficaria agradecido. Tenho de dizer que, de fato, o trabalho com uma câmera digital...

— Basta.

Teuter deu meia-volta sobre os calcanhares, descreveu um arco em torno dos sapatos de Alev, que jaziam no chão como os pés dobrados de um invisível, e chegou à larga porta de correr.

— Quando é que vai acontecer o campeonato distrital? — ele gritou de lá.

— De dezesseis a dezoito de julho — disse Smutek.

— Estamos alegres em poder participar desse acontecimento — observou Hauser, que continuava parado na linha de três pontos como uma árvore solitária em meio ao deserto.

Depois que a porta externa na antessala foi trancada, o meridiano de Greenwich e a rotação terrestre deixaram de funcionar. A situação congelou em uma pausa de imagem. A mão de Alev descansava sobre o tripé da câmera, Ada permanecia deitada no chão, e Smutek estava em pé, na pose de um proprietário de fazenda, de braços cruzados entre os dois. Uma ausência estranha de toda espécie de acontecimentos imperava, até que a cronologia das ocorrências, depois de superar uma agulha na via férrea, voltou segura ao novo trilho, e Smutek se pôs em movimento. Ele correu à antessala, tirou uma vassoura da salinha de equipamentos e prendeu a fechadura da porta de entrada. Quando voltou, Alev havia colocado câmera e tripé na sacola fotográfica, Ada estava em pé e ajeitava os cabelos, como se tivesse acabado de acordar. Smutek correu. Smutek tinha pernas para correr, pulmões para respirar e um diafragma para rir, ele estava vivo, indubitavelmente. Uma animação infantil o tangeu aos braços de Ada, ele tocou seus quadris, levantou-a do chão e a embalou a sua volta. Bateu no ombro de Alev, ergueu um sapato e o arremessou com tanta força contra a parede de plástico atrás da cesta de basquetebol, que ela ressoou como um gongo infernal. Também Alev riu, enquanto usava o outro sapato, assim como Ada, que curvava o corpo e segurava a barriga com ambos os braços. Mostre-me as fotos do último treinamento. Estamos treinando para o campeonato distrital. Ele pode comprar uma filmadora pra nós... Não faltou muito, e os três teriam se dado as mãos a fim de saírem juntos para fora, ao anoitecer primaveril.

No chão de pedras britadas ao lado do ginásio, eles ainda ficaram parados juntos por um momento, mais uma vez sérios, mas relaxados, três pessoas depois do esporte, com as sacolas ao ombro, mudando o peso de um pé para o outro.

— Desta vez dispensaremos o bilhete — disse Alev. — A partir de hoje vocês dois voltam a correr juntos, pelo menos duas vezes por semana. Combinem os horários entre vocês. Todo o resto virá mais tarde. Bom final de semana. — Ele desapareceu, sacudindo a bolsa fotográfica, assobiando como um operário.

Os dois que ficaram para trás queriam dizer alguma coisa um ao outro. Perto do estacionamento, o sol estava mais quente do que em qualquer outro lugar do país. Eles ficaram em pé bem próximos um diante do outro, olhavam ora para o céu ora para o chão, e os cabelos lhes caíam sobre os rostos. Cuidadosamente, Smutek pegou a mão de Ada, que ficou no meio da sua como um objeto, jamais consegui pensar em tuas mãos sem sorrir... e isso é o fim, olhou a sua volta e logo voltou a largá-la. Voltou-se para o outro lado, depois mais uma vez para ela. Ok. Até segunda. Bom final de semana. Até o carro, ele correu. A chave entrou na ignição apenas na terceira tentativa.

Splendid isolation

O Volvo de Smutek deixou o estacionamento cantando os pneus como o Ford Escort de um garoto de 18 anos, e Ada ainda ficou parada algum tempo olhando atrás dele, mesmo que na estrada vazia não existisse mais nada para ver. Para o sentimento que acabava de se acomodar, caseiro, dentro dela, havia uma palavra bem simples: liberdade. Como se não existissem mais pais, que a gente tem de amar e cujo amor a gente tem de suportar, porque natureza e tantos anos passados juntos assim o exigiam. Como se não houvesse motivo nenhum para ganhar amigos e combater inimigos. Ela se sentia como se Alev tivesse razão, apesar de ela jamais ter acreditado em uma só palavra vinda de sua boca. Como se tudo fosse de fato um jogo. Não: APENAS um jogo, e sim: UM JOGO. Até mesmo do impulso estranho e prazeroso que há meses a obrigava a seguir um único ser em galope rápido e descuidado, o nariz no chão como um cão farejador seguindo o rastro de sangue de um animal baleado, sem que ela em qualquer momento tivesse conseguido ver mais do que uma sombra, o reflexo e a ausência recente de alguém que há pouco ainda esteve ali — mesmo dessa loucura inacreditável parecia ter restado pouco no momento. Pela primeira vez, eles haviam rido a três, juntos, e eis que agora algo parecia ter se quebrado, uma tranca, uma corrente, a barra de uma grade, e Ada se perguntava se aquilo não era, talvez, o fim do dilema do prisioneiro: quando o juiz e os acusados se abraçavam a fim de juntos zombarem de um representante da velha ordem. Nesse caso, o assim chamado efeito libertador das risadas sempre seria compreendido de maneira errada. Não se morria de rir, mas sim se matava todo o resto de tanto rir.

Ada não sabia ao certo se o estado em que passara a estar de repente lhe agradava ou não. Ela partia firmemente do pressuposto de que as sextas-feiras à tarde continuariam. Mas o jogo não poderia funcionar enquanto todos os três jogadores continuassem sentados em um único barco. Ada precisava de um adversário, não, de dois: Smutek e Alev. Caso o último tivesse encaminhado a nova situação intencionalmente com a encenação de hoje, ele era ou muito corajoso ou muito burro.

Soaram as seis horas da tarde, ela se pôs a caminho do porão das bicicletas.

O que pairou em seguida no vazio de sua cabeça foi a lembrança de Smutek, flutuando além da gravidade como uma borboleta. Quando ela tentou encontrar uma pessoa no passado, da qual pudesse contar alguma coisa, havia sido ele a pessoa que lhe ocorreu. Quando ela se permitiu algo que de resto ela jamais se permitia, ou seja, pensar no futuro, aconteceu o mesmo. Smutek lhe veio à lembrança. Ela podia ver a casa dele, que ela nem sequer conhecia, e ela viu a si mesma caminhando por aqueles ambientes, que ainda estavam mornos dos toques de uma esposa fugida. Ela pintou em sua mente como empurraria para o lado os cabides vazios no armário com uma das mãos, a fim de pendurar suas poucas coisas ali. Como eles tomariam café da manhã juntos, e depois sairiam juntos, cada um a um colégio diferente. Como Smutek a deixaria em paz durante a noite, até que o desespero diário desaparecesse por si só e Ada pudesse se dedicar a ele. Como ela estaria deitada sobre o sofá, enrolada em um cobertor colorido, com um Balzac nas mãos, longe de portas de toalete e bordas de banheiras. Como ela conseguiria passar na prova de conclusão dos estudos secundários e como levaria a máquina de alto desempenho dentro de sua cabeça a alguma universidade para estudar Direito, por exemplo. Tudo aquilo era tão fácil de ser imaginado quanto a realidade. Os quadros em sua cabeça possuíam um grau de probabilidade que estava longe de ser menor, e não eram nem mais nem menos ilusórios do que a situação presente. Caso Smutek, que, ao contrário dela, acreditava no futuro, estivesse vendo os mesmos quadros naquele mesmo segundo, ele teria de lutar renhidamente com a força convincente dessa apresentação.

Na rampa de concreto que descia inclinada, todos os processos mentais cessaram. Lá embaixo, Olaf se apoiava ao portão de metal e olhava para Ada, pequeno como a figura de um santo em uma capela cimentada. Podia ser visto no rosto dele que já esperava uma hora por ela. Enquanto ela descia balançando os quadris, ele continuou a olhar para o alto da rampa, como se esperasse pelo aparecimento de mais alguém.

— Estás sozinha?

— Como sempre, em *splendid isolation.*

A distância dele em que Ada estacou era um pouco grande demais para uma conversa normal.

— Tudo em ordem?

— Na melhor das ordens.

Ele esfregou a testa com uma das mangas de sua parca do exército, e com o gesto conseguiu, de algum modo, fugir a toda a teatralidade.

— De onde tu sabias o que iria acontecer? — Ada não esperava sentir tanto prazer em vê-lo, e justificou o fato a si mesma por estar em uma disposição de ânimo estranha. Olaf deu de ombros.

— Alguém denunciou vocês.

— Não tens medo de que Alev poderia suspeitar que foste tu? Talvez tenhas nos espionado...

— Disseste a ele que eu tentei te alertar?

— Dizer alguma coisa não parece ser o caminho mais comum para a intermediação de informações neste palco secundário.

— Nisso poderias ter razão.

— Se quiseres problemas, Alev pode mobilizar um punhado de gente sem a menor dificuldade.

— Isso eu também posso — replicou Olaf.

Por alguns segundos, eles se contiveram e gozaram uma cena imaginária. No crepúsculo tardio do anoitecer, diversas figuras sombrias se aproximavam do centro do pátio do colégio vindas de dois lados opostos. A primeira linha do front era formada por Alev, Grüttel, Bastian e Toni; atrás da segunda posição se materializavam Olaf e os Orelhas. Como duelistas em *West Side Story*, eles estavam parados, mudos, uns diante dos outros, até a chegada do momento libertador, semelhante a uma gargalhada sonora, segurada por muito tempo: uma explosão de violência. Ada apagou a imagem. Ela sabia que Alev estava em condições de reunir um grupo significativamente maior de pessoas, e que, ademais, ele agiria de outra forma.

— Isso quer dizer — perguntou Olaf, por fim — que vocês levarão a questão adiante?

— Eu não saberia dizer em que essa questão te diz respeito.

— Tu vais me considerar sentimental, mas eu posso dizer que estou estupidamente feliz por não ter te acontecido nada hoje.

— Tu nos denunciaste?

— Acredites ou não. — Mais uma vez ele deu de ombros. — Não fui eu. Nem mesmo para te salvar. Sabes muito bem que não suporto Teuter.

— Vou perguntar mais uma vez: que te importa tudo isso?

Ele olhou para o lado, levantou os dois braços como Jesus na cruz e bateu as mãos espalmadas contra a parede.

— Digamos que me incomoda o fato de tu te venderes. E provavelmente mais uma vez sem contrapartida. Toda prostituta sabe por que ela exerce sua profissão... Por necessidade financeira, por obrigação, para satisfazer um vício por drogas. Tu és pior do que uma prostituta, pois não recebes nada em troca. Nenhum centavo, nem reconhecimento, nem amor, nada. Uma putinha quer brilhar e provar seu valor de mercado... Tu o fazes escondida. Uma ninfomaníaca quer ter prazer... Tu o fazes indiferente e fria. A falta de razões torna tudo isso a pior entre as piores coisas.

— Uau — disse Ada reconhecendo —, isso foi muito mais do que meus pais teriam conseguido dizer.

— Não sei se eu já o mencionei alguma vez. Provavelmente tu sejas louca. E suficientemente boba para permitir que tua loucura seja usada por outros loucos.

— Pois bem — disse Ada e avançou dois passos, até ficar parada bem perto na frente dele. — Me dá um motivo para que eu não o faça, já que fazes tanta questão de procurar motivos.

Um longo silêncio separou as duas esferas de pensamento, até que Ada e Olaf passaram a estar parados um junto do outro apenas por acaso, como duas moitas na mata rasteira. Com violência, a próxima observação fez com que se chocassem mais uma vez.

— Para manter o respeito — disse Olaf — diante dos outros e diante de ti mesma.

A gargalhada dela não tinha nenhum objetivo retórico, era uma expressão de alegria diante das remadas argumentativas dele, da tentativa desesperada de encontrar palavras inteligentes para algo que ele simplesmente sentia. Mais uma vez ela percebeu o quanto ele havia mudado. Ele se tornara quase adulto, mal se podia imaginar que continuava tocando o baixo, conforme fazia um ano atrás.

— Obrigada pelo interesse — disse ela —, mas eu gozo do maior respeito diante da maior parte das pessoas.

— E por que, então, te transformas em escrava?

— Escrava de quem?

— Desse... — O nome quase o fez perder as estribeiras da língua. — Desse meio-egípcio.

— Tu achas que eu sou escrava de Alev? — A gargalhada dela mudou de cor passando de amarelo-sino a cinza-sujo. — Só porque faço coisas que não parecem adequadas à visão de mundo de um filho da burguesia? Tua luta pela boa causa me deixa comovida, e eu te invejo por tua clareza em relação àquilo que se pode e àquilo que não se pode fazer ou ser. Um doce anacronismo. Mas pouco adianta sair munido de arco e flecha a um mundo em que caem bombas atômicas. Compreendes isso? — Ela colocou uma das mãos em sua face. — Obrigada por te preocupares comigo. Não são muitos os que fazem o mesmo, e isso representa pra mim uma sensação estranha e boa ao mesmo tempo.

Olaf se desviou e tentou esconder o rosto virando a cabeça. Depois desistiu, preso sem chances no canto entre o portão e a parede, e permitiu que ela desenhasse com um carinho os contornos de seus maxilares, pegando com suavidade seus cabelos atrás das orelhas, fechando seus olhos com a outra mão e enfiando o dedo mindinho entre seus lábios. Depois de cinco respirações, durante as quais o corpo dela pesou insuportavelmente próximo do dele, ele conseguiu se livrar. Abandonada, ela estava em pé diante de Olaf e seccionava sua feição com olhares cirúrgicos. Os dois sabiam que ele estava próximo às lágrimas.

— Por que tu não me dizes — conseguiu dizer ele —, por que é que o fazes?

— Se uma fundamentação positiva salva tua saúde mental, é porque com isso eu TENHO algo. E vocês outros, a maior parte de vocês... vocês não têm nada.

Isso pareceu acalmá-lo um pouco, e ele esfregou o nariz com as costas da mão.

— Não te interessa mais de onde eu fiquei sabendo de tudo?

— Claro. — Ela deu um passo para trás.

— De Odetta.

Aquele nome tinha impacto. Ada passou a mão na têmpora como se um objeto pontiagudo a tivesse atingido.

— Quer dizer então que fazes bico como bom companheiro das namoradas de Alev?

— No teu caso eu cheguei primeiro. Já te esqueceste?

Ada não ouvira o que ele disse.

— Então Alev a mandou até Teuter — disse ela. — Eu bem poderia ter imaginado.

— Queres dizer que ele mesmo teria se denunciado? Então ele é ainda mais doente do que eu pensei.

— Tu não entendes. — Ada acenou manifestando recusa. — Não és capaz de compreender do que se trata.

— Se eu fosse tu, eu me prepararia para daí a pouco ser enviada em missão semelhante.

— O que queres dizer com isso?

— Quero dizer que Odetta e tu podem estar vivenciando uma coisa absolutamente parecida.

Ele tentou passar por ela. Ada e Alev, Olaf e Odetta, Alfa e Ômega.

— Tu vais ficar aqui! — Ada o segurou pela mão, fez as garras de seus dez dedos segurarem o tecido robusto da parca dele e pressionou-o contra a parede. Ele era mais fraco do que ela. — Fala mais.

— Já terminei.

— Sabes por que eu tive de mudar de escola.

— Sei, sim.

— E tu acreditas mesmo assim que eu não seria capaz de te bater até tu falares?

— É bom ver que existem coisas que ainda te tocam.

Ela acertou a mão esquerda dele com sua direita e perfurou a carne entre polegar e indicador com seus dedos, encontrou o nó dos nervos e apertou com força. No passado, o general de brigada mostrara a ela o que ele chamava de "golpes". Olaf deu um grito, cedeu nos joelhos e percebeu demasiado tarde a mão dela entrando por seu casaco, tateando por cima da camiseta os tendões dos músculos peitorais nas axilas. Mesmo antes de ela apertar com força, ele já começou a gemer.

— O que estás querendo? — ele sussurrou.

— Quero saber o que estás querendo dizer com tuas insinuações.

— Por que não vais quinta-feira, às cinco da tarde, até o laboratório de física para tu mesma veres.

Ada se afastou dele com um impulso, cambaleou devido ao ímpeto e conseguiu se segurar no corrimão de metal ao lado da rampa.

— De duas uma — disse ela —, ou tu és um bom estrategista ou um estúpido idiota. — Uma mecha de seu cabelo estava colada na comissura da boca, ela respirava como um animal acossado. Olaf sacudiu os cabelos e voltou a atar seu rabo de cavalo.

Ela deu meia-volta, colocou um pé diante do outro e subiu a rampa.

— Ada! — Ela ficou parada, sem se voltar. — Eu te amei, na época!

Com a respirada seguinte ela encheu os pulmões até a boca e os pressionou como se fossem os foles de uma gaita.

— Isso aqui — ela gritou — não é um maldito romance de amor!

— O que é então?

— A normalidade.

Era o mês de maio, a escuridão se negava a cair às seis e meia da tarde. Ada teve de caminhar na claridade até em casa, encolhida sob os raios do sol como debaixo de uma garoa, as mãos nos bolsos do jeans, a mochila sobre os ombros.

Pancrácio, pela manhã

Nenhum ano é como o outro. Se em meados de maio frentes frias vindas das regiões polares chegam à Renânia do Norte-Vestfália ou não, quem decide não é o calendário, mas sim as condições do tempo no norte. Se na primavera tardia uma alta pressão sobre a Grã-Bretanha ou a Escandinávia pressiona mandando ar frio ao continente, tudo que em maio já ousara começar a viver acaba congelando: a morte pela meteorologia. São pouquíssimos os que se comportam de maneira tão fiel quanto o tempo, e mesmo assim ninguém é tão imprevisível. Os melhores percentuais de acerto podem ser alcançados como já acontece há muito fazendo a previsão do tempo atual para o dia seguinte, pois de um ponto de vista estatístico o tempo que fará amanhã é quase sempre como o de hoje. Só os camponeses supersticiosos esperam para plantar, no mês de maio, até os santos de gelo terem passado pelo país. E eles quase sempre têm razão.

Ao despertar, Ada podia sentir o cheiro daquilo que acontecera. Uma manhã de inverno, mais pesada do que o algodão de ar caloroso no quarto, se precipitou como uma cascata invisível pela fenda da janela entreaberta e inundou a cama. O pequeno Pancrácio em sua couraça de gelo e geada, de pescoço duro, e com o número 12 inscrito às costas, havia atravessado o país. Tudo cheirava a frio, a flocos de neve caindo isolados, terra em transe e galhos nus. Ada jogou a coberta para longe e ficou mais um momento deitada, respirou pela boca aberta até que o frio tomou conta dela por completo, e olhou para as nuvens de vapor que saíam de seus lábios e depois desapareciam. Quando ela levantou, finalmente, era tarde demais para o café da manhã. A casa estava parada, portas trancadas contavam fábulas mentirosas acerca da solidão pacífica entre quatro paredes. Ada ficou feliz com a possibilidade da rua. Os pneus dos carros faziam seu ruído de inverno.

Pancrácio naquele ano caíra em uma quarta-feira. Em câmera rápida, o tempo perpassou um céu de pouca luz, a humanidade havia se enrolado em caxemira cinza ou lã colorida e arranhava com caixinhas de CDs vazias a última apresentação especial do inverno no ano sobre os para-brisas dos carros. Ninguém falava. Ninguém gorjeava. Os gatos estavam sentados atrás do vidro sobre os parapeitos da janela e pareciam mudos. Também dentro de Ada estava tudo frio e silencioso, de modo que ela assumiu instintivamente a culpa por aquela manhã. Pelo canto em que Alev sempre esperava por ela, ela passou sem titubear.

Depois da conversa com Olaf, ela passara o fim de semana inteiro na cama, sentindo-se pesada como chumbo, um telefone debaixo do travesseiro, que virara ministro das Relações Exteriores de Smutek e regularmente pedia para ser ouvido em seu nome. Ada não atendia. A avidez pela segunda-feira havia alcançado um ponto que jamais alcançara antes no mundo. Domingo à noite, ela mal dormira, deitada de costas e olhando para fora, como se tivesse de empurrar pessoalmente a quinta lua cheia do ano pelo céu afora. Na manhã seguinte, ela saíra correndo de casa, e no caminho até a esquina preparara uma conversa que deveria expressar de uma forma retoricamente aceitável aquilo que Ada tinha a dizer: vamos terminar com essa merda.

Alev teria rido. Ele a teria desprezado. Teria perguntado se ela tinha desertado, se passara ao lado dos estúpidos, moles e medíocres. Pior foi que ele nem sequer apareceu. Ela esperara até cinco minutos depois do início das aulas, correra até o colégio e o encontrara na sala de aula, onde estava encolhido, sonolento, em sua cadeira, sem tentar esconder que nem uma única das sílabas ditas naquele recinto chegaria até o interior dele.

Ele pareceu não se incomodar com o fato de Ada olhar para ele naquela e em todas as aulas seguintes, fixamente, tentando ler suas feições. Na terça-feira, no curso de alemão, ela não aguentara mais e jogara um bilhete amassado em sua cabeça. Smutek acabava de desenhar no quadro a curva ascendente da decadência da monarquia austro-húngara e fez de conta que não percebeu nada.

O que temos para sexta-feira?

Alev fez a resposta passar de mão em mão pela sala, e Ada desdobrou o papel amassado por 12 mãos de alunos de coração batendo moderadamente:

Tudo como sempre.

Ao levantar os olhos, ela esperava encontrar o olhar dele, mas ele continuou com os olhos perdidos a sua frente, satisfeito como um drogado depois de mais uma dose. Para as três palavras seguintes, ela precisou de um bocado de força, e quando a mensagem estava pronta, conseguiu levantá-la sobre a cabeça apenas com muita dificuldade, para então jogá-la ao outro lado da sala de aula.

Eu não quero.

Alev sorriu sob as pálpebras abaixadas e passou a mão no rosto, a fim de colocar suas feições em ordem, que por um segundo ficaram semelhantes a uma imagem devota e erótica de Madre Teresa. As unhas longas no vinco dos olhos e na comissura da boca, o entreabrir dos lábios, e por fim o olhar negro retirado lá das profundezas trouxeram por alguns momentos de volta o fogo frio que fizera Ada cair de joelhos, transformando-a em uma discípula consciencíosa.

Vocês se apaixonaram?, perguntou a próxima missiva.

Smutek prosseguiu estoicamente em sua aula, às margens daquela conversa, que de um modo obscuro começou a deixar a turma inteira inquieta como o arquejar do animal-guia faz com um rebanho de entes em fuga. Alguém perguntou por que Musil não condenou mais severamente o antissemitismo crescente na casa dos Fischel. A resposta de Smutek foi mais dura do que a intenção:

Vocês sabem quem ou o que VOCÊS deveriam condenar hoje? Em vinte ou trinta anos vocês serão responsabilizados por isso e dirão que vocês deveriam saber disso!

A turma ficou em silêncio, sentindo o baque incompreensível do susto. Ada colocou o bilhete amassado no bolso da calça e arrancou uma folha em branco de seu bloco. A mensagem seguinte seria mais longa.

Por ele, eu não posso falar. Eu mesma suspeito não estar em condições de ser dona de um sentimento desses. Por outro lado, possuo sensores sismográficos capazes de medir deslocamentos de força. E isso pode estar terrivelmente perto daquilo que chamas de "amor".

Alev caíra em uma bem-aventurança letárgica. Sua resposta seguinte vestiu a roupagem das últimas palavras, e desta vez não foi confiada aos serviços de correspondência dos colegas, e sim mandada por caminho aéreo como as mensagens de Ada.

Seja como for. Nosso pequeno jogo coletivo corre estável em pista previamente calculada. Tu virás sexta-feira na mesma hora e local. Eu não preciso te lembrar de que tu, assim como Smutek, deves agradecimento ao meu silêncio tumular.

Ziguezagueando os olhos sobre o papel, Ada decifrou as linhas cheias de erros de ortografia. Ela teve vontade de desafiar Smutek a um debate sobre a culpa histórica e lhe perguntar se o homem tem alguma obrigação acerca do conhecimento da verdade. Ela mesma reconhecera as condições verdadeiras desde o princípio e não dera atenção a elas propositalmente: O dilema envolvia dois, não apenas um prisioneiro. Possivelmente o jogo, que ela acreditara há tempos já estar andando a toda brida, apenas estivesse em sua fase inicial. Talvez ela tivesse dado o acorde final da abertura com suas mensagens arremessadas ainda há pouco. Introduzida pela subdominante de Alev nos tons "Tudo — como — sempre", Ada havia encerrado o prelúdio em um trítono formidável e dissolvente. "Eu — não — quero". Depois de uma tomada de ar cheia de tensão, viria o ressoar infernal do primeiro ato real.

Ela alisara o bilhete, dobrara-o cuidadosamente, guardando-o no caderno com os deveres de casa. Alev parecia mesmo supremamente feliz.

Isso acontecera no dia anterior. Pancrácio não parecia nem um pouco uma figura de ópera. Caso os primeiros compassos tenham ecoado atrás da neblina fria e das nuvens apostando corrida, eles começaram em piano e dolcissimo. A caminho do colégio, Ada sentiu a proximidade do corpo pequeno e frio, que havia sido decapitado quando tinha 14 anos de idade e depois jogado aos cães para que estes o devorassem. Desde sua execução, que ele havia suportado mudo, Pancrácio se vingava da burrice e das mentiras de todos aqueles que não queriam admitir que não se podia saber nada quando não se acreditava em nada, porque toda a declaração verdadeira exigia uma crença por fundamento. Com seus 14 anos, ele era o mais duro de todos. Na escadaria do prédio principal do Ernst Bloch, ele largou Ada de seu abraço gelado contra a vontade e, para se despedir, ainda lhe soprou ao ouvido: Irmãzinha, tu não és muito mais velha do que eu, sê também fria como eu. Eles querem que tu abjures. Eles querem tua cabeça. Tu sobreviverás...

Ada, no estado desolado em que estava, não o entendeu. Esfregou os ouvidos com violência e subiu a escada correndo.

Depois de duas aulas com Hauser, que ficou em pé diante do quadro-negro com a humildade de um figurante profissional e jogou sua aula frontalmente ao mar de alunos, Ada estava à beira da depressão. No recreio, ela ficou passeando pelo corredor, porque a atividade indeterminada se adequava a seu estado espiritual. Ela quase morreu de susto quando uma mão caiu sobre seu ombro.

Ele sentira falta dela. Ele não sabia que se podia ficar dependente de sextas-feiras como de uma droga. Ele conseguira ficar contente apenas por um meio dia com o fato de o encontro não ter dado certo, em seguida o pânico tomara conta dele. Ele estava pronto a mendigar, a pagar, a forçar.

Nada disso era necessário. Em um reflexo, Ada ouviu o pedido de suas mãos, quando ele abriu a sala dos mapas e aproveitou um segundo sem gente para empurrá-la para dentro. Mal a chave foi girada por dentro, passos voltaram a ressoar no corredor, tão altos como se atravessassem no meio deles. Com os mapas daquele quartinho, o mundo inteiro poderia ser revelado na condição de papel de parede. Eles estavam enfiados em tonéis na forma de rolos de papel altos como pessoas, se apoiavam a caixas quadradas, envolvidos em molduras, apareciam pendurados e mostrando rasgaduras em suportes de metal parafusados à parede. Mal sobrava espaço para duas pessoas em pé. Eles se agarraram um ao outro, a fim de, cercados por objetos como estavam, não perderem o equilíbrio.

Smutek estava irritadiço e descontrolado, a pele de seu corpo inteiro era quente como se ele estivesse com febre. Depois de ter pensado em Ada o fim de semana inteiro, lhe ocorrera que aquele tinha de ser um desejo doentio, já que vivia apenas sob o peso da extorsão como um demente em sua cela de borracha. Depois disso, se deu conta de que seria impossível para ele tão somente tocar Ada na ausência de Alev, uma vez que lhe pareceria absurdo, deteriorado, simplesmente insuportável. Tão logo isso lhe ficou claro, Smutek quis contemplar a si mesmo como um doente, buscar a cura e fazer de tudo para voltar àquele mundo em que ele acordava pela manhã para ir à escola, o mundo em que ele podia ser Smutek, o professor de alemão. Ele queria saber de tudo. Estava pronto a fazer quase tudo para saber.

Ele virou Ada de costas, de trás, abriu o botão e o fecho de seu jeans, tirou os tênis vermelhos pisando sobre os calcanhares dela e abaixou com força pernas abaixo o tecido resistente da calça. Reconheceu a calcinha de estampa azul-clara, e por um momento acreditou que fracassaria antes mesmo de dar a partida devido a um déjà-vu do ginásio de esportes. Logo em seguida, sua mão direita foi à frente e encontrou os seios de Ada debaixo do pulôver de inverno. Smutek cuspiu sobre os dedos, umedeceu os lábios internos de Ada e empurrou seu membro para dentro com todo o cuidado que a pressa permitia.

Naturalmente conseguiu. Primeiro, foi tão bom como sempre, depois melhor, muito melhor. Naturalmente ele sabia que seria assim. Smutek riu baixinho sobre a impostura refinada que ele cometera contra si mesmo, e o ódio redobrou aquela força que pedia para ser descarregada dentro de Ada incondicionalmente. Os ruídos do corredor, passos, risos de criança, de quando em vez a voz sonora de um professor, que arrastava atrás de si um nome e um rosto na esteira, colidiam com a eletricidade crescente que, produzida pela pressão de um traseiro pesado de menina contra seus quadris, queria alcançar o cérebro, e sempre de novo era empurrada de volta por escolhos do mundo exterior na porta da sala de mapas. Com as estocadas que vieram em seguida, Smutek galgou mais um andar, por fim mais um, ao qual ele nunca havia chegado, e então, quando acreditou reconhecer a voz de Teuter no corredor, ele alcançou dois, três, quatro andares que ele jamais supôs existirem. As costas curvadas de Ada. Seus cabelos louros a saltitar. Ela estava muda como um peixe, fria como um peixe. Ele a envolveu com ambos os braços, apertou-a junto de si em um abraço vasto e amistoso, enquanto já escurecia em sua cabeça, anunciando o raio que apagaria tudo. Ada, vamos embora daqui, sem Alev, vamos embora para começar tudo de novo, não é difícil. Smutek não pôde mais sussurrar e começou a soluçar mudamente. Quando aconteceu, não foi um gozo ruidoso, mas sim um derreter-se vagaroso e doloroso, um espasmo sem redenção, e Smutek envolveu o corpo dela se curvando, lábios e dentes apertados, a fim de não gritar, e quando acreditou que não conseguiria mais largar dela, quando pensava ter queimado dentro dela a ponto de virar cinza, conseguiu dar uma última estocada, que jogou os dois contra um dos tonéis com rolos de mapas. Tudo caiu, tudo bateu no chão fazendo estrondo.

Vamos embora, juntos. Só nós dois. Eles estavam deitados entre a África e as Ilhas Canárias. Smutek havia resvalado para fora dela, algures havia umidade, pele molhada, roupas sujas. Por segurança, ele deixara a chave na fechadura. Perguntariam qual fora a causa daquele barulho. Não havia espelho... Como se arrumar? Eles não se mexeram, esperaram que alguém sacudisse o trinco, punhos batendo na madeira da porta. Nada aconteceu. A campainha do fim do recreio soou, mais cinco pares de pés sapatearam no corredor. Enfim, silêncio.

Smutek saltou sobre os pés como só esportistas conseguem fazê-lo, juntou os mapas com dedos voadores e empurrou-os de volta ao tonel, e quase os teria derrubado uma segunda vez. Ada ficou deitada. Ele sussurrou seu nome, acreditou por um momento tê-la machucado ao cair. Os olhos dela estavam abertos, olhavam do chão para cima, passando por ele sem vê-lo. Ela esperava ser levantada e posta na vertical como um dos mapas. Ele a pegou sob as axilas, colocou-a de pé, levantou calcinha e calça pelas pernas acima, ajeitou seu pulôver e seus cabelos, alisando-os.

— Que tal eu pareço? — Ele lavrava os cabelos com o arado de todos os dedos.

— Ousado — disse ela. — Bem.

Aí houve um sorriso. Ele o cativou e logo desapareceu.

— Vem — disse ele. — Tens aula de matemática.

Eles se seguraram nas mãos, enquanto ele destrancava a porta. Pisaram no corredor lado a lado. Ninguém à vista. As janelas mostravam um céu sem conteúdo e separavam indiferentes o frio de maio do ar da calefação.

— Hoje ao anoitecer — disse Ada, quando ele a beijou fugidiamente a um canto — vamos correr juntos.

— Seis da tarde — disse Smutek —, no ginásio de esportes.

Ele fora embora e levara a depressão consigo. Ada foi ao banheiro a fim de lavar as mãos. No espelho, ela viu o rosto sorridente de uma menina que era livre. A cada par de segundos, livre por alguns instantes, como um peixe voador.

Pancrácio, ao entardecer

— Szymon Smutek. A gente esquece com facilidade que tu tens um nome completo. Szymon Smutek soa como se dissesse respeito a um homem morto, que está unido à eternidade no Brockhaus através de uma minúscula âncora.

— Sem foto, por certo.

— Nascido e falecido em dois anos sem rosto. 1824 e 1878.

Por causa do frio, Smutek a havia obrigado a exercícios de aquecimento, e enquanto eles curvavam os dorsos, apertavam os calcanhares ao chão de pernas esticadas, contra a resistência dos tendões, e faziam o tronco girar em torno do eixo vertical do corpo como as peças de uma engrenagem, uma Ada bem diferente palrava sem parar.

— Físico polonês, desenvolveu uma teoria do tempo e do espaço, que foi desprezada pelos colegas como implausível. Algumas das ideias de S. podem ter sido usadas na teoria da relatividade de Einstein. Vide Einstein.

— De onde sabes que eu um dia, há muito tempo, quis estudar física?

— Isso eu não sabia. Talvez tu tenhas falado algum dia sobre tempo e espaço.

A respiração rítmica dividia cada contribuição discursiva em compassos de quatro quartos.

— E que tal se fosse... Szymon Smutek — 1965 a 2005... Professor de alemão de origem polonesa... Desenvolveu uma teoria fracassada da moral, cometeu suicídio na cadeia em seu quadragésimo aniversário?

— Tu estás trabalhando em uma teoria da moral?

— Ainda não. Mas se continuar assim, não me restará outra coisa a fazer.

— Tu completarás quarenta anos ano que vem?

— Achas que estou muito velho?

Os olhos de Ada estavam brancos de escárnio, quando ela se conteve e levantou os olhos para ele.

— Tu já estás com medo mais uma vez. Isso é sempre um erro.

— Acredita em mim, Ada, tu também terias medo em meu lugar.

— Te enganas, Sr. Smutek, como sempre. Tu acreditas que o mesmo sentimento seja reprodutível em duas pessoas diferentes. E não é assim. Não existem coisas em comum, nem mesmo no medo. E muito menos entre ti e mim.

— Acerca disso eu provavelmente deveria me mostrar feliz.

— Com certeza, eu diria.

— Vamos sair. Hoje não ficará mais quente mesmo. No máximo mais frio.

A neblina enchia o vale do Reno até a borda, envolvia casas, árvores e postes de iluminação no branco de seu algodão, fazendo com que cada coisa parasse isolada e não dissesse respeito a nada a não ser a si mesma. Não havia mais cidade, mas apenas uma reunião de objetos em área mensurável. Eles saíram trotando, o vento lhes cortava a respiração em fatias junto à boca e oferecia em troca uma boa quantia de ar frio como metal, que eles obrigavam a entrar aos pulmões de pescoços esticados como engolidores de espadas. A relva alta do barranco estava inclinada rio acima, os talos traziam coroas de flores feitas de gotinhas minúsculas de água nas partes desprotegidas, congeladas em formações de cristal filigrânicas. Uma bétula estava em pé, rígida, de galhos esticados pelo susto, cada ramo e cada folha cobertos por uma camada de gelo, como se uma grande mão a tivesse arrancado, mergulhado em plexiglas e depois voltado a enfiar no chão. Um dia como aquele não receberia lugar nos arquivos da história humana, porque nada de especial aconteceu, porque ninguém havia produzido, gerado ou assassinado nada importante, porque não fora descoberto nem destruído nada, nem pensado ou dito nada essencial. O grosso da humanidade não deixara os ambientes fechados e empurrava tudo que era essencial para mais tarde. Ninguém haveria de poder se lembrar de um dia como aquele.

A vontade de falar de Ada havia se transformado em um silêncio que, diferentemente do que acontecia no passado, não levantava um muro contra Smutek, mas sim se estendia sem dobras até o horizonte da neblina compacta, servindo de som de fundo ao esboço surreal da realidade. Para todos os lados, o fim do mundo se encontrava a uma distância alcançável. O vento lhes deitava os cabelos lisamente às cabeças, resfriava e lavava os corpos suados. Eles estavam ocupados apenas consigo mesmos, dividiam forças e movimentos como cavalos a galope sobre um campo sem cercas.

Não havia testemunhas de casamento. Ninguém para ouvir suas combinações mudas. Ninguém, nem mesmo Ada e Smutek ficariam sabendo algum dia que acordos haviam feito no decorrer daqueles 20 quilômetros, onde e como seus desejos e temores se encontraram, que tipo de junção era aquela na qual algum azul e algum vermelho se transformaram em violeta. Quando eles voltaram a dobrar o caminho que dava para o parque do colégio e tomaram os degraus de pedra para o bastião em passos curtos e rápidos de corrida, o grande e velho notário chamado futuro olhou sobre seus ombros e não disse se iria ou não colocar seu selo sob o acordo dos dois.

Smutek trancou o ginásio de esportes e se apoiou por dentro contra a porta, que era feita de caixilhos de vidro do tamanho de cubos em uma fina rede de arame. Ada tinha geada sobre os cílios, que o ar da calefação se ocupava em derreter. Depois de uma corrida como aquela, qualquer palavra tinha de soar deslocada. Smutek assumiu o peso da responsabilidade.

— Minha santa de gelo — disse ele sorrindo —, minha fria Sophia.

— Podes me chamar de pansofia, no máximo.

— Quando tinha tua idade — disse ele —, eu vivia em um país comunista, aprendia sob a orientação dos mais velhos a odiar o mundo, e me considerava feliz. Isso não é estranho?

— Não.

Ela tinha os olhos voltados para o fecho de seu pulôver esportivo, para não olhar para a salinha de equipamentos, cuja porta estava apenas encostada. De lá vinha o cheiro de bolas de ginástica velhas, magnésio e máquinas de cortar grama fora de uso. Ninguém estava dentro dela, e mesmo assim Ada teve de lutar contra o pólen onipresente de uma paranoia.

— Quando eu tinha tua idade, quando tu tinhas minha idade — disse ela —, eu era um monte saturado de merda de vaca entre muitos outros montes saturados de merda de vaca, e nenhum de nós conseguia se recordar do cu de que vaca ele havia caído. Dia e noite nós respirávamos o fedor de nossa própria preocupação carente de conteúdo, e por isso nos considerávamos infelizes.

Smutek se afastou da vidraça com um impulso e abriu a porta da salinha de equipamentos impetuosamente. Depois de olhar para dentro, encontrou a chave certa no molho e girou-a duas vezes na fechadura. Voltou rápido e buscou o mesmo lugar em que estava parado antes. No rosto de Ada, as luzes se acenderam, ela levantou os olhos radiantes para ele, pequena como um hidrante. Também ele temia, pois, quando eles estavam juntos, a presença de um par de olhos pairando livres, também ele sentia o olhar frio de uma lente.

Smutek não entendeu a alegria dela e recebeu seu sorriso como se fosse um presente casual. Ele estava resolvendo um enigma que o ocupava desde a manhã, e que talvez não dissesse respeito ao sentido da existência humana, mas com certeza tinha a ver com seu conteúdo. Grande parte da vida passava em momentos de espera, ao passo que o caminho existencial, em um olhar retroativo, consistia em uma sequência ininterrupta de acontecimentos. Dessa discrepância entre passado e presente surgia um ruído incômodo que se chamava nostalgia e que naquele instante pareceu a Smutek terrível e maravilhoso ao mesmo tempo. Ele não conseguia se livrar da sensação de que era Ada que o fazia chegar a tais ideias. Estendeu as duas mãos espalmadas, e Ada deitou as suas sobre elas como se fossem as parcelas justas de um butim. Ele não as agarrou, mas sim levantou as peças corporais pequenas e claras carregando-as no ar. Algo solene ganhava espaço. Eles se encontravam em uma lacuna. Caso não acontecesse algo especial em pouco, ninguém poderia se lembrar daquele momento. Um desperdício insuportável, Smutek estava prestes a dizer algo importante.

Ada sabia de qual frase se tratava, pois ela acabara de pensar algo parecido: se fossem outras as condições, o nós dois juntos poderia até se tornar uma coisa interessante. Pensamentos como esses passavam como uma rajada de vento em uma tarde abafada, e, como aquela, possuíam causas que podiam ser calculadas por especialistas caso todas as circunstâncias fossem conhecidas, e no entanto não davam o direito a um prognóstico, nem mesmo a uma declaração acerca daquilo que estava por trás delas. Eles não tinham nada a contar e não anunciaram nada, não eram nem precursores nem retaguarda, nem testemunhas nem assessores de imprensa de um caso afortunado ou de uma catástrofe. Eles não valiam a saliva necessária para fazê-los ultrapassar a barreira dos lábios.

— Guarda-o contigo — replicou Ada a seu silêncio grávido. — Não é verdade, e, mesmo que fosse verdade, não faria diferença.

Ela meio que esperava que ele lhe desse as costas e fosse embora, mas ele soltou as mãos dela, deixando-as cair como se não existisse vida a se opor à força da gravidade, limpou os discursos quebradiços de sua boca e a beijou rindo, e uma vez que ela também teve de sorrir, seus dentes incisivos se bateram. Ele a beijou mais e mais vezes, até os lábios aparecerem e também calor e alguma pressão. Ambos tinham gosto salgado e úmido como o de peixes recém-içados ao convés. Nenhum dos dois fechou os olhos. Smutek tateou, medindo as feições dela, sua coluna até os quadris, passando pelo traseiro até chegar às coxas, e se encurvou como um macaco para poder alcançar a parte de trás dos joelhos dela com seus braços longos. Ada estava fria como um anfíbio no corpo todo.

— Tu tens de ir ao chuveiro — disse ele, erguendo-se em toda sua altura.

Sem dizer mais palavra, ela se dirigiu ao vestiário dos alunos, arrancou toalha e xampu da mochila e se pôs em pé debaixo da água. Ao jogar a cabeça para trás, o cabelo deslizava longo por suas costas. Esse era o carinho mais suave do mundo.

Quando ela, pouco mais tarde, fez uma reverência ante o crepúsculo que chegava, a fim de conseguir entrar na calça jeans, Smutek apareceu de repente na soleira da porta, os cabelos molhados, a camiseta apertada enfiada no cós de um abrigo novo, que desenhava os músculos bem definidos de seu abdome. Ele tinha a cabeça inclinada e sorria como um garoto de propaganda de bebidas energéticas. Assustada, Ada virou as costas, atou os cadarços de seus tênis vermelhos, acariciando o couro macio com as pontas dos dedos. Quando ela voltou a se levantar, ele continuava parado ali. Tinha dentes bonitos. Por um momento, ela o contemplou enquanto ele sorria, em seguida seus olhos se embaçaram diante do mundo.

— O que — ela perguntou — tu dirias se eu te contasse que eu às vezes pingo pimenta moída sobre a chapa do fogão, olho para as formações estelares de grãos incandescentes e aspiro o aroma com o nariz, porque o cheiro parece mostrar que alguém de vez em quando cozinha pra mim?

— Provavelmente eu não dissesse nada. Meu estômago estaria cheio de chumbo.

— Estás vendo — disse ela. — Eu não joguei, jamais, nem um único grão de pimenta sobre a chapa de um fogão. É necessário apenas um punhado de palavras para te fazer acreditar que tu me amas. Estás entendendo o que quero dizer?

— Com certeza — disse ele. — A linguagem é motor de arranque, conteúdo e resultado artístico de nosso mundo estranho. Eu também já havia percebido isso.

— Perdão. Às vezes vejo que esqueço com facilidade que tu és professor de alemão, a profissão parece não ficar muito bem em ti. Constantemente tenho a sensação de que tenho de te explicar alguma coisa.

— O mais bonito — disse Smutek cheio de mistérios —, pouco importa se chamas a realidade de ilusão, de lutar boxe contra sombras, ou de jogo linguístico, é que, para dizê-lo com tuas próprias palavras, isso não faz a menor diferença.

— Smutek solta sátiras certeiras sem cessar!

Há três minutos ela não olhara uma única vez ao queixo ou entre as sobrancelhas dele.

— Adendo absurdo: alarmada, a adorável Ada adivinha adiáforas abrangentes.

Ela não o entendera, mas as frases davam tanto prazer que ela começou a se debater como se fosse constituída apenas de braços e pernas. Na condição de empréstimo de curto prazo, ela recebeu sua voz infantil de volta, que soava a carrossel e grama não cortada.

— Fato e lugar-comum é — exclamou ela — que não existe realidade além de nossa capacidade de descrevê-la! Por isso está em nosso poder salvar-nos um ao outro.

Smutek a agarrou, algemou os pulsos dela com o grande punho e sentiu pela segunda vez aquele riso estranho sob os lábios: pele macia e distendida, e a porcelana limpa de dentes jovens.

— Eu não estava me referindo necessariamente a ti e a mim — corrigiu ela, mal conseguiu se libertar —, mas sim à humanidade em geral.

— Claro — disse ele. — A humanidade em geral não nos inclui.

Por um breve momento, ela perdeu o pé, seu rosto se fechou como a cortina de um teatro e logo voltou a se abrir. Todos os atores no palco.

— O que eu queria dizer, na verdade, é que tu deverias te preocupar menos com isso. Eu decidi te tirar disso.

— Tirar? — De uma hora para outra ele se fez sério. — Tirar de onde?

Quando ela ergueu sua mochila do chão e saiu correndo, Smutek não tentou retê-la. Caso ele tivesse um diário, por certo poderia ser lida a seguinte anotação: Pancrácio, ao entardecer. Hoje nós dois conversamos pela primeira vez.

O pensamento em grânulos pensados de pimenta sobre a chapa do fogão, em erigir, aniquilar, em adiáfora e nos diferentes rostos da realidade parecia não querer largar Smutek tão cedo. Durante as horas seguintes, ele o perseguiu, roçou suas pernas, deu bicotas em seu nariz, fez cócegas em seus joelhos, se afastou e se aproximou ficando sempre à vista, como um animal doméstico, como um espírito torturante e como um bichinho de pelúcia, e Smutek ficou esperando a noite e a primeira oportunidade de enxotá-lo.

Pancrácio, à noite

Ele jantara com sua Branca de Neve, que dia a dia levava uma vida própria cada vez mais emocionante, além do alcance de suas mãos; ele admirara a distância sua beleza a florescer de novo, como se fosse a perfeição triste da garota da capa de um revista, ouvira a conversa criptografada sobre o trabalho no laboratório pela manhã, a política mundial e a programação dos cinemas, e depois levara a autora para a cama às 10h30. Lá ele ficara sentado, mudo, sobre a borda, e sorria a cada vez que ela voltava a abrir os olhos, até cair em sono profundo depois dos vinte minutos pré-calculados. Ao deixar o quarto, ele havia sentido o pedaço de maçã em sua própria garganta.

Eis que agora ele ocupava seu lugar cativo junto à mesa da sala, bem alto acima das ruas mais felizes da cidade, que pareciam respirar vagarosamente em seu sono acalentado pelo frio. Fantasiando, ele prosseguiu a conversa com Ada e esperou conseguir levá-la a um final satisfatório, a fim de se livrar do cão farejador do pensamento que o acossava sem deixar seu rastro. Ele queria saber a opinião dela, ela deveria dizer sem tergiversar o que pensava da situação. O fato de ele saber com certeza de que modo ela daria um carrinho verbal em suas pernas, facilitou o embarque.

Opinião?, ela teria perguntado. Eu há tempo já não formo mais opiniões. Digo coisas, porque elas soam melhor do que outras, que eu bem poderia dizer também.

A isso ele, conforme se conhecia, teria caído no velho hábito de tentar convencê-la de alguma coisa. Que aquilo era uma fase passageira. Que pensar suspendia todas as diferenças por um momento, antes de chegar a uma situação em que pudesse formar novas. E assim por diante. Ela teria chamado sua atenção e o colocado em seu lugar, como se ele fosse animal que sempre de novo escolhe o caminho errado, ainda que há muito saiba de cor qual é a trilha que leva ao pasto. Mas dessa vez ele não deixaria por menos.

Como é que podes, sem opinião, chegar à conclusão de que o Nada é um ponto de fuga para a eterna busca humana?

Isso eu jamais disse.

Vocês não se chamaram de niilistas, por acaso?

Tanto quanto me lembro, eu uma vez nos chamei de bisnetos dos niilistas.

Vocês não acreditam em nada, portanto.

Nós não temos mais nada em que poderíamos acreditar. Matematicamente, o que se segue é que nós acreditamos em tudo. Tudo tem o mesmo valor, é indiferente.

E como foi que chegaste a essa opinião?

Smutek, entende de uma vez por todas.

Ele sentiu com nitidez como ela teria ficado calma, e como essa calma teria feito a introdução pouco esperta dele titubear, como ele teria permitido que ela despejasse sobre ele um de seus monólogos:

O Nada não pode ser objeto de uma opinião. Ele é a ausência de todas as coisas, um espaço vazio, que a vontade humana procura preencher incessantemente. Ele é origem e chegada, é o pano de fundo de nossa existência, necessário à vida, mas também a mais séria ameaça a ela. Os homens o chamam de "algo", passeiam por aí e constroem seus prédios de ideias sobre ele, como se esse algo fosse um fundamento seguro. Eu jamais estive em condições de embarcar nessa ilusão. O errar planejado por aí, em nossa época, não tem apenas desvantagens: por trás da perda da crença, ele é o último muro de proteção diante do último conhecimento decisivo.

E com isso a conversa estaria encerrada. Smutek queria continuar falando, mas não encontrou, apesar de todo esforço, um ponto em que pudesse entabular o que tinha ou o que não tinha a dizer; a conversa chegara ao fim como uma corda, depois de cujos últimos centímetros não vem mais nada, por mais que um fugitivo o deseje. Enquanto ele calava em pensamentos, sentiu que cozinhava por dentro, como se um bastão de aquecimento estivesse pendurado no plexo solar, alcançando o epigástrio. Era uma raiva infantil, a que borbulhava dentro dele, e que se voltava também para o fato de ele se deixar rebaixar por uma menina bem mais jovem até mesmo na fantasia. Sempre de novo ele caía nas redes argumentativas dela, que eram feitas de um sistema fechado que encarcerava qualquer um que cometesse o erro de tentar encará-las. No fim, havia sempre um sinal de pausa metafísica na transmissão. Ele quisera discutir outras coisas com ela; eis que agora esquecia inclusive o que era.

Caso quisesse se mostrar honesto consigo mesmo, ele tinha de admitir que sua questão era simples demais para ser esquecida. Simplesmente não conseguia fazer a pergunta ultrapassar a barreira dos lábios. Se eles não podiam parar. Se Alev e Ada não tinham se divertido o suficiente. Ele podia oferecer a responsabilidade pelo pagamento das mensalidades de Ada até o fim dos estudos secundários. Ele queria lembrá-los que sem ela o jogo findaria como uma partida de skat sem o terceiro homem. Que tanto para parar quanto para continuar era necessário apenas um passo mínimo.

Três carros vermelhos de marca e tipo idêntico zombaram de todas as leis da probabilidade ao passarem um atrás do outro embaixo da janela. Enquanto Smutek olhava atrás deles, vendo-os desaparecer na esquina, ficou claro para ele que sua pergunta era desnecessária. Ada não podia responder, porque não havia resposta a isso em seu mundo. Mais uma vez ele descobria um ponto em que eles se pareciam. Também ela não tomava decisões. Fazer uma pergunta dessas justamente a ela teria alcançado o ápice do ridículo.

Ada e ele estavam em pé um ao lado do outro em sua imaginação como duas máquinas de secar em uma lavanderia, cujas programações haviam chegado ao fim ao mesmo tempo. Uma intuição exigia sua atenção. Surpreso, Smutek olhou sua Ada imaginária de soslaio e se lembrou do olhar radiante, repentino e angelical, que ele vislumbrara logo duas vezes em seu rosto ao entardecer. Possivelmente nem sequer faltasse muito. Possivelmente em sua negação obstinada repousasse o pedido urgente para expressar uma tese, a fim de que ela pudesse se tornar realidade. O teor da tese seria: a única chance de evitar um final inevitável consiste na esperança de que Ada se apaixone sem querer por Smutek.

Diante do pano de fundo da vidraça negra, que perdia sua transparência quando ele afastava seus olhos da superfície apenas alguns centímetros, ele podia ver diante de si a expressão pertinente ao rosto de Ada, como se fosse a última imagem do final feliz de um thriller pesadelar: um dissipar suave que anunciava a volta de sua verdadeira idade, um cortejo triunfal silencioso dos 15 anos melindrosos, repleno daquela súplica e daquele afeto nostálgicos, proximidade e calor, que apesar de tudo constituíam o cerne secreto de todo o comportamento humano na visão de mundo de Smutek.

Imóvel, Ada fixava os olhos nele, entrando para onde ele estava ao sair das copas das árvores negras da noite como se fosse uma aparição típica da lua cheia. Depois que Smutek a contemplara por alguns instantes, compreendeu que a verdadeira responsável pela crueldade no homem era a inocência. Por consequência, nenhuma diferenciação em justo e injusto podia ser mais do que um esforço bem-intencionado, e assim o mundo, tanto o seu próprio pequeno mundo quanto o grande mundo geral, permanecia irremediavelmente perdido, impossível de ser salvo. O estado que se seguiu a essa descoberta, Smutek o considerou insuportável, como se acabasse de ficar sabendo que a partir daquele momento já não existiria mais esquerda nem direita, e a humanidade tivesse de descobrir por si mesma como quereria lidar com isso.

Agora crescia dentro dele a necessidade da despedida. Smutek queria dar a mão a Ada, olhar firme nos olhos dela e dizer que não se tratava de salvar alguém, não ela, não ele e nem mesmo a Sra. Smutek, que dormitava no quarto vizinho o sono saudável da química, sem nada imaginar, e que ele enfim entendera isso. Ele queria abraçá-la paternalmente ainda uma última vez, algo breve, estranho deveria chegar ao fim naquele momento: um sentimento violento e ao mesmo tempo delicado entre ele e ela, cuja vida curta começara no escuro e terminava no escuro.

Ele não fez nada disso. Ali não havia ninguém de quem ele pudesse se despedir, apenas copas de árvores, um céu embaçado pela neblina do frio, e a lua, em estado minguante, uma panqueca comida pela metade. Smutek relaxou, abriu a janela e deixou que o hálito de um Pancrácio tardio o acariciasse, um Pancrácio que há tempo já estava pronto a passar o bastão gelado a seu sucessor. O cão do pensamento havia desaparecido escuridão afora e procurava um dono melhor. Depois de alguns minutos, Smutek, que se sentiu obrigado, por sua dignidade, a tomar uma decisão, resolveu que empregaria os últimos dias, pouco importa quantos seriam, com toda sorte de assuntos, antes que o final, de cujas feições ele agora como antes não possuía mais do que uma noção assaz vaga, chegasse de maneira terminante.

Servácio, manhã

Servácio estava bem-humorado. A cada sete anos, peregrinos carregavam seus ossos pelas ruas de Maastricht em procissão, e aquele era um dos sete anos. Mas o que significava uma sucessão de sete anos face à eternidade? O piscar rápido de um anúncio de néon meio defeituoso. Ele se alegrou, calçou o sapato de pau com o qual havia sido fulminado no passado e coxeou com um sorriso de tal modo radiante pelo país afora, que um sol armênio subiu ao céu e afastou os rastros esbranquiçados do pequeno Pancrácio amargurado. Brigar, eles poderiam mais tarde. Quem consegue sair apenas uma vez por ano, goza esse dia mesmo que o passar do tempo tenha outro significado no infinito.

De costas curvadas, Ada se pendurava sobre uma tigela de granola como um cachorro sobre sua gamela, quando um problema oriundo de uma coincidência rara achou o caminho que levava a seu cérebro no mesmo instante que a solução. Se, seguindo as insinuações de Olaf, ela quisesse aparecer à tarde no laboratório de física sem chamar muito a atenção, precisava de uma chave para o prédio principal, cujas portas eram trancadas depois do fim das aulas; e era absolutamente claro quem teria de lhe providenciar a mesma.

A casa estava em silêncio sepulcral como em todas as manhãs desde a chegada da comunicação informal de que o processo investigativo contra um alto funcionário do Ministério da Defesa seria suspenso devido à falta de indícios, conforme previa o parágrafo 170 do Código do Processo Criminal. A colher do café e a da granola, que Ada empurrara para longe de si ao refletir, serviram de espelho côncavo a um sol da manhã branco como a neve, e conduziram um raio enfeixado direto a sua pupila aberta quando ela se curvou para, levantando as nádegas, tirar o telefone celular do bolso da calça. Ela teve de esperar alguns segundos antes de reconhecer o display fracamente iluminado.

Diga a eles que tu estás doente. Eu espero por ti às oito e meia embaixo da ponte sul.

No mesmo instante, Smutek estava pendurado para fora da janela e protegia os olhos com a mão, a fim de olhar sua Branca de Neve, que saía em roupas de inverno de lã cinzenta e fortemente acinturadas, usando botas de couro até os joelhos, com os cabelos pretos como a asa de um corvo soltos, e uma bolsa marrom sobre os ombros, indo em direção à parada do bonde. À esquina, ela se voltou mais uma vez e acenou para ele. Esse gesto era uma relíquia de tempos antigos, quando a Sra. Smutek saía sozinha de casa pela manhã, a fim de ganhar, sozinha, o sustento dos dois, e ainda hoje servia aos vizinhos como prova da possibilidade de uma convivência feliz entre homem e mulher.

Mal ela desaparecera na esquina, ele ouviu o tilintar no bolso de sua calça; e, já que teve de tirar a mão da frente dos olhos a fim de pegar o telefone, uma rajada de luz atingiu sua pupila, passando exatamente naquele lugar entre as copas das árvores onde na noite passada estivera pendurado o rosto onírico de Ada. Cego, ele recuou dois passos e acabou derrubando com o cotovelo um grupinho de prímulas lilases de seu estrado, que cresciam no sapato de pau de um polonês submetido a trabalhos forçados. No passado, um pé nu ali dentro havia ido ao campo sob uma temperatura de menos 30 graus Celsius a fim de abrir caminho a autoestradas e juntar grandes blocos de pedra para formar uma escada infinda, sobre a qual o Volvo de Smutek entrementes já sacolejara e bufara em direção ao leste diversas vezes. O pé pertencia ao avô da Sra. Smutek.

Durante a fração de segundo que a queda das prímulas necessitou, Smutek pensou se grandes industriais recalcitrantes, descendentes de alemães, de fato tinham sido recrutados para fazer trabalhos forçados. Um sapato como aquele poderia ser oriundo, sem mais, de um dos mercados berlinenses, nos quais eram oferecidos à venda também uniformes da NVA, identidades da FDJ, bandeiras de Che Guevara e, um pouco afastados das mesas cobertas por tapetes, também os exemplares do livro mal escrito de Hitler. A história familiar da Sra. Smutek havia se tornado uma verdadeira história: ela funcionava apenas na medida em que a gente a ouvia inteira e não fazia nenhuma pergunta. O *corpus relicti* acertou, com o taco para baixo, os três dedos do meio no pé nu de Smutek; a dor fez com que ele dobrasse os joelhos e encheu os cantos de seus olhos de água. Durante segundos, ele manteve os olhos fixos no display de seu celular sem reconhecer nada. Depois, ele entendeu, e mancou até um dos aparelhos de sua linha fixa.

À sombra da ponte, atrás de uns óculos de sol do modelo daqueles que Neo havia usado na primeira parte de Matrix, com um gorro de lã alto, que provinha do arsenal de inverno da mãe, Ada parecia uma estrela de cinema anônima sob a marquise de um hotel de Nova York. Ela manteve o disfarce também dentro do carro e não disse palavra, como se houvesse algum perigo de ela ser espionada também no Volvo de Smutek. O mundo era uma aldeia, em Bonn mais que em qualquer outro lugar.

Ada esperou no carro e seguiu Smutek depois de dez minutos, entrando na casa. O corredor era revestido por azulejos coloridos; nas paredes, ornamentos pintados se enroscavam até bem perto do teto, e a luz que entrava era segmentada por janelas de vidro polidas em todas as cores do espectro. Ada jamais havia pensado que existiam moradias que eram menos espaçosas do que os salões palacianos no bairro cheio de mansões de Godesberg, e mesmo assim parecessem convidativas. Pensativa, ela subiu as escadas até chegar a uma porta encostada. O apartamento atrás dela cheirava a café recém-moído. Smutek derramou água fervente em duas xícaras, remexeu agilmente como um barman e levantou os olhos, amistoso, quando Ada, seguindo os ruídos, entrou na cozinha.

— Agora vamos matar juntos a aula.

— E tu também sabes por quê, pelo menos?

— Pouco me importa.

— Eu queria ver tua casa, e em outro momento minha vinda com certeza seria inadequada. Certo?

— Certíssimo.

— Além disso, eu preciso de tua chave geral.

Smutek não respondeu, levantou as duas sobrancelhas em sinal de concordância indeterminada e empurrou uma xícara cheia até a borda por sobre a mesa.

— Toma.

Segurando o café com as duas mãos, ela fez um tour de inspeção. Os quartos pareciam familiares, como se Ada mesma os tivesse planejado. Caos criativo no escritório de Smutek. Pilhas vacilantes de livros não lidos, todos eles conhecidos dela. Um grande tapete colorido, cujo aspecto parecia denunciar que havia sido trazido de algum período de férias no Marrocos e que enchia o ambiente com um sorriso largo e lanoso a partir de baixo. Construções volantes.

— Conheces? — A mão de Smutek estava deitada sobre sua nuca, morna, úmida e pesada como uma compressa de pescoço.

— Com certeza — disse Ada. — Isso não é nada pra ti.

— Me explica.

— Muito sexo sem sentido com amigos fugidios e velhos conhecidos. Viagens a Paris, Belgrado e Fitzroy; monólogos internos em quartos de hotel miseráveis. Nada para tipos com um sistema de valores viril. Por que estás mancando?

— Para festejar o dia.

Mesmo a mancha escura de tinta caída, na porta, que, vista pelo canto do olho, parecia se mexer como uma barata, lhe parecia conhecida.

Uma cama fria no quarto. Um armário aberto. Ada ainda conseguia se imaginar empurrando cabides para o lado e pendurando suas poucas coisas no espaço aberto. Uma vez por dia, ele teria de colocar seus braços fortes embaixo dos joelhos e das axilas dela, levantá-la do chão e carregá-la em um pequeno passeio pela casa, enquanto ela escondia o rosto na gola fresca de sua camisa.

— Por que tu não a expulsas de casa?

— Como?

— Se tu a expulsares de casa, eu venho morar contigo.

A compressa de pescoço desapareceu, Smutek colocou distância entre si e ela e se apoiou à parede.

— Mais cedo ou mais tarde — disse Ada — ela acabará te deixando. É apenas uma questão de tempo. Te separa dela, pede demissão do Ernst Bloch, avisa a teus melhores amigos. Então poderás esperar tudo tranquilo, deitado em uma espreguiçadeira de pernas esticadas como um homem adulto.

Smutek colocou uma das mãos sobre a boca a fim de impedir a si mesmo de dar uma resposta e olhou para ela como se a visse pela primeira vez. Quando Ada caminhou até ele, ele a acariciou nos cabelos e procurou a ponta dos chifres, que a qualquer momento tinham de aparecer rompendo a pele.

— Pensa bem — ela sussurrou. — O resto podes deixar por minha conta.

Ele se vestiu, acamou a cabeça dela em seus ombros e calou.

— Uma coisa — disse ela — eu já queria te dizer há muito tempo. — Ao olhar de baixo para cima, os olhos dela ficaram grandes, duas poças azul-pálidas, que espelhavam miniaturas do rosto de Smutek em seu centro. — Caso acontecer, tu não deves responder a nenhuma pergunta. Invoca logo o direito de ficar calado. Nós não poderemos nos ver por algum tempo. Mas também isso passará. Entendeste?

Mais uma vez ele levantou as sobrancelhas, coisa que podia significar tanto horror, quanto compreensão, ou até mesmo que estava se divertindo. Ele caiu vagarosamente sobre os joelhos e a levantou do chão sem dificuldades, carregou-a pelo corredor, lançou um olhar à cozinha e ao banheiro, enquanto Ada escondia seu rosto no colarinho da camisa dele, e se decidiu pela sala. Eles caíram sobre a coberta colorida de patchwork. As prímulas sob a janela apertavam as cabeças ao taco do piso com os pescoços torcidos.

— E agora — disse ele baixinho — eu vou te mostrar do que se tratava esse tempo todo.

Quase todo mundo sabe o que acontece quando um corpo humano encontra um outro corpo da maneira que a biologia o concebeu para todos os seres desde tempos imemoriais. Assim como todo animal selvagem, o homem teme contatos corporais e suporta a proximidade dos de sua espécie apenas com esforço. Ele precisa de rituais bem bolados para conseguir superar a estranheza, ele precisa transformar os encontros íntimos em uma dança que arranca barreiras instintivas, a fim de abrir um caminho para o desejo. Cada um de nós tem um buraco de fechadura na alma, que lhe mostra o minueto anual dos albatrozes, como eles, com um fundo rochoso sobre os grandes pés, com asas de metros de tamanho abertas, procuram no burburinho da colônia pelo único parceiro que a vida destinou a eles. Nós conhecemos a recompensa que a natureza mantém à disposição quando realizamos o jogo da conquista a sério. Sabemos o que significa quando nômades se transformam em parceiros. Graças a esses conhecimentos prévios, não é preciso descrever como Smutek e Ada se encontraram, depois que ele a desnudou sobre a borda do sofá e caiu sobre os joelhos diante dela. Nós podemos deixar de observá-los e nos limitar a embalsamar uma meia hora bem importante para a eternidade, de olhar voltado para outro lado.

Pontualmente às 12 horas, o despertador de Smutek tocou. Eles há tempo já estavam sentados, vestidos, à mesa da cozinha; a segunda xícara de café havia sido limpa, seca e colocada de volta ao armário, a coberta de patchwork fora alisada, a parca, o gorro, e os óculos de Ada estavam junto à porta, à disposição. Dessa vez, ela foi primeiro, e ficou olhando o próprio rosto por dez minutos no vidro traseiro espelhado do carro de Smutek, até que ele lhe abriu a porta do carona e a acomodou sobre o banco.

A dor jazia na comissura da boca e lá começou a tremer. Lá fora, crianças do ensino primário corriam para casa felizes, debaixo de pendões de vapor produzidos por sua própria boca. Em pequenos supermercados, homens vendiam mercadorias a mulheres. Cachorros faziam sua urina escorrer no canto dos prédios e nos postes de iluminação. Por alguns minutos, a pulsação de Ada trabalhou como o metrônomo de toda a música da vida.

— Se isso aqui não existisse mais — ela disse a Servácio —, não sobraria mais nada. Além de Alev e Smutek, eu não tenho mais ninguém, nem eu mesma.

— Soa triste — disse Smutek de bem longe. — Eu pensei que tu pertencesses àquela geração que precisa de um marca-passo para o coração para conseguir produzir um sentimento humano.

Com um balançar violento da cabeça, ela voltou para ele, já com a viseira da indiferença cobrindo o rosto.

— Isso é fundamentalmente correto. Nos anos 1990 eu teria sido anoréxica ou viciada em drogas. Provavelmente as duas coisas.

— E o que serás no ano de 2004?

Ela deu de ombros. Luz e sombra cruzavam sobre os corpos dele a 50 quilômetros por hora.

— Talvez ainda não exista uma palavra para isso. Esperemos para ver o que as pessoas dirão sobre isso em dez anos.

Quando uma mão a tocou no ombro, ela percebeu que o carro parava no início da rua em que ela morava.

— Esta foi a mais bela metade de dia que eu tive em muito tempo — disse Smutek. — Nos veremos amanhã?

Ela deixou o carro sem se voltar mais uma vez.

— *Do widzenia*, minha pequena! — ele chamou atrás dela.

Servácio, tarde

À tarde, Servácio já havia gastado todo seu bom humor, ele jamais tinha sido bom em termos de economia doméstica e divisão justa e equitativa. O semblante do céu escureceu e ameaçou vento e granizo. O pátio do colégio estava vazio, o verde de maio das árvores parecia sujo na luz peneirada. Assustadas, as casas haviam respirado as pessoas para dentro de seus pulmões, atrás de algumas janelas as luzes se acenderam. Bem perto da cobertura das nuvens, o andar mais alto da fortaleza Ernst Bloch brilhava na condição de cabeça ativa sobre um corpo que descansava pesadamente e não percebia que um ser enfiava uma chave geral em seu calcanhar. Por alguns segundos, Ada acreditou que Smutek a enganara, ou que tirara a chave errada do molho, mas em seguida os dentes de segurança funcionaram e a porta traseira se abriu. O laboratório de física ficava nas profundezas da barriga da construção. Ainda que não houvesse motivo para caminhar cautelosamente entre as paredes grossas, Ada colocava pé ante pé com tanta calma como se temesse que diante de um propósito constrangedor como aquele até mesmo escadarias de pedra pudessem ranger.

Um prédio colegial vazio se assemelha a seu *alter ego* das horas matinais tão pouco quanto um cadáver a um ser humano vivo. Os ambientes familiares receberam Ada com um silêncio espreitador. O revestimento de madeira escura, que pela manhã desaparecia atrás de passos arrastados e passeantes, de correrias e empurra-empurra, dominava a atmosfera no andar das ciências naturais com seu marrom maciço, e se colocava nos caminhos da respiração como uma angústia sem fundamento. Bem alto abaixo do teto, corujas empalhadas, uma águia com a cobra que havia caçado no bico, e uma cabeça de javali sorridente se destacavam nos cantos e se curvavam inquiridoras sobre a visitante. Sobre prateleiras de vidro, tudo o que podia ser imaginado se encontrava conservado em formol. Ada imaginou poeticamente um grande balão de vidro junto dos outros, dentro do qual a cabeça decepada de Olaf boiava em líquido transparente.

Nada do que acontecera nos últimos meses havia tocado sua honra. A adaptação de seu corpo a instrumento heterista, os permanentes carrinhos retóricos que ela tinha de aplicar para sabotar os avanços morais de Smutek, a realpolitik familiar e a tentativa de assassinato da inocência de Olaf haviam sucedido nas órbitas mais exteriores de sua personalidade, logo se tornaram parte do passado e impossíveis de serem corrigidas. Tocou, jogou. Essa marcha titubeante em passo de museu pelas salas abandonadas do Ernst Bloch, contudo, acontecia no aqui e no agora. Havia uma única e simples palavra para aquilo que Ada estava fazendo: bisbilhotar. Em um filme, a música teria cessado neste exato instante.

Atrás do canto seguinte ela ouviu vozes. Elas vinham da porta de duas abas do laboratório de física, e quando Ada estava diante dela sobre seus tênis de sola macia, elas emudeceram. Um estalar leve. Um gemido feminino, uma respiração masculina mais forte. Silêncio. Ada distribuiu ordens peremptórias: braço para cima. Enfiar a chave com cautela na fechadura. Girar. Apertar o trinco. A porta abriu para dentro.

As matemáticas pinturas de caverna feitas por Lindenhauer envolviam todo o ambiente. Elas começavam no tríptico do quadro-negro frontal, continuavam na parede de tijolos, saltavam por cima das janelas, venciam também as três portas de madeira do lado de trás, das quais uma escondia a câmara de química, e voltavam sobre as lousas da parede longa de volta ao ponto de partida. Ada esperara encontrar o laboratório de física vazio, e uma das portas que davam para as câmaras encostada. Mas as portas estavam trancadas, e traziam aqueles mis e sigmas de Gauss em sinais de giz esfarelados, que davam notícia da legalidade do ilegal. A 10 metros de distância, Ada contemplou as insígnias referentes à densidade da probabilidade e à função limite, ignorou a estátua-de-três-figuras no centro do ambiente e pensou naquilo que Strangulator-da-matemática dissera sobre a estocástica: seus enunciados exatos valiam apenas para o infinito ficcional, enquanto a finitude real pululava de erros, cuja aparição casual por sua vez se acumulava segundo regras determinadas. Nos cálculos de Alev acerca da teoria do jogo, desvios e a distribuição normal dos desvios não tinham importância. Ele contava com o infinito, com a continuação eterna dos encontros de sexta-feira à tarde, nos quais Ada deveria desempenhar o papel do oito horizontal.

Mas agora era quinta-feira, cinco e meia da tarde, Ada viu a si mesma parada na borda exterior de uma curva de Gauss que terminava plana, e olhando de cabeça jogada para trás por cima da encosta íngreme da função densidade de probabilidade ao terreno de um desvio bastante improvável, mas de qualquer modo possível, sob seus pés.

— Nossa aluna modelo — disse Lindenhauer amistosamente. — Entre e me apoie no sentido de esclarecer a esses dois fracassados os conceitos fundamentais do problema délico.

— Eu — disse Ada —, eu estava gozando agora mesmo a visão da fórmula de Gauss.

Lindenhauer seguiu seu olhar à porta da câmara de química. Apesar de sua idade, seu aspecto era ereto e vigoroso. Quase tão alto quanto Smutek, com um crânio estreito e retangular de matemático, cachos grisalhos e úmidos escovados junto à cabeça e o terno impecavelmente assentado, ele parecia o personagem principal de um filme de genialidade e loucura, gênero que nos últimos anos havia entrado na moda.

— Ah tá — disse ele. — Quem fez isso foi o pessoal do curso da manhã. A senhorita não vai querer acreditar que seus colegas poderiam ser capazes de se entusiasmar com a genialidade de um conhecimento tão simples assim?

— Olá, Ada — sussurrou Odetta, que era a mais próxima da janela e mastigava a ponta de um lápis. Seu sorriso era confiante e acanhado.

— E então, hidrocéfalo — disse Alev, com um sorriso diabólico. — *Apparemment, j'ai une sensation de déjà-vu. Il en de même pour toi?*

— Desde quando — perguntou Ada, e olhou para Lindenhauer — o senhor dá aulas de reforço em matemática?

— Desde que seu professor regente assim mo pediu.

— Smutek pediu ao senhor que se encontrasse com Alev e Odetta? Szymon Smutek?

— Segundo sei — respondeu Lindenhauer, e a ironia quase pingou das comissuras de sua boca —, temos em nosso colégio apenas um professor com esse nome.

— Na medida em que sou capaz de ver as coisas panoramicamente — observou Alev, interferindo — o Sr. Smutek nem sequer tinha outra opção, consideradas as circunstâncias. Ele se sentiu verdadeiramente obrigado a fazê-lo.

— Do contrário, esses dois arlequins não vão atingir os objetivos da classe — completou Lindenhauer.

— Nós estamos fazendo algumas discussões acerca de curvas — a voz sensual de Odetta se fez ouvir. Sobre seu peito se apertava uma camiseta que era um número menor do que seria adequado a ela, e que trazia uma pequena inscrição impressa, que Ada não conseguia decifrar a distância. Ao ouvir, Odetta inclinava a cabeça como um filhote de cachorro, de modo que os longos cabelos louros se ajuntavam em um monte sobre o tampo da mesa.

— *Et voilà tout.* — Alev abriu os braços triunfalmente, tocando o ombro de Odetta ao fazer o gesto e dando gargalhadas. — Além disso, nós estamos tendo semanas francesas. E no fundo se fala mais do que se age. Conforme aliás já deves ter percebido.

— Se é que tenho a última conferência acerca das notas na cabeça — disse Lindenhauer, colocou um dedo sobre a testa e imitou com alguns passos o deslocamento autista da dança de um professor em frente aos alunos, para lá e para cá —, a senhorita está com nota máxima na deusa de todas as ciências. Por isso me pergunto o que é que está fazendo aqui?

Eles haviam conduzido a conversa por cima de seis fileiras de bancos e à distância de 10 metros de uma sala de física cheia de eco. Neste ponto, ficou aberta a possibilidade de quebrar o novo front com um chavão rápido, pedir papel e caneta e participar triunfalmente de uma comédia, cuja vítima trágica Ada acabaria virando, de outro modo. De todo o resto, Alev se encarregaria. Com certeza ele há muito já tinha um roteiro pronto, que previa a possibilidade de se juntar a seu séquito pela segunda vez sem macular sua imagem. Ada percebeu como o indicador de sua mão direita, que descansava de palma para cima sobre o banco escolar fora de moda, executava o gesto sedutor de uma bruxa chamando, às costas de Lindenhauer. Os membros longos de Odetta jaziam devotos na postura indicada pelo assento, os olhos verdes repousavam enevoados sobre o rosto de Ada. Daquele lado não havia combates a temer. Dali não vinham declarações de guerra, apenas propostas de paz, que de antemão aceitavam qualquer condição. Ada não conseguiu fazer outra coisa a não ser pagar seu tributo à perfeição do espetáculo, e colocou uma das mãos à testa: bravo.

— Eu acho — disse ela então — que eu me enganei de porta, por assim dizer.

Alev encolheu o indicador, e fechou a mão em um punho.

— *Pièce touchée, pièce jouée* — disse ele em tom de alerta. Tocou, jogou.

— *J'adoube* — respondeu Ada a ele, e, voltada para Lindenhauer: — Peço desculpas pelo incômodo.

Suave, ela fechou a porta; com força, enfiou a chave na fechadura e girou-a duas vezes de maneira audível. Ela desceu a escada acossada pela gargalhada de Alev, que ficou martelando em seu ouvido, se fez mais alta, aumentada pelo silêncio que ela atravessou correndo, e só emudeceu quando Ada trancara a porta traseira e se colocara em liberdade de moto-próprio.

Ali estava tudo em ordem. Um chuviscar misturado a granizo fino tracejava quase verticalmente o ar, folhas tremiam, galhos se curvavam em defesa muda, grânulos de gelo batiam nos tímpanos de pedra do pátio do colégio com uma melodia que anunciava um verão cheio de furacões e catástrofes climáticas. Ada pescou o ministro das Relações Exteriores de seu bolso e o encarregou de enviar uma mensagem a Smutek:

Dizem que tua intercessão uniu o físico, a bela e Lúcifer. Sabias que as leis da matemática sempre e em todo lugar levam ao mesmo resultado?

Se essa mensagem algum dia alcançou o lugar que lhe havia sido determinado, não é conhecido. Uma resposta não chegou a se anunciar. Ada se jogou aos braços de Servácio e correu para casa contra o vento.

Bonifácio, o benfeitor

Por que foi que passou a ser chamado de o benfeitor, nem ele mesmo sabia. Se é que havia informações a respeito, ele não tinha conhecimento delas. Pouco era dito dele, e de menos ainda ele conseguia se lembrar, e nove homônimos papais, assim como o apóstolo Bonifácio dos alemães, não tornavam a administração da própria biografia mais fácil. Na condição de caçador de ossos, Bonifácio recebera a missão de procurar pelos restos mortais de mártires cristãos na cidade turca de Tarso. De volta a Roma, ele tivera de vivenciar como seus mandantes crentes sofriam sob a tortura do imperador Galério. Por masoquismo, burrice, ou devido ao impulso humano de sempre ficar do lado dos mais fracos, ele se fizera batizar e suportara, mesmo não tendo nascido, nem de longe, para mártir, a morte pelo piche fervente.

Sua entrada em cena no presente ano acabou sendo fraca. Bonifácio era um sujeito inventivo, e havia providenciado, no início do mês, para que a superfície da terra do continente se aquecesse muito, até que a convecção fizesse subir as massas de ar na condição de balões formidáveis e invisíveis. As bolhas deveriam voltar a baixar sobre a Grã-Bretanha depois de um estreitamento ultrarrápido dos isótopos, e empurrar uma frente polar em direção à Europa Central.

Na linha de frente, torres de nuvens haviam se enchido e teriam se descarregado na forma de uma tempestade que transformaria a atmosfera sobre Bonn em um inferno feito de borrascas de neve e granizo justamente em seu dia. Ele não sabia por que não dera certo. Estratos e cirros altos fizeram com que o céu matinal parecesse uma parede pintada desleixadamente. Estava mais quente do que no dia anterior, e as pessoas se contentavam com uma pausa antes da chegada de Sophia a fria. Por volta do meio-dia, um estrato gigantesco se formaria no andar intermediário das nuvens, ao entardecer deveria começar a chover. Bonifácio decidiu não se preocupar por mais tempo com o tempo, mas sim tratar de outras questões, que ele não sabia exatamente quais eram.

Às 16h45, Smutek estava em pé no terreno encascalhado diante do ginásio de esportes, e jogou a cabeça para trás à espera do primeiro pingo. Nada. O céu estava baixo, mas seco. Um vento quente e seco afagava as faces de Smutek, que ele há dias não raspava em protesto vago contra todas as coações sofridas. Não sentia vontade de ir ao ginásio, escarafunchava com os pés, chutava as pedrinhas maiores contra a parede, e mesmo na condição de não fumante teria acendido um cigarro, caso existissem cigarros a seu alcance. Já pela manhã a intranquilidade tomava conta de todos os seus membros, uma mistura de impaciência, vontade de caçar e medo, que não encontrava objetivo e também não provinha de uma fonte determinável. Ele teria preferido dançar no mesmo lugar como um esportista profissional antes da maratona, e soltado os punhos boxeando o ar vazio à sua frente. Mas não queria chamar a atenção. De modo que se conteve, deixou a bandeja exposta no lugar em que estava, e foi se proteger atrás do setor de entrada feito em blocos de plástico.

Vista através de duas camadas de plexiglas sujo, a figura que se aproximava não chegava a ser nem mesmo uma silhueta; era apenas uma mancha pairante e crescente. O ponteiro dos minutos no relógio de Smutek chegou ao 12, o ponteiro das horas tocou o 5. Uma mancha, não duas. Quando ela se aproximou, e Smutek saiu de trás da parede de plástico, ele visivelmente estremeceu.

— Onde está ela?

— Quem, ela? — perguntou Alev, de volta. — Odetta? Ada? Ou talvez outra? — Sem olhar para Smutek, ele estendeu uma mão espalmada à frente e voltou os olhos para o céu. — Está quente demais — murmurou, e passou a manga da camisa na testa. — Pois é. Ela acabará vindo.

— Ada?

— Eu me referi à chuva. Esperemos, simplesmente, o que ou quem aparecerá para nos fazer companhia.

O fato de Ada não estar ali, não apenas pareceu estranho a Smutek, mas era, sim, um fenômeno sobrenatural. Alev o presenteou com um sorriso largo e foi se postar ao lado dele atrás dos blocos de plástico. Apesar da calma ostensiva de seu oponente, Smutek suspeitava que algo não estava correndo conforme os planos. Como uma fantasia febril, perpassou-lhe a cabeça a ideia de que Alev pudesse estar planejando uma troca de parceiro, e encaminharia a ele a Odetta de feições júnicas, a fim de entregar Ada a outro. Lindenhauer, o novo professor para as aulas de reforço! Tão só o pensamento o fazia estremecer como um ataque de mal-estar.

Passaram-se alguns minutos, nos quais eles trocaram declarações sem sentido acerca das especificidades meteorológicas dos últimos dias, para em seguida voltarem a fixar o ar a sua frente, mudos. Alev fumava um cigarro, deu uma última tragada e jogou a bagana no cascalho.

— Foi legal — disse ele. — Até terça na aula de alemão.

— Um momento.

Alev não fizera menção de ir. Estava parado ali, sorria olhando o chão, como se pensasse calmamente em algo agradável, e tinha as duas mãos enfiadas nos bolsos da calça.

— Ela caiu fora? — perguntou Smutek.

— Como?

— Ada te disse que ela não vai mais participar?

Alev balançou a cabeça e estalou três vezes com a língua, como se estivesse diante de uma criança tola e desobediente.

— Não te faças ridículo — disse ele. — Encare os fatos de frente. Acabou.

Smutek não conseguia perceber se Alev estava blefando, se ele tentava virar uma situação desfavorável a seu favor ou se, como de costume, seguia as instruções de um plano fixo. Smutek nem mesmo tinha certeza se ouvira bem o que Alev dissera.

— O que foi que tu disseste?

Enquanto ele procurava com esforço por um indício de verdade no semblante abaixado de Alev, este levantou a cabeça e mostrou um rosto de palhaço triste e contorcido por uma careta.

— O jogo acabou.

Ainda há poucos instantes, havia sido aquela a frase pela qual Smutek esperava com todos os filamentos de seu ser, uma fórmula mágica, improvável e desejada tão ardentemente quanto a salvação repentina do mundo. Talvez ele não acreditasse em Alev. Talvez ele considerasse sua entrada em cena uma finta, a abertura para o próximo e ainda mais terrível nível do sistema. O jogo acabou. Por um motivo incompreensível, essas três palavras não eram aquilo que Smutek queria ouvir.

Alev gozou a confusão como se fosse o aplauso de um grande público. A careta de palhaço havia se transformado na expressão levemente afetada de um médico, que tem uma má notícia a transmitir a seu paciente.

— Smutek, bebezinho, tudo no mundo acaba quando cumpriu seu objetivo. A querida Ada não virá mais. O nosso Alev também não. Eu estou aqui para te dizer isso. Tchauzinho.

Smutek trazia os braços cruzados ao peito, como se quisesse se segurar em si mesmo. Depois de dois fortes movimentos respiratórios, ficou claro para ele que a decisão que ainda tinha de ser tomada dizia respeito apenas à pergunta se ele queria ou não dizer mais alguma coisa. Em filmes, os envolvidos em uma cena dessas costumam se enrolar em um diálogo que serve tanto a eles quanto aos espectadores para afastar os últimos detalhes que ainda não estão claros. Me diz onde foi que eu errei... E isso ainda importa alguma coisa?... Ora, nós vivemos apenas para tentar ser infalíveis... Viver não me parece uma medida adequada ao senhor no momento... E assim por diante. Não raras vezes acontecia uma reviravolta no decorrer de um desses diálogos, não raras vezes tudo aparecia sob outra luz de repente. O inocente se tornava culpado, o bom se revelava mau, e o mau no final assumia o papel de cordeiro imolado.

Smutek decidiu não falar. Algo o incitava ao riso, mas ele também não queria rir.

Então, conforme se costuma dizer, aconteceu tudo bem rápido.

Ele se libertou do abraço dos próprios braços, tomou impulso afastando a mão de lado e para baixo, e golpeou seu oponente, cujo rosto se encontrava à altura de seus músculos peitorais, com toda a força direto no queixo. Alev acabava de fazer menção de dizer alguma coisa. Seus dentes bateram uns contra os outros estalando, a cabeça voou à nuca, por um momento o branco dos olhos relampejou sem qualquer sinal da íris e da pupila. Ele quis ir ao chão, cambaleou, e se apoiou contra a parede lateral da entrada do ginásio, se agarrou a ela e conseguiu se colocar ereto com muito esforço. Smutek esperou até que ele estivesse seguro sobre as pernas, sacudiu a mão direita, e moveu os dedos no ar como um pianista. Seu aluno o olhava, o branco do olho direito colorido pelo escuro do sangue, ainda que com certeza não tivesse sido atingido no local. A vontade de rir se tornou mais forte. Não contado o olho, Alev parecia intacto. A admiração estava escrita em todos os seus traços, e Smutek compreendeu enfim o que é que ele achava tão engraçado naquela situação. Ele era uma cabeça e meia mais alto, e estava sem mais nem menos em condições de se agachar e erguer Alev sobre a cabeça. Mesmo assim, seu adversário, que pensava em tanta coisa, não havia pensado nisso. Pela primeira vez, ele contemplava Smutek com surpresa, e essa surpresa lhe emprestava a expressão de um garotinho, que desde o princípio entendera algo errado.

Por fim, foi Alev que começou a rir. Quando abriu a boca, uma torrente de sangue correu sobre seu queixo, represada para assustar Smutek. Sem a pressão, ele cuspiu, algo caiu ao chão, outra coisa ficou pendurada na parte frontal de seu casaco.

— Ok — disse ele, sem usar a língua —, então vamos em frente. — Uma chuva vermelha saiu de seus lábios borrifando os antebraços de Smutek.

O próximo golpe foi direcionado à base do nariz. Smutek não teve paciência para inspecionar as consequências da agressão. Com a parte inferior do punho, reforçada por uma meia-volta, ele golpeou diretamente atrás do ouvido do oponente, e recebeu o corpo em queda dianteira com o joelho esquerdo que, catapultado verticalmente ao alto, acertou o epigástrio e o plexo solar de Alev. Quando Smutek o soltou, ele caiu ao chão, e sua testa acertou, com um estalar seco, que não diferiu muito do dos dentes batendo uns contra os outros, a quina do degrau de alvenaria da entrada. De algum lugar, Smutek pensou ter ouvido o tilintar de uma vidraça contra a qual um corpo humano se chocou, ainda que nada nas suas proximidades pudesse ter ocasionado um ruído assim.

Eis que mal haviam passado 20 segundos desde o primeiro golpe. De um lado, Smutek supôs que Alev de imediato não compreenderia mais o que estava acontecendo consigo, por outro lado considerou que ainda não havia terminado. Uma vez que o aluno estava deitado de lado, o rosto voltado de olhos abertos para baixo, como se quisesse investigar o concreto à distância de poucos milímetros, Smutek mirou primeiro no cóccix, depois no rim esquerdo. O corpo de Alev cedeu como um travesseiro de penas bem cheio, não deixou ouvir nenhum ruído e não tentou o menor movimento. Já nos primeiros chutes, Smutek havia tomado pouco impulso. Em pouco, ele já não encontrou lugar que pudesse maltratar sem se tornar repetitivo. Os órgãos sexuais, ele os poupou por uma espécie de sentimento de honra, e, ainda que estivesse usando apenas tênis, não ousou mais atingir a cabeça.

Caso Smutek algum dia tivesse pensado em golpear uma outra pessoa, ele teria imaginado que a ação seria mais dispendiosa, mais melindrosa e mais precária, no todo bem difícil, e por isso tanto mais satisfatória depois. Ele se perguntava quando se daria conta do que fizera e se sentiria horror diante do fato. Caso lhe fosse dada mais uma vez a oportunidade de conversar com Ada, será que ela olharia para ele com olhos vidrados e diria: estás vendo? O problema não consiste no fato de homens gostarem de fazer coisas cruéis, mas sim no fato de a crueldade ser tão simples. E o que funciona bem hoje em dia é considerado bom.

Relutante, ele virou Alev, e logo teve de colocar distância entre si e aquele rosto. Quem quer que encontrasse o garoto, teria dificuldades em identificá-lo em qualquer outra coisa que não fossem suas roupas. Smutek estava convencido de ter lhe quebrado o maxilar e o nariz, arrancado alguns dentes, e talvez cortado um pedaço da língua, mas ao mesmo tempo tinha certeza absoluta de que ele ainda estava vivo. Por um instante, ele refletiu, cauteloso, se essa certeza não era semelhante à tentativa de uma criança de colocar de volta sobre a pedra o sapo torturado até a morte. Ele não teve vontade de colocar seu ouvido próximo dos lábios sangrentos de Alev, ou de pegar por baixo de seu casaco. Por falta de conhecimentos médicos, ele caracterizou a crença na resistência de Alev como intuição.

No caminho para o carro, finalmente o alívio tomou conta dele. A chuva se fazia esperar e viria apenas à noite, bem tarde. Smutek tentou alguns passos saltitantes, quebrou um ramo da moita, jogou-o para o ar e acertou-o, enquanto caía, com o calcanhar do pé direito. Tudo chegara ao fim. O jogo acabara. Ele se sentou no carro e procurou boa música em todas as estações do rádio. *My god, my tourniquet, return to me salvation.*

O pragmatismo, Ada dissera um dia, substitui tudo o que no passado as grandes ideias, as ideologias e as religiões, a crença na paz, os direitos humanos e a democracia tinham a nos oferecer. O pragmatismo evita que nós nos tornemos criminosos ou nos transforma em tais quando isso se faz necessário. Ele legitima a existência do sistema jurídico, da família e do trabalho, ele faz com que sejamos simpáticos, e recomenda que arranjemos um aspecto agradável. Depois de nos termos livrado pouco a pouco de todas as compulsões, um único responsável passa a cuidar de nós: o pragmatismo. Tu acabarás vendo, Smutek, que a nós, os esvaziados, verdadeiramente não falta nada!

Smutek assentiu a si mesmo diante do volante. Agora, na recordação, ele ouvira Ada com atenção pela primeira vez. Ele agira de maneira prática. Em casa, Branca de Neve esperava por uma última e calma noite que passariam juntos, e se alegraria com o fato de ele voltar mais cedo do que de costume.

Eles estacionaram na calçada em frente à casa apenas depois da meia-noite. Smutek havia esperado, fez um sinal para eles, de cima, a fim de que não tocassem a campainha, e abriu a porta apertando o botão do interfone. Eles estavam à paisana, trataram-no com cortesia e apresentaram a advertência legal em voz sussurrante, para não acordar Branca de Neve. Todo o processo foi bem mais agradável do que uma simples blitz de trânsito. Não, ele não precisava levar nada junto. Um interrogatório, nada mais. Talvez uma escova de dentes, para o *worst case*. O incômodo noturno os desagradava, eles disseram. Lamentavelmente nunca se podia saber. Não eram poucos os que perdiam a cabeça, e nesses casos a manhã seguinte era tarde demais.

A descoberta de que o homem, imediatamente após um crime violento, podia manter um tratamento refinado com representantes inteligentes de sua espécie, de que as regras do bom comportamento não perdiam sua validade mesmo depois de um assassinato, deixou Smutek profundamente satisfeito. Ele pediu aos dois homens que tivessem um minuto de paciência. Decentemente, eles observaram pela porta da cozinha como ele deixava um bilhete para sua Branca de Neve sobre o aparador, e, quando ele estava pronto, um dos policiais olhou brevemente por sobre seu ombro, a fim de ver o que ele havia escrito:

Por favor vá à casa de uma amiga. Aqui uma coisa acaba de chegar ao fim. Eu teria de mentir se afirmasse que lamento o acontecido.

Sophia, a fria...

... Era assim que os colegas me chamavam, porque eu não chorava quando eles me batiam, puxavam meus cabelos ou atiravam bolas de neve congelada em mim. Os professores me chamavam assim quando minhas respostas eram mais precisas do que suas perguntas. Meus pais pensaram mais em sabedoria do que em frialdade quando escolheram meu nome, mas *nomen* não é, de forma alguma, *omen*, ao contrário do que diz uma compreensão típica no país, e sim cria suas próprias ôminas. Para meus pais, eu fiquei sendo Sophie, ainda que eu não tivesse a menor noção das ideias divinas e das almas incorpóreas de Platão. Para meus amantes ingleses da Oxford High eu era *Sophie-sticaded, La Jolie Sophie* para todos os amigos franceses que fazia durante as férias, Sophisma já no primeiro semestre de Direito na Universidade de Heidelberg, Sofá para namorados abandonados, e Sophiazinha para os avós. Mas hoje, quando atravesso os corredores do tribunal de primeira instância para buscar um café na cantina, eu ouço apenas aquele único nome ser sussurrado em todos os cantos. Meus clientes cativos contam-no aos novatos em prisão preventiva, os advogados de defesa se mostram preparados, e os colegas sacodem a cabeça, ora invejosos, ora divertidos: esqueça das estratégias diante de Sophia, a fria. O nome cai tão bem à juíza quanto um traje de esquiador de tamanho ideal.

Com a decisão de palmilhar as veredas da erudição jurídica, Sophia a sábia deu grandes alegrias a seus pais. Por acaso sabedoria não era antes de tudo saber o que é bom e certo e o que não é? Que valor teria a verdade, se não nos deixasse em condições de fazer um julgamento? Por acaso também a sabedoria de Salomão não se revelou no âmbito de uma decisão jurídica?... Acreditaram que eu queria fazer jus a meu nome. Eu dava respostas rudes quando voltava para casa, nas férias do semestre. Dizia que o direito era uma sala na qual a justiça jamais entrava. Que a sabedoria era uma ficção de moralistas já fracos de tão velhos. Eu ainda era jovem, ainda não entendia nada e, mesmo assim, tinha... razão.

O direito não é uma sala de parto para a justiça e jamais afirmou ser uma. O direito consiste em leis, leis consistem em palavras, e palavras podem ser muita coisa, mas com certeza não são justas. Como é que uma regra escrita, pensada para constelações de casos infinitamente variadas, poderia dar um depoimento justo acerca da unicidade de um acontecimento? O direito é mais justo do que essa exigência. Suas regras são exatamente tão venenosas ou saudáveis quanto vasos que precisam ser primeiro enchidos pelo homem com diferentes conteúdos.

Meus pais teriam gritado: "Que bobagem é essa, é proibido matar, e isso é direito!"

Ora, o soldado pode matar. Quem exerce a legítima defesa pode matar. O policial pode matar com um tiro decisivo de salvação, o homem pode matar a si mesmo, um outro homem pode lhe conceder ajuda para tanto. Um animal, a gente pode matar. O inimputável, pouco importa se bêbado ou louco, mata e não é punido. Pode-se matar por engano, na medida em que não se age culposamente. Não é matar que é proibido, o que é proibido é o homicídio e o assassinato. Mas o que seja um homicídio passível de punição a lei não esclarece. Cada caso acrescenta a seu próprio ajuizamento um novo componente.

Para se tornar aplicável, o direito precisa de um intermediário entre palavra e mundo, já que esses dois, desde que existe a língua, estão em guerra de trincheiras um com o outro. Eu sou uma juíza de arbitragem, não entre pessoas, mas sim entre o que está escrito e o que aconteceu, em primeira mão. Um estudante de direito do primeiro semestre já é capaz de escrever 20 páginas acerca de um parágrafo breve, a fim de conseguir aplicá-lo a um caso, e nisso está longe de ter mencionado tudo o que é relevante. A reconciliação entre regra e realidade necessita de longas negociações. No final, o mediador volta a estar sozinho. A massa de resultados possíveis pode ser delimitada. Em casos de dúvida, no entanto, não lhe resta nada a fazer a não ser investigar dentro de si mesmo.

E o que ele encontra em suas investigações naquele "ele mesmo" mítico? Uma rede filigranada de noções acerca do que seria bom e do que seria mau. Uma bela quantia de Bíblia, pouco importa se a gente é crente ou não. Os contos de fada de Grimm, pouco importa se a gente os leu ou não. Sigmund Freud, nacional-socialismo, Adorno, pós-modernismo, e além disso a consciência de que tudo muda, e de que a gente pode compreender seu presente tão pouco quanto uma engrenagem pode conhecer a máquina dentro da qual gira.

Nesse lodo ético ancestral, o árbitro se encontra de joelhos e tem de confiar que através de sua cabeça, de suas mãos e de seus lábios quem fala é ninguém menos do que a história da humanidade. Bem, disseram meus pais. Esse lodo ancestral é a sabedoria, nós sempre soubemos disso. Não havia mais nenhum motivo para contestá-los.

Vocês podem chamá-lo do que bem quiserem. Mais interessante é a pergunta acerca do que acontece quando um juiz examina um caso com todo o cuidado, encontra e interpreta as normas correspondentes, subsume as circunstâncias, leva em conta desvios e exceções e harmoniza teorias opostas, e, ao final das contas, vai ouvir seu interior a fim de dar uma sentença e seu interior... não lhe responde nada! Aí então ele começará a folhear como um louco. Examinará o caso mais uma vez. Interrogará um colega. Pedirá três dias de folga, pensará em alguma outra coisa para depois começar tudo do princípio, com calma. E mais uma vez não chegar a resultado algum.

Um juiz assim está amarrado. Enfiado em uma fenda de geleira entre as épocas, que só voltará a poder se fechar quando uma delas tiver substituído completamente a outra. O velho sucumbe e nem por isso surge logo algo novo. Com a alma em paz, a humanidade despede uma ordem mundial sem se preocupar em colocar uma nova em funcionamento.

A vida, é o que se diz singela e profundamente, tem de continuar. Se nós nos limitamos a diagnosticar a perda de uma crença e a chorar ou festejar o vácuo surgido, essa vida passará por cima das lacunas com suas longas pernas e construirá para si pontes de legalidades, cujo material de construção se chama "pragmatismo", e que tem tão pouco a ver com o mundo das ideias quanto um cabide com a nova coleção de verão. O pragmatismo subdivide homens, coisas e pensamentos segundo sua capacidade funcional. Ele faz com que grande e pequeno, bonito e feio, velho e jovem e todos os pares opostos se lancem uns sobre os outros, coroa o vencedor como o bom, e nisso atende ao mais velho e mais primitivo dos instintos: o instinto da autoconservação. A natureza é pragmática. Todo animal é pragmático. O homem o é lá onde suas ideias se acabam.

Observem-se os oceanos. Dentro deles vive um número bem maior de seres do que em terra firme, as bases alimentares são parca e desigualmente divididas. Debaixo da água, não existem livros de lei, não existem juízes, nem prisões, não existem advogados e não existe polícia. Tudo é luta, nada é guerra. A variedade de espécies não diminuiu, as populações permanecem em equilíbrio, o grande todo funciona, enquanto o ser individual toma para si o que necessita e nada mais do que isso. O pragmatismo é que provoca esse milagre. Um animal não precisa acreditar em nada a não ser no sentido sem sentido da sobrevivência. O homem pragmático se diferencia do animal pragmático em apenas uma particularidade importante. Seu prazer de jogar, seu desejo de brincar não acaba com a maturidade sexual. Eles vivem eternamente. Se isso transforma o pragmatismo humano em um instrumento perigoso — eu não me atrevo a dizê-lo.

De qualquer modo, eu não vou bancar Gog e Magog diante dos povos, a fim de alertar as pessoas acerca do fim do mundo. Eu não farei alusões públicas ao fato de talvez existirem sentenças pragmáticas, mas não uma justiça pragmática. Também eu sou uma filha de minha época, e posso aceitar levianamente o que acontece conosco. Centenas de milhares pensam que uma pessoa sozinha nada pode mudar, e eles têm razão, com os diabos.

Eu juntei os processos, mal os autos estavam sobre a minha escrivaninha. O Sr. El Qamar pertencia, na condição de adolescente, à alça do juizado de menores, e eu queria ter os dois diante de meu púlpito. O outro poderia se alegrar por ser convidado a um tribunal de teenagers. Depois que metade do quadro de pessoal do reformatório em questão anunciou seu interesse em participar da audiência, eu rejeitei um requerimento que pedia sua abertura ao público. Diante dos tribunais ordinários, a coisa toda teria se tornado um processo de exibição.

Os acusados não estiveram em prisão preventiva. Eles devem ter ficado sabendo por seus advogados de defesa que Sophia a fria se preparava para processá-los. Posso ver muito bem como os advogados sacudiram as cabeças e balançaram os indicadores. Eu não quero deixá-lo intranquilo, mas a coisa está feia para nós. Com certeza ninguém imaginava que o que passava em minhas mãos era um caso de sorte. A justiça existe no inferno. No céu, o que impera é a misericórdia.

Diante do tribunal e em alto-mar nós estamos na mão de Deus

Smutek viera de terno preto, penteara os cabelos bem rentes à cabeça; manteve o olhar baixo o tempo inteiro e mais uma vez parecia um confirmando, que se envergonha por ter de se mostrar nas roupas de um adulto. Alev estava sentado dois especialistas forenses à esquerda, no banco dos acusados, vestia uma calça bege, sapatos de couro italianos e a camisa de sempre. Bem perto abaixo dos olhos, um emplastro escondia os rastros da segunda operação no nariz. No meio da testa, havia um lambda desenhado em 20 pontos, que ficaria marcado nele até o fim de seus dias. Para conseguir tratar medicamentosamente os ferimentos menores na cabeça, seus cabelos foram cortados com máquina zero, e seu crânio estava assentado como um corpo celeste de cor empoada entre os ombros, brutal, digno de pena, semeado de manchas de iodo. Os olhos, Alev os mantinha semicerrados, como se estivesse, contra a vontade, como um gatinho recém-nascido, prestes a ver a cara feia do mundo pela primeira vez. Queixo e maxilar mostravam uma coloração violeta e pareciam ter sido atacados pela podridão, como se Alev quisesse se decompor em corpo vivo a partir do pescoço.

Os piores ferimentos, contudo, ele os escondia atrás dos lábios fechados. Faltavam três dentes, dois haviam sido quebrados, e teriam de passar ainda várias semanas até que o campo em ruínas de sua boca fosse desentulhado e as obras de reconstrução pudessem ser começadas. Quando dois prestadores de serviços sociais, depois do telefonema anônimo de Smutek, haviam encontrado a vítima deitada ao chão e conseguido colocá-la sobre uma padiola, a cabeça caíra de lado e liberara uma torrente de sangue tão grande, represada na boca e no nariz, que os dois homens se jogaram de joelhos rastejando nas pedras britadas diante do ginásio como se estivessem procurando uma moeda perdida. Por fim, encontraram algo que, totalmente empanado em areia, se parecia a uma lesma noturna, pequena e encolhida. Eles a enrolaram em um lenço e a levaram ao médico que trataria dele, que a observou e a jogou no balde de lixo debaixo da pia. O modesto pedaço de carne já havia exaurido sua vida, e quando a tampa de plástico branco caiu, a cerimônia de enterro da segunda guerreira mais rápida de Alev estava terminada.

A mais rápida, contudo, estava viva, sentada diante da porta da sala do tribunal, e esperava até ser chamada à cadeira das testemunhas.

Alev fizera questão, autoritariamente, de tomar parte na audiência, por mais cedo que ela fosse. Os médicos o haviam permitido, ao final, dando de ombros zombeteiramente: um macho de verdade não sabe o que é dor. Na parede entre as janelas estavam apoiadas duas muletas. Devagar, pronunciando todos os "l" como os dois "rr" brasileiros em uma espécie de lambdacismo às avessas, ele se declarou capaz de participar da audiência. Quando ele acrescentou que esperava animado há oito semanas pela tarde divertidíssima, Sophia a fria levantou as duas sobrancelhas com o ímpeto de duas asas de andorinha diante do pôr do sol, e sacudiu os cabelos louros de seu corte liso e curto. A despreocupação desse gesto encorajou Smutek a olhar enfim para o rosto de sua vítima. Ele se inclinou um pouco à frente em seu banco, seus olhos se encontraram, eles anuíram um ao outro e logo voltaram os olhares para o lado, ágeis. Nada de ódio. Nada de inimizade. Apenas destruição, ruínas silenciosas. Paz depois do temporal, e um pouco de embaraço por causa da transformação desamparada e desnuda daquele corpo. A beleza estranha e selvagem de Alev, a impressão de uma capacidade inaudita de ventura e de sofrimento, e por fim suas acrobacias linguísticas sobre trapézios mentais, haviam desaparecido nas mãos de Smutek, e ninguém seria capaz de acreditar que elas algum dia voltariam a ele. O que restou foi um homem — não um Deus, nem um Diabo, nem um pesadelo, nem uma fantasia. Ali estava sentado um garoto de 18 anos, que a pedido da polícia do tribunal havia sido trazido à audiência por uma ambulância, tratava seu advogado com desprezo e parecia perdido entre os adultos vestidos de preto. Smutek quase chegou a achá-lo simpático. Ele teria preferido se levantar, tocado o crânio devastado — assentado em seu lugar bravamente como o globo terrestre sobre os ombros de Atlas — com sua mão morna, e dito que tudo ficaria em ordem, acontecesse o que acontecesse, que a vida continuaria e bobagens do tipo. Em vez disso, ele lançou um segundo olhar a Alev e sentiu como a recordação na figura anterior daquele homem empalidecia, e de modo tão definitivo como se ela jamais tivesse existido, como se Alev tivesse sido sempre apenas a sombra de algo maior, que por momentos podia se levantar bem alto aos ares para no instante seguinte voltar a se agachar, pequeno e devoto, sobre os calcanhares.

Pelo microfone, Sophia a fria pediu às testemunhas que entrassem na sala e ocupassem lugar nas fileiras de espectadores. A pesada porta de madeira se abriu devagar como se estivesse sendo usada toda a força de um pé-de-cabra para destrancá-la. Lindenhauer, Hauser e Teuter atravessaram mudos o linóleo esverdeado, cuja superfície estava arranhada como o piso velho de um ginásio de esportes, e se abancaram em três assentos da primeira fila, hábeis e rápidos como na dança das cadeiras. Lindenhauer enfiou os dedos entre os joelhos, como se estivesse com frio. Odetta e Olaf se davam as mãos, logo dobraram à direita e buscaram a última fila, onde se sentaram bem perto um do outro como pássaros sobre um galho. Podia ser visto nas testemunhas que elas não haviam trocado sequer uma palavra diante da porta. O silêncio os envolvia como um hausto de peste.

Sophia a fria fez seu olhar passear pela sala de seu tribunal, que com seus visitantes isolados mais uma vez parecia a sala de um cinema pouco frequentado, voltando a se inclinar ao microfone.

— Eu sei que é a senhorita. Deixe de dengos e entre, *tosto*!

Pela porta ainda aberta, a última palavra ecoou bem alto, vinda do corredor, como se lá fora houvesse uma segunda Sophia, e tangesse retardatários como se fossem gado recalcitrante para dentro da sala. O promotor levantou uma das mãos a fim de sorrir na manga larga de sua toga. Desde que conhecia Sophia a fria, ele invejava todos os acusados homens que durante a audiência verbal podiam observar por algumas horas o perfil esquerdo dela, enquanto ele mesmo podia ver apenas o direito do lugar em que estava. Ele havia até considerado a possibilidade de cometer algum delito, a fim de se encontrar uma vez pelo menos debaixo da férula dela e logo abandonado o pensamento de novo. O promotor tinha mais de 21 anos, e seu sobrenome começava com uma letra que não caía no âmbito de ação dela.

Ada deixou os últimos restos da fumaça do cigarro escaparem entre os dentes quando já estava no meio da sala e olhou a sua volta piscando como um animal noturno que tenta se orientar em terreno desconhecido durante o dia. Smutek havia se colocado ereto, involuntariamente, quando ela aparecera na soleira da porta. Um calor subira a sua cabeça e se espalhara por suas faces, e ele teve de se conter para não jogar um braço ao ar e acenar para ela, pedindo que se sentasse a seu lado. Eles não se viam há oito semanas. Oito semanas nas quais Smutek não telefonara, não mandara torpedos e deixara sua casa apenas à noite para breves passeios de compras ao posto de gasolina mais próximo. Durante o dia, ele corria perigo de se submeter aos ataques de um repórter local ou, pior ainda, de cair nas mãos de uma horda de alunos nervosos do curso secundário.

Talvez o senhor ainda não saiba, havia lhe dito seu advogado logo no primeiro encontro, mas delitos sexuais são condenados com mais dureza do que homicídio ou assassinato, e quando há um menor de idade na jogada até mesmo os caras mais durões na cadeia inventam um assalto a banco com refém para justificar sua prisão. A pior coisa da cadeia não são as grades.

Sem qualquer aviso prévio, Smutek havia soltado os cachorros. O senhor não me trate como um pedófilo! Por um segundo ínfimo, ele havia imaginado o ruído de dois maxilares batendo um no outro, mas conseguira se conter com a mesma rapidez, e havia desculpado seu nervosismo com os efeitos do isolamento prisional em sua própria casa.

Diante do pano de fundo dessas oito semanas, o efeito de Ada sobre ele era como o de um anjo que descesse do teto da sala. A pele clara era envolvida por uma luminosidade produzida pela camiseta escura e pela calça preta, que Smutek jamais a vira usando. Sob as barras da mesma, emergiam os bicos dos tênis vermelhos. Ela parecia ter emagrecido, e seus cabelos deviam ter crescido pelo menos 10 centímetros naqueles dois meses. Smutek cogitava sobre isso até que se deu conta de que a imagem dela em sua memória era a daqueles momentos em que ele a carregara pelos corredores do albergue de Dahlem até o banheiro. Em sua recordação, ela estava deitada em seus braços como se estivesse dormindo, enquanto ele a contemplava com toda a calma. Quando se era jovem como ela, oito meses representavam uma pequena eternidade. Já no decorrer de oito semanas o mundo podia mudar de cabo a rabo. Esse pensamento agarrou Smutek com dedos gelados. Talvez Ada tivesse mudado completamente. Quem sabe se no fundo ela mal conseguia se lembrar do que havia acontecido entre eles. Quando ela voltou o rosto para ele, as comissuras da boca dele se alargaram para dar as boas-vindas. Os olhos dela passaram por ele sem vê-lo em direção à liberdade, como se Smutek fosse de puro vidro assim como a janela.

Sophia a fria era uma observadora atenta. Ela percebeu a troca de olhares fracassada, a alegria espontânea de Smutek e a consternação que veio a seguir. Ela viu que Alev mantinha a cabeça baixa, a fim de esconder seu semblante destruído aos olhos daquela menina, e que Ada na respiração seguinte continuou soltando fumaça de cigarro dos pulmões. Quando Ada enfim levantou os olhos para o púlpito do juiz, o silêncio expectativo se transformou em um estado de tensão. Juíza e testemunha prenderam uma à outra com olhares fixos. Em um empurra-empurra invisível, Urd e Skuld, princesas impetuosas do passado e do futuro, julgaram ambas reconhecer na que estava a sua frente algo familiar, e ao se precipitarem uma sobre a outra acabaram amassando Werdandi, rainha eternamente sofredora do presente, entre si. Por um momento irracional, Sophia a fria ficou contente com o fato de a promotoria por ora ter aberto mão de levantar queixa contra Ada, porque ela poderia ser mais útil na condição de testemunha. Pois, se assim não fosse, ela teria a impressão de ter sido chamada para dar uma sentença acerca de si mesma.

— Bom dia — disse Ada.

— É o que também lhe desejo. — O encanto se quebrou sem lançar estilhaços nem fazer barulho. — A senhorita faria a bondade de se sentar?

Sophia leu os autos resumidos da causa, constatou a presença das testemunhas e especialistas forenses, cumprimentou o representante do juizado da infância e da adolescência, deu as instruções acerca da obrigação de dizer a verdade, esclareceu as consequências de uma mentira diante do tribunal e pediu às testemunhas que voltassem a deixar a sala da audiência. Quando isso chegou ao fim, um farfalhar de suspiros percorreu o ambiente, como se todos juntos tivessem ultrapassado a primeira grande barreira.

O promotor procedeu à leitura da acusação em voz alta como um cacique que está acostumado a falar com seu povo em campo aberto. Quando entoou os conceitos "lesão corporal grave", "lesão corporal gravíssima" e "sevícia de pupilo" lançou olhares sombrios na direção de Smutek. Sophia a fria ouviu, o queixo apoiado à mão, agradeceu e interrogou os acusados acerca de suas relações pessoais sem se mostrar perturbada, enquanto o representante da acusação se recolhia decepcionado a sua cadeira e se eriçava como um corvo no inverno.

Smutek respondeu em voz baixa, solícito. Alev rolava vagarosa e torturantemente alguns fragmentos linguísticos sobre sua língua partida ao meio, e misturava sibilos agudos com vogais guturais, falando como se estivesse com uma escova de dentes na boca. Os dois advogados de defesa explicaram a recusa de seus mandantes de declarar o que quer que fosse acerca da causa. Todos se preparavam para passar a tomada de provas quando Alev ergueu a mão.

— Então o senhor quer dizer alguma coisa apesar da explicação de seu advogado? — perguntou Sophia a fria. O olhar sensual de Alev, tingido de branco e vermelho, se levantou a ela.

— Meu mandante decidiu fazer uso de seu direito de ficar calado — gritou o advogado, ergueu-se da cadeira apoiando uma das mãos aos ombros de Alev e quase perdeu o equilíbrio quando este o empurrou para o lado com um movimento brusco da parte superior de seu corpo.

— Diante do tribunal e em alto-mar — falou Sophia a fria ao advogado —, nós estamos todos nas mãos de Deus. Não perturbe o andar da audiência se quiser evitar uma reprimenda disciplinar.

— Agradeço com toda solicitude — disse Alev. — Vossa Excelência conhece o dilema dos prisioneiros?

— As perguntas — replicou Sophia a fria — sou eu quem as faço. E peço que não me chame de "Vossa Excelência".

— Eu gostaria de contar algo acerca do dilema dos prisioneiros.

— E tem algo a ver com a causa.

— Os acontecimentos em memória dos quais estamos sentados aqui hoje, por certo seriam úteis no sentido de contribuir à verificação de uma tese acerca da teoria do jogo.

— Estou certa ao supor que o senhor imaginou a solução do dilema de maneira um pouco diferente?

Alev riu baixinho e segurou a mão diante da boca ao fazê-lo.

— A senhora é uma mulher inteligente — ele disse.

— Dispenso tais amabilidades! — Sophia a fria sabia esbravejar como uma tempestade, sem que antes sequer um único pingo de chuva tivesse caído.

— No fato de justamente eu e o Sr. Smutek — Alev apontou para o segundo acusado, sem olhá-lo — estarmos hoje aqui, diante de uma juíza, há uma ironia pérfida. Era isso que eu queria dizer à senhora.

— O senhor acabou?

— Segundo as regras da teoria do jogo, nós nos mandaríamos mutuamente à forca, se acreditássemos que estamos pela primeira e última vez diante da senhora. Mas, se considerarmos nosso encontro como o começo de uma corrente interativa, cooperaremos. Nesse sentido, a senhora tem de entender nossa recusa em dar declarações: nós ainda não estamos certos.

— E AGORA o senhor acabou?

— Sim.

— Muito bem. Então escute com atenção. Primeiro: quando EU estiver pronta com o senhor, o senhor, segundo todas as probabilidades, terá sentado aqui pela primeira e pela última vez. É o que constato empiricamente. Segundo: o senhor pode ter certeza de que eu não sugerirei acordos nos quais o senhor poderá chegar à melhor entre as soluções com as estratégias de Maximin. O equilíbrio estratégico dominante existe na teoria. Mas, Sr. El Qamar, se é que posso fazer as apresentações: isto aqui é A REALIDADE.

Ela mais uma vez falava em voz alta, o promotor revirou os olhos, encantado.

— *Touché* — exclamou Alev, a mão direita sobre o coração —, de ora em diante eu pertenço à senhora. Embora minha opinião seja outra no que diz respeito à paquera antiga entre teoria e prática, mas *Regina regit colorem.*

— Então se mostre cavalheiro comigo e fique calado, se não quiser declarar mais nada com respeito à causa.

Alev tirou o chapéu imaginário de mosqueteiro. A palpitação em volta da boca da juíza, assim como o levantar suave de suas sobrancelhas, não escapou a nenhum dos presentes na sala da audiência. Quando as testemunhas iriam ser chamadas, Smutek levantou a mão.

— Sra. Juíza, eu gostaria de dar um depoimento parcial.

O promotor abriu a boca em um sorriso largo. Era sempre assim com Sophia a fria. Mais cedo ou mais tarde, todos abriam o bico.

— Uma parte — disse ela — é sempre melhor do que nada. Eu desconfio que o senhor queira se referir à acusação de lesão corporal grave? Maravilha. De outro modo, teríamos de desvincular o processo e interrogar o Sr.

El Qamar na condição de testemunha. Trabalho duplo para todos os envolvidos. Pode mandar brasa.

Smutek fez uma confissão rápida, rica em detalhes. O senhor cogitava a possibilidade de que a vítima pudesse cair e bater com a cabeça na escada? Não. O senhor utilizou algum instrumento, algum auxílio para atacar a vítima? Um porrete? Uma pedra. Um... soco-inglês? Não, nada disso. Que tipo de calçado o senhor estava usando? Tênis. O senhor se aproximou da vítima por trás? Não. O promotor fazia anotações e via a lesão corporal gravíssima descer por água abaixo. Ele pediu a palavra, mas Sophia a fria ainda não terminara.

— Por que foi que o senhor fez isso?

Smutek também já tivera a ideia de se fazer essa pergunta e tivera oito semanas de tempo para uma investigação minuciosa dos motivos. Mas a resposta foi difícil. Ele não sabia. O representante da acusação se levantou autoconfiante de sua cadeira.

— O senhor foi movido pelo ódio. Pela necessidade compreensível de vingança. Pelo desespero em consequência de uma situação verdadeiramente insuportável.

— Não foi assim.

— O senhor foi dominado pela fúria justa contra um homem que conseguiu colocar duas meninas jovens de uma vez em uma situação horrível?

— Por favor! — disse Sophia a fria. — Nós não estamos nos Estados Unidos. O senhor por acaso está vendo algum jurado?

Ela tocou o ar vazio a sua esquerda e a sua direita e abanou com os dedos. Mais uma vez Alev riu colocando a mão diante da boca.

— Não — disse Smutek —, não foi assim.

— Se o senhor quisesse botar um fim na situação, não teria sido mais simples buscar a ajuda de alguém? A polícia? O diretor do colégio? Os pais desse... segundo acusado?

— Bater — disse Smutek — é sempre a coisa mais fácil.

— Nisso o senhor por certo tem razão — disse Sophia a fria. — E agora, Sr. Smutek, diga-nos, enfim, por que foi que o senhor o fez.

— Me ocorre apenas uma resposta estranha. — Quando ele olhou para a frente, e voltou o rosto ao púlpito do juiz, o promotor acabou ficando à parte, e cada vez menor até desaparecer como uma peça de xadrez tirada do jogo. — Eu não posso explicá-lo mais detalhadamente, mas eu o fiz por amor.

Alev se inclinou à frente, a fim de sorrir para Smutek:

— Ele está dizendo a verdade.

A mão espalmada do promotor bateu no tampo da mesa.

— O senhor lamenta o que fez?

O braço de Smutek avançou tanto, que quase teria batido no peito de seu advogado.

— Olhe para este homem! É claro que lamento.

— Obrigado. Não tenho mais perguntas.

Todos os envolvidos fizeram anotações. Sophia levou os lábios para perto do microfone e pediu à primeira testemunha que entrasse. No momento em que pronunciou o nome de Ada, ela foi acometida pela ideia estranha de que não estaria em condições de chegar a uma conclusão acerca do caso. Uma revoada de noções alucinadas, que só pode ser afastada com um bater de asas enérgico.

O discurso de defesa é feito por uma testemunha

No dia seguinte à sua detenção noturna, Smutek viera para casa por volta do meio-dia, esgotado, atordoado, mas para sua própria surpresa bem pouco transformado. Ele não era nem uma nova pessoa nem um homem alquebrado, reconheceu seu carro, seu apartamento e por fim a si mesmo no espelho do vestíbulo, e conseguiu se orientar até bem em um mundo que havia permanecido cruelmente o mesmo. Smutek estava firme sobre a sela e não sentiu necessidade alguma de pegar o telefone sofrendo com um arrepio na nuca e ligar para si mesmo para ouvir pensativo o sinal de ocupado ou fazer qualquer bobagem do tipo daquelas que é comum na lida com as crises-de-um-homem.

Em consonância com aquilo que chamava de sua personalidade, ele entrara no apartamento e se certificara de que o armário das roupas e o banheiro haviam sido desocupados em parte, e que alguns livros haviam desaparecido das estantes. Por todo os lados, ele descobriu rastros de pressa. Peças de roupa e objetos caídos no chão, selecionados e depois jogados de volta, isso tem de ir junto, não, acho melhor não, a escolha era difícil. Ao imaginar como sua Branca de Neve, em pânico como um animal cuja jaula é sacudida terrivelmente pelo lado de fora, correra pelo quarto, ele sentiu um golpe violento no epigástrio. O queimar de um sentimento de culpa, do arrependimento e da compaixão, forjou seu amor, transformando-o em uma arma, que enfiou a ponta na carne de seu coração, para de então em diante acossá-lo a cada movimento. Ele teria de aprender a conviver com isso como o peixe com o anzol no céu da boca, depois de ter conseguido escapar mais uma vez. Mais tardar em algumas semanas, ele voltaria a vê-la, em um botequim, grandes e espumantes tigelas de café com leite na condição de zona de amortecimento entre eles, conversando sobre assuntos necessários, investigando motivos. A Sra. Smutek estaria mudada, cortaria seu cabelo, dividindo-o ao lado e penteando-o rente à cabeça, talvez abandonasse seu emprego e começasse a pintar. Ela encontraria um novo homem. Ela jamais mentiria de novo. E teria um filho.

Na mesa da cozinha, estava deitado o jornal aberto. Smutek conseguira passar da seção das Variedades e encontrara sua foto na primeira página das notícias locais. Era a foto que no passado havia sido anexada a sua candidatura ao Ernst Bloch. Fora nesse jornal que ele ficara sabendo que Alev estava vivo.

Depois de procurar um pouco, ele descobriu seu celular dentro do sapato de madeira, que estava sobre o parapeito da janela, livre das prímulas. O display revelou o recebimento de um torpedo, que chegara bem tarde na noite.

Aguenta firme. Deixa tudo comigo. Vou te tirar dessa.

Ele apagou a mensagem e sorriu do tom grandiloquente daquelas palavras. Durante a quarentena de várias semanas que veio a seguir, em sua própria casa, ele tivera tempo mais do que necessário para aprender a ter esperança. Ele principiou a esperar que Ada, pouco importava de que jeito, cumpriria sua promessa. Ela tinha o efeito surpresa e bons conhecimentos do terreno a seu favor. Mas tinha poucos minutos à sua disposição para toda a campanha.

O general de brigada ficou feliz em poder lhe fazer um favorzinho, havia mencionado o número de telefone de um advogado criminal reconhecido de Bonn e pedido que ela não se preocupasse com os honorários de aconselhamento. Ada ligara imediatamente e explicara um problema com o qual o especialista até então não tivera de se confrontar. Uma testemunha queria se encarregar da defesa. Costumeiramente, as testemunhas davam seus depoimentos, eram interrogadas, e faziam um juramento, enquanto a defesa ficava a cargo dos promotores e advogados de defesa.

Isso Ada já sabia. Será que permitiriam a ela ler, em sua cadeira de testemunha, um depoimento pré-escrito?

Com certeza, não. Anotações de apoio à recordação eram permitidas, mas o direito de discurso ficava limitado à resposta a perguntas que seriam feitas. O advogado criminal recomendou que ela tentasse um acordo: pela permissão de falar por vinte minutos livremente, Ada abriria mão de divulgar seu noivado com o Sr. El Qamar e invocaria seu direito de não prestar declarações testemunhais. Depois que ficou sabendo qual seria a juíza que conduziria o processo, ele retirara a sugestão.

— Entre nós, sempre dizemos: esqueça das estratégias quando se trata de Sophia a fria — ele disse ao telefone. — Ela não faz acordos. — Ada agradeceu e desligou.

No dia da audiência, ela estava preparada. Quando a voz de Sophia a fria cobriu as membranas do alto-falante de geada áspera, ela se levantou do banco de madeira entalhado, lançou um olhar desprovido de significado a Olaf, que estava sentado, infeliz, ao lado do cinzeiro e não queria largar a mão de Odetta, e entrou na sala do tribunal pela segunda vez. Nas mãos, ela carregava uma pilha de fichas que ela havia organizado em um fichário particular. Seu esboço havia sido montado conforme um sistema de blocos de madeira, cujas partes podiam ser trocadas livremente umas entre as outras, de modo que ela esperava reencontrar o caminho para o discurso original depois de cada intromissão, cada interrupção e cada nova pergunta. Ela estava decidida a falar por tanto tempo e dizer tantas coisas quantas fossem possíveis sem pagar uma multa disciplinar.

Ninguém na sala olhou para ela. Todos rabiscavam em seus papéis ou olhavam para o chão, como um grupo de estudantes que têm algo a esconder do professor que acaba de entrar. Quando a cobertura de nuvens foi rasgada ao meio, um sol receoso de julho apareceu e roubou todas as características iluminadoras das lâmpadas de néon sob o teto. Ruídos vindos da rua se elevaram, barulho ondulado de motores, conversas confusas de passantes, os berros metálicos de um bonde. Para o dia seguinte, estavam anunciadas tempestades devastadoras, chuvas diluvianas, rajadas de vento das mais fortes. As pessoas haviam cessado de contar as tempestades apocalípticas daquele ano. O tempo, elas diziam, enlouquecera de verdade. Em junho, um furacão destruíra meio povoado no leste da Alemanha. Finalmente Sophia a fria levantou a cabeça:

— Comece por aquilo que a senhorita achar que deve começar.

Nada mais fácil do que isso. Ada recolheu suas fichas juntando-as em um bloco impecável e fez o que lhe foi mandado.

— No primeiro instante que o holofote dessa narrativa imerge em luz, eu tinha catorze anos, era loura e de constituição robusta. No verão de 2002, eu fui inscrita no décimo ano no colégio Ernst Bloch depois de ter sido obrigada a deixar meu ginásio anterior por motivos que nada têm a ver com a causa presente. Eu parecia mais velha do que de fato era. E estava contente com o novo colégio. Depois das férias de verão, contudo, eu me reencontrei em uma turma entre 25 pessoas que não me interessavam nem um pouco, e imediatamente senti que tudo continuava como era antes. Talvez eu me incline a não apenas apostar no cavalo errado, mas inclusive em cavalos inexistentes, e ainda assim me admire mais tarde com o fato de não ter ganhado nem perdido.

Enquanto Ada falava, os ruídos de fora se retiravam a um segundo plano para voltarem quando ela fazia uma pausa, a fim de que o metralhar de teclas da funcionária ao computador pudesse alcançar as palavras que acabavam de ser ditas. Apesar do frio com cara de novembro, estava quente dentro da sala. O promotor enxugou a testa com uma das pontas da toga.

O especialista criminal nem de longe chegou à ideia de que Sophia a fria pudesse deixar Ada falar, simplesmente. Sophia apoiara a cabeça às mãos, esmagando as cerdas louras de seu cabelo em um dos lados, e ouvia Ada, que continuava falando, persistente como Sheherazade a contar de suas princesinhas, do porão das bicicletas e dos Orelhas, de Olaf e de seu desvirginamento malogrado, de Smutek, o professor de alemão, e naturalmente do Sr. El Qamar, que aparecera como novo aluno um ano depois dela no Ernst Bloch. Quando ela descreveu a viagem da turma a Dahlem e o banho noturno da fada de gelo, a sala prendeu a respiração. Antes que Sophia a fria interrompesse para fazer a primeira pergunta, ela já havia posto três fichas de lado.

— Que importância especial tem a morte do professor de história?

Ada encontrou a ficha com o título "Höfi" e se preparou para galgar com ímpeto o próximo degrau.

— A senhora quer ouvir sobre isso? Eu teria deixado o acontecimento de lado, ele tem a ver com nosso caso apenas tangencialmente... Como isso soa engraçado: o nosso caso! Um caso não é um caso no sentido que o povo lhe dá, mas sim um caso que ajunta um punhado de pessoas estranhas de uma hora para a outra e as une por algum tempo. No caso do Sr. Höfling, o caso foi que ele caiu bem diante dos meus pés. E isso eu jamais vou esquecer. Ele era o melhor professor do Ernst Bloch. Desde o princípio, ele me considerou uma adversária a sua altura, e eu teria feito muita coisa por ele, caso, sim, caso ele algum dia tivesse pedido algo. O Sr. Smutek foi quem mais sofreu com a perda. E não apenas porque o Sr. Höfling era seu amigo. Com Höfi, toda a Europa antiga saltara do telhado; com o professor de história morreu também a história. Caso essas explicações pareçam por demais esotéricas ao alto tribunal, eu posso reduzi-las a uma frase: todos nós não passamos muito bem naqueles dias.

Sophia a fria deixou o "alto tribunal" passar sem comentá-lo, e conseguiu conter um sorriso apenas com alguma pachorra. Sua sala de audiências se agachou como se estivesse à espreita, e o aspecto exterior do fenômeno se assemelhava a uma fraqueza circulatória coletiva. O promotor ouvia de pálpebras cerradas, sob as quais seus globos oculares se mexiam. Os advogados perfuravam o ar a sua frente com os olhos fixos, como se procurassem por respostas em uma outra dimensão. O especialista forense, cuja presença não era obrigatória, já há algum tempo se encontrava no toalete. Alev e Smutek estavam sentados, inclinados à frente, e tinham os cotovelos apoiados ao banco, de modo que poderiam se olhar a qualquer momento, caso houvesse necessidade para tanto. Quando foi dita a frase "O Sr. Smutek foi quem mais sofreu com a perda", ambos anuíram lentamente com um gesto de cabeça.

— Muito bem — disse Sophia a fria. — Chegamos agora à primeira acusação. Por favor, descreva os acontecimentos de sexta-feira à tarde, doze de março.

Ada não precisou nem mesmo ajeitar suas fichas.

— A senhora tem de saber que cultivo a arte de fugir às coisas, sempre que houver ocasião para tanto, e isso significa: quase cotidianamente. Dois dias depois da morte de Höfi, o importante era fugir de uma série de questões, e assim aconteceu que exagerei um pouco em minha corrida. A hipoglicemia pode parecer uma doença mortal. O que eu precisava era uma ducha fria e algo para comer. Me arrastei até o ginásio de esportes, e esperei que o professor da equipe de voleibol me abrisse a porta, mas antes que eu pudesse tocar a campainha, encontrei a porta aberta. Desde que haviam ocorrido roubos no vestiário, os professores foram instruídos a trancar a porta durante a aula de educação física. Por isso eu deduzi que um dos jogadores havia aberto a porta em segredo para o ladrão. Nem todos os alunos do Ernst Bloch são ricos, e drogas custam caro. Minhas noções morais são totalmente subdesenvolvidas em tais questões, e antes que a senhora se aferre à pergunta do porquê de eu não ter chegado à ideia de informar aos professores sobre a porta destrancada, eu gostaria de lembrar que a senhora, na condição de parte da esfera jurídica, incorpora a última instância que ainda restou no país, cuja tarefa é diferenciar entre bem e mal. Eu não tenho nada a ver com isso. Queria apenas tomar uma ducha. No vestiário dos professores, existe uma bateria que permite regular a temperatura da água com exatidão, e a água também não acaba em poucos segundos. Depois da corrida que fazíamos juntos, o Sr. Smutek permitia que eu usasse regularmente a ducha, e só posso dizer que fiquei contente quando lancei um olhar ao recinto e reconheci sua bolsa de apetrechos esportivos sobre a mesa. Achei que ele estivesse substituindo o professor da equipe de voleibol. Nós éramos colegas de corrida, até mesmo amigos. Ele me perdoaria se eu acabasse com seu estoque de barras de cereais. Furto de alimento em caso de extrema necessidade, não?

As últimas palavras soaram atrevidas. Já nas observações referentes à última instância restante, o promotor despertara de suas meditações e começara a mover a cabeça de um lado para outro como em um torneio de tênis. Sophia a fria não riu, não praguejou e não ameaçou com o instrumentário de sua paleta de sanções. Com a mão esticada de pastora das multidões, ela interrompeu o advogado do Sr. El Qamar, que escorregava para lá e para cá sobre sua cadeira desde que se tornara claro em que direção estava indo a declaração da testemunha. O promotor refletiu se havia motivos para encaminhar um requerimento de suspeição da testemunha, e logo esqueceu a ideia porque a coisa toda estava muito empolgante. Discretamente, Ada havia arranjado três fichas uma ao lado da outra sobre a carteira destinada às testemunhas.

Quando o Sr. Smutek mandou o grupo de alunos embora e entrou no vestiário, eu estava sentada, enrolada em uma toalha, sobre sua cadeira, e fumava um cigarro. Ele precisou de alguns instantes para se recuperar do susto. Depois nós conversamos sobre o Sr. Höfling. Para que a senhora entenda o que aconteceu a seguir, eu tenho de lhe comunicar que o Sr. Smutek jamais foi uma pessoa que me impusesse respeito. Em questões espirituais, aliás, eu desde sempre me considerei bem superior a ele, e quando percebi que ele buscava consolo comigo, a troca de papéis se realizou definitivamente. Talvez a senhora algum dia tenha estado no carro de seus pais, quando um motorista insolente em sua BMW se antecipa rapidamente e rouba a única vaga de estacionamento no centro da cidade, pela qual seu pai esperara com tanta cortesia sentado ao volante. Talvez a senhora tenha vivenciado o espanto, sim, o desespero de seus pais com um mundo acerca do qual a parte mais velha da humanidade pensa que ele esteja ficando cada vez mais acelerado, e celerado. Horrorizada, a senhora terá visto como seus pais se transformaram em crianças, e a senhora mesma se transformou em mãe, como a senhora teve de consolá-los, não é tão ruim assim, papai, não chore, mamãe, até que todos andaram juntos à garagem subterrânea entrando dentro dela como em um jazigo familiar. Foi essa a sensação que tive diante do Sr. Smutek, quando ele me perguntou, com as pálpebras tremebundas, como poderia lidar com o desaparecimento de uma pessoa que sempre havia sido a única a conseguir manter a cabeça constantemente sobre a superfície da água no Ernst Bloch. Era tempo de tomá-lo nos braços. Ele se defendeu com mãos e pés. Uma toalha é bem fina, e também abrigos esportivos e cuecas oferecem pouca proteção. Acerca da dureza no meio de seu corpo durante nossa pequena luta, não havia a menor dúvida; no que diz respeito aos detalhes, eu deixo tudo por conta da fantasia da senhora. Caso a senhora queira perguntar se eu estava apaixonada por ele — a resposta é não. Se ele me atraía fisicamente — mais uma vez não. Eu simplesmente tinha certeza de estar fazendo a coisa certa. Tirei a roupa e saltei na água fria, assim como fizera por sua mulher há alguns meses. E ele obedeceu às minhas ordens assim como sua mulher também obedecera.

A pausa artificial que veio a seguir, Sophia a fria a utilizou para testar as reações de suas ovelhinhas. Alev sorria satisfeito, de lábios cerrados. Smutek olhava para suas mãos, que estavam postadas diante dele imóveis como objetos. Ada baixara a cabeça e deixava a impressão de forte comoção interna, quando na verdade estava estudando o conteúdo da próxima ficha.

Sophia a fria chamou à sua própria consciência que em discursos públicos a forma bem-sucedida acabava tendo efeito sobre a verdade do conteúdo, ou que, dito de outro modo, a maior parte das testemunhas acreditava no que dizia ao mentir. Na medida em que um orador convencia a si mesmo, também o mundo se transformava sob o traço de seu pincel. No final, um tal ato criativo mal podia continuar sendo caracterizado como mentira, pois do contrário a própria criação do mundo teria sido uma mentira. Qualquer juiz conhece a síndrome conhecida como "testemunha do barulho". Uma testemunha descreve um acidente até o último detalhe, consegue se lembrar do olhar trocado pelos dois motoristas envolvidos no mesmo e tem certeza absoluta que o acusado esqueceu de ligar o pisca-pisca. À pergunta de como teve sua atenção chamada para o sucedido, ela responde com uma seriedade religiosa: quando ouvi o barulho, eu me virei.

Sophia a fria não podia excluir a possibilidade de Ada estar sendo vítima dessa síndrome, e em qualquer outra situação já teria começado há tempo a pensar em uma pergunta adequada para fazê-la cair na armadilha. Agora, porém, ela se sentia paralisada pela impressão de que não importava se ela acreditava ou não em Ada. O depoimento não tinha nenhuma contradição, e, além de Ada, ninguém descreveria os acontecimentos — nos acusados podia ser visto que eles continuariam mantendo o silêncio a respeito. O mero pensamento em procurar a verdade deixava Sophia a fria cansada até as fronteiras de uma apatia patológica. Ela queria simplesmente ouvir, e esperar para ver como a história terminaria. Se ela tivesse mais tempo para pensar naquele instante, ela teria chegado à conclusão, tomando um caminho mais curto, que só se revelaria a ela ao final de uma noite insone cheia de cismas: realidade era uma outra palavra para aquilo que as testemunhas lembram. Verdade não era nada que se pudesse saber, mas sim algo em que se tinha de acreditar, e entre pessoas que haviam perdido sua capacidade de acreditar não existia mais verdade. E sem verdade não havia sentença.

Ada havia reordenado os elos de suas fichas e esperava por um sinal para que continuasse falando. Sophia a fria anuiu para ela.

— Nosso rala-enrola terminou vinte metros e duas portas de correr adiante, sobre a pilha de colchões na salinha de equipamentos. Eu estava deitada de costas, com a cabeça voltada para a janela estreita. O Sr. Smutek não foi o primeiro hóspede em meu baixo-ventre. Eu não senti medo. Nada me doeu. Também não me causou prazer. Eu observei com interesse como o Sr. Smutek executou o ato sexual em mim do jeito adulto, com a autoconfiança de um homem que já fizera isso ou coisa semelhante centenas, talvez milhares de vezes na vida. No próximo momento importante para a senhora, uma pequena câmara prateada apareceu. Eu senti o estacar do Sr. Smutek justamente no segundo em que estava prestes a alcançar sua redenção. Tentei me erguer debaixo dele e percebi um movimento rápido como o de um animal em fuga, uma marta talvez, que é surpreendida a roer os cabos de freio de um carro. Driblando caixas de ginástica, barras fixas e cavaletes, algo fugiu às pressas. Era o Sr. El Qamar, que procurava a distância com suas fotos.

Desta vez foi Ada quem levantou a cabeça e contemplou Alev com um olhar, no qual acusação e perdão se misturavam bem dosados. Seu ladrãozinho de ginásio de esporte. Seu voyeur. Seu traidor e chantagista. Tu nos precipitaste a todos na desgraça, e mesmo assim não consigo deixar de ser boa contigo. Ela colocou um segundo sinal em sua testa, e marcou Alev como um peão sacrificado no jogo de xadrez, como mártir, como anjo caído. Um olhar mais atento teria conseguido ler ainda mais uma mensagem na breve contemplação: no passado eu te amei e tu enganaste a mim e a ti mesmo... Mas o que é uma mensagem que ninguém recebe?

Sophia a fria havia se inclinado à frente, até que a parte superior de seu corpo estava quase deitada sobre o púlpito judiciário. Ela uniu os dedos em volta da quina traseira da mesa e olhou para o rosto de Alev com a insistência teimosa de um animal. Pode falar. Diga alguma coisa sobre isso. Estamos dispostos a ouvi-lo. Mas ele se calou. A apresentação de Ada seria a única, era essa a natureza das coisas. Um breve sorriso brincava em volta da boca torturada de Alev. Ele se encolheu na cadeira, afastou a boca de seu advogado do ouvido como se fosse uma mosca incômoda, e devolveu primeiro o olhar de Ada depois o de Sophia a fria. O erguer-se, o suspirar e o dar de ombros no ambiente cunhava um aforismo gestual: diante do tribunal todo mundo recebe o que quer, e depois disso ainda sobra uma porção para os candidatos seguintes. O momento de uma prestação de contas mudas passou como passaram todos os momentos individuais desde que a humanidade se conhece como tal, por mais terríveis ou belos que tenham sido, sem a menor dificuldade ou resistência.

O que mais Ada tem a dizer

— Segundo meus conhecimentos, adquiridos a toda pressa, do sistema do direito penal alemão, o estado interior de criminosos e vítimas é determinante na apreciação de um caso. E ei-lo aqui de novo: o caso! O direito pulula de palavras esquisitas. Eu poderia dizer "*Verfahren*", quer dizer, processo. Mas *Verfahren* quer dizer também errar o caminho, e descreve uma situação em que me encontro sentada no carro com um mapa da cidade difícil de manusear sobre os joelhos, enquanto minha mãe ou meu padrasto tentam ler as placas de rua do outro lado do cruzamento forçando os olhos. Nós poderíamos estar tanto em Fitzroy quanto em um bairro de Bonn e, portanto... erramos o caminho, *verfahren*.

Se nos encontrássemos todos em um roteiro para um dos episódios do *Tatort*, não restaria nenhuma dúvida de qual a pessoa em um grupo de três, formado por um europeu oriental, um meio-árabe e uma mocinha pequena e loura, ao final das contas teria de ser apresentado como o verdadeiro criminoso: eu. A senhora sabia que bem e mal se tornaram um problema estrutural? A senhora conhece o motivo do nervosismo com as torres gêmeas desmoronando? Segundo as leis de Hollywood e de Ted Turner, os criminosos tinham razão, sob um ponto de vista estrutural. Por que, ainda assim, estou sentada na cadeira de testemunha e não no banco dos réus? Porque a senhora acredita poder criar nesta sala uma realidade que é mais real do que tudo que cintila sobre a tela de uma televisão. Não é de admirar que se chame isso aqui de "*Verfahren*"! Um processo em que se tem de errar o caminho...

Mas deixemos isso de lado. Não se pode exigir de todos os juristas uma faculdade suplementar de teatro, ainda que isso representasse uma ajuda inestimável. Voltemos ao estado interior e comecemos por mim. A senhora tem de instruir casos menos graves e especialmente graves, e por isso quer saber se a vítima — menor de idade! — de uma chantagem, obrigada a manter relações sexuais regulares com um homem adulto, teve danos morais ou não. Primeiro tenho de esclarecer algo fundamental à senhora. Está disposta a ouvi-lo? Foi o que eu pensei.

No terreno da moral, quer dizer, da alma, não há nada que um psicólogo possa ensinar aos representantes da minha geração. Nós conhecemos os modos de funcionamento dos traumas. Sabemos o que são projeções, sentimentos de inferioridade e complexos de culpa. Conhecemos Édipo e Electra, lemos Freud, Adler, Jung e *Psicologia hoje*, sabemos explicar a síndrome de borderline tão bem quanto as quatro categorias do medo, o funcionamento neurológico da esquizofrenia e os motivos da bulimia. Até há pouco, um lar deteriorado era tido como motivo principal para os danos da alma nos adolescentes de meu formato. A nova geração, contudo, é provida da convicção de que mais do que um dos pais nem sequer é necessário para a manutenção do bem-estar, e contempla os filhos de famílias intactas com desconfiança. Um milagre da evolução! Há poucos anos, ainda, nós nos teríamos sentido obrigados a manifestar algum dano anímico quando duas pessoas que nos geraram não conseguem mais suportar a presença um do outro por mais tempo. E os outros teriam interpretado nossa falta de um defeito anímico como um defeito anímico. Esses pais nos criaram na condição de sentido de sua vida em comum, e na separação precisam do sofrimento dos filhos como uma prova da validade de sua noção fracassada de felicidade. Qual é o valor de uma família quando já não dói mais em ninguém o fato de ela se romper? Deixe-me falar com clareza: a separação dos pais representa, em minha relação com o mundo e com a realidade, o menor entre os problemas. Pode acreditar em mim quando digo que me interesso tão pouco pela minha alma quanto pela sua ou pela de qualquer outra pessoa. Eu nem sequer acredito na existência dela.

"Alma" é um nome para a tentativa famigerada dos homens de se elevar por sobre o mundo dos objetos. Se de quando em vez também uma paisagem, um carro ou uma cidade natal acabam recebendo uma alma, o que se quer é fazer um favor a essas coisas, ao levantá-las para o jardim suspenso da autoconsciência humana. Quem diz que seu cachorro tem uma alma para poder levá-lo ao lugar em que quiser, é ridicularizado como tipo estranho e levado menos a sério no futuro. Mas quem se atreve a dizer que o homem não tem alma, colocando-o no mesmo nível dos outros fenômenos móveis e imóveis daquele conglomerado de causalidades que estamos acostumados a chamar de "mundo", porque soa bonito e não diz nada, este se torna suspeito de ser um misantropo, um apoiador da eutanásia e um fã da tecnologia genética, mas, antes de tudo, um ser humano frio. Como se a alma fosse a sede do bem no ser humano! Uma alma é um espaço vazio retorcido em forma espiral, por dentro do qual voa uma bala de pistola; poderíamos dizer também: um buraco mortal. Onde está a alma quando os alemães marcham em direção a todos os pontos cardeais a fim de molestar metade da crosta terrestre espalhando morte e destruição? Onde está ela quando crianças jogam futebol com as cabeças decepadas de outras crianças? Por acaso a alma é o lugar no qual a sensação de não poder suportar o que outros entes da espécie fazem se assenta ao lado da capacidade de fazer exatamente o mesmo?

Eis aqui, pois, a resposta à pergunta acerca do estado interno da vítima: o que me diferencia do animal é minha inteligência relativamente considerável. Eu não preciso de alma. Aquilo que poderia sofrer danos, em mim, nem sequer existe. Eu gostaria que a senhora guardasse isso na memória enquanto reflete, quem fez o que contra quem e por quê. Se eu descobrisse que a senhora parte de um caso em que uma menina corrompida pela separação de seu pai e de sua mãe foi vítima de abuso por parte de homens maus em razão de sua fraqueza, eu retiraria todo meu depoimento e me negaria a dizer mais uma palavra que seja, invocando um direito processual qualquer, que com certeza existe.

Bem. Não é tão simples assim retirar depoimentos que já foram dados, e o tribunal, ao contrário do que acontece com o resto da humanidade, não se deixa chantagear. Concordo com isso. O que eu queria dizer à senhora, na verdade é muito simples. Vou tentá-lo de outro jeito.

A gente espera algumas coisas da vida. Pode ser que continuemos esperando, ainda hoje, a felicidade... Mas quando ela vem até nós, sempre vem de modo inesperado. Isso é um lugar-comum, e eu não quero aborrecer a senhora com explicações alongadas a respeito de como lugares-comuns e crendices populares justamente pelo fato de serem comuns e populares resumem as normas ultimamente válidas, porque trazem seu sentido dentro de si mesmas e não precisam fazer uso de sistemas e visões de mundo fora de moda. O sentido breve do longo discurso é bem simples: o que se seguiu à primeira tarde de sexta-feira com o Sr. Smutek foi a fase mais bonita da minha vida até agora. Ela veio de forma inesperada, conforme costuma acontecer com a felicidade. Diga a seu especialista forense, que não para de fazer suas anotações ali atrás, que tudo que ele está escrevendo acerca da síndrome de Estocolmo em seus papéis pode ser riscado imediatamente. Para tais pangarés de batalha eu sou esperta demais. Ou tenho sangue-frio demais. Vide acima. Eu não estou tentando acobertar meu algoz. Estou dizendo à senhora como foi que tudo aconteceu. Mais que isso eu não tenho a oferecer. Para as circunstâncias em que eu vivo, este foi um tempo feliz.

Sobre a vítima, era isso. Mas cheguemos agora ao estado interno do autor do crime. Eu acho que o Sr. Smutek devia estar se sentindo como um boi de abate, que uma vez por semana, às sextas-feiras à tarde, tem suas costas massageadas a fim de que no tiro de misericórdia que virá a seguir o sumo amargo do medo não se acumule em seus músculos, e que então, em vez de ser executado, vê lhe serem apresentados uma série de fotos na qual podem ser vistos pinos de pressão para sacrificar animais, bovinos sem entranhas, bifes preparados com manteiga e ervas aromáticas, ou seja, uma catástrofe em toda sua extensão. Alev, pelo contrário, achava que o Sr. Smutek sentiria o que sente um homem que enfim se dirige a sua libertação pessoal em uma autoestrada aberta até o horizonte infinito. Ele me explicou que só a realidade da punição e da sanção ajuda o homem a possibilidades genuínas de tomar uma decisão. Demorou um bocado até que eu percebesse o que o Sr. El Qamar pretendia com seu comportamento: ele queria provar que o jogo é capaz de conceder a última forma possível de ser, e por isso mesmo a última forma feliz de ser para a nossa espécie. A senhora sabe o que resta, quando se toma ao homem todas suas noções de valor?

A senhora não precisa dizer nada. Vejo que a senhora o sabe. O prazer de jogar permanece. A coisa mais surpreendente foi a seguinte: o Sr. El Qamar tinha razão. A senhora hoje está sentada diante de um grupo de pessoas felizes no tribunal.

Pelo Sr. Smutek, eu posso falar como sua amiga. A amizade entre pessoas prospera da melhor maneira sob condições totalitárias, em engarrafamentos com mais de 20 quilômetros na autoestrada, durante sequestros de aviões, catástrofes de enchentes ou greves no transporte coletivo. Desse modo, eu conheci o Sr. Smutek melhor do que já havia conhecido até então qualquer outra pessoa, e por isso posso dizer à senhora: o que mais o fazia sofrer era a certeza de que perderia sua mulher, cedo ou tarde. Ele a amava. Quando contava a história de sua vida, começava sempre pelo momento em que encontrou essa mulher. Por causa desse amor, ele não queria escutar, quando eu lhe esclarecia a falta de sentido do universo. A senhora entende o significado de um homem inteligente amar tanto a ponto de não ter mais acesso nem aos conhecimentos mais simples? Mesmo assim ele parecia o tempo todo estar calmo, como um homem que se acostumou a esconder do mundo à sua volta uma grande mágoa. Qual era essa postura, eu compreendi quando em determinada sexta-feira, pouco antes da exibição semanal de nossa opereta pantomímica, ele levantou os olhos para mim e me olhou como se eu fosse a encarnação da mãe de Deus.

Ele estava ajoelhado debaixo de mim naquele momento, e por isso eu encontrei seu olhar como se fosse o de um cão. A relação dos cães para com os homens espelha exatamente a relação dos homens com Deus. Para um cão, o homem é a instância que decide sobre a vida e a morte, sobre o alimento e a fome, sobre a alegria e o sofrimento. O homem pune e premia, ele fala uma língua que está fora do raio intelectual de seus discípulos, e por isso se comunica através de gestos e maravilhas. Seus motivos não são inteligíveis ao cão. Pouco importa se o cão serve a um Sr. bondoso ou a uma divindade vingativa — uma vida sem o homem é uma vida no Nada, e por isso inimaginável. Também a nosso senhor mais poderoso, nós, os homens, poderíamos batizar de "dono" sem qualquer atentado à consciência. A religião nada mais é do que a doutrina de como se obedece sem conhecer, e nos olhos erguidos do Sr. Smutek dirigidos a mim eu vi que ele havia se decidido a obedecer. A uma obediência de faz de conta, fique claro. Desde essa decisão, o Sr. Smutek se conhece a si mesmo e conhece a natureza daquele amor que o atou a sua mulher durante 20 anos. Assim como ele está sentado, aí, ele sabe com exatidão o que foi que ele ganhou ao perdê-la.

A explicação de Alev para a obediência do Sr. Smutek soava um pouco mais objetiva: o valor moral de uma recusa poderia ser premiado com 10 entre 10 pontos, mas a utilidade prática no máximo com um ponto, pois não havia razão para ter esperanças de que no caso de uma desobediência a pequena coleção privada de fotografias pornográficas não chegasse aos olhos do público. Quando entre duas variantes que se excluem uma à outra, uma delas oferece a catástrofe e a outra a espera pela catástrofe, a espera oferece, pelo menos, uma chance mínima ao acaso. Enquanto o homem age de forma pragmática, e ele sempre age de forma pragmática no âmbito de um jogo, seus atos podem ser previstos.

A isso a senhora quererá contestar com veemência. Dizendo, por exemplo, que previsível é a matéria morta, e que o homem, ao contrário, continuará sendo sempre uma maravilha e um enigma. Uma vez que não temos tempo para debates estendidos acerca desse tema, eu me recolho à afirmação de que sua não concordância com esse ponto se deve a um problema de geração. Ainda que a senhora mesma ainda seja muito jovem, existe entre nós duas uma coisa que é conhecida como geração pelo senso comum, ainda que seria melhor se a gente a chamasse de mudança epocal do papel de parede. O ano do seu nascimento provavelmente comece com um 19 e um 7, talvez com um 19 e um 6, enquanto eu pertenço à série dos 8, um 8 tardio, quase um 9, já. E sobre isso a senhora deve refletir: pessoas que nasceram nos anos 1990 hoje em dia já podem falar com a senhora com a língua ágil e o cérebro funcionando! A senhora por acaso não concluiu o segundo grau apenas nos anos 1990? *Voilà*: eu sou tão velha quanto sua maturidade universitária. Nós gritamos uma à outra um punhado de palavras, paradas em planetas diferentes, ao cruzarmos no voo rasante do cosmos. O que nos une, são duas latas de conserva vazia unidas por um fio mais ou menos distendido. O homem, é o que eu quero dizer à senhora, é previsível, e o Sr. Smutek agiu apenas segundo o resultado correto de uma equação resolvida. E com isso ele agiu bem.

Para o caso de eu até agora não ter conseguido dizer algo tangível acerca do estado interior do autor do crime, eu gostaria de acrescentar: a palavra "Smutek" significa algo em polonês. Significa "tristeza".

De muito mais coisas úteis que digam respeito a nosso *Verfahren*, nosso processo, e nosso caminho errado, eu não consigo me lembrar, ou, melhor dito, eu até consigo me lembrar, mas não mais ao certo de quê. A senhora conhece essa sensação? Ela é parecida com a tentativa de relembrar um sonho esquecido, e isso faz com que me ocorra um último, garanto que desta vez é o último, pensamento.

Deus é minha testemunha, é o que se costuma exclamar quando a memória se mostra ruim ou as provas desfavoráveis. Que expressão ridícula! Deus jamais foi testemunha. Deus foi sempre juiz. Deus é, inclusive, a síntese do jurista: impõe regras, pronuncia sentenças e deixa que outros ajam. Deus, conforme a senhora com certeza já ouviu, está morto. A senhora pode parar sem o menor receio de ficar sentada aí atrás desse púlpito, e de fazer o papel de serva honorável de um rei morto. A senhora poderia muito bem ir para casa e procurar outra ocupação. Naturalmente a senhora não o fará. A senhora inclusive negará que serve a uma divindade. A senhora serve ao direito, e caso se dê conta do círculo vicioso da lógica, a senhora estacará e se corrigirá: a senhora serve à democracia, essa essência efébica, que se nega a assumir o trono vago do mais alto entre os altos, e em vez disso fica sentada como um rapazote nos degraus da escadaria, sorrindo para o povo: vejam só como eu sou uma de vocês, vejam como sou de vocês. *L'état, c'est moi*. A senhora serve à democracia, e, com isso, à ideologia mais livre de ideologias do mundo. Ela está velha, tem o rosto enrugado, já se deitou há tempo para esperar a morte e mantém bem frouxo nas mãos o cetro, em cujo outro lado a economia viril puxa com todas as forças. Os filhos da democracia cresceram, já há muito tiveram, eles mesmos, filhos e netos, e estes contemplam a imagem da mãe ancestral com indiferença. Também nesse sentido a senhora serve a uma deusa semimorta.

O homem ideal de nossa ordem democrática fundamental é um ser moral-espiritual, e não molda suas liberdades como as de um indivíduo isolado e senhor de si, e sim como as de um indivíduo voltado à comunidade e a ela vinculado — quem é que o diz? Um louco? Um idealista sem cura, que nem com a melhor das intenções pode ser ajudado? Quem diz isso é o Tribunal Constitucional Federal. Eu o aprendi de cor.

Não seja por isso. Eu não posso impedir a senhora de exercer a profissão pela qual a senhora é paga. Mas a senhora deveria saber que vai sentenciar um grupo de pessoas que se afastou dos fundamentos desse sistema. A senhora está julgando incompreensivos.

Peço permissão à senhora para falar por um momento como um "nós", talvez um "nós" literário, como o "nós" de um nexo supraindividual, como "nós" no papel de um protótipo. Nós balançamos as cabeças diante da citação mencionada do mais alto tribunal como um homem, e nosso balanço de cabeça em massa algum dia resultará em um temporal que levará consigo os telhados das casas. O homem ideal, um ser moral-espiritual? Não isolado e senhor de si? Voltado à comunidade e a ela vinculado? Que comunidade, nós perguntaremos, e nossa gargalhada se tornará a trilha sonora ribombante e furiosa de nossa incompreensibilidade. Nós nem sequer estamos em condições de fundar uma família, quanto mais de nos identificar com um partido! A senhora sabe o que nós queremos? Nós não queremos uma comunidade. Nós queremos ficar em paz. A senhora pode chamar isso de isolamento, ou de senhores de nós mesmos. Nós estamos cansados das regulamentações banais e bagateleiras, que nos obrigam, sob pena de punição, a colocar uma luz na bicicleta, a esperar até os dezesseis anos para fumar, e a colocar nossos carros, pagando dois euros a hora, em um quadradinho que alguém desenhou com todo o cuidado, enquanto a poucas horas de voo, mundos inteiros são devorados pelo fogo, secam, se afogam, explodem, sangram. Nós não servimos mais nesse Estado, nós estamos adiantados em relação ao sistema, deixamos para trás os pensamentos e desejos de gerações anteriores e estamos além, balançando a cabeça como sempre acontece com alguma geração a cada par de décadas. A senhora pode olhar os livros de história, perguntar a um especialista de sua confiança: algo assim acontece, algo assim tem de acontecer, do contrário a senhora ainda estaria sentada com um porrete às costas, debaixo de um carvalho, esperando para executar a sentença. Nós nascemos na época errada, somos como ovelhas sem pastagem, sem pastor, sem curral. Nós erramos por aí, envolvidas por lobos, em terreno despovoado, e temos de deixar que o cão pastor do cumprimento das obrigações, esse animal notório e sem sentido, fique nos mordendo nos calcanhares. O cão pastor, alto tribunal, é, entre outros, a senhora. Que nos importa se em duas ou três décadas nós teremos razão, se nos chamarão retroativamente, reconhecendo nosso papel, de "os primeiros"? Nós estamos cansados. Somos obrigados a ouvir que é mau uma aluna seduzir seu professor, que atenta contra a moral se o professor dorme com essa aluna, que é anormal se um terceiro participante protocoliza o acontecimento, que é degenerado se o professor se sente mandado a seguir em frente por seu medo de ser descoberto. De passagem seja dito, o medo de ser descoberto que impulsionou o professor a seguir em frente, é o medo do cão pastor, que, conforme o professor previu corretamente, agora está pronto a morder.

Eu não estou defendendo a anarquia usando unhas e dentes. Estou apenas descrevendo à senhora o cansaço especial que toma conta de todo aquele que tem de ouvir o que seria bom e o que seria ruim, o que seria certo e o que seria errado, ainda que ninguém mais seja capaz de esclarecer os fundamentos dessa diferenciação, ou até mesmo de mencioná-los. A moral serve para trazer previsibilidade. O homem atinge, eu o repito mais uma vez, o ápice da previsibilidade quando age pragmaticamente. Quando joga. Por que a senhora trata um criminoso com indulgência se ele, para alegrar a senhora, afirma e comprova sua consciência de estar errado, se diz se envergonhar e se arrepender de seu crime? Todos nós sabemos que tão só o medo da punição arranca a água do canto do olho de um criminoso confesso. Por que a senhora não recompensa aquele que se levanta e diz: eu sei o que eu fiz e eu sei por que o fiz!?

Nessa situação de passagem, em um mundo sem regras, confuso e intrincado, não existe nada mais perigoso do que a mentira e a hipocrisia — e nada mais digno de reconhecimento do que a honestidade. Por que a senhora não recompensa esses dois acusados, que silenciam humildemente à luz de tudo isso que expliquei à senhora? Eles são os razoáveis. Eles são previsíveis, e com isso, para falá-lo em palavras estranhas, impecáveis moralmente. Desde que nós perdemos a fé, e com ela a verdade, a última diferenciação que nos resta é aquela que existe entre a hipocrisia e a honestidade. Seria a realização de algo grandioso se a senhora, na condição de representante da justiça, se propusesse a salvar essa diferenciação.

Se eu fosse a advogada de um de nós três ou até mesmo de toda a época, eu terminaria com um apelo: dê a absolvição!

Mas eu não sou advogada. Eu não sou obrigada à esperança pela minha profissão. Meu apelo é, portanto: faça o que a senhora quiser! Mas faça-o de olhos abertos. Tenha clareza sobre o fato de que a senhora lança sentenças, desviando o rosto, sobre pessoas que também estão de rostos desviados. Pense que nosso sistema judicial foi decepado do tronco da essência comunitária como se fosse sua cabeça, que o corpo jaz em algum lugar e fede, que nós falamos uns com os outros tapando o nariz, e que ninguém aqui está em condições de olhar ao rosto da cabeça decepada. Condene um de nós ou mesmo todos, mas faça-o sabendo o que está fazendo e agindo honestamente.

Muito obrigada.

Glória e paz

Ada juntou as fichas e foi para casa sem que lhe tomassem o juramento, de acordo com o parágrafo 61, alínea I do Código de Processo Criminal, porque havia completado 16 anos há apenas duas semanas. Ela havia descrito o sucedido em detalhes, deixado algumas coisas de lado, inventado pouca coisa e, de modo geral, desenhado um quadro completo dos acontecimentos, de modo que promotor e advogados de defesa, quando receberam a palavra, souberam apenas fazer algumas poucas e frouxas perguntas. Uma coisa havia ficado completamente clara: além de Alev, ninguém era responsável por nada. Quase duas horas haviam se passado. Ada abriu mão da restituição de seus custos de passagem e deixou a sala de cabeça baixa.

Durante as partes seguintes da audiência, interrogatório de mais testemunhas, questionamento do especialista forense, das palavras do auxiliar do juizado de menores e dos discursos finais, Sophia a fria dava a impressão de estar ausente. A sensação de não poder tomar uma decisão acerca desse caso se adensara a ponto de virar certeza. Todos os presentes haviam principiado a resvalar para fora de seus papéis como engrenagens mal parafusadas escapavam de seus suportes. O ofício da juíza perdera seu contorno, a toga se transformara em máscara, o púlpito em um lugar incômodo se comparado a um café qualquer, no qual problemas como aquele podiam ser discutidos de maneira muito melhor diante de uma taça de vinho. Smutek e Alev teriam estado tão bem no papel de testemunhas quanto Ada no de acusada, eles eram pessoas entre outras pessoas, que conversavam acerca de algo que, primeiro, havia passado e, segundo, não parecia dizer respeito a ninguém a não ser aos participantes e, terceiro, repousava sobre motivos tão estranhos que o instrumentário jurídico nas mãos de Sophia a fria lhe dava a sensação de ser um martelo e um formão usados na tentativa de criar uma homepage. A sensação que havia dominado a juíza era semelhante — dependendo do lado do qual se a via — ao alívio ou ao temor.

Uma vez que não havia motivos para uma prorrogação, a audiência terminou no final da tarde, conforme estava previsto. Os fatos do sucedido jaziam visíveis como um livro aberto, apenas a língua em que ele estava escrito de repente não se mostrava mais compreensível.

Alev recebeu seis meses de pena condicional de menor por chantagem, coação e abuso sexual em autoria indireta. Smutek foi absolvido da acusação de lesão corporal com a ajuda de uma complicada construção jurídica que se apoiou na opinião minoritária e preponderante do assim chamado "caso da frigideira". Uma mulher havia matado seu marido, que há meses a aterrorizava cruelmente tanto psíquica quanto fisicamente, com uma frigideira enquanto este dormia. Uma vez que no instante do crime não existia uma situação de agressão iminente, os tribunais não partiram do pressuposto de uma ação de legítima defesa, ao passo que algumas opiniões da literatura especializada postulavam aceitar uma situação semelhante à legítima defesa devido à tirania contínua. Sophia a fria endossou o último juízo mencionado e construiu, em razão da existência de uma lacuna regulamentar contra os planos em favor do acusado, uma analogia ao parágrafo 32. No que diz respeito ao abuso sexual da primeira sexta-feira à tarde, ela dispensou a punição, de acordo com o parágrafo 174, alínea IV do Código Penal, devido ao papel dominante da pupila que o seduziu, e em todos os outros casos, a culpa do acusado foi negada devido à chantagem. Depois que a sentença foi anunciada, depois ainda que Sophia a fria se levantara e, esgotada como uma mulher velha, apoiara as duas mãos espalmadas sobre o púlpito, Alev pediu a palavra uma última vez.

— Será que entendi bem, e aquele que teve sua língua partida ao meio e seu rosto esmagado será o único a ir para a cadeia, enquanto todos os outros poderão seguir livres para o frescor do anoitecer?

— O Sr. não vai para a cadeia, mas voltará à sua vida em pena condicional. Se isso lhe parece a mesma coisa, é o senhor que tem de decidir.

— Mas sou eu o único condenado?

— O Sr. Smutek também foi condenado. Só que o tribunal abriu mão da punição.

— Então sou eu o único punido?

— Acho que poderíamos dizer assim.

— Obrigado. Isso era importante para mim. A senhora condenou o perdedor do jogo e fez o certo agindo assim. A audiência confirmou a maior parte de minhas teses e ainda me proporcionou mais alguns estímulos para pensar.

— Em razão disso o senhor vai para casa de coração aliviado?

— Eu não vou para casa, e sim de volta ao hospital. Mas meu coração, obrigado pela pergunta, está aliviado.

Eles deixaram, todos, o lugar dos acontecimentos de coração aliviado. O anoitecer parecia ainda não querer virar noite; ar, luz e pássaros afirmavam uma manhã de novembro. O trânsito nas ruas quase havia cessado, as pessoas estavam sentadas diante dos cafés em casacos grossos, protestando contra o verão que não houve, esperando a primeira cerveja do final de semana e sonhando com os muros quentes de sol de casas pequenas e antigas, com o marulho das ondas no mar, barracas espaçosas com vista para o céu e o ranger de caminhos britados bem limpos sob os pés.

Smutek carregava sua cabeça como um balão cheio de gás alguns metros acima do corpo, olhava a sua volta piscando sem sair do caminho, e admirava todos os passantes como maravilhas da natureza. Ada, que dava suas voltas na quadra de esportes correndo, era incomodada por um sorriso teimoso de triunfo, que, assim como um palpitar involuntário de músculos nervosos, não se deixava afastar. O promotor sentiu um olhar provocantemente zombeteiro de Sophia a fria em seu rosto, que queimou suas faces tão logo ele anunciara um recurso após o anúncio da sentença. Um recurso qualquer. Ele esquecera qual era.

Sophia a fria foi para casa com a sensação de ter feito algo acertado, na falta de melhor saber e melhor querer. Já à noite, quando ela comia uma pequena refeição, sozinha na cozinha de seu apartamento, cresceu a impressão de que havia algo mau no ambiente, que ela, na falta de um órgão dos sentidos adequado para tanto, não conseguia perceber com exatidão; algo impossível de ser pesado, a sombra de um perigo ainda não totalmente superado. Antes de adormecer, ela pensou por muito tempo em Ada, e sentiu seu coração bater como se estivesse pensando em uma filha distante, da qual ela tinha de viver separada, porque não tinha e jamais teria filha nenhuma.

Também Ada pensava em Sophia a fria. Quando foi à janela, bem tarde, a fim de encarregar as estrelas da noite de julho de enviar um telegrama à santa de gelo, Smutek estava parado lá embaixo, no jardim, um pedaço de gente a rir, de braços largamente abertos. Eis que agora a senhora, querida Sophia, era o que queria dizer no telegrama, experimentou no próprio corpo como o homem é previsível. Tudo que eu contei à senhora servia a um objetivo, e esse objetivo está em pé, bobo como um colegial, diante da minha janela, e se alegra como se não existisse motivo nenhum para o desespero neste planeta. Está vendo, eu tive de dividir o mundo em campos através de palavras, e dar a ele uma moldura que o transformasse em tábua sobre a qual nós nos movimentamos como as peças de um jogo, a fim de que a senhora pudesse entender que em um sistema sem direita nem esquerda podem valer apenas as regras aceitas de comum acordo pelos jogadores de uma partida. A senhora é uma de nós. A senhora ama a verdade, ainda que não acredite nela. A senhora é uma boa pessoa.

O telegrama imaginário não foi enviado. Ada acenou para Smutek, fazendo um movimento de mão que parecia querer afastar o cachorro do vizinho dos canteiros de flores. Ele entendeu, acenou de volta, e deixou o jardim pela parte de trás do terreno.

Ao saltar sobre a cerca, tocou-a com as mãos apenas de leve, tanto era seu entusiasmo. Ada tirou a roupa e deitou na cama. Nas últimas noites, um sonho havia se repetido. Nele, ela viajava, visitara várias cidades, andara em diversos carros, sem saber se estava ao volante ou sentada no banco do carona, contemplara fachadas de casa e conversara em uma língua incompreensível com as pessoas. Diante dos portões de Izmir, Montevidéu e Fitzroy, moinhos de vento giravam sobre os campos como os gigantes de um moderno Dom Quixote. Durante o tempo todo, Ada sabia que estava se movimentando em um romance que Alev um dia escreveria. De forma alguma ela podia se esquecer de contar a ele sobre isso. Hoje, ela deixaria as janelas abertas a fim de olhar para as estrelas lá longe, no alto. Naquela noite, ela sonharia apenas em dormir.

Na manhã seguinte, o sol se levantou sobre Bonn sem que essa circunstância se fizesse notar. Um cobertor cinza-escuro de nuvens escondia o céu, rajadas de vento pressionavam árvores jovens ao chão, derrubavam tonéis de lixo e faziam carros ziguezaguear nas pistas. No rádio se falava de evacuação, estado de emergência e medidas profiláticas contra o perigo, a televisão fazia análises meteorológicas de diferentes tipos de tempestade, no cinema o Atlântico Norte devorava Nova York. Na Europa Central, a paz imperava há 59 anos. A exposição de Baselitz em Bonn chegava a sua décima sexta semana, e as férias de verão estavam bem próximas. Smutek arrumou suas malas. Limpou o apartamento e o arejou, até que ele cheirasse apenas a chuva e não a isolamento. Escreveu duas cartas, uma a sua mulher, a outra ao Ernst Bloch. Lá fora, ante a porta, dois repórteres e um fotógrafo estavam parados desde a tardinha anterior, e durante a noite haviam ido para casa a fim de dormir algumas horas. Eles se acotovelavam na entrada do prédio, jogavam bolinhas de papel ao vento e olhavam como elas eram arrastadas em alta velocidade pela calçada abaixo. Smutek sorriu. Mais cedo ou mais tarde, a tempestade os arrancaria do canto onde estavam.

Quando terminou, mandou um torpedo contendo referências exatas de hora e local, sentou-se com um livro sobre o sofá, e começou a ler. Construções volantes. O nome da personagem feminina principal ele trocou por "Ada" em sua cabeça. Um lugar é um lugar. A pergunta sobre onde a gente se encontra costuma ser subestimada. Nós não vivemos mais como animais, que têm de marcar os lugares em que está seu alimento. Comida e bebida, e um lugar para dormir à noite, eu os posso encontrar em qualquer lugar no mundo, e ainda assim acredito que o gosto e a consistência da comida, ou o cheiro do lençol, poderiam ter um significado para mim. O céu azul, parece, tornou-se o papel colorido de uma coleção de jogos. Se isso tudo for um jogo, nós estamos perdidos. Se não — mais do que nunca. Smutek não tinha problemas em entender o que lia. As frases lhe pareciam conhecidas. De quando em vez, ele levantava a cabeça e mergulhava o olhar no verde sacudido das copas das árvores diante da janela.

Ada não saiu da cama antes do meio-dia, e calculou que dormira quase 13 horas. O apartamento parecia vazio, as portas estavam encostadas, em algum lugar uma janela aberta batia sincopadamente contra a parede. Ela mal sabia por que motivo ela e a mãe estavam se punindo uma à outra. A última expressão da qual ela conseguia se lembrar era: criminosos, vocês são todos uns criminosos... Em seu próprio interior, não habitavam nem rancor nem ira.

Para o café da manhã, ela fritou seis ovos e os devorou sem pão. A parte local do jornal desenhava uma imagem incompreensível do processo sob a manchete "Justitia — destino ignorado". À margem do jornal aberto, Ada deixou um recado escrito: Absolvição parcial e desistência de punição. Seu celular tilintou. Ela leu a mensagem e abriu mão de uma resposta.

Quando chegou ao hospital, a maior parte do dia já havia sido carregada do lado da manhã para o do entardecer. Uma visita, duas refeições, fazer a cama, limpar o chão e uma terceira ronda de medicamentos faziam parte do passado imediato. Satisfeita, a clientela ficava deitada em seus quartos, aqui e ali um aparelho de televisão assobiava, risos difusos vinham das sacadas, onde os casos menos graves tomavam café com as visitas ou fumavam cigarros escondidos. Da sala de espera, podia ser ouvido o rolar de dados. Alev ocupava um quarto individual. Sua mão direita jazia sobre a coberta e com seu tremor citava mulheres moribundas das novelas da tarde. Surpresa, Ada percebeu que suas unhas estavam cortadas. Ele deveria ter se despojado das garras livremente, junto com a parte restante da máscara em que aparecera há um ano no Ernst Bloch. Talvez ele se preparasse, em sua crisálida de cobertas e ataduras, para a próxima metamorfose. A imagem diante dos olhos de Ada se aclarou, ela passou a ter certeza, de repente, que o estava vendo pela última vez naqueles minutos.

Cheia de estilo, como se sua vida até agora consistisse apenas em visita a doentes, ela se sentou à beira da cama, não trazia nada que pudesse depositar entre os braços dele e, em vez disso, tomou a mão de Alev entre as suas. O toque de sua pele era bom. Morno, seco e amável. Fraterno. Eles sorriram um para o outro como os dois capitães dos times depois do confronto, que já durante o primeiro tempo haviam desenvolvido uma grande simpatia mútua.

— Estás feliz? — perguntou ele, quando o pote de geleia do silêncio a dois havia sido devorado até o fim. Ada anuiu.

— E tu?

— Eu acho que sim.

— O que vai acontecer agora?

Ele deu de ombros, o que ocasionou um movimento do corpo inteiro debaixo da coberta.

— Meu pai vai me tirar do colégio, do país, talvez do continente inteiro. Provavelmente eu passarei a frequentar o colégio internacional na capital de algum país em desenvolvimento. Montevidéu. Mogadício.

Eles sorriram um para o outro, e Ada revogou espontaneamente a decisão de lhe contar sobre o romance que ele algum dia escreveria, sobre ela e sobre as cidades do mundo que se pareciam de maneira tão desesperadora.

— E o que dizes da segunda instância? — ela perguntou.

— Seria absurdo passar a vida esperando pela segunda instância. Ela sempre existe e pronto... Mas o que será de ti? Foste maravilhosa ontem. Tudo estava a teus pés.

— Não sei. Provavelmente eu deva me mostrar feliz se algum colégio me aceitar.

Alev sorriu, apontou para o interior enegrecido de sua boca e lutou para libertar a segunda mão a fim de acariciar a face dela.

— Não quero te ouvir falar assim. Acho que eles têm de ficar felizes em conseguir que estudes com eles. Qualquer um tem de ficar feliz em te conseguir. Tens coisas grandiosas pela frente. Foi uma alegria ser derrotado por ti.

— Eu te derrotei?

— *I lost to watch you win*. Ora, sabes disso muito bem.

— *Je sais*. Eu queria ouvi-lo apenas de tua, dessa boca. — Ela enfiou dois dedos entre seus lábios, obrigou os maxilares a abrirem espaço e examinou o microcosmo de uma cidade devastada no interior da cabeça dele.

— Cruel como a noite — ele disse, quando ela o deixou livre. — Minha voz deturpada, o esmigalhar lento das vogais e as consoantes trocadas, a cabeça rachada e o rosto esmagado... tudo isso te pertence. Toma o que precisares.

— Entre Odetta e Lindenhauer jamais existiu alguma coisa?

— Nada a não ser aulas de reforço em matemática. Não existiu deusa nenhuma a teu lado. Também disso tu sabias!

Ada anuiu, satisfeita.

— Eu tenho uma boa notícia pra ti — disse ela. — Pouco me importa se estás me mentindo e o que planejavas de verdade.

— Muito bem, pequenininha. De fato, isso não importa.

— Vais te casar com Odetta?

Mais uma vez ele começou a rir, quase do mesmo jeito do passado.

— Como tu sabes ser fora de moda às vezes! De qualquer modo, vou perguntar a ela se ela vem comigo, e ela dirá que não. Debaixo de lágrimas.

Ela se levantou e lhe deu a mão. Alev a segurou.

— É verdade — disse ele — que estamos nos vendo pela última vez agora?

— É.

— Muito bem — disse ele, o sorriso imutável, os olhos carinhosos. — Eu te desejo tudo de bom. Vou continuar no meu caminho. Ouvirás falar de mim nas notícias. No meu quadragésimo aniversário, vou te procurar e, se ainda estiveres sozinha, tu me pertencerás. Entendido?

— Eu te amei — ela disse.

— Eu também te amei — disse ele. — Do meu jeito.

Eles se apertaram as mãos. Ada se inclinou à frente, beijou seu lambda e se foi, fazer as malas.

Colofão, epílogo ou entre as instâncias

A próxima instância precisa de tempo. Três meses? Meio ano. Talvez um ano. Ou dois. Os moinhos da justiça moem devagar. Entre as instâncias, pode-se viver muito bem por algum tempo.

Ada e Smutek viajaram naquele mesmo dia, ao anoitecer. O Volvo estava de tanque cheio, o motorista descansado, a temperatura externa era de cinema: 10 graus ao final de julho. Ada usava um vestido de verão, que emprestava a sua figura algo fluido, e obrigou Smutek a ligar o aquecimento interno. A mãe o dera de presente a ela. Sob a pressão da despedida, o silêncio se estilhaçara em dado momento como se fosse de vidro. Então tá. Tchau!... Espera um pouco... A mãe correra para dentro de casa, e, depois de alguns rumores, voltara com um pedaço de tecido colorido, que depositara sobre os braços de Ada. Aqui, pra que tenhas algo bonito. No meio da escadaria, Ada mudara de roupa, deixando a calça jeans e a camiseta com a mãe, e jogando a parca de inverno sobre os ombros. Ao dizerem até à vista, elas se abraçaram.

A pé, puxando a mala plástica de rodinhas atrás de si, Ada caminhara por meia hora ao longo daquela que outrora era a rua dos diplomatas. O vento vinha de trás, a saia do vestido fazia pressão na parte posterior dos joelhos, carros que passavam voando lançavam buzinas como uivos de lobos em meio à noite. Debaixo da ponte sul, Smutek embarcou a mala, depois eles se deram as mãos em cumprimento. Mal estavam sentados no carro, as ruas se transformaram em rios. O rádio retirara o alerta de furacão, a chuva ficou. O carro parecia se movimentar debaixo da água, os limpadores de para-brisa se moviam inutilmente para lá e para cá. Smutek se curvava sobre o volante, esticando-se à frente. Eles tomaram a subida para as Sete Serras e chegaram à A3 em direção ao sul.

Eu não acredito que Ada tenha perguntado para onde a viagem os levaria. Naturalmente Smutek queria ir primeiro a Viena, à pátria dos homens sem qualidades. Para Ada era indiferente. Na altura de Frankfurt, a chuva diminuiu. Em Würzburg, ela colocou um CD e cantou o disco inteiro até Nurembergue. *Hold on to me love, you know I can't stay long. Sweet rapture and life, it ends here tonight.* Smutek começou a chorar, ele não sabia que Ada cantava tão bem. Ela tirou o cinto de segurança, deitou-se sobre o freio de mão e o câmbio, cavou espaço nas costas dele com um dos braços e pressionou o nariz contra os músculos de sua barriga a vibrar. O toque era estranho. Eles não eram familiares um ao outro. Era como se Ada tivesse acabado de entrar no carro ao pegar carona à beira da estrada. Ela sentia a tensão das coxas dele, quando ele acionava o acelerador, o freio ou a embreagem. Em Passau, ele parou de chorar.

— Quando estivermos prontos, em Viena — disse ele —, vamos seguir em frente, em direção sudoeste. Ao coração ferido da Europa, no cerne vivisseccionado de nossa história. Nossa época não se restabelecerá antes que as feridas naquela parte da crosta terrestre não tiverem cicatrizado. Lá, nós nos sentiremos em casa.

— Está bem — disse Ada. Em Linz ela adormeceu.

E assim eles viajam em frente, enquanto eu estou sentada à janela de uma casa, que está separada da rua por um jardim espaçoso, atrás de grades forjadas em ferro, entre cujas barras o rododendro enfia seus dedos carnosos a fim de tocar os passantes nos ombros, e penso que justamente os juízes se transformam em acusados quando os tempos mudam. Um novo sistema tira de cima da mesa todas as relíquias do velho, arranca a tábua familiar sob os pés das peças do jogo e a troca por uma nova, sobre a qual valem outras regras. Eu imagino como Ada um dia me arrebatará aos canos de um batalhão de fuzilamento: deixem-na ir, esta não! É Sophia a fria, e ela pressentiu já há muito tempo que era estranho, depois de todas as catástrofes do século XX, colocar as decisões sobre o que é justo e o que é injusto justamente nas mãos dos Estados. Deixem-na livre. Ada, que sempre afirmou não possuir memória, se lembrará de mim.

Posso imaginar sem dificuldades como eles andam pela chuva cada vez mais fraca no Volvo de Smutek, como passam o primeiro dia em Viena dormindo, e na noite seguinte questionam as ruas e prédios sobre o conteúdo de um romance. Como ultrapassam a fronteira com a Eslovênia certa manhã. Vejo-os no meio das paisagens maltratadas da Bósnia-Herzegovina, envolvidos por prédios destroçados e torres derrubadas, e vejo junto com eles o mar turquesa atrás do Carso da costa croata. Eu os ouço silenciar, e os ouço falar. A paisagem de água não é plana, campos de ondas verde-azuladas, que o vento cultiva. Cada um dos ciprestes tem um parafuso grande aos pés, através do qual está ancorado à parede íngreme da rocha. As cigarras fazem concerto em tábuas de bater roupa e serrotes musicais, um barulho profundo, camada sobre camada, bem próximas todas elas, a ponto de fazer com que a gente queira avançar remando com os braços.

E, por tudo, o cheiro dos raios do sol. Algumas rajadas de vento zelosas correm por aí, a fim de dividi-los igualitariamente. Há pintores mortos em suficiência no céu, que diariamente esboçam um novo pôr do sol, construções de cores, pintadas em luz e ar. Ada e Smutek contemplam o espetáculo sentados no carro, a beleza os torna mudos e o silêncio os faz solitários. A solidão abre olhos e ouvidos para ainda mais beleza, e assim eles se mostram aliviados quando a noite cai. De repente, mar e terra estão sentados juntos, teimosos, e voltam as costas um para o outro. Do silêncio, as bocas estão secas. Como foi que eles pensaram isso? Quem diz o que para quem e quando? É tarde, eles têm fome e nenhum centavo de moeda nacional. E esta é a sua salvação.

— É tarde — diz Smutek. — Nós temos fome e nenhum centavo de moeda nacional.

Ada sorri, alegre, também ela compreendeu o pequeno milagre. A coisa vai. Tudo pode ir, vir a ser. Eles precisam apenas se ocupar em sobreviver, em comer e dormir, com pequenezas que dizem respeito a ambos ou a apenas um deles, tarefas em miniatura, que querem ser vencidas paralela e simultaneamente. O paralelismo e a simultaneidade não dependerão do fato de eles terem ou não tomado uma decisão. Eles respiram profunda e aliviadamente. Por hoje, abrirão mão do quarto humilde em uma pequena pensão, abrirão mão da razão e da divisão dos meios. Eles procurarão um grande hotel e irão imediatamente ao restaurante, pedirão duas bandejas de lulas, *lignje žaru*, e uma garrafa de champanhe. O resto, eles deixarão para depois, para ver como será. E tudo será, com certeza. Eu vou para a prisão. Tu vais direto para lá. Ele, ela, não passarão do ponto de partida. Nós não sabíamos de nada. Vocês não vão ganhar 4.000 marcos. Eles acabarão por ver o que acontecerá no banco imobiliário da vida.

O que importa, hoje e sempre, é apenas uma coisa: que *a* história saiba contar a si mesma. Nós todos não somos mais do que vozes baixas no coro cacofônico; de quando em vez tocamos um solo curioso, jamais o fazemos por mais do que alguns segundos, algumas poucas linhas.

E, com isso, tudo está dito.

GLOSSÁRIO

Marcelo Backes

Datas, nomes importantes e menos conhecidos, expressões (em estrangeiro ou não), construções sígnicas, marcas, personagens, frases (de cunho político ou histórico, por exemplo) e citações.

50THOUSAND TEARS I CRIED — Em inglês no original: "50 mil lágrimas eu chorei". Verso da música "Going under", da banda americana Evanescence, aliás onipresente no livro. Na verdade, a música começa assim (vide o segundo verso): *"Now I will tell you what I've done for you / 50thousand tears I've cried / screaming deceiving and bleeding for you / and you still won't hear me (...)"*. O verso é repetido, corretamente, mais tarde, junto com aquele que o antecede, aliás referido também logo a seguir.

A POLÔNIA AINDA NÃO ESTÁ PERDIDA! MARCHAR, MARCHAR, DABROVSKI, NÓS APRENDEMOS COM BONAPARTE — Versos do hino da Polônia. "A Polônia ainda não está perdida" é o primeiro verso da primeira estrofe. "Marchar, marchar, Dabrovski" é o primeiro verso da segunda estrofe (que é também o refrão do hino). "Nós aprendemos com Bonaparte" é o terceiro verso da terceira estrofe.

A3 — Sigla de Autobahn 3, uma das principais autoestradas da Alemanha. Começa em Oberhausen, passa por Colônia, Wiesbaden, Frankfurt, Würzburg, Nurembergue, Regensburg (Ratisbona), Passau até a fronteira com a Áustria. Corta a Alemanha em diagonal, da metade oeste ao sudeste. E leva em direção aos Bálcãs...

ADA — Também é personagem do romance grandioso de Vladimir Nabokov, aliás referido tangencialmente, intitulado *Ada ou ardor*, publicado no Brasil pela Companhia das Letras. O romance de Juli Zeh aliás tem a ver com o romance de Nabokov (em *Ada ou ardor* também há um casal de adolescentes de grande inteligência: Ada e Van), assim como tem a ver com *Lolita*, embora invertendo a relação clássica no romance do autor russo.

AGATHE — Personagem de *O homem sem qualidades*, de Robert Musil. Irmã de Ulrich, o homem sem qualidades. É com Agathe que Ulrich tenta alcançar a "outra condição", a "duplicação assombreada de si mesmo na natureza oposta". O amor mítico-incestuoso entre Ulrich e Agathe constitui uma das mais belas e dolorosas histórias de amor da literatura universal.

ÁGUIA E ANJO — VER DESENHAR COM TODO O CORPO ÁGUIA E ANJO.

AM I TOO LOST TO BE SAVED? AM I TOO LOST? — Em inglês no original: "Estou demasiado perdida para ser salva? Estou demasiado perdida?" Mais uma vez, versos de uma música de Evanescence, desta vez de "Tourniquet".

AMELIE — Eventualmente, referência à personagem do filme *O fabuloso destino de Amélie Poulain*, de 2001; a frase refere uma intromissão de Ada em debate. Mas Amelie é também uma das educadoras do Ernst Bloch.

AMOR FATI — Conceito central do *Ecce homo* e na obra de Nietzsche em geral. É, grosso modo, o dizer-sim dionisíaco em antítese à constante negação promovida pelo cristianismo.

AMOUR FOU — Em francês no original: "amor louco"... e muito mais que isso...

APPAREMMENT, J'AI UNE SENSATION DE DÉJÀ-VU. IL EN DE MÊME POUR TOI — Em francês no original: "Ao que parece, estou tendo uma sensação de déjà-vu. Contigo deve estar acontecendo o mesmo."

ARNO SCHMIDT — Escritor alemão (1914-1979), um dos grandes nomes da literatura alemã do século XX, marcado por um certo hermetismo e pela tentativa de renovar a literatura tedesca.

ASSIM A REPÚBLICA POPULAR CONSEGUE CHEGAR MAIS RÁPIDO À UNIÃO EUROPEIA — Com Schröder, do Partido Social-Democrata, ganhando as eleições, a Polônia de fato chegaria bem rápido à União Europeia. Se Stoiber, do partido bávaro CSU (União Social Cristã) tivesse ganhado as mesmas eleições (de 2002) na Alemanha (e ele chegou a se proclamar vencedor, num gesto tolo e patético), com certeza o caminho da Polônia à EU teria sido mais pedregoso.

BÍBLIA SATÂNICA — Ver LAVEY.

BILD — O maior jornal da Europa, de pendores sensacionalistas e direitistas ao mesmo tempo. Publicado pela primeira vez em 24 de junho de 1952.

BISMARCKIANA — Relativo a Otto von Bismarck (1815-1898), estadista alemão conhecido como Chanceler de Ferro. Bismarck foi uma das figuras mais importantes da Unificação Alemã em 1871 e o primeiro chanceler do Reich Alemão recém-fundado.

BITBURG — Cidade na Renânia do Norte-Palatinado na qual é produzida uma cerveja bem conhecida que leva o mesmo nome. É apenas a cerveja Bitburg que dá sentido à piada de Juli Zeh.

BONIFÁCIO, SÃO — Ou Bonifácio de Tarso, mártir do cristianismo, assassinado por volta de 306 d. C. em Tarso, na Turquia.

BONNIE E CLYDE — Referência a Bonnie Elizabett Parker (1910-1934) e Clyde Chestnut Barrow (1909-1934), célebre casal de criminosos americanos, cuja vida inspirou o filme homônimo de 1967, dirigido por Arthur Penn, com Faye Dunaway e Warren Beatty nos papéis principais.

BORCHE UCRANIANA — Sopa de beterraba. A Sra. Smutek quer dizer que a sopa nem sequer é oriunda da Polônia, mas sim da Ucrânia, embora seja feita também na Rússia e em outros países, sempre variando um pouco.

BRAVO — Revista juvenil de larga tradição na Alemanha, baseada na fofoca televisiva, mas com algum papel inclusive no esclarecimento sexual dos adolescentes. Correspondente às revistas *Carinho, Carícia* e que tais no Brasil, com a diferença de ser hegemonicamente única na Alemanha.

BRIGITTE — Revista feminina alemã, fundada em 1954. Ocupa-se de temas como moda, cultura, mas também psicologia, relacionamento etc. em edição quinzenal de 750 mil exemplares.

BROCKHAUS — A mais famosa entre as enciclopédias alemãs, editada desde o século XVIII. Quase o Bombril das enciclopédias na Alemanha.

BUDENBROOKS — Referência ao romance de Thomas Mann publicado em 1901, que deu ao autor o Prêmio Nobel de Literatura em 1929. Uma das obras capitais do século XX na Alemanha.

C + M + B DOS TRÊS REIS MAGOS — Iniciais da sentença latina *Christus Mansionem Benedicat* (Cristo abençoe esta casa). Coincidentemente, também as iniciais de Caspar, Melchior e Baltazar, os três reis magos. Ver ainda DESENHOS EM GIZ DOS TRÊS REIS MAGOS.

CABEÇA DE PEIXE — *Fischkopf*, no original. Designa os habitantes do extremo norte da Alemanha (por exemplo, os da cidade de Hamburgo), caracterizados, diz-se, entre outras coisas por um tanto de mutismo e outro tanto de arrogância. "Nariz empinado" seria uma opção demasiado interpretativa, me parece, ainda que pertinente.

CACO — OU KERMIT. Personagem (produtor e conferencista) do *Muppet Show* (de Jim Henson e Frank Oz), série televisiva de sucesso produzida nos EUA e Grã-Bretanha entre 1976 e 1981 e divulgada no mundo inteiro. Na verdade é uma rã, mas no Brasil ficou conhecido como o sapo Caco.

CALENDÁRIO DE ADVENTO — *Adventskalender*, no original. Mostra os dias que faltam para o Natal e começa, hoje em dia, no dia 1º de dezembro, e não no primeiro domingo do advento, conforme acontecia no passado. Pode ser encontrado em muitas famílias alemãs, nas creches e nas escolas. Cada dia tem uma porta que, aberta, revela um presentinho (muitas vezes).

CARMEM — Referência à *Opéra comique* em quatro atos de Bizet, que estreou em 1875 em Paris. O libreto da ópera é de Henri Meihac e Ludovic Halévy, baseado na novela homônima de Prosper Mérimée. Carmem é a síntese do fogo moreno e sulino; daí a oposição com a brancura de Ada.

CHODZ DO MNIE NA CHWILE — Em polonês no original, traduzido anteriormente no livro: "Isso me deixa tranquilo."

CHRISTUS MANSIONEM BENEDICAT — Em latim, no original: "Cristo abençoe esta casa."

CLASH OF CIVILIZATIONS — Em inglês, no original: "Choque das civilizações", expressão autoexplicativa. Conceito em voga sobretudo desde o dia 11 de setembro de 2001.

COME ON GUYS, I'M A MOVING TARGET — Em inglês, no original: "Vamos lá, garotos, eu sou um alvo móvel."

COMÉDIA HUMANA — Referência ao título que reúne a obra do escritor francês Honoré de Balzac (1799-1850). Ela representa um dos retratos artísticos mais acabados de sua época.

CONSTRUÇÕES VOLANTES — *Fliegende Bauten*, no original. A importância metafórica das construções fica visível na importância que Juli Zeh dá ao título do livro referido diversas vezes em seu romance, do qual são lidos alguns trechos, inclusive.

CORPUS DELICTI — Em latim, no original: "Corpo de delito". Ato judicial feito pela autoridade a fim de provar a existência de um crime e descobrir os responsáveis.

CORPUS RELICTI — Em latim, no original. Relíquia, simplesmente.

COUNTERSTRIKE — Em inglês, no original, significando "contragolpe" em português. O Counterstrike refere um jogo de computador do gênero online-taktik-shooter. Publicado em 19 de junho de 1999 pela primeira vez, o jogo corresponde a uma modificação do Ego-Shooter-Half-Life. O conteúdo do jogo é baseado em uma luta altamente tática entre dois grupos, os terroristas (T) e uma unidade especial de combate ao terror (Counter-Terrorists, CT). O jogo é muito criticado como "jogo assassino", já que pressupõe matar figuras com feições humanas usando armas de aspecto bem realista. Na Alemanha, a discussão em relação ao jogo (um exemplo de jogo de computador violento) ficou ainda mais forte depois do assassinato em massa de 2002 na cidade de ERFURT (ver). O assassino de Emsdetten (em novembro de 2006) teria jogado Counter-Strike regularmente, ao lado de outros Egoshooters.

CUI BONO — Em latim, no original: "A quem a vantagem". Pergunta feita todas as vezes em que ocorre um "crime" e a suspeita sempre recai por primeiro a quem aufere vantagens do ato.

DA CAPO — Em latim, no original: "Do começo".

DAREDEVIL — Referência ao filme de 2003, de Mark Steven Johnson, baseado na série de quadrinhos *Daredevil*, de Stan Lee e Bill Everett. A banda americana Evanescence comparece com duas músicas no filme, a balada "My immortal" e "Bring me to life".

DAVI — Segundo os livros de Samuel, na Bíblia, Davi foi o segundo rei de Israel e Judá; Saul foi seu antecessor. Viveu por volta de 1000 a. C. É tido como o autor dos salmos. Ver DAVI CONTRA GOLIAS, a seguir.

DAVI CONTRA GOLIAS — Em célebre duelo, Davi, ainda garoto e munido apenas de uma funda, teria vencido o gigante filisteu fortemente armado Golias.

DELAHAYE E MATHIEU — Referência a J. P. Delahaye e P. Mathieu, dois papas da teoria do jogo, autores do livro *Random strategies in a two level iterated prisoner's dilemma: How to avoid conflicts?*

DERNIER CRI — Em francês, no original: "Último grito".

DESENHAR COM TODO O CORPO ÁGUIA E ANJO SOBRE UM TAPETE DE NEVE — Juli Zeh alude a uma célebre brincadeira infantil, em que crianças se deitam sobre a neve e sacodem os braços desenhando os contornos de um anjo sobre o chão. A metáfora foi usada também no título do premiado livro de estreia de Zeh, *Águia e anjo* (*Adler und Engel*).

DESENHOS EM GIZ DOS TRÊS REIS MAGOS — No dia 6 de janeiro, crianças vestidas nas roupagens dos Três Reis Magos passam por todas as casas pedindo doces e deixando marcas de giz nas portas, sinalizando que a casa está protegida de toda e qualquer desgraça. Em 2008 (20 mais 08), por exemplo, o sinal em giz foi: 20 C + M + B + 08.

DIOTIMA — Personagem de *O homem sem qualidades*. É o apelido de Hermine Tuzzi, que organiza salões e festividades, nos quais representantes dos mais diversos grupos sociais se encontram a fim de desenvolver ideias para a "Ação Paralela". Seu marido é o subsecretário Tuzzi. Diotima (alta sacerdotisa) foi, antes, uma figura literária de Platão, descrita como a professora de Sócrates.

DO WIDZENIA — Em polonês, no original: "Até à vista".

DON'T WANT YOUR HAND THIS TIME, I'LL SAVE MYSELF — Em inglês, no original: "Não quero sua ajuda agora, eu salvarei a mim mesma."

DREAM THEATER — Banda americana de progressive-metal, oriunda de Nova York. É tida como a mais importante representante de seu gênero.

DRINA — Rio que corre, em sua maior parte, na fronteira entre a Bósnia e a Sérvia.

DTV CHARLOTTENBURG — Célebre clube de basquete de Berlim, que faliu em 1990, dando origem ao DBV Charlottenburg (Deutscher Basketballverein Charlottenburg e.V.)

E = MC^2 DE EINSTEIN — Aquela que é, certamente, a fórmula mais famosa do mundo, foi um adendo do célebre cientista à sua teoria da relatividade.

EDYTA BARTOSIEWICZ — Cantora e compositora polonesa, nascida em 1966 em Varsóvia; começou sua carreira em 1990 com a banda Holloee Polloy, mas já em 1991 passaria a seguir carreira solo. Não confundir com Edyta Górniak, outra cantora polonesa conhecida na Alemanha.

EFFI BRIEST — Referência ao romance (talvez o principal) de Theodor Fontane, publicado em 1895; uma das obras capitais do realismo alemão.

EGOSHOOTER — Ver COUNTERSTRIKE.

ERFURT — Referência ao banho de sangue de 26 de abril de 2002 na cidade de Erfurt, Alemanha. Nesse dia, o estudante Robert Steinhäuser matou 12 professores, uma secretária, dois estudantes e um policial no ginásio Gutemberg, suicidando-se em seguida.

ERLENMEYER — Ver FRASCO ERLENMEYER.

ERNST BLOCH — Filósofo alemão (1885-1977), cuja obra mais conhecida — *O princípio esperança* — é referida no romance de Juli Zeh.

ETAPA DE ESTUDOS DE MAINZ — No original, *Mainzer Studienstufe*. Também conhecida como MSS, é a etapa ginasial superior na Renânia do Norte-Palatinado.

EX USU — Em latim, no original: "a partir da experiência, dos usos".

FACÇÃO DAS MARAVILHAS — *Fraktion der Tausendschönen*, no original. Tanto "Maravilhas" quanto *Tausendschönen* referem uma flor.

FDJ — Sigla de *Freie Deutsche Jugend* (Juventude Alemã Livre), uma associação jovem socialista reconhecida e incentivada pelo Estado na Alemanha Oriental. Na Alemanha Ocidental a FDJ passou a ser proibida em 1951.

FRASCO ERLENMEYER — Erlenmeyer é palavra dicionarizada no Brasil (vide Houaiss, por exemplo: "equipamento de laboratório de forma cônica e fundo chato, us. quando não é conveniente uma superfície de contato com a atmosfera, esp. em operações nas quais o líquido pode ser agitado sem o risco de ser projetado").

FREIE TECHNOKRATISCHE PARTEI — Partido Tecnocrático Livre, por suposto.

GAUSS — Referência ao matemático, astrônomo e físico alemão Johann Carl Friedrich Gauss (1777-1855). Um dos cientistas mais geniais de seu tempo; sua história foi contada ficcionalmente por Daniel Kehlman no romance *A medida do mundo*, publicado no Brasil pela Companhia das Letras.

GENERALZNZEIGER — O mais importante jornal de Bonn, ex-capital da Alemanha Ocidental.

GOG E MAGOG — No livro do profeta Ezequiel, Gog é o príncipe de Mesech e Thubal e habita a terra de Magog. No Apocalipse, no Novo Testamento, Gog e Magog são dois povos que são libertados por Satã no dia do Juízo Final. Junto com ele, eles vão à luta mas são vencidos ao final por Cristo.

HAUSER, QUESTÃO — Referência irônica ao novo professor de história, que une desde logo seu nome ao do famoso personagem citado a seguir: KASPAR HAUSER (ver).

HITLEROWIEC — Em polonês, no original (expressão divulgada internacionalmente): o mesmo que "nazista".

HOLD ON TO ME LOVE, YOU KNOW I CAN'T STAY LONG. SWEET RAPTURE AND LIFE, IT ENDS HERE TONIGHT. — Em inglês no original: "Fique comigo, amor, você sabe que eu não posso demorar. Doce arrebatamento e vida, isso acaba aqui esta noite". Citação a outra música da banda Evanescence, desta vez "My last breath".

HOMO EST DEUS — Em latim, no original: "O homem é Deus".

HONESTY IS JUST A LONELY WORD — Em inglês, no original: "Honestidade é simplesmente uma palavra solitária." Citação à música "Honesty", de Billy Joel, cujo verso diz, na verdade, "Honesty is such a lonely word".

HORROR VACUI — Em latim, no original: "Horror ante o vazio". Assinala a hipótese de que a natureza se assusta diante de espaços vazios. Por isso os espaços se predisporiam a auferir gás ou líquidos, a fim de não continuarem vazios. A hipótese remonta a Aristóteles, seria reforçada por Galileu e continuaria sendo estudada por Pascal.

HOTEL DO RENO — *Rheinhotel*, no original.

I LOST TO WATCH YOU WIN — Em inglês, no original: "Eu deixei de ver você ganhar."

I'M GOING UNDER — Em inglês, no original: "Estou indo pra baixo (sucumbindo)." Refere, também, um sucesso da banda Evanescence.

IF THEY DRIVE LIKE THIS, THEY MEAN SOMEBODY ELSE — Em inglês, no original: "Se eles dirigem assim, estão visando a outra pessoa."

IN SPE — Em latim, no original: "na esperança (de)".

INSHALLAH — Em árabe, no original, significando algo como "se Deus (Alá) quer". A expressão é muito conhecida, inclusive no mundo ocidental.

J'ADOUBE — Em francês, no original; de *adouber* ("emendar, melhorar, corrigir"). *J'adoube* é o que um jogador de xadrez tem de dizer antes de colocar em seu devido lugar uma das peças do jogo não posicionada corretamente, porque do contrário vale a regra do "Tocou, jogou" (*PIÈCE TOUCHÉE, PIÈCE JOUÉE*, ver).

O mestre iugoslavo do xadrez Milan Matulovic recebeu o apelido de "J'adoubovich", porque em determinado torneio tentou fazer uso da regra do "J'adoube" para voltar atrás em um movimento impensado.

JARUZELSKI — Referência a Wojciech Witold Jaruzelski (1923-), político e general polonês. Foi primeiro-ministro entre 1981 e 1985, chefe do conselho de Estado entre 1985 e 1989 e presidente da Polônia entre 1989 e 1990. Seu sucessor foi Lech Walesa.

JESSIE, PAINT YOUR PICTURES ABOUT HOW IT'S GONNA BE — Em inglês, no original: "Jessie, pinte seus quadros sobre (imagine) como será (o futuro)." Citação à música "Jessie", de Joshua Kadison.

JESSIE, YOU CAN ALWAYS SELL ANY DREAM TO ME — Em inglês, no original: "Jessie, você sempre pode vender um sonho pra mim." Outra vez, citação à música "Jessie", de Joshua Kadison.

JÓ — Personagem e livro bíblico. Homem rico em Uz, Jó resiste a todas as provações sem abrir mão da fidelidade a Deus, provando que ela não era um produto de seu bem-estar agradecido.

JOHN NASH — Referência a John Forbes Nash Jr. (1928-), matemático americano, estudioso da teoria do jogo (daí, sua importância no livro de Juli Zeh) e da geometria diferencial. Vencedor do Prêmio Nobel em 1994. Esquizofrênico, teve seu gênio homenageado no oscarizado filme *Uma mente brilhante*, de 2001, estrelado por Russel Crowe.

JULIUSZ SLOWACKI — Poeta polonês (1809-1849). Ao lado de Adam Mickiewicz é o poeta nacional do romantismo polonês.

JUST A MOMENT, JE VIENS — Em inglês e francês no original: "Só um momento, estou vindo".

KAHN — VER PALACETE KAHN.

KASPAR HAUSER — Órfão de origem desconhecida, falecido em 1833 (teria nascido em 30 de abril de 1812). Hauser apareceu em 26 de maio de 1828 em Nurembergue, com cerca de 16 anos, manifestando retardo mental aparente e falando pouco. Hauser conta que se lembra apenas de ter sido criado desde criança em um calabouço escuro, e alimentado apenas com pão e água. Logo, um boato que assegurava que ele era o príncipe herdeiro de Baden, afastado por rivais, se espalhou e ganhou força. Em 1929, Hauser apareceu ferido pela primeira vez, e em 14 de dezembro de 1833 o ferimento foi mortal. Em ambas as ocasiões, Hauser afirmou ter sido vítima de atentado, mas suspeita-se que ele possa ter se ferido intencionalmente, desiludido com o fato de o interesse público por sua pessoa estar diminuindo.

KOTTENFORST — Região florestal de cerca de 4 mil hectares na Renânia, entre Bonn, Wachtberg, Meckenheim e Alfter-Witterschlick.

L'ÉTAT, C'EST MOI — Em francês, no original: "O Estado sou eu". Célebre frase do rei Luís XIV (1638-1715), o Rei Sol, representante clássico do absolutismo.

LAST CALL, CRIANÇAS — Em inglês, no original. Algo como "Crianças de última chamada". Refere, por tabela, a última chance dada a colegiais problemáticos.

LAVEY — Referência a Anton Szandor LaVey, nascido Howard Stanton Levey (1930-1997), fundador da organização norte-americana Church of Satan (Igreja de Satã). Reivindicou para si o título de primeiro a ter definido e organizado o moderno satanismo e teve vários adeptos entre pessoas do mundo midiático universal. A *Bíblia satânica* é um compêndio de magia ritual toscamente simplificada e todo o tipo de lições de sabedorias, muitas delas plágios de outros autores de maior ou menor quilate; indicações daquilo que seria o bem-viver.

LETTER FROM THE WORLD — Em inglês, no original: "Carta do mundo".

LIGNJE ŽARU — *Lignje na žaru*, em bósnio e croata (línguas balcânicas): "lulas assadas na grelha", uma comida tipicamente dálmata.

LONGO EUGÊNIO — *Der Lange Eugen*, no original. Prédio em Bonn que até a mudança do parlamento alemão a Berlim abrigava os escritórios dos deputados. O prédio, depois de sanado, foi ocupado por 11 organizações das Nações Unidas em 2006.

LUKE SKYWALKER CONTRA A ESTRELA DA MORTE — Referência ao grande combate de *Guerra nas estrelas*. Luke Skywalker (* 19 VSY) é filho da senadora Padmé Naberrie e de Anakin Skywalker e irmão gêmeo da princesa Leia Organa Solo. Os dois foram criados separados, a fim de que seu pai, que na época já era Darth Vader, não ficasse sabendo deles e não procurasse por eles mais tarde.

MAXIMIN — Estratégias típicas da teoria do jogo.

METAMORFOSES DE OVÍDIO — Referência à conhecida obra de Publius Ovidius Naso (43 a. C. – c. de 18 d. C.), poeta latino; a obra, plena de suavidade e harmonia, influenciou importantes artistas como Dante, Milton e Shakespeare. A retórica deu expressividade e emoção a sua poesia.

MICKIEWICZ — Referência a Adam Bernard Mickiewicz (1798-1855), o "príncipe dos poetas" na Polônia e mais importante representante do romantismo polonês.

MOJA ULUBIONA PORA ROKU — Em polonês, no original: "Minha estação preferida (mais querida)." A frase é traduzida anteriormente e depois citada em polonês, conforme sói acontecer no romance de Juli Zeh.

MORDOR — "A terra negra", conceito de J. R. R. Tolkien em *O senhor dos anéis*; fica no sudeste do trecho conhecido do centro da terra.

MY GOD SITS IN THE BACK OF A LIMOUSINE. MY GOD COMES IN A WRAPPER OF CELLOPHANE. STARFUCKERS INCORPORATED — Em inglês, no original: "Meu Deus está sentado no banco traseiro de uma limusine. Meu Deus vem num embrulho de celofane. Corporação de caçadores estrelas." Referência à música "Starfuckers Inc" de Robbie Williams.

MY GOD, MY TOURNIQUET, RETOURN TO ME SALVATION — Em inglês, no original: "Meu Deus, meu torniquete, retorne para minha salvação (me salvar)." Mais uma referência à música "My tourniquet" da banda onipresente Evanescence.

NASZ DOM, BEZ DRZWI BEZ OKIEN ZASNAL, BY W SNIE ZIMOWYM WIECZNIE TRWAC — Em polonês, no original: "Nossa casa, sem portas e sem janelas, adormeceu a fim de perdurar eternamente no sono hibernal". Refere uma canção de EDYTA BARTOSIEWICZ (ver).

NATURAL BORN KILLERS — Referência ao filme de Oliver Stone (1994), que recebeu o título de *Assassinos por natureza* no Brasil. O roteiro inicial é de Quentin Tarantino e o papel dos "novos Bonnie e Clyde" (Mickey Knox e Mallory Knox) ficou a cargo de Woody Harrelson e Juliette Lewis.

NATURELLEMENT — Em francês, no original: "Naturalmente". Interessante que Alev responda em uma língua latina e não em alemão depois de referir o debate entre lentidão e rapidez na obra de Nietzsche. Uma dessas sutilezas que dão caráter genial ao livro de Juli Zeh.

NIE WIEDZIALAM, ZE TO TAK LATWO — Em polonês no original: "Eu não sabia que isso era tão fácil."

NONAGÉSIMO ANIVERSÁRIO DA PERDA DE VALORES — Provável referência ao princípio da Primeira Guerra Mundial, em 1914.

NOW I WILL TELL YOU WHAT I'VE DONE FOR YOU — Em inglês, no original: "Agora eu vou contar o que eu fiz por você." Primeiro verso da música "Going under", da banda americana Evanescence.

NVA — *Nationale Volksarmee* (Exército Popular Nacional), as forças armadas da Alemanha Oriental.

O HOMEM SEM QUALIDADES — *Der Mann ohne Eigenschaften*, de Robert Musil, publicado entre 1930 e 1952. Entre as diversas obras citadas, *O homem sem qualidades* é a mais importante no pano de fundo do romance de Juli Zeh. Daí, inclusive, a opção pelo título na edição brasileira.

O TAMBOR — *Die Blechtrommel* (*O tambor de lata*, na verdade), de Gunter Grass, publicado em 1959. A obra também é, sem dúvida, um dos romances decisivos do século XX na Alemanha, o que certamente tem a ver com mais uma das intenções de Juli Zeh.

ÓVNI DE PETERSBERG — O Petersberg é uma das montanhas das SETE SERRAS (ver), junto a Bonn. Depois do final da Segunda Guerra Mundial, tornou-se a sede da Alta Comissão de Aliados, onde foram realizadas as conferências das potências vitoriosas entre 1949 e 1955. O Grandhotel serve, desde 1990, de hospedaria à República Federativa da Alemanha. Em dezembro de 2001, Petersberg foi a sede da importante Conferência do Afeganistão. O Grandhotel é caracterizado ironicamente como um óvni no alto da montanha.

PALACETE KAHN — Um dos emblemas de Bad Godesberg, em Bonn. O projeto é de Klaus Otto, construtor da catedral de Bonn, e imita um castelo francês.

PANCRÁCIO, SÃO — Mártir romano (c. 290-c. 304) dos primórdios da igreja cristã. Era filho de um frígio abastado e foi decapitado em Roma durante o império de Diocleciano. O culto ao santo de gelo estende-se por toda a Europa. O papa Simacos construiu uma basílica em sua homenagem na Via Aurélia.

PANEM ET CIRCENSES — Em latim, no original: "Pão e circo (diversão)." Frase do poeta romano Juvenal. Na sátira em que a frase aparece, Juvenal critica o povo romano que elege seus sátrapas e se dá por satisfeito se tiver pão e circo.

PAS-DE-DEUX — Expressão francesa que significa balé ou seção de um balé para dois dançarinos.

PAUL ARNHEIM — Personagem de *O homem sem qualidades*. Industrial, político e intelectual influente. Ama Diotima platonicamente. Sua figura teria sido inspirada sobretudo em Walther Rathenau, ministro do Exterior do Reich alemão, assassinado em uma emboscada em 1922 para desestabilizar a República de Weimar e por ser judeu.

PENNY — Conhecida cadeia de supermercados baratos na Alemanha.

PIÈCE TOUCHÉE, PIÈCE JOUÉE — Em francês, no original: "Peça tocada, peça jogada." Refere, mais diretamente, o jogo de xadrez, no qual uma peça ao ser tocada tem de ser jogada.

PIEROGI RUSKIE — Espécie de pastéis recheados diferentemente conforme a região. Os pirogues (em alemão *Piroggen)* são elemento — alimento — indispensável em festividades russas e polonesas, por exemplo. Pirogues seria a grafia brasileira dessa espécie de pastel russo...

pirogues russos — ver pierogi ruskie.

POLAND IST GOOD. COMMUNISM! VERY GOOD — Em inglês algo macarrônico no original: "A Polônia é boa. Comunismo! Muito boa."

PRISMA — Suplemento jornalístico de TV de vários jornais locais e regionais na Alemanha.

PROBLEMA DÉLICO — *Delisches Problem*, no original. Também conhecido como "Duplicação do Cubo", é um dos problemas clássicos da matemática antiga.

Segundo a lenda, moradores da ilha de Delos foram pedir conselhos ao Oráculo de Delfos durante uma epidemia de peste em 430 a. C. Lá eles foram instados a duplicar o volume do altar de Apolo (em forma de cubo). Só no século XIX é que foi provado que o problema na verdade é insolúvel.

PSICOLOGIA HOJE — *Psychologie heute*, no original. Talvez a mais importante revista de psicologia (e áreas anexas) da Alemanha. Foi fundada em 1974, exatamente o ano de nascimento de Juli Zeh.

QUESTÃO HAUSER — Ver HAUSER.

QUODLIBET — Em latim, no original: "o que agrada". Refere a mistura heterogênea de melodias na música ou de textos (na maior parte das vezes de modo humorístico ou ilógico) na literatura. Moxinifada seria uma boa tradução, me parece.

RDA — Abreviação de República Democrática Alemã. Em alemão, DDR (Deutsche Demokratische Republik), a Alemanha Comunista ou Alemanha Oriental.

README — Em inglês no original: "leia-me". O nome é irônico, por certo, além de invocar a leitura é um nome bem usual de arquivo no mundo virtual.

REALPOLITIK — Palavra inclusive dicionarizada no Brasil. Ver Houaiss: "política internacional que se baseia em fatores pragmáticos e materiais, esp. nas relações entre as forças vigentes e em cenários concretos, em detrimento de influências ideológicas ou considerações sobre doutrina e princípios". Juli Zeh refere a *realpolitik* bismarckiana, a pós-moderna e a familiar.

REGINA REGIT COLOREM — Em latim, no original: Algo como "A rainha determina a cor (do campo)". No jogo de xadrez é a rainha que determina a cor, ou seja, ocupa o campo de sua cor e da cor das peças de cada um dos dois jogadores.

REPÚBLICA POPULAR — Referência à República Popular da Polônia (*Polska Rzeczpospolita Ludowa*, PRL, em polonês). Estado comunista que vigorou de 1944 ao fim do bloco oriental, em 1989. Em 1989 a República Popular deu lugar à República da Polônia.

ROCKET — O apelido vem em inglês no original. O mesmo que "Rojão", "Foguete", em português.

RUBENS — Aparece na expressão "Cone de luz a Rubens" referindo o uso da luz característico em algumas das pinturas do pintor flamengo Peter Paul Rubens (1577-1640), um dos pintores mais conhecidos do barroco.

SALEM — Escola-modelo em Salem, ao lado de Constança (Bodensee). Existe desde 1920 e seu principal fundador foi o político e pedagogo Kurt Hahn.

SALSICHA DE CURRY — *Currywurst*, no original. Salsicha assada ou frita, servida em rodelas e com um molho à base de tomate e curry. É acompanhada de pão ou batatas fritas. Teria sido "inventada" por Herta Heuwer, em 4 de setembro de

1949, no bairro de Charlottenburg, em Berlim. A salsicha foi homenageada em um romance grandioso de Uwe Timm intitulado *A descoberta da salsicha de curry* (*Die Entdeckung der Currywurst*, 1993).

SANTOS DE GELO — São também chamados de "Homens de gelo" (Eismänner) e de "Senhores severos" (gestrenge Herren). São três (em algumas regiões quatro ou cinco) os santos de gelo, todos eles santos homenageados em maio. Segundo a crença popular, só depois da passagem de Sophia, a fria é que a primavera se torna de fato amena e estável na Europa. Os santos mencionados por Juli Zeh são Pancrácio (12 de maio), Servácio (13 de maio), Bonifácio (14 de maio) e Sofia (15 de maio). Mamerto (11 de maio) não é mencionado pela autora, mas também é homenageado em algumas regiões da Europa. Os santos são todos bispos e mártires dos séculos IV e V.

SAPO CACO — ver CACO.

SCHRÖDER — Referência a Gerhard Schröder (1944-) político social-democrata alemão, chanceler entre 1998 e 2005, quando perdeu as eleições para Angela Merkel. Antes de 1998 havia sido governador da Baixa Saxônia. Se Teuter esfrega o gargalo de uma garrafa de champanhe ainda fechada, por certo não conseguiu abri-la, uma vez que seu candidato, Edmund Stoiber da CDU, perdeu as eleições depois de largar na frente e proclamar vitória em altos brados. Ver também ASSIM A REPÚBLICA POPULAR...

SENDUNG MIT DER MAUS — *Sendung* na verdade já designa programa, mas para tornar o texto palatável permiti-me o uso do pleonasmo. Programa infantil do canal aberto ARD. Foi desenvolvido em 1971 por Dieter Saldecki, Gert Kaspar Müntefering e Armin Maiwald.

SERVÁCIO, SÃO — Provavelmente armênio, São Servácio morreu em 13 de maio de 384 em Maastricht, até onde se deslocou a pé saindo de Tongeren, na Bélgica, onde era bispo. A cada sete anos (o último foi em 2004, ano em que sucede o desenlace de *A menina sem qualidades*) São Servácio é homenageado com uma romaria em massa até seu túmulo, em Maastricht.

SETE SERRAS — *Siebengebierge*, no original. Cadeia de montanhas junto a Bonn.

SETTEMBRINI-CASTORP, ESPETÁCULO — Referência a dois dos três personagens centrais do romance *A montanha mágica*, de Thomas Mann. Höfi estaria para Settembrini em sua condição de humanista e Smutek para Castorp, que é quem aprende durante o livro inteiro. Assim, Ada estaria, pois, para Naphta, que não acredita no humano. Note-se a inteligente inversão promovida por Juli Zeh. Em seu romance é o professor Smutek que se transforma no aprendiz Castorp e a aluna Ada que se transforma na mestra Naphta.

SINO DE SCHILLER — *Die Glocke von Schiller*, no original. Referência ao poema "A canção do sino" (Das Lied von der Glocke) de Friedrich Schiller. É uma das poesias mais conhecidas, mais citadas e mais parodiadas (inclusive por Bertolt Brecht) da literatura alemã. Schiller a publicou em 1799.

SKAT — Jogo de baralho para três ou mais pessoas, com baralho alemão ou francês de 32 cartas.

SLOWACKI — Ver JULIUSZ SLOWACKI.

SO GO ON AND SCREAM, SCREAM AT ME, I'M SO FAR AWAY — Em inglês, no original: "Então vá em frente e grite, grite pra mim, eu estou muito distante." Mais uma citação à música "Going under", do álbum *Fallen*, da banda Evanescence.

SOLIDARNOSC — Em português "Solidariedade", Solidarnosc é o nome que identifica um sindicato polonês fortemente influenciado pela religião católica, que surgiu de um movimento grevista em 1980 e teve papel decisivo na mudança de regime na Polônia, em 1989. Nome Oficial NSZZ *"Solidarność"* (*Niezalezny Samorzadny Zwiazek Zawodowy "Solidarnosc"*; em português: Sindicato Independente e Autogerenciado "Solidariedade"). A importância da Solidarnosc foi tão grande na mudança de regime que levou seu líder Lech Walesa (1943-), político polonês e ganhador do Prêmio Nobel da paz, à presidência da Polônia entre 1990 e 1995.

SPARKASSE — Em tradução direta, Caixa Econômica. Conhecido banco alemão.

SPLENDID ISOLATION — Em inglês, no original: "Isolamento esplêndido (grandioso)." Ele também refere um conceito da história política britânica ao final do século XIX, sobretudo nos governos dos premiês Benjamin Disraeli e Robert Cecil, marquês de Salisbury, que cunhou a expressão. O conceito refere a consciência de ilha e de isolamento da Grã-Bretanha; e a partir da consciência a tentativa de arrancar frutos desse isolamento. Splendid Isolation é também o nome de uma banda alemã de música eletrônica.

STONED — Em inglês, no original: "doidão".

SUBSECRETÁRIO TUZZI — Personagem de *O homem sem qualidades*. Marido de Diotima e alto funcionário estatal. Pessoalmente, desdenha um pouco a "Ação Paralela" discutida em sua casa.

SUMMUS IUS, SUMMA INIURIA — Ou *Summus Jus, summa injuria*; em latim, no original. Ditado latino que significa algo como "Suma justiça (lei), suma injúria." O ditado da epígrafe quer dizer que o exercício do direito em caráter excessivo e sumário gera injúria excessiva e sumária.

TAK JEST, PANIE SMUTEK — Em polonês, no original: "Assim é, senhor Triste (Smutek)."

TARTAN — Palavra ainda não dicionarizada em português, mas já com muitas ocorrências no google, por exemplo. Tartan refere um revestimento à prova de intempéries, feito de resina artificial, usado em pistas de corrida.

TÁVOLA REDONDA — Lugar em que se reuniam os célebres cavaleiros que receberam o mesmo nome, dignitários da mais alta ordem da cavalaria na corte do rei Artur. A mesa (távola) era em formato redondo para que não tivesse cabeceira e assim declarasse metaforicamente a igualdade de todos os seus membros.

TEMPO DOS FUNDADORES — *Gründerzeit*, em alemão. Refere, na Alemanha e na Áustria, a época de prosperidade econômica no século XIX que vai até a grande crise na Bolsa ocorrida em 1873. É nessa fase que ocorre a industrialização na Europa Central.

TO WSZYSTKO — Em polonês, no original: "Isso é tudo."

TOSTO — Em italiano, no original. No caso, advérbio que significa "logo, imediatamente".

TUZZI — Ver SUBSECRETÁRIO TUZZI.

ULRICH — Personagem central de *O homem sem qualidades*. Ulrich se sente um homem sem qualidades porque o mundo contemporâneo inverteu os princípios do humanismo e colocou a matéria no centro da realidade moderna. Na verdade, Ulrich via em si todas as qualidades e capacidades privilegiadas por sua época — exceto a de ganhar dinheiro, da qual também não necessitava —, mas foi obrigado a constatar que a possibilidade de aplicá-las já havia lhe escapado às mãos. "Surgiu um mundo de qualidades sem homem, de vivências sem aquele que as vive" e, assim, o personagem se vê confrontado com as contradições centrais do universo contemporâneo: a luta entre causalidade e analogia, entre crença na ciência e pessimismo cultural, entre lógica e sentimento, em suma. No fim, o que resta é a impossibilidade de perpetuar a reconciliação entre eu e mundo, de consumar a "entrada no paraíso", a ataraxia de Schopenhauer, a placidez ausente de vontade e busca da *vita contemplativa*.

URD E SKULD — Entidades da mitologia nórdica; Urd designa o passado e Skuld designa o presente. Ver WERDANDI.

VANITAS — Palavra latina que significa algo como "vaidade" e, por tabela, "aparência vazia", "nulidade". Noção judaico-cristã que refere o caráter passageiro de tudo que é terreno e aparece referida no Eclesiastes (I, 2).

VENTURA-*MENS-SANA* — Referência ao ditado latino "*Mens sana in corpore sano*" (Uma mente sadia em um corpo sadio). O ditado é uma citação abreviada de uma passagem das *Sátiras* do poeta romano Juvenal, que diz que se deve invocar para ter uma mente sadia em um corpo sadio. Juvenal quer satirizar as gentes de sua época dizendo que deviam cessar suas rezas e pedidos estúpidos a Deus para invocar apenas saúde mental e corporal. Juvenal jamais afirmou portanto que uma mente sadia pode existir apenas em um corpo sadio, mas antes que — uma vez que vivenciou o contrário na maior parte das vezes — seria desejável se assim fosse.

VISITA DOS TRÊS REIS MAGOS — Acontece dia 6 de janeiro e é tradicional na Alemanha. No caso da passagem, os três reis magos são crianças fantasiadas como tal, que marcam as casas com giz e recebem doces em troca.

VIVA IUDEX — Em latim, no original: "Viva o direito".

WERDANDI — Entidade da mitologia nórdica que designa o futuro.

WERTHER — Referência ao romance *Os sofrimentos do jovem Werther* (*Die Leiden des jungen Werthers*), de J. W. Goethe, publicado em 1774.

WOLPERTINGER — Ser fabular da Bavária. Os irmãos Grimm, em sua coletânea de sagas alemãs, falam de um ser que em 1753 era chamado de Kreißl e que corresponderia ao Wolpertinger, nome de procedência desconhecida, provavelmente uma corruptela de Wolterdingen (um lugar junto a Donaueschingen). O Wolpertinger, conforme imagens expostas em museus de caça e pesca na Alemanha, teria uma cabeça de coelho provida de chifres e as extremidades do corpo todas elas de diferentes espécies de animais. Muitas vezes ele é provido de asas em vez de patas dianteiras e as patas traseiras muitas vezes são de aves aquáticas.

WORDS DON'T COME EASY TO ME — Em inglês, no original: "As palavras não me vêm com facilidade." Refere um sucesso de F. R. David ainda muito tocado em sessões de músicas antigas.

WORST CASE — Em inglês, no original: "No pior dos casos".

YOU NEVER EXPECT THE SPANISH INQUISITION — Em inglês, no original: "Você nunca espera a inquisição espanhola."

Z WLASNA SLABOSCIA — Em polonês, no original: "Com a própria fraqueza."

ZBIGNIEW HERBERT — Lírico, dramaturgo e ensaísta polonês (1924-1998). Premiado internacionalmente, é um dos grandes nomes da literatura polonesa do século XX.

GLOSSÁRIO DE JOGOS DE PALAVRAS E EXPRESSÕES POÉTICAS, BEM COMO NOMES DE PERSONAGENS ADAPTADOS

10 ORELHAS OUVEM MAIS DO QUE 2 — *10 Ohren hören mehr als 2*, no original.

ADENDO ABSURDO: ALARMADA, A ADORÁVEL ADA ADIVINHA ADIÁFORAS ABRANGENTES — No original, *Absurdes Addendum: alarmiert ahnt ausgerechnet die adorable Ada allumfassende Adiaphora.*

ATENTADO, TOITIÇO, TEUTÃO E TETA — *Töter* (homicida), *Täter* (autor do crime), *Teutone* (teutão) e *Euter* (úbere) no original. Zeh brinca com o som parecido de Teuter (pronuncia-se "óitar", com "r" quase mudo) e as palavras acima.

BARGANHA VACUM DAS DESCULPAS — O original refere *Kuhhandel*; "comércio de vacas", literalmente. A expressão *Kuhhandel* tem sentido pejorativo e refere trocas mesquinhas em que sempre se objetiva algum lucro. Quase o mesmo que "trapaça", em alguns casos. Episódio típico, no qual os tradutores na maior parte das vezes se limitam a simplificar — e a uma opção burocrática, portanto —, sem cuidar com o que perdem de carga simbólica. E um tradutor faz melhor se trouxer o leitor à obra do que se levar a obra ao leitor, de mão beijada, nivelando e alisando as arestas do original.

CARA-DE-VISTE — *Siehste-Gesicht*, no original.

CASO — *Fall*, no original, que significa também "queda". Juli Zeh brinca com a acepção jurídica da palavra, referindo também o seu outro significado.

COMO SOLDADOS, AS SÍLABAS MARCHARAM PELOS TÍMPANOS DE ADA, ATÉ COMEÇAREM A AFUNDAR, UM EXÉRCITO INTEIRO NO PÂNTANO, UM EXÉRCITO INTEIRO NO TÍMPANO — *Wie Soldaten marschierten die Silben über Adas Trommelfell, bis si einzusinken begannen, eine Armee im Moor, eine Armee im Ohr*, no original. Juliz Zeh brinca com os sons iguais de "im Moor" (no pântano) e "im Ohr" (no ouvido). A repetição mais a proparoxítona assonante da minha opção alcançam poesia semelhante ao trocadilho do original.

CORDAS D'ÁGUA — *Wasseseilen*, no original. Como acontece muitas vezes, a tradução literal é a mais poética.

ELES ERAM FORA DA LEI E LIVRES COMO PÁSSAROS — *Sie waren vogelfrei*, no original, simplesmente. *Vogelfrei*, palavra que também é usada em seu sentido poético e etimológico por Nietzsche, significa, primeiramente, "fora da lei", mas, desmembrada, "livre como um pássaro". Imagine-se um pássaro solto da gaiola das conveniências, sem lei a respeitar, mas também pronto a ser abatido pelos caçadores do sistema...

FUNDATOR — *Gründer*, no original. A opção objetiva manter o vigor do trocadilho entre Gründerzeit (tempo dos fundadores) e Gründer (fundador, nome do fundador do Ginásio Ernst Bloch). Ver TEMPO DOS FUNDADORES.

GLÓRIA E PAZ — O título do penúltimo capítulo no original alemão é *Sieg und Frieden* ("Triunfo e paz", mais diretamente). O título do famoso romance de Tolstoi é *Krieg und Frieden*, que soa parecido com *Sieg und Frieden*. Daí a opção por "Glória e paz", que está equivalentemente perto de "Guerra e paz".

HIMENAIS — Ver PREPARATIVOS HIMENAIS.

IDEIAS-DE-NO-FUTURE — No original, *No-Future-Ideen*.

NÃO INDIFERENTE, MAS IGUAL — *Nicht egal, sondern gleich-gultig*, no original. Brincadeira também típica em autores como Nietzsche. Juli Zeh desmembra a palavra *gleichgultig* (indiferente) em *gleich-gultig* (de valor igual).

NÃO, CLARO — *Ja nee*, no original. É o cacoete de Teuter. Traduzindo literalmente seria "Sim, não", opção meio inviável em português. "Ja nee" não deixa de ser uma expressão possível em alemão e ademais usada por muitos (um verdadeiro cacoete).

NIENTE, NICHTS, NIŠTA, NIC — Tudo, palavras para "nada". Primeiro, em italiano; depois, em alemão (no original "nada", que pode ser tanto espanhol quanto português), depois nas línguas balcânicas (ništa) e por fim em polonês (nic).

O HOMENZINHO DA LUA VIRARA MENINA — No original alemão, aquele que conhecemos como "homenzinho da lua" é *Mondmädchen*, ou seja, menina da lua. Daí, a opção de fazer o homenzinho virar menina, com ganhos poéticos.

ORELHAS, OVELHA — *Ohren* e *Hosen*. A segunda palavra significa "calças", mas remete diretamente a uma banda chamada Die toten Hosen. Ovelha, que nem de longe alcança a qualidade musical dos *Hosen*, pelo menos soa parecido com Orelhas e transforma o medo da confusão que pode ser lido nas entrelinhas da declaração de Olaf acerca da semelhança dos nomes em algo verdadeiramente terrível. Ora, o cantor Ovelha é o que de pior havia nos anos 1980 da música brasileira.

PANGARÉS DE BATALHA — *Kleinhirnsteckenpferde*, no original. Apliquei uma derivação de nossa conhecida expressão "cavalos de batalha".

PERSPECTIVA DO SAPO — *Froschperspective*, no original, que seria, diretamente "perspectiva da rã", outro conceito usado extensivamente também por Nietzsche. A expressão indica que alguma coisa é vista de baixo, e portanto de forma tacanha e míope. Elegi sapo por causa de Kermit, que é masculino e é sapo, e porque o sapo tem muito mais imponência do que a rã como metáfora no Brasil. Inclusive quando Juli Zeh fala que todo sapo aspira ao universo... Aí também era uma rã, no original... "Perspectiva do sapo", aliás, é conceito que também já foi usado no Brasil. Ademais, o referido Kermit é conhecido como Sapo Caco (ver) no Brasil, apesar de ser uma rã no original.

PRAZER DE JOGAR — *Spieltrieb*, no original. Spieltrieb foi traduzido, no corpo do livro, sempre — exceto quando foi traduzido pela senha virtual "vivaojogo" — por "prazer de jogar".

PREPARATIVOS HIMENAIS — *Hymenale Vorbereitungen*, no original. Relativo ao himeneu (enlace matrimonial, núpcias).

PROCESSO — *Verfahren*, no original, que significa também "errar o caminho", "perder-se". Mais uma vez, Juli Zeh brinca com a acepção jurídica do termo, lembrando sua acepção coloquial.

PROGREDIR, TRANSGREDIR, AGREDIR — Pela ordem *Überschreiten* (mais algo como "superar"), *Beschreiten* (mais algo como "palmilhar") e *Bestreiten* (mais algo como "contestar"), no original.

PRONUNCIANDO TODOS OS "L" COMO OS DOIS "RR" BRASILEIROS — *jedes "L" als schweizerisches "Ch" aussprechend*, no original. Juli Zeh fala no "Ch" suíço, que para o leitor brasileiro não é uma referência imediata e que, no entanto, lembra os dois "rr" brasileiros. Daí a opção de dar valor brasileiro ao romance...

PROVAVELMENTE O ACASO MAIS UMA VEZ TIVESSE DISTRIBUÍDO BATATAS GIGANTES A CAMPONESES ESTÚPIDOS — No original: *Wahrscheinlich verteilte der Zufall mal wieder große Kartoffeln na dumme Bauern*. Juli Zeh brinca com um ditado conhecidíssimo na Alemanha, traduzido aqui *ipsis verbis* porque faz sentido e significa, por certo, um ganho poético e linguístico.

SENSAÇÃO-DE-TUDO-ESTÁ-PIORANDO — *Alles-wird-schlechter-Gefühl*, no original.Tradução *ipsis verbis*.

SMUTEK SOLTA SÁTIRAS CERTEIRAS SEM CESSAR — *Schön scharf schießt Smutek sprachliche Schrapnelle!*, no original. Traduzindo, "Bem certeiro, Smutek dispara metralhas linguísticas!".

SPIELTRIEB — Ver PRAZER DE JOGAR.

STRANGULATOR — No original, o professor se chama Wirger, e, em vez de se apresentar aos alunos falando da etimologia latina de seu nome, se apresentava dizendo se chamar Würger (estrangulador) com "i". Ele é conhecido como "Mathe-Wirger" pelo corpo discente, quer dizer, por algo como "estrangulador da matemática".

TEMPO DOS FUNDADORES, FUNDATOR — *Gründerzeit* e *Gründer*, no original. Repetindo: Juli Zeh brinca constantemente com a época econômica conhecida como Tempo dos Fundadores (*Gründerzeit*, ver TEMPO DOS FUNDADORES no GLOSSÁRIO Acima) e com Fundator (*Gründer*, no original), o nome dos fundadores (*Gründer*) do colégio Ernst Bloch.

UM CORDEIRO EM MEIO A UMA MATILHA DE LOBOS — *Ein Karpfen im Hechtteich* (uma carpa em um lago de lúcios), no original; ditado usual na Alemanha. A carpa refere o elemento mais fraco em um grupo de fortes (lúcios). O lúcio é, conforme o Houaiss, um "peixe teleósteo esociforme da fam. dos esocídeos (*Esox lucius*), encontrado em rios e lagos europeus, que atinge 1,5 m de comprimento, de cabeça pontuda e corpo esverdeado com faixas pardacentas e nadadeira caudal furcada [Sua carne é muito apreciada.]." O lúcio é um peixe predador e devora inclusive os membros de sua espécie (mais de 90% dos lúcios jovens são devorados por outros lúcios).

UM OBJETO É O PRODUTO DA UNIÃO ENTRE OBCECAÇÃO E DEJETO — No original: *Ein Gegenstand* ("objeto") *erwächst aus der Vereinigung von Gegenwehr* ("defesa") *und Widerstand* ("resistência"). Nesse caso, não apresentar o original corresponderia a uma infidelidade do tradutor para com o leitor (e com a obra, sobretudo), já que o significado da sentença traduzida está bem distante do significado da sentença original.

VIVAOJOGO — No original, SPIELTRIEB (a senha estipulada por Alev é o único momento em que Spieltrieb foi traduzido por outra coisa que não "prazer de jogar"). Ver considerações acerca do título do livro no *Posfácio*.

VOU TIRAR TODA E QUALQUER LINGUICINHA DA SUA GRELHA — *Ich Ihnen (...) jede Extrawurst vom Grill nehmen werde*, no original. Traduzida *ipsis verbis*, a sentença alemã continua poética e vigorosa. E, ademais, perfeitamente inteligível.

POSFÁCIO

Marcelo Backes
Straelen, EÜK, janeiro de 2008

O tema de *A menina sem qualidades*, da escritora alemã Juli Zeh, é dos mais atuais e interessantes. O romance se ocupa da perda de nexos e da inexistência de normas numa sociedade que se globaliza tornando-se cada vez mais individualista, e anuncia — denuncia — um aglomerado humano no qual já não existe mais nenhum resquício de responsabilidade coletiva acerca do futuro.

A menina sem qualidades focaliza a questão da (in)existência objetiva do justo e do injusto, balizada nas tentativas vãs do direito em fechar as portas para a injustiça num mundo que perdeu completamente a orientação. A pergunta central do romance é: em que medida a ação humana pode ser prevista e influenciada? E é essa a pergunta que constitui o fundamento do jogo de Ada e Alev, os personagens centrais da obra; e ela por sua vez acaba se desmembrando em outras perguntas: em que medida a vida pode ser contemplada como um jogo, quais os meios permitidos nesse jogo e onde o jogo pode acabar, ao final das contas?

Mas que é do enredo?

Trivialmente, ele poderia ser assim resumido: uma aluna precoce, Ada, de namorado impotente, Alev, seduz um professor de educação física gostosão, Smutek. O namorado impotente filma a cena para em seguida chantagear o professor. O dito professor, másculo e viril, acaba se apaixonando pela adolescente entediada e dá uma surra e tanto em seu namorado pornógrafo. Em seguida, o processo...

Mas *A menina sem qualidades* é mais, bem mais do que isso. O romance é a história da relação obsessiva entre Ada e Alev, da disposição de ambos ao jogo nas fronteiras da moral, de sua compulsão à experimentação pérfida com as reações e sentimentos humanos; e tudo isso numa época em que os alunos sabem mais do que os professores e os derrotam com facilidade na queda-de-braço intelectual.

Além das questões temáticas e metafísicas, os personagens são complexos, multifacetados. Ada é uma menina de 14 anos, quase autista e profundamente genial; uma *outsider* na praça lotada do mundo, uma franco-atiradora na floresta dos homens, uma guerrilheira da própria causa inexistente. No Ernst Bloch — o ginásio, microcosmo em que se desenrola o romance —, ela recebe a derradeira chance depois de sucessivas expulsões, a última delas por agressão física. Ada é temida pelos colegas e admirada pelos professores. Patinho feio, garota mais inteligente da turma e atleta brilhante, ela é capaz das seguintes reflexões a propósito de sua condição: "O fato de que a beleza verdadeira tinha a ver com autoesquecimento se adequava ao humor estranho do criador: aqueles que a possuíam não sabiam o que fazer com ela, enquanto todos que entendiam alguma coisa sobre a beleza, jamais chegavam a ficar em posse dela."

A erudição de Ada é agressiva e ela desembainha aforismos cheios de veneno com a mesma prontidão que seus colegas fazem bolinhas de papel para a zarabatana das canetas. O efeito de ambos — aforismos e zarabatanas — é o mesmo, ao fim e ao cabo. Ada fala a "língua do gelo eterno", nega a existência de valores e autoridades, dessacraliza o mundo dessacralizado.

Seu império da apatia é abalado com a chegada de Alev. Meio-egípcio, um quarto de sangue francês, Alev cresceu na Alemanha, na Áustria, no Iraque, nos Estados Unidos e na Bósnia-Herzegovina. Ele é um dândi contemporâneo, cosmopolita e carismático, sedutor e mestiço. Um monstro que vê nos outros apenas as marionetes de seu palco privado, um Mefistófeles de colégio, cínico e sadista, tentando uma Fausta empanturrada pela civilização e em busca de novos e verdadeiros desafios.

Se Ada é uma menina que caracteriza o panorama de toda uma época, Ada e Alev, juntos, fazem parte de uma geração que pensa saber de tudo e professa não acreditar em nada. Ambos são répteis hodiernos, crocodilos no lamaçal contemporâneo do nada e bravateiam — além da moral, além do bem e do mal — que as regras vigentes no mundo contemporâneo são puramente arbitrárias e que, sendo assim, o que sobra é o puro pragmatismo. Ada e Alev deixam claro que o direito natural é nada mais do que uma relíquia do passado e que, se confrontado com o espírito da época atual, ele é nada mais do que uma farsa. Ambos estão mergulhados num *horror vacui* de alcance universal. Eles sentem a fartura de um bem-estar que não sabe mais o que fazer, porque já experimentou tudo sem achar sal suficiente, e opõem seu embotamento anímico ao bondoso Princípio Esperança do filósofo que deu nome ao universo que habitam, o ginásio Ernst Bloch, que ainda por cima fica em Bonn, uma cidade desolada, que um dia gozou virtudes de capital da maior potência europeia e hoje em dia tem de se resignar ao estatuto de província.

Se os niilistas pelo menos ainda acreditavam que existia alguma coisa na qual podiam não acreditar, Ada e Alev, bisnetos dos niilistas, acusam até mesmo a inexistência de valores e de moral a desprezar. Nesse sentido, o jogo é, para os dois, a última coisa que dá sentido à vida, a única possibilidade de fugir ao tédio. E já na última frase do brilhante exórdio do romance a juíza narradora anuncia: "Se isso tudo for apenas um jogo, nós estamos perdidos. Se não — mais do que nunca."

E Ada e Alev decidem jogar. A vítima é Smutek, um professor, imigrante polonês, filantropo e atleta, inimigo do cinismo e do pessimismo, a vítima perfeita para as *medidas educativas* planejadas pelos dois alunos. É ele o escolhido para sentir na própria carne que ideais e sentimentos não têm o menor valor no mundo contemporâneo. No planejamento estratégico, Ada chega a se entregar voluntariamente à defloração mecânica porque o amado é impotente, e porque o chantageado talvez não se deixasse seduzir se ela ainda fosse virgem. Tudo é cálculo, portanto, inclusive aquilo que outrora era mais instintivo e mais bárbaro no ser humano. A maior característica do jogo imposto por Alev e Ada, e ao mesmo tempo sua virtude narrativa mais grandiosa, é o fato de não ter motivos, de postular a aniquilação de uma existência pelo simples prazer de aniquilar. É *l'art pour l'art* abandonando o âmbito abstrato da arte e adentrando o terreno palpável da realidade.

Narrativamente, o jogo é retardado, mas quando começa, corre vertiginoso. É como se Juli Zeh quisesse mostrar que o tempo de arranjar as peças para o jogo pode ser maior do que o jogo em si, quando este termina num xeque-mate fulminante. E é o que acontece em *A menina sem qualidades*...

Depois de tanta derrisão, só o respeito diante de si e dos outros (levantado por Olaf, um outro aluno e personagem anexo, que eventualmente poderia ocupar o coração de Ada um dia se Alev não tivesse aparecido) é capaz de colocar, pelo menos parcialmente, Ada contra a parede. E é só nele que talvez resida uma possibilidade de final feliz, aliás. Assim, também, fica claro aos poucos que a ausência de emoções afirmada por Ada — que diz ter nascido sem alma como outras pessoas nascem sem um braço ou sem uma perna — não é tão insofismável. A nostalgia do compromisso dá as caras aqui e ali. No final, o amor — ou pelo menos um sentimento positivo que tem a ver com ele — inclusive sobrevém ao cinismo, ao cálculo, e coloca o próprio jogo *hipercivilizado* em xeque com a sublevação bárbara de Smutek. E os dois personagens unidos pelo jogo terminam fugindo em direção "ao coração ferido da Europa", ao "cerne vivisseccionado" da história ocidental, os Bálcãs, dizendo que lá se sentirão em casa, e alegando que nossa época "não se restabelecerá antes que as feridas naquela parte da crosta terrestre não tiverem cicatrizado".

As referências literárias do romance

A boa literatura sempre se ocupou de questões capitais. *A menina sem qualidades* se ocupa de questões capitais, e não apenas no que diz respeito à realidade, mas também no que diz respeito à literatura. O propósito de atualizar autores como Dostoiévski, e sobretudo Robert Musil, escrevendo uma obra que sintetize uma era, é evidente no romance. *A menina sem qualidades* é, aliás, fundada na obra *O homem sem qualidades*, de Robert Musil, o que por si só justificaria a escolha brasileira do título (legitimada extensivamente mais tarde).

O homem sem qualidades é o tema central do curso de literatura de Smutek e de vários debates ocorridos no livro de Juli Zeh. A presença do romance de Musil no romance de Juli Zeh é tão marcante que *O homem sem qualidades* chega a ser comentado extensivamente, e chamado por exemplo de a "obra mais monstruosa da história da literatura em língua alemã", aquela que, lida, permite ao leitor a noção de que leu tudo e, compreendida, de que compreendeu tudo. Assim, o romance da autora contemporânea não deixa de ser um tratado sobre Musil, uma espécie de comentário, em alguns momentos, sobre aquele que talvez seja o maior — o melhor — comentário ficcional ao século XX: *O homem sem qualidades*. O discurso da narradora de Juli Zeh chega a se confundir com o discurso de Musil em alguns momentos, e o romance como um todo pode ser considerado uma aula sobre as diferentes maneiras de dizer as mesmas coisas; ou as maneiras iguais de dizer coisas diferentes. Isso se reflete inclusive na simultaneidade da percepção que toca alguns dos personagens de *A menina sem qualidades*, em pensamentos iguais que se repetem em momentos diferentes. Smutek ora pensa que o tempo que as pessoas perdem certamente lhes parece algo natural, semelhante ao peso que as frutas perdem ao serem postas para secar, e a mesma ideia já "acometera" a juíza narradora em relação a um dos alunos do internato e o dinheiro que este recebia de seus pais. Da mesma forma, a juíza narradora em certos momentos usa as palavras de Ada e vice-versa, e as duas personagens confundem seu discurso muitas vezes...

Assim como Musil, Juli Zeh trabalha no limiar de uma época, usa e abusa de elementos das ciências naturais (descrição das condições do tempo, analogias com a matemática etc.) e assume a atitude assaz ensaística de olhar pela janela, que sua narradora-juíza confessa já no exórdio, esse prelúdio filosófico de cunho musiliano, que em seus melhores momentos chega a lembrar o "Prólogo no céu" do *Fausto* de Goethe. A frialdade da linguagem, a formalidade da abordagem da narradora de Juli Zeh também lembram o narrador de Musil e são apenas aparentes; uma questão de postura filosófica, por assim dizer. Se, à primeira vista, o olhar da narradora de Juli Zeh é marcado pelo intelectualismo — frio e impessoal —, logo se descobre que isso é apenas um meio apolíneo contra o perigo dionisíaco do mundo, e que a indiferença gelada da superfície apenas mascara a paixão ardente do interior.

A menina sem qualidades também persegue a tentativa de registrar filosoficamente a contemporaneidade, assim como *O homem sem qualidades* fez com seu tempo; as duas obras se aproximam por serem, ambas, testemunhas de uma época-limiar, em que se passava de um grande modelo orientador a outro. Nesse sentido, aliás, é que o romance de Juli Zeh é uma das obras ficcionais que melhor interpreta — tanto filosófica, quanto ética e sociologicamente — a situação do mundo contemporâneo.

Além de *O homem sem qualidades*, o romance de Juli Zeh também tem a ver com outra obra de Robert Musil, *O jovem Törless*. Mas a autora alemã inverte a relação vigente no romance do autor austríaco e a vítima deixa de ser um aluno e passa a ser um professor, assim como o algoz deixa de ser um professor para passar a ser não um, mas sim dois alunos, verdadeiros algozes contemporâneos, parasitas transgressores de estatutos libertários usados como armas.

Outro romance alemão, *Juventude sem Deus* (Jugend ohne Gott), do escritor austro-húngaro Ödön von Horváth, publicado já em 1937, parece ser um ascendente direto de *A menina sem qualidades*. Em sua obra, Horváth já mostra um assassino juvenil, o estudante T, cujo ideal é a zombaria. Ele parece ser uma espécie de ancestral direto de Ada e Alev, e já assinala para um tempo frio, sem valores nem leis, um tempo que ele chama de "época dos peixes". Enquanto em Horváth a moral ainda é questão em debate na caracterização dos personagens, contudo, em Juli Zeh ela há tempo já deixou de ser um problema para Ada e Alev.

Há ainda várias outras "tragédias escolares" na tradição literária alemã que antecedem *A menina sem qualidades*. De exemplos, o drama crítico-satírico *O despertar da primavera* (Frühlings Erwachen) de Frank Wedekind, o romance *Anjo azul* (Professor Unrat) de Heinrich Mann, ou ainda o romance *Debaixo da roda* (Unterm Rad) de Hermann Hesse. Ao contrário do que acontece em todas essas obras, porém, as bestas agora são os educandos; e, ademais, *A menina sem qualidades* talvez seja mais uma comédia do que uma tragédia, uma comédia filosófica, uma comédia no sentido que lhe deu Friedrich Dürrenmatt. Para Juli Zeh — e Dürrenmatt já o disse muito bem —, o mundo de hoje se tornou incontrolável, anônimo, burocrático, e por isso não pode mais ser desvendado através das figuras clássicas do conflito inevitável, do naufrágio necessário, da culpa inocente. A tragédia exige, sim, culpa, medida, necessidade, controle; e na moxinifada de nossa vida secular já não existem mais culpados nem responsáveis. Por isso só a comédia pode dar conta do universo, e dela deve ser arrancado o trágico — e o sério — em sua nova forma.[1] É o que acontece em *A menina sem qualidades*...

Juli Zeh também se deixa inspirar por outro grande autor da modernidade clássica alemã: Thomas Mann. O romance *A montanha mágica* chega a ser citado indiretamente através da menção a dois de seus personagens, Set-

[1]Ver Friedrich Dürrenmatt. *Theaterschriften*. Zürich 1966, p. 119.

tembrini e Castorp. E, na célebre relação, o professor Höfi estaria para Settembrini em sua condição de humanista e pedagogo democrata, assim como o professor Smutek estaria para Hans Castorp, em sua condição de aprendiz, pois é Smutek, professor, quem aprende ao longo de todo o livro de Juli Zeh. Da mesma forma, Ada, a aluna, estaria, pois, para Naphta — sutilmente, ele nem chega a ser mencionado em *A menina sem qualidades* —, que não acredita no humanismo e no humano de uma maneira geral. Note-se, aliás, que também aqui a autora inverte as coisas. Em seu romance é o professor Smutek que faz as vezes de aprendiz Castorp, e a aluna Ada que se transforma na mestra cético-cínica Naphta, e, assim como Naphta, é dotada de brilhantismo retórico e sofismo lógico. Mas também o *Doutor Fausto* de Mann comparece no romance de Juli Zeh, na medida em que existe um pacto entre Alev, essa espécie de diabrete contemporâneo — que se autonomeia *No-thing* —, e Ada, essa nova Fausta dos tempos pós-moral e pós-ordem. E Ada faz com Alev um pacto fáustico sem precisar dar em pagamento uma alma que já não tem.

Mas em *A menina sem qualidades* há várias outras referências, implícitas e explícitas, que transcendem o universo da literatura alemã. O nome da personagem central, Ada, por exemplo, não é uma referência à conhecida linguagem de programação, nem à matemática Ada Lovelace, e sim à personagem-título de Vladimir Nabokov no romance *Ada ou Ardor*. Se *A menina sem qualidades* tem a ver com *Ada ou ardor* (no romance de Nabokov também há um casal de adolescentes de grande inteligência: Ada e Van), tem a ver também com *Lolita*, embora invertendo — mais uma vez! — a relação clássica existente no romance do escritor russo.

Alev, por sua vez, provavelmente tenha a ver — e potencialmente tem a ver — com Jorge Luis Borges. Seu nome não é obra do acaso, e tanto Juli Zeh quanto Borges sabiam que o Aleph — a pronúncia de Alev é exatamente igual a de Aleph, em alemão — é a primeira letra dos alfabetos fenício e hebraico, que ele é a origem consonantal da vogal grega reinterpretada Alpha, que veio a dar no A do alfabeto latino. A origem gráfica do aleph, aliás, é a cabeça de um touro, e *alev* significa boi, bovino em árabe. Alev, o personagem de Juli Zeh, tem origem marcadamente oriental e se reinterpreta no mundo ocidental; além disso, é profundamente racional, e irascível como um boi ao mesmo tempo. Juli Zeh bebe ainda da fonte da Bíblia, dos contos de Grimm, inclusive pela personagem Branca de Neve — apelido da mulher de Smutek — e pelas referências sutis ao pedaço de maçã envenenada e ao caixão de vidro.

Se as referências de *A menina sem qualidades* transcendem o universo da literatura alemã, elas inclusive vão muito além da literatura, e um dos pilares que sustenta filosoficamente o romance é, sem dúvida, Friedrich Nietzsche. Seus conceitos "vontade de poder", "eterno retorno", "super-homem" chegam a ser mencionados diretamente. E outro conceito, o "amor fati", parece ser — tanto para um dos personagens, o professor Höfi, que diz que se os homens sobreviveram ao fim da religião também sobreviverão ao fim da filosofia, quanto para a autora, Juli Zeh — a única saída num mundo que não permite mais crenças nem ilusões a seus indivíduos.

Se Friedrich Schiller um dia disse que o homem só é homem — no significado mais profundo da palavra — quando joga, e que só joga quando é completamente homem, por certo não se referia ao jogo em questão no romance *A menina sem qualidades*. Mas Schiller ainda vivia numa época impregnada de moral e de valores, e ademais os defendia e professava humanisticamente; e vivia, ademais, num mundo que talvez apenas desse os primeiros sinais de um esfacelamento que mais tarde viria a ser representado artisticamente um sem-número de vezes, e que Juli Zeh agora parece deixar de representar para passar a denunciar, sim, denunciar, e de maneira categórica...

Uma biografia de Juli Zeh em largas pinceladas

Juli Zeh nasceu em 30 de junho de 1974 em Bonn, então capital da República Federal da Alemanha. Entre 1993 e 1998, estudou Direito em Passau e Leipzig. Mais tarde cursou o Instituto Alemão de Literatura (Deutscher Literaturinstitut), em Leipzig, uma instituição que formou alguns dos melhores entre os autores da literatura alemã contemporânea. Juli Zeh foi estagiária da ONU, em Nova York, com menos de 30 anos, e bolsista na Universidade de Cracóvia. Recebeu diversas outras bolsas em diferentes cidades europeias, trabalhou na Embaixada Alemã em Zagreb, na Croácia, e morou em Saraievo, na Bósnia.

Em 2001, Juli Zeh estreou na literatura com a publicação do romance *Águia e anjo* (*Adler und Engel*), que ganharia o Prêmio Livro Alemão do Ano (Deutscher Buchpreis), o mais importante dos prêmios alemães por uma obra individual. *Águia e anjo* foi traduzido em 28 línguas no mundo inteiro e, tematicamente, adentra os escritórios de juristas internacionais, penetrando nos meandros da máfia das drogas.

Um ano depois, em 2002, Juli Zeh publicou *O silêncio é um ruído* (*Die Stille ist ein Geräusch*), uma narrativa de viagem. Em 2004, publicou o romance *A menina sem qualidades* (*Spieltrieb*); os direitos desse romance foram vendidos no mundo inteiro e ele inclusive foi adaptado com êxito ao teatro por Bernhard Studlar, na Alemanha.

O ano de 2005 trouxe *Pequeno dicionário de conversação para cães domésticos* (*Kleines Konversationslexikon für Haushunde*); no livro, o cão Otelo esclarece o mundo como ele de fato é à sua dona, uma escritora (Juli Zeh tem um cão chamado Otelo). Em 2007, Juli Zeh publicou o romance policial *Schilf*, que em breve também chegará às mãos do leitor brasileiro.

Juli Zeh é ainda ensaísta premiada na área do Direito, professora de oficina literária no Instituto Literário de Leipzig, organizadora de coletâneas e autora de diversos ensaios jornalísticos e jurídicos. Engajada politicamente, é uma das intelectuais mais influentes da Alemanha contemporânea, apesar da pouca idade. Sua tese de doutorado — aí mais uma prova do foco atual da autora — trata da situação do Kossovo sob o ponto de vista do Direito Internacional.

O arcabouço metafísico

A menina sem qualidades deixa claro que escrever é, para Juli Zeh, uma forma de se comunicar consigo mesma. Mesmo antes de ouvi-la discorrer sobre seu método, fica claro que Juli Zeh escreve sem sistematizar a narrativa, que em seus livros as coisas acontecem nitidamente ao fluir da pena, que as personagens se desenvolvem ao longo da escrita e — sim! — adquirem vida própria ao encarar seu próprio devir ficcional.

A linguagem de *A menina sem qualidades* é clara e complexa ao mesmo tempo. A desenvoltura linguística da autora é grande, seu estilo marcante, abundante, transbordante — excessivo às vezes. Juli Zeh não sabe dizer, simplesmente: "Amanheceu". Opta sempre por uma versão equivalente a "Quando a aurora de róseos dedos...". Mas isso é Homero, e louvável! Oh, dedirósea aurora...

Muito além de produzir entulho poético, Juli Zeh faz poesia com o entulho de uma época, e ainda denuncia a transformação da língua numa "escarradeira gigante, na qual bilhões de pessoas cospem seu catarro para depois poderem beber com vontade". A sentença é uma parábola grotesca do mesmo vício denunciado por autores como Guimarães Rosa, e faz de Juli Zeh uma ficcionista que tenta utilizar "cada palavra como se tivesse acabado de nascer, para limpá-la das impurezas da linguagem cotidiana e reduzi-la a seu sentido original", uma autora que busca incansavelmente "o ileso gume do vocábulo pouco visto e menos ainda ouvido, raramente usado, melhor fora se jamais usado."[2] Assim como autores da estirpe de Guimarães Rosa, ainda que nem de longe tão inventiva na linguagem, Juli Zeh parece querer sacudir a superfície da língua, agarrar a atenção do leitor através do que é inusual, fugindo ao verbo viciado do cotidiano.

A menina sem qualidades é, além disso, obra consciente de sua ficcionalidade, que dá pouco valor ao realismo tacanho do passado. Isso fica patente — inclusive ao leitor comum — em momentos como aquele em que a narradora simplesmente defenestra a mãe e o padrasto da protagonista da história que está contando. Mesmo assim, a forma não sobrepuja o conteúdo, a língua não sufoca o enredo, e o artificialismo sempre de novo volta a dar lugar à naturalidade. Inclusive sobra espaço abrangente para a emoção. Quem não se comove com o suicídio do professor Höfi, um humanista cauterizado pela vida a ponto de virar cínico? A qualidade da passagem ata sem titubear o nó catártico em nossas gargantas... E o amargor da despedida entre Ada e Alev, ao final? Apesar da frieza que norteia a narrativa, há, pois, cenas tocantes.

A obra de Juli Zeh — em que pese a consciência de ficcionalidade — questiona sua própria arbitrariedade, não é mais eclética, nem híbrida, nem

[2]Guimarães Rosa: "Entrevista com Gunther Lorenz." Ficção completa, vol I. Rio de Janeiro: Nova Aguillar, 1994, p. 37.

descentralizada pela decisão ativa de sê-lo, e onde o é, o é por vocação; também não é desconexa nem baseada na colagem. E, mais que isso, a obra de Juli Zeh em geral — e *A menina sem qualidades* em particular — está longe de desprezar a profundidade metafísica em favor de uma superficialidade bem planejada, de uma brincadeira pensada e da falta de emoção e de intensidades passageiras, para usar as principais — e coerentes — acusações de Terry Eagleton à obra pós-moderna.[3] Enquanto o pós-modernismo se preocupava em jogar e brincar com técnicas, assumindo voluntariamente a condição de pastiche, Juli Zeh não pretende ridicularizar a autenticidade e transforma o jogo em tema, deixando de jogar com formas antigas pura e simplesmente. Se *O homem sem qualidades* é sua referência mais importante, ela não joga com Musil, não faz mais alusões, a obra do autor austríaco corre paralela ao romance que ela escreve, e inclusive é discutida abertamente dentro dele.

Para terminar, Juli Zeh volta a discutir a ética e está longe de defender a valorização da estética para substituir a bancarrota da mesma ética. Nesse sentido, aliás, *A menina sem qualidades* é obra que deve ser inserida na tradição do velho romance filosófico. Seu maior mérito — além da história contada — está nas discussões instigantes, nos debates pertinentes, conduzidos por corifeus simbólicos da cultura contemporânea. Quer dizer, Juli Zeh volta ao romance de ideias da vanguarda moderna sem abrir mão de contar uma história.

Escritora de fôlego, Juli Zeh sabe ir muito além do atchim espasmódico de um conto para contar sua história. Ela assume posição entre a poesia e a realidade e passa a contar, a contar, a contar, sem parar, e o faz ao longo de centenas de páginas. Ambiciosa, ela tenta abarcar o direito, a moral e a filosofia de sua época, golpeando muito além do terreno restrito da literatura, coisa que toda grande obra literária sempre fez. Juli Zeh passeia com desenvoltura por temas como a teoria do jogo, a música do novo milênio e a especulação política. É uma pensadora, sem dúvida, ocupada em questões fundamentais, verdadeiramente existenciais.

Arguta, culta e atual, ela debate a cultura no mundo hipercivilizado da contemporaneidade, a decadência total da moral e dos valores e ainda se

[3]Terry Eagleton. *Einführung in die Literaturtheorie*, Stuttgart 1997, p. 229.

pergunta como a vida pode readquirir sentido depois que a moral e os valores, que sempre foram tradicionais, perderam completamente a importância. Onde está a alma "quando crianças jogam futebol com as cabeças decepadas de outras crianças"? E o dedo toca, feroz, a ferida, e furunga...

Sobre o título

A questão do título do romance de Juli Zeh já havia sido problemática na Alemanha. A princípio, o romance seria publicado com o nome de *O dilema dos prisioneiros*, opção que acabou não sendo adotada por razões táticas. Depois de muita discussão e várias sugestões, a opção vencedora — brilhante em minha opinião — foi *Spieltrieb*, um título sintético e poético ao mesmo tempo, que ademais dá conta da questão central do romance de Juli Zeh. "Spieltrieb" é, contudo, palavra intraduzível na maior parte das línguas que me ocorrem, e não foi seguida em várias delas (o título da versão italiana é, por exemplo, *Gioco da ragazzi*; o da versão espanhola, que tentou seguir o original, é um insatisfatório *Instinto de juego*). A palavra "Spieltrieb" designa algo que tem a ver com "pulsão ao jogo", impulso, desejo e vontade de jogar, palavras que num título português inescapavelmente implicariam um "desvio" de sentido e um aborto poético; além de darem a ideia de algo que está fora do campo da ficção. Ora, "Pulsão de jogar"? Ademais "Spiel" tem, em alemão, o duplo sentido arraigado e equivalente de "jogo" e "brincadeira", que se perdeu em português...

Minha primeira opção — inclusive divulgada em alguns debates, escritos e verbais, sobre o livro e sobre a literatura alemã —, foi *A idade do jogo*, um título que me parece interessante, dá conta da questão central do livro de maneira satisfatória e ademais soa bem.

A opção derradeira por *A menina sem qualidades* referencia melhor o livro, contudo, justifica a onipresença do grande romance de Musil no interior da obra e dá ao romance de Juli Zeh a chance de não começar do zero, investindo em seu patrimônio qualitativo e sua ascendência nobre. A ideia surgiu a partir da leitura de uma crítica sobre o romance, publicada em 24 de dezembro de 2004, pouco depois de seu lançamento, pelo *Frankfurter Allgemeine Zeitung*. O título da crítica era "Mädchen ohne Eigenschaften:

Juli Zehs zweiter Roman"; ou seja, "Menina sem qualidades: o segundo romance de Juli Zeh". A mesma ideia foi sancionada definitivamente com a opção adotada pela tradução francesa, *La fille sans qualités*, quer dizer, *A menina sem qualidades*.

Sobre o glossário

O glossário é dividido em duas partes. Na primeira, geral, o leitor encontrará datas, nomes importantes e menos conhecidos, expressões (estrangeiras ou não), construções sígnicas, marcas, personagens, frases (de cunho político ou histórico, por exemplo) e citações, além de questões estranhas ao universo cultural brasileiro, como os "santos de gelo", por exemplo.

Na segunda parte, apresento um glossário dos jogos de palavras, das expressões poéticas e dos nomes de personagens que em razão de sua importância significativa tiveram de ser adaptados. Por esse glossário, o leitor poderá ver qual era o nome original desses personagens e descobrir a razão da adaptação ao português. Verá, ademais, que não simplifico o original nem aparo suas arestas, alisando o que não é rugoso. Se o original alemão diz "debaixo do meu manto, o rei mato" (conforme está no *Dom Quixote* de Cervantes) eu não opto simplesmente por "cada um pensa o que quer", interpretando e simplificando o original quando ele tem potência poética e carga significativa para ser compreendido sem perdas na tradução *ipsis verbis*.

Ambas as partes do glossário — e sobretudo a segunda —, objetivam permitir ao leitor uma olhadela na oficina do tradutor, e são um testemunho de transparência, um esclarecimento de suas opções, a publicação de suas anotações e um processo de revelação de seus instrumentos e de suas ideias acerca do que significa ser tradutor.

SOBRE O TRADUTOR

MARCELO BACKES é escritor, professor, tradutor e crítico literário. Mestre em Literatura Brasileira pela Universidade Federal do Rio Grande do Sul, doutorou-se aos 30 anos em Germanística e Romanística pela Universidade de Freiburg, na Alemanha, uma das mais tradicionais e antigas da Europa, a mesma em que Heidegger foi reitor.

Natural do interior de Campina das Missões, na hinterlândia gaúcha, Backes é membro do Conselho Editorial da revista *Margem Esquerda*, supervisionou a edição das obras de Karl Marx e Friedrich Engels pela Boitempo Editorial, de São Paulo, e colabora com diversos jornais e revistas no Brasil inteiro. Backes já conferenciou nas Universidades de Viena, de Hamburgo e de Freiburg, em Berlim, Frankfurt e Leipzig, no Rio de Janeiro, em São Paulo e Porto Alegre, entre outras cidades, debatendo temas das literaturas alemã e brasileira, da crítica literária e da tradução.

Backes é autor de *A arte do combate* (Boitempo Editorial, 2003) — uma espécie de história da literatura alemã focalizada na briga, no debate, no acinte e na sátira literária —, prefaciou e organizou mais de duas dezenas de livros e traduziu, na maior parte das vezes em edições comentadas, cerca de quinze clássicos alemães, entre eles obras de Goethe, Schiller, Heine, Marx, Kafka, Arthur Schnitzler e Bertolt Brecht; ultimamente, vem se ocupando também da literatura alemã contemporânea e de autores como Juli Zeh, Ingo Schulze, Julia Franck e Thomas Brussig, entre outros. Faz curadorias de literatura em instituições como a Escola da Magistratura do Rio de Janeiro (Cultural EMERJ) e dá aulas em instituições de excelência como a Casa do Saber. Em matéria intitulada "Um novo mercado para os professores", do jornal *O Globo* de 24 de agosto de 2007, Marcelo Backes é destacado como um dos professores de cursos livres mais procurados do Rio de Janeiro, ao lado de nomes como os do filósofo Roberto Machado e do poeta Ferreira Gullar. Backes foi um dos 13 tradutores de alemão do mundo inteiro convidados a participar da Academia de Verão para Tradutores de Alemão em Berlim, no mês de agosto de 2004. Em 2007, trabalhou durante um mês, entre fevereiro e março, na Academia Europeia de Tradutores e em seguida participou do maior encontro de tradutores de literatura alemã de todos os tempos, em Berlim. Entre 2007 e 2008, voltou à Academia Europeia de Tradutores de Straelen para traduzir *A menina sem qualidades* de Juli Zeh, sempre com bolsa do Programa de Artistas do DAAD. Foi bolsista de Doutorado do DAAD entre 2000 e 2004 e bolsista de Mestrado do CNPq entre 1996 e 1998.

Entre 2003 e 2005, Marcelo Backes foi professor na Albert-Ludwigs-Universität em Freiburg, onde lecionou Tradução e Literatura Brasileira. Sua tese de doutorado, sobre o poeta alemão Heinrich Heine (*Lazarus über sich selbst: Heinrich Heine als Essayist in Versen*) foi publicada em 2004, na Alemanha. Em 2006, Backes publicou *Estilhaços* pela Editora Record, sua terceira obra individual e sua primeira aventura no âmbito da ficção. Em 2007 publicou seu primeiro romance, *maisquememória*, também pela Editora Record. Em fevereiro de 2008, recebeu uma bolsa do Ministério das Relações Exteriores alemão para trabalhar em seu novo livro no LCB (Literarisches Colloquium Berlin), uma célebre casa de cultura alemã, junto ao Wannsee. Backes já foi publicado na França (ensaio), na Alemanha (livro) e na Espanha (poema).

Este livro foi composto na tipologia
Electra LH Regular, em corpo 11/15, e impresso
em papel off-white 80g/m² no Sistema Cameron
da Divisão Gráfica da Distribuidora Record.

Seja um Leitor Preferencial Record
e receba informações sobre nossos lançamentos.
Escreva para
RP Record
Caixa Postal 23.052
Rio de Janeiro, RJ – CEP 20922-970
dando seu nome e endereço
e tenha acesso a nossas ofertas especiais.

Válido somente no Brasil.

Ou visite a nossa *home page*:
http://www.record.com.br